CW01638538

Pendant dix ans, **A.G. Riddle** s'est spécialisé dans la création d'entreprises sur le Web, avant de changer radicalement de voie pour se consacrer à sa véritable passion : l'écriture. *Le Gène Atlantis* est actuellement en phase de développement pour une adaptation sur grand écran.

Du même auteur :

La Trilogie Atlantis :
1. *Le Gène Atlantis*
2. *Le Fléau Atlantis*
3. *Le Monde Atlantis*

Le Long Hiver :
1. *Le Règne glaciaire*

CE LIVRE EST ÉGALEMENT DISPONIBLE
AU FORMAT NUMÉRIQUE

www.bragelonne.fr

A.G. Riddle

Le Fléau Atlantis

La Trilogie Atlantis – 2

Traduit de l'anglais (États-Unis) par Frédéric Le Berre

Bragelonne

Collection dirigée par Stéphane Marsan et Alain Névant

Titre original : *The Atlantis Plague*

ISBN : 979-10-281-1455-8

Bragelonne
60-62, rue d'Hauteville – 75010 Paris

E-mail : info@bragelonne.fr
Site Internet : www.bragelonne.fr

Pour les âmes intrépides
qui donnent leur chance aux auteurs inconnus.

Prologue

Il y a 70 000 ans
Aux abords de la Somalie actuelle

La scientifique ouvrit les yeux, puis secoua la tête pour remettre de l'ordre dans ses idées. Le vaisseau avait accéléré sa séquence de réveil. *Pourquoi ?* D'ordinaire, le processus était beaucoup plus graduel. *À moins que…* L'épais brouillard qui l'enveloppait se dissipa quelque peu. Une lumière rouge se mit à clignoter sur le mur. *Une alarme…*

Un courant d'air glacé la traversa, dispersant les dernières volutes blanches. Elle sentit la morsure sur sa peau. Le tube dans lequel elle flottait venait de s'ouvrir. La scientifique en sortit. Le sol de métal était froid sous ses pieds nus. D'un pas mal assuré, elle s'approcha du panneau de commande. Des bulles de lumière vert et blanc pétillèrent en tout sens, par vagues, tels de petits jets de lucioles colorées jaillissant du panneau pour envelopper sa main. Ses doigts remuèrent et l'affichage mural réagit. *Oui, c'est bien ça…* Il s'en fallait encore de cinq siècles pour achever les dix mille années du cycle d'hibernation. Elle se retourna vers les autres tubes dans la pièce. Deux étaient vides, le troisième contenait son compagnon. Pour lui aussi, la séquence de réveil était lancée. Elle fit jouer ses doigts à toute vitesse dans l'espoir d'interrompre le processus, mais il était déjà trop tard.

Dans un sifflement léger, son tube s'ouvrit à son tour.

— Qu'est-ce qui se passe ?

— Je ne sais pas au juste.

Elle fit apparaître une carte du monde accompagnée d'une série de données statistiques.

— Une alerte démographique. Il semblerait que nous soyons en présence d'une extinction.

— Et quelle en serait la source ?

L'affichage zooma sur une petite île noyée sous un nuage de fumée noire d'une ampleur titanesque.

— Un super-volcan aux abords de l'équateur. Les températures mondiales accusent une chute généralisée.

— Des sous-espèces sont touchées ? demanda son compagnon en clopinant jusqu'à elle.

— Une seule. La 8472. Sur le continent central.

— Quel dommage, dit-il. C'étaient des sujets particulièrement prometteurs.

— C'est vrai, acquiesça-t-elle en s'écartant de la console, solide sur ses appuis à présent. J'aimerais quand même aller voir sur place.

Son compagnon lui jeta un regard interrogateur.

— Pour récupérer des échantillons, rien de plus.

Quatre heures plus tard, le couple avait fait parcourir à l'immense vaisseau la moitié de ce petit monde. Dans le sas de décontamination, la scientifique achevait d'enfiler son casque après avoir bouclé les harnais de sa combinaison.

— Contrôle communication, dit-elle en activant le haut-parleur de son casque, debout devant la porte qui n'allait plus tarder à s'ouvrir.

— Liaison audio confirmée, répondit son partenaire. Et j'ai l'image également. Tu es parée.

Les panneaux coulissèrent, révélant une étendue de sable blanc. Au-delà d'une dizaine de mètres de sa position, la plage était uniformément recouverte d'une épaisse couche de cendres, qui s'étendait jusqu'à une arête rocheuse visible plus loin.

La scientifique leva les yeux vers le ciel obscurci par d'immenses nuées de poussière. Certes, tous les résidus encore en suspension dans l'atmosphère finiraient par retomber un jour, mais d'ici là, le sort de bien des habitants de la planète serait scellé – dont celui des membres de la sous-espèce 8472.

La scientifique trottina jusqu'au sommet de la crête. Derrière elle, la masse sombre du vaisseau avait l'allure d'une baleine mécanique aux proportions gigantesques venue s'échouer là. Tout était immobile et noir, comme sur tant d'autres mondes qu'elle avait étudiés et où la vie n'était pas encore apparue.

— Les derniers signes d'existence ont été relevés en contrebas de ta position, azimut entre deux et cinq degrés.

— Reçu, répondit la scientifique en s'orientant.

Partie d'un bon pas, elle ne tarda pas à apercevoir au bas de la pente une vaste zone rocheuse couverte d'encore plus de cendres que la plage. Plus loin, dans une paroi, elle aperçut l'ouverture de ce qui avait toutes les apparences d'une grotte de belles dimensions, mais elle dut ralentir l'allure. Ses bottes glissaient sur les cendres et la pierre lisse, comme si elle marchait sur du verre recouvert de plumes déchiquetées.

Mais avant de parvenir au but, sur le replat devant l'entrée de la cavité, elle sentit sous ses semelles quelque chose qui n'était ni de la roche ni de la cendre : de la chair et de l'os. Une jambe. La scientifique recula d'un pas pour que le dispositif de prise de vue de son casque embrasse toute la scène.

— Tu vois ce que je vois ? demanda-t-elle.

— À peu près. Je règle la mise au point.

Sous ses yeux apparurent alors des dizaines de corps, empilés en vrac les uns sur les autres tout le long du chemin jusqu'à la caverne. Les cadavres émaciés et noircis se fondaient dans le décor, mêlés aux pierres sur le sol et recouverts d'un tapis de cendres. Toutes ces masses plus ou moins enfouies, toutes ces bosses sur le sol faisaient penser aux racines emmêlées de quelque arbre colossal qui se serait dressé non loin.

À la grande surprise de la scientifique, les corps étaient intacts.

— C'est extraordinaire ! Aucun signe de cannibalisme. Ces survivants se connaissaient tous. Sans doute les membres d'une même tribu structurée autour d'un code moral unanimement partagé. Je pense qu'ils ont marché jusqu'ici, qu'ils sont venus se réfugier près de la mer, en quête d'un abri et de nourriture.

Son collègue bascula l'affichage en détection thermique. La vision infrarouge était catégorique : aucun signe de vie. Le message qu'il voulait faire passer était tout aussi limpide : « Fais ce que tu as à faire et ne t'éternise pas. »

Elle se pencha pour extraire un petit cylindre d'une de ses poches.

— Je procède au prélèvement, marmonna-t-elle.

Elle plaça l'ustensile au contact du corps le plus proche pour une collecte automatique d'un échantillon de son ADN. Quand ce fut fait, elle se redressa et s'exprima de nouveau d'une voix ferme et sur un ton formel.

— Atterrisseur Alpha, consignation officielle au journal de bord scientifique de l'expédition : les premières observations confirment la survenue d'un événement de niveau extinction subi par la sous-espèce 8472. La cause probable est l'entrée en éruption d'un super-volcan combinée à l'hiver volcanique qui en a résulté. L'espèce avait connu une période d'évolution d'environ cent trente mille années locales jusqu'au jour du présent enregistrement dans l'historique. Je vais maintenant tenter de collecter des échantillons sur les derniers survivants connus.

Prudemment, elle s'enfonça dans la bouche obscure menant vers l'intérieur de la grotte. Les lampes situées de part et d'autre de son casque s'allumèrent, éclaboussant de lumière les groupes de corps massés çà et là au pied des parois. Selon la détection thermique, tout le monde était mort. La scientifique s'aventura plus avant. Au bout d'une dizaine de mètres, il n'y eut soudain plus le moindre corps. Ses yeux scrutaient partout. *Là ? Des traces…*

Elle s'enfonça encore vers les profondeurs. *Sont-elles récentes ?* se demandait-elle. Sur l'affichage de la visière de son casque, un petit éclat écarlate apparut tout à coup à l'extrémité de son champ de vision, du côté de la masse rocheuse. Un signe de vie ? Elle pivota sur elle-même… et la tache rouge foncé se chargea de nuances chaudes d'ambre, d'orange, de bleu et de vert. *Un survivant ?*

D'une pression à l'intérieur de sa paume, la scientifique rebascula en vision normale. Le « survivant » était une femme. Sous sa peau noire, les côtes saillaient anormalement, au point de donner l'impression qu'elles allaient jaillir de son corps à chacune de ses respirations. Sous sa cage thoracique, le ventre n'était pas creusé comme on pouvait s'y attendre, mais arrondi au contraire. La vision thermique confirma instantanément l'intuition de la scientifique. La survivante était enceinte.

Comme elle s'apprêtait à prendre un nouveau cylindre pour prélever un échantillon, elle suspendit brusquement son geste. Un bruit derrière elle. Des pas lourds sur la roche.

Elle se retourna d'un bloc, juste à temps pour voir l'homme qui s'approchait dans le passage exigu. Un survivant, au moins vingt pour cent plus grand et plus massif que les autres cadavres masculins qu'elle avait vus. *Le chef de la tribu ?* Ses côtes saillaient monstrueusement, bien plus que celles de la femme. Il leva son bras gauche pour protéger ses yeux éblouis par l'éclairage du casque. Il avançait d'un pas chancelant et incertain. Sa main droite brandit quelque chose. La scientifique s'écarta de la survivante tout en saisissant son bâton étourdisseur. Le colosse continuait de marcher sur elle. Comme elle mettait son arme sous tension, prête à se défendre, l'homme vira subitement de bord pour venir s'effondrer contre le mur de pierre, près de sa compagne. D'un geste lent, presque sans force, il lui tendit ce que contenait sa main : un lambeau de viande en putréfaction à l'aspect tout moucheté. La femme s'en empara pour y mordre avidement. La tête du survivant bascula en arrière et ses yeux se fermèrent.

Au prix d'un effort, la scientifique parvint à conserver son sang-froid.

La voix de son partenaire explosa à l'intérieur de son casque, inquiète et pressante.

— Atterrisseur Alpha 1, je reçois des paramètres vitaux anormaux. Tout va bien ? Tu es en danger ?

À la hâte, elle désactiva les capteurs de sa combinaison, ainsi que la transmission des données vidéo.

— Négatif, Atterrisseur 2, répondit-elle posément, avant d'ajouter une précision après ce qui pouvait passer pour un temps de réflexion. Sans doute un dysfonctionnement de ma tenue. Je poursuis la collecte des échantillons des derniers survivants connus de la sous-espèce 8472.

Après s'être agenouillée, elle mit en place un nouveau cylindre à la saignée du coude droit de l'homme inerte. Au même instant, son bras gauche se redressa, et il vint poser sa main sur le poignet de la jeune femme pour l'ultime contact sans force d'un moribond. À ses côtés, sa compagne achevait son bout de viande pourri, son dernier repas à n'en pas douter. L'œil vitreux, elle fixait sans le voir le vide devant elle.

Au terme de son remplissage, le cylindre émit un petit bip, suivi d'un second quelques instants plus tard, auquel la scientifique ne réagit toujours pas. Immobile, tétanisée presque, elle sentait se produire en elle une réaction inattendue. Puis la main de l'homme glissa, tandis que son crâne se posait de nouveau contre le rocher. Avant même de prendre la mesure de ce qu'elle faisait, la scientifique avait chargé la carcasse inanimée de l'homme sur son épaule gauche, avant de saisir la femme pour la mettre sur son épaule droite. L'exosquelette de sa combinaison lui permettait de supporter la charge sans effort, mais à l'extérieur sa progression sur la crête couverte de cendres n'en fut pas simplifiée.

Dix minutes plus tard, elle traversait la plage. Les portes coulissantes du vaisseau s'ouvrirent devant elle. À l'intérieur, elle déposa les corps des survivants sur deux chariots roulants, puis se débarrassa de sa combinaison pour foncer ensuite vers une salle d'opération. Sur un dernier coup d'œil par-dessus son épaule, elle s'absorba dans son travail, lançant plusieurs simulations tout en affinant les algorithmes.

— Qu'est-ce que tu fais ? demanda une voix derrière elle.

Saisie, elle se retourna d'un bloc. Elle n'avait pas entendu la porte s'ouvrir. Sur le seuil, son compagnon balayait la pièce du regard. Sur ses traits, la confusion cédait le pas à une folle appréhension.

— Non… Tu n'es pas en train de… ?

— Je… (Son esprit partait en tout sens. Pour finir, elle livra dans un murmure l'unique chose qu'elle pouvait dire.) Je mène une expérience…

Première partie

Secrets

Chapitre premier

District Orchidée
Marbella, Espagne

Le docteur Kate Warner observait la femme sanglée à la table d'opération improvisée, en train de convulser en se débattant. Les spasmes se firent plus violents et du sang se mit à couler de sa bouche et ses oreilles.

Kate ne pouvait plus rien pour elle, ce qui la chagrinait immensément. Même pendant ses études de médecine et son internat, elle n'avait jamais réussi à s'habituer à voir des patients mourir. Et elle espérait bien ne jamais s'y faire.

Elle s'approcha et prit la main de la mourante pour la tenir jusqu'à ce que cessent les tremblements. Dans un râle et un dernier flot de sang, la malheureuse rendit son dernier soupir. Sa tête roula sur le côté.

Dans le silence subitement retombé, on n'entendait plus que le sang qui gouttait sur le revêtement en plastique. La salle tout entière était tendue de lourdes bâches étanches. Dans toute la cité balnéaire, c'était le lieu qui s'approchait le plus d'une salle d'opération standard : en l'espèce, une salle de massage reconvertie dans un centre de remise en forme réaffecté à un autre usage. C'était donc sur une table sur laquelle de riches touristes se faisaient papouiller et bichonner trois mois plus tôt encore que Kate menait des expériences dont elle ne saisissait toujours pas les tenants et les aboutissants.

Le sifflement d'un petit moteur électrique troubla le silence. La minuscule caméra au plafond s'éloignait de la morte pour pivoter vers Kate, comme pour l'inviter à faire son rapport.

D'un geste brusque, Kate dégagea le masque devant sa bouche, puis reposa délicatement la main de la morte sur son ventre.

— Fléau Atlantis, essai clinique Alpha-493. Résultat négatif. Sujet Marbella-2918.

Kate laissa son regard se poser sur la défunte. Elle cherchait un nom à lui donner. Ils refusaient d'utiliser les noms des sujets, mais Kate en inventait un pour chacun d'eux. Ce n'était pas comme s'ils allaient la punir pour cela. Peut-être pensaient-ils que le fait de travailler sur des anonymes lui simplifiait la tâche, mais il n'en était rien. Au contraire. Personne ne méritait de n'être qu'un numéro au moment de mourir, de ne même plus avoir de nom.

Kate s'éclaircit la voix.

— Le sujet s'appelait Marie Romero. Heure de la mort : 15 h 14, heure locale. Cause probable du décès… La même que pour les trente dernières personnes passées sur cette table.

Kate retira ses gants de caoutchouc en les faisant claquer, avant de les jeter sur le sol recouvert de plastique, à côté de la flaque de sang de plus en plus grande. Comme elle tournait les talons pour se diriger vers la porte, les haut-parleurs au plafond grésillèrent.

— Vous devez pratiquer une autopsie.

— Faites-la vous-même, rétorqua Kate en jetant un regard noir à la caméra.

— Kate, s'il vous plaît.

Ils l'avaient laissée complètement dans le brouillard, mais il y avait au moins une chose qu'elle savait : ils avaient besoin d'elle. Comme elle était immunisée contre le fléau Atlantis, elle était la personne parfaite pour mener les recherches. Depuis des semaines, elle jouait le jeu – depuis que Martin Grey, son père adoptif, l'avait conduite ici. Peu à peu, elle avait commencé à poser des questions, mais en dépit des promesses aucune réponse n'était jamais venue.

Kate se racla la gorge avant de répondre d'une voix plus ferme.

— J'ai fini pour aujourd'hui, assena-t-elle en ouvrant la porte.

— Attendez. Je sais que vous voulez des réponses à vos questions. Faites un prélèvement et nous aurons une conversation.

Kate s'approcha du chariot métallique qui attendait à l'extérieur – comme trente fois déjà auparavant. *J'ai besoin de quelque chose pour faire pencher la balance*, songeait-elle. Après avoir récupéré les tubes et les aiguilles, Kate revint faire une prise de sang à Marie. L'opération était toujours plus longue quand le cœur avait cessé de battre.

Quand le tube fut plein, elle retira l'aiguille et revint au chariot pour placer le prélèvement dans la centrifugeuse. La turbine s'activa pendant quelques minutes. Derrière elle, les haut-parleurs aboyèrent un ordre. Sans même l'écouter, elle savait ce que c'était. La centrifugeuse s'arrêta. Elle récupéra le tube, le fourra dans sa poche et s'éloigna dans le couloir.

D'ordinaire, elle faisait toujours un saut chez les garçons après le travail, mais ce jour-là, elle avait une autre priorité. Dans sa chambre minuscule, elle se laissa tomber sur son « lit ». À proprement parler, la pièce évoquait plus une cellule de prison qu'autre chose : murs nus, aucune fenêtre et un mobilier limité à une couchette métallique avec un matelas digne du Moyen Âge. Kate avait tout lieu de croire que c'était autrefois le coin repos d'une personne chargée de l'entretien. En tout cas, à ses yeux, le confort laissait sérieusement à désirer.

Penchée par-dessus le rebord de sa couche, Kate chercha à tâtons la bouteille de vodka qu'elle cachait en dessous. Ensuite, elle attrapa le gobelet sur sa petite table de nuit, souffla dessus pour en chasser la poussière, puis se versa une rasade de marin assoiffé qu'elle avala cul sec.

Après avoir reposé la bouteille, elle s'allongea de tout son long, un bras tendu au-dessus de sa tête pour allumer son vieux poste de radio. C'était son unique source d'informations en provenance du monde extérieur. Cependant, ce qu'elle entendait la plongeait systématiquement dans la plus grande perplexité.

De fait, la radio décrivait un monde sauvé du fléau Atlantis par un médicament miracle : Orchidée. Dans le sillage de la flambée épidémique d'ampleur mondiale, les pays industrialisés avaient fermé leurs frontières et décrété la loi martiale. Kate n'avait jamais entendu la moindre information sur le nombre total de personnes ayant succombé à la pandémie. Toujours est-il que les survivants – quel que soit leur nombre – avaient été parqués dans des « districts Orchidée », d'immenses camps où les populations s'accrochaient à la vie en prenant consciencieusement leur dose quotidienne de la panacée. Malheureusement, ce n'était qu'un pis-aller, car, si Orchidée tenait la maladie à distance, le remède ne permettait en aucun cas de la vaincre définitivement.

Kate avait consacré les dix dernières années écoulées à la recherche clinique – et notamment à la mise au point d'une thérapeutique pour soigner l'autisme. Elle était donc bien placée pour savoir qu'on ne produit pas un médicament d'un simple claquement de doigts, quelles que soient les sommes qu'on y consacre ou la gravité de la situation à laquelle on fait face. Orchidée avait toutes les chances de n'être qu'un traitement bidon. Forcément. Mais alors, dans ce cas-là, dans quel état pouvait bien être le monde au-dehors ?

Elle n'en avait eu qu'un très bref aperçu. Trois semaines plus tôt, Martin les avait sauvés d'une mort certaine, elle et les deux garçons de son essai clinique sur l'autisme, en les tirant d'une gigantesque structure enfouie sous la baie de Gibraltar. C'est en fuyant un complexe similaire situé à deux kilomètres sous la glace de l'Antarctique que Kate et les garçons s'étaient retrouvés dans la structure de Gibraltar – dont Kate avait désormais la conviction qu'elle n'était rien de moins que la cité perdue de l'Atlantide. Son père biologique, Patrick Pierce, avait couvert leur fuite en faisant exploser deux charges nucléaires, détruisant les ruines et déversant des flots de débris dans le détroit pratiquement au point de l'obstruer. Martin les avait prestement embarqués à bord d'un sous-marin de poche, quelques minutes seulement avant la déflagration. Le submersible disposait tout juste de la puissance voulue pour se frayer un chemin à travers les décombres et atteindre Marbella, quelque quatre-vingts kilomètres plus haut sur la côte. Après avoir abandonné l'embarcation dans la marina, ils s'étaient glissés dans la ville sous le couvert de la nuit. Martin ayant annoncé que la situation ne serait que temporaire, Kate n'avait pas particulièrement observé les environs. Tout ce qu'elle savait, c'était que les garçons et elle étaient depuis lors reclus dans le bâtiment naguère dévolu aux cures thermales et aux autres soins, à l'intérieur d'un complexe gardé et sous surveillance permanente.

Martin lui avait également annoncé qu'elle pouvait contribuer aux travaux de recherche menés sur place pour trouver un antidote au fléau Atlantis. Mais depuis son arrivée, elle n'avait guère eu l'occasion de voir quiconque, hormis les messagers anonymes qui lui apportaient ses instructions et les plateaux-repas.

Elle observa le tube posé sur sa main, qui contenait le sang centrifugé. Pourquoi revêtait-il une telle importance à leurs yeux ? Et à quel moment allaient-ils venir la voir pour le récupérer ? *Et surtout, qui va venir ?*

Son regard glissa vers son réveil. Le bulletin d'informations de l'après-midi n'allait plus tarder. Elle ne le manquait jamais. Elle essayait de se convaincre qu'elle voulait savoir ce qui se tramait dans le vaste monde, mais la réalité était plus prosaïque. En fait, elle guettait des nouvelles d'une seule et unique personne : David Vale. Malheureusement, celles-ci ne venaient pas. Et sans doute ne viendraient-elles jamais. Il n'y avait que deux voies pour quitter les tombeaux en Antarctique : par le portail menant à Gibraltar ou par le puits foré dans la glace. Son père avait fermé la première, définitivement, et une armée d'Immari campait à la sortie de la seconde. Jamais ils ne laisseraient David s'en tirer vivant. Kate fit de son mieux pour repousser cette pensée. Le speaker entamait son journal.

Vous écoutez la BBC, la voix du triomphe humain au soixante-dix-huitième jour du fléau Atlantis. L'émission d'aujourd'hui sera divisée en trois parties. Pour commencer, nous vous raconterons comment quatre techniciens d'une plate-forme pétrolière dans le golfe du Mexique ont survécu trois jours sans aucune nourriture avant d'atteindre le district Orchidée de Corpus Christi, au Texas. Ensuite, notre envoyé spécial Hugo Gordon, qui a visité l'immense site de production d'Orchidée de Dresde, en Allemagne, dissipera les rumeurs malveillantes selon lesquelles la production du médicament connaîtrait une phase de ralentissement. Enfin, nous terminerons par une table ronde réunissant quatre membres éminents de la Royal Society, qui nous annonceront que la mise au point d'un remède définitif n'est qu'une question de semaines et non plus de mois.

Mais pour commencer, quelques reportages sur la vaillance et la ténacité des combattants de la liberté dans le sud du Brésil, qui ont remporté une victoire décisive sur les forces de la guérilla venue de l'Argentine voisine contrôlée par les Immari…

Chapitre 2

*CDC – Centre pour le contrôle
et la prévention des maladies
Atlanta, Géorgie, États-Unis*

Le docteur Paul Brenner s'assit à son ordinateur en se frottant les paupières. Cela faisait vingt heures qu'il n'avait pas fermé l'œil. Il commençait à avoir le cerveau en compote, ce qui n'était pas sans conséquence sur son travail. Intellectuellement, il savait qu'il avait besoin de se reposer, mais il ne parvenait pas à s'arrêter. Son écran sortit de sa veille et il prit une décision : *Je vérifie mes messages et je fais une sieste. Une heure, maximum.*

1 NOUVEAU MESSAGE

Il posa la main sur sa souris pour cliquer. Une nouvelle bouffée d'énergie montait en lui…

DE : Marbella (OD-108)
OBJET : Résultat Alpha-493 (Sujet MB-2918)

Le message ne contenait aucun texte, juste une vidéo dont la lecture démarra automatiquement. Le docteur Kate Warner emplit l'écran et Paul se trémoussa sur sa chaise. Elle était magnifique. Étrangement, le simple fait de la voir suffisait à le mettre sur des charbons ardents.

« Fléau Atlantis, essai clinique Alpha-493. Résultat négatif. »

La séquence à peine finie, Paul décrocha son téléphone.

— Convoquez une téléconférence. Avec tout le monde… Oui, maintenant.

Un quart d'heure plus tard, il prenait place au bout d'une grande table, face à douze écrans tournés vers lui. Sur chacun d'eux apparaissait le visage d'un chercheur quelque part sur l'un des sites disséminés dans le monde.

— Je viens de recevoir les résultats de l'essai clinique Alpha-493, dit Paul en se redressant. Ils sont négatifs. Je…

Un flot de questions, d'accusations et de récriminations diverses jaillit des haut-parleurs. Onze semaines plus tôt, au tout début de la pandémie, les membres de ce groupe étaient tous parfaitement pondérés, polis et civilisés. Totalement concentrés sur leur tâche.

À présent, la peur était ce qui dominait chez eux. Un sentiment amplement justifié…

Chapitre 3

District Orchidée
Marbella, Espagne

Une fois encore, Kate faisait le même rêve – ce qui lui plaisait au plus haut point. À présent, elle avait l'impression d'être en mesure de le contrôler, comme une séquence vidéo qu'elle aurait pu rembobiner et rejouer à loisir. C'était l'unique chose qui parvenait encore à apporter un semblant de joie dans sa vie.

Elle s'y voyait allongée sur un lit à l'étage d'une villa à Gibraltar, à quelques pas du rivage. Par la porte-fenêtre donnant sur la terrasse, une brise légère venait gonfler les voilages blancs puis les laissait retomber doucement le long du mur noir. Le vent semblait entrer et sortir au rythme des vagues sur la plage en contrebas, en parfaite synchronie avec les longues expirations de son propre souffle. C'était un moment de parfaite harmonie, comme si tous les cœurs du monde battant à l'unisson n'avaient formé qu'un seul tout.

Les yeux rivés au plafond, elle n'osait pas clore les paupières de crainte de rompre l'instant. À côté d'elle, David était assoupi, la joue sur l'oreiller. Nonchalamment posé sur le ventre de Kate, le bras musclé du jeune homme recouvrait entièrement la grande cicatrice qu'elle portait sur sa peau. Elle brûlait de toucher ce bras, mais elle n'osait pas. Tout comme elle se refusait à risquer le moindre mouvement susceptible de faire s'évanouir son merveilleux songe.

Elle sentit le bras bouger légèrement – un geste à peine perceptible qui suffit à fracasser la scène. C'était comme si un tremblement de terre avait d'abord brouillé la perspective, avant de faire s'écrouler le plafond et les murs. Sur un ultime frémissement, l'image de la chambre disparut dans un fondu au noir qui la ramena aux ténèbres de sa « cellule » minuscule à Marbella. Le moelleux du vaste lit n'était plus qu'un souvenir, remplacé par la dureté du rugueux matelas de sa couche étroite. Néanmoins, sur son ventre, le bras était toujours là… Sauf que ce n'était pas celui de David, mais le bras d'un autre, qui glissait sur elle, s'avançait vers sa hanche. Kate se figea. La main au bout du bras la palpa, tapota ses poches, cherchant à tâtons le tube qu'elle gardait dans son poing serré. De sa main libre, elle saisit le poignet du voleur et le tordit de toutes ses forces.

Un homme poussa un cri de douleur. Levée d'un bond, Kate tira sur la chaînette de l'interrupteur et découvrit… Martin.

— Alors c'est toi qu'ils ont envoyé.

Son père adoptif en était encore à essayer de se remettre debout. Outre qu'il avait déjà la soixantaine bien sonnée, les derniers mois écoulés ne l'avaient pas épargné sur le plan physique. Cependant, malgré sa mine hagarde et son air exténué, il n'en conservait pas moins une voix posée dont le ton était celui d'un aimable grand-père.

— Tu sais, tu as un peu tendance à dramatiser par moments, Kate.

— Ce n'est pas moi qui me glisse dans la chambre des autres pour leur faire les poches dans le noir, rétorqua-t-elle en brandissant le tube devant elle. Pourquoi as-tu besoin de ça ? demanda-t-elle. Qu'est-ce qui se passe au juste ?

Martin se frotta le poignet, les yeux plissés comme si la lueur de l'unique ampoule l'aveuglait. D'un coup, il pivota sur lui-même pour prendre un sac posé sur la petite table dans un coin.

— Tiens, mets ça, dit-il en le lui tendant.

Kate saisit l'objet et le retourna. En fait, ce n'était pas du tout un sac, mais un genre de chapeau de plage, un bob blanc et informe à larges bords, sans doute récupéré dans les affaires abandonnées par les touristes en villégiature à Marbella.

— Pourquoi ? demanda Kate.

— Est-ce que tu ne pourrais pas me faire confiance pour une fois ?

— Non, apparemment je ne peux pas, répondit-elle en retournant à son lit.

— C'est pour dissimuler ton visage, dit Martin d'une voix atone et glacée. Il y a des gardes à l'extérieur de ce bâtiment. S'ils te voient, ils te mettront en détention. Ou pire, ils te tireront dessus à vue.

Et il sortit de la pièce. Après un instant d'hésitation, Kate lui emboîta le pas, le chapeau sur la tête, bien plaqué sur les côtés de son visage.

— Attends. Pourquoi me tireraient-ils dessus ? Où est-ce que tu m'emmènes ?

— Tu veux des réponses à tes questions, oui ou non ?

— Oui, répondit-elle. Mais, je voudrais… Il faut que je passe voir les garçons avant qu'on n'y aille.

Avec un regard las, Martin donna son assentiment d'un hochement de tête.

Par la porte entrouverte de la petite chambre d'Adi et Surya, Kate les découvrit absorbés dans l'activité qui les occupait quatre-vingt-dix-neuf pour cent du temps : écrire sur les murs. Pour l'immense majorité des garçons de sept et huit ans, ces gribouillages auraient eu pour sujets les dinosaures ou les soldats. Mais les deux protégés de Kate avaient créé un genre de tapisserie d'équations et de symboles mathématiques qui couvrait pratiquement toutes les surfaces murales.

Chez les deux petits Indonésiens, les grandes caractéristiques de l'autisme étaient toujours aussi manifestes. Totalement immergés dans leur travail, ils ne remarquèrent ni l'un ni l'autre l'arrivée de Kate. Juché sur une chaise posée en équilibre précaire sur l'un des bureaux, Adi était occupé à noircir l'un des tout derniers espaces libres dans la partie la plus haute du mur.

Kate se précipita pour le faire descendre de son perchoir. Tout en proférant des paroles de protestation auxquelles Kate ne comprenait rien, Adi continua d'agiter son crayon dans le vide. Ensuite, la jeune femme remit la chaise à sa place : devant le bureau.

— Adi, dit-elle en s'accroupissant devant le garçon qu'elle tenait par les épaules. Je te l'ai déjà dit. Il ne faut pas empiler les meubles les uns sur les autres pour grimper dessus.

— Mais on n'a plus de place…

— Apporte-leur de quoi écrire, dit Kate en se tournant vers Martin, qui roulait des yeux ronds. Je suis sérieuse, vas-y.

Martin partit et Kate se retourna vers les enfants.

— Vous avez faim ? (On leur avait apporté des sandwichs plus tôt dans la journée.) Vous travaillez sur quoi ?

— On ne peut pas te le dire, Kate.

— Ah oui, répondit-elle en hochant la tête avec le plus grand sérieux. C'est top secret.

Martin revint avec deux grands blocs-notes à couverture jaune.

Kate prit Surya par un bras pour être certaine de mobiliser son attention.

— À partir de maintenant, vous écrivez là-dessus uniquement, dit-elle en montrant les calepins. C'est compris ?

Les deux garçons hochèrent la tête, puis s'emparèrent des blocs pour en inspecter les pages. Satisfaits de leur examen, ils prirent place à leurs bureaux, chacun assis sur sa chaise, pour se replonger tranquillement dans leur travail.

Sans ajouter un mot, les deux adultes se retirèrent. Martin mena Kate vers l'extrémité du couloir.

— Tu crois que c'est bien prudent de les laisser faire tout ça ? demanda Martin.

— Ils ne le montrent pas, mais ils sont terrorisés. Et complètement perdus. Mais ils adorent les maths. Ça leur permet de concentrer leur esprit sur autre chose.

— Oui, mais est-ce que c'est bon pour eux de devenir totalement obsédés ? Est-ce que ça ne rend pas leur situation encore pire ?

Kate s'arrêta net.

— Pire que quoi ?

— Kate, je t'en prie…

— Les esprits les plus brillants de ce monde sont simplement obsédés par quelque chose… Quelque chose dont le monde a besoin. Les garçons ont trouvé une occupation productive qu'ils adorent. C'est bon pour eux.

— Non, ce que je voulais dire… c'est que ce serait une sacrée perturbation pour eux si on devait les emmener ailleurs.

— On les emmène ?

Martin poussa un soupir en détournant les yeux.

— Mets ton chapeau.

Puis il la mena par un autre couloir jusqu'à une porte qu'il déverrouilla à l'aide d'une carte magnétique. Quand il l'ouvrit, les rayons du soleil éblouirent Kate pratiquement au point de l'aveugler. Un bras levé pour se protéger les yeux, elle fit de son mieux pour rester dans le sillage de Martin.

Lentement, sa vue s'accommoda. Ils étaient sortis d'un bâtiment de plain-pied près du rivage, à l'extrémité du complexe hôtelier. Sur sa droite, trois hauts bâtiments blancs émergeaient au-dessus des arbres tropicaux et de la végétation luxuriante auparavant méticuleusement entretenue. Le clinquant des tours de l'hôtel formait un contraste assez saisissant avec la clôture métallique de six mètres de haut, festonnée de barbelés, qui protégeait toute l'enceinte. À la lumière du jour, l'endroit avait l'allure d'un camp de vacances transformé en zone pénitentiaire. À quoi servaient donc ces grilles au juste ? À empêcher les gens de sortir ? d'entrer ? Les deux ?

À mesure qu'ils avançaient, l'odeur qui flottait dans l'air se faisait plus âcre. Que pouvait bien être cette pestilence ? Les miasmes de la maladie ? de la mort ? Oui, quelque chose comme ça, mais pas uniquement... Au pied des tours, Kate qui regardait partout autour d'elle aperçut alors une série de longues tables disposées sous des auvents blancs, autour desquelles s'activaient des gens, un couteau à la main. Ils débitaient du poisson. C'étaient donc ces relents qu'elle sentait. *Oui, mais il y a encore autre chose.*

— Où sommes-nous ?

— Le ghetto Orchidée de Marbella.

— Un district Orchidée ?

— Oui, mais les gens à l'intérieur parlent de « ghetto ».

Les mains sur son chapeau pour le maintenir enfoncé, Kate allongeait le pas pour rester à l'allure de Martin. Découvrir ces lieux sous un nouveau jour, avec ses barrières et ses barbelés, donnait une tout autre dimension aux paroles de son père adoptif.

Par-dessus son épaule, elle jeta un regard au bâtiment qu'ils venaient de quitter. Les murs et le toit étaient recouverts d'un genre de revêtement gris et terne. *Du plomb*, songea Kate. Quelle vision étrange que cette petite construction sous son bardage plombé, nichée dans l'ombre des tours blanches étincelantes.

Au fil du chemin, Kate découvrit d'autres aspects du camp. Dans chaque bâtiment, à chaque étage, elle distinguait des silhouettes de gens regardant au loin par les baies vitrées. En revanche, chose étonnante, il n'y avait absolument personne sur les balcons. Tout à coup, elle en comprit la raison. La longue balafre métallique en travers du cadre de chacune des portes-fenêtres était éloquente : elles avaient été condamnées, soudées pour que personne ne puisse plus les ouvrir.

— Où est-ce que tu m'emmènes ?

D'un geste, Martin désigna le bâtiment de plain-pied devant eux.

— À l'hôpital.

Manifestement, ledit « hôpital » avait été jusqu'alors un grand restaurant de plage.

De l'autre côté du camp, au-delà des tours blanches, un convoi de véhicules Diesel s'arrêta devant les grilles dans un rugissement mécanique. Kate s'arrêta pour les observer. C'étaient de vieux camions, dont les plateaux à ridelles étaient dissimulés sous des bâches. Le chauffeur de tête cria quelque chose aux gardes et les lourdes grilles s'ouvrirent.

Kate remarqua alors les drapeaux bleu ciel, avec un dessin blanc au centre, accrochés aux guérites de part et d'autre des grilles. Tout d'abord, elle crut qu'il s'agissait de la bannière des Nations unies, mais le motif central ne représentait nullement une carte du monde entourée de rameaux d'olivier. Non, c'était une orchidée. Les feuilles blanches étaient symétriques, mais avec des ornements rouges qui s'étiraient de façon irrégulière depuis le centre, semblables aux rayonnements de la couronne solaire autour d'une lune plongée dans le noir pendant une éclipse totale.

Les camions s'arrêtèrent juste de l'autre côté des grilles et des soldats entreprirent d'en faire descendre leur cargaison humaine – des hommes, des femmes et même quelques enfants. Tous avaient les mains attachées. Bon nombre d'entre eux se débattaient, criant en espagnol.

— Ils rassemblent les survivants, murmura Martin, comme s'il craignait d'être entendu malgré la distance. C'est illégal d'être pris à l'extérieur.

— Pourquoi ? demanda Kate, avant qu'une pensée ne la traverse tout à coup. Il… Il y a des survivants qui ne prennent pas le traitement Orchidée ?

— Oui. Mais… ils ne deviennent pas exactement ce à quoi on s'attendait. Tu verras.

Ils gagnèrent le restaurant-hôpital. Après quelques mots échangés avec le garde, ils pénétrèrent dans un sas de décontamination aux parois intégralement recouvertes de film en plastique. Des arroseurs automatiques au plafond et aux murs les aspergèrent d'une solution vaporisée légèrement agressive. Pour la deuxième fois en peu de temps, Kate se félicita d'avoir coiffé son galure. Le feu de circulation au bout de la pièce passa du rouge au vert et Martin franchit le rabat souple de la porte de plastique.

— Tu peux retirer ton chapeau, dit-il de l'autre côté du seuil. Ici, tout le monde sait qui tu es.

Après s'être exécutée, Kate découvrit pleinement la vaste pièce qui s'ouvrait devant elle, l'ancienne salle de restaurant. Et elle n'en croyait pas ses yeux.

— Qu'est-ce que c'est que ça ?

— Le monde n'est pas tel que le décrit la radio, répondit Martin dans un souffle. Tu as devant toi le vrai visage du fléau Atlantis.

Chapitre 4

Trois kilomètres sous la base de recherche Immari
Antarctique oriental

David Vale ne parvenait pas à détacher les yeux de son propre corps – mort – étendu dans le couloir, baignant dans une mare de sang, ses yeux toujours ouverts fixés au plafond. Un autre cadavre était posé en travers du sien : celui de son assassin, Dorian Sloane. David ayant tiré ses dernières balles à bout portant, le corps de Sloane était en charpie. De temps à autre, comme d'une piñata en phase de désintégration lente, un résidu sanguinolent se détachait du plafond où le carnage l'avait projeté.

David détourna enfin la tête. Le tube de verre dans lequel il flottait faisait un mètre de large à peine, et les épaisses volutes blanches qu'il contenait le faisaient paraître plus étroit encore. Son regard glissa vers les profondeurs de l'immense salle, avec ses milliers de cylindres transparents empilés du sol au plafond jusqu'à des hauteurs où son œil ne portait même pas. Plus épaisse, la brume à l'intérieur de ces autres tubes dissimulait la physionomie de ceux qu'ils contenaient. L'unique personne dont il distinguait les traits était l'homme dans le tube voisin. Sloane. Contrairement à David, ce dernier ne regardait pas autour de lui. Les yeux emplis de haine, Sloane fixait David sans ciller. En guise d'unique mouvement, on pouvait noter épisodiquement une contraction des muscles de sa mâchoire.

David croisa brièvement les prunelles flamboyantes de son meurtrier. Puis, pour la centième fois, il reprit l'examen du contenant de verre dans lequel il flottait. L'entraînement qu'il avait reçu à la CIA ne l'avait absolument pas préparé à une situation de ce genre. Comment s'échapper d'un sarcophage d'hibernation à l'intérieur d'une structure vieille de deux millions d'années quelque trois kilomètres sous la glace de l'Antarctique ? *Il y a peut-être bien eu un cours sur les structures d'un million d'années, mais j'étais absent ce jour-là*. David sourit de sa pauvre blague. Quoi qu'il ait pu devenir, au moins n'avait-il pas perdu son sens de l'humour. Tandis que cette pensée s'évanouissait dans son esprit, David se souvint du regard de Sloane posé sur lui. Il laissa son sourire s'effacer doucement de ses lèvres en espérant que la brume l'avait dissimulé à son ennemi.

Tout à coup, David sentit un autre regard peser sur lui. Fébrilement, il sonda les travées de l'immense hall. Rien. Pourtant, David avait la certitude qu'il y avait quelqu'un. Au prix de contorsions, il fit de son mieux pour voir dans le couloir où gisaient les cadavres. Toujours rien. Du coin de l'œil, il remarqua néanmoins un détail qui le mit en alerte : Sloane ne le fixait plus. David suivit son regard vers le fond de l'immense pièce. Oui, là-bas, un homme circulait entre les tubes. Du moins, une silhouette qui avait l'apparence d'un homme. D'où venait-il ? De l'intérieur ou de l'extérieur ? Était-ce un Atlante ? En tout cas, il était grand, bien plus d'un mètre quatre-vingts, vêtu d'une tenue noire impeccable qui ressemblait fort à un uniforme. Sa peau était blanche, presque translucide. Rasé de près, il portait en guise de coiffure une crinière blanche au sommet du crâne. Et sa tête paraissait peut-être un peu grande pour son corps.

Parvenu à leur hauteur, l'homme resta un moment à les considérer attentivement chacun leur tour. David, Sloane, puis de nouveau l'un et l'autre, comme s'il était un parieur faisant le tour des paddocks pour jauger les pur-sang avant une course.

Subitement, un bruit rythmique rompit le silence, éveillant un écho dans l'immensité. C'étaient des pieds nus martelant le sol métallique. Du regard, David remonta vers la source sonore. Sloane, sorti de son tube, boitillait de toutes ses forces en direction des cadavres – et des armes à côté. Comme David se retournait vers l'Atlante, son propre tube s'ouvrit. Sur ses jambes flageolantes qui parvenaient à peine à le porter, il s'élança à son tour. Sloane avait déjà couvert la moitié du chemin…

Chapitre 5

District Orchidée
Marbella, Espagne

Dans le dispensaire improvisé, divisé en deux sections, Kate avait bien du mal à saisir pleinement ce qu'elle voyait. Dans la partie centrale de la salle, des mourants, des agonisants, des malades gémissaient, convulsaient et perdaient conscience sur des rangées de petits lits, qui s'étiraient vers le fond comme dans un hôpital militaire de campagne.

—Cette flambée est différente de l'épidémie de 1918, dit Martin en s'avançant dans la pièce.

En l'occurrence, Martin faisait référence à la pandémie de grippe espagnole qui avait déferlé sur le monde entier à la fin de la Première Guerre mondiale, infectant un milliard de personnes environ et en tuant cinquante millions. Kate et David avaient découvert ce que Martin et ses employeurs Immari savaient depuis pratiquement un siècle : le fléau provenait d'un artefact très ancien que le père de Kate avait contribué à récupérer dans la structure atlante sous Gibraltar.

Des tas de questions se bousculaient dans l'esprit de Kate, mais tandis qu'elle prenait la mesure de l'horrible tableau sous ses yeux, une interrogation surnageait : *Pourquoi meurent-ils ?*

— Je croyais que le traitement Orchidée arrêtait la progression du fléau ?

— C'est le cas. Mais son efficacité est en train de s'effondrer. D'après nos estimations, d'ici à un mois, plus personne ne réagira à Orchidée. Des mourants se sont portés volontaires pour des essais. Ce sont tous les morts qui t'ont été envoyés.

Kate s'avança. La mine songeuse, elle observait tous les sujets sur leur lit de souffrance.

— Que se passe-t-il quand Orchidée cesse d'agir ?

— Sans Orchidée, pratiquement quatre-vingt-dix pour cent des personnes infectées meurent dans les soixante-douze heures.

Kate ne parvenait pas à croire ce qu'elle entendait. Il devait y avoir une erreur.

— C'est impossible. En 1918, la mortalité était…

— Bien inférieure, je sais. Cela fait partie des spécificités de ce nouveau fléau. Et nous avons pris conscience de ses autres caractéristiques en découvrant les survivants, dit Martin en désignant d'un signe de tête une rangée de cellules le long du mur de l'ancienne salle de restaurant.

Aux yeux de Kate, les gens qui y étaient enfermés paraissaient en bonne santé, mais la plupart d'entre eux restaient étrangement regroupés, serrés les uns contre les autres, refusant obstinément de tourner leur regard vers l'extérieur. Il y avait quelque chose d'extrêmement perturbant chez eux, un petit rien sur quoi Kate ne parvenait pas à mettre le doigt. Elle voulut s'avancer pour les observer de plus près, mais Martin la retint par le bras.

— Non, ne les approche pas. Apparemment, ces survivants subissent une forme de… régression. C'est comme si le câblage de leur cerveau était tout emmêlé. C'est pire chez certains, mais tous connaissent cette forme d'évolution régressive.

— Et cela touche tous les survivants ?

— Non. Plus ou moins la moitié.

— Et l'autre moitié ? demanda Kate en craignant la réponse.

— Suis-moi.

Martin alla échanger quelques mots avec le garde au bout de la pièce. L'homme s'écarta pour leur livrer passage vers une seconde salle à manger plus petite, intégralement transformée en lieu de rétention. De part et d'autre d'un étroit passage central, de vastes cellules s'alignaient le long des murs, d'un bout à l'autre. Des panneaux de bois obturaient les fenêtres.

Martin ne s'aventura pas très loin.

— Ce sont les autres survivants. Ceux qui semaient la perturbation dans le camp.

Une centaine de sujets au moins étaient entassés dans ces espaces confinés, où régnait un silence de mort. Personne ne bougeait. Tous fixaient sur Kate et Martin leurs yeux glacés, dépourvus de la moindre lueur.

— Physiquement, on ne relève pratiquement aucune modification majeure, poursuivit Martin à voix basse. Rien qu'on n'ait déjà vu. En revanche, leur câblage neuronal se modifie lui aussi. Ils deviennent plus intelligents. Comme chez ceux qui régressent, les effets varient d'un cas à l'autre, mais certains ont développé des aptitudes à l'analyse et la résolution de problèmes totalement hors norme. Quelques-uns deviennent un peu plus forts. Mais il y a un autre aspect encore : l'empathie et la compassion disparaissent. Là aussi, c'est variable selon les sujets, mais tous voient s'effondrer leurs fonctions sociales.

Comme en réponse à un signal invisible, les groupes de chaque côté s'écartèrent pour révéler les grandes lettres rouges badigeonnées sur les murs derrière eux. Ils avaient écrit des mots avec leur propre sang.

« Orchidée ne peut pas arrêter Darwin. »

« Orchidée ne peut pas arrêter l'Évolution. »

« Orchidée ne peut pas arrêter le fléau. »

De l'autre côté, un autre survivant avait écrit :

« Le fléau Atlantis = Évolution = Destin de l'Humanité. »

Dans la cellule voisine, les lettres formaient d'autres slogans :

« L'Évolution est inévitable. »

« Seuls les fous luttent contre le destin. »

— On ne combat pas seulement le fléau, murmura Martin. On se bat aussi contre les survivants qui refusent tout remède. Ceux pour qui les événements ne sont que l'étape suivante dans l'évolution de l'humanité. Un nouveau commencement.

Kate restait muette de saisissement.

Tournant les talons, Martin repassa dans la grande salle, Kate dans son sillage, pour emprunter ensuite une autre issue donnant sur ce qui avait dû être la cuisine, avant qu'elle soit reconvertie en laboratoire. Là, juchés sur des tabourets, une demi-douzaine de scientifiques manipulaient des équipements sur des paillasses métalliques. Toutes les têtes se tournèrent vers Kate. Bouche bée, ils suspendirent leurs gestes pour échanger des paroles d'étonnement à voix basse. Posant un bras sur les épaules de Kate, Martin l'invita à poursuivre son chemin.

— Ne t'arrête pas.

Dans le petit office contigu à la cuisine, il saisit un code sur un petit panneau de commande. La porte coulissa dans un chuintement feutré. Ils franchirent le seuil et elle se referma derrière eux.

— L'échantillon, dit Martin en tendant la main.

Kate palpait le tube de plastique au fond de sa poche. Martin ne lui avait donné que la moitié de l'histoire : juste ce qu'il fallait pour obtenir ce qu'il voulait. Elle se recula.

— Pourquoi les effets du fléau sont-ils différents cette fois-ci ? Pourquoi les choses ne se passent-elles pas comme en 1918 ?

Martin s'éloigna à son tour pour aller s'affaler sur la chaise derrière une vieille table en bois toute décatie. Ils devaient être dans l'ancien bureau du responsable du restaurant. Une petite fenêtre donnait sur l'extérieur. Tout un fatras d'instruments inconnus de Kate recouvrait la table de travail. Au mur, six grands écrans affichaient des cartes, des diagrammes et des lignes de texte défilant. On aurait cru une chaîne d'infos en continu spécialisée dans l'actualité boursière.

Martin se massa les tempes, puis rangea vaguement quelques papiers.

— Le fléau est différent parce que nous sommes différents. Le génome humain est plus ou moins resté le même, mais nos cerveaux fonctionnent d'une façon qui n'a radicalement plus rien à voir par rapport à un siècle en arrière. Nous traitons l'information beaucoup plus rapidement. Nous passons nos journées à consulter nos messageries, à regarder des écrans, à ingurgiter de l'information sur Internet, scotchés à nos smartphones. Nous savons que nos modes de vie, notre alimentation et même le stress ont une incidence sur l'activation des gènes. Et tout cela retentit directement sur la façon dont les pathogènes agissent sur nous. Le stade auquel nous sommes parvenus dans notre développement est très exactement celui qu'attendaient ceux qui ont conçu le fléau Atlantis. C'est comme si celui-ci avait été tout spécialement mis au point pour cet instant. Pour que le cerveau humain soit pile à maturité.

— À maturité pour quoi faire ?

— C'est toute la question, Kate. Et nous ne connaissons pas la réponse. Mais nous avons quelques pistes. Comme tu l'avais toi-même observé, nous savons que le fléau Atlantis agit essentiellement sur le câblage neuronal. Plus spécifiquement, il le renforce chez ceux qui survivent, du moins une partie d'entre eux. Pour l'autre partie, il le brouille. Et il tue tous les autres, ceux dont il n'a apparemment pas besoin. Le fléau Atlantis change l'humanité au niveau génétique. Il nous bio-forme pour faire de nous autre chose.

— Sais-tu quels gènes il cible en particulier ?

— Non, mais on est sur la voie. Notre théorie est que le fléau Atlantis serait simplement une mise à jour génétique dont l'action manipule le gène Atlantis. Son objectif serait d'achever l'évolution du câblage neuronal entamée il y a soixante-dix mille ans avec l'introduction du gène Atlantis – le premier Grand bond en avant. En revanche, nous n'avons pas la moindre idée du résultat visé. Un deuxième Grand bond en avant – pour nous forcer à progresser – ou un grand bond en arrière ? Une régression à grande échelle de l'évolution humaine ?

Kate digérait toutes ces révélations. Par la fenêtre, elle assista alors au déclenchement d'une énorme échauffourée à l'extérieur, aux abords immédiats de la tour la plus proche. Un groupe de personnes se dispersait, tandis qu'un second se ruait sur les gardes. Kate se dit que c'étaient sans doute les gens ramenés à l'intérieur du camp un peu plus tôt, mais sans aucune certitude.

Après un rapide coup d'œil au-dehors, Martin reporta son attention sur Kate.

— Les accrochages sont monnaie courante, surtout lorsqu'un nouveau groupe arrive. (Il tendit une main en direction de Kate, paume grande ouverte.) J'ai vraiment besoin de cet échantillon, Kate.

De nouveau, Kate balaya toute la pièce du regard – les équipements, les écrans, les courbes, les graphiques…

— C'est ton étude, n'est-ce pas ? C'est toi la voix dans la pièce. C'est pour toi que je travaille.

— On travaille tous pour quelqu'un…

— Je t'ai dit que je voulais des réponses.

— La réponse est « oui ». C'est mon étude.

— Mais pourquoi ? Pourquoi m'avoir menti ? s'écria Kate sans parvenir à masquer l'acrimonie dans sa voix. Je t'aurais aidé.

— Je sais, mais tu aurais aussi eu des questions. Te dire la vérité, te dire ce que j'avais fait, te dire dans quel état était le monde était ma hantise. Je repoussais l'instant parce que je voulais te protéger de tout cela… Quelques instants encore…

Martin détourna la tête. Il semblait infiniment vieilli tout à coup.

— Orchidée. C'est du vent, n'est-ce pas ?

— Non, Orchidée est efficace. Le médicament arrête le fléau, mais il permet seulement de gagner du temps. Ensuite, il devient inopérant. Et puis, nous avons des problèmes de production et les gens perdent espoir.

— Vous ne l'avez quand même pas développé du jour au lendemain, dit Kate. Ce n'est pas possible.

— Ce n'est pas le cas. Orchidée était notre plan de secours. Enfin, le plan de secours de ton père, pour être exact. Après nous avoir convaincus qu'une calamité s'abattrait un jour ou l'autre, il nous avait obligés à chercher un remède pour parer à cette éventualité. Nous y avons travaillé pendant des décennies, sans parvenir à grand-chose. Du moins, jusqu'à ce qu'on trouve un vaccin contre le VIH.

— Quoi, il existe un vaccin contre le VIH ?

— Je te dirai tout, Kate, je te le promets. Mais j'ai vraiment besoin de cet échantillon. Et puis, il faut que tu regagnes ta chambre. Une équipe de SAS vient te chercher demain. Ils vont te conduire en Angleterre où tu seras en sécurité.

— Hein ? Je n'irai nulle part. Je veux me rendre utile.

— Et tu le pourras. Mais j'ai besoin de savoir que tu es protégée.

— Protégée de quoi ? demanda Kate.

— Des Immari. Ils ont fait venir des troupes en Méditerranée.

À la radio, Kate avait surtout entendu dire que les forces Immari subissaient défaite sur défaite dans les pays en développement, mais elle n'y avait pas vraiment prêté attention.

— Les Immari constituent une menace ?

— Absolument. Ils ont fait main basse sur la quasi-totalité de l'hémisphère sud.

— Tu n'es pas sérieux…

— Oh si, je le suis. Il faut que tu comprennes une chose. Quand le fléau Atlantis s'est répandu, plus d'un milliard de personnes ont été infectées dans les vingt-quatre heures. Les gouvernements qui ne se sont pas immédiatement écroulés ont déclaré la loi martiale. C'est à ce moment-là que les Immari ont lancé leur entreprise de nettoyage en règle du monde pour créer une société de survivants, mais constituée uniquement de ceux qui connaissent une évolution rapide. Les « élus », comme ils les appellent. Ils ont commencé par les pays les plus peuplés de l'hémisphère sud, proches de l'Antarctique. Ils ont pris le contrôle de l'Argentine, du Chili, de l'Afrique du Sud et d'une dizaine d'autres encore.

— Hein ? mais…

— Ils lèvent une armée pour envahir l'Antarctique.

Kate le regardait avec des yeux comme des hublots. *Ce n'est pas possible.* Les nouvelles de la BBC étaient toujours si positives. Inconsciemment, sans même penser à ce qu'elle faisait, elle sortit le tube de sa poche pour le remettre à Martin.

Pivotant sur sa chaise, Martin appuya sur un bouton d'un genre de grande Thermos dotée d'un écran en façade et de ce qui ressemblait à un téléphone satellite sur le côté. Le capot supérieur de la Thermos s'ouvrit et Martin y laissa tomber le petit tube en plastique.

À l'extérieur, les affrontements gagnaient en intensité.

— Qu'est-ce que tu fais ? demanda Kate.

— Je transmets nos résultats à tout le réseau, répondit-il par-dessus son épaule. Nous ne sommes qu'un site parmi plusieurs autres. Je pense que nous sommes tout proches du résultat, Kate.

Des déflagrations retentirent dans le camp. Même à travers les murs, Kate sentit sur elle le souffle chaud des explosions. Martin tapota des touches sur son clavier pour basculer l'affichage des écrans muraux, passant à une vue générale du camp, puis de la côte. Un essaim d'hélicoptères noirs envahit tous les moniteurs. Martin bondit sur ses pieds – une fraction de seconde avant que le bâtiment tout entier ne subisse une violente secousse qui projeta Kate au sol. Un sifflement strident lui emplissait les oreilles. Elle sentit Martin se jeter sur elle pour la protéger de son corps des décombres qui tombaient du plafond.

Chapitre 6

Trois kilomètres sous la base de recherche Immari
Antarctique oriental

Dorian était presque arrivé au petit couloir au bout de l'immense salle, à quelques mètres seulement des corps morts emmêlés – et des armes –, quand il entendit le martèlement des pieds nus de David derrière lui. Dorian prenait son élan pour bondir quand David le plaqua, l'envoyant tête la première sur le sol. Un gémissement strident emplit l'espace quand sa peau râpa le métal glacé par terre.

Ils finirent leur course dans la flaque de sang presque séché autour des cadavres. Les leurs. Dorian parvint à se redresser avant son poursuivant, dégageant son corps taché d'écarlate juste ce qu'il fallait pour pouvoir assener un coup de coude en plein dans le visage de David.

Sonné, David recula et Dorian saisit l'ouverture. D'une torsion carpée, il repassa sur le dos, repoussa David et se mit à ramper pour attraper l'un des pistolets à deux mètres à peine. Il fallait absolument qu'il l'atteigne. C'était son unique chance. Dorian aurait préféré mourir plutôt que de le reconnaître à voix haute, mais David était incontestablement l'un des meilleurs combattants qu'il ait jamais affrontés à mains nues. C'était une lutte à mort qu'ils se livraient. Et sans arme, Dorian savait qu'il perdrait.

Dorian sentit les ongles de David se planter dans l'arrière de sa cuisse. La seconde suivante, c'était un poing qui s'abattait dans le creux de ses reins. Une boule de douleur explosa à la base de ses lombaires pour irradier dans son ventre et remonter dans sa poitrine. Une vague de nausée passa sur lui. Dorian contenait tant bien que mal un haut-le-cœur quand le deuxième coup le frappa au milieu de la colonne. L'onde atroce déferla du point d'impact vers le bas, puis disparut pratiquement : il avait perdu toute sensation dans les jambes. Comme il s'effondrait sur le sol, David lui grimpa sur le dos, bien décidé à l'achever d'un coup fatal sur la nuque.

Les mains plaquées sur le sol, Dorian mobilisa tout ce qui lui restait de vigueur et de rage pour se cabrer, la tête rejetée le plus loin possible en arrière. Le sommet de son crâne percuta le menton de David, l'envoyant bouler sur le côté.

À plat ventre, Dorian ne perdit pas un instant, rampant avec ses coudes tel un commando dans la boue, tirant son corps dans la mare de sang. Sa main se referma sur la crosse de l'arme. À l'instant où il se retournait pour braquer le pistolet sur son ennemi, David lui tomba dessus, lui saisissant les poignets. À l'extrémité de son champ de vision, Dorian perçut un mouvement : l'Atlante approchait d'un pas tranquille, considérant leurs gesticulations d'un œil parfaitement stoïque et impartial, comme un parieur devant un combat de chiens mais qui n'aurait misé sur aucun des molosses.

Dorian s'efforçait désespérément de réfléchir. Il fallait qu'il trouve une idée pour reprendre l'avantage. Il relâcha la tension dans ses bras pour se laisser tomber au sol sous la poussée. David s'affala brutalement sur lui, mais sans le lâcher. Dorian réorienta l'arme dans sa main droite pour la pointer sur l'Atlante. Puis il fit feu.

David relâcha le poignet gauche de Dorian pour tenter d'attraper le pistolet de sa main droite. Les doigts tendus et serrés en une pointe effilée, Dorian en profita pour frapper sèchement de sa main gauche le sternum de David afin de lui paralyser le diaphragme. La bouche ouverte, les poumons vides d'air, David recula malgré lui. Dorian arracha sa main droite de la poigne de David, puis leva le pistolet et lui logea une balle en pleine tête. Dans la foulée, il visa l'Atlante et tira sur lui jusqu'à vider le chargeur.

Chapitre 7

Trois kilomètres sous la base de recherche Immari
Antarctique oriental

L'œil fixe, la mine légèrement goguenarde, l'Atlante observait Dorian. Les projectiles l'avaient traversé de part en part sans paraître l'incommoder. Le regard de Dorian glissa vers l'autre pistolet un peu plus loin sur le sol.

— Tu veux encore tenter ta chance, Dorian ? Vas-y. J'attendrai. J'ai tout mon temps.

Dorian se figea. Cette chose connaissait son nom. Et elle n'avait pas peur…

L'Atlante s'avança jusqu'au milieu de la flaque de sang. Pas une goutte ne souillait ses pieds.

— Je sais ce que tu es venu faire, dit-il en fixant sur Dorian ses yeux qui ne cillaient pas. Tu es descendu jusqu'ici pour sauver ton père et tuer ton ennemi. Pour protéger ton monde. Tu viens d'abattre ton unique ennemi en ce lieu.

Dorian s'arracha à sa contemplation fascinée du monstre pour scruter la salle autour de lui en quête de quelque chose dont il pourrait se servir, un objet, n'importe quoi. Il sentait de nouveau ses jambes, mais son équilibre restait précaire. En chancelant, il s'éloigna de l'Atlante sans le quitter des yeux un seul instant. L'Atlante soutenait son regard, un petit sourire sur les lèvres, sans esquisser le moindre geste.

Il faut que je parte d'ici, songea Dorian. Les pensées se bousculaient dans son esprit. *De quoi ai-je besoin ?*

Une combinaison. La sienne avait été trouée par son propre père. Celle de Kate avait été endommagée également, mais peut-être pourrait-il la réparer. Avec celles des enfants, beaucoup trop petites pour lui, peut-être pourrait-il la rafistoler. Il avait juste besoin de se protéger du froid quelques minutes, le temps de regagner la surface et de commander l'attaque.

D'un bond, Dorian pivota sur lui-même pour s'élancer. Les portes au bout du couloir se fermèrent puis chacune des issues de l'immense salle.

L'Atlante se matérialisa devant lui.

— C'est moi qui te dirai quand tu pourras partir.

Dorian le dévisageait, la mine stupéfaite, mais avec une petite note de défi aussi.

— On la joue comment, Dorian ? C'est toi qui choisis. En douceur ou à la manière forte ?

L'Atlante attendit une réponse qui ne vint pas.

— Comme tu voudras, conclut-il avec un petit hochement de tête flegmatique.

Dorian sentit l'air autour de lui disparaître, comme aspiré d'un coup dans le vide. Les sons s'évanouirent et un choc violent le percuta au plexus. Bouche grande ouverte, il tenta en vain d'inspirer, de trouver son souffle. Ses genoux cédèrent. Des taches noires dansaient devant ses yeux. Le sol parut bondir vers lui tandis que les ténèbres l'engloutissaient.

Chapitre 8

District Orchidée
Marbella, Espagne

Après s'être dégagée du corps inerte de Martin tombé sur elle, Kate examina rapidement les blessures que les gravats avaient infligées à son père adoptif en lui tombant dessus. Du sang coulait d'une entaille à l'arrière de son crâne. Kate diagnostiqua une commotion cérébrale, mais à sa grande surprise elle vit Martin cligner des yeux à plusieurs reprises et se lever. Du regard, il évalua les dégâts dans la pièce. Machinalement, Kate l'imita. L'essentiel des équipements et autres ordinateurs avait été détruit.

Martin alla jusqu'à un petit placard, d'où il sortit un téléphone satellite et deux pistolets. Il en tendit un à Kate.

— Les Immari vont tenter de fermer le camp, expliqua Martin en récupérant un sac à dos, dans lequel il fourra l'appareil aux allures de Thermos après une rapide inspection, ainsi qu'un ordinateur et quelques carnets. Ils se sont emparés de plusieurs îles en Méditerranée. Ils testent le périmètre pour voir si les nations Orchidée sont disposées à les combattre ou en mesure de le faire.

— Et le sont-elles ?

Le bâtiment s'était stabilisé. Kate voulait soigner la plaie à la tête de Martin, mais il ne cessait de courir en tout sens comme un dératé.

— Non, répondit Martin. L'Alliance Orchidée n'est pas vraiment en mesure de résister. Toutes ses ressources – y compris militaires – sont affectées à la production d'Orchidée. Aucun secours ne viendra. Il faut partir.

Sur sa table de travail, il déposa un engin ovoïde dont il fit pivoter la partie supérieure. Le dispositif commença à émettre un tic-tac.

Kate luttait de toutes ses forces pour rester concentrée. *Martin va détruire son bureau. On ne reviendra jamais ici.* Ses pensées volèrent vers les garçons dans le bâtiment antérieurement réservé aux soins et à la remise en forme.

— Il faut aller chercher Adi et Surya.

— Nous n'avons pas le temps, Kate. Nous reviendrons les prendre. Avec la section de SAS qui est actuellement en chemin.

— Je ne pars pas sans eux. C'est hors de question ! répliqua Kate sur un ton catégorique que Martin ne connaissait que trop bien.

Kate avait six ans seulement quand il l'avait adoptée, après la mort de son père biologique. Martin la connaissait suffisamment pour savoir qu'il était inutile d'espérer le moindre compromis.

Il secoua la tête, la mine quelque part entre la perplexité et l'incrédulité.

— D'accord, d'accord, mais sois prête à te protéger, dit-il en désignant le pistolet de Kate d'un coup de menton.

Puis il saisit le code ouvrant la porte, attendit juste ce qu'il fallait pour que Kate sorte, et commanda le verrouillage depuis l'extérieur.

Une fumée épaisse emplissait tout le couloir. Plus loin, à la jonction avec l'ancienne cuisine, un incendie faisait rage. Des cris s'élevaient un peu partout.

— Il y a une autre sortie ?

— Non. La salle de décontamination est le seul passage, répondit Martin en passant devant elle, son arme à la main. Il va nous falloir courir. Tire sur le premier qui essaie de t'arrêter. Tu m'entends ? Qui que ce soit.

Kate jeta un regard à son pistolet. À cet instant précis, la peur s'empara d'elle. Jamais encore elle n'avait utilisé une arme à feu ; elle n'était pas certaine d'avoir le cran de tirer sur quelqu'un. Martin prit l'arme et fit jouer la culasse pour faire monter une munition dans la chambre.

— Ce n'est pas si compliqué. Tu vises. Tu appuies sur la détente.

Et sur ces mots, il s'élança vers la cuisine – en direction des flammes et de la fumée.

Chapitre 9

Trois kilomètres sous la base de recherche Immari
Antarctique oriental

Toute sa volonté bandée, Dorian s'efforçait de distinguer la forme aux contours indistincts. Il n'arrivait plus à respirer autrement qu'à petites bouffées hachées qui lui donnaient l'impression de se noyer. Tout son corps lui faisait mal. Ses poumons le brûlaient dès qu'un peu d'air y pénétrait.

La silhouette se fit plus nette. Penché sur lui, l'Atlante l'observait, guettant quelque chose. Quoi ?

Dorian tenta de parler. En vain. L'oxygène parvenait à ses poumons, mais en quantité insuffisante. Il émit un gargouillis éraillé et ferma les yeux. Un peu d'air encore… Il rouvrit les paupières.

— Qu'est-ce… que vous… voulez ?

— Je veux ce que tu veux, Dorian. Je veux que tu sauves la race humaine de l'extinction.

Dorian plissa les yeux.

— Nous ne sommes pas ce que tu penses, Dorian. Jamais nous ne te ferions le moindre mal. Un peu comme des parents ne feraient jamais de mal à leur enfant, répondit l'Atlante. Oui, c'est vrai, poursuivit-il avec un hochement de tête. Nous vous avons créés.

— Connerie ! cracha Dorian entre ses dents.

L'Atlante secoua la tête.

— Le génome humain est infiniment plus complexe que ce que tu en connais pour l'instant. Nous avons eu quelques difficultés avec la fonction du langage chez vous. De toute évidence, il nous reste encore du pain sur la planche.

Peu à peu, Dorian retrouvait une respiration normale. Il s'assit. Que voulait l'Atlante au juste ? À quoi rimait cette comédie ? Incontestablement, il avait le contrôle total du vaisseau. *Pourquoi a-t-il besoin de moi ?*

L'Atlante lui répondit comme s'il avait formulé son interrogation à voix haute.

— Tu n'as pas à t'inquiéter de mes motivations. (De l'autre côté de la salle, les lourdes portes coulissèrent.) Suis-moi.

Lentement, Dorian se releva. Il prit un instant de réflexion. *Est-ce que j'ai le choix ? Il peut me tuer quand il veut. Je vais jouer le jeu. Une occasion finira bien par se présenter.*

Tout en ouvrant la voie le long du couloir gris métallique, l'Atlante poursuivit son badinage.

— Tu me sidères, Dorian. Tu es intelligent, mais ta haine et ta peur te dominent complètement. Réfléchis logiquement : nous sommes venus ici à bord d'un vaisseau spatial qui utilise des concepts de la physique dont ta race n'a même pas ne serait-ce que l'intuition. Vous en êtes à tenter des petites virées autour de cette minuscule planète à bord de boîtes de conserve bariolées dont les moteurs brûlent les restes liquéfiés de reptiles aujourd'hui disparus. Tu crois sincèrement pouvoir te mesurer à nous dans un combat ?

L'image des trois cents ogives nucléaires positionnées tout autour du vaisseau passa dans l'esprit de Dorian.

L'Atlante se tourna vers lui.

— Tu penses que nous ne savons pas ce qu'est une bombe nucléaire ? Nous maîtrisions la fission de l'atome bien avant que vous ne soyez capables de simplement fendre une bûche. Ce vaisseau pourrait encaisser la puissance de toutes les têtes nucléaires de cette planète. Au bout du compte, tu n'obtiendrais pas grand-chose : faire fondre la glace de ce continent, submerger le monde et éradiquer ta civilisation. Fais appel à la raison, Dorian. Si nous voulions vous tuer, vous seriez morts. Et depuis des dizaines de milliers d'années. En réalité, nous vous avons sauvés. Nous vous avons guidés.

L'Atlante mentait, c'était sûr. *À moins qu'il n'essaie de me convaincre de ne pas attaquer ?*

— Et tu ne me crois toujours pas, dit l'Atlante, un sourire sur les lèvres. Enfin… Je suppose que je ne devrais pas être surpris. C'est ainsi que nous vous avons programmés. Taillés pour survivre, pour attaquer tout ce qui constitue une menace.

Ignorant les paroles de l'Atlante, Dorian s'approcha de lui, le bras tendu. Et sa main passa à travers.

— Vous n'êtes pas ici.

— Ce que tu vois, c'est mon avatar.

Dorian regarda tout autour de lui. Pour la première fois, il éprouvait comme un sentiment d'espoir.

— Où êtes-vous ?

— Chaque chose en son temps.

Une porte s'ouvrit. L'Atlante franchit le seuil.

Dorian jeta un coup d'œil circonspect dans la petite pièce. Deux combinaisons étaient accrochées à un mur. Juste en dessous, une mallette argentée étincelante était posée sur un banc. Son esprit commença à échafauder un plan d'évasion. *Il n'est pas là. C'est une projection. Et si je parvenais à la désactiver ?*

— Comme je te l'ai dit, c'est toi qui choisis, Dorian. La douceur ou la manière forte. Je vais te laisser partir. Enfile une combinaison.

Dorian accorda une seconde d'attention à la tenue, avant d'examiner la pièce alentour, en quête d'un objet qui pourrait lui servir. La porte se referma brutalement et Dorian sentit l'air se raréfier. Il se hâta de vêtir la combinaison. Dans son esprit, un plan prenait forme. Pour finir, il glissa le casque sous son bras droit.

— Prends la mallette, ordonna l'Atlante en la désignant d'un geste.

Dorian la considéra un instant.

— Qu'est-ce qu'elle… ?

— Fini les discussions, Dorian. Tu prends la mallette et tu ne l'ouvres sous aucun prétexte. Quoi qu'il arrive, elle reste fermée.

Dorian obtempéra, trottinant derrière l'Atlante dans le couloir, jusqu'à l'endroit où les corps gisaient toujours. Toutes les portes coulissantes s'étaient rouvertes. Les gigantesques tombeaux s'étendaient devant lui. Dorian vit le tube ouvert duquel David était sorti. Ainsi donc, après leur mort, ils avaient tous deux… ressuscité. Est-ce que David reviendrait encore une fois à la vie ? Une telle éventualité serait forcément synonyme de grabuge. D'un geste, Dorian désigna le tube vide.

— Est-ce que… ?

— Je me suis occupé de lui. Il ne reviendra pas.

Une nouvelle pensée traversa l'esprit de Dorian : l'écoulement du temps. Pour le monde à l'extérieur, son père avait passé quatre-vingt-sept ans en ce lieu, mais pour ce dernier, seuls quatre-vingt-sept jours s'étaient écoulés. La Cloche à l'entrée du périmètre créait une bulle de dilatation temporelle. Un jour à l'intérieur équivalait à un an à l'extérieur. En quelle année était le monde au-dehors ? Combien de temps avait-il passé dans le tube ?

— En quelle année… ?

— J'ai désactivé le dispositif que tu appelles la Cloche. Il ne s'est écoulé que quelques mois. Et maintenant, va. Je ne le répéterai pas.

Sans un mot de plus, Dorian s'engagea dans le couloir. Une fine traînée de sang maculait le sol : celui de son père. Au grand soulagement de Dorian, les gouttelettes se raréfièrent bien vite, jusqu'à disparaître. *Nous nous retrouverons bientôt pour achever ce que nous avons entrepris.* Son rêve de toujours semblait de nouveau à portée de main.

Dans le sas de décontamination tout en longueur, il vit la combinaison déchirée de Kate et les deux plus petites qu'avaient portées les gamins de son laboratoire.

Dorian s'avança vers le portail tout en mettant son casque, la mallette coincée sous son bras droit.

Les trois éléments triangulaires du portail s'écartèrent, libérant l'ouverture. Juste avant de franchir le seuil, Dorian jeta la mallette sur le côté.

Aussitôt, une force invisible s'abattit sur lui pour le repousser vers l'intérieur.

— N'oublie pas ton petit bagage, Dorian, dit la voix de l'Atlante à l'intérieur de son casque.

Dorian ramassa la petite valise métallique. *Je n'ai pas le choix. Mais peu importe, je la laisserai de l'autre côté.* Sorti du vaisseau, il s'accorda un instant pour observer les abords. Les lieux étaient plus ou moins restés les mêmes : une vaste salle aux murs de glace avec un plafond très haut, un monticule de neige avec une nacelle d'acier fracassée et un tas de filins métalliques, un puits de glace de trois mètres de diamètre environ menant à la surface quelque trois kilomètres plus haut. Néanmoins, il y avait une nouveauté tout de même. Au milieu de la salle, juste à l'aplomb du puits, trois têtes nucléaires étaient posées sur une plate-forme d'acier, reliées entre elles par tout un faisceau de fils. Un à un, de minuscules témoins lumineux s'allumèrent en séquence. La phase d'armement des ogives était lancée…

Chapitre 10

District Orchidée
Marbella, Espagne

Kate suivit Martin à travers la cuisine en flammes jusque dans la grande salle à manger, celle qui avait été reconvertie en hôpital depuis quelques semaines. La dévastation y était bien plus étendue que ce qu'elle avait imaginé. La moitié du mur du fond avait disparu, soufflée par l'explosion. Par la brèche, des gens hagards s'échappaient, esquivant tant bien que mal les débris qui retombaient, piétinant les malades et les estropiés qui n'allaient pas assez vite.

Martin fonça au milieu de la foule, jouant des coudes pour se frayer un passage. Kate faisait de son mieux pour rester dans son sillage, estomaquée de l'agilité dont il faisait preuve, surtout avec sa blessure à la tête.

Au sortir du bâtiment, Kate découvrit ce qu'était devenu le camp – du moins, ce qu'il en restait. D'énormes incendies ravageaient la zone de la clôture, où des miradors se dressaient jusqu'alors. D'épaisses colonnes de fumée blanc et noir s'élevaient des aires de stationnement des Jeep et des camions. Assaillie par les émanations toxiques de la combustion des plastiques et caoutchoucs, Kate se couvrit le nez et la bouche à l'aide de son tee-shirt. Des trois tours blanches de l'hôtel, apparemment intactes, s'écoulaient des flots ininterrompus de survivants affolés.

Il y avait du monde absolument partout. Des hordes de gens cavalaient dans tous les sens, cherchant frénétiquement une issue par où fuir, ou un abri où se protéger des explosions incessantes qui semblaient frapper au hasard. Cette masse humaine avait tout d'un troupeau détalant sur la savane, paniqué par un prédateur invisible, au sein duquel chaque bête suit aveuglément les mouvements de celle d'à côté.

Martin s'arrêta pour scruter le périmètre en quête d'une échappatoire.

Sans ralentir un instant, Kate le doubla pour foncer en ligne droite vers le bâtiment bardé de plomb. Des flammes étaient visibles à une extrémité, mais il semblait globalement avoir été épargné dans l'assaut. Elle entendit une explosion derrière elle. Ce qui avait été le bureau de Martin n'existait plus.

Devant la porte du centre de remise en forme, Kate pointa son arme sur le verrou.

— Inutile de gaspiller tes munitions, dit Martin, arrivé à côté d'elle.

Il passa son badge devant le lecteur et la porte s'ouvrit avec un claquement. Ils s'élancèrent dans les couloirs. Dévorée par l'anxiété, Kate repoussa à la volée le panneau de la chambre d'Adi et Surya. Une vague de soulagement déferla sur elle : sagement assis à leurs bureaux, l'un en face de l'autre, les deux garçons écrivaient sur leurs blocs-notes, sans se soucier le moins du monde du chaos alentour.

— Les garçons, il faut partir.

Ils l'ignorèrent.

Elle s'approcha d'Adi et le souleva. Certes, il n'était pas bien gros, mais il pesait tout de même une petite trentaine de kilos. Kate dut produire un effort pour le tenir dans ses bras, d'autant plus qu'il se débattait comme un beau diable pour attraper son précieux carnet. Elle le reposa au sol et lui tendit l'objet de sa convoitise. *Illico*, il se calma quelque peu. De l'autre côté de la pièce, Martin appliquait la même procédure avec Surya.

Pour finir, ils traînèrent pratiquement les garçons au-dehors. Cette fois-ci, Martin mena Kate vers l'autre côté du camp, à travers l'indescriptible cohue. Plus loin devant eux, il y eut tout à coup un échange de tirs qui dispersa la foule. À travers le rideau des corps en mouvement, Kate aperçut quelques bribes du combat entre des militaires espagnols et un groupe de survivants – où se mêlaient des gens qu'elle avait vus dans les cellules et d'autres arrivés un peu plus tôt avec le convoi. Au-dessus de la mêlée, un drapeau bleu ciel orné d'une orchidée se consumait dans la brise.

Du fond de son sac à dos, Martin sortit un objet ovoïde verdâtre avec une petite poignée courbe.

— Tiens, dit-il en le tendant à Kate. Ton bras est en meilleur état que le mien. Si les Espagnols n'ont pas le dessus, nous n'arriverons pas à sortir d'ici.

Puis il tira d'un coup sec sur l'anneau de la goupille. En comprenant ce qu'elle tenait, Kate faillit tout lâcher, mais Martin lui enserra la main entre ses paumes.

— Lance-la.

La débandade autour d'elle gagnait en intensité. Des gens la bousculèrent, faisant tomber Adi au sol. La main du petit garçon lui échappa. La foule paniquée allait le piétiner. Sans penser à rien, Kate jeta la grenade en direction des grilles et des coups de feu, puis plongea au cœur de la mêlée. Comme elle prenait Adi dans ses bras, le son de la déflagration passa sur elle, porté par un souffle brûlant.

Une nuée de fumée s'éleva. La multitude infléchit sa course, obliquant vers les grilles. Kate, Martin et les garçons suivirent le mouvement. À peine étaient-ils parvenus au portail de l'enceinte que les coups de feu reprenaient de plus belle – dans leur dos cette fois-ci.

L'arrière du complexe donnait sur une petite route qui, plus loin, rejoignait une autoroute. Malgré elle, Kate cessa de marcher, saisie par ce qu'elle découvrait. À perte de vue, des files de véhicules abandonnés encombraient toutes les voies de l'axe routier. Dans les deux sens, les voitures s'étaient brutalement arrêtées aux abords du district Orchidée. Les portières étaient ouvertes, la chaussée jonchée de vêtements, de restes de nourriture en putréfaction, d'objets dont Kate ne parvenait même plus à déterminer la nature. Les gens avaient foncé ici pour trouver la sécurité, pour bénéficier d'un accès au médicament qui pouvait leur sauver la vie. Si Kate, Martin et les garçons parvenaient à rejoindre l'une des premières voitures, alors ils pourraient fuir.

Martin parut lire les pensées de Kate. Il secoua la tête.

— C'est inutile, cela fait des semaines que tous les réservoirs ont été siphonnés. Notre seule chance de nous en sortir, c'est de rejoindre la vieille ville.

Ils reprirent leur chemin au milieu du flot de fuyards. Peu à peu, les rangs commencèrent à se clairsemer, à mesure que les familles et les solitaires choisissaient de s'éloigner pour tenter leur chance de leur côté, loin de la côte et du district Orchidée. Martin ouvrait toujours la voie. Chacun des adultes menait un garçon par la main.

Dans les rues de l'autre côté de la voie rapide, on retrouvait tous les classiques des stations balnéaires espagnoles : magasins d'articles de plage, boutiques de grandes enseignes, hôtels. Tous les bâtiments étaient vides, leurs fenêtres et vitrines fracassées. Le soleil était bas sur l'horizon. Au loin, les échanges de coups de feu continuaient, un peu moins nourris peut-être.

Tout en marchant, Kate perçut dans l'air une odeur – douceâtre et fétide à la fois – qui lui avait échappé jusqu'alors. Celle des cadavres. Combien pouvait-il y en avoir autour d'eux ? Les paroles de Martin lui revinrent en mémoire : « *Sans Orchidée, pratiquement quatre-vingt-dix pour cent des personnes infectées meurent dans les soixante-douze heures.* » Combien avaient succombé avant la mise en place du district ? Sur quoi allaient-ils tomber ?

Ils longèrent encore quelques pâtés de maisons sans rien dire, puis les rues changèrent. Le bitume céda le pas aux pavés. Les maisons étaient différentes elles aussi, les boutiques plus petites et plus pittoresques. Des galeries, des cafés, des magasins de souvenirs où l'on vendait des babioles faites à la main. Les lieux semblaient avoir moins souffert qu'aux abords immédiats des grands axes, mais le chaos avait tout de même laissé une empreinte visible : bâtiments incendiés, voitures abandonnées, immondices.

Martin fit une pause pour reprendre son souffle le long d'un mur blanc, à côté d'une lourde porte de fer – la porte de la vieille ville très probablement. L'adrénaline qui lui avait donné un coup de fouet à l'intérieur du camp s'en était allée. Kate songea qu'il avait l'air plus défait et hagard que jamais. Une mine d'ivrogne au petit matin après une nuit de beuverie. Les mains posées sur les genoux, il prit plusieurs inspirations profondes.

Kate scrutait la côte derrière eux. Édifiée au sommet d'une colline, la vieille ville de Marbella offrait un point de vue incroyable. Sans les colonnes de fumée, la vue des plages de sable blanc et du coucher de soleil sur la Méditerranée aurait été sublime. À cet instant, une dizaine de points noirs jaillirent des volutes : une escadrille d'hélicoptères.

Kate attrapa les mains des garçons, prête à fuir droit devant. Martin l'arrêta, un bras tendu devant elle. Posément mais avec fermeté, il les rassembla tous les trois derrière lui, plaçant son corps entre eux et… quelque chose. D'un coup d'œil par-dessus son épaule, Kate découvrit la nature de la menace.

Au milieu du carrefour, deux loups avançaient d'un pas silencieux. Les bêtes s'arrêtèrent, parfaitement immobiles, l'oreille aux aguets. Puis leurs longs museaux se tournèrent en direction de Kate, de Martin et des deux enfants. Un instant suspendu s'étira jusqu'à paraître durer indéfiniment. Tout à coup, Kate entendit de nouveaux pas feutrés sur les pavés. Deux autres loups arrivaient, bientôt suivis d'un troisième, puis de trois autres congénères encore. Au total, huit prédateurs au milieu de la rue les fixaient à présent de leur indéchiffrable regard.

Le plus gros s'avança vers eux sans jamais quitter Martin des yeux. Une deuxième bête à la fourrure miteuse le suivait de près.

Ils s'arrêtèrent à deux ou trois mètres de Martin pour le scruter. Les mains de Kate se mirent à trembler. Ses paumes étaient trempées.

Derrière eux, le bruit des pales des hélicos se faisait de plus en plus assourdissant.

Chapitre 11

Trois kilomètres sous la base de recherche Immari
Antarctique oriental

Dorian leva les bras et la mallette tomba sur la neige gelée. À quoi pouvait-il s'attendre de la part de ses camarades Immari ? Qu'auraient-ils pu faire d'autre ? Il venait de sortir vêtu d'une combinaison atlante, porteur d'une mystérieuse mallette. Lui-même aurait déjà déclenché la mise à feu des ogives nucléaires.

La visière de son casque étant réfléchissante, personne ne pouvait distinguer les traits de Dorian. Il fallait qu'il trouve un moyen de communiquer avec eux. Du regard, il balaya toute la salle alentour en quête d'une idée. Graver un message dans la glace était impossible. Elle était aussi dure que de la roche. Il entreprit alors de tracer des lettres dans l'air devant lui : D – O – R – I – A – N. Une nouvelle rangée de lumières s'alluma sur la façade du boîtier de commande des ogives. Frénétiquement, il reprit ses gesticulations alphabétiques. En vain. Son subterfuge ne fonctionnait pas. De nouveau, il scruta l'espace tout autour dans l'espoir de trouver quelque chose…

Un corps, presque totalement enfoui sous la glace, gisait au pied de la muraille gelée. Dorian se précipita pour le dégager. Peut-être pourrait-il activer la radio. D'un revers de la main, il essuya les débris de glace sur le casque et… Sous le choc, il recula malgré lui, tombant en arrière.

C'était son père, le visage maculé de rigoles de sang gelé. Le froid l'avait préservé. *Ils l'ont tué… Puis laissé ici à la merci de la Cloche. Mais pourquoi ? Et qui ?* Assis par terre, Dorian ne parvenait pas à détacher son regard du cadavre de son père. Les bombes derrière lui étaient devenues le cadet de ses soucis.

À l'extrémité du couloir, un bruit retentit. Le choc de l'acier sur la glace. Dorian se retourna. Une nacelle l'attendait. Les témoins lumineux de la commande de mise à feu étaient toujours actifs, mais leur progression était apparemment suspendue.

Après avoir dégagé le reste du corps de son père, Dorian le prit dans ses bras pour le haler jusqu'au panier métallique au bout du câble. Après l'avoir déposé doucement sur le fond, il se redressa. Et la nacelle entama sa longue ascension vers la surface.

Chapitre 12

Quartier de la vieille ville
Marbella, Espagne

Kate distinguait la réalité à présent : les huit bêtes n'étaient pas des loups, mais des chiens… Efflanqués, désespérés.

Kate lâcha la main d'Adi pour aller prendre le pistolet au fond de sa poche. À la seconde où elle le sortit, la plus grosse des deux bêtes se mit à gronder en montrant les crocs, bientôt imitée par son compagnon tout pelé, le poil hérissé sur l'échine. Lentement, ils se ramassèrent sur leurs appuis, prêts à bondir.

Martin saisit la main de Kate, la forçant doucement à ranger son arme, à la mettre hors de vue. Pendant tout ce temps, il ne cessa d'observer devant lui, mais en prenant soin de ne jamais croiser le regard d'un des chiens.

Tout doucement, les chiens semblèrent se dégonfler. Leur fourrure s'aplatit sur leur dos et leurs dents luisantes de bave disparurent sous leurs babines. Leurs yeux perdirent leur fixité écarquillée et se remirent à cligner. D'un trottinement de flâneurs, ils rejoignirent leurs congénères. Et tous ensemble, ils reprirent leur errance silencieuse.

Martin secoua la tête.

— Ils forment des meutes, mais seulement pour se mettre en quête de nourriture. Et ils mangent des choses que nous serions bien incapables d'avaler.

Le vacarme des hélicoptères était presque sur eux à présent. Kate vit un faisceau qui sondait le ciel noir au-dessus d'eux. Que cherchaient-ils ?

Martin prit Surya par la main pour repartir, Kate et Adi dans leur sillage.

— Il y a une église à quelques pâtés de maisons d'ici, tout près de notre point de rendez-vous. Si on peut tenir jusqu'à demain matin, on pourra rejoindre le détachement de SAS au point d'extraction.

Kate allongea le pas pour ne pas être distancée. Au fil des secondes, les ultimes vestiges de la lumière du jour s'estompaient. À présent, trois faisceaux fouillaient la nuit.

Kate s'arrêta au milieu de la rue. Les hélicoptères lâchaient des paquets vers le sol. Martin et elle plongèrent dans la ruelle la plus proche juste avant que les bombes n'arrivent sur eux. Une énorme déflagration déchira le ciel une quinzaine de mètres au-dessus de leurs têtes, libérant une pluie de… morceaux de papier. Kate en attrapa un. Un prospectus. C'étaient ni plus ni moins que des tracts que les hélicoptères larguaient. Le message était rédigé en espagnol, mais il y avait une traduction en anglais au verso.

À toutes les populations et tous les prisonniers d'Andalousie :

Nous avons entendu votre appel.

La liberté est à portée de main.

Immari International vient vous délivrer, rétablir votre droit fondamental à la liberté dont le bloc Orchidée vous a privés.

Rejoignez-nous et affirmez votre droit à vivre et mourir comme vous l'entendez.

Les dictateurs qui vous dirigent nient votre droit à choisir votre gouvernement.

Posez des draps sur les toits de vos maisons, pavoisez-les pour clamer votre choix à la face du monde.
Nous venons en paix, mais nous ferons la guerre s'il le faut.

Kate vit alors les draps blancs qui tombaient des hélicoptères en flottant, couvrant peu à peu les espaces dégagés. Apparemment, les Immari s'arrangeaient un scrutin sur mesure à base de toiles tendues. Qu'allaient-ils faire ensuite ? Prendre des photos satellite et justifier ainsi leur invasion aux yeux du monde ?

Kate vit alors que Martin était déjà reparti, en train de sprinter en direction de l'église. Elle fourra le bout de papier dans sa poche pour s'élancer à sa suite.

Derrière elle, le bruit d'une nouvelle escadrille emplit l'air. Cette fois-ci, les hélicoptères larguèrent des éléments d'une nature différente. Des parachutes… Mais avec quoi au bout ? Des soldats ?

Par-dessus son épaule, Martin jeta un regard vers le ciel. L'espace d'un instant, Kate vit la peur dans ses yeux.

À n'en pas douter, leur folle cavalcade depuis le camp sur un rythme effréné avait dû faire monter sa tension artérielle vers des sommets. Certainement pas l'idéal pour quelqu'un avec une blessure à la tête. Kate voyait le sang couler à l'arrière de son crâne. Il allait falloir qu'elle le recouse. Et vite.

Ils repartirent coudes au corps. Les ruelles de la vieille ville défilaient les unes après les autres, presque dans un brouillard.

Devant eux, un parachute descendait vers le sol.

Martin et Kate s'arrêtèrent en catastrophe, se plaçant instinctivement en protection devant les garçons. Aucun recoin en vue, nulle part où se réfugier. Ils étaient piégés. Mais voilà, le paquet qui se balançait au bout des suspentes sous la toile n'était pas un parachutiste. Non, rien d'autre qu'un fût métallique.

Dans un bruit sourd, le baril entra en contact avec le pavé, roulant sur un ou deux mètres. Puis un bouchon jaillit à une extrémité et il se mit à tournoyer follement sur lui-même en projetant une vapeur verte à la ronde.

D'un geste, Martin ordonna à Kate de battre en retraite.

— Ils gazent la ville. Il faut qu'on trouve un abri.

Ils cherchèrent une boutique intacte, un magasin dont les ouvertures seraient encore protégées. Malheureusement, toutes les devantures présentaient le même aspect : des portes cadenassées, mais des vitrines et des fenêtres réduites en morceaux. Adi ralentit l'allure. Kate s'arrêta pour le prendre dans ses bras. Martin fit de même avec Surya. Jusqu'où pourraient-ils les porter ? Devant eux, un nuage de gaz vert flottait à l'intersection suivante.

Il fallait gagner du temps. Kate reposa Adi pour s'approcher d'un drap tombé au milieu de la rue. Après y avoir découpé quatre bandes de tissu, elle en noua une sur le nez et la bouche des garçons. Martin et elle se protégèrent ensuite de la même façon.

À droite comme à gauche, des volutes vertes montaient des ruelles. Devant et derrière, c'était la même chose. Kate reprit Adi dans ses bras et suivit Martin dans le cœur du nuage.

Chapitre 13

Extérieur base de recherche Immari
Antarctique oriental

Dorian patienta calmement pendant que la nacelle remontait le long du puits plongé dans l'obscurité. Sous ses pieds, les pâles lueurs de la salle aux murs gelés avaient depuis longtemps disparu. Au-dessus, aucune lumière ne luisait. Pas la moindre ampoule, pas le plus petit rayon de soleil. Rien d'autre que des ténèbres absolues.

Dorian s'accroupit, penché sur le corps de son père, en se demandant ce qu'il ferait une fois revenu à la surface. Et surtout, ce que les Immari allaient faire.

Lui envoyer la nacelle était une initiative astucieuse. Ils partaient du principe que Dorian était un combattant ennemi. Or, il était toujours préférable de combattre son ennemi sur le terrain qu'on avait choisi et à proximité immédiate de sa propre armée. Par le puits, les Immari n'auraient pu dépêcher qu'un minuscule contingent pour aller l'affronter. Et à l'arrivée, celui-ci se serait retrouvé nez à nez avec les forces atlantes. Sans renforts à espérer, ce détachement aurait inévitablement été anéanti – ou pire, capturé et questionné sur les capacités défensives des Immari.

Quoi qu'il en soit, Dorian était certain d'une chose : ils allaient le neutraliser à la seconde où la nacelle atteindrait la surface.

Allongé sur le dos contre le corps de son père, il attendait, tous ses sens aux aguets. Les lueurs des projecteurs de la plate-forme du dessus apparurent, puis s'affirmèrent peu à peu jusqu'à s'imposer pleinement.

Parvenu en bout de course, le treuil s'arrêta avec un claquement. La nacelle oscillait doucement, agitée par le vent. Dorian perçut le crissement des semelles sur la croûte de neige. Des hommes se ruaient dans sa direction. L'instant d'après, ils pointaient sur lui leurs armes automatiques en une ligne serrée parfaitement hermétique.

Un moment de silence s'installa. Rien ne se passait. Ils attendaient, suspendus au moindre mouvement de Dorian – qui ne bougeait pas, aussi immobile qu'une statue. Finalement, un soldat s'avança pour lui lier les pieds et les mains. Ensuite, deux autres les soulevèrent, son père et lui, pour les transporter jusqu'à la base. De puissants projecteurs éclaboussaient tout le périmètre de lumière, mettant en relief les installations. La section la plus proche était conforme au souvenir de Dorian : un gigantesque mille-pattes blanc au corps articulé, grand comme un terrain de football, recourbé aux extrémités. Toutefois, il y avait non plus un seul mille-pattes, mais une trentaine au moins, dont les rangs s'étiraient aussi loin que son œil portait. *Combien d'hommes sont cantonnés ici ?* Il espérait de tout son cœur que les effectifs seraient suffisants. Il allait traquer l'assassin de son père et lui faire payer son crime. Mais chaque chose en son temps. D'abord, il devait s'occuper de la menace.

Les soldats passèrent dans un vaste sas de décontamination. Les arroseurs automatiques entrèrent en action, aspergeant copieusement Dorian et le contingent qui le gardait. La procédure achevée, ils le portèrent dans la pièce à côté, où ils le jetèrent sur une table.

Le soldat le plus proche déverrouilla le casque de Dorian, puis le lui retira. Et il resta figé sur place. Tétanisé.

— Je me suis évadé. Détache-moi. Ils sont réveillés. Nous devons attaquer.

Chapitre 14

Camp d'entraînement Immari Camelot
Le Cap, Afrique du Sud

Raymond Sanders observait la crête sur laquelle passaient les premiers soldats. Ils couraient à toute vitesse – près de trente-cinq kilomètres par heure – avec vingt-sept kilos de paquetage sur le dos. Au loin, le soleil se levait sur les somptueuses montagnes sud-africaines, mais Sanders n'en avait cure, incapable de s'arracher à la contemplation de l'armée toujours plus grande de super-soldats à l'exercice en contrebas.

— Quel temps ? demanda Sanders à son assistant, Kosta, sans même se retourner.

— Quatorze minutes, vingt-trois secondes, répondit Kosta en secouant la tête. C'est incroyable.

Sanders s'émerveilla de ce résultat. Plus ils poussaient les hommes, meilleures étaient leurs performances.

— Mais nous avons quelques pertes, nuança Kosta.

— Combien ?

— Six. Cette cohorte comptait deux cents hommes au départ.

— Causes des décès ?

Kosta feuilleta rapidement son carnet.

— Quatre sont tombés raides morts pendant la marche d'hier. Les autopsies sont en cours. Crise cardiaque ou accident vasculaire, probablement. Deux autres sont morts pendant la nuit. Pour eux aussi, on attend les résultats des autopsies.

— Trois pour cent, ce n'est pas trop cher payé pour de tels progrès. Et les autres cohortes ?

— Des améliorations, mais rien d'aussi notable que pour la cohorte cinq.

— On arrête les autres régimes, ordonna Sanders. Mais on poursuit les essais.

— Avec les mêmes cohortes ?

— Non, on redémarre avec de nouveaux sujets. Je ne veux pas que les régimes d'entraînement antérieurs viennent fausser les résultats. L'équipe scientifique a un nouveau protocole ?

— Des quantités, répondit Kosta en hochant la tête.

— Parfait…

— Si je puis me permettre, j'attire votre attention sur un point. Ils plafonnent… Il semblerait que le jeu n'en vaille plus la chandelle. Ce sont des êtres humains, pas des chiffres dans un tableau qu'on peut ajuster à sa guise. C'est un peu…

— Ils continuent de progresser. Ils deviennent plus forts, plus rapides, plus intelligents. Les résultats des derniers tests cognitifs sont les meilleurs que nous ayons jamais eus.

— Certes, mais à un certain stade, il faut savoir tracer une ligne. On ne peut pas toujours repousser les objectifs visés. Remettre à…

— J'ai presque eu l'impression que vous alliez dire : « Remettre à plus tard », Kosta. Je me trompe peut-être, mais il me semble bien que c'est moi qui commande – et que vous, vous n'êtes que mon porteur de bidons. (Il secoua la tête avec emphase.) Comment savoir ? Ah si, je sais ce qu'on va faire. Je vais demander qu'on vous inscrive dans la prochaine cohorte. Si ça marche, on a notre réponse.

Kosta eut l'impression que sa gorge se rétrécissait. D'un geste, il désigna par la fenêtre les alignements de tentes et les campements qui semblaient s'étirer jusqu'à l'horizon.

— Euh... je voulais seulement me rendre utile. Et... ce que je veux dire... c'est que nous avons pratiquement un million d'hommes et un régime d'entraînement viable qui les rend pratiquement aussi puissants qu'ils pourront jamais l'être. Et nous ignorons combien de temps il nous reste.

— En revanche, nous savons que nous n'aurons droit qu'à un seul essai. L'armée que nous envoyons dans les tombeaux sera la seule que nous y enverrons jamais. L'alternative est simple. Soit elle triomphe, soit nous plongeons dans l'inconnu. Et ça, c'est une option que je ne veux pas voir se produire. Vous n'êtes pas d'accord ? Bien, alors vous exécutez mes ordres, ou vous rejoignez les hommes dans ces tentes en bas. Et maintenant, racontez-moi plutôt comment les choses se passent dans le sud de l'Espagne.

Kosta ramassa un nouveau dossier sur la table.

— Nous avons pris les grandes villes de l'Andalousie – Séville, Cadix, Grenade, et Cordoue. Nous contrôlons également les principales villes côtières – Marbella, Málaga et Almería. Nous travaillons les médias pour qu'ils diffusent notre version. D'après nos agents, ils commenceraient à se montrer un peu plus accommodants. S'ils pensent que nous avons une chance de l'emporter, ils pourraient bien atténuer leur soutien à Orchidée. Nous serons bientôt fixés. Nos troupes sont sur le point de débarquer sur la côte.

— Des réactions de l'Alliance Orchidée ?

— Rien pour l'instant. On table sur une résistance modérée. D'après Clocktower, les Alliés pourraient bien être confrontés à un ralentissement de la production d'Orchidée en France et dans le nord de l'Espagne. Les pays membres commencent à paniquer.

Les événements s'enchaînaient à la perfection. Sanders n'aurait pas pu les orchestrer mieux. La porte s'ouvrit, livrant passage à un général Immari.

— Monsieur…

— On travaille ! aboya Sanders.

— Le portail en Antarctique s'est ouvert.

Sanders écarquilla les yeux.

— Dorian Sloane est sorti. Il portait une mallette. Il dit que…

— Où est-il maintenant ? le coupa Sanders.

— Il a été remonté à la surface. Il se trouve présentement dans la salle de conférences principale, où on lui expose la situation.

— Vous vous foutez de moi !

— C'est le membre du Conseil d'Immari qui a le rang le plus élevé, répondit le général, l'air un peu confus.

— Écoutez-moi bien, général. C'est moi le membre du Conseil d'Immari qui a le rang le plus élevé. Dorian Sloane est resté presque onze semaines dans cette structure. On ne sait pas ce qu'il a bien pu y faire, mais je vous garantis que ce n'est certainement pas bon pour nous. Nous devons considérer qu'ils l'ont reprogrammé, qu'ils lui ont lavé le cerveau avant de le foutre dehors avec une mission.

— Que faut-il… ?

— Utilisez les agents Clocktower qui sont sur place. Qu'ils disent à Sloane qu'ils ont quelque chose à lui montrer. Après ça, ils l'emmènent dans l'un des laboratoires, ils le gazent et ils le traînent dans une salle d'interrogatoire en l'attachant particulièrement serré. Il ne faut surtout pas le sous-estimer. Dieu seul sait ce qu'ils ont pu lui faire. Et qu'on mette des gardes devant la porte. (Sanders s'abîma un instant dans ses réflexions.) Vous avez dit qu'il avait une mallette ? Où est-elle ?

— Sloane l'a laissée au fond du puits. Il pense qu'elle peut être dangereuse. Que nous ne devons surtout pas l'ouvrir.

Sanders médita quelques secondes. Spontanément, il se disait que la mallette devait contenir une bombe. D'ailleurs, Sloane le croyait peut-être lui aussi. *Si on la remontait, elle pourrait détruire le camp tout entier – ou faire pire encore. Mais il y a une autre possibilité : il l'a laissée là-bas parce que c'est là que les Atlantes ont besoin d'elle. Si ça se trouve, il faut qu'elle soit à l'extérieur pour qu'ils puissent sortir des tombeaux ? À moins qu'elle serve à autre chose ? Et si elle servait à faire fondre la glace pour libérer le vaisseau ?* Il lui fallait des réponses à ses questions. Sans certitude, impossible de la laisser où elle était, mais impossible aussi de la bouger.

— Qu'est-ce qu'on a comme personnel scientifique sur le site ?

— Le minimum. On a évacué presque tout le monde quand on a procédé au redéploiement des troupes pour l'attaque.

— Envoyez quelqu'un au fond du puits, qui que ce soit. Trouvez ce qu'il y a dans cette mallette, mais sans l'ouvrir. Choisissez quelqu'un qui ne sait rien au sujet de nos capacités défensives. Et appelez-moi directement dès qu'il y a du nouveau.

Le général hocha la tête et attendit la suite.

— Ce sera tout, général.

Lorsque l'officier fut parti, Sanders revint à Kosta.

— Annulez les essais. Les choses sérieuses commencent. Il nous faut partir à la guerre avec l'armée dont on dispose. J'ai le sentiment que nous allons avoir besoin de troupes supplémentaires. Accélérez la purge en Andalousie. Et pour les transports, on en est où ?

— Toujours à rassembler des vaisseaux pour étoffer la flotte.

— Activez la manœuvre. Nous allons avoir un million d'hommes à transporter en Antarctique. Très bientôt…

Chapitre 15

Vous écoutez la BBC, la voix du triomphe humain au soixante-dix-neuvième jour du fléau Atlantis.

La BBC est en mesure de confirmer les multiples communiqués faisant état d'une invasion de l'Europe continentale par les Immari. En l'occurrence, l'opération a débuté au crépuscule hier par des tirs de missiles sur des villes du sud de l'Espagne, depuis des drones et des hélicoptères. S'agissant du nombre des victimes, aucun chiffre n'a été communiqué à cette heure.

Selon les témoignages directs en provenance de toute la province espagnole de l'Andalousie, les districts Orchidée étaient les cibles principales du raid des Immari. Depuis des semaines, les spécialistes de la géopolitique se demandaient si les Immari entendaient absorber les populations vulnérables d'Europe et d'Asie. Selon toute vraisemblance, ce début de campagne constitue une réponse à cette interrogation.

Expert au sein du groupe de réflexion Le Siècle occidental, le docteur Stephen Marcus a déclaré : « Personne ne connaît véritablement le but final poursuivi par les Immari, mais une chose est sûre : ils sont en train de se constituer une armée. Or une telle initiative ne peut répondre qu'à deux finalités : soit vous avez besoin de vous protéger, soit vous avez l'intention d'attaquer un ennemi. Et à ce stade, difficile d'imaginer que l'Alliance Orchidée soit en mesure de lancer une contre-attaque. »

Compte tenu de la situation d'infériorité de l'Alliance Orchidée, des craintes se sont exprimées dans le monde entier que cette incursion des Immari en Andalousie ne soit au fond que le prélude à une attaque plus large sur le continent européen – une offensive que l'Alliance Orchidée serait alors bien en peine de repousser.

C'est une appréhension que partage Janet Bauer, spécialiste de la production d'Orchidée. « Pour ce qui est de préserver la production d'Orchidée à son niveau actuel, les Alliés s'en sortent bien. Mais dans ce contexte, ils ne sont bien évidemment pas en mesure de mener une guerre. Même s'ils en avaient la volonté, il leur serait impossible d'un point de vue pratique d'apporter l'Orchidée aux combattants en première ligne pour les maintenir en vie. Par ailleurs, la mise sur pied d'une force alliée composée de survivants ne va pas sans soulever tout un ensemble de défis, au premier rang desquels la question de la loyauté. En effet, la plupart des survivants conservant la pleine possession de leurs fonctions cérébrales tendent à devenir des sympathisants Immari, après avoir été forcés à vivre ces trois derniers mois dans des districts Orchidée, dans des conditions que bien des voix n'hésitent pas à comparer à une incarcération. »

Certains spécialistes se demandent si les Immari ne sont pas simplement en train de grignoter les marches périphériques de l'Europe avec l'objectif de mettre à l'épreuve la résolution des Alliés et des populations en s'emparant d'une province que les Alliés ne pouvaient pas défendre. Schématiquement, les Immari seraient en train de prendre le pouls de l'Europe.

Sur ce point, le docteur Marcus précise encore : « Nous sommes en présence d'une application classique de la Stratégie 101 : l'agresseur franchit la ligne, mais sans aller bien loin, puis il attend. Que se passe-t-il ? La situation s'apaise ou des sanctions sont appliquées ? C'est notre réaction qui déterminera sa prochaine initiative. S'il perçoit de la faiblesse chez nous, alors il franchira de nouveau la ligne. Un peu, puis encore un peu. »

Selon Janet Bauer, la prochaine étape pourrait bien être l'Allemagne. « C'est la prise de choix par excellence. L'Allemagne est la clé du continent tout entier. À elle seule, elle assure soixante-dix pour cent de toute la production d'Orchidée en Europe. Si l'armée Immari fait main basse sur l'Allemagne, c'en est fini de l'Europe. Si l'Allemagne sombre, le continent sombre aussi. »

Par souci d'équité envers les Immari, nous avons accepté de lire leur communiqué au sujet des attaques :

« Hier, Immari International a lancé une vaste opération de secours dans le sud de l'Espagne. Depuis presque trois mois, les populations de l'Andalousie sont enfermées dans des camps de concentration, contraintes de prendre un médicament contre leur volonté. Depuis sa création, Immari International a pour objectif la mise en place d'une société mondiale unie. Notre structure plonge ses racines dans le commerce, les échanges, la mise en relation de toutes les régions du monde. Aujourd'hui, nous œuvrons à perpétuer cette tradition, mais les effroyables conditions imposées au monde par les nations Orchidée nous obligent à emprunter d'autres voies pour parvenir à la liberté mondiale. Nous sommes pacifiques, mais nous ferons tout pour préserver les peuples du monde de l'oppression et des décisions imposées par la contrainte. »

La BBC rappelle à ses auditeurs qu'elle ne prend pas position dans les conflits armés. Nous rapportons les faits – et nous continuerons de le faire quel que soit le vainqueur ou le vaincu.

Chapitre 16

*À bord d'*Immari One
Quelque part au-dessus de l'Atlantique Sud,
à destination de l'Antarctique

Raymond Sanders se détourna du hublot pour prendre l'appel sur son téléphone satellite.

— Sanders.

— Monsieur, l'équipe qui examine la mallette vient de transmettre un rapport. Ils disent qu'elle est vide.

— Vide ? répéta Sanders en écho, estomaqué par la nouvelle. Comment le savent-ils ?

— Ils l'ont passée aux rayons X en utilisant un générateur portatif. Par ailleurs, en se fondant sur le poids, ils confirment qu'elle ne peut rien contenir d'autre que de l'air.

Sanders se laissa aller en arrière dans son fauteuil.

— Monsieur ?

— Je suis toujours là, répondit Sanders. Autre chose ?

— Oui. Ils pensent que la mallette pourrait émettre une forme de rayonnement.

— Qu'est-ce que ça veut dire ? Ce serait… ?

— L'équipe ne sait pas, monsieur.

— Quelle est leur théorie ? demanda Sanders.

— Ils n'en ont pas.

Sanders ferma les yeux et se massa les paupières. Ceux qui étaient à l'intérieur de cette structure voulaient que la mallette soit à l'extérieur.

— Sloane a laissé la mallette juste à l'extérieur du portail. Est-ce que les Atlantes pourraient avoir absolument besoin qu'elle soit là, à cet endroit précis ? Pour un objectif donné ?

— Je suppose que c'est possible. Mais je ne vois pas très bien comment nous pourrions confirmer cette théorie. L'équipe scientifique est aussi réduite que l'équipement dont elle dispose.

— D'accord… Alors sortez la mallette de ce puits et fourrez-la dans un coffre en plomb ou n'importe quoi d'autre capable de contenir le rayonnement. Ensuite, vous l'expédiez à notre unité de recherche principale – là où on pourra obtenir de vraies réponses à nos questions.

— À qui confie-t-on le soin de l'examiner ?

Sanders s'accorda un instant de réflexion.

— C'était qui déjà ce scientifique du genre méfiant ? Chang ?

— Il est actuellement sur une barge en Méditerranée…

— Non, pas lui. Le spécialiste du nucléaire.

— Chase ?

— Oui, c'est ça. Demandez-lui de s'occuper d'y jeter un œil. Et qu'il me transmette ses résultats. À moi directement.

Chapitre 17

Quartier de la vieille ville
Marbella, Espagne

Le gaz vert était devenu aussi épais qu'un brouillard. Kate ne voyait plus rien au-delà de quelques mètres devant elle. Elle suivait Martin, en espérant deux choses de toutes ses forces : qu'il savait où il allait et qu'ils finiraient par trouver un refuge. Quelques instants plus tôt, Martin avait fait une halte pour examiner les fenêtres et les vitrines des boutiques. À présent, il fonçait droit devant lui tout en portant Surya. Adi avait posé sa tête sur l'épaule de Kate, qui tenait le garçon serré bien fort entre ses bras. Il toussait presque sans discontinuer et son dos tressautait légèrement.

En plus de lui piquer les yeux, le gaz lui laissait un goût métallique dans la bouche.

Elle se demandait ce que cela pouvait bien être – et quel effet il pouvait bien produire sur eux.

Devant elle, Martin bifurqua brusquement sur la droite, à l'intérieur d'une petite cour, au fond de laquelle Kate aperçut une petite église aux murs blancs. Martin fonça vers la lourde porte de bois, tandis que Kate vérifiait l'état des vitraux. Les habitants de Marbella ne les avaient pas brisés.

Martin avait à peine poussé l'épais battant que Kate et les garçons se ruaient à l'intérieur. Alors qu'il le refermait sur eux, les premiers rubans de brume verte cherchaient déjà à s'insinuer.

Kate reposa Adi au sol, avant de pratiquement s'écrouler. Elle se sentait vidée, sans forces, trop épuisée pour ne serait-ce que visiter les lieux. Elle alla puiser dans ses ultimes ressources pour débarrasser les garçons de leurs chiffons et les examiner rapidement. Ils étaient fatigués eux aussi, mais globalement indemnes pour le reste.

Après cela, elle s'approcha d'un pas hagard du banc le plus proche pour s'y allonger. Quelques minutes plus tard, Martin se penchait sur elle, une barre protéinée dans une main, une bouteille d'eau dans l'autre. Elle prit les deux, grignota un peu, but une gorgée, puis referma les yeux. Tout doucement, le sommeil s'empara d'elle.

Martin regarda s'endormir la jeune femme en attendant que s'active sa connexion sécurisée.

Tout à coup, la fenêtre de discussion s'ouvrit et une ligne de texte apparut.

Station 23.DC> Situation ?

Station 97.MB> Désespérée. Invasion en cours de Marbella par les Immari. Kate avec moi, ainsi que Bêta-1 et Bêta-2. En sécurité pour l'instant, mais pas pour très longtemps. Demande exfiltration immédiate. Impossible attendre. Position actuelle : église Sainte-Marie.

Station 23.DC> Patientez…

Station 23.DC> Rapport équipe sur le terrain, il y a deux heures, extérieur de Marbella. Gazage de la ville, mais dissipation en cours. Serons au point de

rendez-vous à 9 heures, heure locale. /FIN RAPPORT/
REMARQUE : L'équipe est composée de cinq soldats lourdement armés, vêtus d'uniformes de l'armée espagnole.

Martin se laissa aller en arrière en poussant un profond soupir. Peut-être allaient-ils avoir une chance de s'en sortir. Son regard glissa vers Kate. Elle s'agitait dans son sommeil, le visage crispé en une grimace, en proie à un cauchemar. Bien sûr, dormir sur un banc de bois ne devait rien arranger, mais c'était tout ce que Martin pouvait lui offrir. Il savait qu'elle avait besoin de se reposer.

Kate était en plein rêve, mais tout avait l'air tellement réel. Elle se voyait de nouveau en Antarctique, dans les tombeaux d'Atlantis. Les murs gris et les lumières au sol et au plafond faisaient passer un frisson sur elle. Tout était calme dans ce lieu, où elle se trouvait seule. Ses pas éveillaient des échos qui la saisirent de surprise et d'effroi. En baissant les yeux, elle vit qu'elle portait des bottes – et un genre d'uniforme également. Où était David ? Et son père ? Et les garçons ?

— Hé ho ? cria-t-elle.

Ses mots résonnèrent dans l'espace vide et glacé.

À sa gauche, les panneaux d'une grande porte double s'écartèrent, éclaboussant de lumière la coursive à l'éclairage feutré. Elle franchit le seuil et scruta la pièce autour d'elle. Elle connaissait cet endroit. Elle l'avait déjà vu. Une dizaine de tubes s'y dressaient, chacun conçu pour contenir un ancêtre de l'homme, un spécimen des sous-espèces humaines. Seulement, la moitié d'entre eux étaient vides. Où donc étaient passés les autres corps ?

— Les essais nous donnent de nouveaux résultats.

Kate pivota d'un bloc sur elle-même, mais avant qu'elle ne voie le visage de la personne qui avait parlé, la pièce tout entière disparut.

Chapitre 18

Base de recherche Immari
Antarctique oriental

Dorian connaissait la pièce. C'était dans cette même salle d'interrogatoire qu'il avait enfermé Kate Warner avant qu'elle ne s'évade. On y avait toutefois ajouté une chaise pour passer les gens à la question – un genre de fauteuil de dentiste avec de très solides courroies au niveau des chevilles, des poignets et du torse. Les soldats l'avaient sanglé si fort qu'il pouvait à peine respirer. Son esprit restait embrumé. Les effets du gaz ne semblaient pas vouloir se dissiper. Pourquoi les siens s'en prenaient-ils ainsi à lui ? Le portail s'était-il ouvert à nouveau ? Est-ce qu'un autre Dorian Sloane en était sorti avec une autre histoire à raconter ? Ou une autre mallette ? *Ou alors, celle que j'ai sortie a explosé ?*

Dorian n'eut pas longtemps à attendre une réponse. La porte s'ouvrit, livrant passage à un homme très satisfait de lui, escorté de deux soldats des forces spéciales Immari. Dorian connaissait cet homme. *Comment il s'appelle déjà ? Sanford ? Anders ? Sanders. Oui, c'est ça, Sanders.* C'était un rouage de l'encadrement intermédiaire au sein d'Immari Capital. La mine de Sanders disait tout : Dorian était en butte à une lutte pour le pouvoir. Cette révélation fit passer sur lui une vague de soulagement. S'il y avait bien une chose qu'il était de taille à gérer, c'était un bras de fer pour la conquête du pouvoir.

Dorian prit une inspiration, mais son adversaire ne lui laissa pas le temps d'ouvrir les hostilités.

— Dorian. Cela fait un bail. Comment allez-vous ?

— On n'a pas le temps pour…

— Ah oui, c'est vrai, répliqua Sanders avec un hochement de tête. Les Atlantes… Le réveil… La sortie… On s'en occupe.

— Il y a quelque chose sous nos pieds qui contrôle le vaisseau de l'intérieur. Il faut qu'on le détruise depuis l'extérieur.

Sanders s'approcha de Dorian pour le scruter de près, l'examiner en détail.

— Qu'est-ce qu'ils vous ont fait ? Sincèrement, vous avez l'air en forme. Comme un sou neuf. La peau lisse. Vous avez perdu ce petit air épuisé du bourlingueur qui a vu du pays. D'ailleurs, soit dit entre nous, ça ne vous allait pas du tout.

C'était donc ça le plan de Sanders : humilier son prisonnier pour montrer à ceux qui observaient depuis l'autre côté du miroir que c'était lui – Sanders – qui dirigeait. Et, accessoirement, que Dorian ne constituait pas une menace. Dorian tira sur la sangle qui lui comprimait la poitrine, luttant de toutes ses forces pour se pencher en avant.

— Écoute-moi très attentivement, Sanders, dit-il en crachant presque chacun de ses mots. Tu vas me relâcher et nous oublierons ce qui vient de se passer. Et si tu ne le fais pas, je te promets que je te découpe en deux pour boire ton sang en te regardant mourir.

Avec un mouvement de recul, Sanders redressa la tête en haussant les sourcils. Après avoir tenu la pose un instant, parfaitement immobile, il éclata de rire.

— Mon Dieu, mais qu'est-ce qu'ils vous ont fait, mon pauvre Dorian ? Vous êtes encore plus fou qu'avant ? Je n'aurais jamais cru que la chose était possible. (Après s'être éloigné d'un ou deux pas, il se retourna vers Dorian, le visage sérieux à nouveau.) En fait, c'est toi qui vas m'écouter très attentivement. Parce que voici ce qui va se passer. Tu vas rester attaché sur cette chaise et te tortiller en hurlant des insanités. Après cela, on te droguera et tu nous raconteras tout ce qui s'est passé en bas. Enfin, quand on en aura fini avec toi, on jettera ton corps brisé dans ce fameux trou, où tu mourras congelé. À tout prendre, c'est une mort plus douce que celle que mon prédécesseur a réservée à ton taré de père.

Le visage de Dorian devint livide.

— Eh oui, c'était nous. Qu'est-ce que tu veux que je te dise, Dorian ? Parfois, les remaniements de l'équipe dirigeante sont un peu rugueux. Tu vas comprendre. Je vais te donner un exemple. (Sanders se tourna vers l'un des gardes.) Sortez les produits, qu'on en finisse.

Une rage glacée s'empara de Dorian, une forme de haine limpide et calculatrice qui bascula son esprit dans un état de concentration suraiguë. Ses yeux examinèrent les sangles entravant ses poignets et son torse. Impossible de les briser ; ses bras céderaient avant elles. Il tira sa main gauche vers l'arrière. La courroie tint bon. La douleur irradiait jusqu'au poignet. Il s'était pratiquement cassé le pouce. Il tira plus fort encore et sentit l'articulation céder. Dans l'esprit de Dorian, la souffrance entama une véritable guerre contre la fureur. Mais c'est cette dernière qui eut le dessus.

Sanders posa la main sur la poignée de la porte.

— Je crois que c'est ici que nos chemins se séparent, Dorian.

Sur un hochement de tête, l'un des gardes s'approcha du prisonnier. Avait-il vu ce que celui-ci tentait de faire ?

Dorian secouait son bras gauche en y mettant jusqu'à la dernière parcelle d'énergie que recelait son corps. Les jointures des phalanges de son index et son auriculaire se déformèrent et finirent par céder. Ses deux doigts les plus extérieurs glissèrent sous le majeur et l'annulaire. Sa main était gravement abîmée, mais il pouvait à présent la faire passer sous la sangle. Pourrait-il encore s'en servir ? Parviendrait-il à quelque chose avec seulement deux doigts valides ? Il posa sa main gauche en charpie sur la boucle de la sangle emprisonnant son bras droit. Ses deux doigts avaient à peine la force de manipuler l'ardillon, mais il ne lâchait rien. La douleur était si violente qu'elle menaçait à tout instant de le submerger. Dans un sursaut, il parvint à ouvrir la boucle. Le soldat se jeta en avant pour l'arrêter. Dorian avait déjà dégagé la sangle qui bloquait sa cage thoracique. Il se redressa d'un bond, percuta le nez du garde du talon de sa main, avant de se laisser tomber en avant pour attraper *in extremis* Sanders par un pied.

Ses chevilles encore entravées ne permettaient pas à Dorian de s'éloigner du fauteuil, mais il fit tomber Sanders au sol pour le haler ensuite jusqu'à lui. Sanders poussa un hurlement quand Dorian planta ses dents dans son cou. Un flot de sang lui éclaboussa le visage, teintant d'écarlate le sol blanc immaculé. Comme Dorian repoussait Sanders, il vit l'autre garde tirer son arme, la braquer sur lui et lui loger deux balles dans la tête.

Chapitre 19

Église Sainte-Marie-de-l'Incarnation
Marbella, Espagne

Kate ouvrit les yeux, réveillée par le bruit de quelqu'un tapant fiévreusement au clavier. D'une main, elle se frotta les paupières – et mesura instantanément à quel point elle était épuisée. C'étaient les effets cumulés de leur fuite éperdue depuis le district Orchidée suivie d'une courte nuit sur un banc d'église. Pour la première fois depuis que Martin l'avait conduite à Marbella, elle éprouva comme de la nostalgie pour son lit minuscule, sa petite chambre du bâtiment de remise en forme et la vie paisible et isolée qu'elle y menait.

Elle se redressa, s'assit et observa autour d'elle. L'obscurité régnait partout dans l'église, hormis dans le halo des deux cierges allumés dans la nef centrale et la lueur bleutée de l'écran baignant le visage de Martin. En la voyant, il s'empressa de refermer son ordinateur, puis attrapa quelque chose dans son sac à dos avant de s'approcher doucement.

— Tu as faim ? demanda-t-il.

Kate secoua la tête. Du regard, elle sonda l'obscurité pour voir où étaient les garçons. Roulés en boule côte à côte, ils dormaient sur un banc non loin, emmitouflés sous plusieurs couches de toile blanche. Ils avaient l'air tellement paisibles dans leur sommeil. Martin avait dû ressortir après qu'elle avait sombré, pour aller chercher les draps blancs largués par les hélicoptères. Elle se tourna vers lui, la mine intensément sérieuse.

— J'aimerais que nous finissions notre petite conversation.

Un voile d'appréhension passa sur les traits de Martin. Il se détourna pour prendre deux autres objets dans son sac à dos.

— Soit. Mais avant, il faut que je te demande quelque chose. Deux choses pour être exact. Tout d'abord, il me faudrait un échantillon de ton sang, dit-il en lui tendant un kit de prélèvement sanguin.

— Tu crois que j'ai quelque chose à voir avec le fléau ?

Martin hocha la tête.

— Si je ne me trompe pas, tu es une pièce essentielle du puzzle.

Kate aurait bien voulu connaître les tenants et les aboutissants, mais une autre question lui brûlait les lèvres.

— Et c'est quoi la seconde chose ?

Martin lui tendit un petit flacon de plastique rempli d'un liquide brun.

— J'aimerais que tu te teignes les cheveux.

Kate considéra un instant la petite bouteille sur la paume Martin.

— D'accord, répondit-elle. Mais je veux savoir qui est à ma recherche.

Elle prit d'abord le kit sanguin. Martin l'aida à l'installer.

— Tout le monde.

— Tout le monde ?

— Oui, répondit Martin en détournant les yeux. L'Alliance Orchidée, les Immari, sans parler de tous les gouvernements à l'agonie.

— Hein ? Mais pourquoi ?

— Après les explosions des installations en Chine, Immari International a publié un communiqué t'accusant d'avoir mené l'attaque et libéré le fléau. Une souche du virus de la grippe transformée en arme létale. Le fruit de tes recherches. À l'appui de leurs dires, ils ont produit des images vidéo, toutes parfaitement réelles il va sans dire. Ces assertions cadraient avec les déclarations antérieures des autorités indonésiennes qui te mettaient nommément en cause pour ta participation aux attaques de Jakarta et des recherches interdites sur des enfants souffrant d'autisme.

— Des mensonges, objecta Kate d'un ton catégorique.

— Bien sûr, mais c'est ce que les médias ont répété sur tous les tons. Ensuite, un mensonge répété devient une opinion. Et une opinion la réalité. Il est très difficile de modifier la façon dont les choses sont perçues. Quand le fléau a pris une ampleur mondiale, le monde entier voulait un coupable sur qui rejeter la faute. Tu étais la première histoire sur le sujet. Et à bien des égards, la meilleure.

— La meilleure histoire ?

— Mais oui... Une femme qu'on dit folle, qui travaille seule et met au point un virus capable d'infecter le monde uniquement pour mener à bien des objectifs délirants. C'est beaucoup moins effrayant que les autres options : un complot organisé, ou pire, un événement naturel, quelque chose qui peut survenir n'importe où, n'importe quand. Ces autres options sont des menaces qu'on ne peut pas faire disparaître, des perspectives que le monde n'est pas capable d'affronter. Ce que le monde veut, c'est un assassin solitaire devenu fou, présumé mort. Ou mieux encore, capturé et châtié. Le monde est une entité aux abois et prête à tout. Attraper et tuer un méchant est une victoire. La clé pour donner à chacun l'espoir que l'on peut s'en sortir.

— Qu'est-ce qu'on fait de la vérité ? dit Kate en lui tendant le tube contenant son sang.

Martin glissa l'échantillon dans la Thermos.

— Tu crois sincèrement que qui que ce soit serait prêt à croire que les Immari ont mis au jour une structure vieille de centaines de milliers d'années sous Gibraltar, et que la machine qui garde les lieux a libéré une pandémie mondiale ? C'est peut-être la vérité, mais elle paraît bien capillotractée. Même pour une fiction. Finalement, les gens n'ont pas beaucoup d'imagination.

Kate se gratta l'arête du nez. Elle avait consacré sa vie à la recherche sur l'autisme avec l'espoir de faire bouger les choses. Et voilà qu'elle était devenue l'ennemi public numéro un. Génial !

— Je ne t'avais rien dit parce que je ne voulais pas que tu t'inquiètes. Il n'y avait absolument rien que tu puisses faire. De mon côté, j'ai négocié ton exfiltration et ta mise en sécurité. Il y a deux jours, j'ai finalisé un accord.

— Un accord ?

— Les Britanniques acceptent de te prendre, expliqua Martin. On doit retrouver leur équipe dans quelques heures.

Malgré elle, Kate se tourna vers les garçons, toujours endormis sur leur banc.

— Ils partent avec toi, s'empressa de préciser Martin.

Apprendre toutes ces nouvelles allégeait un peu la tension qu'elle ressentait.

— Pourquoi l'Angleterre ?

— J'aurais préféré l'Australie, mais c'est trop loin. Le Royaume-Uni est plus près et probablement aussi sûr. Il y a de grandes chances que l'Europe continentale tombe aux mains des Immari. Les Britanniques résisteront jusqu'au bout. Ils l'ont déjà fait par le passé. Tu seras en sécurité là-bas.

— Qu'est-ce que tu leur as promis en échange ?

Martin se leva en agitant le flacon de teinture.

— Allez, il est temps de te relooker.

— Tu leur as promis un remède. C'est ça que tu leur as offert en échange de ma sécurité.

— Il faut bien que quelqu'un trouve un remède en premier, Kate. Et maintenant, viens te préparer. On n'a plus beaucoup de temps.

Chapitre 20

Centre de recherche Immari Corporation
Aux abords de Nuremberg, Allemagne

Le docteur Nigel Chase observait la pièce immaculée de l'autre côté de la grande baie vitrée. Au centre, posée debout sur la table, la mystérieuse mallette argentée étincelait sous les puissants éclairages. L'équipe en provenance de l'Antarctique avait apporté cet étrange objet une heure auparavant. Et pour l'instant, Nigel n'avait rien découvert à son sujet.

Le moment était venu d'entamer quelques expériences, d'échafauder des hypothèses et de mettre à l'épreuve ses conjectures. D'un doigt précautionneux, il effleura le joystick. À l'intérieur de la pièce d'un blanc de neige, le bras robotique eut une brusque saccade – qui faillit bien faire tomber la mallette de la table. Il n'avait décidément pas le coup de main pour ce truc. C'était comme ces machines complètement idiotes où on mettait une pièce dans le monnayeur pour tenter d'attraper une peluche à l'aide d'une pince pilotée par des boutons de commande. Dans un cas comme dans l'autre, il n'était pas très doué. D'un revers de la main, il essuya la sueur qui perlait sur son front. *Après tout,* réfléchit-il, *je n'ai peut-être pas besoin de la retourner. Je vais utiliser le bras pour manipuler les instruments.*

— Tu veux que j'essaie ? proposa Harvey, son assistant.

Nigel aimait beaucoup sa sœur Fiona – dans une proportion pratiquement équivalente aux regrets qu'il nourrissait d'avoir accepté de prendre son fils Harvey comme aide-laborantin. Il faut dire que Fiona, farouchement déterminée à voir son rejeton quitter le nid, avait su mettre ce qu'il fallait d'insistance pour lui trouver un foutu travail.

— Non, Harvey. Mais merci quand même. Va plutôt me chercher un Coca Light, s'il te plaît.

Un quart d'heure plus tard, Nigel avait repositionné les équipements ; Harvey n'était toujours pas revenu avec la boisson demandée.

Nigel programma l'ordinateur pour soumettre la mallette à un bombardement de particules, puis se laissa aller dans son fauteuil, le regard perdu par la fenêtre, en attendant les résultats.

— Il n'y avait plus de Coca Light. Et j'ai fait le tour de tous les distributeurs du bâtiment, dit Harvey en lui tendant une canette. Du coup, je t'ai pris un Coca normal.

L'espace d'un instant, Nigel envisagea d'expliquer à Nigel qu'une autre boisson allégée aurait été un choix plus logique, puis renonça. Le garçon avait fait un effort – ce qui n'était pas rien.

— Merci, Harvey.

— Alors, ça donne quelque chose ?

— Non, répondit Nigel en ouvrant sa canette, avant de s'accorder une gorgée du liquide sucré.

L'ordinateur émit un bip. Une fenêtre de dialogue apparut à l'écran.

Données entrantes.

À la hâte, Nigel déposa sa boisson pour se pencher sur l'écran. Si ce qu'il lisait était exact, la mallette émettait des neutrinos – des particules subatomiques engendrées par la désintégration radioactive et les réactions nucléaires au cœur du soleil et des réacteurs. *Qu'est-ce qu'ils font ici ?*

Puis les relevés passèrent au rouge en clignotant et la valeur des neutrinos descendit lentement jusqu'à zéro.

— Qu'est-ce qui se passe ? demanda Harvey.

Nigel était perdu dans ses pensées. La mallette réagissait-elle au rayonnement ? S'agissait-il d'une forme de signal, comme les lueurs d'un phare dans la nuit ? Ou un SOS, un genre de « tititi-tatata-tititi » avec des particules subatomiques ?

Au cours de sa carrière d'ingénieur nucléaire, Nigel s'était essentiellement consacré à la fission de l'atome pour la production d'énergie dans les centrales, mais il avait aussi travaillé sur les ogives militaires dans les années 1980, puis sur les systèmes de propulsion des sous-marins nucléaires dans les années 1990. Ce faisant, la physique nucléaire n'était pas vraiment son domaine de spécialité. Une part de lui-même était bien tentée de faire appel à un autre expert, plus spécialisé, mais quelque chose le retenait.

— Harvey, on va modifier les valeurs du rayonnement pour voir ce que ça donne.

Une heure plus tard, Nigel finissait son troisième Coca tout en arpentant la pièce. Le dernier groupe de particules émis par la mallette avait tout l'air d'être constitué de tachyons – des particules hypothétiques, notamment parce qu'elles auraient pour caractéristique d'avoir une vitesse supérieure à celle de la lumière. Une impossibilité selon la théorie de la relativité restreinte d'Einstein. Théoriquement toujours, ces particules rendaient concevable l'hypothèse du voyage dans le temps.

— Harvey, on va essayer un nouveau calibrage.

Nigel s'attela à la programmation. Pendant ce temps-là, Harvey manipulait le bras robotique par l'intermédiaire du joystick. En fait, le jeune homme se débrouillait plutôt bien. *Tout bien réfléchi, les jeux vidéo et la jeunesse peuvent avoir leur utilité*, songea Nigel.

Quand il eut fini de programmer le protocole, Nigel observa les instruments qui se repositionnaient à l'intérieur de la salle blanche. Il avait une théorie. *Et si la mallette manipulait des particules caméléons ?* Ces hypothétiques particules scalaires ont une masse qui s'adapte à l'environnement – faible dans l'espace, forte sur Terre – et les rend détectables. Si tout cela se vérifiait, Nigel était peut-être sur le point de découvrir les données fondamentales de l'énergie et de la matière noires, voire de la force derrière l'inflation cosmique.

Mais les particules caméléons ne représentaient que cinquante pour cent de sa théorie. L'autre partie, c'était que la mallette représentait un système de communication, qu'elle était conçue pour les guider, leur dire de quels types de particules elle avait besoin pour faire ce qu'elle était censée accomplir. En d'autres termes, la mallette demandait des particules subatomiques spécifiques. Mais à quelles fins ? S'agissait-il d'« ingrédients » pour élaborer une composition ? Ou d'une combinaison pour la déverrouiller ? Nigel avait le sentiment qu'il avait trouvé la clé : le rayonnement attendu par la mallette. Au fond, peut-être était-il en train de passer une forme de test de QI envoyé par les Atlantes. Un défi. *Oui, ce serait sensé.* Les mathématiques n'étaient-elles pas la langue de l'univers – et les particules subatomiques le stylet pour écrire sur ce qui tiendrait lieu de papyrus cosmique ? Mais quel message la mallette voulait-elle transmettre ?

L'écran s'alluma, signalant des émissions massives : des neutrinos, des quarks, des gravitons, plus tout un tas de particules que les équipements n'enregistraient même pas.

Le regard de Nigel se porta vers l'autre côté de la vitre. La mallette se transformait. Sa surface argentée étincelante prit un aspect terne. De minuscules puits en relief apparurent d'un coup. C'était comme si la matière lisse qui la constituait devenait du sable. Sur une secousse, les grains reprirent leur place l'espace d'une fraction de temps, avant de glisser vers le centre où un vortex était en train de se former.

Le tourbillon noir dévorait la mallette de l'intérieur. Puis, subitement, la mallette s'effondra intégralement et la pièce s'emplit de lumière.

Le bâtiment explosa en un flash d'une insoutenable intensité blanche, qui consuma les six immeubles de bureaux alentour, avant de poursuivre sa progression centrifuge sur des kilomètres, abattant les arbres et calcinant la terre. Puis, aussi brutalement que tout avait commencé, la lumière reflua pour venir s'effondrer au point où tout avait commencé.

La nuit fut immobile et noire un instant. Un infime fil de lumière s'éleva du sol en flottant, tel un filament phosphorescent doucement agité par le vent. De petites vrilles prirent forme et poussèrent sur le fil étincelant, puis se lièrent les unes aux autres pour former un filet, dont les mailles se serrèrent si fort entre elles que la fine résille devint une paroi de lumière, unie, pleine et cintrée au sommet, deux fois grande comme une porte. Dans le silence, la passerelle scintillante palpitait doucement. Elle attendait…

Chapitre 21

Église Sainte-Marie-de-l'Incarnation
Marbella, Espagne

Appuyée contre l'évier en fonte des toilettes, Kate attendait que ses fibres capillaires absorbent la teinture.

Martin avait insisté pour superviser lui-même l'opération – comme si Kate avait été susceptible de profiter de l'occasion pour prendre la tangente. Savoir que le monde entier était à ses trousses suscitait en elle une incitation aussi étrange qu'impérieuse à modifier son apparence. Mais dans le même temps, la part logique et ultra-rationnelle de son esprit modérait ses ardeurs : *Si le monde entier est à tes trousses, ce n'est pas une teinture qui va sauver ta peau.* Cela étant, ce n'était pas comme si elle avait eu autre chose de plus urgent à faire. Après tout, changer de couleur ne pouvait pas nuire. Elle essora une mèche de ses cheveux désormais bruns, en se demandant si la transformation était achevée.

Assis par terre sur le carrelage, les jambes étendues devant lui et le dos contre la porte de bois, Martin tapait sur son clavier, s'arrêtant seulement de temps à autre pour réfléchir, le regard dans le vague. Kate se demandait bien ce qu'il pouvait faire, mais préférait ne pas aborder le sujet pour l'instant.

D'autres questions tournicotaient dans son esprit. Elle ne savait pas vraiment par où commencer, mais Martin avait dit quelque chose qui, depuis, ne cessait de la turlupiner : « Quand le fléau Atlantis s'est répandu, plus d'un milliard de personnes ont été infectées dans les vingt-quatre heures. » Difficile à croire pour elle – surtout en sachant que Martin et ses collaborateurs se préparaient en secret depuis des décennies à l'épidémie.

Kate se racla la gorge.

— Un milliard de personnes infectées dans les vingt-quatre heures ? Vraiment ?

Pour toute réponse, Martin marmonna une confirmation, sans même quitter son écran des yeux.

— C'est impossible. Aucun agent pathogène ne se répand à une telle vitesse.

Martin releva la tête.

— C'est exact. Mais je ne t'ai pas menti pour autant, Kate. De fait, on ne connaît aucun agent pathogène capable de se diffuser si vite. Ce fléau est juste différent. Je t'expliquerai tout, dès lors que tu seras en sécurité.

— Ma sécurité n'est pas le premier de mes soucis. Je veux savoir ce qui se passe. Et je veux faire quelque chose. Dis-moi ce que tu caches. De toutes les façons, je finirai par le découvrir. Fais au moins en sorte que je l'apprenne de ta bouche.

Après un long moment de silence, Martin referma son ordinateur en poussant un soupir.

— D'accord. La première chose que tu dois savoir, c'est que le fléau Atlantis est infiniment plus complexe que nous ne le pensions. Nous commençons tout juste à comprendre son mode d'action. Le plus grand mystère est la Cloche.

À cette évocation, un frisson parcourut l'échine de Kate. C'est en 1918 que les Immari avaient découvert la Cloche à Gibraltar – un étrange dispositif lié à la structure Atlantis, que les Immari avaient mis au jour avec l'aide du père de Kate. À cet instant, la Cloche avait déchaîné la fièvre espagnole sur le monde : la pandémie la plus mortelle de toute l'histoire moderne. Pour finir, les Immari avaient creusé autour de la Cloche, afin de la retirer pour pouvoir l'étudier. Plus tard, Dorian Sloane, à la tête d'Immari Sécurité, s'était servi des cadavres de récentes victimes de la Cloche pour répandre le fléau Atlantis dans le monde entier. Son objectif était de recréer les conditions de l'épidémie pour identifier les personnes manifestant une résistance génétique aux effets de la Cloche, avec pour but ultime la mise sur pied d'une armée à même d'attaquer les Atlantes – les créateurs de la Cloche.

— Je croyais que vous connaissiez le fonctionnement de la Cloche. Que vous saviez quels sont les gènes qui sont touchés, dit Kate.

— C'est ce que nous pensions également. Nous avons commis deux erreurs majeures. La première a été de ne retenir qu'un échantillon beaucoup trop petit. Et la seconde de n'étudier que des corps ayant été au contact direct de la Cloche, et non pas dans une situation de transmission indirecte. La Cloche n'émet pas d'agent infectieux : aucun virus, aucune bactérie. Elle émet une radiation qui, selon notre théorie, entraîne une mutation d'un rétrovirus endogène. Schématiquement, elle réactive un virus ancien qui transforme ensuite l'hôte en manipulant chez lui un ensemble de gènes et de marqueurs épigénétiques. Nous pensons que ce virus ancien est la clé de tout.

Kate leva une main. Elle avait besoin d'un peu de temps pour assimiler. Si elle était avérée, la théorie de Martin était tout bonnement incroyable. Elle pointait tout droit vers un nouveau type d'éléments pathogènes et même vers une nouvelle pathogenèse – radioactive, puis virale. Était-ce seulement possible ?

Les rétrovirus sont simplement des virus capables d'insérer de l'ADN dans le génome d'un hôte – et donc de modifier celui-ci au niveau génétique. Ce sont des sortes de « mises à jour logicielles ». Schématiquement, quand un sujet contracte un rétrovirus, il reçoit une injection d'ADN qui modifie le génome de certaines de ses cellules. Selon la nature de l'ADN inséré, le fait d'attraper un virus peut se révéler positif, négatif ou bénin. Et comme le génome de chaque individu est différent, le résultat est presque toujours incertain.

Les rétrovirus poursuivent un objectif : multiplier leur propre ADN. Et c'est une tâche dans laquelle ils excellent. En réalité, les virus constituent l'essentiel de tout le matériel génétique présent sur la planète. Même en additionnant l'ADN de la totalité des hommes, des animaux et des végétaux vivant sur Terre – autrement dit, de toutes les formes de vie non virales – le total obtenu resterait inférieur à celui de l'ADN viral de ce bas monde.

Les virus n'ont pas évolué pour nuire à leurs hôtes. En fait, ils ont besoin d'un hôte vivant pour se répliquer. Et c'est exactement ce qu'ils font : ils se trouvent un hôte qui leur convient, vivent en lui, se répliquent sans lui faire de mal, et ainsi jusqu'à ce que l'hôte meure de causes naturelles. Ces hôtes réservoirs – selon le jargon scientifique – sont porteurs de virus sans manifester aucun symptôme. Par exemple, les tiques sont porteuses de la fièvre pourprée des montagnes Rocheuses ; les rongeurs des hantavirus ; les moustiques du virus du Nil occidental, de la fièvre jaune et de la dengue ; les porcs et les oiseaux de la grippe.

Les hommes sont les hôtes réservoirs d'innombrables virus et bactéries qui n'ont pas encore fait l'objet de la moindre classification. Vingt pour cent des informations génétiques contenues dans le nez d'un sujet humain ne correspondent à aucun organisme connu ou répertorié. Dans son système digestif, de quarante à cinquante pour cent de tout l'ADN provient de bactéries et virus non classifiés.

Même dans le système sanguin, on héberge jusqu'à deux pour cent d'une sorte de « matière noire biologique ». À bien des égards, cet océan de virus et bactéries inconnus constitue l'ultime frontière.

La quasi-totalité des virus est inoffensive jusqu'au jour où ils passent à un autre hôte – une forme de vie différente de leurs hôtes naturels. En effet, en se combinant à un nouveau génome inédit, ils provoquent une réaction inattendue : une maladie.

Avec les virus, c'est le véritable danger, mais Martin ne parlait pas de ces virus infectieux qui entrent dans le corps humain depuis l'extérieur. Non, ce qu'il décrivait, c'était l'activation d'une infection antérieure, un segment dormant d'ADN viral présent dans l'organisme humain, enfoui dans son génome. Pour un sujet, c'était comme d'attraper un virus infectieux transmis par lui-même, une sorte de cheval de Troie ADN qui, une fois activé, sèmerait le chaos en lui.

Ces rétrovirus endogènes humains sont essentiellement des « virus fossiles » – en l'espèce, des vestiges d'infections anciennes ayant eu pour effet de modifier le génome de l'hôte, qui ont été intégrés à l'ADN du sperme humain et transmis aux générations suivantes. Les scientifiques ont récemment découvert que l'ensemble du génome humain était composé de rétrovirus endogènes dans une proportion allant jusqu'à huit pour cent. Ces enregistrements fossiles d'infections virales passées apparaissent également chez nos parents génétiques les plus proches, vivants et morts : chimpanzés, Néandertaliens, Dénisoviens. Eux aussi ont été infectés par bon nombre des mêmes virus que nous.

Kate tournait et retournait l'idée dans son esprit. On considérait généralement les rétrovirus endogènes comme étant inertes – rien d'autre qu'une part de l'ADN

« poubelle » présent dans le génome de chacun. Pour n'être pas infectieux, ces rétrovirus n'en influencent pas moins l'expression génétique. Depuis peu, la science estime que les rétrovirus endogènes pourraient jouer un rôle dans les maladies auto-immunes, telles que le lupus, la sclérose en plaques, le syndrome de Gougerot-Sjögren, et même le cancer. *Si le virus à l'origine du fléau Atlantis est un rétrovirus endogène, alors...*

— Ce que tu me dis, c'est que la race humaine tout entière est déjà infectée. Que nous sommes tous infectés depuis le jour de notre naissance, puisque le virus à l'origine du fléau Atlantis fait déjà partie de notre ADN. (Elle resta silencieuse un instant.) Que la Cloche et les corps infectés par ses effets n'ont fait qu'activer un virus dormant.

— Exactement. Nous pensons que les éléments viraux du fléau Atlantis ont été ajoutés au génome humain il y a de cela des dizaines de milliers d'années.

— Et selon toi, ce serait intentionnel ? Quelqu'un ou quelque chose aurait implanté ce virus endogène – le fléau Atlantis – en sachant qu'il serait activé un jour ? demanda Kate.

— Oui. Je crois que le fléau Atlantis a été planifié il y a très longtemps. Et que la Cloche n'est rien d'autre qu'un mécanisme d'activation en vue d'une transformation finale de la race humaine. En ce moment même, les Atlantes tentent de provoquer soit un nouveau Grand bond en avant – une progression radicale et définitive – soit au contraire un grand bond en arrière, une régression pour nous ramener à un stade antérieur à l'introduction du gène Atlantis.

— Avez-vous isolé le virus ?

— Non. Et c'est précisément ce qui nous bloque. Nous pensons qu'il pourrait y avoir deux rétrovirus endogènes à l'œuvre, comme si le corps devenait le théâtre d'une guerre virale. Ces deux virus se livrent un combat pour prendre le contrôle du gène Atlantis, probablement pour le modifier de manière définitive. Dans quatre-vingt-dix pour cent des cas, cette guerre virale submerge le système immunitaire et provoque la mort.

—Comme la grippe espagnole.

—C'est ça. Et c'est ce que nous avions anticipé : une épidémie biologique classique transmise de manière habituelle par les liquides organiques, les voies aériennes, etc. C'est ce à quoi nous nous étions préparés.

—Préparés comment ?

—Nous sommes tout un groupe – des scientifiques, des responsables au sein de l'administration pour l'essentiel. Ces vingt dernières années, nous nous sommes consacrés à la mise au point d'un remède, en secret. Et Orchidée était notre arme absolue contre le fléau, une thérapie de pointe sur le modèle du traitement curatif du VIH.

—Un traitement curatif contre le VIH ?

—En 2007, un certain Timothy Ray Brown, qu'on a appelé le « patient de Berlin », a guéri du VIH. On lui avait diagnostiqué une leucémie myéloïde, mais sa séropositivité compliquait son traitement. Pendant sa chimiothérapie, il a subi un sepsis qui a imposé à ses médecins d'envisager des approches moins classiques. Son hématologue, le docteur Gero Hutter, a décidé d'entamer une thérapie cellulaire via une greffe de moelle osseuse, mais en court-circuitant le donneur compatible prévu au profit d'un donneur présentant une mutation génétique spécifique : la CCR5-Delta 32 qui confère au porteur une résistance quasi totale à l'infection par le VIH.

—Incroyable.

—Oui. Au début, nous pensions que la mutation Delta 32 avait dû apparaître pendant les grandes épidémies de peste hémorragique en Europe. Soixante pour cent environ des Européens sont porteurs d'au moins une copie de la mutation. Mais nous avons remonté sa trace beaucoup plus loin. On se disait que la variole pouvait avoir joué un rôle, mais nous avons trouvé des échantillons d'ADN datant de l'âge de bronze qui en sont porteurs. Les origines de la mutation restent un mystère, mais une chose est sûre : la transplantation d'une moelle osseuse porteuse de la mutation CCR5-Delta 32 a guéri la leucémie et le VIH de Brown. Après la transplantation, il a stoppé la prise d'antirétroviraux sans jamais redevenir séropositif.

— Et tout cela a été utile pour la mise au point d'Orchidée ? demanda Kate.

— Cela a été un progrès majeur qui a ouvert des tas de pistes. La mutation CCR5-Delta 32 protège ceux qui en sont porteurs du VIH, mais aussi de la variole et du bacille de la peste. Nous nous sommes focalisés dessus. Bien sûr, on n'avait pas encore pris toute la mesure de la complexité du fléau Atlantis, mais nous sommes parvenus à développer Orchidée jusqu'au stade où il permet d'inhiber les symptômes. En réalité, il était loin d'être prêt quand l'épidémie a commencé. Il ne permet pas de soigner la maladie, mais nous n'avions aucun autre choix. Il y avait bien un autre élément du fléau que nous n'avons jamais réussi à isoler. Un autre facteur. Mais… nous avons pensé que nous pouvions quand même utiliser Orchidée. Endiguer l'épidémie est devenu notre objectif. Si nous parvenions à la fois à contenir la propagation et à supprimer les symptômes, alors nous pouvions l'arrêter. Au moins, gagner du temps pour isoler les rétrovirus endogènes à la source du fléau, puis manipuler le gène Atlantis qui en est la véritable origine. C'est pour ça que ton travail était si… fascinant.

— Je ne m'explique toujours pas ce taux de transmission… La radiation…

— Au début, on n'a pas compris non plus. Dans les premières heures de l'épidémie, il s'est passé quelque chose de tout à fait inattendu. Le fléau a balayé tous les dispositifs de quarantaine, tous les protocoles de confinement qu'on a tenté de lui opposer. C'était une traînée de poudre, un incendie incontrôlable. On n'avait jamais vu ça. Même à l'isolement, les sujets infectés pouvaient en infecter d'autres à trois cents mètres de distance.

— C'est impossible.

— On a d'abord cru qu'il y avait un problème dans les procédures, mais le phénomène était mondial.

— Mais comment ?

— Une mutation. Quelqu'un, quelque part, avait un rétrovirus endogène, un autre virus ancien, enfoui dans son génome. Lorsqu'il a été activé, le monde a sombré en quelques heures. Un milliard de personnes infectées dans les vingt-quatre heures. Comme je te l'ai dit, notre échantillon était trop petit pour qu'on le trouve. Nous n'avions aucun moyen de savoir qu'il y avait cet autre rétrovirus endogène. Pour tout dire, nous sommes encore à sa recherche.

— Je ne comprends pas comment il peut agir sur le taux de transmission.

— Il nous a fallu des semaines pour saisir. Tous nos protocoles de confinement, dans le monde entier, des décennies de planification, tout a cédé au cours de ces premiers jours. Il était impossible d'arrêter le fléau Atlantis. Dès l'instant où il apparaissait dans un pays, il explosait dans toute la population. Jamais nous n'aurions pu imaginer ce que nous allions découvrir : les sujets infectés n'étaient pas simplement porteurs de la radiation de la Cloche dans leurs tissus, mais ils activaient une nouvelle radiation. Nous pensons que le second rétrovirus endogène active des gènes qui poussent le corps à modifier la radiation qu'il émet.

Kate s'efforçait de digérer toutes ces informations. Le corps humain émet certes une radiation, mais plus comme un bruit, une forme d'électricité statique, l'équivalent subatomique de la sueur.

— Toute personne activée devient un relais à radiations, activant et infectant tous ceux autour d'elle, même à l'intérieur d'une tente de confinement biologique, poursuivit Martin. Un individu à un ou deux kilomètres de distance peut ainsi t'infecter, même sans aucun contact direct. Pour ça, il n'existe absolument aucun protocole. C'est pour cette raison que les gouvernements du monde entier ont accepté le problème posé par cette infection universelle : ils n'avaient aucune solution pour l'enrayer. La priorité est donc devenue de contrôler les populations pour que les Immari et les survivants ne s'emparent pas du monde. Et c'est ainsi que les autorités ont commencé à construire des districts Orchidée pour y rassembler les survivants.

— C'est pour ça que le bâtiment où je faisais mes expériences était bardé de plomb ? Pour arrêter les radiations ? demanda Kate.

— Oui, confirma Martin avec un hochement de tête. Nous craignions l'éventualité d'une nouvelle mutation. En toute franchise, nous sommes entrés dans un domaine qui est loin d'être notre spécialité. On parle de biologie quantique, de particules subatomiques qui manipulent le génome humain. On est à la croisée de la biologie et de la physique, dans une dimension qui excède de loin la compréhension que nous pouvons avoir de la physique ou de la biologie. On ne fait qu'effleurer la surface. On a des années-lumière de retard, mais on a beaucoup appris au cours des trois derniers mois. Nous savions que les garçons et toi étiez immunisés : vous avez survécu en Chine. Nous essayons d'isoler le rétrovirus qui provoque la radiation. Notre plus grande crainte était que, sous l'effet d'une nouvelle mutation, la radiation des participants aux essais ne se répande dans le camp et compromette l'efficacité d'Orchidée. Si cela s'était produit, il n'y aurait plus rien eu pour freiner le fléau. L'efficacité d'Orchidée connaît une érosion, mais nous ne pouvons pas nous en passer. On a besoin de temps. Je crois que nous sommes tout près de trouver un remède. Il ne manque plus qu'un élément. Je pensais qu'il était ici, dans le sud de l'Espagne, mais j'avais tort… Et sur un certain nombre d'autres choses aussi, d'ailleurs.

Kate hocha la tête. Au-dehors, elle crut entendre un grondement, comme le tonnerre roulant au loin. Une dernière chose la tracassait encore. En tant que scientifique, elle savait que l'explication la plus simple est généralement la bonne.

— Comment avez-vous fait pour comprendre si vite qu'il y avait un autre rétrovirus endogène ? Et comment pouvez-vous être sûrs qu'il y en a bien deux ? Pourquoi pas un seul ? Un virus peut provoquer différents résultats : l'évolution ou la régression déclenchée par la radiation.

— Ce n'est pas faux… (Martin se tut un instant, comme s'il réfléchissait à ce qu'il allait dire. Comme Kate ouvrait la bouche, il lui intima le silence d'un geste.) Ce sont les vaisseaux, poursuivit-il. Ils sont différents.

— Les vaisseaux ?

— Les vaisseaux atlantes – celui de Gibraltar et celui de l'Antarctique. Quand nous avons trouvé la structure au pôle sud, on s'attendait qu'elle soit à peu près du même âge et de la même facture que celle sous le rocher.

— Ce n'est pas le cas ?

— Absolument pas. Désormais, on pense que le vaisseau de Gibraltar est – ou du moins, était – un atterrisseur, une sorte de navette d'exploration planétaire. En revanche, celui en Antarctique est un vaisseau spatial énorme.

Kate essayait de faire le lien avec le fléau.

— Tu penses que la navette d'exploration provient du vaisseau de l'Antarctique ?

— C'était notre hypothèse, mais la datation au carbone 14 nous dit que c'est impossible. Le vaisseau de Gibraltar est plus ancien que celui de l'Antarctique. Mais plus important encore, il est sur Terre depuis bien plus longtemps. Peut-être cent mille ans.

— Je ne comprends pas, dit Kate.

— D'après ce qu'on peut en juger, il y a une convergence de la technologie sur les deux vaisseaux. Par exemple, tous deux ont une Cloche. Mais ils viennent de périodes différentes. Mon sentiment est qu'ils appartiennent à deux factions atlantes différentes, en guerre l'une contre l'autre. Et je suis convaincu que ces deux factions tentaient de manipuler le génome humain pour un objectif spécifique.

— Le fléau serait leur outil pour nous « bio-former » ?

— C'est notre théorie, répondit Martin avec un hochement de tête. C'est complètement fou, mais c'est l'unique option qui ait un sens.

À l'extérieur, le grondement devenait plus fort.

— Qu'est-ce que c'est ? demanda Kate.

Martin tendit l'oreille un instant, puis se leva d'un coup pour quitter la pièce.

Debout devant le lavabo, Kate s'examina dans le miroir. Elle avait les traits plus tirés qu'à l'ordinaire. Avec ses cheveux ostensiblement teints, elle avait presque un look gothique. Sous le jet du robinet, elle entreprit de laver ses mains pour les débarrasser des dernières taches. Elle n'entendit pas le retour de Martin. Appuyé au chambranle, il s'arrêta un instant sur le seuil pour reprendre son souffle.

— Rince-toi les cheveux. Il faut partir d'ici.

CHAPITRE 22

Église Sainte-Marie-de-l'Incarnation
Marbella, Espagne

Kate se hâta d'aller réveiller les garçons pour les faire sortir de l'église. Dans la cour, Martin les attendait avec impatience, son lourd sac à dos sur les épaules, une expression inquiète sur le visage. En suivant son regard vers l'autre côté de la cour, elle comprit la cause de son anxiété. Des files ininterrompues de gens passaient en courant follement dans la rue, droit devant eux, sans paraître savoir où ils allaient, leurs pieds martelant le pavé. La scène lui fit penser aux lâchers de taureaux à Pampelune.

Dans un coin de la cour, deux chiens gisaient au pied d'un des murs de l'église blanchis à la chaux. Les garçons, qu'elle tenait chacun par la main, s'écartèrent d'elle pour se plaquer les mains sur les oreilles.

Martin s'approcha pour s'occuper d'Adi.

— On va les porter.

— Que se passe-t-il ? demanda Kate en soulevant Surya pour le prendre dans ses bras.

— Apparemment, le gaz visait les chiens. À présent, les Immari rassemblent les gens. Il faut bouger. Et vite !

Kate suivit Martin au milieu de la foule. Le gaz ne lui obscurcissant plus la vue, Kate remarqua combien les rues étroites étaient pleines des décombres de la chute de Marbella : véhicules incendiés, postes de télé et autres marchandises pillés dans les boutiques, tables et chaises renversées aux terrasses des cafés désertés depuis longtemps.

Le soleil se levait au-dessus des maisons. Les yeux mi-clos, elle faisait de son mieux pour éviter les premiers rayons rasants qui l'aveuglaient. Au fil des pas, elle s'accoutuma à la lumière. Même l'incessant martèlement des pieds en mouvement finit par devenir le bruit de fond d'un jogging matinal.

Quelqu'un la poussa violemment dans le dos, l'envoyant presque bouler au sol. Martin la rattrapa *in extremis* par le bras. Elle reprit son équilibre et ils accélérèrent l'allure. Derrière eux, un groupe de coureurs fendait la foule à toute allure, jouant des coudes pour doubler tout le monde. Kate vit les stigmates de la maladie chez certains. Un jour sans Orchidée et déjà réémergeaient les symptômes du fléau Atlantis. Ils avaient l'air paniqués, au bord de la folie.

Du doigt, Martin désigna une ruelle une dizaine de mètres devant eux. Il articula quelques mots, que Kate ne saisit pas, mais elle le suivit, en allant raser comme lui les façades. Ils se glissèrent dans l'étroit passage, tandis que d'autres occupaient immédiatement l'espace qu'ils venaient de laisser dans la foule.

Martin accéléra. Kate fit un effort pour tenir le rythme.

— Où vont-ils tous ? demanda-t-elle.

Martin fit une halte. Les mains sur les genoux, il luttait pour reprendre son souffle. À soixante ans, il était bien moins en forme que Kate. Elle savait qu'il ne pourrait pas tenir ce rythme bien longtemps.

— Vers les montagnes. Au nord. Les idiots, répondit-il. En fait, ils sont menés comme un troupeau. Allons-y. Nous ne sommes plus très loin du point de rendez-vous.

Il reprit Adi dans ses bras pour repartir.

Le grondement sourd de la masse derrière eux s'estompa à mesure qu'ils avançaient en direction de l'est, vers une partie déserte de la ville. Çà et là, Kate percevait du mouvement et de l'agitation dans les maisons apparemment vides.

— Ils ont le choix entre fuir ou se cacher, expliqua Martin en désignant les constructions d'un signe de tête.

— Qu'est-ce qui est le mieux ?

— Se cacher, sans doute. Quand les Immari auront vidé la ville, ils évacueront leurs troupes vers la ville suivante. En tout cas, c'est comme ça qu'ils ont procédé dans les autres pays.

— Si mieux vaut se cacher, pourquoi est-ce qu'on fuit ?

Martin lui jeta un regard.

— On ne peut pas courir ce risque. Et de toute façon, les SAS vont t'emmener.

Kate s'arrêta.

— M'emmener moi. Et pas toi ?

— Je ne peux pas partir avec toi, Kate.

— Comment ça ?…

— Ils me cherchent moi aussi. Si les Immari ont avancé vers le nord, il y aura des contrôles. S'ils me capturent, ils te chercheront. Je ne peux pas prendre le risque de révéler ta présence. Et puis… il y a aussi une chose que je dois trouver.

Avant que Kate n'ait eu la possibilité de protester, ils entendirent le rugissement d'un moteur Diesel, du côté du carrefour un peu plus loin devant eux. Martin fonça jusqu'au coin de la rue, pour s'y agenouiller, tapi contre le mur. De son sac, il sortit un petit miroir. Après quelques tâtonnements, il trouva le bon angle pour observer la grande artère sans être vu. Kate vint se poster derrière lui. Un gros camion, le plateau arrière bâché, semblable à ceux que Kate avait vus au campement avec leur cargaison de survivants, avançait au ralenti. De part et d'autre, des soldats au visage dissimulé sous un masque à gaz s'étaient déployés et passaient de maison en maison. Dans la rue derrière eux, un nuage de gaz montait dans l'air.

Kate voulut dire quelque chose, mais Martin se leva d'un bond pour foncer vers un petit passage entre deux maisons, à peu près au milieu de la ruelle. Et leur course folle reprit de plus belle.

Au bout de quelques minutes, ils débouchèrent dans une autre ruelle un peu plus large, qui elle-même donnait sur une esplanade avec une grande fontaine de pierre.

— Martin, il faut que tu viennes avec nous...

— Ça suffit, Kate, aboya Martin. Pas de discussion.

Il s'arrêta juste à l'entrée de l'esplanade et sortit de nouveau son miroir, sur lequel il fit se refléter les rayons du soleil. De l'autre côté de la place, des éclats de lumière répondirent aux siens.

Martin se retournait vers Kate quand des explosions secouèrent la zone tout entière, soulevant des nuages de poussière. Kate sentit la main de Martin se refermer sur son bras. Elle-même attrapa Adi et Surya, complètement perdus au milieu du chaos.

Comme les cendres et les débris retombaient doucement, Kate vit les troupes Immari qui arrivaient des rues adjacentes. De l'autre côté, des soldats vêtus d'uniformes espagnols – les SAS de l'équipe d'extraction à n'en pas douter – se mettaient à l'abri derrière la fontaine et ouvraient le feu sur les Immari. En quelques secondes, le bruit des grenades et des tirs automatiques devint assourdissant. Deux SAS tombèrent. Submergés par le nombre, les autres ne tardèrent pas à se retrouver encerclés.

Martin tira Kate par le bras vers une rue au nord. Au moment où ils arrivaient à l'entrée, un torrent de fuyards déboucha dans le carrefour, déferlant en direction de Kate, Martin et les garçons.

Par-dessus son épaule, Kate jeta un coup d'œil vers la place. Les derniers coups de feu s'espaçaient. L'air était empli du tumulte de la muraille humaine marchant sur eux. Les SAS étaient tous morts. Deux flottaient dans la fontaine aux eaux devenues rouges. Deux autres gisaient par terre, le visage sur les pavés.

Chapitre 23

Quartier de la vieille ville
Marbella, Espagne

Kate ne parvenait pas à détourner le regard des soldats Immari. Elle s'était attendue qu'ils traversent au plus vite l'esplanade pour les capturer – Martin, les deux garçons et elle. Ils n'en avaient rien fait. Présentement, ils traînaient dans les rues et les ruelles donnant sur la place ou faisaient les cent pas devant les énormes camions. Certains fumaient, d'autres parlaient dans leur radio, tous portaient des armes. Qu'attendaient-ils ? Kate n'en avait pas la moindre idée.

Elle se tourna vers Martin.

— Qu'est-ce qu'ils… ?

— C'est une zone de chargement. Ils attendent que les gens viennent à eux. Allez, viens.

Il s'engagea d'un pas vif et résolu dans la rue étroite, droit sur la foule qui avançait.

Après une seconde d'hésitation, Kate lui emboîta le pas. La foule avançait vite. Elle n'était plus qu'à une centaine de mètres.

Martin tenta d'ouvrir la porte la plus proche – celle d'une boutique dont la vitrine donnait sur la rue. Elle était fermée.

Kate traversa la rue pour tenter sa chance sur la porte d'un café. En vain. Elle serra les garçons contre elle. Une cinquantaine de mètres les séparaient encore de la masse des marcheurs. Elle n'eut pas plus de succès avec la porte de la vieille maison voisine. Il ne s'en fallait plus que de quelques secondes avant que le flot humain ne soit sur eux et les piétine. Peut-être y avait-il encore une possibilité. Elle tassa les garçons dans le léger renfoncement du seuil, puis se mit devant eux pour les protéger de son corps. Et elle attendit.

Derrière elle, elle entendit Martin qui arrivait en courant pour l'imiter.

Plus qu'une vingtaine de mètres. Détachés de l'amas compact, quelques coureurs fonçaient droit devant, l'air déterminé, l'œil glacé. Le premier à passer ne leur jeta même pas un regard.

À une fenêtre à l'étage, une main tira un rideau et un visage apparut au carreau. C'était une femme, à peu près de l'âge de Kate, aux cheveux noirs et au teint mat. Elle baissa la tête et son regard croisa celui de Kate. Quelques secondes s'égrenèrent lentement, puis l'expression sur les traits de l'inconnue passa de l'inquiétude à... Une franche préoccupation ? Kate ouvrit la bouche pour l'appeler, mais elle avait disparu.

Kate inspira.

— Restez bien tranquilles, les garçons. C'est important.

Martin se retourna juste comme les premiers rangs serrés étaient sur eux.

La porte devant deux cliqueta et s'ouvrit en grand. Kate, Martin et les garçons tombèrent sur le sol. Un homme les aida à se relever, pendant que la femme de la fenêtre refermait à la volée. Le grondement sourd de la foule parvint jusqu'à eux à travers l'épais panneau de bois.

L'homme et la femme les invitèrent à s'éloigner du vestibule pour les suivre dans un salon avec une grande cheminée, mais dépourvu de la moindre fenêtre. Des bougies éclairaient les lieux, leur conférant une ambiance un peu irréelle. Kate cligna des yeux pour s'accoutumer à la pénombre.

Pendant que Martin commençait à échanger en espagnol avec leurs hôtes, Kate examina les garçons – agités, épuisés et perdus. Ils ne cessaient de se tortiller, fuyant sa curiosité insistante. Pour tout dire, ils étaient à bout. *Qu'est-ce qu'on va faire ? Est-ce qu'on ne pourrait pas se cacher ici ?* C'étaient les mots de Martin : « fuir ou se cacher ».

Dans le sac encore sur le dos de Martin, elle prit les deux blocs-notes et des crayons pour les donner à Adi et Surya. Aussitôt, les deux garçons détalèrent avec leurs trésors dans un coin. Pour se calmer, ils avaient besoin de retrouver un semblant de normalité, quelque chose qui leur était familier, ne serait-ce que pour un instant.

Comme Martin s'agitait en parlant avec les mains, Kate eut bien du mal à refermer la fermeture Éclair. Il répétait un mot : « *túnel* ». Le couple échangeait des regards, manifestement en proie à l'hésitation. Pour finir, ils hochèrent la tête et donnèrent à Martin la réponse qu'il semblait appeler de ses vœux. Il se retourna vers Kate.

— Nous devons laisser les garçons.

— Certainement pas…

Martin l'attira à l'écart, du côté de l'âtre, pour lui parler à voix basse.

— Ils ont perdu leurs enfants, emportés par le fléau. Ils acceptent de prendre les garçons. Si les Immari s'en tiennent au protocole de leurs purges antérieures, les familles avec enfants sont épargnées. À condition qu'ils prêtent serment, bien sûr. Seuls les adolescents et les adultes sans enfants sont mobilisés.

Kate regarda autour, en quête d'un argument à opposer à la décision de Martin. Sur le manteau de la cheminée, elle aperçut alors une photo montrant l'homme et la femme sur une plage, les mains posées sur les épaules de deux garçons souriants, plus ou moins du même âge qu'Adi et Surya. Leur teint et la couleur de leurs cheveux étaient sensiblement les mêmes.

Son regard passa ensuite du couple aux garçons, penchés sur leurs feuilles, tranquillement absorbés dans leur travail à côté d'une pile de bougies soigneusement rangées. Elle plissa les paupières, s'efforçant de mettre de l'ordre dans son esprit.

— Ils ne parlent pas espagnol…

— Kate, c'est à peine s'ils parlent. Ces gens s'occuperont d'eux du mieux qu'ils pourront. C'est notre seule option. Penses-y : nous sauvons quatre vies, ajouta-t-il en désignant les deux adultes. Si les Immari nous arrêtent, toi ou moi, avec les garçons, ils sauront instantanément qui ils sont. Autant dire que ce serait leur faire courir un bien grand risque. Il faut qu'on les laisse, on n'a pas le choix. Mais on reviendra les chercher. J'ajouterai qu'on ne peut pas les emmener là où on va. Ce serait trop… stressant pour eux.

— Et où… ?

Martin ne la laissa pas finir. Rapidement, il échangea quelques phrases rapides avec le couple, qui quitta la pièce.

Kate ne les suivit pas. Elle rejoignit les garçons dans leur coin pour les serrer dans ses bras. Tout d'abord, ils la repoussèrent, accrochés à leurs carnets, mais finirent tout de même par se laisser faire. Sur un dernier baiser déposé sur leur tête, elle les relâcha.

Par un couloir sombre, le couple conduisit ensuite Martin et Kate jusqu'à un petit bureau encombré, au milieu duquel trônait une table de chêne, ainsi qu'une bibliothèque qui occupait tous les pans de mur, du sol au plafond. Sur le mur du fond, l'homme commença à vider un rayonnage de ses lourds volumes, les jetant sur le sol. Sa femme vint lui prêter main-forte et le meuble fut bientôt vide. Solidement campé devant, l'homme se mit à tirer dessus jusqu'à de le dégager du mur, avant d'appuyer sur un bouton dissimulé dans le rayonnage voisin. Dans un claquement sec, le mur pivota légèrement sur lui-même. De nouveau arc-bouté, il acheva d'ouvrir le passage, révélant un tunnel de pierre, sale et sombre.

CHAPITRE 24

Quartier de la vieille ville
Marbella, Espagne

Kate avait une sainte horreur des tunnels – et de celui-là en particulier. Elle avait l'impression qu'une boue noirâtre suintait le long des murs humides pour se déposer sur elle à chaque tournant. Or, ces derniers avaient été si nombreux qu'elle en avait perdu le compte. Un peu plus tôt, elle avait demandé à Martin, dans un murmure, s'il savait au moins où il allait, mais il l'avait fait taire, exigeant le silence. Elle avait pris ça pour un « non ». Mais où allaient-ils ainsi ? Martin ouvrait la voie, une barre de LED à la main, éclairant juste assez pour leur épargner de rentrer tête la première dans la pierre crasseuse.

Devant eux, l'étroit boyau déboucha sur une intersection circulaire desservant trois autres tunnels dans trois directions différentes. Martin s'arrêta, fourrant son bâton lumineux sous le nez de Kate.

— Tu as faim ?

Kate hocha la tête. De son sac, Martin tira une barre protéinée et une bouteille d'eau.

Kate mâchonna le solide, puis fit passer le tout d'une gorgée de liquide.

— Tu n'as pas la moindre idée d'où on va ? demanda-t-elle à voix basse.

— Pas vraiment. Pour tout dire, je ne suis même pas certain que ces tunnels mènent quelque part.

Kate lui jeta un regard interloqué. Martin posa sa barre de LED par terre pour boire à son tour.

— Comme la plupart des villes antiques du bassin méditerranéen, Marbella a été le théâtre d'innombrables combats au fil des millénaires. Les Grecs, les Phéniciens, les Carthaginois, les Romains, les Musulmans. La liste est longue. Marbella a été mise à sac une centaine de fois. Je savais que les vénérables demeures de la vieille ville possèdent généralement ce genre de passages. Les riches marchands passaient par ces tunnels pour s'épargner les désagréments habituels d'un pillage en règle. Certains tunnels ne sont rien d'autre que des cachettes où se réfugier. D'autres mènent peut-être jusqu'à l'extérieur de la ville, mais j'en doute. Avec un peu de chance, ils nous mèneront jusqu'au réseau d'égouts de la ville nouvelle. En tout cas, je pense que nous sommes en sécurité ici. Pour l'instant tout au moins.

— Les Immari ne vont pas fouiller les tunnels ?

— J'en doute. Ils vont plutôt fouiller les maisons, de façon assez sommaire. Ils cherchent essentiellement les fauteurs de troubles et ceux qui leur ont déjà échappé. Le pire qu'on ait à craindre ici, je dirais que ce sont les rats et les serpents.

Kate grimaça à la pensée d'un serpent invisible grimpant sur elle dans le noir. L'idée de dormir dans cet endroit avec de pareilles bestioles la faisait frémir…

— N'hésite pas à omettre certains détails, dit-elle avec un geste de supplique.

— Bien sûr. Pardon. (Il prit son sac.) Tu as encore faim ?

— Non, merci. Et maintenant ? On attend combien de temps ?

Martin s'accorda un instant de réflexion.

— En me fondant sur la taille de la ville, je dirais deux jours.

— Qu'est-ce qui se passe là-haut ?

— Ils ramassent tout le monde et font un premier tri.

— Un tri ?

— Pour commencer, parmi les survivants, ils isolent les mourants et ceux qui présentent des troubles. Ensuite, ceux qui restent doivent faire un choix. Prêter allégeance aux Immari ou refuser.

— Et s'ils refusent ?

— Ils retournent avec les mourants.

— Que se passe-t-il… ?

— Les Immari vont évacuer toute la population. Ils chargeront ceux qui ont prêté allégeance à bord d'une barge, cap vers l'une de leurs bases opérationnelles. Eux seuls arriveront à bon port. (Il ramassa le bâton lumineux pour mieux distinguer le visage de la jeune femme.) C'est très important, Kate. Si on se fait prendre et que tu sois confrontée à l'alternative, promets-moi de prêter allégeance.

Kate hocha la tête.

— Ce ne sont que des mots. Survivre est la seule chose qui compte pour l'instant.

— Et toi, tu prêteras allégeance ?

Martin laissa retomber la barre de LED. L'obscurité reprit possession de l'espace entre eux.

— Les choses sont différentes pour moi, Kate. Ils sauront qui je suis. Si nous sommes attrapés, nous devrons nous séparer.

— Mais tu prêteras allégeance.

— La question ne se posera pas pour moi, répondit Martin dans une quinte de toux digne d'un fumeur invétéré. (Kate se demanda quel genre de particules ils pouvaient bien respirer au fond de ces tunnels.) Je les ai déjà rejoints une fois, dit-il en secouant la tête. La plus grosse erreur de ma vie. Les choses sont différentes pour moi.

— Ce ne sont que des mots, dit Kate sur un ton de reproche.

— Touché, murmura Martin. C'est difficile à expliquer…

— Essaie quand même, rétorqua Kate avant de s'octroyer une gorgée d'eau. On a un peu de temps à tuer.

Martin toussa à nouveau.

— Il faudrait que tu puisses respirer un peu d'air frais, dit Kate.

— Ce n'est pas l'air, dit Martin en tirant une petite boîte de son sac.

Dans la pénombre, Kate le vit glisser une pilule blanche dans sa bouche. Une pilule ressemblant à une fleur avec trois grands pétales en forme de cœur et un cercle rouge au milieu. Une orchidée…

De saisissement, Kate en perdit presque l'usage de la parole.

— Tu… ? Tu n'es… ?

— Pas immunisé. Je ne voulais pas te le dire. Je savais que tu t'inquiéterais. Si nous sommes attrapés, je serai dans le groupe des mourants. Si cela devait arriver, il faudra que tu finisses mes recherches. Tiens, ajouta-t-il en lui tendant un petit carnet tiré de son sac.

Kate le mit de côté, la mine pincée.

— Combien te reste-t-il de pilules ? demanda-t-elle.

— Suffisamment, répondit Martin d'un ton neutre. Ne t'inquiète pas pour moi. Et maintenant, repose-toi. Je prends le premier tour de garde.

Chapitre 25

Quartier de la vieille ville
Marbella, Espagne

— Kate ! Réveille-toi.

Kate ouvrit les yeux. Martin était penché sur elle. Dans les faibles lueurs de sa barre de LED, Kate vit l'appréhension sur son visage.

— Viens, dit-il en l'aidant à se remettre debout. (Il ramassa son sac pour le donner à Kate, non sans y avoir d'abord prélevé un pistolet.) Mets le sac sur tes épaules. Reste derrière moi, ajouta-t-il en se tournant vers l'ouverture la plus éloignée dans la salle circulaire.

Kate ne voyait rien, mais il y avait bien… un bruit. Des pas. Martin pointa son arme sur le passage. De son autre main, il éteignit aussi silencieusement que possible son bâton lumineux, plongeant les lieux dans des ténèbres impénétrables.

Au fil des secondes, les bruits de pas prirent du volume. Deux personnes marchaient. Une lueur parut dans le boyau. Lentement, elle devint plus brillante, gagnant en netteté, jusqu'à devenir une lanterne. Elle franchit le seuil une demi-seconde avant celui qui la portait : un homme obèse et barbu, dont la masse dissimulait pratiquement la jeune femme marchant derrière lui.

En découvrant Martin et son arme pointée, l'homme laissa choir sa lampe pour reculer maladroitement, envoyant sa compagne au sol.

Martin s'approcha. Les mains levées, l'homme se lança dans un genre de plaidoyer dans un espagnol au débit rapide. Martin considéra tour à tour l'homme et la femme, avant de s'adresser au premier en espagnol. Leur échange terminé, Martin resta silencieux un instant à évaluer l'histoire qu'il avait entendue.

— Ramasse la lanterne, dit-il en se tournant vers Kate. Ils disent qu'il y a des chiens dans les tunnels et que les soldats arrivent.

Kate s'exécuta, tandis que Martin ordonnait au couple, d'un signe de son arme, de repartir de l'autre côté, dans la galerie par laquelle Kate et Martin étaient arrivés. L'homme et la femme obéirent, avec des allures de détenus qu'on transfère. Tous les quatre partirent d'un bon pas, avançant en silence.

Ce tronçon débouchait sur une autre salle ronde, où ils eurent la surprise de tomber sur six autres personnes. Après un bref échange, le nouveau groupe rejoignit la petite bande de Kate et Martin. Et tous repartirent.

Kate se demandait comment ils allaient bien pouvoir faire face à des chiens et des soldats. Son arme était quelque part dans le sac. À son corps défendant, elle envisagea même de la prendre. Mais avant qu'elle n'ait pu ne serait-ce que commencer à concrétiser son intention, le tunnel déboucha dans une vaste salle cubique, haute de plafond et dépourvue de la moindre issue.

Une vingtaine de personnes y étaient présentes. Toutes les têtes se tournèrent vers les nouveaux arrivants.

Derrière elle, Kate entendit le gros bonhomme crier quelque chose. Elle se retourna d'un bloc. Il parlait dans une petite radio. *Qu'est-ce que… ?*

À cet instant, une explosion souffla la paroi du fond, dans un tsunami de poussière, de débris et de vent brûlant. Kate se sentit tomber violemment au sol. Des éclats de lumière éclaboussèrent la salle. Elle vit des colonnes de soldats Immari qui se déversaient à l'intérieur par la brèche, pour relever et emmener les gens. L'obèse, la femme et une dizaine d'autres personnes leur prêtaient main-forte.

La lumière vive et la stridence dans ses oreilles désorientaient Kate. La tête lui tournait. Elle avait l'impression qu'elle était sur le point de vomir.

Kate vit l'un des soldats empocher l'arme de Martin tombée au sol, puis le relever sans ménagement. Un autre homme la saisit son tour. Elle se débattit, mais c'était peine perdue. Les Immari la tenaient bel et bien. Ils les tenaient tous…

Chapitre 26

Dorian ouvrit les yeux et regarda ce qu'il y avait devant lui à travers une vaste surface vitrée. Il n'était pas dans un tube – du moins pas dans le genre de celui dans lequel il s'était déjà réveillé. *Où suis-je ? Est-ce que je suis mort cette fois-ci, vraiment mort ?* Comment pouvait-il en être autrement ? Le garde lui avait tiré dans la tête. Il baissa la tête pour s'observer. Il portait un uniforme, le même que celui de l'Atlante. Sa vision gagna en précision. La grande baie vitrée donnait sur l'espace. Une planète bleu et vert en emplissait toute la partie inférieure. Des machines gigantesques allaient et venaient à la surface, remuant des masses de roches, envoyant des panaches de poussière rouge dans l'atmosphère. Non, c'était plus que des roches. Les machines déplaçaient des montagnes.

— Les résultats de l'examen géologique viennent d'arriver, général Ares. Les plaques tectoniques de l'hémisphère nord ne constitueront pas un problème avant quatre mille ans. Faut-il les laisser ?

Dorian se tourna vers l'homme qui venait de s'adresser à lui. Debout côte à côte, ils se tenaient sur ce qui avait dû être la plate-forme de commandement d'un vaisseau spatial. Dorian s'entendit répondre.

— Non. Ils ne seront peut-être pas en mesure de régler la question dans quatre millénaires d'ici. Faites ce qu'il faut dès à présent.

Il se retourna vers la baie vitrée et s'aperçut dans le reflet. Seulement, l'homme en face de lui qui soutenait son propre regard n'était pas Dorian. C'était l'Atlante, dans une version plus jeune, la tête encadrée d'une chevelure d'un blanc doré, plaquée en arrière.

Tout à coup, le verre disparut. L'air et la gravité changèrent. Une bombe explosa au loin et Dorian comprit qu'il se trouvait au milieu d'une grande ville. Instantanément, il sut que ce n'était pas une ville sur Terre. Toutes les constructions qu'il voyait semblaient chacune avoir une forme unique. Reliées entre elles par des passerelles, elles scintillaient dans la lumière comme si elles avaient été édifiées la veille dans quelque matériau dont il ignorait tout. L'ensemble formait comme une gigantesque toile d'araignée reliant les cristaux étincelants d'une géode. Puis l'un des bâtiments s'effondra, emportant avec lui les passerelles arrachées aux immeubles voisins, comme les bras d'un corps en chute libre s'agitant dans le vide. Une nouvelle déflagration déchira l'air. Une nouvelle construction sombra.

Le soldat à côté de Dorian se racla la gorge.

— Pouvons-nous commencer, monsieur ? demanda-t-il d'une voix posée.

— Non. Laissez les choses continuer encore un instant. Montrons au monde la vraie nature de ceux que nous combattons.

Il y eut une nouvelle explosion et l'horizon disparut dans un fondu au noir, tandis que la clarté de l'espace retrouvait toute sa netteté. À présent, Dorian se tenait campé sur une autre plate-forme d'observation, mais quelque part sur une planète. Non, sur une lune. Il apercevait la planète sur sa droite, mais la vue de l'espace était bien plus impressionnante. Une flotte de vaisseaux filait vers l'étoile blanche en fusion au-delà. Ils étaient des centaines, peut-être même des milliers. La vue de la flotte dans son intégralité lui coupa le souffle. Il sentit ses poils se dresser sur ses avant-bras. Dans son esprit, une pensée dominait toutes les autres : *J'ai gagné.*

Dorian fit un effort de concentration, mais l'image devant lui s'estompa et disparut. Il était ailleurs à présent, sur une planète, en train de déambuler sur un long sentier de béton menant à une gigantesque structure monolithique creuse. Il marchait seul, mais une foule énorme se massait de part et d'autre, jouant des coudes, se bousculant pour l'apercevoir. Une femme et deux hommes l'attendaient au pied du monument de pierre, juste à l'extérieur de l'ouverture enténébrée. Dorian avait du mal à déchiffrer l'inscription gravée au-dessus de l'entrée, mais d'une certaine façon, il savait déjà ce qu'elle disait : « Ici repose notre dernier soldat ».

La femme vint au-devant de lui.

— Notre décision est prise. Tu vas emprunter le long chemin qui mène à l'éternité.

Dorian savait qu'elle jouait la comédie pour les caméras, qu'elle prononçait ces paroles pour la postérité. Elle l'avait trahi.

— Tout homme mérite le droit de mourir, dit-il.

— Les légendes ne meurent jamais.

Dorian se détourna. L'espace d'une seconde, il envisagea de fuir. Voilà le souvenir qu'ils garderaient de lui. Son dernier acte. D'un pas résolu, il s'engagea dans les tombeaux, passant devant la façade de pierre pour pénétrer dans le vaisseau. Les murs gris reflétaient les lueurs des éclairages au sol et au plafond. Les derniers rayons du soleil s'estompaient dans le tunnel derrière lui. À l'intérieur de l'immense salle, les lumières s'ajustèrent. Des rangées de tubes s'étiraient aussi loin que portait l'œil. Ils étaient tous vides. Dans un sifflement, le premier de la première rangée s'ouvrit. Dorian marcha vers lui. *Qu'il en soit ainsi.*

À peine le tube s'était-il refermé qu'il s'ouvrait de nouveau – et Dorian fuyait à toutes jambes le mausolée. Autour de lui, le ciel était tout noir, traversé d'éclairs. Clignant des yeux, il découvrit qu'il était debout au milieu d'une rue déserte d'une autre ville aux allures de toile d'araignée. Les explosions étaient infiniment plus puissantes que les précédentes. La ville tout entière semblait s'effondrer. Il vit des vaisseaux descendre du ciel.

Puis il fut de nouveau dans l'immense salle emplie de tubes. Tous étaient occupés à présent. Il courait le long du couloir qui n'en finissait pas. Horrifié, il voyait les siens, les Atlantes, se réveiller, hurler, sortir des tubes d'un pas chancelant, et mourir. C'était un torrent de corps qui semblait ne jamais devoir s'arrêter. Dès qu'un Atlante mourait, un nouveau corps prenait forme dans le tube et le cycle infini de l'agonie recommençait. Dorian se rua sur une station de commande, puis fit bouger ses doigts à l'intérieur du faisceau de volutes blanc et vert qui enveloppait sa main. Il fallait qu'il interrompe la séquence de résurrection, qu'il mette un terme à leur purgatoire. Jamais ils ne pourraient se réveiller, mais lui pouvait au moins préserver leur sécurité. Il était soldat. C'était sa mission. Son devoir…

Il s'écarta de la station de commande, pour se retrouver instantanément ailleurs, de nouveau sur la plate-forme de commandement d'un vaisseau. En dessous, un globe bleu, vert et blanc apparut dans son champ de vision. L'atmosphère était claire et dégagée, la terre immaculée. Aucune ville, aucune civilisation. *Une toile blanche. L'occasion d'un nouveau départ.*

Il pivota sur lui-même et vit qu'il était de nouveau dans les tombeaux, mais pas dans la salle des tubes cette fois-ci. Non, il se trouvait dans une pièce bien plus petite, avec douze tubes seulement, tous vides. Il cligna des yeux et un corps apparut dans le tube central. Un homme préhistorique. Il battit des paupières une nouvelle fois et un autre ancêtre humain apparut.

La pièce s'estompa. Il était dehors à présent, au sommet d'une montagne. La vue était déformée par la courbure d'une surface vitrée : la visière d'un casque. Il portait une combinaison semblable à celle que l'Atlante lui avait donnée. Debout sur un chariot de métal, il flottait juste au-dessus de la cime des arbres.

Le soleil était haut dans le ciel. Sous ses pieds, la forêt dense et verte n'était ponctuée que par les longues corniches rocheuses qui descendaient en gradins vers le fond de la vallée, tel un immense escalier.

Sur les crêtes, des hommes des cavernes s'affrontaient, armés de pierres et de bâtons. Il y avait deux espèces distinctes. La plus petite avait les meilleures armes. Ses représentants déferlaient par vagues sur leurs adversaires plus grands et plus massifs. Ils jetaient des lances, communiquaient en produisant des sons rauques et gutturaux, et coordonnaient leurs assauts.

Le soleil poursuivit sa course. La vallée se remplit de combattants. Les combats faisaient rage et le carnage était presque total. Des flots de sang coulaient sur le sol, maculaient les rochers gris et blanc. En suspension sur son chariot, Dorian observait et attendait.

Puis le soleil se coucha en accéléré, pour se lever de nouveau tout aussi vite. Le calme régnait sur la vallée. Tout au fond, les corps s'empilaient sur une telle épaisseur que Dorian ne voyait même plus le sol. Les mouches affluaient. Dans le ciel, des charognards tournoyaient. Sur les crêtes, les humains victorieux, armés de lances et de haches de pierre, leurs corps maculés de rouge et de noir, contemplaient en silence. Un humain colossal – le chef, songea Dorian – se détacha du groupe pour allumer une torche. Après quelques mots, des sons rauques et hachés, il lança son bâton enflammé au fond de la ravine. Autour de lui, d'autres suivirent son exemple, jusqu'à ce que la pluie de feu se propage aux taillis, aux arbres et aux corps.

Un sourire vint flotter sur les lèvres de Dorian. Il activa l'enregistreur de son casque.

— La sous-espèce 8472 démontre de remarquables aptitudes aux combats organisés. Elle s'impose comme le choix logique. Suppression des autres lignées génétiques.

Pour la première fois, il sentit l'espoir monter en lui au spectacle des espèces primitives belliqueuses.

La fumée envahit la vallée, puis s'éleva doucement pour envelopper la forêt et dériver jusqu'à la crête. La troupe d'humains victorieuse disparut dans les panaches noir et blanc. Les nuages finirent par engloutir Dorian lui-même. Quand ils se dissipèrent, Dorian était de nouveau face aux tubes dans la vaste salle sous l'Antarctique – autrement dit, le vaisseau qui existait auparavant dans le monde d'origine des Atlantes. Ses pensées étaient redevenues les siennes propres. Son corps aussi.

Un nouveau corps. Encore un autre.

Face à lui, l'Atlante l'observait. Dorian l'examina en retour, détaillant attentivement son visage, sa chevelure blanche. C'était lui l'être à bord du vaisseau, dans le rêve. Mais était-ce bien un rêve ?

Le tube s'ouvrit. Et Dorian en sortit.

CHAPITRE 27

Trois kilomètres sous la base de recherche Immari
Antarctique oriental

Dorian resta un long moment à contempler l'Atlante. Puis il prit encore le temps de regarder autour de lui.

— D'accord. Tu as toute mon attention.

— On n'est jamais déçu avec toi, Dorian. Je te montre la chute de mon monde et l'origine des espèces du tien, et en retour tu daignes m'accorder ton attention ?

— Je veux savoir ce que j'ai vu.

— Ce sont des souvenirs, répondit l'Atlante.

— De qui ?

— Les nôtres. Les tiens et les miens. Des souvenirs de mon passé, des souvenirs de ton avenir.

L'Atlante s'éloigna en direction de la pièce où gisaient les corps morts de Dorian et David.

Dorian le suivit, tout en réfléchissant à ce qu'il venait d'entendre. D'une certaine façon, il savait que c'était la vérité. Les événements étaient réels. Ses souvenirs… Mais comment ?

Tout en menant Dorian le long des couloirs gris métallique, l'Atlante poursuivit son exposé.

— Tu as quelque chose d'unique, Dorian. Tu as toujours su que tu n'étais pas comme les autres, n'est-ce pas ? Que tu as un destin.

— Je…

— Tu es moi, Dorian. Mon nom est Ares. Je suis un soldat – le dernier soldat de mon peuple. Par un étrange coup du sort, tu as hérité de mes souvenirs. Ils étaient en sommeil dans ton esprit. Je n'en ai pris conscience qu'à l'instant où tu as pénétré dans ce vaisseau.

Dorian resta un instant à regarder l'Atlante – Ares – en clignant des yeux, incapable de trouver les mots.

— Au fond de toi, tu sais que c'est vrai. En 1918, un garçon de sept ans sur le point de mourir a été placé dans un tube à Gibraltar. Quand tu t'es réveillé en 1978, tu n'étais plus le même. Mais ce n'est pas le temps qui t'a changé. La haine s'était emparée de toi. Tu avais soif de vengeance, tu voulais bâtir une armée pour écraser l'ennemi de l'humanité et retrouver ton père. Tu avais le sentiment d'avoir un destin à accomplir, d'avoir à combattre pour l'avenir de ta race. C'est très exactement ça que tu es venu faire ici. Tu savais même comment il y avait lieu de procéder : changer la race humaine au niveau génétique. Tu savais tout cela parce que moi je le savais. C'était ma volonté. Tu avais mes souvenirs. Tu as ma force. Tu as ma haine et mes rêves. Dorian, il y a dans cet univers un ennemi infiniment plus puissant que tu ne peux l'imaginer. Le peuple dont je suis issu était la race la plus avancée de l'univers connu, mais cet ennemi nous a vaincus en un jour et une nuit. Et cet ennemi va s'en prendre à toi désormais. Ce n'est qu'une question de temps. Mais tu peux le vaincre – si tu es disposé à faire ce qu'il faut.

— À savoir ?

Ares se mit bien en face de Dorian pour le regarder au fond des yeux.

— Tu dois veiller à ce que la transformation génétique de ton espèce soit menée à son terme.

— Pourquoi ?

— Tu sais pourquoi.

Une pensée fulgura dans l'esprit de Dorian : *Pour construire notre armée.*

— Exactement, dit Ares. Nous sommes en guerre. Et dans une guerre, seul le plus fort survit. J'ai guidé votre évolution avec ce seul et unique objectif : survivre. Or, sans cette dernière évolution génétique, les humains ne survivront pas. Personne ne survivra.

Dans le tréfonds de son esprit, Dorian savait qu'il disait vrai. Et que lui-même l'avait toujours su. Tout prenait un sens à présent : son ambition, son désir irrépressible, aveugle et irrationnel de transformer la race humaine, de vaincre un ennemi invisible. Pour la première fois de sa vie, tout lui paraissait limpide, d'une logique implacable et sans faille. Et il était en paix. Il avait trouvé *la* réponse. Il se concentra pour revenir à l'essentiel.

— Comment allons-nous construire notre armée ?

— La mallette que tu as transportée émet une nouvelle signature radioactive qui va achever le processus. Même Orchidée ne pourra pas stopper le virus muté qu'elle va libérer. En ce moment même, une nouvelle vague infectieuse est en train de se propager depuis le site de l'explosion dans le centre de l'Allemagne. Bientôt, elle va déferler sur le monde. Le cataclysme final est pour les jours prochains.

— Si c'est vrai, qu'est-ce qu'il reste à faire ? À l'évidence, tu as la situation bien en main.

— Tu dois t'assurer que personne ne trouve un remède. Nous avons des ennemis ici. Ensuite, tu dois me libérer. Ensemble, nous pouvons gagner la bataille pour cette planète. Nous pouvons prendre le contrôle des survivants. Ce sont les nôtres. Ils sont l'armée que nous lancerons contre notre ancien ennemi. Finalement, nous gagnerons cette guerre.

Dorian hocha la tête.

— Te libérer… Comment ?

— La mallette sert deux objectifs. Premièrement, elle émet un rayonnement qui rend Orchidée totalement inefficace. Et deuxièmement, elle crée un portail qui mène à l'endroit où je suis – un trou de ver artificiel, un pont à travers l'espace et le temps.

L'Atlante interrompit ses explications et Dorian prit conscience de l'endroit où ils étaient : devant la porte menant à la pièce contenant la mallette et deux combinaisons. Le panneau coulissa. Derrière, la pièce ne contenait rien cette fois-ci, hormis une unique combinaison.

Sans un mot, Dorian pénétra dans la petite salle et entreprit de revêtir la tenue.

— Il y a encore autre chose que tu dois faire, Dorian. Il faut que tu ramènes la femme qui était ici. Trouve-la et passe le portail avec elle.

Dorian enfila sa seconde botte et releva la tête.

— Quelle femme ?

— Kate Warner.

— Qu'est-ce qu'elle a à voir dans cette affaire ?

— Tout, répondit l'Atlante en le faisant sortir de la pièce pour le conduire dans le couloir. Elle est la clé de tout. Très bientôt, elle va entrer en possession d'une information – un code. Et ce code est la clé pour me rendre ma liberté. Tu dois la capturer après qu'elle aura obtenu ce code, puis me l'amener.

Dorian hocha la tête. Dans son esprit, les questions se bousculaient. Comment l'Atlante pouvait-il savoir tout cela ?

— Je le sais parce que je peux lire ses pensées comme je lis les tiennes.

— C'est impossible.

— Cette impossibilité résulte uniquement de ta compréhension limitée de la donne scientifique. Ce que tu appelles le « gène Atlantis » est en fait une combinaison extrêmement sophistiquée de biologie et de technologie quantique. Il fait appel à des principes physiques que vous n'avez pas encore découverts. Il est le fil directeur de votre évolution. Ses fonctions sont multiples, mais l'une d'elles consiste à activer plusieurs processus physiologiques humains qui commandent et maîtrisent la radiation.

— La radiation ?

— Tout corps humain émet une radiation. Le gène Atlantis convertit ce courant électrostatique en un flux de données structurées – une forme de téléchargement de vos souvenirs et de vos modifications physiques jusqu'au niveau cellulaire. C'est comme une sauvegarde incrémentielle, avec une transmission des données à un serveur central à chaque milliseconde.

Ils étaient arrivés sur le seuil de l'immense salle où s'étiraient des rangées de tubes qui semblaient ne jamais finir.

— Quand ce vaisseau reçoit un signal de mort et confirme l'absence de transmissions à suivre, il recrée un nouveau corps, une réplique exacte jusqu'à la dernière cellule, l'ultime souvenir.

— Cet endroit est…

— Un vaisseau de résurrection.

Dorian tenta de prendre la mesure de cette information.

— Alors ils sont tous morts ?

— Depuis bien longtemps. Et je ne peux ni ne veux les tirer de leur sommeil. Tu l'as vu de tes yeux. Ils ont péri de façon atroce, dans un monde qui n'avait même plus le souvenir de ce que pouvait être une mort violente. Mais toi et moi pouvons les sauver. Ce sont les derniers représentants de notre peuple, Dorian. Ils comptent sur toi.

Dorian considéra les alignements de tubes d'un autre œil. *Mon peuple.* Y avait-il d'autres Atlantes encore ? Ailleurs ?

— Et le vaisseau à Gibraltar ? C'est un autre vaisseau de résurrection ?

— Non, c'est autre chose. Un vaisseau scientifique. Une navette d'exploration planétaire, incapable de voyager dans l'espace profond. C'est un atterrisseur – l'atterrisseur alpha de l'expédition scientifique envoyée ici. Il comporte huit capsules de résurrection. Les expéditions ne sont pas sans risques, bien au contraire. Il n'est pas rare que les scientifiques aient des accidents. Comme tu le sais, ces tubes de résurrection ont aussi la capacité de guérir. L'effet de résurrection ne fonctionne que pour les Atlantes – et avec une portée limitée. Les explosions nucléaires ont très certainement détruit les installations à Gibraltar. Ces tubes que tu vois ici sont les seuls capables de te ressusciter. Mais si tu t'éloignes de plus d'une centaine de kilomètres d'ici, tu ne ressusciteras pas. Le système ne peut pas produire de copie s'il n'a pas de données régulièrement mises à jour. C'est la « règle de Prométhée ». Si tu retournes dans le monde, tu redeviens mortel. Et si tu meurs, c'est à jamais, Dorian.

— Pourquoi est-ce qu'il… ? demanda Dorian en désignant le corps de David.

— J'ai désactivé la fonction de résurrection pour lui. Tu n'auras plus à te soucier de lui.

Dorian jeta un regard vers le couloir menant à l'extérieur.

— La dernière fois que je suis remonté, ils m'ont capturé. Ils ne me faisaient pas confiance.

— Ils t'ont vu mourir, Dorian. Quand tu vas ressortir d'ici, revenu d'entre les morts avec des souvenirs de tout ce qui s'est passé, personne ne se dressera devant toi.

Dorian hésita un instant. Il avait encore une dernière question, mais il n'était pas sûr de vouloir la poser.

— Quoi ? demanda Ares.

— Mes souvenirs… Nos souvenirs…

— Ils viendront, en temps et en heure.
Dorian hocha la tête.
— Alors on se voit bientôt…

Chapitre 28

David Vale ouvrit les yeux. Il était dans un autre tube – mais dans un endroit différent qui n'était pas la salle sous l'Antarctique aux dimensions apparemment infinies. Bien plus petite, la pièce était un carré de quelque six mètres de côté.

Peu à peu, sa vision s'adapta et il put distinguer ce qui l'entourait. Tout d'abord, il y avait trois autres tubes, tous vides. Un vaste écran occupait le mur du fond, juste au-dessus d'un comptoir surélevé, semblable aux terminaux de commande qu'il avait vus dans les structures atlantes à Gibraltar et en Antarctique. En dessous, une combinaison toute chiffonnée gisait au sol. À chaque extrémité de la pièce, il y avait une porte fermée.

Qu'est-ce qui se passe ? Qu'est-ce qui m'est arrivé ? Aux yeux de David, la pièce était différente de celles de l'Antarctique, plus proche du laboratoire de la structure de Gibraltar, tel que décrit dans le journal du père de Kate. D'ailleurs, n'était-ce pas précisément un laboratoire ? *Si c'est le cas, qu'est-ce que je fais ici ? On me fait subir une expérience ?* Mais une autre pensée occupait son esprit. *Pourquoi est-ce que je me réveille dans un tube chaque fois que Dorian Sloane me tue ?* Le fait d'avoir déjà été abattu à plusieurs reprises n'était pas non plus un concept très évident à concevoir. Cela étant, il avait une question plus pressante à régler. *Comment je fais pour sortir de ce tube ?* Au moment même où l'interrogation prenait forme dans son esprit, le tube s'ouvrit dans un petit sifflement. Les volutes gris et blanc s'échappèrent dans la pièce pour s'y évanouir.

David s'immobilisa, tous les sens aux aguets, attendant que se manifeste son ravisseur invisible. Comme rien ne se produisait, il sortit du tube sur ses jambes si faibles qu'elles le portaient à peine. Il prit appui sur la console de commande pour ne pas perdre l'équilibre. La combinaison était par terre, à ses pieds, le casque plus loin contre le mur. Remarquant les dégâts sur la tenue, David se pencha pour l'observer de plus près, l'étendre sur le sol. C'était le même type de combinaison que celle qu'il avait vue dans les films holographiques à Gibraltar. C'était celle que portaient les Atlantes quand ils étaient sortis du vaisseau pour aller sauver un Néandertalien d'un sacrifice rituel près du rocher de Gibraltar.

Il l'examina attentivement. Une grande entaille balafrait le torse. Le résultat d'un tir ? Le matériau paraissait avoir été tranché, mais pas brûlé. Qu'est-ce que cela signifiait ? Dans les vidéos qu'il avait vues, le vaisseau de Gibraltar avait explosé après qu'un énorme tsunami l'avait drossé sur la côte pour ensuite le remporter au large. Selon les Immari, des poches de méthane sous le plancher océanique auraient explosé et brisé le vaisseau en plusieurs morceaux.

L'explosion avait mis hors d'état l'un des Atlantes en combinaison. L'autre l'avait alors porté pour lui faire passer une porte – qui menait sans doute en Antarctique.

Cette combinaison était-elle celle d'un des deux Atlantes de Gibraltar ? David se releva pour fouiller la pièce, en quête d'autres indices. Derrière la station de commande, un vêtement était posé sur un petit banc, soigneusement plié.

Il clopina jusqu'au banc. L'état de ses jambes s'améliorait, mais elles n'étaient pas encore au meilleur de leur forme. Il défit le paquet. C'était un uniforme noir, de type militaire, dont la matière scintillait à la lueur des lampes au sol et au plafond, semblables à des LED. C'était presque comme si on avait projeté le film d'une nuit étoilée sur un tissu moiré. En se déplaçant, il vit que l'aspect de l'uniforme changeait instantanément pour s'adapter à la lumière et au mur derrière lui. C'était un genre de camouflage actif. Le haut réfléchissant de la tenue était parfaitement lisse, sans aucune inscription, excepté au niveau du col. En effet, sur le côté droit, il y avait un petit insigne, comme deux lettres majuscules dans un carré : [II].

I.I. Immari International. C'était un uniforme des Immari.

Sur le côté droit du col, il y avait une feuille de chêne. L'insigne du grade de lieutenant-colonel.

David rejeta l'uniforme sur le banc. Il préférait encore rester nu plutôt que d'enfiler une tenue pareille.

Il s'approcha de la station et agita une main au-dessus. Le père de Kate avait appris à utiliser ces terminaux atlantes. Pour lui, une lueur vert et bleu sortait de la machine pour venir interagir avec sa main. Pour David, il ne se passa rien. Il appliqua ses doigts un peu partout sans obtenir la moindre réaction.

Son regard allait d'une porte fermée à l'autre. Il se sentait comme un rat pris au piège. Il vint se placer devant la porte la plus proche et attendit. Rien. Il fit courir la paume de sa main sur le panneau à côté. Rien encore. Il posa sa paume à plat et poussa sur la surface de métal gris. Toujours rien. Elle était hermétiquement close, comme le capot du sas d'un sous-marin en immersion.

Il tenta les mêmes manœuvres sur l'autre porte – sans plus de résultat. Il était bel et bien piégé. De combien d'air disposait-il ? Combien de temps pouvait-il tenir avant de mourir de faim ?

Il s'assit sur le banc, en silence, seul avec ses pensées. Il avait beau y faire, elles finissaient toujours par dériver…

et revenir vers Kate. David se demanda où elle pouvait bien être en cet instant précis. Il priait pour qu'il ne lui soit rien arrivé.

Il repensa à leur seule et unique nuit à Gibraltar, à l'homme totalement différent qu'il avait été en cet instant. Quand il s'était réveillé, elle n'était déjà plus là. Il lui pardonnait : elle avait essayé de le sauver. Mais il avait commis une autre erreur : il l'avait quittée des yeux une fois encore, en Antarctique, quand il était resté en retrait pour repousser Dorian et ses hommes.

David prit la ferme décision de ne jamais laisser se reproduire une chose pareille. S'il parvenait un jour à sortir de cette pièce, il retrouverait Kate, où qu'elle soit dans ce qui restait de ce monde, et jamais plus il ne la perdrait une seule seconde de vue.

Chapitre 29

Marbella, Espagne

Kate avait repris conscience enfermée dans l'obscurité d'un semi-remorque empli à ras bord d'inconnus, entassés là comme les prises d'un filet stockées dans la cale d'un chalutier en route pour la criée du port. À tout le moins, tel était le tableau olfactif qu'évoquait sa situation, au milieu des miasmes de sueur et de poisson. Tandis que l'énorme véhicule cahotait sur la route, tout le monde toussait et se bousculait. À n'en pas douter, le chauffeur du poids lourd devait rouler pied au plancher dans les rues défoncées de Marbella.

Kate aurait aimé retrouver Martin, mais elle ne voyait plus rien au-delà d'un ou deux mètres devant elle. Pour finir, elle choisit de s'adosser contre une paroi dans la partie la moins bondée de la remorque, à l'avant, loin des doubles portes.

Le camion ralentit, puis s'arrêta quelques secondes, avant de repartir au ralenti. Peu après, il stoppa brutalement dans un grincement de freins atroce, et le moteur se tut quelques secondes plus tard.

Une vague de panique déferla sur la cargaison humaine. Tout le monde se leva pour se ruer vers la sortie quelques secondes avant qu'elle ne s'ouvre.

La lumière du soleil levant éclairait la scène au-delà des portes qui venaient de s'ouvrir. Debout au bord de la ridelle,

Kate prit lentement la mesure de la situation, laissant le flux des passagers s'écouler sur sa droite et sur sa gauche.

Les deux bannières bleues d'Orchidée, qui auparavant pavoisaient la clôture, n'étaient plus que des restes calcinés. Les Immari les avaient laissées sur place, peut-être à titre de symboles marquant leur triomphe. Dans le même temps, ils n'avaient pas oublié de hisser leurs propres couleurs : deux drapeaux noirs de part et d'autre de l'entrée du camp. Des soldats Immari en uniforme noir allaient et venaient sur la plate-forme du mirador – le seul qui n'avait pas été complètement détruit.

La remorque se vidait rapidement à présent. Kate cherchait désespérément un plan. Elle fit glisser les bretelles du sac à dos de ses épaules, puis l'ouvrit. La toile était doublée d'une épaisse garniture. Étanche et ignifugée ? Kate examina le contenu : un pistolet, l'ordinateur, un téléphone satellite, le carnet de Martin, et l'appareil en forme de Thermos dans lequel il avait fourré l'échantillon sanguin. Elle sortit l'arme. S'échapper en tirant partout pour se frayer un chemin était inenvisageable. Pour tout dire, elle n'était même pas certaine d'être capable d'appuyer sur la détente. Il lui fallait un meilleur plan. D'autant plus que si elle se faisait prendre avec cette arme... Elle la glissa discrètement dans un coin. En revanche, elle devait absolument garder le reste. Martin avait tout fait pour le préserver. Tous ces éléments devaient être essentiels pour la quête d'un remède.

Martin lui avait aussi annoncé ce qui allait se passer à présent : les Immari allaient faire le tri. On abandonnerait les mourants à leur triste sort. Et on donnerait le choix aux survivants : prêter allégeance ou mourir.

Elle allait devoir prendre une décision...

Chapitre 30

CDC – Centre pour le contrôle
et la prévention des maladies
Atlanta, Géorgie, États-Unis

Le docteur Paul Brenner faisait les cent pas devant la façade d'écrans qui occupait tout un pan de mur. L'immense carte du monde qui y était affichée était couverte de points rouges, dont chacun correspondait à un district Orchidée. Le chiffre indiqué au-dessus de chaque point donnait le taux d'échec du remède Orchidée dans ce district. Depuis le début de l'épidémie, Orchidée se révélait inefficace pour environ 0,3 % des personnes infectées. À présent, la tendance était nettement orientée à la hausse. Dans un district particulier en Allemagne, un pour cent des habitants mouraient désormais du fléau. Se pouvait-il qu'Orchidée soit en train de perdre ses propriétés ?

Certes, un certain nombre d'échecs avaient déjà été enregistrés – de façon transitoire et localisée –, mais toujours imputables à des difficultés de production ou de formulation du produit. Cette fois-ci, le problème était mondial. *Et si on était face à une nouvelle… ?* Paul refusait de laisser le mot « mutation » se former dans son esprit, mais tout de même, si c'en était une…

— Revenez en arrière, dit Paul. Affichez le taux d'échec d'Orchidée il y a une heure, puis deux heures, et ainsi de suite par incrément d'une heure jusqu'à ce qu'il se stabilise.

Paul suivit la courbe descendante des valeurs, puis sa stabilisation.

— Arrêtez ici, ordonna-t-il en relevant l'heure de ce point de bascule.

Il regagna son bureau dans la grande salle de conférences pour y fouiller dans les piles de dépêches et autres papiers qui l'encombraient. *Qu'est-ce qui s'est passé à cette heure-là ? Est-ce que les Immari ont libéré un virus muté contre lequel Orchidée ne peut rien ?* Car tel était leur plan – du moins, selon la théorie en vigueur. Paul passa en revue les mémos reçus sur ce créneau horaire concernant l'activité des Immari. L'un d'eux retint son attention. *Oui, l'heure correspond…*

Diffusion restreinte

Suspicion d'explosion nucléaire sur le site du centre de recherche d'Immari Corporation, aux abords de Nuremberg, en Allemagne

Causes (par ordre de probabilité) : accident industriel ; détonation d'une arme expérimentale dans le cadre du programme d'Immari Recherche sur les armes de pointe

Paul savait qu'Immari Recherche travaillait à la mise au point de toutes sortes d'armes plus sophistiquées les unes que les autres. Mais la coïncidence temporelle… Il lut le reste de la dépêche.

Autres explications possibles :

1) Récupération par Immari d'un objet sur le site de l'Antarctique pour examen en Allemagne. Cet « objet » pourrait être lié à l'événement.

2) Destruction intentionnelle du site par Immari pour éviter qu'il ne tombe aux mains des Alliés, dans le cadre d'une mesure de rétorsion faisant suite à leur invasion du sud de l'Espagne.

Paul prit une profonde inspiration. Il avait deux certitudes : *primo*, Orchidée perdait en efficacité dans le monde entier, et *secundo*, cette tendance avait été déclenchée par une action des Immari. *Combien de temps nous reste-t-il ? Un jour, peut-être deux ? Et qu'est-ce qu'on peut faire dans ce laps de temps ?*

— Convoquez une téléconférence du groupe, ordonna Paul.

L'heure était venue de tenter une manœuvre désespérée. Le coup de la dernière chance…

Chapitre 31

David Vale s'était escrimé sur les portes et le terminal de commande plus de fois qu'il n'aurait pu s'en souvenir. Il était même retourné se placer dans le tube, dans l'espoir que celui-ci activerait un éventuel itinéraire de fuite. Depuis son retour à la conscience, la pièce n'avait pas changé d'un iota. En revanche, il sentait ses forces s'amenuiser irrémédiablement. À coup sûr, il n'avait plus que quelques heures devant lui.

Il fallait absolument qu'il tente quelque chose. Clopin-clopant, il s'approcha de la combinaison atlante endommagée qui traînait par terre. *Et si j'essayais de la mettre...* Il la tint devant lui en laissant les jambes pendre dans le vide. Elle lui arrivait à peine en dessous du genou. David faisait un mètre quatre-vingt-dix et était large d'épaules. Le propriétaire de cette tenue n'atteignait sûrement pas un mètre quatre-vingts et devait être de stature plutôt gracile. Une femme probablement. Il laissa retomber la combinaison pour se tourner vers l'uniforme de lieutenant-colonel des Immari – impeccable et neuf.

Il resta un long moment assis à côté sur le banc. C'était l'unique chose qu'il n'avait pas essayée. *Est-ce que j'ai le choix?* À contrecœur, il enfila le pantalon, puis les bottes. Debout, il hésita encore un instant avant de passer la vareuse. La surface bombée des quatre tubes lui renvoyait un reflet déformé de sa silhouette. Sur son torse et son épaule, plus la moindre trace des blessures par balle récemment reçues. Même chose pour ses cicatrices plus anciennes : les brûlures infligées lorsqu'il avait été piégé dans les décombres d'un immeuble tombé sur lui un certain 11 septembre, un coup de couteau reçu sous la cage thoracique pendant une opération à l'extérieur de Jakarta, plus toute une flopée d'impacts infligés par les éclats de divers engins explosifs au Pakistan. Il était un homme neuf. Pour autant, ses yeux étaient toujours les mêmes – intenses sans être durs.

Avec un soupir, il passa une main dans ses cheveux blonds coupés court, puis considéra quelques longues secondes la vareuse qu'il lui fallait encore mettre, le dernier élément de sa tenue. Il l'enfila et la matière chatoyante s'adapta à la lumière.

David se demanda ce qui lui arriverait s'il venait à mourir à nouveau. Se réveillerait-il une nouvelle fois dans un tube ? Comme si une force invisible réagissait à ses pensées, une petite fêlure apparut sur le tube le plus proche, pour se propager du haut jusqu'en bas. D'autres surgirent encore çà et là, avançant, se multipliant et se rejoignant en un réseau digne d'une toile d'araignée – ou d'une division cellulaire dans une boîte de Petri. Les autres tubes subirent le même sort, jusqu'à ce que le verre soit si bien étoilé qu'il en paraissait blanc. Il y eut une série de petits craquements sourds et les minuscules morceaux de verre se mirent à tomber en pluie.

Là où les tubes se dressaient l'instant d'avant, il n'y avait plus que quatre tas coniques de fragments sur lesquels jouait la lumière, leur donnant des faux airs de diamants.

Je suppose que ça répond à la question, songea David. Quoi qu'il dût arriver désormais, il n'y aurait plus de résurrection ici.

Dans un petit sifflement discret, la porte sur sa droite se désolidarisa du mur et coulissa. David s'avança sur le seuil pour jeter un œil à l'extérieur. Un long couloir étroit filait tout droit sans jamais paraître s'arrêter. Les petites lampes au sol et au plafond dispensaient une lueur tamisée un peu chiche.

Il s'engagea dans la coursive, plus resserrée que toutes celles qu'il avait vues jusqu'alors. La porte de la salle aux tubes se referma derrière lui. De part et d'autre, aucune porte ne se découpait dans les murs. Où se trouvait-il ? Dans un conduit de secours, d'évacuation, de maintenance ? Au bout de quelques minutes, le corridor s'acheva sur une grande porte ovale – qui s'ouvrit à son approche, sur une salle ronde qui avait dû être un genre d'ascenseur. David s'avança sur la plate-forme et attendit. Il n'avait aucune impression de mouvement vertical, mais comme une sensation de rotation.

Au bout d'une minute, la porte s'ouvrit dans un frisson. Une brutale entrée d'air propulsa David contre la paroi du fond, mais la force se dissipa rapidement.

Le souffle était humide – incontestablement souterrain. L'espace au-delà de la porte était d'un noir d'encre. David franchit le seuil. Les parois étaient de la roche, mais parfaitement lisse. Une machine avait foré cette cavité. *Où suis-je ?* Si la température était fraîche, elle n'était en rien glaciale. Ce n'était pas l'Antarctique. *Gibraltar ?*

Le chemin était incliné, d'une vingtaine de degrés. Menait-il vers la surface ? Aucune lueur n'était visible au bout du tunnel, mais peut-être y avait-il un virage un peu plus loin ?

Les bras écartés pour toucher les murs, David se mit en route. En laissant traîner ses doigts, il escomptait ressentir la moindre modification éventuelle. Il n'y en eut aucune. Néanmoins, à mesure qu'il avançait, l'air se faisait plus chaud et plus sec, mais l'obscurité continuait de régner. Puis, tout à coup, une vague d'énergie passa sur lui, comme un champ d'électricité statique qui fit courir un crépitement sur sa peau.

Le tunnel frais et sombre avait disparu. David était dehors, à l'air libre, quelque part dans un endroit montagneux. Il faisait nuit et les étoiles brillaient au ciel – infiniment plus lumineuses que tout ce qu'il avait pu voir un jour, même en Asie du Sud-Est. S'il était en Europe ou en Afrique du Nord, alors la pollution lumineuse avait disparu. Mais si tel était le cas… Dans le lointain, quelque part au-delà de la crête rocheuse devant lui, on se battait. Les échos d'explosions et de coups de feu résonnaient dans la nuit. David s'élança, trébuchant sur le sol inégal, pour se rattraper pile au sommet de la corniche.

À sa gauche, la montagne plongeait vers un littoral dont les limites disparaissaient dans les ténèbres. David dut faire un effort de concentration pour comprendre ce qu'il avait sous les yeux. La scène donnait presque l'impression qu'on avait assemblé à la va-vite deux mondes issus de deux époques différentes.

Une espèce de « forteresse » postapocalyptique, ou peut-être une base militaire venue du futur, était installée sur une péninsule dotée d'un port tout en longueur. Ladite péninsule avançait de près de cinq kilomètres sur la mer. À l'endroit où elle rejoignait la masse continentale, elle n'avait plus guère qu'une centaine de mètres de large. Le goulet d'étranglement parfait pour défendre la base contre les attaques terrestres. À cette jonction, un large mur surplombait une lande désertique et calcinée. Des vagues de cavaliers à cheval chargeaient en direction du mur, tirant et hurlant. La situation avait toutes les apparences d'un raid médiéval sur un château venu de très loin dans le futur. Stupéfait, David s'approcha encore plus du bord pour mieux voir. Les cavaliers de tête jetèrent quelque chose.

Il y eut une gigantesque explosion et un champignon de feu monta dans le ciel au-dessus du mur, illuminant toute la zone autour de la forteresse. David chancela en arrière.

De l'autre côté de l'étroit bras de mer, David distinguait une immense falaise de roche surplombant les flots. Le rocher de Gibraltar. Il était donc dans le nord du Maroc, de l'autre côté du détroit de Gibraltar. La péninsule abritait Ceuta, une ville espagnole autonome. Du moins, une cité qui avait été tout cela avant que quelqu'un ne la transforme en forteresse. Çà et là, on pouvait encore relever des traces de la ville…

Derrière lui, David perçut des bruits mécaniques. Juste comme il se retournait, un projecteur s'alluma, l'aveuglant pour le compte. Les lueurs de l'explosion avaient révélé sa position à des gens dans les montagnes au-dessus.

Venue du sommet, une voix masculine l'interpella.

— Ne bouge plus !

Il bondit par-dessus la crête. Des balles vinrent frapper la falaise. Il se replia vers la paroi rocheuse d'où il avait émergé, cherchant fébrilement l'ouverture à tâtons. Ses doigts ne rencontraient que de la roche. Il n'y avait plus rien. Le passage qu'il avait franchi n'était qu'une porte sans retour – un champ de force qui, de ce côté-ci, n'était rien d'autre que du rocher.

Des bottes martelaient le sol derrière lui. Comme il pivotait sur lui-même, des soldats Immari envahissaient la corniche pour le cerner.

Chapitre 32

Camp d'entraînement Immari Camelot
Le Cap, Afrique du Sud

Debout devant la grande baie, Dorian contemplait les troupes Immari en contrebas, occupées à démanteler les camps déployés sur la plaine pour prendre la direction du port où des navires les attendaient.

Une femme dirigeait un groupe d'hommes. *Elle a… du chien*, songea Dorian. Plus un petit quelque chose qu'il avait du mal à définir.

— Kosta, dit-il à son nouvel assistant, assis au bureau derrière lui.

Le petit homme boudiné trottina jusqu'à la fenêtre pour rejoindre Dorian.

— Monsieur ?

— Qui est cette femme ?

Kosta se pencha pour mieux voir.

— Laquelle ?

— Celle-ci, répondit Dorian en la pointant du doigt. Celle avec les cheveux blonds et… des appas saisissants.

Kosta marqua une hésitation.

— Je… Je ne sais pas, monsieur. Ses performances sont-elles insuffisantes ? Je peux la réaffecter…

— Non, non. Je veux juste savoir qui elle est.

— Bien, monsieur, répondit Kosta sans prendre immédiatement congé. Euh… les autres vaisseaux sont presque tous arrivés. Pour le reste, nous en sommes toujours à tenter de rassembler en quantité suffisante des équipements pour le grand froid…

— Nous n'en aurons pas besoin.

— Comment ça, monsieur ?

— Nous n'allons pas en Antarctique. Nous mettons cap au nord. Notre combat est en Europe.

Deuxième partie

Vérité, mensonges et trahisons

CHAPITRE 33

Flotte Immari
Au large des côtes de l'Angola

Dorian fit lentement glisser son doigt le long du dos nu de Johanna, passant sur une fesse, avant de dévaler toute une jambe. Magnifique. *Sublime.*

Quand il le retira, elle émit en frémissant une sorte de bruit de gorge sourd, à mi-chemin entre le feulement et le ronronnement. Puis elle releva la tête et dégagea les mèches blondes qui lui tombaient dans les yeux.

— J'ai ronflé ? demanda-t-elle avec une moue confuse.

Dorian adorait son accent. *Néerlandais*, songea-t-il. Ses parents étaient-ils des immigrés de première génération en Afrique du Sud ? Lui poser la question aurait été faire preuve d'intérêt personnel. *Une marque de faiblesse.* Il avait essayé de se convaincre qu'elle était superficielle et insipide, qu'elle ne méritait pas qu'il s'intéresse à elle, qu'elle n'était qu'une fille parmi toutes celles embarquées sur ce bateau – ou n'importe quel autre de la flotte. Mais... il y avait quelque chose chez elle. Un quelque chose qui n'était définitivement pas la conversation. Elle avait passé l'essentiel de son temps dans la cabine de Dorian, allongée nue sur le lit, à feuilleter de vieux magazines à scandale, à dormir, ou à lui donner du plaisir.

— Tu n'aurais pas ta place ici si tu avais ronflé, répliqua-t-il en roulant sur le côté.

Le ton de la jeune femme se chargea de nouvelles notes.

— Est-ce que vous voulez… ?

— Quand j'aurai envie de baiser, tu en seras informée.

À cet instant, un doigt léger frappa à la porte d'acier de la cabine.

— Entrez, cria Dorian.

Le panneau s'entrouvrit et Kosta s'avança. En avisant Dorian et la femme sur le lit, il tourna les talons pour ressortir *illico*.

— Bon sang, Kosta, tu n'as jamais vu deux humains à poil ? Reste ici ! Qu'est-ce que tu veux ?

— L'équipe chargée des communications va être prête d'ici à une petite heure pour la transmission aux prisonniers espagnols, monsieur, répondit Kosta, toujours incapable de regarder Dorian. Et ils souhaiteraient revoir avec vous quelques points à mettre en avant.

Dorian se leva et enfila un pantalon. La jeune femme se contorsionna pour attraper le tee-shirt de son amant et le lui tendre. Dorian veilla à ne pas la regarder dans les yeux, attrapant le vêtement pour le jeter sur la chaise devant le bureau.

— C'est moi qui écris ce que je dois dire, Kosta. Viens me chercher quand ce sera l'heure.

Dorian entendait Johanna se tourner et se retourner sur le lit pour tenter de capter son attention. Il l'ignorait. Il fallait qu'il se concentre, qu'il trouve les mots et le bon message. Cette intervention était de la plus haute importance. Elle allait donner le ton de la prochaine offensive en Europe – et de tout ce qui s'ensuivrait.

Il fallait que ses auditeurs comprennent que leur cause allait bien au-delà de la simple survie et des intérêts égoïstes.

Il fallait qu'il les convainque que le choix de rejoindre les Immari était plus qu'un ralliement à un mouvement. Qu'il s'agissait ni plus ni moins d'une déclaration d'indépendance, d'un nouveau commencement. D'une façon de s'affranchir de l'emprise d'Orchidée. Et… quoi d'autre ? Quel pouvait bien être l'esprit de l'époque en Espagne ? Quelles étaient les grandes questions là-bas ? Quelles calamités affrontaient-ils avant l'irruption du fléau Atlantis ? À quoi le monde réagissait-il ?

Il jeta ses idées sur le papier :

Le fléau = Le capitalisme mondial : une force darwinienne impossible à arrêter. Elle s'insinue dans chaque pays, élimine les faibles et sélectionne les forts.

Orchidée = Un plan de relance de la Banque centrale : l'argent facile, un faux remède qui ne traite pas les causes fondamentales, mais se contente de supprimer les symptômes, prolongeant par là même l'agonie.

L'épidémie actuelle = Semblable à n'importe quelle autre crise financière : inendiguable, incurable, irréversible. Inévitable.

Oui, cela pouvait marcher. Il décida néanmoins d'atténuer quelque peu son propos.

Ares est dans le vrai, songea Dorian. *Le fléau est la dernière occasion de refonder l'humanité. Une société humaine unie, unique et homogène, sans classes ni antagonismes. Une armée soudée comme un seul homme, tout entière tournée vers un objectif : la sécurité.*

Johanna repoussa le drap, exposa son corps somptueux.

— J'ai changé d'avis, dit-elle.

Changé d'avis ? s'étonna Dorian dans son for intérieur. Il était tout surpris d'apprendre qu'elle avait déjà fait valoir un point de vue sur un sujet donné. Et voilà qu'elle reconsidérait sa position. Il imaginait déjà la suite : elle allait donner son avis sur la rupture entre deux « stars » dont Dorian n'avait jamais entendu parler, ou lui demander si telle robe en photo dans un magazine lui irait bien. Comme s'il y avait une boutique à bord où aller l'acheter.

— Fascinant..., marmonna Dorian en se retournant pour reprendre son travail.

— Oui, je me rends compte que je vous préférais quand vous passiez votre temps à boire, dormir et me baiser.

Avec un soupir, Dorian reposa son stylo. Son discours pouvait bien attendre...

Chapitre 34

Centre de tri des Immari
Marbella, Espagne

Debout dans la file des prisonniers, Kate observait le campement tout autour d'elle, essayant d'imaginer par où elle pourrait fuir. Le district Orchidée était en ruine, *patchwork* d'épaves diverses encore fumantes, bien loin du complexe cinq étoiles d'avant le fléau, ou simplement du campement que lui avait fait découvrir Martin, la veille seulement. Les incendies des miradors et des véhicules motorisés n'étaient pas complètement éteints. Des colonnes de fumée noire montaient toujours dans le ciel, semblables à quelque sombre serpent enveloppant les tours blanches de l'hôtel. Les feux orangés du soleil couchant flamboyaient au-dessus de la Méditerranée. La file dans laquelle se trouvait Kate avançait en silence vers la mer, tel un troupeau de moutons vers la lame du boucher.

Les soldats Immari faisaient exactement ce que Martin avait annoncé : ils triaient tout le monde. Sous la houlette de gardes équipés d'armes à feu et d'aiguillons à bestiaux, les malades étaient dirigés vers la tour la plus proche, à l'intérieur de laquelle ils disparaissaient. Kate se demandait quel sort les attendait. Allaient-ils vivre ou mourir ? Sans Orchidée, tous ces gens n'avaient guère plus de trois jours d'espérance de vie. Martin devait être quelque part parmi eux. Kate ne l'avait plus aperçu depuis leur capture. Du regard, elle le chercha dans la foule harassée.

— On avance ! cria un soldat.

Peut-être avaient-ils déjà conduit Martin à l'intérieur de la tour. Peut-être était-il derrière elle. Kate ne parvenait pas à détacher son regard de la tour où les malades étaient enfermés. Que feraient les Immari dans quelques jours quand les lieux seraient emplis de cadavres ? Puis quand viendrait le moment de l'évacuation de Marbella ? En pensée, Kate visualisait déjà des explosions faisant s'écrouler les tours sur le sol. Il fallait absolument qu'elle trouve un moyen de tirer Martin de ce guêpier. Elle…

— Avance !

Quelqu'un lui saisit le bras gauche pour la tirer en avant. Un autre homme l'attrapa par le cou pour lui palper les ganglions, avant de la pousser vers la gauche en direction d'un troisième intervenant – mais pas un soldat, plutôt un médecin cette fois-ci – qui lui fourra un genre de Coton-Tige dans la bouche pour frotter l'intérieur de sa joue. Son opération terminée, il glissa l'ustensile dans un tube en plastique orné d'un code-barres, qui partit rejoindre une longue cohorte d'autres tubes insérés un à un dans une machine. Des prélèvements d'ADN. Les Immari séquençaient le génome des survivants. Avec ses cheveux teints et son visage maculé de la crasse des tunnels, Kate escomptait bien ne pas être reconnue. Elle n'avait plus du tout l'aspect qu'elle avait vingt-quatre heures plus tôt. Mais si les Immari disposaient de son ADN et de données de référence, ils sauraient forcément qui elle était.

À cet instant, un garde lui attrapa la main droite pour l'introduire d'autorité dans la petite ouverture circulaire d'une autre machine. Kate ressentit une vive douleur au niveau du poignet, mais avant même qu'elle n'ait eu le temps d'émettre le moindre cri, la sensation disparut. D'une bourrade dans le dos, le garde l'envoya vers un collègue qui fit passer une baguette sur l'intégralité du corps de la jeune femme.

— Négative, annonça-t-il en repoussant Kate vers la petite foule de l'autre côté des machines et de leurs opérateurs.

Kate resta un moment interdite, l'esprit vide, ne sachant que faire. À la faveur d'une trouée dans le groupe, elle aperçut alors deux visages familiers : l'homme et la femme croisés dans les tunnels, les partisans des Immari qui avaient contribué à leur capture, à Martin et elle.

Un homme d'âge mûr, bedonnant, le teint blanc et sans le moindre hâle, s'approcha d'elle.

— C'est bon. C'est fini maintenant, dit-il d'une voix à mi-chemin entre la nervosité et l'excitation. Vous êtes une survivante. Nous sommes sauvés.

Par-dessus son épaule, Kate considéra les techniciens qui s'occupaient des machines, puis son poignet orné d'une marque rouge brûlante autour d'un code-barres.

— Comment saviez-vous… ?

— Que vous étiez une survivante ? Vous n'avez pas d'implant. Pas d'ID Orchidée.

Un implant ? Martin ne lui avait rien dit à ce sujet.

Le grassouillet nerveux parut saisir la confusion de Kate.

— Vous n'êtes pas au courant pour les implants ?

— C'est que… j'étais un peu coupée du monde.

— Oh mon Dieu. Laissez-moi deviner. Vous étiez en vacances et vous vous êtes cachée quand le fléau s'est déclaré ? Moi aussi !

Kate hocha lentement la tête.

— Quelque chose comme ça.

— Nom de Zeus ! Par où commencer ? Alors, vous n'aviez pas d'implant, ce qui signifie que vous n'avez jamais été capturée, jamais obligée à prendre un traitement. Vous n'allez jamais le croire. Après le début de l'épidémie, le gouvernement espagnol a décrété la loi martiale. Les autorités ont pris le contrôle d'absolument tout, puis regroupé tous les survivants dans des camps de concentration gigantesques. Tout le monde a été obligé de prendre un médicament appelé « Orchidée » – qui retarde les effets du fléau, mais ne permet pas de le guérir. Ils ont donné à chacun un implant, un genre de dispositif de biotechnologie qui synthétise une substance curative à partir des acides aminés du corps, ou quelque chose dans ce goût-là. Du moins, c'est ce qu'on nous a raconté. Qui sait au juste ce que ça fait ? Mais vous, vous n'avez pas d'implant. Vous êtes définitivement une survivante. Tout va bien se passer maintenant. Les Immari ont libéré Marbella. D'après la rumeur, c'est la même chose dans tout le sud de l'Espagne. Ils vont tout nettoyer et les choses vont pouvoir reprendre leur cours normal.

En y regardant de plus près, Kate vit que les gens rassemblés étaient répartis en deux groupes. Le sien, celui des survivants, était le plus restreint. L'autre, beaucoup plus étoffé, devait regrouper des résidents des districts Orchidée ne présentant aucun signe d'infection. *Les échantillons ADN, les codes-barres...* Tout à coup, Kate comprit tout. Les Immari procédaient à un fichage généralisé pour mener leurs propres essais, au grand jour, dans le dessein d'isoler les rétrovirus endogènes contrôlant le gène Atlantis. Tel était leur but : accroître la taille de leur échantillon. La libération annoncée n'était guère plus qu'une donnée collatérale. Une couverture. *À moins qu'il n'y ait un autre objectif attendu ?*

Les paroles de Martin lui revinrent en mémoire. *« Promets-moi de prêter allégeance. » Sûrement pas !* Pas après ce qu'ils avaient fait. Ce qu'ils faisaient encore. À quoi bon prêter allégeance ? Tôt ou tard, ils la trouveraient. Elle n'avait aucun moyen de repousser cette fatale échéance. Et elle ne voyait pas comment sauver Martin. Confrontée à ce choix, mieux valait mourir sans avoir commis de parjure, sans s'être soumise à l'ennemi.

Derrière Kate, un immense écran s'éclaira soudain. En réalité c'était un vaste rectangle composé de draps blancs que les soldats avaient accrochés les uns aux autres pour composer une surface blanche digne d'un cinéma de plein air ou d'un *drive-in*. Sur ce support, on voyait pour l'heure un simple bureau de bois installé devant une cloison d'acier. La cabine du capitaine à bord d'un bateau ? Un homme traversa le champ de la caméra pour venir prendre place derrière le bureau, le dos bien droit. Son visage dur et implacable ne trahissait pas la moindre émotion.

Kate sentit tout son corps se raidir. Sa bouche s'assécha d'un coup.

— Je m'appelle Dorian Sloane.

Les mots restèrent un instant dans l'air, avant de se disperser. Kate était tout entière envahie d'une unique pensée. *Si Dorian est vivant, alors David est mort.* La preuve était là devant elle sur l'écran de trois mètres de haut sur six mètres de large, à promener son regard insondable sur la foule effrayée. *Si Dorian est vivant, alors David est mort.* Cette certitude brutalement révélée lui disait l'étendue de l'espoir qu'elle avait entretenu. Les larmes lui emplirent les yeux. Elle cligna des paupières, prit une profonde inspiration et repoussa l'envie qui lui venait de s'essuyer les yeux. Autour d'elle, d'autres personnes avaient le visage baigné de larmes, mais pour une tout autre raison. Et en effet, dans la foule, on applaudissait, on se congratulait, on criait de joie. Quelques-uns toutefois avaient le visage fermé, les yeux obstinément baissés vers le sol ou fixés sur l'écran sans paraître le voir. Au-dessus de cette masse aux réactions disparates, Dorian semblait planer, aérien, lointain, inaccessible.

— Je viens à vous non pas comme un libérateur, non pas comme un sauveur, non pas comme votre chef. Je ne suis qu'un être humain, un homme qui tente de survivre et qui s'efforce de sauver autant de vies que possible. Mais j'occupe une position unique. En tant que président d'Immari International, je contrôle les ressources nécessaires pour véritablement changer les choses. Immari dispose d'une division chargée de la sécurité, d'un service de renseignement indépendant, de ressources naturelles, d'entreprises de communication et de transport. Mais plus encore, Immari possède des groupes spécialisés dans la recherche scientifique et la R-D parmi les plus avancés au monde. En un mot comme en cent, nous sommes en mesure d'apporter une contribution utile en ces temps difficiles. Pour autant, nos ressources ne sont pas infinies. D'une certaine manière, nous ne pouvons livrer que les batailles que nous pouvons gagner. Mais soyez sûrs que nous ne renoncerons jamais à mener ce combat, qui est de notre responsabilité en tant qu'êtres humains. Nous sauverons toutes les vies que nous pourrons sauver. Voyez dans quelle situation vous êtes. Voyez ce que les gouvernements du monde vous ont donné. Nous sommes confrontés à une menace comme l'homme n'en a jamais connu au cours de son évolution. Nous sommes à un tournant crucial. Pris dans un raz-de-marée. Enfoncés jusqu'à la taille dans le sang de ceux qui ne peuvent pas survivre dans ce nouveau monde. Vos gouvernements vous ont enchaînés à ceux qui ne pourront jamais surnager. Ils vous ont condamnés à sombrer vous aussi. Nous, nous vous offrons une issue, une main tendue depuis un canot de sauvetage. Nous vous offrons un choix. Immari International a le courage de faire ce qui doit être fait : sauver les vies qui peuvent l'être et apporter la paix aux autres. C'est ce que je viens vous offrir aujourd'hui. La vie. Un monde nouveau bâti par les survivants. Nous ne demandons rien en retour – rien d'autre que votre loyauté et votre aide dans ce grand projet. Nous aurons besoin de toute l'aide disponible, de tous les bras valides que nous pourrons rassembler. Le véritable défi est devant nous. Nous voulons simplement tenir le rôle qui nous est dévolu face au cataclysme qui s'annonce. Aussi, je vous le demande dès à présent : rejoignez-nous ou abstenez-vous. Si vous vous abstenez, nous ne vous ferons aucun mal. Nous vous livrerons à ceux qui sont en désaccord avec nous pour que, ensemble, vous puissiez trouver vos propres solutions. Nous ne voulons pas d'un bain de sang. Le monde a déjà assez de sang sur les mains. Nos adversaires disent de nous que nous sommes un empire. En réalité, ils propagent le mensonge dans une manœuvre désespérée pour s'accrocher à leur propre pouvoir. Mais n'oubliez pas ce qu'ils ont fait de ce pouvoir. Ils ont créé un monde avec deux types de nations. Le tiers monde et le premier monde. Et ils ont laissé le capitalisme piétiner les citoyens de tous les pays, ceux du premier monde comme ceux du tiers monde, en organisant une ségrégation fondée sur la valeur économique. La place d'une personne dans la société dépend de ce que le monde est prêt à payer pour ce que cette personne peut produire chaque jour. Le fléau auquel nous faisons face n'est rien d'autre que l'expression biologique des techniques employées depuis des siècles pour nous diviser. La solution que propose Immari International est simple : un monde pour un seul peuple qui œuvre de concert. Mais si vous préférez l'ancien monde, si vous préférez l'option Orchidée, la vie dans un camp de concentration à attendre un remède qui ne viendra jamais, à attendre de vivre ou mourir, libre à vous. Par contre, vous pouvez aussi choisir la vie, un monde juste, une chance de bâtir quelque chose de neuf. Il faut choisir maintenant. Si vous ne voulez pas faire partie de la solution Immari, restez sur place, où vous êtes. Si vous êtes disposés à nous aider, à sauver toutes les vies possible, alors avancez vers les hommes porteurs de l'emblème Immari International. Les agents vous feront passer un petit entretien pour déterminer vos compétences et voir comment vous pouvez aider vos frères humains.

Autour de Kate, la foule commença à se disperser. Une personne sur dix resta sur place – peut-être moins.

À contrecœur, Kate devait bien admettre que l'intervention de Dorian était plutôt convaincante pour quiconque ne le connaissait pas. C'était un beau parleur. Elle ne le savait que trop bien. Tandis qu'elle regardait les gens se masser en troupeau autour des soldats Immari, des images défilaient dans son esprit. Son père, mort en tentant d'empêcher un massacre perpétré par les Immari. Sa mère, tuée par le fléau libéré par les Immari. David, assassiné par Dorian. Et puis Martin, son père adoptif, bientôt au nombre des victimes lui aussi. Il avait fait tant de sacrifices, pris tant de décisions difficiles, et souvent dans l'unique dessein de la protéger. Jusqu'au bout il avait eu à cœur de préserver sa sécurité.

Elle ne pouvait pas l'abandonner. Non, elle n'allait pas faire ça, quel que dût être le prix à payer. Et elle poursuivrait ses recherches pour les mener jusqu'au bout.

Elle sentait le poids du sac sur ses épaules. Se pouvait-il qu'il renferme les clés pour trouver un remède ?

Elle fit un pas. Puis un autre. Elle allait jouer le jeu – aussi longtemps que nécessaire. C'est ce que son père avait fait. Puis il avait tourné le dos aux Immari et ils l'avaient enseveli au fond d'une mine sous Gibraltar. Jamais elle n'oublierait. Jamais elle ne pardonnerait.

Elle se mêla à la foule de plus en plus dense autour des tables, dans un brouhaha de conversations.

— Ah, vous êtes là.

Kate se retourna d'un bloc. C'était l'homme d'âge mûr qui lui avait déjà parlé plus tôt.

— Oui, dit Kate. Désolée de n'avoir pas été très causante tout à l'heure. Je… Je n'étais pas sûre de savoir de quel bord vous étiez. Il se trouve que je suis bel et bien une survivante.

Chapitre 35

Extérieur de Ceuta
Nord du Maroc

À la seule lueur des lampes éclairant le périmètre dans la nuit enténébrée, David ne parvenait guère à saisir que des images parcellaires de l'immense base militaire qui se dressait devant lui.

La zone tout autour constituait un autre mystère. De fait, le convoi de trois Jeep fonçait sur un sol dont David aurait juré qu'il s'agissait du champ de lave d'un volcan en sommeil. Par endroits, de petites fumerolles flottaient au-dessus de la terre grumeleuse et calcinée. L'odeur confirmait les pires craintes de David. Les Immari avaient creusé une tranchée autour de cette partie de la ville avant de l'incendier. Ensuite, ils avaient aplani les décombres, laissant derrière eux une immense zone ouverte que leurs ennemis devraient forcément traverser pour mener une attaque. Ingénieux. Radical, brutal, mais ingénieux.

La scène lui rappelait quelque chose. Un cours magistral à l'université. L'espace d'un instant, il fut brusquement ramené à Columbia, en un temps où le monde n'avait pas encore basculé. La voix puissante de son professeur résonnait dans l'amphi…

« L'empereur romain Justinien avait ordonné qu'on brûle tous les corps. À cette époque, au milieu du VIe siècle, l'Empire romain d'Occident était tombé aux mains des

Goths, qui avaient mis Rome à sac et s'étaient emparés de son administration. L'Empire romain d'Orient, structuré autour de Constantinople, devenue aujourd'hui Istanbul, était une puissance majeure dans le monde civilisé. En effet, ce n'était ni plus ni moins que le plus grand centre métropolitain au monde, dont l'influence s'exerçait sur la Perse, le bassin méditerranéen et plus ou moins n'importe quelle terre où ses navires pouvaient aller. La peste qui sévit à partir de 541 vint tout changer. Et pour toujours. C'était une pandémie comme le monde n'en avait encore jamais connu. Et dont on n'a plus jamais vu la pareille. Les rues de Constantinople étaient rouges du sang des corps. Il y en avait tellement que Justinien ordonna qu'on les jette à la mer. Mais ils étaient encore trop nombreux. Juste au pied des murailles de la ville, les Romains creusèrent d'immenses fosses, dont chacune pouvait contenir soixante-dix mille cadavres. Les feux brûlèrent pendant des jours. »

L'histoire se répète, songea David. Si une telle chose s'était produite à Ceuta, dans quel état pouvait bien être le reste du monde ? La contingence contre laquelle il avait lutté pendant dix années de sa vie pour qu'elle ne survienne pas était advenue malgré tout. Le Protocole de Toba avait lâché son fléau. David avait échoué. Combien de personnes étaient mortes ? D'elles-mêmes, ses pensées dérivèrent vers l'une des victimes en particulier : Kate. Avait-elle réussi à s'en tirer à Gibraltar ? Et si oui, où était-elle à présent ? Dans le sud de l'Espagne ? Au Maroc, comme lui-même ? Autant chercher une aiguille dans une meule de foin. Cependant, à supposer qu'il survive au monstre dressé devant lui, il était prêt à brûler toute la paille du monde pour la retrouver. Il entendait bien guetter son heure, attendre et fuir à la première occasion. Depuis l'arrière de la Jeep où il se trouvait, il regarda défiler la dernière partie de la ville réduite en cendres.

Le convoi ralentit à l'approche de la porte d'acier au centre de la gigantesque muraille. Deux drapeaux noirs flottaient de part et d'autre. Comme les panneaux de l'ouverture s'écartaient pour laisser entrer les véhicules, un souffle d'air souleva les bannières qui se déployèrent, révélant le logo qui les ornait. [II]. Immari International. D'une dizaine de mètres de hauteur, le mur blanc montrait çà et là de longues traînées noires, témoignages des tentatives des cavaliers pour l'incendier pendant leur siège. Avec ces grandes marques noires sur fond blanc, l'enceinte et la porte faisaient penser à un zèbre ouvrant la bouche pour avaler le convoi. Les drapeaux figuraient les oreilles agitées par le vent. *Dans le ventre de la bête*, songea David pendant qu'ils franchissaient l'obstacle. Puis les portes se refermèrent sur eux.

Les huit soldats qui l'avaient appréhendé dans les montagnes lui avaient lié les mains entre elles, avant de les attacher à sa ceinture. Il n'avait pas décroché un mot de tout le trajet, cahoteux tout du long voire brutal par instants. Tassé sur la banquette arrière de la Jeep, il avait échafaudé plusieurs scénarios de fuite, dont l'axe majeur était à peu près toujours le même : un saut en cours de route, avec à la clé un certain nombre de fractures et l'impossibilité de se battre.

À présent, il se tortillait de droite et de gauche pour détailler l'intérieur de la base, en quête d'une ouverture par où fuir. De ce côté-ci de la muraille, des soldats Immari s'activaient en tout sens pour réapprovisionner le chapelet de miradors ornant la construction. David était stupéfait de l'échelle de l'ouvrage. Quels pouvaient bien être les effectifs dans un tel lieu ? Des milliers d'hommes assurément : tous ceux mobilisés sur le mur tourné vers le continent, auxquels s'ajoutaient ceux sur les autres murs face à la mer. À l'intérieur de l'enceinte, au-delà des miradors et des voies d'approvisionnement, David découvrit une rue bordée de maisons soigneusement alignées. Pour l'essentiel, elles semblaient inoccupées, mais de temps à autre il apercevait un soldat qui entrait ou sortait de l'une d'elles.

Trois larges sillons de terre labourée s'étiraient le long de la route, de chaque côté. Tous les cinq mètres environ, un poteau de bois était fiché dans le sol – un peu comme un poteau téléphonique, mais en plus court. Deux sacs à l'aspect bosselé, espacés d'un mètre, étaient accrochés à chaque poteau. De prime abord, David pensa qu'il s'agissait de nids de guêpes géants.

En apercevant plus loin un autre mur blanc quasiment identique à celui qu'ils venaient de franchir, David comprit ce dont il s'agissait. C'était une zone d'annihilation. Si l'ennemi des Immari parvenait à ouvrir une brèche dans le mur extérieur, il se ferait littéralement tailler en pièces dans cet espace. Sous la terre labourée le long de la route poussiéreuse, il y avait sûrement des mines. Quant aux sacs accrochés aux poteaux, David supposait qu'ils étaient emplis de mitraille et de clous. En explosant, ils hacheraient menu tous ceux qui pourraient se trouver entre les deux murailles.

L'ancienne forteresse bénéficiait d'autres améliorations modernes. Chacun des miradors était équipé d'une pièce d'artillerie de gros calibre. David ne reconnut pas immédiatement le modèle. *Quelque chose de nouveau ?* Dans le même ordre d'idées, de nombreuses habitations étaient comme décapitées à présent, dépourvues de toit. David avait l'intuition qu'elles abritaient désormais des batteries antiaériennes, montées sur des plates-formes hydrauliques, prêtes à être hissées pour abattre d'éventuels appareils ennemis. Pour autant, quelque chose lui soufflait que les cavaliers ne possédaient pas le moindre coucou à faire décoller.

Les soldats communiquèrent par radio et la porte du mur intérieur s'ouvrit. Bien moins calciné que la muraille d'enceinte, ce dernier n'en présentait pas moins quelques zébrures. Quand la Jeep franchit ce nouveau seuil, David sentit ses chances de fuite fondre comme neige au soleil. « Assomme le premier garde et cours » avait peu de chances de se révéler une tactique efficace. *Concentre-toi. Cherche…*

À l'intérieur de cette nouvelle enceinte, la rue était bordée de maisons et de boutiques intactes, préservées des explosifs improvisés des assaillants. L'endroit évoquait plus un ancien village, pittoresque et désuet. Aux soldats se mêlaient des quidams en civil. À l'évidence, c'était la principale partie résidentielle de la base.

Derrière la seconde rangée de maisons et de boutiques se dressait un nouveau mur, mais beaucoup plus ancien et tout en pierres. Une nouvelle porte s'ouvrit. Par sa conception, la ville tenait un peu des matriochkas.

La construction de Ceuta avait certainement suivi la même trajectoire que celle des autres villes et villages du bassin méditerranéen. Des milliers d'années en arrière, une petite implantation humaine s'était installée au bord de l'eau. Au fil du temps, elle était devenue un comptoir commercial, dont la prospérité n'avait pas manqué d'attirer son lot de pirates et de voleurs. Le commerce et le crime avaient donné naissance aux premières murailles. Ensuite, au fil des siècles, la cité s'était agrandie, avec régulièrement l'édification d'une nouvelle enceinte pour protéger ses nouveaux habitants.

Ici, les bâtiments étaient bien plus anciens. Il n'y avait plus aucun civil en vue, rien d'autre que des soldats, au milieu des armes, des munitions et autres équipements. Les Immari se préparaient à mener une guerre et Ceuta était une base de lancement. Mais cet endroit était aussi la citadelle de la ville. C'est là qu'il serait jugé.

David se tourna vers le garde assis à côté de lui.

— Caporal, je sais que vous ne faites qu'exécuter les ordres, mais vous devez me libérer. Vous commettez une énorme erreur. Faites-moi franchir les portes et relâchez-moi. Personne n'en saura rien et cela pourra vous épargner la cour martiale pour être intervenu dans une opération secrète.

Le jeune homme jeta un regard au prisonnier, puis hésita un instant avant de détourner le regard.

— C'est impossible, mon colonel. Nous avons ordre de capturer ou éliminer tous ceux qui se trouvent à l'extérieur des murs.

— Caporal...

— Ils sont déjà prévenus. Il faudra voir avec le major, répliqua le jeune homme.

Le véhicule pénétra dans une cour où stationnait déjà toute une flotte de Jeep. Le convoi fit halte et les gardes se saisirent de David pour le faire entrer dans le bâtiment. Après avoir franchi plusieurs couloirs, ils l'enfermèrent dans une cellule munie d'une fenêtre minuscule en hauteur et d'une porte aux lourds barreaux d'acier.

Debout dans la petite pièce, David attendait, les mains toujours entravées entre elles et attachées à sa ceinture. Au bout d'un certain temps, il entendit un pas lourd résonner sur les dalles de pierre. Un soldat apparut au bout du petit corridor, sanglé dans son uniforme noir impeccable. Un unique galon d'argent ornait son épaule. Un lieutenant. Il vint se poster face à David, mais en restant tout de même à bonne distance de l'autre côté des barreaux.

— Veuillez décliner votre identité, ordonna-t-il d'une voix exempte de toute hésitation, contrairement à celle du caporal.

David s'avança d'un pas dans sa direction.

— Vous vouliez sans doute dire : « Veuillez décliner votre identité, mon colonel » ?

Une nuance d'incertitude apparut sur les traits du jeune homme.

— Veuillez décliner votre identité, mon colonel, énonça-t-il en prononçant lentement chaque mot.

— Dites-moi, lieutenant, avez-vous été briefé sur les opérations secrètes actuellement en cours ici, au Maroc ?

Les yeux de l'interpellé glissèrent furtivement, à gauche et à droite. *Il doute.*

— Non… Je n'ai reçu aucune…

— Et vous savez pourquoi ? l'interrompit David en levant autant que possible ses deux mains attachées. Non, ne répondez pas. C'est une question de pure forme. Rien ne vous a été communiqué parce que les opérations secrètes ont pour vocation de ne pas être exposées au grand jour. Elles sont classifiées. Si vous faites état de ma présence ici, mon opération sera réduite à néant. Et vos chances de promotion avec. Autant dire que vous en serez réduit à peler des patates. Vous comprenez ?

David laissa passer quelques secondes, le temps que ses paroles fassent leur effet dans l'esprit du jeune homme. Quand il reprit la parole, son ton s'était fait plus conciliant.

— Pour l'heure, je ne connais pas votre nom et vous ignorez le mien. Et c'est très bien comme ça. À ce stade, l'affaire n'est qu'un simple malentendu, une stupide méprise de la part d'une patrouille de subalternes. Si vous me relâchez et me donnez une Jeep, tout sera oublié.

Le lieutenant resta silencieux un instant. David crut bien qu'il était sur le point de prendre quelque chose dans sa poche, des clés peut-être, quand le martèlement de talons ferrés sur la pierre annonça l'arrivée d'un nouveau protagoniste. Un major parut au bout du couloir. Ses yeux allèrent du lieutenant à David en donnant l'impression qu'il venait de surprendre ces deux-là au milieu de quelque coup fourré. Son expression parfaitement neutre dénotait toutefois une certaine bonhomie, *de l'amusement presque*, songea David.

Le lieutenant se raidit à la vue de l'officier supérieur.

— Cet homme a été trouvé dans le djebel Musa, s'empressa-t-il de dire. Il refuse de donner son identité et je n'ai aucun ordre de transfert.

David étudia attentivement le major. Oui, il reconnaissait cet homme. Ses cheveux étaient un poil plus longs, son visage plus émacié, mais les yeux étaient les mêmes que ceux que David avait déjà vus plusieurs années auparavant sur une photographie agrafée à un rapport rendant compte d'une opération secrète. L'agent sur le terrain avait transmis un document manuscrit, entièrement rédigé en majuscules, comme si chaque lettre de chaque mot avait été soigneusement pesée. Le major avait été un agent de Clocktower – un membre du groupe chargé des opérations spéciales pour lequel David avait travaillé. Jusqu'à récemment, David ignorait que Clocktower était sous le contrôle des Immari. Le major connaissait peut-être l'identité de David. Dans le cas contraire… Au fond, dans un cas comme dans l'autre, David était fini s'il ne tentait pas sa chance.

Il vint encore plus près des barreaux. Le lieutenant recula d'un pas, la main immédiatement posée sur la crosse de l'arme qu'il portait au côté. Le major, qui n'avait pas bougé d'un pouce, tourna lentement la tête vers le prisonnier.

— Vous avez raison, lieutenant, dit David. Je ne suis pas colonel. Tout comme l'homme à côté de vous n'est pas major… (David laissa filer une longue seconde, puis enchaîna avant que le lieutenant ne puisse parler.) Je vais vous raconter autre chose que vous ne savez pas au sujet du

« major ». Il y a deux ans, il a éliminé une cible terroriste de haut niveau, un certain Omar al-Quso. Il l'a abattu au crépuscule à une distance de pratiquement deux kilomètres. (David se tourna vers le major pour le gratifier d'un signe de tête.) Je m'en souviens très bien parce que, en lisant le rapport, je m'étais dit : « Voilà un sacré tir. »

Le major inclina la tête sur le côté et son regard glissa vers le lointain.

— En toute sincérité, j'ai eu de la chance. J'avais déjà chambré une deuxième munition pour doubler quand je me suis rendu compte qu'al-Quso ne bougeait plus.

— Je… Je ne comprends pas, marmonna le lieutenant.

— Ça se voit, lieutenant. En fait, c'est très simple. Notre invité mystère vient de décrire une opération secrète de Clocktower, ce qui signifie qu'il est chef de station ou chef analyste. Et je ne pense pas que les analystes soient du genre à fréquenter la salle de gym avec la même assiduité que notre ami le colonel. Relâchez-le.

Le lieutenant ouvrit la cellule et libéra les poignets de David, avant de se tourner vers son supérieur.

— Dois-je… ?

— Oui, vous devriez vous faire un peu oublier, lieutenant. (Sur ces mots, il commença à s'éloigner dans le couloir.) Suivez-moi, colonel, dit-il encore par-dessus son épaule.

Tout en marchant sur les talons du major, David se demandait s'il était sur le chemin de la liberté, ou s'il s'enfonçait un peu plus profondément dans le piège.

Chapitre 36

Base opérationnelle Immari
Ceuta, nord du Maroc

Le major mena David à l'extérieur du bâtiment abritant les cellules. Ils traversèrent ensuite une grande cour pleine d'enclos, de l'intérieur desquels s'échappaient d'étranges bruissements. *Ils ont un cheptel? des animaux?* Des sons qu'il ne reconnaissait pas flottaient dans la nuit.

Le major remarqua l'intérêt de David.

— Des barbares qui attendent le passeur, dit-il en désignant les enclos d'un signe de tête.

David se demanda ce qu'il voulait dire. Dans la mythologie grecque, Charon était le « passeur » qui faisait franchir le Styx et l'Achéron aux âmes des défunts pour les mener au monde souterrain. Il choisit de laisser courir. Il avait déjà suffisamment de mystères à éclaircir…

Ils poursuivirent en silence jusqu'à un vaste bâtiment au cœur de la ville intérieure.

David prit rapidement la mesure du bureau du major. Il ne voulait pas paraître trop intéressé, mais plusieurs choses captèrent immédiatement son attention. Pour commencer, il était bien trop grand. De toute évidence, c'était le bureau du commandant de la base. Ensuite, il était bien peu fourni. À l'exception d'un drapeau noir Immari dans un coin, rien n'ornait les murs blancs. Et pour le mobilier, il n'y avait en tout et pour tour qu'une simple table de bois, avec d'un côté un fauteuil métallique pivotant, et de l'autre deux chaises pliantes pour les visiteurs.

Le major se laissa tomber dans le fauteuil, puis sortit un paquet de cigarettes de son tiroir pour s'empresser d'en allumer une. Son allumette enflammée toujours entre le pouce et l'index, il se tourna vers David.

— Vous fumez ?

— J'ai arrêté au début de l'épidémie, en me disant qu'on n'en trouverait plus une seule au bout de quelques semaines.

Après avoir éteint son allumette d'une saccade sèche du poignet, le major la balança dans le cendrier.

— Je me félicite de n'avoir pas été aussi futé.

David ne s'assit pas. Il préférait maintenir une certaine distance entre eux. Il s'approcha de la fenêtre pour regarder à l'extérieur, réfléchissant à la situation, espérant que le major allait dévoiler son jeu quelque peu, lui fournir une ouverture.

Le major prit le temps de souffler un nuage de fumée entre eux, avant de s'exprimer d'une voix lente, comme s'il pesait au trébuchet chacune de ses paroles.

— Je m'appelle Alexander Rukin. Colonel…

Il est bon, songea David. Droit à l'essentiel. Aucun angle d'attaque. *Qu'est-ce que j'ai à ma disposition ?* La pièce. *Un major pour commander une base de cette importance…* Voilà qui était bien peu probable. Pour autant, David avait la nette sensation qu'il n'y avait aucun autre officier supérieur sur le site.

— On m'avait dit que le commandant de la base serait informé de ma présence dans la zone, si jamais nous étions amenés à entrer en contact.

— C'est possible qu'il l'ait été, répondit Rukin en tirant une nouvelle bouffée.

David sentit le changement. *Il modifie son approche ?*

— Il est dans le sud de l'Espagne pour superviser l'invasion. La quasi-totalité des effectifs a été déployée. Ici, nous ne sommes plus qu'une poignée. Notre chef de station, le colonel Garrott, s'est fait dégommer il y a deux jours. Ce con faisait la tournée des popotes, une balade sur chaque mirador, pour serrer des mains comme s'il était en tournée électorale dans ce coin de l'enfer. Un sniper berbère l'a descendu d'une seule balle. On s'est dit que le tireur devait être dans les collines. C'est pour ça qu'on a multiplié les patrouilles. Ainsi que les détecteurs-localisateurs de tireurs embusqués sur tout le périmètre. Et maintenant, j'ai besoin de savoir ce qui vous amène par ici.

Oui… Rukin lui donnait du biscuit, des détails inutiles, dans l'espoir que David lui rendrait la politesse, lui raconterait son histoire, commettrait une erreur.

— Je suis ici pour le boulot.

— Quel est… ?

— C'est classifié, dit David en se tournant vers Rukin. (*J'ai combien de temps devant moi ? Une heure avant qu'il ne comprenne que je suis bidon ? Au mieux, je peux encore réussir à gratter encore un peu.*) Passez un coup de fil. Si vous avez l'habilitation, ils vous expliqueront.

— Vous savez bien que je ne peux pas.

— Et pourquoi ?

— L'explosion, répondit Rukin en scrutant le visage de David. Vous n'êtes pas au courant ?

— Apparemment pas.

— Quelqu'un a fait exploser un engin subnucléaire au QG Immari en Allemagne. Pas question d'appeler là-bas en ce moment, surtout pour une vérification concernant une opération spéciale.

David ne parvint pas à masquer sa surprise. Mais peu importe, c'était l'ouverture qu'il attendait.

— C'est que… j'étais en transit, toute communication coupée.

— En transit depuis où ?

L'instant du test décisif.

— Depuis Recife, répondit David.

Rukin se pencha en avant.

— Il n'y a pas de station Clocktower à Recife…

— Nous étions dans la phase de mise en place quand la purge des analystes a démarré. Après, le fléau a frappé. Je m'en suis sorti tout juste. Depuis lors, je suis en affectation spéciale.

— Intéressant. Oui, c'est une histoire vraiment très intéressante, colonel. Mais voici la réalité la plus prosaïque : si vous ne me révélez pas immédiatement votre identité et les motifs de votre présence ici, je vais devoir vous mettre en cellule jusqu'à ce que je puisse tout vérifier par moi-même. Si je ne le fais pas, c'est mon cul qui se retrouve en première ligne.

David le fixa un instant.

— Vous avez raison. C'est… la vieille habitude du secret en opération. Peut-être que je suis resté trop longtemps agent pour Clocktower… (Après ce petit préambule, David servit au major la fable à laquelle il travaillait depuis l'instant où il avait franchi la porte du premier mur.) Je suis ici pour étoffer la sécurité de cette base. Vous savez à quel point Ceuta est importante pour la cause. Je m'appelle Alex Wells. Si le QG est détruit, il doit bien y avoir quelqu'un à la direction des opérations spéciales qui pourra se porter garant pour moi.

Rukin griffonna quelques notes sur un carnet.

— Très bien. En attendant que j'obtienne mes réponses, je vais devoir vous consigner dans vos quartiers sous bonne garde. Vous comprenez, colonel.

— Je comprends, répondit David. (*J'ai gagné un peu de temps. Mais est-ce que ce sera suffisant pour sortir d'ici ?* Une pensée dominait toutes les autres dans l'esprit de David : retrouver Kate. Mais pour cela, il avait besoin d'informations.) J'ai cependant une requête à formuler. Comme je vous l'ai dit, j'étais en transit. J'aimerais que vous me fassiez un topo sur les derniers événements. Ce qui n'est pas classifié, bien entendu.

Rukin se laissa aller contre le dossier de son fauteuil. Pour la première fois, il semblait se détendre quelque peu.

— Selon la rumeur, Dorian Sloane aurait reparu. Naturellement, il a été arrêté dès sa sortie de la structure en Antarctique. Il semblerait qu'il transportait une mallette avec lui. Les crétins chargés des opérations là-bas ont trouvé utile d'envoyer la mallette au QG, où elle a tout explosé. Si vous voulez mon avis, c'est le darwinisme qui est à l'œuvre.

— Et Sloane, qu'est-ce qui lui est arrivé ?

— C'est la partie la plus étrange. À ce qui se dit, dans la salle d'interrogatoire, il aurait tué un garde et déchiré la gorge du président Sanders. Sur ce, figurez-vous qu'il aurait été tué. Un doublé en pleine tête, à bout portant. Et une heure plus tard, il est ressorti de la structure. Avec un corps tout neuf et tous ses souvenirs. Sans une égratignure.

— Ce n'est pas possible...

— Et ce n'est pas tout. Les Immari cherchent à tout prix à créer cette mythologie autour de lui. Et ça marche. Toute la troupe le vénère littéralement. La fin des temps, le Messie, tout le catalogue... Ici même, à Ceuta, et partout où flotte la bannière des Immari. C'est à vomir...

— Vous n'avez pas la foi ?

— Si, je crois que le monde entier est en train de disparaître dans les égouts et qu'Immari International est la dernière merde encore capable de rester à flot.

— Eh bien… espérons qu'elle flottera longtemps. Dites, major, mon voyage m'a un peu épuisé…

— Certainement.

Rukin appela deux soldats qu'il chargea d'escorter David jusqu'à ses quartiers, et de monter la garde en permanence à sa porte.

Alexander Rukin écrasa sa cigarette tout en considérant les mots écrits sur sa page.

La porte s'ouvrit, livrant passage au capitaine Kamau, son adjoint.

— Vous croyez à son histoire ? demanda le colosse originaire d'Afrique de sa voix de stentor.

— Bien sûr. C'est à peu près aussi crédible que celle du père Noël, répondit Rukin en s'allumant une nouvelle cigarette.

Il jeta un coup d'œil dans son paquet. Plus que trois

— Qui est-il ?

— Pas la moindre idée. Mais c'est quelqu'un. Un pro. Peut-être l'un des nôtres, plus probablement l'un des leurs.

— Vous voulez que j'appelle pour demander ?

— S'il vous plaît, répondit Rukin en lui tendant la feuille de son carnet. Et gardez-le bien à l'œil. Assurez-vous qu'il ne voie rien de plus que ce que les Alliés voient déjà depuis le ciel.

— À vos ordres. (Kamau examina ce qui était écrit sur le bout de papier.) Lieutenant-colonel Alex Wells ?

Rukin hocha la tête.

— Je ne suis pas sûr à cent pour cent que ce soit un faux nom, mais il me rappelle étrangement Arthur Wellesley.

— Wellesley ?

— Le duc de Wellington. Celui qui a battu Napoléon à la bataille de Waterloo. Peu importe.

— S'il a donné une identité bidon, pourquoi est-ce qu'on ne l'interroge pas ?

— Vous êtes un bon soldat, Kamau, mais le travail de renseignement n'est pas votre point fort. Il faut qu'on découvre à qui on a affaire. Il pourrait nous mener à de plus gros poissons, ou nous permettre de mettre au jour une plus vaste machination. Parfois, il faut utiliser le menu fretin comme appât.

Le major écrasa sa cigarette. Il savait se montrer patient.

— Amenez-lui une fille. On verra s'il se montre un peu plus bavard avec elle. (Son regard glissa vers son paquet de cigarettes.) Trouvez-moi aussi quelque chose à fumer.

— À l'intendance, il n'y a plus rien depuis hier, répondit Kamau. Mais je crois bien avoir entendu dire, reprit-il après un instant de silence, que le lieutenant Shaw en aurait gagné au poker, hier soir.

— Vraiment ? Quel dommage qu'il se les soit fait voler. Il y a vraiment des mauvais perdants...

— Je vais m'en occuper.

David se frotta les paupières. À ce stade, il avait deux certitudes : *primo*, le major Rukin n'avait rien cru de ce qu'il lui avait raconté, et *secundo*, il n'avait aucune chance de sortir d'ici les armes à la main. Il décida de se reposer un peu, puis de tenter d'éliminer les deux hommes qui montaient la garde dans le couloir. Après, il verrait bien...

Un coup discret frappé à sa porte le tira de son débat intérieur.

— Entrez, dit David en se relevant.

Une femme, de stature mince, avec de longs cheveux bruns et le teint hâlé, pénétra dans la pièce, en refermant soigneusement derrière elle.

— Avec les compliments du major Rukin, annonça-t-elle d'une voix sourde sans le regarder en face.

Elle était magnifique. Plus David découvrait l'envers du décor du monde Immari et moins il l'appréciait.

— Vous pouvez repartir.

— Non, je vous en prie…

— Allez-vous-en, insista David.

— S'il vous plaît, monsieur. Je vais avoir des ennuis si vous ne me gardez pas.

David eut la vision de la fille se glissant sur lui pendant qu'il dormait pour lui ouvrir la gorge avec un couteau. Il croyait Rukin tout à fait capable d'une telle manœuvre. Il préférait ne pas courir le risque.

— Et moi je vais avoir des ennuis si vous restez. Partez ! Je ne le répéterai pas.

Elle sortit sans un mot de plus.

Il y eut un autre coup à la porte, plus sec cette fois-ci.

— J'ai dit « non »…

La porte s'ouvrit sur un Africain taillé en hercule debout sur le seuil. D'un signe de tête, il ordonna aux deux gardes de rester dehors, puis s'avança d'un pas résolu, avant de refermer derrière lui.

Une pensée s'imposa dans l'esprit de David. *Fin de partie. C'est fini.*

— Kamau, murmura-t-il.

— Salut, David.

Chapitre 37

Base opérationnelle Immari
Ceuta, nord du Maroc

Pendant un long moment, David et Kamau restèrent silencieux. Debout, immobiles, ils s'observaient intensément. Pour finir, ce fut David qui brisa le silence.

— Tu es venu me chercher pour me livrer au major ?

— Non.

— Tu lui as dit qui j'étais ?

— Non. Et je ne le ferai pas.

Une interrogation mobilisait tout l'esprit de David. *De quel côté est-il ?* D'urgence, il fallait qu'il trouve un biais pour savoir où allait sa loyauté.

— Pourquoi ne lui as-tu rien dit ?

— Parce que tu ne lui as rien dit toi-même. Je me suis dit que tu devais avoir une bonne raison de n'en rien faire – même si je n'ai aucune idée de ce qu'elle peut être. En revanche, il y a une chose que je sais : il y a trois ans, tu m'as sauvé la vie dans le golfe d'Aden.

David se souvenait de l'opération : des éléments de plusieurs stations Clocktower avaient agi dans le cadre d'une force tactique conjointe pour éradiquer une organisation pirate. Agent opérationnel de la station de Nairobi, Kamau avait joué de malchance, en dépit de son professionnalisme et de ses qualités de soldat. Son équipe s'était lancée à l'abordage du deuxième des trois bateaux pirates, mais s'était retrouvée en infériorité numérique. Au moment de l'assaut, ils ignoraient tout de la répartition des effectifs ennemis sur les trois embarcations. De son côté, après avoir rapidement pris le contrôle de sa cible, l'équipe de David était allée prêter main-forte à l'équipe de Kamau, mais malheureusement trop tard pour bon nombre de ses membres.

— Je n'avais encore jamais vu quelqu'un se battre comme toi, poursuivit Kamau. Et je n'ai jamais revu ça depuis. Si le fait de conserver ton identité secrète me permet de rembourser ma dette à ton égard, je le ferai bien volontiers. Et je t'aiderai également, si tu le veux, si d'aventure tu es ici pour faire ce que je pense.

Un appât? se demanda David. *Pour me faire sortir du bois?* Intérieurement, il était enclin à faire confiance à Kamau. Mais il avait besoin de plus d'informations.

— Comment est-ce que tu as atterri ici?

— Il y a trois mois, j'ai pris un éclat dans la jambe et Clocktower m'a mis en congé. J'avais envie de m'éloigner de Nairobi. Et comme j'avais de la famille à Tanger, je suis venu me refaire une santé ici. Puis l'épidémie a frappé. Elle a balayé la ville en quelques jours à peine. Je me suis débrouillé pour arriver jusqu'ici. Tous les agents opérationnels de Clocktower ont été affectés à un poste de commandement dans l'armée Immari, ce qui me vaut ces galons de capitaine. Les chefs de station ont été faits lieutenants-colonels, ce qui explique que le major Rukin soit tenté de croire à ton histoire. L'Afrique du Nord est une zone dangereuse pour quelqu'un de seul, même un soldat. Je suis venu me réfugier ici. Je n'avais pas d'autre choix.

— C'est quoi cet endroit où nous sommes?

Kamau eut l'air un peu perplexe.

— Tu ne le sais pas?

David fixa intensément Kamau. La réponse qu'il allait donner révélerait le fond de sa pensée.

— Je veux l'entendre de ta bouche.

Inconsciemment, Kamau se redressa de toute sa hauteur.

— C'est un lieu maudit. La porte de l'enfer. C'est un centre de traitement. Un endroit où ils amènent les survivants de l'Afrique et des îles de Méditerranée. Et bientôt, ceux du sud de l'Espagne.

— Les survivants..., murmura David. Bien sûr, les survivants du fléau, ajouta-t-il en comprenant soudain.

Kamau paraissait toujours plus confus.

— Je suis resté un petit moment... hors circuit. Il faudrait que tu me mettes au courant des grandes lignes.

Kamau lui fit un compte-rendu synthétique des événements, depuis l'épidémie mondiale et l'effondrement de toutes les nations du monde jusqu'au développement des districts Orchidée et au plan des Immari. David enregistra tous les détails de ce scénario cauchemardesque.

— Qu'est-ce qu'ils font des survivants qu'ils amènent ici ? demanda David.

— Ils séparent les forts des faibles.

— Et que deviennent les faibles ?

— Ils sont renvoyés d'où ils viennent sur des barges. En gros, ils sont livrés à la mer.

David s'assit à la table, tout en prenant la mesure de l'horreur. *Mais pourquoi ?*

— Les Immari se bâtissent une armée, expliqua Kamau comme s'il avait lu les pensées de David. La plus vaste de toute l'histoire. D'après la rumeur, ils auraient trouvé quelque chose en Antarctique. Mais en même temps, il y a tellement de rumeurs... On dit que Dorian Sloane serait revenu. Que personne ne peut le tuer. Ce que Rukin t'a raconté est vrai : il y a eu une explosion hier en Allemagne, au QG des Immari. On entend également parler de guerre totale, mais les Alliés ont apparemment un autre problème à gérer. À ce qu'il paraît, leur médicament miracle, Orchidée, ne fonctionne plus. On dit que la vague des décès est repartie dans le monde entier. Les gens pensent que la fin est proche.

— Tu as bien dit que tu pensais connaître les motifs de ma présence ici ? demanda David en se massant les tempes.

Kamau hocha la tête.

— Tu es ici pour détruire cet endroit, c'est bien ça ?

En entendant ces paroles, David prit sa décision. Au fond, n'est-ce pas à cela qu'on reconnaît un vrai soldat : il livre un combat juste, même quand celui-ci est perdu ? Qu'est-ce qu'il pouvait faire d'autre ? Plus que tout, il voulait retrouver Kate, mais il n'allait sûrement pas fuir. Il allait mourir en combattant. En fait, cela commençait à devenir une habitude chez lui. Il s'efforça de ne pas penser à tout cela : à son réveil dans les tubes, à ce qu'il était devenu. *Ici et maintenant, c'est ça qui compte.*

— Oui. Je suis venu détruire cet endroit. Tu vas m'aider ?

— Oui.

David fixa un instant Kamau. Il en était toujours à se demander s'il pouvait lui faire confiance.

— Pourquoi est-ce que tu n'as pas déjà essayé ? Tu es là depuis...

— Deux mois, répondit Kamau en s'écartant de David. Avant d'arriver ici, j'ignorais tout du plan des Immari. Tout comme j'ignorais que Clocktower était leur division des opérations spéciales. J'ai été horrifié quand j'ai découvert la vérité.

C'était un sentiment que David connaissait lui aussi. Il laissa Kamau poursuivre.

— J'étais coincé ici, à Ceuta. Le monde entier était aux abois. Je savais seulement que les survivants venaient trouver refuge ici. Je ne savais pas que j'allais... passer un pacte avec le diable pour survivre. Je n'étais absolument pas en mesure de prendre le contrôle de la base à moi tout seul. Je n'avais pas le choix. Jusqu'à avant-hier, il y avait une centaine de milliers de soldats Immari stationnés ici.

— Et aujourd'hui ?

— Six mille environ.

— Combien combattraient avec nous ?

— Pas beaucoup. Je n'ai confiance qu'en une dizaine de types, tout au plus. Sans compter qu'on leur demanderait de risquer leur peau.

Une dizaine contre six mille. Chronique d'une défaite annoncée. David avait besoin d'un angle, d'un pivot, d'un point d'appui pour inverser le cours des choses.

— De quoi as-tu besoin, David ?

— Pour l'instant, d'un peu de repos. Est-ce que tu peux occuper Rukin, faire en sorte qu'il ne découvre pas qui je suis ?

— Oui, mais pas trop longtemps.

— Merci. Reviens à 6 heures pétantes, capitaine.

Kamau accusa réception d'un signe de tête et quitta la pièce.

David se coucha sur le lit. Pour la première fois depuis qu'il était sorti du tube, il éprouvait un certain optimisme, avec la sensation d'avoir enfin un sol un peu ferme sous ses pieds. Il savait pourquoi : il avait un objectif à présent, une mission à mener et un ennemi à abattre. Oh ! comme cela faisait du bien. Le sommeil arriva sans tarder…

Chapitre 38

Centre de tri des Immari
Marbella, Espagne

Les soldats Immari avaient dirigé les survivants ayant prêté allégeance – dont Kate – vers l'une des tours blanches de l'ancien complexe touristique reconverti en camp fortifié, pour les y loger à deux par chambre. Le soleil était couché depuis des heures, mais Kate n'en contemplait pas moins le monde au-dehors par les baies vitrées coulissantes qui ne coulissaient plus – exactement comme faisaient les résidents du district Orchidée la veille encore.

Pas la moindre lumière ne luisait sur la Méditerranée. Jamais encore elle ne l'avait vue si noire. L'unique lueur dans ce noir d'encre provenait d'une ville de l'autre côté de la mer, quelque part dans le nord du Maroc.

— Tu prends ce lit ? demanda sa coloc en désignant d'un geste celui à côté de Kate, près de la fenêtre.

— Pas de problème.

Après avoir posé ses affaires sur l'autre lit double, la femme avec qui elle partageait la chambre entreprit de fouiller partout. Que cherchait-elle ? Kate aurait été bien en peine de le dire.

Kate songea qu'elle devrait peut-être prendre des affaires dans son sac, mais elle se sentait totalement vidée, physiquement et psychiquement, sans plus aucune force.

Elle fourra donc son sac dans le lit, sous les couvertures, puis se coucha à son tour et laissa le sommeil l'emporter.

Immédiatement, Kate comprit qu'elle n'était pas dans une structure atlante. Plutôt dans une villa dans une ville méditerranéenne. Peut-être la vieille ville de Marbella. Le couloir au sol de marbre menait à une porte voûtée. Kate avait l'intuition que quelque chose d'important l'attendait derrière le panneau de bois. Une révélation…

Elle l'ouvrit.

Derrière, elle découvrit un vestibule avec deux autres portes à sa droite. Un bruit de mouvement lui parvint depuis la plus proche.

— Il y a quelqu'un ?

Le mouvement cessa.

Elle s'approcha de la porte et l'entrouvrit tout doucement.

David.

Torse nu, assis au bout d'un grand lit aux draps défaits, il était occupé à dénouer les lacets de ses bottes de combat.

— Tu es là…

— Et toi, tu… tu es vivant.

— Apparemment… Je deviens difficile à tuer par les temps qui courent, répondit-il. Attends, enchaîna-t-il en relevant la tête tout à coup. Tu pensais ne jamais me revoir. Tu avais renoncé à moi.

Kate referma la porte derrière elle.

— Je ne renonce jamais à quelqu'un que j'aime…

Kate s'éveilla en proie à une sensation d'intense irréalité. Elle se souvenait de chacune des secondes de son rêve, exactement comme si elle les avait vécues pour de bon. *David.* Était-il vivant ? Ou bien son esprit lui jouait-il des tours en nourrissant de faux espoirs ? Il fallait qu'elle se concentre. *Martin. Fuir d'ici. Voilà les priorités.*

Les tout premiers rayons du soleil se glissaient dans la chambre. Sa coloc était déjà levée.

Kate fouilla dans son sac. Elle en tira le petit carnet et l'ouvrit à la première page.

Martin lui avait écrit un message.

Ma très chère Kate,

Si tu lis ces lignes, c'est qu'ils nous ont pris. Depuis 40 jours, c'est ma plus grande crainte. À 4 reprises, j'ai essayé de t'exfiltrer d'ici, mais c'était trop tard. Dans le cadre de l'étude, 30 patients sont morts. Chaque fois, j'ai espéré que nous parviendrions à un remède. Mais le temps nous fait défaut. Depuis la disparition de ton père, le 29/5/87, j'ai consacré chaque heure de mes journées à veiller à ta sécurité. Mon échec est total. Exauce mon dernier vœu : sauve-toi. Laisse-moi. C'est tout ce que je demande.

Voir la femme que tu es devenue m'emplit de fierté.

Martin

Kate referma le carnet, puis le rouvrit immédiatement pour relire le message. Ce que lui disait Martin était limpide. Et émouvant. Mais elle avait la nette sensation qu'autre chose s'y dissimulait. Elle prit un crayon dans le sac et entoura tous les chiffres. En les mettant bout à bout, elle obtenait : 4043029587.

Un numéro de téléphone. Kate s'assit sur son lit.

— Qu'est-ce que c'est ? demanda sa coloc.

Kate était tellement absorbée dans ses pensées qu'elle en avait oublié sa présence.

— Euh… Rien… Des mots croisés.

Sa coloc reposa son livre et roula sur le côté pour s'approcher, subitement intéressée.

— Tu me les passeras quand tu auras fini ?

— Désolée, répondit Kate avec un haussement d'épaules. J'ai écrit dessus.

L'œil noir, la mine renfrognée, l'importune se leva de sa couche pour gagner la salle de bains d'un pas lourd. Le pêne du verrou vint claquer sèchement au fond de sa gâche.

Kate attrapa le téléphone satellite dans son sac et composa le numéro.

Après une unique sonnerie, il y eut un cliquetis et un message enregistré se déclencha. C'était une voix de femme à l'accent américain.

— Continuité. Statut à suivre. Heure d'enregistrement : 22 h 15, heure d'Atlanta, soixante-dix-neuvième jour du fléau Atlantis. Essai clinique 498 : résultat négatif.

Essai clinique 498 ? Quel était le dernier essai qu'elle-même avait pratiqué – celui qui avait vu la mort de Marie Romero ? Le tube que Martin l'avait suppliée de lui donner, le résultat qu'il avait chargé dans son cylindre en forme de Thermos ? *Le 493 ?* Il y aurait donc eu cinq autres essais cliniques menés depuis, sur d'autres sites de toute évidence.

— Statut réseau : à l'arrêt. Veuillez composer le « 0 » pour être mis en relation avec un opérateur.

Après un instant de silence, une voix différente se fit entendre.

— *Kontinuität. Unsere Situation ist…*

C'était le même message, mais en allemand cette fois-ci. Kate appuya sur la touche « 0 » du clavier.

Des petits bruits lui parvenaient de la salle de bains.

Si sa coloc découvrait le téléphone satellite, elle le signalerait immédiatement, ce qui vaudrait à Kate un interrogatoire. Les soldats leur avaient rabâché le « code d'honneur » des survivants de la tour : tous les « membres » étaient tenus de remettre les armes et appareils électroniques en leur possession. Ils n'avaient pas été fouillés. Apparemment, une part du lavage de cerveau Immari consistait à faire comme s'ils étaient des volontaires et pas des prisonniers. Une fouille en règle aurait réduit cette fiction à néant. Cela étant, les Immari avaient édicté un certain nombre de sanctions applicables au moindre manquement. Quiconque conserverait sur lui un objet suspect – à savoir à peu près n'importe quoi d'un peu aiguisé et métallique ou doté d'un interrupteur – serait immédiatement transféré dans l'autre tour. La tour de ceux qui n'avaient pas prêté allégeance.

Kate avait dissimulé le combiné derrière son oreiller, de façon que l'autre ne l'aperçoive pas si elle venait à surgir de la salle de bains. La tête penchée à l'abri de son coussin, elle écoutait.

Une femme répondit d'une voix pleine d'urgence.

— Code d'accès ?

Kate mit quelques secondes à saisir le sens de ce qui venait de lui être dit.

— Je…

— Code d'accès ?

— Je ne le connais pas, murmura Kate en jetant des coups d'œil en direction de la porte.

— Veuillez vous identifier, dit son interlocutrice avec une pointe d'inquiétude dans la voix, ou plus sûrement de suspicion.

— Je… Je travaille avec Martin Grey.

— Mettez-moi en relation avec lui.

Kate réfléchit un instant. Une petite voix l'incitait à en dévoiler le moins possible tout en obtenant un maximum d'informations. Mais comment ? Le temps lui était compté ; ses perspectives étaient restreintes. Quelle autre option avait-elle que de raconter son histoire et de demander de l'aide ?

La poignée de la porte de la salle de bains émit un petit bruit.

Kate laissa tomber le téléphone derrière l'oreiller, puis se souvint qu'il lui fallait aussi appuyer sur le bouton pour couper la conversation.

Quand elle releva la tête, sa coloc l'observait fixement.

D'un air dégagé, Kate s'efforça de paraître absorbée dans la lecture du carnet qu'elle tenait dans son autre main.

— Oui ? dit-elle avec son air le plus innocent.

— Tu parlais à quelqu'un ?

— Je réfléchissais à voix haute, répliqua Kate en brandissant son carnet. Ça m'aide pour l'orthographe. Je me trompe toujours avec les mots.

Et tu mens comme un pied, se dit-elle.

La suspicion s'attarda quelques instants sur les traits de sa coloc, mais elle finit par aller s'allonger pour reprendre sa lecture.

Les trois heures suivantes s'écoulèrent dans le silence. Kate réfléchissait, échafaudant des plans pour arracher Martin à son sort. Plongée dans sa lecture, sa compagne de chambre éclatait de rire par instants.

La cloche du petit déjeuner retentit. Deux secondes plus tard, sa coloc était à la porte.

— Tu viens ? demanda-t-elle en s'arrêtant sur le seuil.

— Je vais attendre un peu pour laisser passer le plus gros de la troupe, répondit Kate.

La porte s'était à peine refermée que Kate recomposait le numéro.

— Code d'accès ?

— C'est encore moi. Je travaille avec Martin Grey.

— Passez-le-moi…

—Je ne peux pas. Nous avons été séparés après avoir été capturés par les Immari.

—Quel est votre code d'accès ?

—Écoutez, je ne le connais pas. Nous avons besoin d'aide. Martin Grey ne me tenait pas informée. Je ne sais rien, si ce n'est que Martin va mourir d'ici à quelques heures si on ne l'aide pas.

—Identifiez-vous.

Kate poussa un soupir.

—Je suis Kate Warner.

Le silence se fit sur la ligne, au point que Kate crut bien qu'elle avait été coupée. Elle jeta un coup d'œil à l'écran du téléphone. Les secondes continuaient de défiler.

—Allô ? dit-elle. Allô ? répéta-t-elle après quelques secondes.

—Restez en ligne.

Deux bips retentirent, puis il y eut une voix d'homme. Jeune, précise, concentrée.

—Docteur Warner ?

—Oui.

—Paul Brenner à l'appareil. Je travaille avec Martin depuis un certain temps déjà. Pour tout dire, j'ai… j'ai lu tous vos rapports, docteur Warner. Où êtes-vous actuellement ?

—À Marbella. Dans le district Orchidée. Les Immari s'en sont emparés, ainsi que de la ville tout entière.

—Nous sommes au courant.

—Nous avons besoin d'aide.

—Vous avez dit à l'opératrice que le docteur Grey et vous étiez séparés.

—Oui.

—Pouvez-vous accéder aux notes du docteur Grey au sujet de ses recherches ?

Les yeux de Kate glissèrent vers le sac. La question la rendait nerveuse.

— Je… Je peux y accéder. Pourquoi ?

— Nous pensons qu'il a des informations dont nous avons désespérément besoin.

— Et nous, nous avons désespérément besoin de partir d'ici. Trouvons un accord.

— Nous ne pouvons pas vous aider…

— Pourquoi ? Et l'OTAN ? Vous ne pouvez pas envoyer des commandos nous chercher ou quelque chose comme ça ?

— L'OTAN n'est plus en activité. Écoutez, les choses sont compliquées…

— À qui le dites-vous ?

— Orchidée ne produit plus d'effet sur le fléau. Les gens meurent… partout. Le président est mort il y a quelques heures. Et le vice-président juste après.

— Qui est à la tête du gouvernement ?

— Le président de la Chambre des représentants assurait la présidence par intérim, mais il a été assassiné. Il était soupçonné d'avoir des sympathies pour les Immari. D'après la rumeur, les membres de l'État-major sont sortis du bois et le chef d'État-major joue les présidents en situation d'état d'urgence. Il envisage un plan pour… Docteur Warner, nous avons besoin de ces informations.

— Pourquoi est-ce qu'Orchidée n'est plus efficace ?

— Une nouvelle mutation. Écoutez, nous pensons que Martin travaillait à quelque chose d'essentiel, mais nous ignorons quoi. Il faut absolument que je lui parle.

Kate feuilleta le carnet en tentant de lire les pages qu'elle survolait. Elle n'y comprenait absolument rien.

— Docteur Warner ?

— Oui, je suis là. Est-ce que vous pouvez nous sortir d'ici ?

Il y eut un long instant de silence.

— Impossible pour nous d'envoyer quelqu'un à l'intérieur du district Orchidée. Mais si vous pouvez en sortir... Je verrai ce que je pourrai faire pour organiser votre transport. Cela étant, nos sources annoncent que les Immari ont pour projet d'évacuer le sud de l'Espagne ce soir même, tard dans la nuit. Les survivants tout au moins.

Kate se tourna vers la baie vitrée. Le soleil était levé à présent. La journée promettait d'être longue.

— Je vous rappelle. Tenez-vous prêts.

Chapitre 39

Base opérationnelle Immari
Ceuta, nord du Maroc

David connut son deuxième réveil en sursaut le plus brutal de toute son existence. C'était à Langley, en Virginie, en 2003, qu'il avait expérimenté l'incontestable numéro un, au tout petit matin, voire en fin de nuit. L'atroce stridence d'une corne de brume actionnée près de sa tête l'avait jeté à bas de son lit, à moitié nu. Ses officiers traitants formateurs de la CIA l'avaient sorti sans ménagement des baraquements, toujours à moitié à poil, pour le larguer quelque part au milieu d'une forêt dans le nord de l'État.

— Il y a six snipers planqués dans les bois. Tu as jusqu'au crépuscule pour rallier la caserne. Ils tirent des billes de peinture. Si tu finis avec la moindre tache sur toi, c'est mort. On ne veut pas de toi.

Ils l'avaient balancé du fourgon sans même ralentir. Et il les avait revus le soir même, au coucher du soleil, derrière le bâtiment de plain-pied où il était caserné.

Depuis lors, jamais plus il n'avait dormi vêtu de ses seuls sous-vêtements, hormis une fois – unique instant de faiblesse, unique entorse à sa propre règle –, cette nuit où il avait baissé sa garde à Gibraltar, avec Kate…

Cette fois-ci, ce fut une cavalcade de l'autre côté de la porte qui le ramena à la conscience. En silence, il alla prendre position à l'autre bout de la pièce en diagonale, dans le coin opposé à la porte, prêt à supporter le choc d'un assaut. Rukin avait-il découvert la vérité ? *Il y avait des micros dans la pièce ? Il a tout entendu ?*

La poignée de la porte joua, mais sans que le panneau pivote sur ses gonds. Deux mains noires apparurent, lentement exposées sous toutes les coutures pour bien prouver qu'elles étaient vides. Leur propriétaire se fit entendre par-dessus les bruits de pas dans le couloir.

— C'est Kamau.

— Entre et ferme la porte, répondit David, avant de se glisser silencieusement sur ses pieds nus dans un autre coin – un angle mort depuis le seuil.

Kamau entra et referma derrière lui, instantanément tourné vers le coin d'où la voix de David lui était parvenue. Puis, il se retourna pour se retrouver face à David.

— Nous sommes attaqués, dit-il.

— Qui ?

— On ne sait pas. Le major veut te voir.

David suivit Kamau dans le hall, rempli d'hommes courant en tout sens. Personne ne leur prêta attention.

Devant le bâtiment résidentiel, la cour intérieure de la citadelle vibrait d'une activité fébrile. David voulut s'arrêter un instant pour une rapide évaluation tactique, mais Kamau ne lui en laissa pas le temps, fonçant coudes au corps en direction d'une haute tour.

Au sommet de l'escalier métallique un peu branlant gravi quatre à quatre, Kamau retint David par le bras juste avant le palier.

— Ils ne savent pas ce qui se passe. Il va te tester.

David hocha la tête, puis suivit Kamau à l'intérieur du centre de commandement. La pièce octogonale dépassait les attentes les plus folles de David. Un pan de mur sur deux était percé d'une immense baie vitrée, du sol au plafond, offrant une vue dégagée dans toutes les directions sur le camp. Les murs aveugles étaient occupés par d'immenses écrans informatiques montrant des cartes, des graphiques et des données diverses auxquels David ne comprenait goutte.

Au centre, deux opérateurs étaient penchés sur d'autres écrans. Le major occupait l'unique fauteuil.

— Déployez les batteries quatre et cinq. Feu à volonté, ordonna-t-il avant de se tourner vers David.

— Vous étiez au courant pour ça ?

— Je ne sais même pas de quoi il s'agit.

— Les avions ont effectué un largage, annonça un opérateur.

Le major jeta un regard entendu à David.

Par l'une des grandes fenêtres, ils virent les canons en batterie sur le mur nord pivoter à toute vitesse et faire feu dans la nuit.

À l'évidence, les tirs atteignirent leurs cibles, provoquant une série d'explosions en cascade dans le ciel. Les débris des jets d'attaque tombèrent en pluie dans la mer.

— Sept cibles, sept coups au but, dit l'autre opérateur.

David était impressionné. Sans être spécialiste de la défense antiaérienne et des systèmes sol-air, il voyait bien que ce à quoi il venait d'assister excédait tout ce qu'il pouvait connaître.

Cette base ne serait sûrement pas conquise par la voie des airs.

L'opérateur qui venait de déclencher le tir de missiles tapota encore quelques instants sur son clavier.

— Plus aucune détection radar, annonça-t-il en secouant la tête. Il n'y avait qu'un seul groupe d'attaque.

Le major se leva pour s'approcher de la fenêtre.

— Je n'ai rien vu d'autre que sept explosions. Pourquoi est-ce que rien ne nous a touchés ? Les missiles ont raté leurs cibles ?

— Des tirs trop courts, monsieur.

Par la fenêtre donnant à l'ouest, ils virent un jet d'eau s'élever soudain à la surface de la mer dans un éclat de lumière.

— Qu'est-ce que c'était que ça ? demanda Rukin.

Les opérateurs s'activèrent fébrilement sur leurs ordinateurs. À l'autre bout de la salle, un autre homme se leva en pointant du doigt l'un des écrans.

— Je crois que nous n'étions pas la cible, monsieur. Ils ont dû mouiller des mines dans le détroit et un débris en aura heurté une en tombant.

Le major resta un instant à contempler la mer, à l'endroit où l'explosion venait de se produire.

— Mettez-moi en relation avec la flotte du président. Il faut qu'il infléchisse sa course, dit-il en congédiant David et Kamau d'un geste de la main.

Depuis la plate-forme extérieure du centre de commandement, David eut une vue aérienne sur les enclos, en contrebas dans la cour. Ils étaient pleins de gens entassés là, blottis les uns contre les autres. Trois mille au moins. *Des barbares qui attendent le passeur.* C'était ce que Rukin lui avait dit. *Qui peut faire une chose pareille ?*

David et Kamau regagnèrent l'aile résidentielle sans échanger un mot. Dans sa chambre, David invita d'un geste Kamau à rester.

— Qu'est-ce que c'était ?

— Une escadrille de la Royal Air Force. Cela faisait quelques mois qu'on ne les avait plus vus. Au tout début de l'épidémie, ils ont tenté de prendre la base, avant que les Immari ne brûlent la ville et n'installent leurs batteries antiaériennes. On pensait que les Britanniques étaient à court de kérosène.

— Pourquoi est-ce qu'ils larguent des mines ?

— Dorian Sloane est en route pour ici, à la tête de la principale flotte Immari pour le Nord. Ils vont envahir l'Europe.

Je suppose que les Britanniques ont miné le détroit pour lui couper l'accès à la Méditerranée.

— Sloane est à quelle distance d'ici ?

— La flotte est à plusieurs jours encore. Mais je viens précisément de lire une note indiquant que Sloane a remonté la côte, à la tête d'une petite escadre avancée. Il mène une traque. Il pourrait être dans les parages dès ce soir.

David hocha la tête. *Sloane. Ici.* Prendre Ceuta avant son arrivée pourrait permettre de sauver encore plus de vies que David ne l'avait imaginé. Surtout s'il parvenait à tuer ou capturer Sloane. *Et pour ça, j'ai exactement ce qu'il faut...*

— Que sont au juste ces défenses antiaériennes ?

— Des canons électromagnétiques, répondit Kamau.

— C'est impossible.

— Ce sont des armes du programme secret d'Immari Recherche.

David savait que l'armée américaine avait procédé à des essais sur cette technologie, mais aucun canon électrique à puissance électromagnétique n'était pour l'heure en usage. Le principal problème était la puissance électrique nécessaire pour propulser des projectiles à des vitesses hypersoniques – supérieures à six mille deux cents kilomètres par heure.

— D'où tirent-ils l'alimentation électrique ?

— Ils ont une centrale solaire photovoltaïque, avec plusieurs modules de panneaux, installée près du port.

— Quelle portée ?

— Je ne sais pas au juste. Mais pendant l'invasion du sud de l'Espagne, ils ont touché des cibles à Marbella – et même Málaga. À plus d'une centaine de kilomètres d'ici.

Incroyable. Les batteries de Ceuta pourraient facilement détruire n'importe quelle flotte à l'approche. Peut-être même l'intégralité de l'armée Immari dans le sud de l'Espagne. Pourraient-ils... ?

— Même si on en prenait le contrôle, les canons ne peuvent pas être pointés vers l'intérieur de la base, dit Kamau, qui semblait lire ses pensées.

David hocha la tête.

— Qui sont les cavaliers qui attaquent le mur extérieur ?

— Des survivants. Des Berbères. Depuis l'effondrement de la civilisation, ils ont renoué avec leurs racines. À part ça, on n'en sait pas grand-chose.

— Combien sont-ils ?

— On n'a aucun renseignement sur leurs effectifs.

— Rukin. Il est comment ? demanda David, tout en essayant d'échafauder un plan.

— Cruel. Compétent.

— Des vices ?

— La cigarette… et les femmes.

David retira la vareuse de son uniforme Immari. L'évocation des femmes lui avait fait repenser à la fille venue dans sa chambre. Instantanément, son esprit lui substitua une image mentale de Kate, qu'il tenta de chasser. Il fallait qu'il sache… Il y avait un risque, mais il posa tout de même la question. Depuis l'instant de son arrivée à Ceuta, il brûlait de la poser.

— Dans les rapports et les communications, est-ce que tu as vu passer le nom d'une certaine Kate Warner ?

— Un millier de fois au moins. C'est la personne la plus recherchée au monde.

Une vague de peur déferla sur David. Il ne s'était pas attendu à ça.

— Qui la cherche ?

— Tout le monde. Les Immari, l'Alliance Orchidée.

— Une position probable ?

— Les Immari ne savent pas. Du moins, on n'a eu aucun briefing à ce sujet.

David hocha la tête. Kate était peut-être encore en vie. Il espérait de tout son cœur qu'elle était cachée quelque part, très loin, hors de portée des Immari. Même s'il se lançait à sa recherche, il ne la retrouverait sans doute jamais. De toute façon, il avait un travail à finir.

— Bon, il me faudrait des vêtements civils. Et le meilleur cheval que tu pourras trouver.

Chapitre 40

Barge Destinée
Mer Méditerranée

Le capitaine se tourna vers les deux hommes.

— Nous sommes suffisamment au large. Vous pouvez commencer. Voyez avec les docteurs Chang et Janus s'ils ont des corps à éliminer.

D'un hochement de tête, le plus âgé des deux accusa réception des ordres, puis ils quittèrent la passerelle. Au niveau de l'entrepont, ils entreprirent d'enfiler les combinaisons qu'ils portaient chaque fois.

— Ça t'arrive de penser à ce qu'on fait ? demanda le plus jeune.

— J'évite.

— Tu crois que c'est mal ?

L'ancien lui jeta un regard.

— Ce sont des personnes. Des hommes, des femmes. Ils sont seulement malades.

— Ah bon ? Tu es scientifique, toi ? Pas moi. Les gardiens ne sont pas payés pour penser.

— Oui, mais…

— Arrête avec ça. Ne te mets pas la rate au court-bouillon. Tu es là pour couvrir mes arrières. Tu as ma vie entre tes mains. Si tu te mets à cogiter, on risque de se faire tuer tous les deux. Et le plus grave, c'est que moi, je risque de mourir. Si on ne se fait pas dégommer par les monstres d'en dessous, tu peux être sûr que les tarés de la salle de contrôle ne vont pas nous louper. La seule solution, c'est de faire notre boulot. Alors, tu la fermes et tu t'habilles.

Le jeune homme détourna les yeux. Lentement, il se remit à l'ouvrage, non sans jeter quelques regards par en dessous à son aîné.

— Qu'est-ce que tu faisais avant le fléau ?

— Rien, répondit l'ancien.

— Au chômage ? Moi aussi. D'ailleurs, un peu comme tout le monde en Espagne. Mais je venais de décrocher un poste de professeur remplaçant...

— J'étais en prison.

Le jeune homme se tut.

— Pour quelle raison ?

— J'étais dans le type d'établissement où on ne demande pas aux détenus ce qu'ils ont fait pour y atterrir. Et où on ne se fait pas d'amis. C'est un peu comme ici. Écoute-moi bien, petit, je vais t'expliquer simplement : le monde n'existe plus. La seule question importante, c'est qui va survivre. Il ne reste plus que deux groupes : ceux qui ont les lance-flammes et ceux qui brûlent. En ce moment, toi, tu as un lance-flammes. Alors tu la fermes et tu es content. Et tu fais ami-ami avec personne. Dans ce bas monde, tu ne sais jamais qui tu vas devoir brûler.

À cet instant, la porte s'ouvrit et le scientifique que tout le monde à bord appelait le docteur Dolittle – mais dont le vrai nom était docteur Janus – entra dans la petite pièce. Son visage était impassible, mais il évitait soigneusement de croiser le regard des autres. Deux assistants arrivèrent en poussant des chariots sur lesquels s'empilaient des housses mortuaires, puis repartirent aussi vite qu'ils étaient arrivés.

— Tout est là ? demanda l'ancien.

— Pour l'instant, répondit le toubib d'une petite voix, sans s'adresser à quelqu'un en particulier.

Il allait repartir quand le plus jeune l'interpella avant qu'il ne franchisse le seuil.

— Des progrès ?

Le docteur Janus s'arrêta un instant.

— Cela dépend… de ce qu'on entend par « progrès », répondit-il avant de sortir.

Le plus jeune se tourna vers l'ancien.

— Tu penses… ?

— Je te jure que si tu prononces une seule fois encore le mot « penser », je te passe moi-même au lance-flammes. Et maintenant, magne-toi.

Ils enfilèrent leurs casques, puis gravirent la petite volée de marches menant aux boxes où étaient enfermés les survivants présentant des troubles et ceux qui refusaient de prêter allégeance. Quelques secondes plus tard, les premiers corps commençaient à tomber à la mer…

Chapitre 41

Centre de tri des Immari
Marbella, Espagne

Depuis la fenêtre de sa chambre au sixième étage, Kate contemplait les abords de ce qui avait été un complexe hôtelier. Avec les autres survivants, elle était logée dans la tour la plus proche de la mer. Les soldats avaient réquisitionné la tour centrale pour eux-mêmes. Quant à la troisième tour – la plus éloignée du rivage et la plus proche des grilles de l'entrée –, elle était pleine à craquer de morts et de moribonds. C'était là que Martin avait atterri. Kate se demanda dans quel groupe il était : les mourants ou les déjà morts ? Elle se concentra sur les quatre gardes qui traînaient à l'entrée, occupés à fumer, bavarder, rire et lire des magazines.

Faire preuve de patience était un véritable supplice, mais elle devait résister. Il fallait qu'elle attende son heure. Elle n'aurait droit qu'à un seul essai pour le tirer de là.

Elle retourna s'asseoir sur son lit. Couchée sur le sien de l'autre côté de la pièce, sa coloc lisait un vieux livre.

— C'est quoi que tu lis ? demanda Kate.

— Elle.

— Elle ?

La femme roula sur elle-même pour présenter la couverture à Kate.

—*Elle*, un roman d'aventures de Henry Rider Haggard. Tu voudras le lire quand j'aurai fini ?

—Non merci, répondit Kate. J'ai eu mon content d'aventures, ajouta-t-elle pour elle-même.

—Quoi ?

—Non, rien.

De l'entrée du campement leur parvint le grondement mécanique de véhicules poids lourds. Kate jaillit comme un ressort vers son poste d'observation à la fenêtre. Elle attendit, l'espoir au cœur. *Oui !* Oui, c'était bien ça, ils amenaient une nouvelle cargaison. Les Immari ne cessaient de ramener des gens, sans doute des zones rurales à l'extérieur de Marbella. Selon toute vraisemblance, l'ancien district Orchidée leur servait de base opérationnelle pour le ratissage de toute la région. Régulièrement, toutes les deux ou trois heures, un nouveau convoi arrivait avec son lot de quidams, valides ou mal en point, encadrés par la troupe. En bas, la plus grande confusion régnait. Il allait y en avoir pour une heure de chaos.

Une ouverture. Kate se rua vers la porte.

—Qu'est-ce que tu fais ? Il va y avoir un appel dans vingt minutes, s'écria sa coloc.

Mais Kate ne l'écouta pas. Ne s'arrêta pas. Après avoir dévalé l'escalier jusqu'au rez-de-chaussée, elle chercha un plan de l'étage. Allait-elle trouver dans ce bâtiment ce dont elle avait besoin ? Et que dirait-elle si un garde l'arrêtait à l'extérieur de sa chambre ? Les Immari comptaient leurs ouailles deux fois par jour. Que feraient-ils si quelqu'un manquait à l'appel ? La chose ne s'était jamais produite encore.

Au comptoir d'accueil, elle mit la main sur la première chose qu'elle cherchait : un badge avec un nom et une raison sociale vaguement officielle. « Xavier Medina,

Établissement Vargas ». Cela ferait l'affaire. De toute façon, même si elle subissait un contrôle, n'était-elle pas déjà prisonnière ?

Après être passée devant la boutique de souvenirs, elle se glissa dans le restaurant qui, à son grand soulagement, occupait tout le fond du rez-de-chaussée de ce bâtiment. Tant bien que mal, elle parvint à s'introduire dans la grande salle plongée dans le noir, en franchissant des doubles portes battantes en acier, puis à gagner les cuisines à l'arrière. L'odeur était insupportable. En se pinçant le nez, elle poursuivit son exploration, mais il faisait bien trop noir pour qu'elle distingue quoi que ce soit. À l'aide d'un tabouret, elle maintint ouvertes les portes battantes.

Dans la pénombre, elle finit par trouver dans un coin exactement ce dont elle avait besoin : une veste de cuisinier. Elle la déplia et découvrit qu'elle était tachée. Du vert et du rouge maculaient le devant. Elle prit un grand couteau sur le billot de l'îlot central et entreprit de retailler le vêtement en retenant autant que possible sa respiration. Après l'avoir retourné pour dissimuler le plus gros, elle l'enfila et accrocha son badge au nom de Xavier au revers. Sur la porte métallique du grand frigo, elle examina son reflet : blouse blanche, badge nominatif, cheveux bruns ramenés en queue-de-cheval, joues creuses, teint blafard. Une seule pensée occupait son esprit : *Aucune chance que ça marche.* En poussant un soupir, elle fit glisser ses doigts dans l'extrémité de ses cheveux. *Mais qu'est-ce que je fabrique ?*

Mais que pouvait-elle faire d'autre ? Elle ressortit de la cuisine pour gagner le hall d'entrée baigné de lumière, au-delà du comptoir d'accueil. Deux gardes étaient postés devant la porte à tambour vitrée. *Je ferais mieux de tout enlever et de retourner dans ma chambre.* Elle secoua la tête. Que lui feraient-ils s'ils l'attrapaient ? *Trop tard pour faire demi-tour.* De toute façon, il fallait qu'elle tente quelque chose. *Je ne peux pas rester les bras croisés en sachant que Martin est en train de mourir. Que le monde entier est en train de sombrer.* Oui, elle allait tenter le coup. Qu'est-ce qu'elle pouvait faire d'autre ?

Elle marcha droit sur la porte et commença à pousser. Les gardes suspendirent leur conversation pour la regarder. Elle passa devant eux d'un pas pressé. Ils la hélèrent. Elle jeta un regard par-dessus son épaule en agitant la main. Elle hâta encore le pas, mais sans aller vite au point d'en paraître suspecte. La suivaient-ils ? Un nouveau regard en arrière risquait de la trahir.

À la lisière de son champ de vision, Kate aperçut alors quelque chose qui la stupéfia : des lueurs sur l'eau. Sa chambre ne donnait pas sur la mer. Elle s'arrêta une seconde, le temps de saisir pleinement ce qu'elle découvrait. Le monstrueux navire blanc tout illuminé glissait lentement sur l'eau à quelque distance de la côte. Il n'y avait pas à s'interroger sur sa destination : Marbella. Il ressemblait... oui, à un bateau de croisière, avec d'énormes canons à chaque extrémité. *Est-ce que ce serait une barge ?* Est-ce que les survivants – elle incluse – allaient être convoyés à son bord ? Il fallait qu'elle trouve Martin avant que le bateau n'atteigne le port.

Devant elle, une longue file s'était formée à côté des camions. Les personnes tout juste arrivées faisaient la queue devant les tables où des préposés procédaient à leur enregistrement. Pas plus tard que la veille, Kate avait suivi la même procédure. Allaient-ils leur repasser le discours de Dorian ? *L'attraction du soir au cinéma en extérieur...* Penser à lui raviva sa colère et raffermit sa volonté.

Elle prit le sillage d'un homme et d'une femme, tous deux toussant comme des perdus, qui clopinaient vers la tour des malades.

Les quatre gardes à l'entrée papotaient entre eux, ignorant l'interminable flot de souffreteux qui entrait. Comme Kate atteignait la porte à tambour, un garde l'avisa.

— Hé, qu'est-ce que vous faites ? dit-il en s'approchant, sourcils froncés.

Kate releva le badge accroché à son col, interdisant du même coup à la sentinelle d'y regarder de plus près.

— Une… Une affaire officielle, marmonna-t-elle.

Et sur ces mots, elle plongea à l'intérieur de la cabine pivotante. *Une affaire officielle ? Tu es sérieuse ?* Elle allait se faire attraper, c'était couru d'avance. La porte à tambour la recracha dans le hall d'entrée de la tour des malades. Sa vision s'accommoda et Kate prit la pleine mesure de la scène devant elle. Rien n'aurait pu la préparer à ça…

Stupéfaite, elle tituba et faillit bien s'étaler en arrière. Heureusement, le flot d'entrants dans son dos lui permit de conserver la verticale.

Il y avait des corps absolument partout. Des morts et des mourants, qui pleuraient, toussaient – et couvraient l'intégralité des nuances entre les deux. Tel était le monde sans Orchidée. Et la situation était la même dans tout le sud de l'Espagne – voire dans le monde entier si Paul Brenner disait vrai. Combien étaient morts rien qu'en cette première journée ?

Des millions ? Un autre milliard ? Elle ne pouvait pas se permettre ce genre de pensées. Il fallait qu'elle se concentre.

Elle avait vu des tas de gens affluer vers cette tour, mais jamais elle n'aurait imaginé à quel point ils étaient nombreux à y être entassés. Rien que dans le petit hall d'entrée, une bonne centaine se pressaient. *Combien sont-ils dans le bâtiment ? Plusieurs milliers ?* La tour comptait trente étages. Jamais elle ne trouverait Martin.

Derrière elle, elle vit le garde s'engager dans la porte à tambour. Il savait. Il venait la chercher.

Kate s'élança, filant à toutes jambes vers l'autre côté du hall, en direction de la porte donnant accès à l'escalier. *S'ils démolissent la tour, quand est-ce que cela va se produire ?*

Elle chassa ces pensées de son esprit et commença à gravir les marches quatre à quatre. Heureusement, ils n'étaient pas si nombreux à y circuler. À quel étage devait-elle tenter sa chance ? À l'étage en dessous, la porte de la cage d'escalier s'ouvrit à la volée.

— Stop ! cria le garde.

En dépit de son intuition qui lui hurlait de n'en rien faire, Kate se pencha par-dessus la rambarde. Leurs regards se croisèrent et l'homme s'élança à son tour.

Sur le quatrième palier, Kate ouvrit la porte…

Les couloirs débordaient littéralement de gens entassés partout, couchés, assis, morts pour la plupart. En la voyant, une femme s'accrocha à sa blouse blanche.

— Vous êtes venue nous aider.

Kate secoua la tête en tirant son vêtement pour se dégager, mais déjà d'autres arrivaient. Tous parlaient en même temps dans une insupportable cacophonie.

Derrière elle, la porte s'ouvrit à nouveau et le garde apparut dans l'embrasure, son arme à la main.

— Demi-tour. Éloignez-vous d'elle.

Les gens qui l'entouraient se dispersèrent.

— Qu'est-ce que vous faites ici ? demanda l'homme en s'adressant à Kate.

— Je… Je prélève des échantillons.

Le garde avait l'air un peu perdu. Il s'approcha d'elle pour examiner son badge. Son identité bidon. Sur ses traits, la confusion céda le pas à la stupéfaction scandalisée.

— Tournez-vous, ordonna-t-il. Mettez les mains dans le dos.

— Elle est avec moi, intervint un autre soldat en poussant la porte à son tour, l'air parfaitement décontracté.

Plus grand et mieux bâti que l'homme qui avait coursé Kate, il parlait en outre avec une petite pointe d'accent britannique.

— Tu es qui, toi ?

— Adam Shaw. Je suis arrivé avec le contingent de Fuengirola.

Le premier garde secoua la tête comme pour s'éclaircir les idées.

— Son badge est un faux.

— Évidemment. Tu veux que tous ces gens connaissent sa véritable identité ? Tu crois qu'ils savent à quoi ressemble la carte d'une authentique chercheuse d'Immari Recherche ?

— Je..., marmonna le garde en scrutant Kate. Il faut que je signale l'incident.

— Fais donc ça, dit le soldat en passant nonchalamment dans le dos du garde.

Dans un mouvement foudroyant, il lui saisit la tête et la nuque et imprima une violente torsion. Un craquement sec et sonore résonna dans le couloir. Tous ceux à qui restait une once d'énergie s'éloignèrent, laissant Kate seule avec le mystérieux militaire.

Il la fixa intensément.

— Venir ici n'était vraiment pas malin, docteur Warner...

Chapitre 42

Base opérationnelle Immari
Ceuta, nord du Maroc

Le major Alexander Rukin régla la hausse de son fusil de précision. Dans la lunette, il distinguait nettement le mystérieux colonel qui approchait du camp berbère sur son cheval. Il portait des vêtements civils, comme si ce détail était susceptible de servir sa cause.

Le colonel s'était montré plutôt évasif sur l'objectif de sa sortie, et Rukin avait protesté ce qu'il fallait pour paraître crédible. En réalité, c'était exactement l'occasion que Rukin attendait. Il avait fait glisser dans les habits du colonel un traqueur et un micro. De cette façon, il pourrait savoir exactement où il allait et entendre tout ce qu'il dirait. Une équipe était également chargée de pister le colonel, dans l'éventualité où il serait tenté de jouer les filles de l'air. Dans cette dernière hypothèse, le colonel révélerait malgré lui la nature de son jeu. D'une façon ou d'une autre, Rukin ne tarderait pas à découvrir après quoi cet « Alex Wells » courait vraiment.

Le colonel tira sur les rênes, puis mit pied à terre, les mains en l'air.

Trois Berbères se précipitèrent hors de la tente en hurlant, fusil automatique à la main. Le colonel restait impassible. Ils l'entourèrent, puis le frappèrent sur la tête avant de le tirer à l'intérieur.

Rukin secoua la tête.

— Bon Dieu, je pensais au moins que ce fou avait un meilleur plan que ça. (Il remisa son fusil dans son étui, avant de le tendre à Kamau.) J'ai l'impression qu'on vient d'assister à la sortie de scène définitive du mystérieux colonel.

Kamau hocha la tête. Puis, sur un ultime regard en direction du campement, il suivit le major dans l'escalier qui repartait du toit.

— Je suis venu pour vous aider, insista David.

Les soldats berbères déchirèrent ce qu'il lui restait de vêtements, puis les emportèrent à l'extérieur.

Le chef s'avança.

— Ne nous mens pas. Tu es venu pour toi. Tu ne nous connais pas. Tu n'en as rien à faire de nous.

— Je suis…

— Ne nous dis pas qui tu es. Je veux le voir de mes yeux.

Le chef esquissa un geste à l'intention d'un homme près de l'entrée. Sur un signe de tête, ce dernier sortit rapidement, pour revenir presque aussitôt avec un petit sac en toile de jute. Il referma le rabat de la tente, plongeant l'intérieur dans la pénombre. Seules dansaient les lueurs d'une bougie sur les parois de toile. Le chef prit le sac pour le lancer sur les genoux de David.

Machinalement, celui-ci tendit la main.

— Si j'étais toi, je ne ferais pas ça.

David chercha à voir ce que c'était, mais sa peau comprit la première. Du muscle. Un doigt glissant lentement sur son avant-bras. Puis un autre, comme une corde le long de sa cuisse. Des serpents. Sa vision s'était ajustée. Il sut instantanément à quoi il avait affaire : deux cobras égyptiens. Une seule morsure suffirait à signer sa perte. Il serait mort en moins de dix minutes.

De toutes ses forces, David tenta de maîtriser sa respiration. Mais c'était une bataille perdue. Ses muscles se crispaient, il le sentait. Il eut l'impression que les serpents réagissaient. Celui sur son bras allait plus vite à présent, vers son épaule, son cou, son visage. Il prit une nouvelle inspiration, très courte. Impossible d'inspirer à fond. La contraction des muscles affolerait les reptiles. Lentement, il laissa l'air ressortir par son nez, concentré sur l'endroit précis où son souffle quittait ses narines, observant la sensation, l'absence de tout autre ressenti. Le regard droit devant lui, il fixait un point sombre sur le sol. Un dernier picotement le démangeait au niveau de sa clavicule, mais il maintenait son esprit entièrement focalisé sur son souffle. Inspiration… Expiration… La sensation du souffle dans ses narines. Il ne sentait plus la présence des serpents.

Quelque part à l'extrémité de son champ de vision, il perçut vaguement le mouvement du chef qui s'avançait vers lui.

— Tu as peur, mais tu contrôles ta peur. En ce monde, aucun homme rationnel ne peut ignorer la peur. Seuls ceux qui la contrôlent peuvent s'en libérer. Tu es un homme qui a vécu parmi les serpents et qui a appris à s'en cacher. Tu es un homme qui peut mentir, et dire ses mensonges comme s'il y croyait lui-même. C'est très dangereux. Plus pour toi que pour moi.

Le chef hocha la tête à l'intention du charmeur, qui s'approcha prudemment de David pour récupérer ses cobras.

Ensuite, le chef vint s'asseoir en face de David.

— Maintenant, tu peux me mentir ou dire la vérité. Fais preuve de sagesse dans ton choix. J'ai connu bien des menteurs. Et j'en ai enterré tout autant.

David lui raconta alors l'histoire qu'il était venu leur dire. Quand il eut fini, le chef détourna la tête, le regard perdu au loin.

Mentalement, David passa en revue les questions que le chef était susceptible de lui poser, préparant ses réponses. Mais il n'y eut aucune question. Le chef se leva et sortit.

Trois hommes se ruèrent dans la tente, saisirent David et l'emmenèrent de force jusqu'à un feu qui brûlait au milieu du campement. Les membres de la tribu se regroupaient à son passage. Juste comme ils arrivaient devant le foyer, David parvint à se redresser et à repousser celui qui le tenait sur la droite. Mais celui accroché à son bras gauche n'était pas décidé à lâcher. De sa main libre, David le frappa au visage. L'homme s'affala sur le sable, relâchant son prisonnier. David pivota sur lui-même, mais trois autres soldats étaient déjà sur lui. Ils le mirent à terre et l'y maintinrent en lui tenant fermement les bras. Quelqu'un d'autre vint se pencher sur lui : le chef. Quelque chose arriva à toute vitesse, une épée ou une lance rougie au feu, l'acier rutilant et fumant. Le chef porta l'acier incandescent sur la poitrine de David, envoyant des éclairs d'agonie dans tout son corps – et une odeur atroce de chair et de poils brûlés dans son nez. David lutta pour ne pas vomir, tandis que ses yeux se révulsaient et que sa conscience le quittait.

Chapitre 43

Centre de tri des Immari
Marbella, Espagne

Kate était sauvée – du moins, c'était le sentiment qu'elle avait. Ce grand soldat britannique, Adam Shaw, ne venait-il pas de tuer l'autre garde ? Et en plus, il connaissait son nom…

— Qui êtes-vous ? demanda Kate.

— Je suis le cinquième homme de la section de SAS envoyée pour vous récupérer.

— Le cinquième…

— Nous avons eu quelques petites divergences tactiques au sein de l'équipe. J'étais d'avis qu'on revoie notre plan après l'irruption des Immari dans Marbella. Les quatre autres n'ont pas voulu m'écouter.

Kate détaillait son uniforme.

— Comment avez-vous… ?

— La confusion règne en ce moment. Il y a des nouveaux visages un peu partout. Nous avons étudié en profondeur la structure militaire des Immari. J'en savais assez pour m'intégrer sans me faire remarquer. Récupérer un uniforme a été un jeu d'enfant. Je n'ai eu qu'à en tuer un à ma taille. À ce sujet…, poursuivit-il en se penchant sur le garde mort à ses pieds. Aidez-moi à lui retirer ses vêtements.

— Pourquoi ? demanda Kate en jetant un regard au trépassé.

— Sérieusement ? Vous voulez qu'on prenne le temps de parler de ça, ici et maintenant ? N'importe quel crétin peut voir que vous avez découpé la veste d'un cuistot pour vous déguiser. Et s'il ne le voit pas, il le sent. À un kilomètre. Vous avez le même parfum qu'un tas de compost.

Kate haussa une épaule pour renifler sa tenue, l'air parfaitement dégagé. Ouais, elle ne sentait pas la rose. Apparemment, l'atroce puanteur dans la cuisine lui avait anesthésié les sinus.

Shaw lui tendit la vareuse du mort, puis le pantalon.

Kate marqua une hésitation.

— Tournez-vous.

Un petit sourire vint flotter sur les lèvres du SAS.

— Laissez-moi deviner, Kate. Deux nibards carénés comme des obus, un ventre plat, des jambes fermes et fuselées. J'ai déjà vu tout ça, princesse. J'avais Internet avant le fléau.

— Oui eh bien mon corps n'est pas visible en ligne. Alors, vous vous tournez.

Il s'exécuta, non sans secouer la tête avec un air affligé.

Kate l'entendit marmonner quelque chose au sujet de la pudibonderie des Américaines. Elle l'ignora et se hâta d'enfiler la tenue. Elle flottait un peu dedans, mais cela ferait l'affaire.

— Et maintenant ?

— Maintenant ? Je boucle ma mission et je vous ramène à Londres. Vous y terminerez vos recherches et trouverez un remède à ce cauchemar. Le monde vivra heureux jusqu'à la fin des temps et moi j'aurai ma photo avec la reine. Non, sérieux, si vous écoutez ce que je dis et ne faites pas n'importe quoi, on va s'en sortir.

Kate contourna le garde mort pour venir se planter devant Shaw.

— Il y a un homme dans ce bâtiment – le docteur Martin Grey. C'est mon père adoptif, c'est lui qui a passé un accord avec votre gouvernement. Il faut qu'on le trouve et qu'on l'emmène avec nous.

Shaw remonta le couloir en direction de l'escalier, ouvrant la voie pour Kate.

— S'il est ici, dit-il par-dessus son épaule, il est soit mort soit en train de mourir. On ne peut rien pour lui. Vous êtes ma mission, pas lui.

— Si. Il l'est à présent. Je ne pars pas sans lui.

— Alors vous ne partez pas.

— Et vous, vous n'accomplissez pas votre mission. Pas de photo avec la reine.

— Je plaisantais, répliqua-t-il avec un reniflement. Là, c'est sérieux.

— Effectivement, dit Kate en hochant la tête. La vie d'un homme est en jeu.

— Non, Kate. Des milliards de vies sont en jeu.

— C'est vrai, mais aucune d'entre elles ne m'a élevée.

Shaw poussa un profond soupir en désignant d'un geste le garde mort.

— Les trois autres ne vont pas tarder à venir aux nouvelles. Il faut qu'on sorte de ce bâtiment.

Kate réfléchit un instant à ce que le SAS venait de dire.

— On dirait bien que vous allez devoir gérer tout seul cette partie du dossier, dit-elle avant de s'abîmer dans ses réflexions.

Jamais je n'aurai le temps de fouiller toute la tour. Par où commencer ? Où est-ce que Martin a pu aller se réfugier ? Il connaît l'agencement de ce bâtiment et le protocole que suivent les Immari… Kate songea soudain à la chambre forte de l'hôtel. *Est-ce qu'elle pourrait résister à l'effondrement du bâtiment ? En fait, non, ce serait une mauvaise idée. Il se retrouverait piégé, sans aucune nourriture. Sans compter qu'il ne pourrait être sûr que quelqu'un viendrait fouiller les décombres et le faire sortir… Non. La nourriture… Mais oui, bien sûr…*

— Quand vous aurez fini avec les gardes, rejoignez-moi à la cuisine.

— La cuisine ?

— C'est là que se trouve Martin, répondit-elle en se dirigeant vers l'escalier.

— Attendez, cria Shaw. (Il ramassa le ceinturon et l'arme du garde mort pour les passer à la taille de Kate.) Mettez ça, mais essayez de ne pas l'utiliser.

— Pourquoi ?

— *Primo*, ça attire l'attention. Et *secundo*, si vous faites feu sur quelqu'un qui a aussi une arme, il y a des chances qu'il tire mieux que vous.

— Ah bon ? Et comment savez-vous que je ne suis pas une tireuse d'élite ?

— J'ai lu votre dossier, Kate. Faites attention à vous.

Et sur ces paroles, il s'élança dans l'escalier, sautant pratiquement les volées de marches les unes à la suite des autres. Il atteignit le palier du bas avant que Kate n'ait trouvé quoi répondre.

À son propre rythme, elle emprunta le même chemin. Dans le hall d'entrée, les gens s'écartaient devant elle.

À travers les parois vitrées de la porte à tambour, elle aperçut Shaw en grande discussion avec les trois autres gardes. Il agitait les bras ; les autres riaient.

Kate gagna le restaurant, *grosso modo* identique à celui de l'autre tour. Peut-être y avait-il quelques nuances dans la déco, mais les lieux étaient de toute façon trop en pagaille pour qu'elle puisse avoir la moindre certitude. Des gens s'y étaient réfugiés, mais en moins grand nombre qu'elle ne l'avait anticipé. Ils décampaient en rampant comme ils pouvaient, tandis que le martèlement de ses pas résonnait dans la salle.

Elle poussa les portes battantes donnant accès à la cuisine, mais les deux panneaux refusèrent obstinément de bouger. Nouvelle tentative… et nouvel échec. Penchée sur l'un des hublots circulaires de la porte, elle vint coller son nez au carreau pour voir à l'intérieur.

Avachi par terre, Martin était adossé, immobile, contre l'un des placards aux parois d'acier. Des bouteilles d'eau vides gisaient à ses pieds. Kate n'aurait su dire s'il était vivant ou mort…

Chapitre 44

Base opérationnelle Immari
Ceuta, nord du Maroc

Le garde régla ses jumelles dans l'espoir de mieux distinguer les traits du cavalier. Incontestablement, le cheval leur appartenait : c'était celui que le colonel avait pris. Mais l'homme qui le montait avait la tête coiffée d'un keffieh. Le garde sonna l'alarme.

Cinq minutes plus tard, le garde avait rejoint les autres hommes chargés de la défense du périmètre. En contrebas, le cavalier s'arrêta devant les portes de la ville et leva lentement les mains. Sans le moindre geste brusque, il entreprit de dénouer le tissu rouge qui lui enveloppait le crâne et dissimulait son visage.

Le garde se tourna vers le reste de la section.

— Fausse alerte. C'est le colonel.

Puis il détailla l'homme plus attentivement. Il y avait quelque chose de changé chez lui. Quelque chose de différent…

David entra dans le mess des officiers et fonça droit sur le major.

Après avoir posé sur la table les cartes qu'il tenait à la main, ce dernier se laissa aller contre le dossier de sa chaise, un sourire sur les lèvres.

— Le retour du grand guerrier ! Nous pensions que ces sauvages vous avaient gardé pour le dîner…

Sans demander la permission ni prononcer la moindre parole, David prit une chaise à la table voisine et s'installa entre les deux hommes qui partageaient la table du major, les poussant sur le côté pour les obliger à s'écarter. Il ouvrit les pans de sa chemise, exposant ses chairs brûlées, écarlates et à vif.

— Ils auraient bien voulu, mais ma carne est un peu trop musquée pour eux. (Posément, il regarda tour à tour les deux hommes qui l'encadraient.) Messieurs, vous nous accorderiez un instant ?

D'un hochement de tête, le major intima à ses subordonnés de débarrasser le plancher. Les deux hommes s'exécutèrent à contrecœur, non sans jeter au préalable un dernier coup d'œil à leurs cartes. D'un geste dégoûté, ils les lancèrent sur la table, comme si chacun d'eux avait l'absolue certitude de détenir une main gagnante.

— Je peux résoudre votre problème berbère.

— Je suis tout ouïe, dit Rukin.

— Libérez la fille du chef et les raids cesseront.

Le major inclina légèrement la tête.

— Qui ça ?

— La fille que vous avez envoyée dans ma chambre.

— N'importe quoi.

— C'est la vérité.

— C'est une ruse.

— Il veut cette fille, rien d'autre. S'il la récupère, il arrête les attaques et il nous aidera même à prendre le contrôle des autres tribus. Il a déjà fixé un lieu et un jour pour leur regroupement en vue d'une attaque. Il est prêt à nous les servir sur un plateau. Mais il veut d'abord sa fille et les autres femmes.

— Impossible. Je ne peux pas les lui remettre.

— Pourquoi ?

— Pour commencer… (Rukin s'accorda un instant pour mettre de l'ordre dans ses idées.) Libérer les femmes reviendrait sûrement à leur conférer un statut de vainqueurs. Le chef paraderait avec elles, en les présentant comme le signe de sa force et de notre faiblesse. De notre capitulation. Cela le mettrait sur une lancée dangereuse. Mais ce n'est que la moitié du problème. J'ai besoin de ces femmes… pour entretenir le moral des troupes. C'est à peu près l'unique réconfort que je peux offrir aux hommes dans ce trou à rats. À l'instant où elles franchiraient les murs de la ville, j'aurais une mutinerie sur les bras.

— Les hommes peuvent se passer de sexe. Il y a des précédents. N'oubliez pas que le chef mettrait un terme aux attaques. Écoutez, j'ai une mission : sécuriser Ceuta avant l'arrivée du président Sloane. Je vous offre la possibilité de parvenir à ce résultat. Vous pouvez refuser, mais si les cavaliers canardent le convoi d'hélicoptères de Sloane, c'est vous qui en répondrez.

Cette perspective d'un échec à un moment si crucial parut peser sur Rukin. Son ton se fit moins catégorique.

— Vous êtes sûr que les attaques cesseront ?

— Certain.

— D'où vous vient cette certitude ? Depuis des mois, ils auraient lancé tous ces assauts uniquement pour récupérer une fille ?

— Oui. Pour être exact, ces raids ne servaient qu'à jauger les défenses. À mettre les murs de la ville à l'épreuve. En réalité, vous n'avez vu qu'un dixième de leur puissance de feu. Il y a d'autres camps. Pour l'heure, ils en sont à élaborer la meilleure stratégie pour s'emparer de la base. Et ils ne feront pas de prisonniers.

— Il risquerait la vie de tous ses hommes pour une fille ?

— Il ne faut jamais sous-estimer ce que les parents peuvent faire pour sauver leurs enfants.

Rukin détourna la tête, cherchant quoi répondre. David le prit de vitesse.

— Nous allons rendre la fille et ils vont nous livrer les autres tribus. De cette façon, nous pourrons sécuriser la base et avoir les coudées franches pour nous concentrer pleinement sur notre mission, notre rôle à venir dans le plan d'ensemble des Immari. Si nous ne sommes pas prêts, si nous en sommes toujours à combattre pour tenir les murs de la ville… des têtes vont tomber. Moi, je garderai la mienne sur mes épaules. J'ai mené à bien ma mission. Je vous ai donné les moyens de sécuriser Ceuta.

David se leva et commença à s'éloigner. Un silence absolu était tombé sur le mess. Tous les regards étaient braqués sur David et le major.

— Si je libère les femmes, dit ce dernier. Et la fille… Vous pensez sincèrement que le chef ne se lancera pas immédiatement à l'attaque en découvrant ce que nous avons fait à sa fille ?

— Il n'en fera rien…

— Mais il…

— Il m'en a fait le serment devant toute sa tribu. Il en va de son honneur. S'il manque à sa parole, même vis-à-vis d'un ennemi, il perd la confiance des siens. Il ne peut pas se le permettre. Et vous faites erreur sur un point : depuis des mois, il prie pour la revoir. Pour qu'elle soit saine et sauve. Il sera fou de bonheur de la retrouver. Rien d'autre ne comptera. (David tourna les talons et s'éloigna.) Le choix vous appartient, major, dit-il encore par-dessus son épaule.

Chapitre 45

Centre de tri des Immari
Marbella, Espagne

À coups de crosse de son pistolet, Kate parvint enfin à briser la vitre du hublot, dispersant une volée d'éclats de verre à l'intérieur de la cuisine. Effrayées par le bruit, les dernières personnes encore présentes dans les salles la laissèrent seule en se repliant plus loin.

À l'aide du canon, elle évacua les échardes tranchantes sur le rebord de l'embrasure, puis tenta d'atteindre la barre de fer que Martin avait glissée dans les poignées des deux battants. Le bras glissé jusqu'à l'épaule, tendu le plus loin possible, elle sentit les derniers fragments mordre dans sa peau au niveau de l'aisselle. Elle recula, prit une inspiration, puis repartit pour une nouvelle tentative en utilisant son arme pour s'octroyer un surcroît d'allonge. Finalement, elle réussit à faire glisser la barre, qui tomba au sol dans un fracas métallique.

D'une poussée, elle ouvrit les deux battants pour se ruer sur Martin. Il était vivant, mais brûlant de fièvre. D'une main, elle lui releva la tête. Des taches noires lui couvraient les joues. Sa peau paraissait sur le point d'entrer en ébullition.

Du pouce, Kate lui entrouvrit les paupières. Ses yeux roulaient dans leurs orbites. Le blanc avait pris une teinte jaunâtre. Un ictère. Une défaillance hépatique. Quels autres organes pouvaient être touchés ?

— Martin ? dit Kate en le secouant.

Le rythme de sa respiration s'accéléra et il entrouvrit les yeux. En l'apercevant, il eut un mouvement de recul. Une violente toux lui déchira la poitrine.

Kate le radossa doucement, pour se mettre en quête de la petite boîte contenant ses pilules Orchidée. C'était à peu près la seule chose qu'elle pouvait faire. Malheureusement, il n'avait pas le pilulier sur lui. Il fut pris d'une nouvelle quinte. Tout son corps s'arqua sous l'intensité du spasme. Martin s'affaissa en roulant sur le côté pour finir allongé sur le sol. Kate aperçut alors la boîte qu'il avait dissimulée derrière lui, contre le placard.

Elle l'ouvrit d'une main fébrile. Une pilule. Une seule. Ses yeux glissèrent vers Martin, toujours toussant et râlant sur le sol. Il s'était rationné dans l'espoir de durer le plus possible.

Les doubles portes battantes s'ouvrirent à la volée. D'instinct, Kate pivota sur les talons, pour se retrouver face à Shaw, qui tenait un sac à la main. Les yeux du soldat balayèrent toute la scène, passant de Kate à Martin.

— Ah, putain, maugréa-t-il.

— Aidez-moi à le lever, dit Kate en se démenant pour le redresser.

— Il est fini, Kate. On ne peut pas le sortir dans cet état.

Kate attrapa une bouteille d'eau et força Martin à avaler la dernière pilule.

— C'était quoi votre plan ?

Pour toute réponse, il jeta le sac aux pieds de Kate. Elle vit qu'il contenait un uniforme de l'armée des Immari.

— Je pensais qu'on aurait pu partir d'ici, répondit Shaw en secouant la tête. S'il avait été en meilleur état. Mais les soldats Immari ne peuvent pas avoir l'air aussi mal en point.

Avec lui, ce serait comme si on avait une cible directement posée sur nous.

Martin tourna la tête et tenta de dire quelque chose. Il ne produisit guère qu'une bouillie sonore incompréhensible. La fièvre le consumait de l'intérieur. Kate essuya tant bien que mal sa peau baignée de sueur.

— S'il avait été en état, qu'est-ce qu'on aurait fait une fois sortis d'ici ? Quel était votre plan ?

— On aurait suivi le mouvement. On serait partis avec les survivants, sur la barge à destination de Ceuta. Le principal centre de tri des Immari…

— Quoi ? Mais il faut qu'on s'éloigne le plus possible des Immari.

— Impossible. Il n'y a aucune autre issue. Ils ont incendié toute la zone autour du district Orchidée. Un *no man's land* sur près d'un demi-kilomètre.

Kate pensa immédiatement aux garçons et au couple qui les avait recueillis.

— Ils ont brûlé la vieille ville aussi ?

— Non, répondit Shaw, un peu troublé. Juste le périmètre défensif autour du camp. Ils vont en faire un nouveau centre de traitement. De toute façon, ce soir, le feu atteindra les murs et la barge sera là. C'est la seule voie de fuite possible.

— Alors on embarque, dit Kate d'un ton décidé.

Shaw ouvrit la bouche, mais Kate le prit de vitesse.

— Ce n'est pas une demande. Dans ma chambre, vous trouverez un sac. Vous savez où elle est ?

Le SAS confirma d'un hochement de tête.

— Apportez-le-moi. Il contient la synthèse de tous les travaux de recherche. Après, il me faudrait aussi…

Il fallait qu'elle dégotte quelque chose pour ralentir la progression de la maladie. Normalement, pour contrer un virus, rien ne vaut des antirétroviraux et de la patience. Mais si l'infection suivait la même trajectoire qu'en 1918

Martin subissait une surcharge de son système immunitaire. Une attaque de son propre organisme contre lui-même.

— Rapportez-moi des stéroïdes.

— Des stéroïdes ?

— Des comprimés de… cortisone, prednisone, méthylprednisolone. Des corticoïdes, précisa Kate en s'adaptant aux dénominations européennes.

— D'accord, je vois.

— Et il nous faudra de quoi manger également. Au moment de l'embarquement, on le sortira d'ici. On dira qu'il a forcé sur la boisson.

Shaw baissa la tête, l'air catastrophé.

— C'est vraiment une mauvaise idée.

Puis, voyant la mine on ne peut plus sérieuse de Kate, il s'éloigna sans rien ajouter. Sur le seuil, il s'arrêta un instant néanmoins, un doigt pointé sur la barre de fer tombée par terre.

— Vous devriez remettre ça en place pendant mon absence. Et faites-vous oublier.

Chapitre 46

Flotte avancée Immari Alpha
Aux abords du Cap-Vert

Dorian fit son entrée sur la passerelle de commandement et ne put contenir une grimace en voyant tous les officiers, y compris le capitaine du navire, suspendre ce qu'ils faisaient pour le saluer.

— Bon Dieu, mais arrêtez les « coups de raquette ». Le prochain que je vois faire ça, je le rétrograde *illico.* Marin de vingtième classe.

Il ne connaissait rien aux grades dans la marine, mais à voir les visages autour de lui, il sut que son message était passé. Dorian prit le capitaine à part.

— Des nouvelles de l'opération Genèse ?

— Non, monsieur.

Dans ce cas précis, « pas de nouvelles » était plutôt une mauvaise nouvelle. En l'occurrence, l'absence de retour de son agent sur le terrain indiquait à Dorian que son plan pour capturer Kate Warner n'avait pas avancé d'un pouce. Il réfléchit à la possibilité d'infléchir sa stratégie.

L'Atlante avait été on ne peut plus clair : « Tu dois attendre jusqu'à ce qu'elle obtienne le code. »

— Quels sont vos ordres, monsieur ?

Dorian se tourna vers lui.

— On… On maintient, le cap, capitaine.

— Il y a autre chose, monsieur.

Dorian haussa un sourcil.

— Un message de Ceuta. Les Britanniques ont miné le détroit de Gibraltar. Nous n'allons pas pouvoir l'emprunter.

Dorian ferma les yeux en poussant un soupir.

— Vous êtes sûr ?

— Oui, monsieur. Plusieurs navires ont été dépêchés sur place dans l'espoir de trouver un passage par lequel nous guider. Mais les Anglais ont mis le paquet. Cela étant, nous estimons qu'il y a un aspect positif à cette situation.

— Un aspect positif ?

— Oui, le fait qu'ils aient miné le détroit signifie qu'ils n'ont pas l'intention de nous affronter au large des côtes espagnoles.

Le raisonnement était sensé. Des perspectives commençaient à s'esquisser dans l'esprit de Dorian, mais il voulait d'abord connaître le point de vue du capitaine.

— Quelles sont les options ?

— Il y en a deux. On fait route vers le nord, on contourne les îles Britanniques par le sud et on trouve un port dans le nord de l'Allemagne. Depuis là-bas, on peut se frayer un passage vers le sud. Pour autant, je ne recommande pas cette option. C'est ce que veulent les Britanniques. Leurs réserves en kérosène doivent être au plus bas – s'il leur en reste. Mais leurs sous-marins et la moitié de leurs bâtiments de guerre sont à propulsion nucléaire. À supposer qu'ils aient suffisamment de survivants, ils peuvent se constituer une petite flotte. À proximité des côtes anglaises, avec leur puissance de feu sur mer et dans les airs, ils peuvent nous avoir.

— Et la seconde option ?

— On stationne au large des côtes marocaines, on vous héliporte jusqu'à Ceuta et vous traversez la Méditerranée à bord d'un des navires dont ils disposent là-bas.

— Quels sont les risques ?

— Vous n'avez qu'une flotte réduite, avec moins de navires de guerre et moins de troupes entraînées. Pour tout dire, vous n'aurez que les hommes qu'on pourra transborder dans les cinq hélicoptères. Vous débarquez en Italie et rejoignez l'Allemagne à partir de là. Les rapports qui nous parviennent indiquent que les districts Orchidée sont en cours d'évacuation dans toute l'Europe. C'est le chaos total. Une fois en Italie, vous n'aurez aucun problème.

— Pourquoi ne pas passer par la voie des airs jusqu'à destination ? On doit bien pouvoir trouver un avion en état.

— Il y a toujours des défenses antiaériennes en Europe continentale, expliqua le capitaine en secouant la tête. Et ils ont des réserves pour tenir pendant des années. Ils abattent le moindre appareil non identifié. Plusieurs par jour.

— Alors, va pour Ceuta…

Quand Dorian regagna sa grande cabine, Johanna y était réveillée, nue, étendue sur le lit, occupée à lire un vieux magazine *people*. Manifestement, elle y trouvait un plaisir que Dorian ne comprendrait jamais.

Il s'assit au bout du lit et entreprit de retirer ses bottes.

— Tu n'as pas déjà lu ce truc au moins dix fois ? Je vais te dire un secret : tous ces crétins sont morts. Et même avant le fléau, tout ce qu'ils pouvaient faire n'avait aucune espèce d'importance.

— Ça me rappelle le monde d'avant. C'est comme de refaire un tour dans un univers normal.

— Parce que tu trouves que le monde était normal ? Alors tu es plus dingue que ce que je croyais.

Elle jeta son magazine pour venir se lover contre lui, déposant doucement des petits baisers sur son torse dans l'échancrure de sa chemise.

— On a eu une journée difficile au bureau, monsieur Le-gros-ronchon ?

Dorian l'écarta du bras.

— Tu ne me parlerais pas comme ça si tu me connaissais mieux.

Johanna eut une petite moue dont l'innocence formait un contraste saisissant avec l'air cruel sur les traits de Dorian.

— Alors c'est peut-être mieux que je ne te connaisse pas si bien. Mais au moins… je sais comment faire pour te redonner le sourire.

Chapitre 47

Base opérationnelle Immari
Ceuta, nord du Maroc

Installé au sommet du mirador, David régla ses jumelles et attendit le début de la bataille. Cela faisait trois bonnes heures que les divisions Immari pourchassaient les tribus berbères. Depuis son poste d'observation, David distinguait nettement le piège qui a avait été tendu : une ligne d'artillerie lourde et une série de lignes fortifiées sur une crête élevée en surplomb d'une petite vallée. D'ici peu, les Berbères allaient franchir la crête opposée, puis descendre le coteau vers le fond du défilé. C'est alors que commencerait la grande bataille. Et les Immari allaient capturer ou tuer tous les Berbères de la vallée.

— Comment s'en sortent les tribus ?

David pivota pour se retrouver face à face avec Kamau, debout derrière lui sur la plate-forme.

— Pas trop bien. Elles sont sur le point de pénétrer dans la nasse des Immari. Et nous, on en est où ?

— Onze hommes.

David hocha la tête.

— Je peux élargir le filet, mais ça multiplie les risques.

— Non. Il faudra qu'on se débrouille à onze.

Quelques heures plus tard, le tonnerre du feu roulant de l'artillerie lourde résonnait au-dessus de ce qui avait été la ville de Ceuta. David se leva et s'approcha du bord de la petite plate-forme pour regarder au loin. Au fond de la vallée, le carnage était presque total. Un groupe de cavaliers s'élançait à l'assaut du versant le plus éloigné, en direction des pièces d'artillerie massives positionnées au sommet. Les Immari abattirent les chevaux, avant de hacher menu les hommes à l'arme automatique. Vague après vague, les Berbères étaient fauchés sur leur propre terre. David laissa retomber son bras qui tenait les jumelles. Puis il retourna s'asseoir sur son banc, et attendit.

Au coucher du soleil, le long convoi des Immari atteignit la porte extérieure. David observait la scène depuis la tour de garde. Le major Rukin était en tête, debout à l'arrière de sa Jeep. Ses yeux croisèrent ceux de David posté en surplomb. Les lèvres du major s'ourlèrent légèrement aux commissures. Les traits de David demeurèrent impassibles.

Assis dans sa chambre, David attendait. Il allait s'accorder un dernier instant de repos avant la bataille finale. Des heures à venir allaient dépendre son sort – et celui de millions d'autres.

Chapitre 48

Centre de tri des Immari
Marbella, Espagne

Kate força Martin à avaler encore un peu de la barre chocolatée – un petit échantillon du buffet dérisoire que Shaw était parvenu à récolter. Ensuite, elle porta la bouteille d'eau à ses lèvres et il but avidement. Sa soif paraissait impossible à étancher.

Debout dans un coin, Shaw portait sur le visage une expression sur laquelle il n'y avait pas à se méprendre. « *C'est une perte de temps, qui en plus risque de nous faire tuer.* » Voilà en substance ce qu'il devait se dire. Kate l'avait déjà suffisamment cerné pour décrypter ses pensées.

D'un coup de menton, elle désigna la double porte aux battants métalliques. Shaw roula des yeux, mais sortit néanmoins en traînant des pieds.

— Martin, il faut que je te pose une question au sujet de tes notes. Je ne les comprends pas.

Sa tête roula de droite et de gauche contre le placard.

— Les… éclaircissements… sont… morts. Morts et enterrés. Plus… chez les vivants…

Kate essuya les gouttes de sueur qui venaient de se former sur son front.

— Morts et enterrés ? Je ne comprends pas.

— Trouve les pivots… Les tournants… Quand le génome change… Nous avons cherché… pas vivants. Nous avons échoué. J'ai échoué.

Kate ferma les yeux pour se masser les paupières. Elle envisageait sérieusement de lui administrer une nouvelle ration de stéroïdes. Elle avait besoin de réponses. Mais il y avait des risques. Elle attrapa le flacon de prednisone.

Les portes de la cuisine s'ouvrirent et la tête de Shaw apparut.

— Ça commence. Il faut bouger.

Kate acquiesça, puis aida Shaw à relever Martin et à le faire marcher. De l'autre côté de la porte à tambour, la vue du camp faillit la faire stopper net. De la tour des survivants s'écoulait un flot de personnes que rien ne semblait pouvoir tarir. Les palmiers s'agitaient doucement au-dessus de la masse qui s'écoulait telles les eaux lentes d'un fleuve immense. Des gardes agitaient des lampes de poche pour diriger le troupeau. Un énorme vaisseau de croisière se dressait très haut au-dessus de l'eau et du quai. Les gens s'y engouffraient par deux énormes passerelles d'embarquement, comme si ce bateau avait été l'arche de Noé.

— La rampe du fond, dit Shaw d'une voix ferme en tirant Martin.

Quatre gardes surveillaient ladite passerelle, dont Kate conclut qu'elle était le point d'embarquement des loyalistes Immari.

De plus près, le luxueux paquebot autrefois blanc se révélait sous son nouveau jour : décati et mal entretenu. *Est-ce qu'il peut au moins flotter ?* se demanda Kate.

Shaw échangea quelques propos badins avec les gardes, axés autour de deux idées forces : « Il a un peu forcé sur la tisane » et : « Demain, il sera en pleine forme. »

Au grand soulagement de Kate, ils franchirent le barrage sans encombres, pour se fondre dans la foule grimpant à bord. Au sommet de la rampe, ils débouchèrent sur une coursive fermée sur les côtés mais ouverte sur le ciel. Cela leur donnait l'impression d'être du bétail entassé dans une stalle à une foire aux bestiaux ou à un rodéo. Sous la houlette de Shaw, ils avancèrent lentement mais sûrement vers le milieu du bateau. Par deux fois, ils durent s'arrêter pour permettre à Martin de reprendre son souffle, tandis que la foule passait devant eux pour remplir les vastes espaces plus loin. Le long des coursives, des portes s'ouvraient sur des compartiments que les gens occupaient au fur et à mesure.

— Il faut descendre dans les ponts inférieurs et trouver une cabine. Demain matin, les espaces du haut seront un véritable enfer. (D'un geste, il désigna Martin.) Cela va être dur pour lui.

Par un escalier, ils descendirent plusieurs volées de marches, avant de poursuivre leur progression par de nouvelles coursives, jusqu'à trouver finalement une petite cabine vide.

— Restez ici, ne faites pas de bruit et gardez la porte fermée. À mon retour, je frapperai trois séries de trois coups, dit Shaw.

— Vous allez où ?

— Chercher des provisions, répondit-il en refermant avant que Kate ne puisse répondre.

Elle s'empressa de tirer le verrou.

Le petit compartiment était plongé dans le noir total. À tâtons, Kate chercha un interrupteur qu'elle ne trouva pas. Elle prit un bâton lumineux dans son sac. Allongé contre un mur, Martin haletait. Kate l'aida à s'installer sur l'une des couchettes. De toute évidence, ils étaient dans les quartiers de l'équipage : deux couchettes et un petit placard au milieu.

Elle sortit le téléphone satellite. *Pas de signal.*

Il allait falloir qu'elle remonte pour finir son coup de fil. Elle avait besoin de réponses.

Sa conversation avec Martin n'avait pas été très fructueuse, loin de là. « Les pivots génétiques. Les éclaircissements… morts et enterrés. »

Kate était totalement épuisée. Elle s'allongea sur la couchette en face de celle de Martin. Elle allait fermer les yeux et se reposer un peu, juste un instant, juste pour pouvoir réfléchir.

Par moments, elle entendait Martin tousser. Elle avait perdu la notion du temps, mais à un moment, elle sentit bouger l'énorme bateau. Le sommeil la cueillit peu après.

Pieds nus sur le sol de marbre, Kate marchait sans produire pratiquement aucun bruit. Devant elle, la porte voûtée était au bout du long couloir. Sur sa droite, les deux mêmes portes donnaient sur le vestibule. La première était ouverte. La porte derrière laquelle elle avait vu David. Elle risqua un œil dans la pièce. Vide. Elle passa à la seconde et l'ouvrit. La pièce circulaire était baignée de lumière, le soleil entrant à flots par les fenêtres ouvertes et la baie vitrée donnant sur une terrasse. Une mer bleue s'étirait en contrebas, mais sans aucun bateau dessus. Tout ce qu'elle voyait, c'était une péninsule avec des montagnes couvertes d'arbres, et de l'eau à perte de vue.

La pièce était meublée en tout et pour tout d'une table à dessin, composée d'un plateau de chêne posé sur des pieds d'acier.

David y était installé, assis sur un vieux tabouret métallique.

— Qu'est-ce que tu dessines ? demanda Kate.

— Un plan, répondit-il sans lever la tête.

— Un plan pour quoi faire ?

— Prendre une ville. Sauver des vies, répondit-il en lui montrant le dessin d'un cheval de bois pour le moins élaboré.

— Tu comptes prendre une ville avec un cheval de bois ?

David reposa sa feuille sur la table et reprit son travail.

— Il y a des précédents…

— Ouais, c'est ça, répliqua Kate avec un sourire.

— C'est arrivé à Troie.

— Ah oui. J'aime bien Brad Pitt dans ce film.

David secoua la tête et gomma quelques traits sur son dessin.

— Comme pour bien des récits épiques, on pensait que cette histoire n'était qu'un mythe jusqu'à ce qu'on trouve des preuves scientifiques de sa véracité. (Il apporta encore quelques coups de crayon à son œuvre, puis se rassit pour la contempler.) Au fait, je suis furieux après toi.

— Moi ?

— Tu m'as abandonné. À Gibraltar. Tu ne m'as pas fait confiance. J'aurais pu te sauver.

— Je n'ai pas eu le choix. Tu étais blessé…

— Tu aurais dû me faire confiance. Tu m'as sous-estimé.

CHAPITRE 49

Base opérationnelle Immari
Ceuta, nord du Maroc

Le major Rukin se servit un grand verre de whisky, qu'il vida d'un trait avant de s'écrouler sur une chaise devant la table ronde juste au bout de son lit. Lentement, il déboutonna sa tunique. Quand ses pans s'ouvrirent de part et d'autre, il se resservit un verre, aussi tassé que le précédent. La journée avait été longue, mais avec un peu de chance, il n'aurait désormais plus jamais à traiter avec ces misérables tribus de barbares au-delà des murs. Bon débarras. Les tuer tous représentait la solution parfaite. En tuer quelques-uns et capturer le reste était tout aussi bien. La base manquait chroniquement de personnel docile. D'ailleurs, à ce sujet… *Où est-elle ?* La journée avait été très longue, oui, et particulièrement éprouvante.

Il ouvrit sa tunique trempée de sueur, se tortillant pour en sortir les bras, puis la laissa retomber derrière lui, étalée sur la chaise. Il se servit un troisième verre, avec moins de soin cette fois-ci, laissant quelques éclaboussures ambrées sur la table, puis le but d'un trait, avant d'entreprendre le délaçage de ses bottes. Ses pieds comprimés le faisaient souffrir, mais l'effet anesthésiant de la boisson commençait à se faire sentir.

Quelqu'un frappa à la porte – un coup sourd.

— Quoi ?

— C'est Kamau.

— Entrez.

Kamau poussa le panneau de la porte, mais sans s'avancer. À ses côtés se tenait une femme grande et mince que Rukin n'avait encore jamais vue. *Parfait*. Une nouvelle fille. Kamau avait bien fait. La femme était un peu vieille au goût de Rukin, mais il se sentait d'humeur à tester quelque chose de différent. La variété pimente l'existence. Il y avait autre chose encore chez elle. Son attitude. Ses yeux, pleins de force, presque du défi. De la confiance. Aucune peur. *Elle apprendra*.

Rukin se leva.

— Elle fera l'affaire.

Kamau hocha légèrement la tête, puis posa une main dans le creux des reins de la fille pour la pousser à l'intérieur. La porte se referma avec un cliquetis métallique.

La femme fixait le major, sans se soucier d'examiner ses quartiers particulièrement vastes.

— Tu parles anglais ?

Elle fronça les sourcils, puis secoua la tête.

— Non, vous ne parlez jamais anglais vous autres, pas vrai ? Mais peu importe. On va faire ça à la façon homme des cavernes.

D'une main impérieusement levée, il lui intima l'ordre de ne surtout pas bouger. Ensuite, il passa derrière elle, et tira sur son vêtement pour dégager ses épaules tout en le dénouant à la taille.

Le tissu glissa sans un bruit sur le sol. Il la fit pivoter pour l'examiner…

Elle n'était en rien telle qu'il l'avait imaginée. Elle était musclée. Vraiment tout en muscles. Et son ventre et ses jambes étaient constellés de cicatrices : des coups de couteau, des blessures par balle, d'autres choses encore… des pointes de flèche peut-être ? Intolérable. Il n'avait aucune envie que quoi que ce soit vienne lui rappeler les combats. En secouant la tête, il s'éloigna d'un pas lourd pour aller prendre sa radio posée sur la table. *Allez! Retour à l'écurie pour celle-ci.*

Il sentit une main puissante lui saisir le bras. Abasourdi, il pivota sur lui-même. Leurs yeux se rencontrèrent. Un véritable incendie flambait dans les prunelles de la femme. Sa confiance en elle s'était faite aussi puissante et implacable qu'une tempête. Avait-elle compris qu'il allait la repousser ? Rukin, tout à coup, reconsidéra son désir…

Tandis qu'un sourire s'épanouissait sur son visage, la femme lança son autre main… Et son poing serré vint percuter Rukin juste au niveau du plexus solaire. Instantanément, tout l'air parut disparaître de son corps. Rukin tomba à genoux, le souffle toujours bloqué. Pendant qu'il cherchait désespérément à avaler une goulée d'oxygène, elle lui assena un coup de pied juste en dessous des côtes flottantes. Il s'effondra au sol. Son whisky lui remonta dans la gorge, le nez et la bouche, l'étouffant pratiquement pour le compte. Chaque fois qu'il toussait, l'alcool le brûlait comme un acide. Il avait l'impression de se noyer. Sous la violence des impacts et de ses nausées, son ventre tout entier n'était plus que douleur.

Elle tournait autour de lui en veillant à ne jamais briser le contact magnétique de son regard. Un petit sourire flottait sur ses lèvres. Ses yeux s'étaient étrécis.

Elle adore ça. Elle va me regarder mourir, songea Rukin. Roulant sur le ventre, il se mit à ramper vers la porte. S'il parvenait à reprendre son souffle, alors il pourrait crier. *Si j'arrive à cette porte…*

Le pied de la femme s'abattit sur le dos de l'officier, l'enfonçant dans le sol, lui brisant le nez. Rukin perdit presque conscience.

Il sentit les mains de la femme lui attraper les poignets pour lui tirer les bras. Le pied de la créature pesait toujours au milieu de son dos. Elle était littéralement en train de le déchirer en deux.

Il voulait crier, mais aucun son ne sortait de sa gorge, rien d'autre qu'un grognement animal. Son épaule droite céda. Une vague de douleur déferla sur lui avec la violence d'une gifle, le submergeant complètement. Sans l'effet de l'alcool dans son sang, il aurait sombré dans le néant. Son épaule gauche se déboîta à son tour, tandis que la femme tirait sur ses bras jusqu'à les amener dans des positions au-delà des limites physiologiques.

Rukin l'entendit s'éloigner de lui. *Qu'elle aille prendre mon arme. Qu'on en finisse.* À ce stade, la mort serait une délivrance. Mais ce qu'il entendit ensuite n'avait rien du claquement métallique d'une culasse. C'était le crissement caractéristique d'un ruban adhésif qu'on déroule. Elle lui attacha les poignets, enserrés ensemble dans son dos. Le moindre mouvement lui infligeait une souffrance atroce.

Il avait presque retrouvé son souffle. Comme il tentait de se redresser pour hurler, elle lui appliqua le ruban sur la bouche, puis le dévida sur plusieurs tours autour de sa tête. Ensuite, elle lui entrava les jambes de la même manière, des chevilles aux genoux, puis l'arracha du sol pour lui plaquer le dos contre le mur. Des éclairs de douleur éclatèrent dans son esprit. En hyperventilation, il essayait d'inspirer par le nez pour calmer les ondes d'agonie qui partaient de ses épaules martyrisées contre le mur.

Elle le fixa un instant, avant de s'éloigner d'un pas nonchalant vers la table. Sur son corps nu, les muscles saillants jouaient à peine à chacun de ses pas tranquillement relâchés. Ses yeux s'attardèrent une seconde sur la bouteille de whisky, puis elle prit le pistolet au ceinturon de Rukin.

Vas-y ! Fais-le !

Elle éjecta le chargeur et fit jouer la culasse. À vide. Rukin ne chambrait jamais sa première munition. Elle remit le chargeur en place et fit monter une cartouche dans la chambre.

Fais-le !

Elle reposa l'arme sur la table et s'assit tranquillement, les jambes croisées. Son regard restait fixé sur lui.

Rukin cria à travers le ruban. Elle l'ignora.

Elle prit la radio, fit jouer la molette pour changer de canal, puis plaça le micro devant sa bouche.

— Le feu purifie tout.

Quelques minutes s'écoulèrent. Au loin, Rukin entendit une explosion sourde, puis une autre, et une autre encore, comme un roulement de tonnerre. Une attaque venait d'être lancée contre les murs.

Chapitre 50

Barge Destinée
Mer Méditerranée

Kate était fatiguée d'attendre Shaw. Elle roula sur elle-même afin de se lever de sa couchette. Il fallait qu'elle remonte à l'air libre pour téléphoner. Ses yeux se portèrent sur Martin ; impossible de le laisser là. Elle le leva et l'aida à marcher jusqu'à la porte. Elle ouvrit et risqua un œil à l'extérieur. La coursive était vide.

Ils trottinèrent jusqu'au petit ascenseur. Kate appuya sur le bouton d'appel. Quelques secondes plus tard, une petite sonnerie annonçait l'arrivée du monte-charge à la cabine minuscule. *Quel étage ?* Kate appuya sur le bouton du premier, puis attendit.

Les portes s'ouvrirent. Deux hommes en blouse blanche, chacun un bloc-notes à la main – *des médecins*, songea-t-elle –, discutaient entre eux.

L'un d'eux était chinois, l'autre européen. Le médecin asiatique s'approcha, puis inclina la tête sur le côté.

— Docteur Grey ? dit-il.

Kate resta figée sur place, sur le seuil de l'ascenseur. Une seconde, elle envisagea de faire demi-tour. Le Chinois vint rapidement à sa rencontre, l'Européen sur les talons.

— Vous connaissez cet homme ? demanda ce dernier à son collègue.

Totalement apathique, Martin n'avait pas encore bougé, mais il releva la tête à cet instant.

— Chang…, marmonna-t-il d'une voix à peine audible.

Le cœur de Kate bondit dans sa poitrine.

— Je…, commença Chang, avant de se tourner d'un bloc vers l'autre médecin. Je travaillais avec cet homme. C'est… un chercheur Immari. Je collaborais avec lui. (Puis il fixa Kate un instant.) Suivez-moi.

Kate regarda à droite et à gauche. Des gardes flânaient à chaque extrémité de la coursive.

Elle était piégée. Chang remontait l'étroit couloir droit devant lui. Le scientifique européen ne la quittait pas des yeux, l'air intrigué. Kate suivit Chang.

Le passage débouchait sur une vaste cuisine reconvertie en laboratoire. Les tables d'acier avaient été transformées en tables d'opération improvisées. Les lieux évoquaient la cuisine du district Orchidée avec son petit office attenant où Martin lui avait exposé la situation dans toute sa réalité.

— Aidez-moi à l'installer sur la table, dit Chang.

L'autre médecin s'approcha pour examiner le malade.

Martin tourna lentement la tête vers Kate. Son visage n'exprimait rien. Il ne dit pas un mot.

Chang s'interposa entre son collègue et Kate et Martin.

— Si vous voulez bien… m'accorder un instant avec eux. Je dois leur parler.

Quand son confrère fut parti, Chang se tourna vers Kate.

— Vous êtes Kate Warner, n'est-ce pas ?

Kate hésita. Le fait qu'il nourrisse ce soupçon et n'ait rien dit jusque-là jouait en sa faveur… Elle se dit qu'elle pouvait lui faire confiance.

— Oui, répondit-elle, avant de désigner Martin d'un signe de tête. Vous pouvez faire quelque chose pour lui ?

— J'en doute. (Chang ouvrit la porte d'un petit placard métallique pour y prendre une seringue.) Mais je peux essayer.

— Qu'est-ce que c'est ?

— Quelque chose sur quoi on travaille depuis quelque temps. La version Immari d'Orchidée. C'est toujours au stade expérimental et ça ne fonctionne pas pour tout le monde. (Il fixa intensément Kate.) Ça peut le tuer, mais ça peut aussi lui accorder quelques jours de plus. Qu'est-ce que je fais ? Je le lui administre ?

Le regard de Kate glissa vers le visage de Martin, son pauvre corps en train de mourir. Elle hocha la tête.

Chang s'approcha de Martin pour procéder à l'injection. Malgré lui, il se tourna vers la porte.

— Qu'est-ce qu'il y a ? demanda Kate.

— Rien…, marmonna Chang en revenant à son patient.

Chapitre 51

Base opérationnelle Immari
Ceuta, nord du Maroc

David fixait les onze hommes devant lui, debout dans l'armurerie.

— Messieurs, notre cause est perdue, mais elle est juste. Cette base est la porte de l'enfer – le monde que les Immari veulent bâtir. Si nous la détruisons, nous donnons aux populations d'Europe la possibilité de se battre. De résister. Malheureusement, nous sommes en position d'infériorité. Moins nombreux, moins bien armés, coincés au cœur du territoire ennemi. Mais nous avons trois choses pour nous : l'élément de surprise, la volonté de nous battre, et une cause juste à défendre. Demain matin, si on voit le soleil se lever, alors nous aurons gagné. Cette nuit va décider de notre sort et de celui de millions d'autres. Combattez avec vaillance. Ne craignez pas la mort. Il y a pire dans l'existence – comme mener une vie dont on n'est pas fier.

Il adressa un signe de tête à Kamau, qui passa auprès de chaque homme pour lui donner ses ordres.

Le colosse venait à peine de finir que la radio dans un coin de la pièce émit quelques parasites et rompit le silence.

— Le feu purifie tout.

— C'est l'heure, dit David.

David et Kamau gravirent la passerelle avec trois de leurs hommes. Le centre opérationnel de la base était installé au sommet de la tour, au cœur de la citadelle, loin des murs, à l'abri des assauts, mais en une position suffisamment élevée pour permettre de voir distinctement ce qui se passait tout autour, que ce soit à l'œil nu ou, mieux, à la jumelle. C'était un lieu bien pensé. Ses concepteurs ne voulaient pas avoir à s'en remettre aux caméras, aux dispositifs de surveillance et aux remontées de terrain, tous susceptibles d'être interceptés ou altérés. Ils voulaient voir de leurs propres yeux.

David fit une pause sur la plate-forme palière pour envoyer le signal, à l'aide de sa lampe-torche, aux régiments de soldats berbères qui attendaient au-delà du mur extérieur.

Quand le dernier éclat de lumière eut brillé dans la nuit, il reprit sa course, ses hommes derrière lui. La salle au sommet de la tour était telle que dans son souvenir, subtil compromis entre un centre de contrôle de la navigation aérienne et la passerelle de commandement d'un vaisseau de guerre. Quatre opérateurs étaient à leur poste derrière leur station de travail, les yeux rivés à des batteries d'écrans plats. De temps à autre, l'un d'eux saisissait quelque chose au clavier. Une cafetière fumait dans un coin.

Le plus proche de la porte se retourna, aperçut David et salua nerveusement, comme s'il ne savait pas au juste comment réagir face à cette visite impromptue. Un par un, les trois autres l'imitèrent.

— Repos, messieurs, dit David. La journée a été longue et, comme vous l'avez sans doute appris, le major Rukin a remporté une grande victoire dans les collines. En ce moment même, il célèbre l'événement et reçoit la juste rétribution de ses actes… (Un sourire sincère et vrai flotta sur les lèvres de David.) Faites une pause et rejoignez-le au mess pour fêter son succès avec lui, comme il se doit.

Il y a à boire et manger… plus quelques prises de guerre. Toutes fraîches. (D'un geste, David désigna ses hommes.) On prend la relève.

Les opérateurs marmonnèrent quelques remerciements puis s'empressèrent de déguerpir. L'ordre d'un colonel était quand même la meilleure excuse qui soit pour échapper à une astreinte.

La porte refermée, les hommes de David prirent place derrière les consoles tout juste abandonnées. David jeta un regard suspicieux aux écrans.

— Vous êtes sûrs que vous savez comment marchent ces trucs ?

— Oui, colonel, répondit l'un d'eux. J'ai passé quelques mois dans l'équipe de jour juste après mon transfert.

Kamau fit le tour de la salle pour servir à chaque homme une tasse de café. Ensuite, il rejoignit David, et les deux hommes restèrent un instant à contempler la nuit. David appréciait que le capitaine sache être silencieux. Au bout de quelques minutes, Kamau montra le cadran de sa montre. Vingt-deux heures. David activa sa radio.

— À toutes les stations, signalez-vous.

Un par un, tous les hommes accusèrent réception, leurs voix arrivant dans l'écouteur de David escortées de quelques craquements et parasites. Il attendit jusqu'à ce que la dernière pièce du puzzle soit à sa place. Les hommes s'étaient choisi des noms tout droit tirés de l'*Iliade* et de l'*Odyssée*. À l'unanimité, ils avaient ainsi décrété que l'indicatif de David serait « Achille ».

— Achille, ici Ajax. Les Troyens sont dans la salle de banquet. Que la fête commence.

Cette dernière phrase était un code pour donner un ordre : verrouillez les portes et envoyez le gaz.

— Reçu, Ajax, répondit David.

Il sortit de la tour de commandement et descendit sur la première plate-forme pour transmettre une nouvelle séquence de signaux avec sa torche. Quand il remonta, les premières explosions retentissaient sur le périmètre extérieur. Des flammes et de la fumée s'élevaient dans le ciel au-dessus du premier mur. Affairés, les trois opérateurs à leurs consoles passaient sans relâche de leurs radios aux ordinateurs – et inversement.

Les écrans montraient distinctement le déroulé de la scène. Des vagues de cavaliers montaient à l'assaut de la muraille. Les pièces automatiques en batterie sur les tours faisaient des trouées sanglantes dans leurs rangs, mais les cavaliers revenaient de plus belle, chargeant avec un acharnement que rien ne paraissait pouvoir endiguer.

L'un des opérateurs héla David.

— La tour deux demande l'autorisation d'utiliser les canons électromagnétiques.

Kamau jeta un regard à David.

Ces armes avaient une puissance de feu suffisante pour décimer les forces berbères. Mais autoriser leur usage produirait un impact extrêmement persuasif sur la troupe, convainquant chacun que la base courait un grand danger.

David pointa un index sur le fusil de précision à côté de Kamau.

— Abats-les après le premier tir.

David alla ensuite prendre place dans le fauteuil du commandant et activa le micro.

— Tour deux, ici le colonel Wells. Le major m'a remis le commandement. Autorisation d'utiliser le canon électromagnétique delta. Feu à volonté.

Il coupa la communication et attendit. Le canon électromagnétique envoya une langue de feu dans la nuit, qui fit naître un geyser de terre et de sang. Chevaux et cavaliers s'étaient volatilisés instantanément, ne laissant derrière eux qu'un immense nuage noir. Pendant quelques secondes, tout parut se figer dans le silence. David espéra que les Berbères allaient continuer à charger. Il le fallait absolument.

Depuis la plate-forme juste en dessous lui parvinrent trois détonations successives en cadence rapide. Le canon électromagnétique se tut.

De nouveau, David activa le microphone.

— Bataillons un, deux et trois, faites mouvement vers la zone un. C'est le commandant de la place de Ceuta qui vous parle. Je répète : bataillons un, deux et trois, faites mouvement vers la zone un et prenez position. Le mur extérieur est menacé.

Presque immédiatement, David vit du mouvement à l'intérieur de la citadelle et dans le premier périmètre concentrique. La troupe martelait le sol. Les portes s'ouvrirent et des camions foncèrent dans la nuit. Les Berbères étaient repartis à l'attaque. La bataille était plus intense que jamais.

— Commandement, ici tour un. La tour deux est tombée. Je répète : la tour deux est tombée.

— Reçu, tour un, répondit l'un des hommes de David. Nous sommes informés. Des renforts sont en route.

Une grosse minute après que David avait donné son ordre, la zone un en contrebas du mur était remplie de soldats Immari. Près de quatre mille hommes. C'était l'instant que David attendait, celui qu'il avait planifié. Leur seule et unique occasion de s'emparer de la base. Ses mains tremblaient légèrement. À cet instant, il se demanda s'il allait y arriver. *Est-ce que je vais avoir le cran ?* Mais il était trop tard pour renoncer.

Tous les opérateurs s'étaient tournés vers lui. Chacun savait ce qui allait arriver à présent. Pour finir, l'un d'eux brisa le silence en parlant d'une voix posée.

— En attente de votre ordre, monsieur.

Un massacre, ni plus ni moins. La mort de quatre mille hommes. Des soldats. Des soldats ennemis. *Des monstres*, se dit David. Mais tous ne pouvaient pas être des monstres. Juste des hommes dans le camp adverse, des types qui n'avaient pas eu de chance, transformés en ennemis par le hasard et les circonstances.

Tout ce que David avait à faire, c'était prononcer les mots. Les opérateurs appuieraient sur les boutons, les mines au pied du mur s'armeraient automatiquement, les explosifs improvisés détoneraient, et l'enfer se répandrait sur les milliers de soldats. Des milliers d'hommes mourraient. Des êtres humains…

— Non, il n'y aura pas d'ordre, dit David.

La surprise apparut sur tous les visages. Seuls les traits de Kamau ne bougèrent pas. Sa figure était un masque qui ne trahissait aucune émotion.

David s'approcha de la station principale.

— Montrez-moi sur quel bouton appuyer, dit-il à l'opérateur.

C'était à lui de le faire. À lui et à lui seul de porter le fardeau. L'homme lui montra la séquence de commandes, que David mémorisa. Puis il entra les codes… et toute la zone au pied du mur se transforma en un immense carnage. Tout ce périmètre clos s'était mué en une douve emplie de sang. À la radio, des appels affolés arrivèrent de partout. L'un des opérateurs coupa le son.

David activa sa propre radio.

— Ajax, ici Achille. Une brèche est ouverte dans le mur extérieur. On lâche le cheval.

— Reçu, Achille, répondit le soldat.

Les écrans clignotèrent pour se fixer sur l'affichage des zones carcérales. Trois soldats de David fonçaient dans tous les sens, ouvrant les cellules, libérant les prisonniers berbères et leur donnant des armes. Le combat pour la citadelle de Ceuta commençait.

— Ouvrez les portes, dit David. Et passez l'appel.

Il s'affala dans le « fauteuil du commandant » et attendit.

— Vous êtes en ligne, dit un opérateur par-dessus son épaule.

— Flotte Immari Alpha, ici autorité Ceuta. Nous sommes attaqués. Je répète : nous sommes attaqués. Une brèche a été ouverte dans notre mur extérieur. Demandons soutien aérien immédiat.

— Reçu, autorité Ceuta. Patientez.

David attendit d'entendre les mots. Sloane était dans cette flotte. David le connaissait bien : Sloane allait prendre lui-même le commandement du raid aérien. En dépit de ce qu'il était, Sloane commandait toujours depuis les avant-postes.

— Autorité Ceuta, ici flotte Alpha. Nous faisons décoller le soutien aérien immédiatement. Heure probable d'arrivée dans quinze minutes.

— Reçu, flotte Alpha. Heure probable d'arrivée dans quinze minutes. Autorité Ceuta, terminé.

Quand il eut la certitude que le canal était bien fermé, il donna ses derniers ordres aux opérateurs.

— Je veux que vous attendiez qu'ils soient bien à portée de tir. Ne prenez aucun risque.

— Même s'ils tirent ?

— Même s'ils lâchent tout ce qu'ils ont. Et ne placez pas les canons électromagnétiques en batterie avant d'être prêts à faire feu. Quelqu'un au sol pourrait les prévenir de la manœuvre. Abattez ces hélicoptères, et nous changerons le cours de l'histoire. (Il s'éloigna pour rejoindre Kamau, debout à la porte.) C'était un honneur, messieurs. Et maintenant, nous allons faire de notre mieux pour vous procurer le plus de temps possible.

David arrivait à la porte quand un opérateur le rappela.

—Monsieur, nous avons un élément à l'approche…

—Aérien ?

—Non, il s'agit d'une barge. À un peu plus d'un mille marin au large. En provenance de Marbella. Ils viennent juste de nous communiquer leur demande d'autorisation d'accoster et leur manifeste.

David se tourna vers Kamau.

—Pourquoi nous n'étions pas au courant ?

Le capitaine secoua la tête.

—Les bateaux vont et viennent à leur guise. Il n'y a ni planning ni horaire. Ils peuvent attendre des jours dans la rade avant d'accoster, cela n'a aucune importance.

Il traversa la salle pour aller tapoter un clavier. Le manifeste de la barge défila sur l'écran géant.

David parcourut la salle du regard.

—Qu'est-ce qu'il y a à bord ? Quel est son armement ? Et déjà, qu'est-ce que c'est que cette foutue barge ?

Kamau répondit sans cesser de travailler sur l'ordinateur.

—Celle-ci est un ancien navire de croisière. Question armement, pas grand-chose : deux canons de 127 mm, à la poupe et à la proue. Mais… elle transporte toutes les troupes excédentaires de l'invasion de plusieurs villes du sud de l'Espagne. (Il se leva.) Pratiquement dix mille combattants, plus les nouvelles recrues – celles qui ont prêté allégeance aux Immari. Qui sait combien ils sont au total ? Peut-être vingt mille. Il y avait peut-être des sujets en phase de régression à bord, mais si près de Ceuta… Ils ont déjà été passés par-dessus bord.

David se massa les tempes.

—Combien de temps avant qu'elle n'arrive ?

—Cinq minutes, peut-être dix.

Il n'y avait plus le choix. Vingt mille combattants débarquant pour venir renforcer la citadelle par l'arrière…

— Tirez, dit David. Quoi qu'il en coûte, coulez cette barge.

Puis il prit son fusil et partit en courant, Kamau juste derrière lui.

Dès que les canons électromagnétiques feraient feu sur le port – sur un bâtiment Immari –, le reste des troupes Immari dans la citadelle comprendraient qu'elles avaient été trahies. La bataille finale pour Ceuta était sur le point de commencer.

À l'instant où David et Kamau atteignaient le bas de la passerelle, ils virent partir les tirs des batteries tournées vers le port. L'énorme bateau de croisière explosa. Puis les flammes s'élancèrent à l'assaut de ses tôles tordues et déformées. Sa carcasse posée mollement à la surface de la mer avait des allures de bûcher funéraire.

Kosta fit irruption dans la chambre – sans battre en retraite cette fois-ci en découvrant Dorian et Johanna couchés nus.

— Monsieur, Ceuta est attaquée. Ils demandent un soutien aérien.

Dorian eut le temps de se lever, s'habiller et sortir avant que la femme à ses côtés ne commence seulement à bouger.

Chapitre 52

Flotte avancée Immari Alpha
Aux abords de Tanger, Maroc

Dorian remontait la coursive bondée d'un pas décidé. Par l'écoutille ouverte, on apercevait le pont plongé dans le noir. Quatre hélicoptères vrombissaient sur le pont d'envol. Debout à côté, des soldats l'attendaient, prêts à partir au combat.

Pour la première fois depuis son réveil dans le tube en Antarctique, il se sentait normal. Lui-même. Un soldat partant pour la guerre. Il se sentait chez lui.

Des marins passaient leur tête aux embrasures dans l'espoir de l'apercevoir, lui, le président du dernier empire que l'humanité verrait jamais, l'homme mort et ressuscité. Un homme qui était plus qu'un mortel. Un dieu ou le diable…

Tout à coup, il entendit le bruit de pieds nus sur le sol métallique. Il se retourna juste à temps pour voir Johanna qui courait vers lui. Elle se jeta dans ses bras et il la reçut.

Les bras noués à son cou, elle l'embrassa. Tout d'abord, il resta planté là, aussi immobile qu'une statue. Puis, tout doucement, il passa un bras dans le dos de la jeune femme, et un second, pour la serrer contre lui et lui rendre son baiser.

Un tonnerre de cris et de sifflets retentit dans toute la coursive.

Dorian souriait quand il la redéposa. Il gomma bien vite de ses traits les stigmates satisfaits de cette marque de faiblesse, puis tourna les talons pour repartir en direction des hélicoptères et des soldats qui l'attendaient.

Martin ouvrit les yeux. Son esprit était clair. Il pouvait de nouveau penser et réfléchir. Kate était là. Il était dans un laboratoire ou un hôpital. Un homme était penché sur lui. Martin le connaissait. Un souvenir lui revint : il avait échangé avec cet homme dans le cadre d'une visioconférence. Ce médecin était le chercheur en Chine qui avait mené les essais sur la Cloche.

— Docteur… Chang, dit Martin d'une voix rauque.

— Comment vous sentez-vous ?

— Atrocement mal.

Il entendit le rire cristallin de Kate, qui venait à son chevet.

— Au moins, tu sais comment tu te sens. C'est un progrès.

Il lui sourit. Il se demandait ce qu'elle avait bien pu faire pour le sauver. Avait-elle risqué sa vie ? Il espérait que non. Ce serait un gâchis. Il avait tellement de choses à lui dire. Elle avait tellement de choses à savoir.

— Kate…

À cet instant, le navire tout entier fut parcouru d'un violent tremblement et Martin fut projeté de l'autre côté de la pièce. Il percuta un réfrigérateur métallique. Des nuées de points noirs envahirent son champ de vision.

Chapitre 53

Extérieur de Ceuta
Nord du Maroc

Abîmé dans la contemplation, à travers le pare-brise de l'hélicoptère, du couvert boisé qu'ils survolaient, Dorian aperçut un éclair de lumière au loin, semblable à une nuée soudaine de lucioles dans la nuit. D'ici peu, ils seraient au cœur de la bataille, et la victoire ne tarderait pas à leur revenir.

Il coiffa son casque-micro.

— Contrôle de communication, équipe de choc Delta, ici le général Sloane.

Les quatre hélicoptères accusèrent réception de son appel.

Sloane se laissa aller contre les coussins du siège pour observer encore un peu les flashs éblouissants qui trouaient la nuit. Il se demanda ce que Johanna pouvait bien faire en cet instant, ce qu'elle portait, ce qu'elle lisait.

Mais qu'est-ce qui m'arrive ? Était-ce de l'attachement ? du laisser-aller ? de la faiblesse ? Il allait falloir qu'il se débarrasse d'elle dès son retour.

Les premières balles ricochèrent sur la structure métallique au moment où David et Kamau arrivaient en bas.

Dos à dos, en contact léger, juste ce qu'il fallait pour savoir où se trouvait l'autre, ils répliquèrent. Un torrent d'étuis vides se déversait sur le sol tandis qu'ils arrosaient de droite et de gauche.

Des biffins Immari sortaient en masse des baraquements édifiés tout autour de la tour de commandement. David et Kamau taillaient des trouées sanglantes dans leurs rangs, mais ils arrivaient toujours plus nombreux. Un groupe de soldats Immari parvint à prendre position de l'autre côté de la cour, et à concentrer son feu sur David et Kamau.

En crabe, David commença à se déplacer vers le bâtiment à l'opposé de la tour pour aller s'y mettre à couvert. Kamau suivait chacun de ses mouvements.

Un appel arriva dans l'oreillette de David.

— Achille, ici Ajax. J'ai les Myrmidons avec moi. On arrive sur votre position.

— Reçu, Ajax, répondit David. Et le plus tôt sera le mieux.

Il lâcha une nouvelle rafale, jusqu'à ce que son arme automatique percute à vide. Il rechargea rapidement pour continuer de lâcher un feu d'enfer.

Trois énormes explosions embrasèrent le ciel nocturne, puis se transformèrent en un gigantesque incendie à la surface de la mer. À présent, Dorian distinguait les contours de la base de Ceuta.

— C'était quoi, ça ? demanda Dorian.

— Probablement un autre tir de barrage des canons électromagnétiques sur le mur, répondit le pilote.

— Probablement pas, crétin. Ça brûle sur l'eau. Qui a tiré ?

— Les tribus ? se risqua le pilote, à mi-chemin entre l'affirmation et l'interrogation.

Les hypothèses se bousculaient dans l'esprit de Dorian. *Ces barbares sur leurs chevaux…* Seraient-ils capables de lancer une attaque contre une barge ? C'était peu probable. Quelque chose ne tournait pas rond.

— Équipe Delta, maintenez votre position. Je répète : maintenez votre position et suspendez l'assaut sur Ceuta.

Les hélicoptères volaient dans la nuit, fonçant vers la base en flammes et le mystérieux incendie sur la mer.

Dorian posa une main sur l'épaule du pilote.

— Descends ! Descends !

Le pilote obéit. L'hélicoptère piqua vers les arbres en dessous.

— Équipe Delta…

L'hélicoptère de tête explosa et les deux qui l'encadraient prirent feu immédiatement. Des débris de toutes sortes vinrent percuter l'appareil de Dorian. Le rotor eut un hoquet et l'appareil partit en vrille. De la fumée envahit le cockpit. Dorian sentit des flammes et une intense chaleur au-dessus de sa tête. Les arbres se précipitaient vers eux. Des branches les touchaient. Puis, la seconde suivante, il se sentit voler hors de l'hélicoptère… et chuter vers le sol.

David tira la dernière cartouche de son pistolet-mitrailleur et prit son arme de poing. Ils arrivaient bien trop vite pour qu'il puisse tenir le rythme. Kamau pivota d'un quart de tour pour qu'ils combattent côte à côte. Ils abattirent une rangée de soldats qui sortaient des baraquements. Les vagues d'assaut se suivaient sans jamais s'arrêter.

Le pistolet de David percuta à vide. Il n'avait plus de chargeur. Kamau se plaça devant lui et continua à tirer.

— Ajax, ici Achille. Les Troyens sont sur le point de submerger notre position.

Kamau recula violemment, envoyant David au sol. Celui-ci entendait Ajax lui parler dans son oreillette, mais sans rien comprendre de ce qu'il disait. Il attrapa le fusil de Kamau pour tirer en position couchée. Peu après, il se redressait, un genou au sol. Combien de balles lui restait-il ?

Il jeta un regard à Kamau derrière lui. Le colosse se tordait de douleur sur le sol. David essaya de le retourner pour voir où il avait été touché.

Kate luttait de toutes ses forces pour se remettre debout, mais le bateau secouait trop fort. Les gémissements de l'acier martyrisé étaient assourdissants. D'une main, elle s'assura qu'elle avait toujours son sac sur le dos. En rampant, elle s'approcha de Martin et parvint à le tirer contre elle.

Le navire eut un nouveau soubresaut qui l'envoya de l'autre côté de la pièce. Chang la rattrapa, lui épargnant une lourde chute.

— Ça va ? demanda-t-il en criant.

Le système anti-incendie se déclencha. Les sirènes d'alarme se mirent à hurler.

La porte s'ouvrit à la volée. C'était Shaw.

— Vite ! cria-t-il. Il faut rejoindre les canots de survie.

Le scientifique européen arriva derrière lui. Depuis le seuil, il contempla les dégâts, la mine horrifiée.

— Nos recherches ! s'écria-t-il en s'adressant à Chang.

— C'est trop tard ! Oubliez-les, répondit ce dernier.

Chang et Shaw prirent Martin chacun par un bras. Kate fermait la marche.

Des balles sifflèrent aux oreilles de David. Elles avaient été tirées dans son dos. Il pivota sur lui-même, prêt à riposter, mais ce n'était qu'Ajax, à la tête d'un détachement berbère. Ils le contournèrent en courant pour se ruer sur les soldats Immari.

David tira Kamau à l'abri d'un mur et le fit rouler sur le dos. Aucune trace de sang. Kamau ouvrit les yeux en secouant la tête.

— J'ai mon gilet pare-balles, David. J'ai juste eu le souffle coupé.

Ajax et le commandant berbère revenaient vers eux.

— Quelle est la situation ? demanda David.

— Nous avons pratiquement le contrôle de la citadelle, dit Ajax. Ils commencent à se rendre, mais quelques unités se battent jusqu'au dernier homme.

— Suivez-moi, dit David.

Il aida Kamau à se relever et ils entrèrent tous dans les baraquements.

À l'extérieur, les tirs se faisaient plus sporadiques. De temps à autre, l'explosion d'une grenade venait ajouter sa note au vacarme. Ils s'arrêtèrent devant une grande porte. David frappa un coup léger.

— C'est Achille.

La porte s'ouvrit et le chef berbère apparut – ou, plus exactement, celle qui était la cheffe des Berbères. Elle avait passé une robe bleue et tenait un pistolet à la main. D'un geste, elle les invita à entrer.

Bâillonné et saucissonné, le major Rukin était allongé par terre. Il se débattit pour tenter d'échapper à ses liens, en criant comme il pouvait derrière son bâillon.

David se tourna vers la cheffe.

— Vous avez toujours l'intention de tenir votre parole ?

— Oui, comme tu as tenu la tienne. Nous ne ferons aucun mal à ceux qui se rendront. (Les yeux de la cheffe se fixèrent sur le torse de David, où elle avait apposé sa marque au fer rouge.) Un vrai chef ne trahit jamais une promesse faite à son peuple.

David s'approcha du major pour lui retirer son bâillon.

— Vous êtes fou…

— Silence ! le coupa David. Nous avons pris le contrôle de Ceuta. La seule question qui reste, c'est de savoir combien d'autres soldats Immari mourront cette nuit. Si vous montez jusqu'au centre de commandement avec la cheffe ici présente… (David marqua une petite pause pour savourer pleinement la mine choquée du major.) Si, c'est exact, c'est bien la cheffe de la tribu. Et c'est bien sa fille que vous reteniez. Les Berbères ont une longue tradition de reines et de cheffes de guerre. Parfois, il est bien utile de connaître l'histoire et les cultures. Même dans le contexte de la guerre. Si vous montez avec elle et ordonnez aux derniers combattants de se rendre, vous pourrez sauver des vies. Dans le cas contraire, croyez-moi, vous lui ferez un immense plaisir – à elle et à tous les siens.

— Qui êtes-vous ? demanda Rukin.

— Cela n'a aucune importance, répondit David.

Rukin eut un sourire empli de mépris.

— Les hommes comme vous ne gagnent pas les guerres comme celle-là. Ce monde-là n'est pas fait pour les gentils.

CHAPITRE 54

Barge Destinée
Mer Méditerranée

Devant Kate, Shaw ouvrait une nouvelle porte. Il était sur le point d'en franchir le seuil quand les flammes emplirent toute la coursive devant eux.

— En arrière ! cria-t-il en claquant la porte.

Kate se retourna pour regarder derrière eux. Des panaches de fumée commençaient à envahir le couloir. Elle n'arrivait même plus à en voir l'extrémité. Le feu dévorait le bateau, les traquait implacablement, les faisaient suffoquer.

Ils étaient pris au piège.

Kate entendit des décombres divers tomber au sol depuis le plafond. Elle sentait l'intensité de la chaleur au-dessus de sa tête. D'ici peu, ils allaient finir écrasés, ou être brûlés, ou mourir intoxiqués par les fumées. Trop profondément enfoncés dans le ventre du bateau, ils n'avaient plus aucune échappatoire.

Shaw la prit par le bras, ouvrit une porte et la mena plus loin vers le cœur du navire en déroute.

— On ne peut pas…

— Taisez-vous, ordonna-t-il en ouvrant la porte d'une cabine.

Il la balança pratiquement à l'intérieur. Derrière, Chang aida Martin à entrer et s'installer. L'autre scientifique fermait la marche.

— Nous ne pouvons pas rester ici…, commença Kate.

En pure perte. Shaw était déjà ressorti. Il claqua la porte derrière lui.

Kate se précipita à sa suite, mais la poignée était bloquée. Shaw les avait enfermés à l'intérieur.

Le calme était presque revenu dans la cour intérieure de la citadelle. Çà et là, quelques échanges de tirs sporadiques opposaient encore les soldats Immari aux combattants berbères.

David marchait derrière la cheffe et trois de ses hommes – dont un tirait le major Rukin par le bras, lui infligeant une terrible douleur à chaque pas.

Sur la droite de David, l'énorme barge brûlait sur la mer.

De temps à autre, une explosion déchirait la nuit.

Des dommages collatéraux, se disait David. D'après Kamau, c'étaient tous des combattants ennemis – soldats Immari ou nouvelles recrues ayant prêté allégeance. *Il n'y avait pas le choix.*

Kate entendit une série de trois explosions. Dans la cabine plongée dans un noir d'encre, les seuls bruits étaient les quintes de toux et autres grognements de Martin, Chang et l'autre scientifique.

Kate entendit un bruit métallique dans la coursive. La porte s'ouvrit à l'instant même où elle l'atteignait.

Shaw lui attrapa le bras pour la tirer derrière lui.

Kate regarda par-dessus son épaule, espérant voir Martin derrière elle, mais dans ce noir d'encre elle ne distinguait rien. La fumée était trop épaisse. Elle lui prenait les poumons et lui brûlait les yeux.

Kate toussait à s'en déchirer la gorge. Shaw l'entraînait sans ralentir. Elle avait l'impression qu'il allait lui arracher le bras.

L'obscurité et la fumée paraissaient moindres à l'intersection suivante. Kate sentit et entendit l'incendie avant de le voir.

Le feu dévorait tout un côté de la coursive, léchant le mur et le plafond, déjà prêt à fondre sur l'autre côté. Derrière le rideau de flammes, elle apercevait l'air libre. Le navire avait été littéralement éventré. Shaw s'était frayé un chemin en dégageant tous les obstacles à la grenade. C'était comme si une créature géante avait mordu dans le flanc du bateau pour en emporter un gros morceau.

Shaw la tirait en direction des flammes.

David s'adossa au chambranle de la porte du centre opérationnel au sommet de la tour de commandement.

L'un des Berbères arracha le ruban adhésif qui bâillonnait Rukin et le poussa d'une bourrade vers le micro.

Rukin regarda tour à tour la cheffe berbère et David. Pour finir, il se mit à parler.

— Message à l'intention de toutes les forces Immari. Ici le major Alexander Rukin qui vous parle. Je vous ordonne de déposer les armes et de vous rendre sur-le-champ. Ceuta est tombée…

David diffusait partout les paroles de Rukin tout en suivant sur les écrans les sanglants événements en cours autour de la base, à l'extérieur du mur et sur la mer.

Qu'ai-je fait ? se demanda-t-il. *Ce qu'il fallait*, se répondit-il.

Depuis l'autre côté de la salle, les yeux de Kamau vinrent croiser les siens. En retour, il le gratifia d'un signe de tête à peine perceptible.

Kate ferma les yeux lorsque Shaw l'entraîna à travers le mur de flammes. Puis, tout à coup, elle se retrouva de l'autre côté de la coursive. Sur sa gauche comme sur sa droite, les murs avaient disparu. Et ils tombaient…

Elle atterrit violemment sur ses pieds. Ses genoux se dérobèrent et elle roula sur le pont. Shaw se relevait déjà. Ce type était un super-soldat. En levant la tête, Kate vit Martin, Chang et le troisième homme jaillir du mur de flammes et s'envoler, avant de chuter vers le pont inférieur. Ils s'écrasèrent tout autour d'elle, à l'endroit qu'elle venait tout juste de dégager en roulant sur le côté. Les trois hommes étaient vivants, mais Kate avait dans l'idée que quelques jambes n'avaient peut-être pas si bien encaissé. Elle retira son sac à dos pour les rejoindre en rampant, mais une explosion quelque part au-dessus projeta une pluie de débris qui s'abattit sur eux. Roulée en boule, Kate fit de son mieux pour se protéger.

D'une poigne implacable, Shaw la remit debout.

— Il faut sauter ! dit-il en désignant l'eau en contrebas.

Les yeux de Kate s'arrondirent. Il y avait au moins six ou sept mètres et un incendie gigantesque brûlait à la surface de la mer, tout autour de ce qui restait du bateau.

— Hors. De. Question !

Il prit le sac à dos et le balança par-dessus bord. Puis il l'attrapa par le bras pour la tirer vers le bord. Kate ferma les yeux et prit une grande inspiration.

David prit le gobelet de café en polystyrène expansé que lui tendait le soldat, et le remercia.

Il but une gorgée tout en laissant son regard se balader sur les écrans tout autour de la pièce. Les soldats Immari arrivaient en rangs à l'intérieur de la citadelle. Ils allaient être les nouveaux « locataires » des enclos.

Deux opérateurs zoomaient sur la barge en feu, évaluant les dégâts et son degré de désintégration, pour décider s'il y avait lieu de la bombarder une fois encore.

Sur l'écran, des explosions internes soufflèrent une ouverture dans une cloison. Un soldat Immari tirait une femme à travers un rideau de flammes. Puis il la poussa sur le pont en contrebas. Elle se roula en boule, manifestement pour se protéger, mais l'homme la força à se remettre debout.

David se figea. La femme était brune... Mais il connaissait son visage. C'était impossible. Et pourtant, c'était bel et bien Kate. *Ou alors ça y est ! Je suis devenu fou.* La pression de la bataille et des choix qu'il avait dû faire avait fini par faire voler en éclats la réalité. Voyait-il ce qui était en train de se passer dans la réalité ou ce qu'il avait envie de voir ?

Il vit Kate tenter de repousser le soldat Immari, puis celui-ci la jeter dans l'eau en contrebas – et à coup sûr vers la mort.

David se précipita sur le poste de travail de l'opérateur.

— Cette séquence ! Revenez en arrière.

Les images repartirent à l'envers.

— Stop !

David se pencha plus près. Oui, il en était absolument sûr. C'était bien Kate. Et un soldat Immari – un homme bientôt mort – qui l'avait secouée comme une poupée de chiffon et balancée à la mer.

Il pivota sur lui-même pour s'adresser à la cheffe berbère.

— Vous prenez le commandement jusqu'à mon retour. Et ne tirez pas sur la barge. Quoi qu'il arrive.

Dans les secondes suivantes, il était déjà en train de dévaler l'escalier métallique.

Kamau le héla depuis la plate-forme.

— David ! Tu veux un coup de main ?

Chapitre 55

Ancienne base opérationnelle Immari
Ceuta, nord du Maroc

Au port, David passa rapidement en revue tous les bateaux. Il y avait toute une palanquée de barcasses de pêche, mais bien peu de bâtiments équipés de moteurs. David mit de l'ordre dans ses idées. Quelle était la priorité ? L'autonomie ou la vitesse ? En fait, il avait besoin des deux, mais dans quelles proportions exactement ? Il aperçut alors un yacht, un Sunseeker 80. Quelles étaient ses caractéristiques techniques déjà ? Deux ans plus tôt, il avait envisagé d'en acheter un. *Vingt-quatre mètres et demi de long, vingt-quatre nœuds de vitesse de croisière et trente en pointe.* Quant à l'autonomie, elle devait tourner autour de trois cent cinquante milles marins. Mais il y avait mieux tout au bout de la marina, un monstre : un Sunseeker de quarante mètres. Avec un peu de chance, il aurait un petit submersible sur la plate-forme arrière.

— On va prendre le grand yacht là-bas, annonça-t-il en le désignant d'un signe de tête à Kamau.

Quelques minutes plus tard, le navire de quarante mètres fendait les flots de la Méditerranée en direction de l'énorme bateau de croisière en train de brûler dans la nuit.

Les bras et les jambes de Kate commençaient à fatiguer. Elle arrivait à peine à garder la tête hors de l'eau. La barge continuait à cracher de la fumée dans l'air et à vomir toutes sortes de débris dans l'eau. À chaque seconde, sa tête passait sous l'eau et elle avait l'impression qu'elle allait se noyer.

Mais ils étaient coincés dans une toute petite étendue d'eau libre au contact de l'épave, cernés par une muraille de flammes à la surface de la mer.

Tout son corps lui faisait mal. Le simple fait de respirer lui déchirait les poumons.

Shaw se mit à nager vers un assez gros débris, qu'il remorqua vers Kate et les autres naufragés.

— Accrochez-vous. Il va falloir attendre que le feu se calme. Ensuite, on ralliera le rivage à la nage.

David scrutait le navire de croisière éventré, aux allures de grand feu de joie posé sur l'eau. Toute la structure s'effondrait sur elle-même. À intervalles réguliers, quelque chose explosait ici ou là. Les réservoirs alimentant les turbomoteurs avaient dû céder et laisser fuir leur carburant. C'était ce fioul lourd qui flambait à la surface de l'eau en un stupéfiant demi-cercle enfermant le navire. Des gens sautaient depuis tous les ponts – certains vers leur propre mort à n'en pas douter. Ils disparaissaient dans l'eau à l'intérieur du mur de feu. David ne voyait pas comment ils allaient pouvoir en sortir. Impossible de traverser le champ de flammes à la nage, ni même de passer dessous tant il était large.

Son seul espoir était que Kate ait survécu au plongeon et qu'elle l'attende.

David alla contrôler l'état du submersible. Plus d'oxygène. Quelles options lui restait-il ? Attendre que les flammes s'éteignent ? Mais si Kate était blessée ?

— David, de quoi as-tu besoin ?

— D'oxygène.

Kate aperçut comme une ombre sous l'eau, une seconde à peine avant que celle-ci n'attrape Shaw pour l'emporter vers le fond.

Tout d'abord, Kate crut que c'était un requin ou quelque créature marine, mais Shaw reparut à la surface, agitant désespérément les bras. Derrière lui, sa main sentit le débris flottant et s'y accrocha. Avec l'énergie du désespoir, il se hissa dessus. La chose jaillit hors de l'eau pour marteler le corps de Shaw, le rouer de coups, l'enfoncer dans le morceau de bois. Kate vit que c'était un homme, colossal et incroyablement puissant. Ses muscles bandés saillaient sous sa combinaison de plongée. Il portait plusieurs bouteilles dans le dos. Shaw se battait avec vaillance, ripostant avec tout ce qui lui restait d'énergie, mais le monstre était trop puissant. L'un de ses coups finit d'ailleurs par toucher Shaw à la tête. L'arrière de son crâne heurta la surface dure et son corps s'amollit. L'homme s'empara de lui avec l'intention manifeste de le remporter vers les profondeurs.

Kate s'élança pour s'interposer entre eux, repoussant d'une main le plongeur masqué, attrapant Shaw de l'autre pour tenter de le libérer.

Le monstre arracha le masque de plongée qui lui dissimulait le visage.

— Mais qu'est-ce que tu fabriques ?

David.

Kate se figea. Un flot d'émotions la submergea. Elle sentit ses membres s'engourdir et elle but la tasse.

David lâcha Shaw pour la rattraper. Il resta un moment à la contempler, ses yeux plongés dans ceux de sa belle. Comme il ouvrait la bouche pour prononcer ses premières paroles, le poing de Shaw s'abattit sur son visage, l'envoyant à son tour sous l'eau. Shaw plongea à sa suite, mais Kate se ressaisit bien vite pour se remettre entre eux.

— Les garçons ! Les garçons ! criait-elle en les repoussant chacun de son côté.

— Tu le protèges ? s'étrangla David entre ses dents serrées.

— Il m'a sauvé la vie, répliqua Kate.

— Il t'a balancée par-dessus bord.

— Oui, euh… c'est compliqué.

David la fixait intensément.

— Peu importe. On s'en va d'ici. (Il ôta l'une des bouteilles dans son dos et la poussa vers Kate.) Tiens, prends ça.

D'un geste, Kate montra Martin, Chang et l'autre scientifique.

— Et eux ?

— Quoi eux ?

— Ils viennent avec nous, insista Kate.

David secoua la tête, puis entreprit de harnacher Kate en plaçant la bouteille sur ses épaules.

Elle s'écarta de lui pour nager vers les autres survivants.

— Je ne pars pas sans eux.

— D'accord, d'accord. Ces trois-là… (Il jeta un regard glacial à Shaw.) Ces quatre-là peuvent partager une bouteille.

— Kate, il faut que je te parle, dit Martin qui parvenait à garder la tête hors de l'eau. C'est urgent.

Le scientifique européen intervint dans le débat.

— Je n'ai pas besoin de partager l'oxygène. Je peux me débrouiller pour traverser.

Toutes les têtes se tournèrent vers lui.

—Je suis un extrêmement bon nageur, expliqua-t-il.

David lança l'autre bouteille à Shaw.

—Très bien. Organisez-vous une petite réunion pour vous mettre d'accord. Et on y va.

Il prit Kate par le bras.

—Attends, dit-elle. Martin est blessé. Et malade. Il faut que tu le prennes, David.

—Non, répliqua-t-il en nageant jusqu'à elle. Je ne te perds pas de vue. Pas une nouvelle fois.

Elle entendit Shaw émettre un grognement, mais la situation paraissait pouvoir rester calme. Elle hocha la tête.

—Bon sang, dit Shaw. Je vais m'occuper de Martin. Vous, occupez-vous de l'Asiatique. De toute façon, il ne prendra pas beaucoup d'oxygène. (Il se tourna ensuite vers le scientifique européen.) Quant à vous… je suppose que vous vous débrouillez.

Pour toute réponse, l'Européen plongea sous l'eau. Martin émit une protestation, mais Shaw le prit sous son aile et ils disparurent sous l'eau à leur tour. David positionna le masque sur le visage de Kate. À peine avaient-ils plongé que Kate se débattait pour remonter à la surface.

—Quoi ? demanda David.

—Chang.

David se retourna.

Le docteur Chang barbotait dans son coin.

—J'ai cru que vous alliez me laisser.

Il a quand même sauvé la vie de Martin, songea Kate.

—On ne va sûrement pas vous abandonner. (Elle esquissa un geste à l'intention de David.) Prends-lui la main.

—Tu surestimes ma zone de confort.

—Oh, bon sang !

Elle attrapa la main de Chang et raffermit sa prise sur celle de David. Puis ils partirent sous l'eau, tous les trois ensemble.

Kate prit le premier tour d'oxygène, puis ce fut Chang. Apparemment, David en avait moins besoin qu'eux.

Kate ne voyait ni Shaw, ni Martin, ni l'autre homme. L'espace sous l'incendie paraissait s'étendre indéfiniment. En levant la tête, elle découvrit à travers le masque un spectacle féerique. Le feu sur l'eau était d'une beauté somptueuse, un peu comme une fleur rouge-orange en train d'éclore, s'ouvrant et se refermant dans une vidéo en projection accélérée.

Chang nageait comme un petit chien à côté d'elle, les yeux fermés. Il devait y avoir du fioul mêlé à l'eau.

David ouvrait la voie. Il portait des palmes aux pieds. Ses jambes puissamment galbées le propulsaient à travers l'eau.

Enfin, la zone enflammée prit fin. Kate vit le noir de la nuit au-dessus de l'eau. David les guida vers la surface. Chang et lui avalèrent une grande goulée d'air en retrouvant leur élément.

Kate leva un bras pour se protéger les yeux de la lumière aveuglante du projecteur d'un autre bateau. C'était un yacht blanc avec des vitres teintées, haut de trois étages superposés. Elle se doutait qu'il devait exister un terme maritime spécifique pour désigner ce genre de navire, mais à ses yeux, c'était ce qu'il était : un immeuble blanc de trois étages avec des passerelles télescopiques à la poupe et à la proue.

David mena Kate et Chang dans sa direction. Un homme noir herculéen se tenait à l'arrière du bateau. Penché sur l'eau, il attrapa les deux bras de Kate et la hissa à bord sans paraître fournir le moindre effort.

Kate retira son sac à dos pendant que l'Africain sortait Chang de l'eau en le tirant par un bras pour le déposer à côté d'elle.

David commença à remonter par l'échelle.

— Nous sommes les premiers ? demanda-t-il.

L'Africain confirma d'un hochement de tête.

David interrompit son ascension pour attraper le masque que Kate venait de retirer. Il entamait tout juste son retour à l'eau quand une tête apparut à la surface.

Le scientifique européen.

— Vous avez vu les deux autres ? cria David.

— Non, répondit-il en s'essuyant le visage. J'avais les yeux fermés. Il y a du fioul dans l'eau.

Il a l'air à peine essoufflé, songea Kate. Elle brûlait de prendre un instant pour parler avec David, mais il était déjà reparti dans les eaux noires.

Les secondes s'égrenèrent lentement, semblant durer des heures.

— Je m'appelle Kamau.

— Et moi, Kate Warner, répondit Kate en se tournant vers lui.

De saisissement, il haussa les sourcils.

— Ouais, je produis souvent cet effet-là.

Elle reporta son attention sur l'eau. Une nouvelle tête apparut. Shaw. Martin n'était pas avec lui. Kate vint au bastingage.

— Où est Martin ?

— Il n'est pas là ? répondit Shaw en se retournant dans l'eau. Il a piqué une crise. Il avait l'impression de se noyer. Je pensais qu'il était passé devant. Je ne voyais absolument rien.

Il repartit sous la surface.

Kate fixait le mur de flammes. Si Martin était remonté au milieu de cet enfer…

Elle attendit. À un moment, elle sentit qu'on lui déposait une couverture sur les épaules.

Elle murmura un remerciement sans même se retourner pour voir qui prenait soin d'elle.

Deux têtes jaillirent de l'eau. Un homme en tirait un autre vers le bateau. C'était David qui ramenait Martin.

La tête de ce dernier était assez gravement brûlée. Il était presque inconscient.

David porta Martin à bord et le déposa sur le cuir blanc d'un divan dans le salon. Chang se précipita pour examiner les blessures de Martin. Kamau apporta un kit de premiers secours, dans lequel Kate se mit *illico* à fouiller.

Une dernière tête creva la surface.

— Il est là ? cria Shaw.

— Oui ! répondit Kate.

À la seconde où le SAS atteignait l'échelle, David cria un message à l'intention de Kamau.

— On s'arrache d'ici !

Kate et Chang prodiguèrent leurs bons soins jusqu'à ce que la tête de Martin soit soigneusement bandée et que sa respiration se soit stabilisée.

— Il va s'en tirer, dit Chang. Je peux m'en occuper, maintenant.

David prit Kate par le bras pour la mener vers le pont inférieur. Sa main tenait fermement le biceps de la jeune femme. Elle était trempée et épuisée, mais le fait de voir David, de le savoir vivant, faisait naître en elle un indescriptible sentiment d'excitation et d'euphorie.

Il referma la porte de la cabine et tira le verrou.

— Il faut qu'on parle, dit David sans même avoir pris le temps de se retourner.

Chapitre 56

Nord du Maroc

C'est une douleur au côté, insupportable et lancinante, qui arracha Dorian à l'inconscience.

Il roula sur lui-même et ne put retenir un hurlement. Le mouvement ne faisait qu'amplifier la souffrance. Ce qui l'avait touché était toujours en lui, à lui fouiller les entrailles comme une lame brûlante.

Il arracha son casque et se pencha tant bien que mal pour trouver la cause de son calvaire.

La branche le traversait de part en part juste au-dessus du pelvis, pile à l'endroit où s'arrêtait son gilet pare-balles. Son geste fit déferler sur lui une vague d'agonie. Il dut s'arrêter pour la laisser passer. Ensuite, il retira sa protection et releva le tee-shirt qu'il portait en dessous.

La branche n'était qu'à quelques centimètres de sa hanche. Un chouïa plus loin, son foie aurait été atteint.

Dents serrées, il retira méthodiquement l'éclisse de bois fichée en lui.

Puis il examina la blessure. Il saignait, mais il survivrait.

Pour tout dire, il avait de plus gros problèmes à résoudre dans l'immédiat.

Même contre le noir du ciel nocturne, il distinguait nettement les trois colonnes de fumée au-dessus des arbres. Les émanations de son escadrille d'hélicoptères en train de flamber.

Ceuta ne disposait plus d'aucun soutien aérien, l'intégralité de ses moyens ayant été déployée dans le sud de l'Espagne. En revanche, ceux qui avaient pris la base pouvaient compter sur des effectifs terrestres pléthoriques. Allaient-ils les envoyer à ses trousses ?

Il se leva.

Des cris lui parvinrent – en provenance du site du crash de son hélico. Son instinct prit le dessus. Il récupéra son casque et son gilet pare-balles, puis s'élança en courant vers la carcasse en flammes.

L'hélicoptère avait bouté le feu à la forêt. L'incendie faisait rage. Dorian ne voyait strictement rien à travers le mur de flammes. Les cris étaient de plus en plus forts, mais Dorian ne comprenait pas ce qu'ils disaient.

Il remit ses protections et fit le tour du périmètre, en quête d'un passage à travers le sinistre. Sur l'autre côté, le feu était peut-être un peu moins nourri, mais il ne distinguait toujours pas l'hélicoptère. Néanmoins, il pensait pouvoir passer.

Il tira son pistolet de son holster pour le poser par terre, avec ses chargeurs de rechange et son téléphone satellite. Puis il glissa ses mains à l'intérieur du gilet et s'approcha du cercle de feu. Ses bottes, sa tenue et son casque étaient ignifugés, mais dans certaines limites seulement. En outre, il y avait des parties de son corps qui n'étaient pas protégées.

Il prit une profonde inspiration et s'élança dans le brasier. Ses pieds martelaient le sol. L'air brûlant était insupportable. Il cessa de respirer et… déboucha de l'autre côté du rideau de flammes, dans une sorte de clairière où rien ne brûlait. Les trois hélicoptères étaient tombés assez proches les uns des autres et leurs embrasements respectifs s'étaient réunis pour former cet immense cercle de feu. Dorian n'allait rien trouver sur ces épaves en passe d'être calcinées. Les cris n'avaient pas pu provenir d'un improbable survivant dans l'une ou l'autre.

À cet instant, une nouvelle série de hurlements se fit entendre. Dorian tourna sur lui-même et vit enfin d'où ils provenaient. Entièrement noire, la tenue Immari du pilote était presque invisible sur la terre noire dans la nuit, même à la lueur de l'incendie.

Dorian courut jusqu'à lui. La jambe de l'homme formait un angle qui n'avait rien de normal. Une profonde plaie était visible sur le côté. Le blessé s'était posé un garrot improvisé en haut de la cuisse, ce qui lui avait sauvé la vie, mais Dorian n'était guère optimiste pour autant. Certes, le pilote avait réussi à s'extraire de l'hélico en flammes en rampant, mais il était exclu qu'il puisse courir ni même simplement se tenir debout.

— Au secours ! cria-t-il.

— La ferme, rétorqua machinalement Dorian, dissimulé derrière son casque noir.

Que pouvait-il faire ? Le blessé avait déjà perdu bien trop de sang et Dorian n'avait absolument rien à sa disposition pour le soigner. Sa main partait déjà à la recherche de son arme, quand il se souvint qu'il l'avait laissée de l'autre côté. *Allez, abrège ses souffrances. Et bouge d'ici. L'ennemi ne va pas tarder à rappliquer. Tu vas te faire tuer à cause de lui.* Mais Dorian ne pouvait pas se résoudre à l'abandonner, à laisser l'un de ses soldats devenir la proie des flammes. Il se pencha pour lui prendre un bras.

— Merci, monsieur, murmura le pilote.

Dorian interrompit son geste un instant, puis s'éloigna de l'homme. Quelques secondes plus tard, il revenait avec son casque.

— Enfile ça. On va passer à travers les flammes.

Dorian serra les dents en chargeant le blessé sur ses épaules. La plaie sur son propre flanc le torturait atrocement. Il avait l'impression d'être déchiré de l'intérieur.

Il s'élança en direction du feu, prit une immense inspiration, et pénétra dans le brasier. Son rythme était plus lent cette fois-ci, mais il y mettait néanmoins tout ce qui lui restait d'énergie.

Au sortir de cet enfer, il lâcha l'homme comme un paquet sur le sol et s'effondra. Sous le vent, le feu avançait dans l'autre direction. Pour l'heure, ils ne craignaient plus rien.

Dorian n'arrivait pas à reprendre son souffle. La douleur lui donnait envie de gerber. Le supplice était à son comble. Il n'était même plus capable de dire où il avait mal. À l'extrémité de son champ de vision, il aperçut l'arme, les chargeurs et le téléphone qu'il avait posés. S'il parvenait à les atteindre, il pourrait mettre un terme aux souffrances de ce pauvre homme… Dorian tenta de se redresser, mais l'agonie et l'épuisement étaient les plus forts. Leur puissance irrésistible le clouait au sol, l'obligeait à rester allongé, immobile.

Le pilote rampa jusqu'à Dorian et entreprit de faire quelque chose. Dorian tenta de le repousser, mais le pilote ne se laissa pas faire. Un nouvel éclair de douleur remonta le long de ses jambes. L'homme le torturait. Dorian essaya de ruer pour se débarrasser de l'importun et de la souffrance, mais l'homme plaqua son corps sur lui. La douleur enflait comme une lame de fond remontée des abysses. Il allait être submergé. Il était en train de se noyer. Les bois et le monde alentour disparurent.

Quand Dorian reprit conscience, il faisait toujours noir, mais il n'y avait plus d'incendie sur le site de l'accident. Rien d'autre que des braises et de la fumée. Et de la douleur. Mais il pouvait de nouveau bouger. À côté de lui, le pilote semblait dormir.

Dorian s'assit. Le moindre mouvement lui arrachait une grimace. *Mes pieds.* Ils ne formaient plus qu'un amas marbré et calciné. Ses bottes, à moitié fondues, étaient posées à côté. Les semelles étaient toutes lisses, là où le caoutchouc avait fondu pour former une pâte qui avait adhéré à sa peau, ses ongles et la plante de ses pieds. Le pilote les lui avait retirées – sauvant du même coup l'extrémité de ses jambes. Combien de temps aurait-il fallu pour que ses bottes liquéfiées refroidissent ? Si Dorian les avait gardées aux pieds, sans doute n'aurait-il jamais pu remarcher.

Une paire de bottes intactes était posée un peu plus loin.

De nouveau, Dorian se tourna vers le pilote qui ronflotait doucement. Il était pieds nus. Dorian posa le dessous d'une des bottes sous son pied. Un peu petite, mais cela ferait l'affaire. Tout dépendait de la distance qu'il aurait à marcher. Et ça, c'était une réponse qu'il lui fallait obtenir sans tarder.

En rampant, il alla jusqu'à son arme et son téléphone satellite. Il jeta un regard au pilote en réfléchissant à ce qu'il allait faire. Sur la jambe blessée, la zone tout autour de l'entaille montrait déjà des signes d'infection.

Dorian activa son appareil.

— Commandement opérationnel de la flotte.

— C'est Sloane…

— Monsieur, nous…

— Tais-toi. Passe-moi le capitaine Williams.

— Mon général…

— Capitaine, pourquoi est-ce que je suis coincé dans une forêt derrière les lignes ennemies ?

— Monsieur, nous avons envoyé deux missions de secours. Les deux ont été abattues. Vous êtes très loin à l'intérieur de leur zone de tir.

— Je n'ai pas besoin de savoir combien de fois vous avez échoué, capitaine. Envoyez-moi plutôt une carte topographique sur mon téléphone, avec leur portée de tir en calque.

— Oui, monsieur. Nous avons des raisons de croire que Ceuta envoie des troupes au sol vers votre position…

Dorian se mit à étudier la carte sur l'écran, sans plus se préoccuper de ce que racontait le capitaine. Depuis sa position, Dorian pensait pouvoir atteindre le premier point d'extraction hors de portée de tir en à peu près trois heures. Son regard glissa vers ses pieds brûlés. *Plutôt quatre heures…* La balade promettait de ne pas être une partie de plaisir, mais il pouvait y arriver.

Le pilote émit un genre de grognement qui attira l'attention de Dorian. Il le regarda un instant – un brin ennuyé. Que faire ? Par leur seule présence, le pistolet et les chargeurs juste à côté de lui semblaient lui présenter la solution.

Son regard glissa dans le flou, comme si son esprit était parti explorer d'autres voies. Mais à chaque option envisagée, une pensée froide et radicale venait s'imposer à lui. *Ne sois pas idiot. Tu sais qu'il faut le faire.* Pour la première fois de son existence, Dorian avait un visage à mettre sur cette voix : celui d'Ares. C'était quelque chose qu'il savait à présent.

Désormais, il pouvait aussi sentir ce qu'étaient ses pensées – ses véritables pensées, celles de la personne qu'il était avant la première épidémie, quand son père l'avait mis dans le tube. Cet instant était une synthèse de toutes les décisions difficiles qu'il avait eu à prendre un jour : une lutte entre ce que voulait son « moi » humain, capable d'émotions, et la voix froide et cruelle d'Ares. *Ares…* La volonté tapie dans l'ombre en arrière-plan, invisible, qui sans relâche aiguillonnait Dorian et façonnait ses pensées. Jusqu'à cet instant, Dorian n'avait jamais été pleinement conscient de ce combat qui se livrait en lui. La voix d'Ares revint à la charge. *Ne sois pas faible. Tu es unique. Tu dois survivre. Ton espèce compte sur toi. Ce n'est qu'un soldat de plus sacrifié à notre cause. Ne laisse pas son sacrifice obscurcir ton jugement.*

Dorian porta son téléphone à hauteur de son visage.

— Capitaine, je viens de vous envoyer des coordonnées.

Il regarda le pilote, puis ses pieds brûlés. Des pieds avec lesquels il pouvait encore marcher.

— Monsieur ?

L'esprit de Dorian tanguait comme un frêle esquif sur une mer déchaînée. La voix s'était faite plus impérieuse. *Ce monde n'a pas été bâti pour les faibles. Dorian, tu mènes la plus grande partie d'échecs de tous les temps. N'expose pas un roi pour sauver un pion.*

— Je suis là, répondit Dorian. Je serai au point d'extraction dans… (*Ne fais pas ça !*) Dans huit heures. Je vous préviens : j'ai un autre survivant avec moi. Si nous ne sommes pas à l'heure dite à ces coordonnées, les ordres de l'équipe de secours sont de rentrer dans la forêt pour nous chercher en suivant une trajectoire sur l'azimut quatre degrés sept.

La voix s'était tue, réduite au silence. Les pensées de Dorian étaient les siennes. Il était libre. Différent… Ou alors, il était lui-même… La personne qu'il avait toujours été censé être. La voix dans son oreille interrompit ses réflexions.

— Reçu, mon général. Bonne route.

— Capitaine.

— Monsieur ?

— La fille dans mes quartiers…, dit Dorian.

— Oui, monsieur. Elle est…

— Dites-lui… Dites-lui que je vais bien.

— Bien, monsieur. Je lui communiquerai l'information.

Dorian coupa la communication.

Dorian se laissa retomber sur le sol. Il avait faim. Il avait besoin de manger quelque chose, de récupérer des forces – surtout avec la perspective du poids supplémentaire qu'il allait devoir porter. Il allait devoir chasser.

À cet instant, il entendit un grondement sourd dans le lointain. Le tonnerre ? Non. C'était le martèlement de sabots de chevaux dans la forêt…

Chapitre 57

Quelque part au large de Ceuta
Mer Méditerranée

Au cours de la dernière heure écoulée, Kate et David n'avaient pas échangé un seul mot, mais pour tout dire, ils en étaient extrêmement heureux et satisfaits. À présent, ils se prélassaient, nus, sur les draps du lit géant au centre de la cabine grand luxe aux murs lambrissés.

Pour Kate, l'instant avait quelque chose d'irréel, de proprement surnaturel, comme s'ils avaient été installés dans la suite d'un grand hôtel, comme si le monde à l'extérieur n'avait été qu'un mauvais rêve. Elle se sentait en sécurité, et libre, pour la première fois depuis… Depuis si longtemps qu'elle avait fini par oublier.

Le visage niché contre son torse, Kate écoutait battre le cœur de David en regardant son grand corps monter et descendre à chaque respiration. De l'index, elle suivit les contours de la brûlure écarlate sur sa poitrine. C'était comme s'il avait été marqué au fer rouge.

— Elle est nouvelle celle-là, murmura-t-elle.

— Le prix d'un cheval de bois dans ce monde déglingué, répondit-il d'une voix infiniment sérieuse.

Était-ce une plaisanterie ? Elle se redressa pour le regarder dans les yeux. Elle espérait une explication, mais il ne la regarda pas.

Il était différent d'une certaine manière. Plus dur, plus distant. Elle avait senti cette transformation chez lui quand ils avaient fait l'amour. Il n'avait plus la douceur et la prévenance qu'il avait montrées à Gibraltar.

Elle renfouit son minois contre le buste de son amant, un peu comme si elle avait voulu se cacher.

— J'ai rêvé d'un cheval de bois. Tu dessinais…

David l'écarta de lui.

— J'étais à une table à dessin…

Le choc la tétanisa. Elle hocha la tête, lentement, avec hésitation.

— Oui… Il y avait une espèce de véranda donnant sur une baie bleue et une péninsule boisée…

— Impossible…, murmura David. Comment ?

Les mots de Martin résonnaient dans l'esprit de Kate. *« Nous pensons que le gène Atlantis est lié à un processus biologique quantique. Des particules subatomiques transmises plus vite que la lumière… »*

Kate avait transfusé son sang à David, mais cela ne pouvait tout de même pas avoir modifié son génome, lui avoir transmis le gène Atlantis. Néanmoins, il existait bel et bien une forme de connexion entre eux.

— Je crois que cela a à voir avec le gène Atlantis. Il active une sorte de lien biologique quantique…

— D'accord, arrête tout de suite. C'est fini le charabia scientifique. Toi et moi, il faut qu'on parle.

— Eh bien, parle, répliqua Kate avec un mouvement de recul. Tu n'as pas besoin d'une invitation formelle pour ça.

— Tu m'as laissé.

— Quoi ?

— À Gibraltar. Je te faisais confiance…

— Je te rappelle qu'on t'avait tiré dessus… Trois fois. Keegan allait te tuer.

— Il ne l'a pas fait.

— J'ai passé un accord avec lui…

— Non. Il avait besoin de moi. Il voulait que je tue Sloane. Il nous a trompés tous les deux. Tu aurais dû venir à moi…

— Tu es sérieux ? David, tu pouvais à peine marcher. Keegan m'a dit que la maison était pleine d'hommes à lui. Des agents Immari. C'étaient bien ses hommes, n'est-ce pas ?

— Oui…

— Et qu'aurais-tu fait ? Tu étais cerné…

— Moi, je ne t'aurais pas menti. Je n'aurais pas couché avec toi pour partir au milieu de la nuit.

Une vague de colère monta en elle. Au prix d'un effort, Kate parvint à se contenir.

— Je ne t'ai jamais menti…

— Tu ne me faisais pas confiance. Tu ne m'as pas parlé…

— Je t'ai sauvé la vie. (Kate se leva et secoua la tête.) J'ai fait ce que j'ai fait. C'est passé.

— Le referais-tu ?

Kate résista à l'envie de lui répondre.

— Réponds-moi !

Elle le regarda fixement. Il lui retourna un regard noir. Il était tellement différent. Et pourtant, c'était bien l'homme qu'elle avait…

— Oui, David. Je le referais. Tu es ici. Moi aussi. Nous sommes tous les deux en vie.

Il y avait autre chose qu'elle voulait lui dire, mais elle ne pouvait s'y résoudre. Pas tant qu'il la regardait comme ça, avec ces yeux glacés et morts.

— Je ne veux pas avoir sous mes ordres quelqu'un qui ne me fait pas confiance.

Kate explosa.

— Sous tes ordres ?

— Exactement.

— Eh bien, tant mieux, parce que je n'ai aucune intention de m'engager dans l'armée… ou la chose que tu diriges, quelle qu'elle soit.

Quelqu'un frappa à la porte. Pour Kate, ce fut une forme de soulagement. Elle ouvrit la bouche pour parler, mais David la prit de vitesse.

— Ce n'est pas le moment…

— C'est Kamau. C'est urgent, David.

David et Kate remplacèrent les draps dans lesquels ils s'étaient enveloppés par leurs vêtements. Ils s'habillèrent chacun dans son coin en se tournant le dos. Puis David lui jeta un regard interrogateur, froid mais courtois. Elle y répondit par un hochement de tête et il ouvrit la porte.

— David…, dit Kamau.

— Quoi ?

— Le vieil homme.

— Eh bien ?

— Il est mort.

David se retourna vers Kate. Son visage n'était plus le même : toute sa dureté s'était instantanément envolée. Elle y vit de la compassion. Elle reconnut l'homme dont elle était tombée amoureuse. En elle, l'euphorie le disputait à la douleur suscitée par la nouvelle qu'avait apportée Kamau. Puis arriva le choc : le visage de Martin était certes brûlé, mais il n'était pas si gravement blessé. Le traitement de Chang avait-il brutalement cessé de faire effet ? Qu'est-ce que Kate allait devenir sans lui ? Elle n'avait jamais eu l'occasion de le remercier. Quels avaient été les derniers mots qu'elle lui avait dits ?

— Merci… de nous avoir prévenus, dit David.

— Il faut que tu viennes maintenant, David. Et prends une arme.

— Quoi ?

Kamau jeta un coup d'œil à la ronde pour s'assurer qu'ils étaient seuls.

— J'ai des raisons de croire que quelqu'un l'a assassiné.

Martin était paisiblement allongé sur le divan de cuir blanc dans le salon du pont supérieur.

Tout le monde était réuni : Kate, David, Kamau, Shaw et les deux scientifiques, à savoir Chang et l'Européen – qui s'était finalement présenté comme étant le docteur Arthur Janus. Depuis le seuil, Kate resta un instant à regarder Martin, avant de traverser la pièce pour s'agenouiller à son chevet. Elle luttait pour contenir les émotions qui la submergeaient. Martin avait été pour elle ce qui s'apparentait le plus à un père. Il n'avait pas vraiment été à la hauteur de la tâche, mais il avait sincèrement essayé. Et c'était précisément cela qui rendait les choses encore plus difficiles pour Kate. Elle s'efforça de mettre de l'ordre dans ses pensées. Il fallait absolument qu'elle se concentre.

Les paroles de Kamau tournaient follement dans son esprit. *« J'ai des raisons de croire que quelqu'un l'a assassiné. »*

Elle ne vit aucun signe de lutte. Elle examina ses ongles : ni peau, ni sang. Certes, il avait bien quelques contusions, mais rien que Kate n'estime plus récent que les blessures et égratignures liées à leur fuite de la barge. Martin était exactement comme quand Kamau l'avait sorti de l'eau. Elle leva un regard interrogateur vers le colosse.

Pour toute réponse, il inclina légèrement la tête sur le côté.

Kate palpa le cou de Martin. *Oui…* Elle bougea légèrement la tête du mort. Elle avait à présent une certitude : quelqu'un lui avait brisé la nuque… Kate sentit sa gorge se nouer. Celui qui avait commis ce crime était présent dans la pièce, en train de l'observer.

— Kate, je suis vraiment désolé de ce qui est arrivé à Martin, dit Shaw. Sincèrement désolé. Mais il faut quitter ce bateau et nous mettre en route. Vous n'êtes pas en sécurité ici.

Shaw avait-il vu lui aussi ce qu'elle avait vu ? Avait-il compris ?

— Elle ne va nulle part, dit David.

— Oh si, insista Shaw. Dites-moi où vous nous emmenez et je prendrai des dispositions pour qu'on vienne nous chercher.

David l'ignora purement et simplement pour se rapprocher de Kate. Shaw l'attrapa par le bras.

— Hé, je vous parle.

David pivota sur lui-même et repoussa Shaw, au point pratiquement de l'envoyer au sol.

— Touchez-moi encore une fois et je vous balance par-dessus bord.

— Pourquoi attendre ? Vous pouvez tenter votre chance tout de suite.

Kamau vint se placer derrière David, manière d'informer Shaw que ce serait à deux contre un.

Kate s'interposa entre les trois hommes.

— Ça suffit pour aujourd'hui les démonstrations de testostérone.

Elle prit David par le bras pour l'entraîner à sa suite.

Chapitre 58

Nord du Maroc

— Merci de m'avoir sauvé, monsieur, dit le pilote.

À l'aide de son couteau, Dorian arracha un morceau de la viande bien trop cuite et l'engloutit.

— Ce n'est rien. Sérieusement, j'aurais fait la même chose pour n'importe qui.

Le pilote hésita un instant.

— Oui, bien sûr, monsieur.

Ils continuèrent de manger en silence, jusqu'à ce qu'il ne reste pratiquement plus rien de l'animal que Dorian avait attrapé.

— Ça me rappelle une fois où j'étais allé faire du camping avec mon père quand j'étais enfant.

Intérieurement, Dorian émit le souhait que ce pénible crétin se décide à la boucler, ou mieux, qu'il tombe dans le cirage. Il examina une nouvelle fois la blessure, guettant les signes d'infection. Oui, sa jambe semblait définitivement mal en point. Il allait la perdre à coup sûr – à condition déjà qu'il survive jusqu'au lendemain. Quelque chose dans cette pensée poussa Dorian à répondre plus ou moins malgré lui.

— Mon père n'était pas vraiment… adepte du camping.

Le pilote d'hélico allait répondre quelque chose, mais Dorian lui brûla la priorité.

— Il était militaire. Il en était très fier d'ailleurs, tout comme de son implication dans Immari International, bien évidemment. En fait, quand j'étais petit, c'était plus comme une forme de club, de cercle restreint. Ce n'est que plus tard que les choses ont pris de l'ampleur. Quand j'étais enfant, la seule chose que je partageais avec lui, c'était les parades militaires auxquelles nous assistions. Dès la première fois, j'ai su que c'était ça que je voulais faire. Voir les hommes du Kaiser tous impeccablement alignés et marchant au pas. Le rythme de la musique dans ma poitrine…

— Extraordinaire, monsieur. Vous saviez déjà que vous vouliez devenir soldat ?

Dorian l'avait annoncé à son père ce soir-là. *Je veux aller au front, papa. S'il te plaît, achète-moi une trompette. Je serai le meilleur trompettiste de toute l'armée du Kaiser.* La renaissance de Dorian dans son tube avait fait disparaître les marques et les cicatrices sur ses jambes et le bas de son dos, mais il n'avait rien oublié de la correction que lui avait administrée son père. *« Voilà ce que le monde fait aux joueurs de trompette, Dieter. »*

— Oui, je le savais déjà. Un soldat…

Mais à quel moment ce qu'il savait était devenu ce qu'il était ? Ce jour de 1986, quand il était sorti de son tube… Il était différent alors. Il était Ares. Oui, c'était la vérité. Tout était clair à présent. Mais…

— Attendez… Vous avez bien dit : « l'armée du Kaiser » ?

— En effet. C'est… une longue histoire. Et maintenant, ferme-la et repose-toi. C'est un ordre.

Dorian était resté éveillé la moitié de la nuit. Mais malgré ses quelques heures de sommeil à peine, il se sentait incroyablement frais et dispos à son réveil. Les premiers rayons du soleil pointaient à l'est. Ici et là, la forêt commençait à s'animer.

Dorian s'était également réveillé avec une idée. Une excellente idée. Pourquoi n'y avait-il pas pensé plus tôt ? Cependant, il fallait qu'il agisse vite s'il voulait avoir une chance de réussir.

Il s'approcha en rampant du pilote. Son souffle était ténu. Du sang coulait toujours de sa blessure, formant une flaque brune sur le sol de la forêt. Régulièrement, il tressaillait dans son sommeil.

Dorian s'éloigna pour aller se percher un long moment sur un rocher, l'oreille aux aguets, sondant le vent pour savoir vers où aller. Quand il eut une certitude, il contrôla son arme et se mit en route.

Depuis les buissons, Dorian voyait distinctement les deux Berbères. L'un d'eux était couché par terre, devant la tente, tandis que l'autre, probablement un officier, dormait à l'intérieur. Il était à peu près sûr qu'ils n'étaient que deux. Deux chevaux seulement étaient attachés à un arbre un peu plus loin.

Une grande machette était posée à côté du feu mourant. Dorian allait s'en servir. Des coups de feu attireraient l'attention, et cela ne lui paraissait pas utile. *Deux Berbères endormis... Aucun problème...*

Dorian éperonna sa monture, qui filait comme le vent à travers la forêt. De retour au campement, il allait passer un nouvel appel pour avancer l'heure de l'extraction. Avec des chevaux, combien pouvaient-ils gagner de temps, le pilote et lui ? Plus précisément, combien de temps restait-il au blessé ? Dorian aurait aimé avoir la réponse à cette question. C'était la clé. Les chevaux allaient lui permettre de sauver la vie du pilote. De nouveau, il éperonna les flancs de la bête, qui accéléra son allure. L'autre cheval, tenu à la longe, tenait la cadence. *Extraordinaires animaux...*

Au campement, Dorian ralentit et mit pied à terre avant même que sa monture ne soit à l'arrêt.

— Hé ! debout ! cria Dorian en allant chercher le téléphone satellite.

Le pilote ne répondit rien.

Dorian s'arrêta net. *Non.* Il pivota sur lui-même. Il savait exactement ce que ses yeux voyaient, mais il n'en courut pas moins vers son camarade pour poser deux doigts sur son cou. Dorian sentit la peau glacée avant de noter l'absence de pouls. Il maintint le contact quelques secondes encore, le regard fixé sur ces paupières définitivement closes.

Une vague de rage déferla sur lui. Il faillit mettre un coup de pied au corps mort. Pour un peu, il se serait laissé tomber à genoux pour pouvoir le frapper à coups de poing – le punir pour être mort, pour l'avoir laissé seul, pour... Pour tout. Il se redressa et les chevaux renâclèrent. Pris de frayeur, ils cherchaient à s'éloigner de lui. L'un d'eux hennit et se cabra. *Sales bêtes ! Stupides et puantes.* Il se retourna pour frapper le premier à portée, mais ils étaient trop loin. *Peu importe.* Il allait chevaucher le premier jusqu'à le faire crever sous lui. Puis il poursuivrait avec le second jusqu'à lui faire subir le même sort.

Il se précipita sur le téléphone.

— Commandement opérationnel de la flotte.

— Passe-moi le capitaine Williams.

— Veuillez décliner votre identité.

— Putain, mais à qui tu crois parler ? Tu as combien de faux numéros par jour ? Passe-moi Williams ou je viens moi-même t'éventrer dès je serai sorti de ce trou à rats !

— Ne… Ne quittez pas, monsieur.

Deux secondes s'écoulèrent.

— Williams…

— Changement de planning. Je serai sur la zone d'atterrissage dans moins d'une heure.

— Nous pouvons y être…

— Moins d'une heure ! Même pas soixante minutes. On peut développer des photos en moins de temps. Tu as intérêt à ramener ton cul dans le délai. Si je dois regagner la flotte par mes propres moyens, ton espérance de vie est réduite à néant, capitaine !

Dorian entendit son interlocuteur hurler qu'on démarre les hélicos.

— Nous… Nous serons là, monsieur.

— La fille…

— Nous prenons bien soin d'elle…

— Fous-la dehors.

— Vous…

— Je me fous de savoir où elle va. Je veux juste qu'elle ne soit plus là quand j'arriverai.

Et sur ces mots, Dorian coupa la communication et bondit en selle.

Puis il éperonna le premier cheval en y mettant toute sa hargne.

Chapitre 59

Quelque part au large de Ceuta
Mer Méditerranée

— Shaw l'a tué, affirma David d'un ton catégorique.
Kate ne put contenir une grimace.

— Parle moins fort, dit-elle en tournant la tête vers la porte fermée de leur grande cabine.

— Pourquoi ? Il sait que c'est lui. Et il sait que je le sais.

Kate le regarda dans les yeux. Il était tellement plein de colère. Elle la voyait sur son corps, elle l'entendait dans sa voix, mais elle pouvait aussi la sentir – à un niveau plus fondamental, comme si une partie d'elle-même était en lui et inversement. La colère semblait sourdre de lui pour se déverser en elle, comme la chaleur s'échappe du bitume surchauffé d'une autoroute. Elle la sentait qui la contaminait. Elle se sentait camper de plus en plus fermement sur ses positions, se préparer inconsciemment à un nouvel assaut contre lui. Tout était en train de partir en vrille. Il fallait qu'elle arrête cette spirale infernale. Qu'elle pose un jalon et commence quelque part. Kate prit une décision : elle allait commencer avec David. Elle avait besoin de lui. Elle voulait être avec lui. Elle ne pouvait pas faire ça sans lui… Sans lui, elle ne ferait rien.

David faisait les cent pas, ruminant de noires pensées que Kate pouvait ressentir. Elle tendit une main et attendit qu'il vienne s'y cogner. Ensuite, sans un mot, elle le mena vers le lit, l'assit et s'agenouilla devant lui.

— Parle-moi, dit-elle en lui prenant le visage entre ses mains. Tu veux bien ?

David fixait obstinément le sol, évitant son regard.

— Je vais tous les menotter, leur lier les mains. Kamau aussi, pour faire bonne mesure. Et on les enverra quelque part. N'importe où. Cela fera plus de nourriture pour nous deux. Après, je prendrai contact avec les Britanniques et les Américains. (Il secoua la tête.) La flotte de Sloane est au large des côtes marocaines. Pourquoi est-ce qu'ils ne l'ont pas déjà frappée ? Pourquoi attendre ? On pourrait finir cette guerre en deux temps trois mouvements. Ils sont à court de carburant ? Pour les avions, peut-être, mais ils ont des sous-marins nucléaires. Des quantités. On les élimine, puis on encercle les camps Immari et on juge tout le monde sur place. Tribunal de guerre. Hop, sans perdre une seconde.

— David…

Il ne la regardait toujours pas.

— Ça peut paraître dur, mais c'est la seule solution. Après tout, c'est peut-être ça l'objectif du fléau. Le test ultime. Le Ravissement, l'Enlèvement de l'Église, le jour du Jugement dernier. Tu aurais dû voir ce qu'ils font, Kate. Oui, c'est un test, une épreuve. L'occasion de purger le monde de tous ceux qui n'ont ni morale, ni valeurs, ni aucune compassion pour leurs semblables.

— Les gens sont désespérés. Ils ne sont plus eux-mêmes…

— Non, je crois au contraire que le fléau montre très exactement ce qu'ils sont. S'ils viennent en aide aux défavorisés ou s'ils leur tournent le dos, les abandonnent et les laissent mourir. À présent, nous savons qui ils sont. On circonscrit tous les Immari et tous les sympathisants Immari, et on les élimine. Le monde s'en portera beaucoup mieux. Un monde en paix, un monde où les gens se soucient les uns des autres. Sans la guerre, sans la faim, sans…

— David. David. Ce n'est pas toi.

Il la regarda pour la première fois.

— C'est peut-être le nouveau moi. Une sorte de blague pour initiés.

Kate grinça des dents. Une furieuse envie de le gifler la démangeait.

— J'ai l'impression d'entendre quelqu'un d'autre que je connais. Lui aussi veut réduire la population mondiale, éliminer ceux qui ne cadrent pas avec sa vision de l'humain idéal…

— Eh bien… peut-être que Sloane a la bonne idée, mais pas la bonne manière de faire. Humour…

Kate était sur le point d'exploser. Elle ferma les yeux. Il fallait absolument qu'elle donne un nouveau tour à la discussion, qu'elle la réoriente, qu'elle parvienne à l'en extraire pour comprendre ce qui avait bien pu lui arriver. Pourquoi il avait changé ainsi. *Concentre-toi sur les faits*, songea-t-elle, tandis que David continuait à marmonner son délire en bruit de fond.

— Je veux dire : s'il y a un problème avec les sous-marins, il leur suffit d'envoyer quelques missiles…

— Je sais pourquoi ils n'attaquent pas la flotte Immari.

— Hein, quoi ?

— Je vais te le dire, mais il faut d'abord que tu me racontes ce qui t'est arrivé.

— À moi ? Rien. La routine…

— Je suis sérieuse.

— Bon, voyons voir… Par où commencer ? Euh… Sloane m'a tué. Deux fois. (Il souleva son tee-shirt.) Tu vois, je n'ai plus de cicatrices.

Sa peau était lisse, comme celle d'un nouveau-né. Kate ne l'avait pas remarqué quand ils avaient… Au prix d'un effort de volonté, elle parvint à résister à l'envie de s'écarter de lui. De le fuir. Qu'était-il au juste ?

— Je… Je ne comprends pas.

— Bienvenue au club. Tu en as assez entendu comme ça ?

— Raconte-moi tout.

— D'accord. Après la seconde mort de David Vale, je me suis réveillé – comme de juste – dans une mystérieuse structure atlante. Comme tu le sais, c'est un endroit parfaitement logique et cohérent. Il n'y avait qu'une seule et unique sortie. Comme pour un rat dans un labyrinthe. Et le fameux labyrinthe, donc, m'a recraché dans les collines au-dessus de Ceuta. (Il fixait le vide devant lui, comme s'il revivait son récit.) C'était horrible. Je découvrais une lande désertique et calcinée. La quintessence de toutes mes craintes. Tout ce contre quoi je m'étais battu – les Immari, le Protocole de Toba –, là, devant mes yeux, dans toute son horreur. L'échec de tous mes efforts. Une vision atroce et irréelle. Une patrouille Immari m'a capturé et conduit à l'intérieur de la base. C'est là que j'ai vu ce que c'était. Ce qu'ils faisaient.

Kate hocha la tête.

— Et tu as décidé de les combattre.

— Non. Pas immédiatement – ce dont j'ai honte. Profondément honte. Ma première impulsion était plutôt de m'évader pour te retrouver…

Il la regarda dans les yeux et, dans cette fraction de seconde, Kate vit l'homme dont elle était tombée amoureuse. Il était fort. Il était vulnérable. Il était… David.

— Mais je n'avais aucune idée de l'endroit où tu pouvais être, poursuivit-il en détournant la tête. C'est là que j'ai décidé de me battre. De prendre la base.

— David, tous ces événements t'ont changé d'une certaine façon.

— Avant aujourd'hui, j'avais déjà tué des centaines de gens. Merde, je ne sais même pas combien. Des sales types pour la plupart, qui essayaient de nous tuer, moi ou mes hommes. À part ceux que j'ai abattus au fusil à lunette, bien sûr, mais le principe est le même. Mais Ceuta a été quelque chose de différent. À Ceuta, je n'exécutais pas des ordres. C'est moi qui ai conçu un plan, convaincu des hommes de me suivre et, quand l'heure fatidique est arrivée, c'est moi qui ai appuyé sur le bouton pour tuer des milliers de soldats et tout faire basculer dans la guerre. Ce carnage est le mien. Je pensais que c'était juste et que tous méritaient leur sort. Et maintenant, je veux poursuivre le combat. Je veux le mener à son terme. Je sens cet élan en moi qui brûle comme un feu. J'en veux encore. Je veux les éradiquer, tous, maintenant, tant qu'on peut encore.

Kate comprenait. Le fait qu'elle l'avait laissé à Gibraltar… Sa décision de combattre à Ceuta… Les blessures de David n'allaient pas guérir en un claquement de doigts. Sa rage n'allait pas s'atténuer tout de suite. Mais il y avait une ouverture, une petite fenêtre par laquelle elle pouvait se glisser pour parvenir jusqu'à lui. David s'agitait nerveusement au bord du lit. Il était vulnérable en cet instant. Kate avait l'absolue conviction que des mots qu'elle s'apprêtait à prononcer allait dépendre leur sort – le leur, et celui de millions d'autres.

— David, j'ai besoin de ton aide, dit-elle d'une voix tranquille.

Il tourna la tête, mais ne dit rien.

— Au cours des prochaines quarante-huit heures, quatre-vingt-dix pour cent de la population mondiale va mourir.

— Quoi ?

— Le fléau a muté. Il y a eu une explosion en Allemagne…

— C'est Sloane. Il est sorti de la structure en Antarctique avec une mallette.

— Eh bien, ce qu'elle contenait a émis une signature radioactive qui a balayé le monde. Cette radiation a modifié le fléau. Il n'y a plus aucune défense contre lui à présent. Orchidée ne fonctionne plus. Tous les pays du monde vont être confrontés à une infection généralisée et à la mort. C'est l'effondrement qui nous attend. Mais je crois être en mesure de trouver un remède. Martin collaborait avec un consortium clandestin : Continuité. On y retrouve des gens du CDC. Je pense qu'il était tout près de trouver quelque chose. J'ai ses notes de travail, mais j'ai besoin que tu m'aides.

— Tu crois que… ?

— Il y a autre chose encore. Quelque chose que je dois absolument te dire. Je t'aime, David. Et je suis désolée de t'avoir blessé en partant de Gibraltar. Je suis désolée de ne t'avoir rien dit au sujet de Keegan. Je suis désolée d'avoir manqué de confiance en toi. Cela ne se produira plus jamais. À partir de maintenant, quoi qu'il arrive, c'est ensemble que nous allons finir ce qui a été commencé. Et une dernière chose, sache que peu m'importe de savoir combien de fois tu es mort. Peu m'importent les cicatrices que tu as ou que tu n'as plus.

Il l'embrassa – et son baiser avait le goût de celui de Gibraltar. Elle sentit la rage qui le quittait, comme si ce baiser avait miraculeusement débloqué une soupape sur le point d'exploser.

Quand ils s'écartèrent l'un de l'autre, David ne cessa pas de la regarder. La douceur était revenue dans ses yeux.

— Une chose encore : j'obéirai à tes ordres.

— En fait… je crois qu'il serait préférable que le commandement te revienne pendant un temps. Je suis un peu… déphasé en ce moment. Quand je songe à certaines choses que je viens de dire, je comprends que je manque de perspective. (David secoua la tête.) Ce ne sont pas les propos les plus équilibrés ou les plus rationnels que j'aie pu prononcer de toute ma vie. En outre, tu as l'air de savoir ce qui se passe. À toi la réflexion, à moi l'action.

— On peut faire comme ça.

David se leva et laissa son regard errer sur la chambre autour d'eux.

— Un meurtre mystérieux, un compte à rebours engagé avant l'apocalypse. Tu parles d'un deuxième rancard…

— Pas faux. On peut dire qu'on ne s'ennuie pas avec toi.

— Je fais de mon mieux pour que tu continues à t'intéresser à moi. Et maintenant, par quoi veux-tu commencer : le fléau ou le meurtrier de Martin ?

— Je crois…

À cet instant, le bateau ralentit subitement. Kate eut l'impression qu'il allait s'arrêter sur l'eau.

— Qu'est-ce qui se passe ?

— Je ne sais pas, répondit David en passant un bras autour de la taille de Kate pour la guider vers l'autre côté de la chambre. (Il lui remit une arme et désigna la petite volée de marches menant à une salle de bains aussi luxueuse que sophistiquée.) Enferme-toi là-bas. Je…

Elle l'embrassa de nouveau.

— Fais attention. C'est un ordre. Le premier que je te donne.

Chapitre 60

Flotte avancée Immari Alpha
Aux abords de Tanger, Maroc

Dorian s'avança sur la passerelle du bateau. Les hommes se figèrent.

— Garde à vous !

— Vous avez un message pour moi ? demanda Dorian au capitaine.

Ce dernier lui tendit une feuille de papier, que Dorian déplia pour la lire.

J'ai Warner.
Elle a le code.
Demande exfiltration.
Elle est bien gardée.
Sur un yacht près de Ceuta.
Destination inconnue.
Tenez-vous prêts.

Dorian réfléchit aux options qui s'offraient à lui. Si ces maudits Britanniques n'avaient pas miné le détroit, sa flotte aurait pu les atteindre. La prise de contrôle de Ceuta et du nord du Maroc par les Berbères contribuait également à restreindre ses possibilités.

— Nous avons dépêché des bateaux à leurs trousses depuis Fuengirola, expliqua le capitaine.

— Heure prévue d'interception ? demanda Dorian.

— Inconnue.

— Comment ça : « inconnue » ?

— Ils filent à près de trente nœuds. On ne dispose d'aucun bâtiment en mesure de les intercepter.

Dorian secoua la tête, affligé.

— Cela étant, s'ils ralentissent ou s'arrêtent, on peut les rattraper. De même… s'ils entrent dans un port, on peut les coincer.

— Parfait, prévenez notre source. Et trouvez-moi une carte indiquant la portée de tir des batteries de Ceuta. Je veux savoir comment passer par la voie des airs en évitant leurs canons.

Chapitre 61

Quelque part au large de Ceuta
Mer Méditerranée

Sur le seuil de leur chambre, David s'immobilisa un instant, sondant le silence, espérant un bruit, un indice qui lui dirait ce qui se tramait à bord. Les moteurs étaient à l'arrêt. À présent, le yacht d'une quarantaine de mètres de long glissait silencieusement sur la mer. David jeta un coup d'œil par la grande baie vitrée donnant sur la galerie extérieure.

Il s'éloigna de la porte. Si celui qui avait tué Martin cherchait à prendre le contrôle du bateau, il l'aurait attendu à l'extérieur de la grande cabine.

Il sortit sur la galerie. Aucune autre embarcation n'était en vue. Même les lumières de Ceuta avaient presque disparu. Seule la lune éclairait le yacht.

Tout doucement, David avança jusqu'au salon – l'espace de vie de la suite dans le prolongement de la chambre. Vide.

De minuscules spots encastrés scintillaient, illuminant les somptueuses installations du living et de la salle à manger attenante.

Le pont principal desservait uniquement la grande chambre, le salon et la salle à manger. Le pont inférieur immédiatement en dessous abritait les quartiers de l'équipage et les cabines des invités.

À supposer qu'il survive aux prochaines minutes, il serait bien avisé de transférer Kate un niveau plus bas, dans une chambre sans galerie extérieure et avec bien moins de surfaces vitrées. Il serait ainsi plus simple d'assurer sa sécurité. Cela étant, il avait aussi la possibilité de rétracter la galerie, de façon à condamner l'entrée latérale à la grande cabine. Laquelle de ces solutions offrait la meilleure protection ? Il verrait ça plus tard.

À cet instant, il entendit un bruit au-dessus de sa tête, sur le pont supérieur. Outre le cockpit de pilotage, on y trouvait également une spacieuse cabine, ainsi qu'un salon intérieur et extérieur.

David quitta la suite pour se précipiter à l'étage, l'arme au poing.

Le salon supérieur était vide.

En revanche, des gens discutaient dans le cockpit. David s'y rendit.

Le docteur Janus y était, la mine toujours aussi impassible, apparemment nullement inquiet à la vue de David et de son pistolet. Du regard, David fit le tour de la pièce. À bâbord, Kamau et Shaw se disputaient. Ils se tournèrent vers lui, l'air interrogateur.

— David…, commença Kamau.

Les pensées se bousculaient dans l'esprit de David. *Chang.*

— Où est Chang ?

— On ne l'a pas vu…

David sortit du cockpit en courant pour retraverser le salon. Il allait contourner l'escalier quand la porte des toilettes du salon s'ouvrit devant lui. Chang en sortit, le pas aérien. Il donnait l'impression de parler tout seul.

David pivota sur lui-même, son arme toujours brandie, puis marcha droit sur le scientifique.

Chang faillit tomber en arrière dans la salle de bains. Il leva les mains, tremblant comme une feuille.

— Je… Je suis désolé. Je ne savais pas si on pouvait ou non tirer la chasse… Puis le bateau s'est arrêté… je…

Kamau, Shaw et Janus débarquèrent dans le salon à leur tour. Le colosse fut le premier à parler.

— On n'a plus d'essence.

David laissa retomber son bras armé, sa main toujours fermement serrée sur la crosse.

— C'est impossible. On avait plus de la moitié du réservoir en sortant du port de Ceuta.

— C'est vrai, mais la durite est percée. On a une fuite.

David regardait fixement les quatre hommes. L'un d'eux avait tué Martin. Et voilà qu'il avait saboté le tuyau d'essence. Il voulait que le bateau soit bloqué, en rade au milieu de la mer. Pourquoi ? Une exfiltration ?

— Il pourrait y avoir d'autres dégâts, intervint Shaw. Il y a des impacts de balle dans la salle des machines.

Kamau hocha la tête pour apporter une confirmation

Des impacts de balle…, médita David. Se pourrait-il que le yacht ait essuyé des tirs de soldats postés sur la barge à Ceuta ? *Possible…*

Un plan prenait forme dans l'esprit de David. Il allait lui falloir réparer la fuite pour pouvoir reprendre leur route, mais son étendue – qu'elle ait été causée par une incision au couteau ou l'impact d'une balle – lui donnerait peut-être des indications sur le tueur.

— Où étiez-vous, chacun d'entre vous, ces derniers instants ?

— J'étais dans la cambuse pour préparer à manger, répondit Janus.

— J'étais dans le cockpit, dit Kamau. Je n'avais pas pensé à contrôler l'essence, mais quand j'ai vu la situation, j'ai coupé les moteurs.

— J'étais…, commença Chang. Euh… j'étais aux toilettes.

Shaw se racla la gorge, puis se redressa de toute sa hauteur.

— J'étais sur le point d'aller frapper à votre porte pour vous demander de me remettre le docteur Warner. Une demande que je formule à présent, en particulier au vu des circonstances…

David avait espéré que l'un des scientifiques aurait vu Kamau. Qu'il aurait eu un alibi inattaquable. David avait désespérément besoin de pouvoir le rayer de la liste des suspects. Dans l'ordre, il misait sur Shaw, puis sur Chang.

— Remettez-moi vos armes.

— Je… Je n'en ai pas…

— Je ne m'adressais pas à vous, docteur Chang, répliqua David en fixant Kamau et Shaw.

Aucun des deux ne bougea.

— David, il y a des pirates en Méditerranée, plaida Kamau. On a besoin d'être armés…

— C'est un ordre.

Kamau hocha la tête, jeta un regard au SAS, puis tendit son pistolet en le tenant par le canon.

— Je n'ai pas d'ordres à recevoir de vous. Pas question que je renonce à…

— Donnez-moi votre arme ou je vous abats sur-le-champ, dit David en s'approchant son arme pointée sur le cœur de Shaw.

En maugréant dans sa barbe, Shaw s'exécuta, puis s'apprêta à partir, furieux.

— Tout le monde reste ici, ordonna David. Kamau, apporte mon fusil à lunette et nos fusils d'assaut.

David savait que ni Kamau ni Shaw n'avaient besoin d'une arme pour les tuer, lui ou Kate, mais faire en sorte qu'ils doivent le faire à mains nues le réconfortait quelque peu.

Dans l'éventualité d'un tel affrontement, il pensait bien avoir ses chances.

Kate tendait l'oreille pour essayer de suivre ce qui se passait au-dessus. De temps à autre, elle entendait des bruits de pas, mais aucun coup de feu ne troubla le silence. C'était plutôt bon signe. Elle envisagea de sortir de la salle de bains pour aller chercher le téléphone satellite afin d'appeler Continuité. Elle voulait savoir quelle était la situation et de combien de temps elle disposait. À cet instant, elle entendit s'ouvrir la porte d'entrée de la suite.

Au moment où elle allait appeler David, elle se retint. Quelqu'un courait en tout sens dans la chambre…

On frappa à la porte de la salle de bains.

— Qui… ?

— C'est David.

Elle ouvrit, intensément soulagée.

— Qu'est-ce qui s'est passé ?

— On a une fuite d'essence.

— Une fuite…

— Soit quelqu'un a saboté le bateau, soit une balle perdue a touché une durite. Je penche pour le sabotage.

Ils repassèrent dans la chambre. Elle était sens dessus dessous.

— Qu'est-ce que tu cherchais ?

— Un coffre.

Du doigt, il désigna un coffre mural à combinaison. Il était fermé. En revanche, un modèle plus petit – idéal pour y ranger une parure, par exemple – était ouvert. Plusieurs pistolets et chargeurs de pistolet-mitrailleur y étaient entassés. David ferma le coffre et remit la clé à Kate.

— Il n'y a plus que toi et moi qui sommes armés. Nous devons décider de ce que nous allons faire. Reste bien concentrée. L'un d'eux n'est pas celui qu'il prétend être. Leurs prochains actes, leurs prochaines décisions pourraient bien nous révéler qui…

Chapitre 62

Quelque part au large de Ceuta
Mer Méditerranée

David entraîna Kate dans l'escalier, jusqu'au pont supérieur où les quatre autres passagers attendaient. Debout, Kamau et Shaw piaffaient d'impatience en faisant les cent pas. Assis, Chang et Janus contemplaient la vue par les baies vitrées, comme si la situation était parfaitement normale.

David s'adressa directement à Kamau.

— Combien de carburant nous reste-t-il ?

— Un peu moins d'un quart de la capacité totale.

— Quelle autonomie ?

— Ça dépend de notre vitesse…

— Est-ce qu'on peut atteindre la côte ?

Kamau eut une hésitation – qui mit instantanément David sur des charbons ardents.

— Si on répare la fuite, je pense que oui. Mais rien ne nous garantit que nous trouverons de quoi nous ravitailler une fois arrivés.

— On fait une proie facile, intervint Shaw. Ce yacht grand luxe est l'appât le plus tentant de toute la Méditerranée. D'ici à quelques heures, les pirates vont pointer le bout de leur nez. Certainement dès le lever du soleil.

David était tenté de réfuter l'argument, mais… ce n'était que la stricte vérité. Dans ce monde postfléau, pour ceux qui avaient survécu à la flambée épidémique et su éviter les Immari ou les districts Orchidée, la pleine mer était plus sûre que la terre ferme. Des tas de gens attendaient que le fléau s'atténue et disparaisse, embarqués sur toutes sortes de vaisseaux disséminés sur toute la Méditerranée. Ils pouvaient pêcher pour se nourrir et recueillir l'eau de pluie, bien souvent sur des bateaux aussi gros que le yacht qu'ils avaient récupéré. Oui, leur Sunseeker de quarante mètres allait être aussi irrésistible qu'un pot de miel pour une nuée de mouches.

Comme David ne répondait rien, Shaw poursuivit sur sa lancée.

— Kate, il faudrait que je puisse utiliser votre téléphone satellite. Je peux demander aux autorités de mon pays de mettre en place un pont aérien pour nous évacuer d'ici. C'est l'affaire de quelques heures – et vous savez combien le temps nous est compté. On sera à Londres en un clin d'œil. Vous pourrez poursuivre vos recherches et sauver d'innombrables vies.

Chang et Janus se levèrent comme un seul homme.

— Nous voudrions venir avec vous…

— Personne ne va nulle part, trancha David.

— Vous savez que nous menions nos propres travaux, poursuivit Chang pour apporter de l'eau à son moulin.

— Quel type de recherches ? demanda Kate.

— La mise au point d'un remède, expliqua Janus. Nous étions sur le point d'aboutir à une solution thérapeutique définitive, ou à tout le moins à un pendant d'Orchidée. Nous travaillions dans le plus grand secret, sans rien communiquer de nos résultats aux Immari.

— C'est le traitement que vous avez donné à Martin, dit Kate.

— Oui, dit Chang. C'était notre dernier prototype en date. Il n'est pas efficace à cent pour cent, mais ça valait la peine d'essayer.

Kate se pencha pour murmurer à l'oreille de David.

— Je peux te parler un instant ?

Au niveau du pont inférieur, Kate se retourna pour faire face à David.

— Tu sais que Shaw a raison, dit-elle d'un ton catégorique.

David fixait le lointain par la fenêtre. Ce que proposait Shaw était leur meilleure option. David ne pouvait pas ramener Kate à Ceuta. Même teinte en brune, elle ne tromperait personne. Tout le monde la reconnaîtrait. Et si la nouvelle de sa présence à Ceuta se répandait, le monde entier allait fondre sur la base.

Il se demandait ce que lui-même pourrait bien faire à Londres – où il avait probablement le statut d'un criminel en fuite recherché dans le monde entier. Enfin, il pourrait toujours régler cette question.

Mais si Shaw avait tué Martin, s'il avait saboté la durite, alors David ne ferait que remettre Kate entre les mains de son pire ennemi.

— Laisse-moi réfléchir, dit David en évitant toujours le regard de Kate.

— Réfléchir à quoi, David ? Tu viens avec nous, c'est tout.

— Accorde-moi… quelques heures, Kate. Réparons le bateau.

David pensait que Kate allait insister, mais elle n'en fit rien. Après l'avoir regardé fixement un instant, elle hocha la tête.

— Très bien. Pendant que tu fais ça, je vais travailler avec Chang et Janus. Je veux leur montrer les notes de Martin. Elles sont rédigées dans une sorte de code que je n'ai pas réussi à déchiffrer.

David ne put retenir un sourire. À Jakarta, Martin lui avait fait parvenir un message codé qui avait mis en branle toute la chaîne d'événements de ces derniers mois. Le vieil homme avait tenté d'avertir David, mais son équipe et lui n'avaient pas réussi à décrypter suffisamment vite le message.

— Oui, Martin avait un faible pour les codes, murmura David. (À bien y penser, la proposition de Kate lui semblait excellente : elle allait pouvoir avancer de son côté, pendant que lui réfléchirait à la situation.) Parfait. On fait comme ça, mais assure-toi qu'ils ne passent aucun coup de fil.

Kate venait de passer une heure à discuter des notes de Martin avec les docteurs Chang et Janus. Les deux hommes l'avaient écoutée avec la plus grande attention, levant la main de temps à autre pour poser une question.

Quand Kate avait eu fini son exposé, ils lui avaient présenté leurs propres travaux, en commençant par quelques éléments de leurs parcours personnels respectifs. À tour de rôle, les deux hommes s'étaient levés pour prendre la parole.

Kate trouvait de grandes similitudes entre la trajectoire de Chang et celle de Martin. Âgé de soixante et un ans, Shen Chang avait rejoint Immari Recherche directement à la sortie de la faculté de médecine. La recherche le passionnait, les perspectives offertes le fascinaient, mais il n'avait pas tardé à découvrir le revers de la médaille des Immari. Et il avait passé l'essentiel de sa carrière à empêcher les Immari de commettre leurs pires atrocités. Pour autant, à l'instar de Martin, il s'était retrouvé piégé et avait échoué dans son entreprise.

— Il y a quelque chose que je dois vous avouer, docteur Warner. Et je comprendrai parfaitement si ensuite vous ne voulez plus travailler avec moi. Voilà, j'étais le scientifique en chef du site Immari de Qino. Et j'étais présent le jour où ils vous ont mise dans la salle de la Cloche…

Il y eut un long instant de silence.

— Nous sommes du même côté à présent. Concentrons-nous sur le travail à faire. Trouvons un remède.

— C'est mon vœu le plus cher. Il y a encore autre chose. Votre visage… me semble familier. Est-ce que nous ne nous serions pas déjà rencontrés ?

Kate examina les traits de son interlocuteur.

— Je… Je ne crois pas.

— Ah, bien… Ce doit être ma mémoire qui me joue des tours, docteur Warner.

— Appelez-moi Kate, je vous en prie. Tous les deux.

Quand Chang eut fini, ce fut au tour de Janus de raconter son histoire. Le docteur Arthur Janus était à la fois biologiste spécialiste de l'évolution et virologue. Il s'intéressait tout particulièrement aux mécanismes de l'évolution virale, c'est-à-dire à la mutation et l'adaptation des virus.

— J'étais en mission à Alger pour l'Organisation mondiale de la santé quand le fléau s'est déclaré, expliqua Janus. Je m'en suis sorti tout juste et j'ai rallié Ceuta. C'est là que les Immari m'ont trouvé. J'ai été affecté à bord de la barge en tant qu'assistant du docteur Chang.

Ledit docteur Chang émit un petit gloussement.

— En réalité, c'est moi qui suis l'assistant. Le docteur Janus est le génie de l'équipe. C'est à lui que revient le mérite des progrès réalisés.

Les deux hommes firent alors assaut d'amabilités pour attribuer à l'autre tous les mérites de leurs succès.

Après cela, ils décrivirent en détail leurs travaux et leur approche. Kate en fut soufflée. Les deux hommes avaient abordé le fléau sous un angle inédit, en cherchant les similitudes avec des épidémies passées, puis en se mettant en quête de sujets présentant une résistance naturelle à ces maladies tout en étant susceptibles de posséder une anomalie génétique leur conférant une immunité au fléau.

Janus prépara du thé et servit tout le monde. À présent, ils en étaient à poursuivre leurs échanges tout en sirotant leur tasse. Tour à tour, chacun exposait une idée, puis ils prenaient le temps de la réflexion pour l'évaluer et considérer ses implications.

Leurs échanges ne donnaient jamais lieu à une opposition frontale. *C'est tellement agréable*, songea Kate. L'ambiance détendue et l'esprit de collégialité rendaient la concentration tellement plus efficace.

Pour le reste, leur petit groupe ne progressait guère sur les notes de Martin.

Toute leur attention était focalisée sur une page en particulier, dont le contenu renfermait une sorte de code :

PIE = Immaru ?

535…1257 = Second Toba ? Nouveau Système Diffusion ?

Adam	=> Déluge/Chute A$	=>	Toba 2	=> KBW
Alpha	=> Delta manquant ?	=>	Delta	=> Oméga
70KA	=> 12.5KA	=>	535…1257	=> 1918…1978

Manque Alpha = Lien Trésor Atlantide ?

Diverses théories avaient été avancées, puis collectivement invalidées. Kate commençait à craindre qu'ils soient à court d'idées.

À intervalles réguliers, un grand fracas leur parvenait depuis la salle des machines, immanquablement suivi d'une rafale de jurons variés, et de noms d'oiseaux généreusement échangés par David et Shaw. Seules les interventions de la voix de baryton de Kamau parvenaient à mettre fin à leurs sempiternels couplets acides.

— Messieurs, s'il vous plaît ! clamait l'hercule.

Kate se demandait s'il resterait quelque chose du moteur quand ils en auraient fini.

À l'oreille, les activités à fond de cale évoquaient quelque bagarre dans un bar, tandis que celles du haut étaient plus proches du club de lecture.

Après une énième session d'exclamations sonores ponctuées d'un « Messieurs, s'il vous plaît ! », David fit son apparition, constellé de taches de cambouis.

— On y est presque, annonça-t-il. Mais c'est la seule bonne nouvelle. On n'a pas assez de carburant pour rejoindre la côte.

Kate hocha la tête. Elle envisagea un instant de remettre la proposition de Shaw sur le tapis, puis se dit que le moment était peut-être mal choisi. À l'évidence, David avait toujours les nerfs en pelote. Que feraient-ils si des pirates se montraient ? Foncer dans la chambre, récupérer les armes et croiser les doigts dans l'espoir de parvenir à les repousser ? Et que celui qui avait tué Martin n'en profiterait pas pour leur loger une balle dans la tête, à David et elle ?

David gagna la cambuse, sans doute pour faire un brin de toilette.

Janus reposa sa tasse.

— La partie qui m'étonne le plus, c'est ce « PIE = Immaru ? ». On dirait presque une référence humoristique. Peut-être n'est-elle destinée qu'à dérouter un lecteur non autorisé? Comme une sorte de camouflage. On devrait peut-être ne pas en tenir compte...

— Qu'avez-vous dit? demanda David en ressortant de la cambuse.

— Je...

David prit la feuille de code de Martin avec ses doigts tout tachés.

— David, tu vas la salir! s'exclama Kate en tentant de la lui reprendre.

— Tu sais ce que cela signifie? demanda David.

— Non, répondit Kate. Et toi?

— Ouais.

— Quelle partie?

— Tout. Je comprends tout ce qui est écrit. Il ne s'agit pas d'annotations scientifiques. Ce sont des références historiques.

Chapitre 63

Quelque part au large de Ceuta
Mer Méditerranée

David regarda tour à tour Kate et les deux autres scientifiques, puis lut une nouvelle fois le code de Martin.

PIE = Immaru ?

535…1257 = Second Toba ? Nouveau Système Diffusion ?

Adam	=>	Déluge/Chute A$	=>	Toba 2	=>	KBW
Alpha	=>	Delta manquant ?	=>	Delta	=>	Oméga
70KA	=>	12.5KA	=>	535…1257	=>	1918…1978

Manque Alpha = Lien Trésor Atlantide ?

Avait-il raison ? *Oui, je suis sûr de moi*, se disait David. Néanmoins, il n'allait pas commencer par la première partie. C'était trop dingue, trop… fantastique. Trop difficile à croire, même pour lui.

— Est-ce que tu ne voudrais pas te laver les mains d'abord ? demanda Kate.

— Ce n'est tout de même pas la *Magna Carta*…, répliqua David.

— Pour moi, si. Et ça pourrait bien être la clé pour trouver un remède au fléau.

David se dit qu'elle ne pourrait jamais être plus jolie qu'en cet instant. Elle occupait un grand fauteuil club de cuir blanc dans le salon hyperluxueux, les deux autres scientifiques assis côte à côte sur le divan en face d'elle. Trois tasses de fine porcelaine, à moitié remplies de thé ambré, étaient posées sur la table basse entre elle et eux. Un parfum d'étrangeté flottait sur la scène, comme si ce n'était rien d'autre qu'une aimable réunion de convives pour un brunch dans un penthouse à Dubaï.

David lui rendit la feuille et retourna dans la cambuse. Tout en se récurant les mains, il repensait au code. Oui, il avait raison. Sous ses pieds, des bruits mécaniques remontaient sporadiquement de la salle des machines. Shaw et Kamau avaient presque fini. Et ensuite ? Il fallait que David réfléchisse à leur prochaine initiative. La décision qu'il prendrait serait cruciale. Il en sentait le poids sur ses épaules. S'il se trompait, il risquait de faire le jeu de celui qui avait tué Martin et saboté le bateau…

Il revint au salon.

— Sérieusement, vous ne savez pas ce que c'est ? Vous ne me faites pas marcher ?

— Non.

Les mines des trois scientifiques affichaient pour le moins un certain scepticisme. David ne put contenir un sourire.

— Vous voulez dire que, pour percer ce mystère, les meilleurs scientifiques du monde ont besoin d'un humble décrocheur de l'école doctorale comme moi – un type qui n'a même pas fini sa thèse ?

— Je ne savais pas que tu… Vraiment, un doctorat… ?

— En histoire européenne, à Columbia…

— Pourquoi as-tu décroché ? demanda Kate, un peu moins sceptique.

— Pour… des petits problèmes de santé. En septembre 2001.

Se retrouver enterré sous les décombres d'un immeuble après une attaque terroriste, puis passer une année en rééducation, ce n'étaient pas à proprement parler des « petits problèmes de santé », mais David ne savait pas au juste quelle meilleure expression employer. Ce jour avait changé sa vie, sa carrière. Il avait instantanément renoncé à sa formation universitaire, mais il n'avait jamais perdu son amour pour l'histoire.

— Ah, d'accord…, dit Kate, d'une voix sourde.

— Je t'avais déjà dit que j'aimais l'histoire, dit-il en se demandant si elle allait se souvenir de la référence, de leur conversation à Jakarta.

— Oui, c'est vrai, dit Kate, toujours maussade.

David s'accorda un instant pour faire le tri dans ses pensées. Sa théorie était que ce code retraçait les grandes lignes de l'histoire humaine, en recensant plus spécifiquement les grands moments charnières. Mais… il allait entamer avec ce dont il était le plus sûr.

— Commençons par le commencement : « PIE » n'a rien à voir avec un oiseau noir et blanc. Il s'agit d'un peuple.

Son auditoire accueillit sa révélation avec des yeux ronds.

— « PIE » est l'acronyme qui désigne les Proto-Indo-Européens. Ils forment sans doute l'un des groupes humains les plus importants de l'histoire mondiale.

— Proto…, commença Kate. Je n'en avais jamais entendu parler.

— Moi non plus, renchérit le docteur Chang.

— Et moi pas plus, conclut le docteur Janus.

— Ils ne sont pas très connus. Le plus ironique, c'est qu'ils représentent la civilisation précurseur de pratiquement toutes les populations de l'Europe, du Moyen-Orient et de l'Inde d'aujourd'hui. En fait, la moitié de la population mondiale descend directement des groupes proto-indo-européens.

Janus se redressa.

— Comment le sait-on ? Le patrimoine génétique…

David leva une main.

— Nous autres historiens avons un autre outil à notre disposition, tout aussi efficace que la piste génétique. Lui aussi est transmis de génération en génération. On peut observer ses évolutions à travers le temps, et suivre sa dispersion dans le monde, à mesure qu'il se transforme selon les endroits.

Aucun des scientifiques ne se risqua à formuler une proposition ou un commentaire.

— Le langage, expliqua David. Nous savons que pratiquement tout le monde en Europe, au Moyen-Orient et en Inde parle une langue qui descend d'une langue originelle commune : le proto-indo-européen, parlé par un groupe unique, celui des PIE, voici quelque huit mille ans. Nous pensons que ces populations vivaient en Anatolie ou dans les steppes de l'Eurasie – c'est-à-dire la Turquie actuelle ou le sud-ouest de la Russie.

— Fascinant, marmonna Janus en jetant un regard par la fenêtre.

— David, c'est intéressant, mais je ne vois pas bien quel peut être le lien avec le fléau, dit gentiment Kate.

Janus regarda David, puis Kate.

— Je suis d'accord, mais pour ma part, j'aimerais beaucoup en apprendre encore un peu sur ce sujet.

David jeta à Kate un regard qui semblait dire : « Voilà enfin quelqu'un qui m'apprécie. »

— J'ai deux questions, poursuivit Janus. Voici la première : comment savez-vous que ce que vous dites est vrai ?

— Eh bien, à dire vrai, jusqu'en 1783, nous ignorions tout des PIE, jusqu'à la nomination d'un magistrat anglais, sir William Jones, aux Indes. Il se trouve que ce dernier était un linguiste, orientaliste et brillant érudit. Déjà versé en grec et en latin, il se met au sanskrit, essentiellement pour se familiariser avec le corpus juridique indien, rédigé en sanskrit pour l'essentiel. Jones fait alors une découverte remarquable : le sanskrit et les langues anciennes classiques de l'Occident sont étrangement proches. C'était tout à fait inattendu. En poursuivant ses comparaisons du sanskrit, du grec et du latin, il s'est rendu compte qu'ils avaient tous une racine commune. Nous avons donc trois langues, éloignées dans le temps et l'espace, distantes l'une de l'autre de milliers de kilomètres et de milliers d'années, qui ont évolué à partir d'une langue racine commune : le proto-indo-européen. En véritable érudit, Jones a continué de creuser le sujet, et ce qu'il a trouvé était vraiment stupéfiant. En effet, d'autres langues partageaient elles aussi cette racine proto-indo-européenne, et pas les plus obscures : en fait, à peu près toutes les langues majeures de l'Inde à la Grande-Bretagne. Le latin, le grec ancien, les langues scandinaves, les langues utilisant l'alphabet runique, toutes découlent du proto-indo-européen. La liste des langues contemporaines concernées est longue. On y trouve les langues germaniques – le norvégien, le suédois, le danois, l'allemand, l'anglais…

Janus leva une main pour intervenir d'une voix douce et flûtée.

— Si vous me permettez, j'aimerais une précision. Vous avez dit que d'autres langues encore sont dérivées de ce PIE ?

— Oh oui, des quantités. Toutes les langues italiques : l'italien, le français, le portugais, l'espagnol… Voyons voir… Toutes les langues slaves : le russe, le serbe, le polonais. Quoi d'autre, les langues balkaniques. Le grec, bien sûr. Les Grecs sont des descendants des Proto-Indo-Européens. Le sanskrit, que j'ai déjà mentionné. L'hindi, le persan, le pachto. Il y a aussi des tas de langues proto-indo-européennes mortes. Le hittite, le tokharien, le gotique. Les spécialistes ont été en mesure de remonter le fil jusqu'à reconstruire la langue proto-indo-européenne. Et c'est en fait la base de tout ce qu'on sait à leur sujet. Ils avaient des mots pour désigner le cheval, la roue, l'agriculture, l'élevage, les montagnes enneigées, une divinité.

David s'accorda une petite pause. Il ne savait pas au juste quelles précisions ajouter.

— De manière générale, nous savons que les Proto-Indo-Européens étaient extrêmement avancés pour leur temps. Leur utilisation du cheval, de la roue, des outils et de l'agriculture faisait d'eux une puissance majeure à l'échelle de toute cette région du monde. D'ailleurs, leurs descendants ont dominé le monde de l'Europe à l'Inde. Comme je l'ai dit, la moitié du monde environ parle une langue proto-indo-européenne. À bien des égards, les PIE sont la civilisation perdue ultime. (David se tut de nouveau pour se tourner vers Janus.) Vous disiez que vous aviez deux questions…

Janus était perdu dans ses pensées. Au bout de quelques secondes, il prit conscience que les autres attendaient qu'il parle.

— Ah oui. Je… voulais savoir… Où sont-ils à présent, ces PIE ?

— Vous avez mis le doigt sur le vrai mystère. Nous ne savons même pas où les chercher. Ce que l'on sait d'eux se fonde sur les mythes et la reconstruction de la langue – en particulier les mythologies transmises aux groupes qui leur ont succédé en même temps que la langue. Ce sont les outils de l'historien : la langue, les histoires, les artefacts. Dans ce cas précis, nous n'avons pas beaucoup d'artefacts. Plutôt la langue et les mythes.

— Les mythes ? dit Janus.

— Une fois encore, nous reconstruisons le passé en nous fondant sur les mythes partagés par plusieurs cultures. Quand une même histoire apparaît avec des modifications mineures : par exemple, quand les noms sont changés, mais que la trame narrative reste la même. Ainsi, l'une des croyances communes est que l'humanité compterait deux aïeuls, deux frères, parfois des jumeaux. Pour les peuples védiques, c'étaient Manu et Yemo. Chez les peuples germaniques, on a des histoires de Mannus et Ymir. Ces mythologies ont été incorporées dans des récits. Chez les Romains, ce sont Romulus et Remus. Chez les Hébreux, Caïn et Abel. Autre mythe commun : le Déluge. Il apparaît sous une forme ou une autre dans chaque culture proto-indo-européenne. Mais le mythe le plus commun, et de loin, est celui d'une bataille épique qui s'achève par la mise à mort d'un serpent – généralement un genre de dragon.

Chang prit la feuille pour l'examiner de plus près.

— Apparemment, le docteur Grey avait une petite idée sur l'identité des PIE. Mais que signifie « PIE = Immaru » ? Je ne connais pas cet « Immaru ».

D'un coup d'œil, David envoya un message muet à Kate. « Est-ce qu'on leur dit ? »

Kate n'hésita pas une seconde.

— Les Immaru sont – ou plus probablement étaient – un groupe de moines dans les montagnes du Tibet. Après l'incident en Chine, dans lequel David a failli être tué, ils nous ont secourus.

Chang fit une moue. David pensa qu'il allait dire quelque chose, peut-être s'excuser, mais Kate poursuivit.

— Je me suis entretenue avec plusieurs d'entre eux. Milo, un jeune moine, qui s'occupait de nous, et Qian, un moine vénérable, qui m'a montré un artefact très ancien : une tapisserie. Selon lui, il s'agit d'un document historique transmis de génération en génération depuis des millénaires. Il dépeint quatre déluges. Le premier est un Déluge du feu, dont j'ai tout lieu de croire qu'il s'agit de la catastrophe de Toba, une éruption volcanique survenue il y a soixante-dix mille ans qui a changé la race humaine. La tapisserie montre un dieu qui sauve un groupe d'humains à l'agonie. En leur donnant son sang. Je crois qu'il s'agit d'une allégorie – une représentation d'une thérapie génique donnée par un Atlante à des humains mourants. Le gène – en l'occurrence, le gène Atlantis – a aidé ce petit groupe d'humains à survivre à l'hiver volcanique qui s'est ensuivi.

Le docteur Chang hocha vigoureusement la tête.

— Cela cadre avec l'hypothèse des Immari selon laquelle le gène Atlantis a été introduit il y a soixante-dix mille ans et a causé le cataclysme : une modification du câblage neuronal qui a mis la race humaine à part des autres homininés.

— Qian m'a aussi raconté que les Immari sont en fait une faction dissidente des Immaru – un groupe de moines parti de son côté il y a des milliers d'années. Les Immari se sont lassés des allégories et des mythes. Ils ont cherché des réponses dans la science et l'archéologie, dit Kate.

— C'est possible, mais je ne saurais fournir aucun éclairage sur ce point, dit le docteur Chang. Je n'ai jamais suffisamment progressé dans la hiérarchie pour connaître la véritable histoire des Immari. C'est une structure étroitement contrôlée qui crée son propre statut mythologique. Le docteur Grey devait connaître l'histoire, en tant que membre du Conseil, l'un des trois plus hauts dirigeants. Vous pensez que c'est pour cette raison qu'il a intégré la note sur les

Immaru et les PIE ? Y a-t-il quelque chose qui les relie au fléau ?

Kate s'accorda un instant de réflexion.

— Je sais que Martin cherchait quelque chose. Il m'a dit, et je cite ses paroles : « Je pensais qu'il était ici, dans le sud de l'Espagne, mais j'avais tort… » Peut-être essayait-il de retracer l'histoire des Immaru et des Proto-Indo-Européens afin de trouver l'objet… Peut-être l'ont-ils déjà. (Une autre pensée lui vint.) Les Immaru avaient quelque chose, un coffre. Le deuxième déluge représenté sur la tapisserie est le Déluge de l'eau. Le dieu revient et dit aux hommes de se repentir et d'aller vers l'intérieur des terres. Beaucoup refusent et ignorent les mises en garde. Mais les Immaru avaient la foi. Ils ont entendu l'avertissement et transporté leur grand coffre dans les montagnes.

— Que contenait-il ? demanda David.

— Je ne sais pas…

— Tu n'as pas demandé ?

— Qian lui-même l'ignorait.

— D'accord… À quoi ressemblait-il ?

— À un genre de grande boîte transportée sur des perches de bois.

— Que représentait le reste de la tapisserie ?

David espérait bien obtenir un peu plus d'indices sur le code de Martin. Les deux premières descriptions avaient confirmé ses théories. Il était tout proche de décrypter pleinement le message.

— Le troisième déluge est celui du sang. Une apocalypse mondiale. Et le quatrième est le Déluge de lumière. Notre salut. D'après Qian, ce sont des événements qui n'ont pas encore eu lieu.

— Tu penses que le fléau est le Déluge du sang ? demanda David.

— Oui, je le crois.

— Tu avais parlé de la tapisserie à Martin ?

— Oui.

David hocha la tête.

— La tapisserie est une chronologie. Elle chronique les grands moments pivots de l'histoire humaine. Je crois que ce code est lui aussi une chronologie : une frise historique que Martin comptait utiliser pour décoder la tapisserie et isoler des événements spécifiques du passé. Des événements essentiels pour trouver un remède au fléau.

— Intéressant, murmura Kate.

— Bravo, dit Janus.

— J'applaudis également, dit Chang.

David se laissa aller contre le dossier. Oui, tel était l'objectif du code de Martin. C'était une certitude désormais. Un seul mystère demeurait : l'identité et les motivations de celui qui l'avait tué. C'était quelqu'un à bord du yacht. Était-ce l'un des scientifiques, à cause des recherches de Martin ?

Un bruit de bottes sur le tapis le tira de ses pensées. David tourna la tête juste à temps pour voir Shaw débouler dans le salon.

— Nous sommes prêts. Il ne reste plus qu'à prendre une décision. (Du regard, il fit le tour de la pièce, prenant pour la première fois conscience de la situation.) Qu'est-ce que c'est que ça ? On prend le thé ici ?

— Nous discutions des notes de travail de Martin, expliqua Kate en désignant la feuille posée sur la table basse.

Shaw s'en empara.

David plongea pour la lui reprendre des mains.

— N'y touchez pas. Vous allez mettre de la graisse dessus.

Il la redéposa délicatement sur la table. Le petit air sur le visage de Kate semblait dire : « C'est dur, n'est-ce pas, d'avoir affaire à des barbares ? » Il la connaissait si bien. Derrière elle, Shaw était en train de monter dans les tours.

— Vous vous foutez de moi ? On est en plein…

Lentement, David se tourna vers le SAS, paré pour la bataille, mais une minuscule lueur à l'horizon capta son attention. Il la fixa un instant, puis se leva pour s'approcher de la fenêtre. Oui… des lumières dans la nuit. Un bateau – non, deux – qui de toute évidence venaient droit sur eux…

Chapitre 64

Du Tibet à Tel-Aviv

Après avoir retiré le lourd sac de ses épaules, Milo s'approcha du bord de la corniche rocheuse. Le plateau vert inviolé de l'ouest du Tibet s'étirait jusqu'à l'horizon – où une autre corniche rencontrait le soleil couchant. Ce panorama serein et pittoresque lui rappelait le monastère. Instantanément, il revit en esprit les derniers instants qu'il avait passés dans ce lieu, l'unique foyer qu'il avait jamais connu. Debout au bord d'une autre corniche, il avait regardé en contrebas les bâtiments de bois qui brûlaient, s'effondraient et dévalaient le flanc de la montagne, ne laissant derrière eux qu'une étendue de rochers noircis par le feu.

Milo chassa les images de son esprit. Il ne voulait plus y penser. Les paroles de Qian résonnaient encore en lui : « *Une âme qui vit dans le passé construit une prison dont elle ne peut plus s'échapper. Contrôle ton esprit, sans quoi c'est lui qui te contrôlera. Et jamais plus tu ne pourras sortir des murs qu'il aura dressés.* »

Milo vida son esprit et reporta son attention sur son sac. Il allait établir son campement à cet endroit, puis repartir à l'aube, comme il faisait chaque jour. Il sortit la tente, les pièges pour les animaux, puis la carte qu'il consultait chaque soir. Il pensait être arrivé aux abords de la région du Cachemire, dans le nord de l'Inde, ou au Pakistan, voire quelque part dans l'est de l'Afghanistan. Mais en réalité, il n'avait pas la moindre idée de l'endroit où il pouvait se trouver. Il n'avait pas croisé âme qui vive, personne pour lui donner une petite idée. Qian avait dit juste sur ce sujet : « La route devant toi sera longue et solitaire. Mais tu ne manqueras de rien. »

À chaque question qu'avait posée Milo, Qian avait instantanément donné une réponse. La nourriture ? « Les animaux de la forêt seront tes uniques compagnons. Ils te nourriront. » Milo partit dans la forêt, comme tous les soirs qui avaient précédé celui-ci, pour poser ses pièges. En chemin, il mangeait des noix et des baies. En règle générale, il en consommait suffisamment pour couvrir ses besoins énergétiques, jusqu'à l'heure de son déjeuner, riche en protéines de viande animale, le lendemain matin.

Une fois ses pièges en place, il dressa sa tente et installa son matelas. Assis, le dos bien droit, il se concentra sur sa respiration, à la recherche de l'immobilité en lui. Elle vint peu à peu, tandis que s'éloignaient les souvenirs et les rêveries. Il ne percevait plus que vaguement, à la lisière de sa conscience, la disparition du soleil derrière la montagne et l'arrivée du rideau noir dans le ciel de la nuit.

À quelque distance, il entendit claquer l'un des pièges qu'il avait posés.

Il aurait à manger le lendemain. De cela il pouvait être certain.

Milo se retira dans sa tente, où l'attendaient les deux dernières choses que Qian lui avait données. Deux livres. Le premier, intitulé *Hymnes des mourants*, ne contenait aucune chanson, à la grande surprise de Milo, rien d'autre que trois histoires un peu simplistes.

La première racontait le destin d'un père qui se sacrifie pour sauver sa fille. La deuxième contait les aventures d'un homme et d'une femme voyageant à travers un immense champ de ruines pour trouver le trésor de leurs ancêtres – et leur unique espoir de trouver un remède pour soigner leur peuple mourant. Enfin, la troisième et dernière histoire était celle d'un humble personnage qui tue un géant et devient roi, mais renonce au pouvoir pour le redonner au peuple.

— Ce livre est le guide vers notre avenir, avait dit Qian.

— Mais…, avait répondu Milo avec une hésitation. Comment notre avenir peut-il être déjà écrit ?

— Il est écrit dans notre sang, Milo. La guerre est toujours la même. Seuls changent les noms et les lieux. Il y a des démons sur cette Terre. Ils vivent dans nos cœurs et nos esprits. C'est un récit autour de ce combat, une chronique de la guerre d'hier qui se répétera demain. Le passé et notre nature profonde dessinent l'avenir. Lis-le. Apprends-le bien.

— Il y aura un examen ?

— Sois sérieux, Milo. La vie est un examen que l'on passe chaque jour. Il faudra que tu sois prêt pour eux quand ils auront besoin de toi.

— Qui ?

— Tu feras bientôt leur connaissance. Ils viendront ici et auront besoin de notre aide, aujourd'hui et plus encore dans l'avenir. Tu dois te préparer.

Milo réfléchit un instant. D'une certaine façon, cette perspective lui paraissait excitante. Il se sentait investi d'une mission, empli de détermination.

— Que dois-je faire ?

— Un grand dragon les poursuit. Leur répit sera bref. Le dragon les trouvera et soufflera le feu sur nous. Tu dois construire un chariot céleste pour les emporter dans le ciel. Ils doivent survivre.

— Quoi ? Il y a un dragon ? Et il vient ici ?

Qian secoua doucement la tête.

— Milo, c'est une métaphore. J'ignore ce qui va venir, mais nous devons être prêts. Et toi, tu dois te préparer pour le voyage qui t'attend après ça.

Milo avait passé les semaines suivantes à construire un panier, pour le chariot destiné à emporter ces gens loin du dragon. L'idée lui était venue que tout cela n'était sans doute qu'une diversion, un stratagème élaboré par Qian pour qu'il cesse d'importuner les moines vénérables. Mais ils étaient venus – docteur Kate et monsieur David – exactement comme Qian l'avait dit. Monsieur David était comme Milo l'avait déjà vu auparavant : à l'article de la mort. Mais docteur Kate l'avait guéri.

L'autre prédiction de Qian s'était elle aussi révélée exacte. Le dragon était venu, volant dans le ciel et crachant le feu. Docteur Kate et monsieur David s'étaient échappés *in extremis*. Milo était de retour au sommet de la montagne, à contempler le panier qu'il avait construit, accroché sous un énorme ballon, au milieu d'une foule d'autres qui flottaient dans l'air jusqu'à l'horizon, fuyant le monastère en flammes en dessous. Les moines vénérables savaient ce qui allait advenir. Ils n'avaient pris qu'un unique novice : Milo. Et ils n'avaient pas fui leur destin. « C'est écrit », avait dit Qian. Oui, mais qui l'avait écrit ?

Milo ouvrit le second livre, *Les Premières tribus de l'humanité. Une histoire*. Celui-ci, il le comprenait encore moins. Il était écrit dans une langue ancienne que Qian lui avait fait apprendre. Milo avait été aux anges d'apprendre l'anglais, mais cette langue… C'était une autre paire de manches. Infiniment plus difficile. Et le texte… Que signifiait-il ?

— Quand tu auras la réponse, alors seulement ton voyage commencera, avait dit Qian.

— Si vous connaissez la réponse, pourquoi ne pas me la dire tout simplement ? avait demandé Milo avec un sourire.

On gagnerait du temps. Comme ça, je pourrais décoller tout de suite avec le ballon et revenir plus vite…

—Milo ! avait dit Qian en s'appuyant à la table pour garder son équilibre. Le voyage est la destination. Trouver les réponses, comprendre, tout cela fait partie du voyage. Il n'y a pas de raccourcis le long du chemin.

—Ah… D'accord.

Quand Milo atteignit ce qui restait de Tel-Aviv, il estimait qu'il avait compris les deux ouvrages. Et il avait changé à cause de tout ce qu'il avait vu, et des choses qu'il avait dû faire pour survivre.

Il trouva un bateau de pêche qui pourrait l'emmener.

—Qu'est-ce que tu veux, gamin ?

—Traverser, répondit Milo.

—Tu vas où ?

—Vers l'ouest.

—Tu as quelque chose à donner en échange ?

—Ma capacité à travailler dur. Et… la meilleure histoire que vous avez jamais entendue.

Le pêcheur lui jeta un regard suspicieux.

—D'accord… Allez, monte à bord.

Chapitre 65

Quelque part au large de Ceuta
Mer Méditerranée

David resta encore une ou deux secondes à fixer les deux groupes de points lumineux posés sur l'eau.

— Kamau ! cria-t-il.

Un instant plus tard, le colosse faisait son entrée dans le salon, couvert de sueur et de cambouis.

— Démarre, on se met en route, dit David.

— Pour où ? s'écria Shaw.

David se retourna vers lui.

— Éteignez toutes les lampes à bord. (Puis il se tourna vers Kamau.) Tu prends le cap qui nous éloigne de ces lumières, dit-il en pointant le large par la fenêtre. À fond !

— Bon sang ! s'exclama Shaw en se ruant dans les coursives.

Toutes les lumières s'éteignirent.

David alla chercher les jumelles dans le cockpit pour examiner les points lumineux à l'horizon. Pile comme il faisait le point sur elles, les lumières disparurent. À la seule lueur de la lune, David ne distinguait aucune marque, aucune inscription sur les embarcations. Mais une chose était sûre, ils avaient éteint leurs feux à la seconde où Shaw avait fait de même.

David sentit le yacht bondir en avant sous ses pieds. Shaw revint dans le salon.

— Ils ont tout éteint eux aussi…

— J'ai vu.

— Ils nous suivent.

David l'ignora pour se tourner vers Kamau, debout sur le seuil.

— Apporte la carte et marque notre position.

— Laissez-moi passer un coup de fil, David. Mon gouvernement peut établir un pont aérien. C'est la seule solution pour qu'on se sorte de là. Vous le savez, dit Shaw.

Kamau revint avec la carte qu'il étala sur la table basse, recouvrant les notes de Martin. De l'index, il désigna un point dans les eaux entre l'Espagne et le Maroc.

— Nous sommes ici.

Les pensées se bousculaient dans l'esprit de David.

— Bon, dit Shaw d'un ton posé. Je vais mettre les choses au clair. Quelqu'un a tué Martin.

Tous les yeux se tournèrent vers lui.

— Nous le savons tous. Nous sommes trois médecins et trois soldats dans cette pièce. Nous avons assez de connaissances pour savoir qu'il a été assassiné. L'un d'entre nous est son meurtrier. Ce n'est pas moi et ce n'est pas Kate. Je propose donc la chose suivante : Kate s'enferme dans la grande cabine avec toutes les armes à bord. Et nous, les cinq hommes que nous sommes, nous restons sur le pont supérieur jusqu'à l'arrivée des SAS. Voilà qui devrait garantir la sécurité de Kate. (Il se tourna vers David pour le regarder fixement.) C'est votre priorité, me semble-t-il.

David perçut le message subtil transmis par le langage corporel de Kate : « Ce n'est pas une mauvaise idée. » Oui, l'idée était assurément bonne, à la condition que Shaw soit digne de confiance. Car si c'était lui qui avait tué Martin, cette idée devenait le piège parfait : il désarmait tout le monde, appelait ses complices et n'avait plus qu'à attendre qu'ils viennent capturer Kate.

David désigna un petit point sur la carte.

— Qu'est-ce que c'est ?

— L'île d'Alborán, répondit Kamau.

— À Ceuta, tu m'as dit que les Immari avaient pris le contrôle des îles de la Méditerranée.

— Oui, ils tiennent Alborán également. Mais c'est un tout petit avant-poste.

— Petit comment ?

— Minuscule. L'île tout entière ne fait même pas le dixième d'un kilomètre carré. Quelque chose comme sept hectares. Il y a un phare et un bâtiment avec six gardes. Un héliport avec deux hélicoptères gros porteurs. Un endroit pas particulièrement imprenable… (Kamau semblait lire dans les pensées de David.) Mais… difficile à conquérir à deux seulement, ajouta-t-il encore, tandis que son regard glissait involontairement du côté de Shaw.

— Des défenses ? demanda David.

— Quelques-unes. Des batteries fixes d'artillerie côtière. Il faudrait qu'on s'en occupe. Cette position sert essentiellement pour le soutien aérien des bâtiments Immari en difficulté – le secours en mer, la chasse aux pirates…

— Les hélicos sont à long rayon d'action ?

— Absolument. Il avait été question de les envoyer en soutien pour l'invasion du sud de l'Espagne, mais ils sont finalement restés sur place.

David hocha la tête. S'ils parvenaient à prendre l'îlot d'Alborán, ils pourraient s'envoler pour n'importe où.

Shaw revint dans la discussion.

— Vous n'êtes pas sérieux. On a la possibilité de se faire récupérer et vous préférez partir à l'assaut d'un poste avancé Immari ? C'est n'importe quoi.

— C'est pourtant ce qu'on va faire, répliqua David en repliant la carte. Et ça ne se discute pas. (Il remit la carte à Kamau.) Prépare l'itinéraire.

Choqué, Shaw restait planté comme une statue.

— David, dit Kate, avec sur le visage ce petit air signifiant : « Je peux te parler un instant ? »

David n'avait pas besoin de plus. Il la suivit dans leur cabine.

Elle referma doucement la porte derrière lui.

— Je suis désolée, mais je crois que nous devrions...

— Fais-moi confiance, Kate. Laisse-moi m'occuper de ça.

Il attendit sa réaction. Pour finir, elle hocha doucement la tête.

— D'accord.

— Nous atteindrons Alborán d'ici à un peu moins de cinq heures – à condition, bien sûr, que ceux qui nous coursent ne nous attrapent pas avant. Nous devons trouver qui a tué Martin avant d'arriver là-bas.

— Je suis d'accord. Mais avant cela, je veux décrypter le reste du code de Martin. Ensuite, j'appellerai Continuité pour leur communiquer nos résultats. Si notre virée à Alborán connaissait une issue... fatale, au moins nos efforts de recherche ne seront pas perdus. Avec un peu de chance, ils trouveront un remède.

Marché conclu : David allait l'aider à progresser dans la voie thérapeutique, et Kate soutiendrait le plan de David et lui ferait confiance. Échange, compromis et confiance... N'étaient-ils pas en train de s'engager sur la voie d'une véritable relation ? *Ouais et ça me va fort bien. Je dirais même que ça me plaît.* Il hocha la tête.

— Ça marche.

Couché dans son lit, Dorian roula sur le côté.

— Entrez.

La porte de sa chambre s'entrouvrit et un matelot un peu gêné passa la tête et s'avança tout doucement. Il tenait une enveloppe fermée.

Dorian la lui arracha des mains et l'ouvrit d'un coup.

Où êtes-vous ?

Warner proche de déchiffrer le code.

Notre destination : île d'Alborán.

Arrivée probable dans 5 heures.

Soyez là.

Soyez prêts.

Chapitre 66

Mer Méditerranée

Quand David et Kate revinrent dans le salon, les deux scientifiques les y attendaient, assis côte à côte sur le canapé de cuir blanc, le visage calme et tranquille, comme si le monde n'était pas en train de mourir d'une pandémie, comme si personne ne venait de les accuser d'avoir commis un meurtre. David ne put s'empêcher d'admirer leur sang-froid. Il ne savait pas au juste s'il était surpris ou jaloux du flegme dont ils faisaient preuve.

—Nous sommes prêts à reprendre, dit Janus. Si vous l'êtes vous-mêmes, bien sûr.

Kate et David prirent place dans les fauteuils club.

La pièce aux murs lambrissés rehaussés de miroirs n'était éclairée que par trois bougies posées sur la table basse. L'ambiance ainsi créée s'était éloignée de celle d'une conférence scientifique pour se rapprocher de la soirée pyjama.

David tourna la feuille sur la table basse pour la positionner de façon que les autres puissent lire le code de Martin, un peu comme si elle avait été une planche Ouija.

Tout le monde prit un instant pour relire ce qui était écrit.

PIE = Immaru ?

535…1257 = Second Toba ? Nouveau Système Diffusion ?

Adam	=>	Déluge/Chute A$	=>	Toba 2	=>	KBW
Alpha	=>	Delta manquant ?	=>	Delta	=>	Oméga
70KA	=>	12.5KA	=>	535…1257	=>	1918…1978

Manque Alpha = Lien Trésor Atlantide ?

— Plusieurs éléments me laissent toujours perplexe, dit David. Je pense que les deux premières lignes sont simplement des notes – dont une sur les PIE. Comme nous en avons discuté, je suis à peu près certain que pour Martin les Immaru étaient les Proto-Indo-Européens, ou tout au moins un groupe qui en descendait. La seconde note fait référence à un événement survenu en 535, puis une nouvelle fois en 1257. Je sais ce que c'est, et je vais vous l'expliquer dans un instant. Les trois lignes suivantes sont une chronologie – une frise historique qui correspond aux éléments de la tapisserie tibétaine que Kate a vue au monastère des Immaru. Mais je crois que la chronologie de Martin est sans doute incomplète. Procédons par étapes.

David désigna le mot « Adam ».

— Adam, Alpha, 70 KA.

— Dans la recherche, intervint Kate, le terme « alpha » désigne le premier sujet d'un essai clinique – la première personne à recevoir la thérapie testée.

— C'est cela, dit David. Je pense que cet « Adam » est le premier humain ayant reçu le gène Atlantis. C'est l'événement représenté dans le Déluge du feu de la tapisserie. Le premier événement d'importance de la chronologie de Martin. Le suivant est : « Déluge, Chute A$, 12 500 ans ». Je pense que « A$ » est « Atlantis » en abrégé, c'est-à-dire l'Atlantide.

Nous avons donc : « Déluge, Chute Atlantide ». Pendant mon séjour dans la structure Atlantis à Gibraltar, j'ai vu une série de films en hologrammes. Je pense qu'ils montraient cet événement, la chute de l'Atlantide au pied du rocher de Gibraltar. Dans le film, le vaisseau atlante survole la mer, puis se pose sur le rivage, non loin d'un site préhistorique mégalithique. Deux Atlantes en combinaison en sortent, interrompent un rituel tribal et sauvent un Néandertalien. À peine sont-ils remontés dans leur vaisseau que celui-ci est frappé par un raz-de-marée qui le pousse vers la terre, en détruisant la cité. Quand l'eau se retire, le vaisseau est emporté vers la mer, mais des explosions le secouent et il est détruit.

— C'est là qu'il reste enterré pendant près de trente mille ans, jusqu'en 1918, quand mon père a aidé les Immari à le retrouver, dit Kate.

— Exactement. La partie la plus intrigante est cette notation : « Delta manquant ? »

— « Delta » est synonyme de changement, expliqua Kate. « Delta manquant »... Cela voudrait dire qu'un changement n'est pas intervenu ?

— Essayons d'assembler le code de Martin, la tapisserie et ce que j'ai vu cette nuit-là à Gibraltar... Dans les deux premiers déluges de la tapisserie, les Atlantes interagissent directement avec les humains. Ils les sauvent ou les mettent en garde. Tout cela implique une relation directe.

Kate se laissa aller contre le dossier de son fauteuil.

— Et si les Atlantes guidaient l'évolution humaine d'une façon ou d'une autre ? Comme s'ils menaient une expérience, mais avec des interventions périodiques. Et l'intervention n'a pas pu avoir lieu il y a 12 500 ans à cause de l'explosion du vaisseau : la chute de l'Atlantide.

— Je pense que c'est ça que Martin avait en tête.

Une pensée traversa l'esprit de David : avait-il l'autre pièce du puzzle ?

En Antarctique, quand David était dans le tube, l'Atlante avait relâché Dorian en premier, lui accordant une longueur d'avance. Ensuite, il les avait regardés – David et Dorian – se battre jusqu'à la mort, comme s'il connaissait déjà le résultat. Comme si l'Atlante avait simplement attendu que triomphe son champion : Dorian.

David était mort une seconde fois en Antarctique. Mais contrairement à ce qui s'était produit pour son premier trépas, il n'avait pas ressuscité en Antarctique. Il avait repris conscience dans la structure atlante à Gibraltar – une section de la structure au pied du djebel Musa au Maroc. Quelqu'un l'avait fait ressusciter là-bas. Un autre Atlante ? David avait remarqué la présence d'une autre combinaison endommagée sur le sol de la salle de résurrection. Il essaya de se remémorer les images de l'hologramme. Aucune des combinaisons n'avait été endommagée pendant les événements. Il en était sûr et certain.

Pourtant, le fait était indéniable : un autre Atlante l'avait ramené à la vie, après que Dorian et l'Atlante de l'Antarctique l'avaient tué.

Une autre faction ? De toute évidence, quelqu'un voulait sa mort. Et quelqu'un d'autre l'avait sauvé…

David avait deux convictions désormais. Premièrement, une forme de guerre civile divisait les Atlantes. Et, secondement, il était hors de question qu'il raconte à Kate et aux deux scientifiques ce qui lui était arrivé.

— J'ai une théorie, dit David. Je crois que ce que j'ai vu – le désastre de l'Atlantide – n'était pas un phénomène naturel. Je pense que c'était une attaque.

— Menée par qui ? demanda Chang.

— Je ne sais pas, répondit David. Mais on peut imaginer qu'il y avait deux factions d'Atlantes, ou bien un traître, en tout cas que quelqu'un a saboté le vaisseau pour empêcher une intervention. Considérez l'histoire humaine dans son ensemble. Toutes les grandes choses sont apparues au cours des treize mille dernières années : l'agriculture, les villes, l'écriture... Il n'y a que l'embarras du choix. La démographie a explosé à cette époque. Alors certes, cela coïncide avec la fin de la période glaciaire et l'arrivée d'un climat plus favorable, mais...

Janus se pencha en avant.

— J'avoue que votre théorie de l'« intervention manquante » m'intrigue. Mais j'y vois une faille. L'étape suivante dans la chronologie est : « 535...1257, Toba 2, Delta », ce qui implique qu'un changement est survenu – et récemment. Or, d'après les vidéos, vous avez dit que le vaisseau était détruit.

David hocha la tête.

— Je pense que ces deux Atlantes sont morts à Gibraltar. C'est la seule explication. Et je crois que celui qui les a tués a rendu possible le changement de 535.

Janus hocha la tête à son tour.

— Ce qui m'amène à l'interrogation suivante : si un Atlante est intervenu en 535, pour un autre delta comme vous dites, où est-il ? S'il a le pouvoir de contrôler l'évolution humaine, où se cache-t-il ?

David médita la question. Il n'avait pas de réponse à ce qui était, de fait, une très bonne question. Avoir avancé tant d'idées le mettait un peu sur la défensive, comme s'il était tenu de proposer toujours plus d'options pour corroborer sa théorie. Il se sentait un brin tendu, prêt à en découdre.

Le docteur Chang reposa sa tasse de thé.

— J'ai moi aussi une question. Mais auparavant, j'aimerais en savoir un peu plus sur cet événement – Toba 2, en 535. À moins que ce ne soit en 1257 ? Le docteur Grey avait-il des incertitudes sur la date ?

La question ramena David au temps présent.

— Non. Je ne crois pas. Je pense que ces deux années sont le début et la fin d'une période, marquée par deux événements spécifiques.

— Quelle période ? demanda Janus.

— Le Moyen Âge en Europe.

— Et les deux… événements ?

— Une éruption volcanique, puis la peste, répondit David. Un événement qui nous a fait entrer dans le Moyen Âge, puis un second qui en a fait sortir l'Europe. Des éléments tendent à prouver que la première flambée épidémique – en 535 – est liée à l'éruption d'un volcan massif près du mont Toba en Indonésie. (Il s'abîma un instant dans ses réflexions.) On pourrait considérer cette éruption comme une « seconde catastrophe de Toba ».

— Une seconde catastrophe de Toba ? J'en aurais entendu parler, intervint Kate.

David la gratifia d'un sourire. N'était-il pas – lui et nul autre – en train de lui parler d'un volcan qui avait changé la face de l'humanité ?

— Ce n'est pas très connu…, dit-il en faisant écho aux propres mots que Kate lui avait dits à Jakarta, la première fois qu'elle lui avait parlé de la théorie de la catastrophe de Toba.

— Touché, dit Kate.

— Voici ce que l'on sait : en 535, les températures ont enregistré une chute rapide tout autour du globe, avec à la clé un hiver de dix-huit mois – un hiver long et dur, avec très peu de soleil. C'est ce que décrivent les récits historiques. En fait, il s'agit de l'événement climatique le plus grave de toute l'histoire. En Chine, il neigeait en août. Dans toute l'Europe, les récoltes furent perdues et la famine se répandit.

— Un hiver volcanique.

— Oui. Les chroniques historiques à travers l'Asie et l'Europe l'attestent. Les carottes de glace prélevées dans la banquise le confirment, et la dendrochronologie pratiquée en Scandinavie et en Europe occidentale révèle également une réduction massive de la croissance des arbres entre les années 536 et 542. Ce n'est qu'à partir des années 550 que les forêts ont pleinement récupéré. Mais ce n'est pas ce très long hiver qui a plongé l'humanité dans les ténèbres. C'est la pandémie de peste qui a suivi – la pire de toute l'histoire connue.

— La « peste de Justinien », murmura Kate. Du point de vue des pertes humaines, c'est la pire catastrophe de l'histoire. Mais je ne vois pas comment elle pourrait être associée à une éruption volcanique. Au fait, rappelle-moi comment tu sais tout ça ?

— C'est peut-être dur à croire, mais j'étais à deux doigts de décrocher mon doctorat. Ma thèse portait précisément sur les fondements et l'impact du Moyen Âge en Europe. (Il resta un instant à la regarder dans les yeux, avant de hausser les épaules en un geste théâtral.) Je suis plus qu'un beau minois et une taille de guêpe, tu sais…

Kate secoua la tête. Sur son visage, l'embarras le disputait à l'incrédulité.

— Au temps pour moi, dit-elle. Continue, je t'en prie.

— Voici ce que l'on sait : l'épidémie a coûté la vie à un tiers environ de la population de l'est de la Méditerranée. L'Empire romain d'Orient a été dévasté. D'un demi-million d'habitants avant l'épidémie, sa capitale Constantinople est tombée à une population de moins de cent mille individus. Le nom de cette épidémie provient de l'empereur romain Justinien. Les conséquences de cette peste dépassent tout ce que le monde avait connu jusqu'alors. Certaines victimes agonisaient pendant des jours. D'autres tombaient malades et mouraient en quelques minutes. Dans les rues, les corps s'empilaient. L'odeur de la mort planait partout. À Constantinople, l'empereur ordonna qu'on immerge les corps en mer. (L'image de Ceuta fit irruption dans l'esprit de David, qui dut faire un effort de concentration pour l'en chasser.) Mais il y en avait trop. Les cadavres représentaient un danger dans les villes antiques. L'empereur ordonna donc que l'on creuse des fosses à l'extérieur de la ville pour qu'on y incinère les morts. D'après la chronique, on a cessé de les compter après trois cent mille.

Aucun des scientifiques ne pipa mot. David but une gorgée et poursuivit.

— Du point de vue de l'historien, cette épidémie est remarquable non pas tant par son caractère meurtrier que parce qu'elle a contribué à refaçonner le monde. À bien des égards, le monde dans lequel nous vivons provient directement des événements du VIe siècle.

— Comment ça ? demanda Kate.

— Dans le sillage de l'épidémie, nous assistons à la fin des mégalopoles du monde antique. La Perse, naguère nation surpuissante, s'effondre. L'Empire romain d'Orient avait été à deux doigts de reconquérir sa moitié occidentale – la « Rome » qu'on dit éternelle. Mais après la pandémie, il est assiégé et sur le point de tomber. Pour finir, il devient l'Empire byzantin. Et on retrouve ce phénomène dans le monde entier : les empires puissants reculent, tandis que les tribus barbares gagnent du terrain. La grande leçon de la peste de Justinien est que les civilisations les plus connectées, les plus avancées, celles qui ont établi des voies commerciales internationales et bâti des mégalopoles, sont celles qui ont le plus souffert. À l'opposé, les sociétés isolées, les plus simples, sont celles qui s'en sont le mieux sorties. Prenez l'exemple de l'Angleterre du VIe siècle, où les peuples anglo-saxons se sont installés dans l'ancienne province romaine. Sur la base des artefacts, on sait qu'ils commerçaient avec des nations aussi éloignées que l'Égypte – où, d'ailleurs, la pandémie a démarré. À moins, bien sûr, que ce ne soit là qu'on en ait donné le premier témoignage.

—Je ne comprends pas, dit le docteur Chang.

—Ce sont les voies commerciales qui ont disséminé la pandémie. Les Anglais étaient en guerre contre plusieurs tribus germaniques installées sur leur côte occidentale. Au moment de la flambée épidémique, au milieu du VIe siècle, ces tribus étaient ostracisées, considérées comme barbares. Personne ne commerçait avec elles. Et les Anglais refusaient de se mêler à elles par le mariage. Après l'épidémie, ces tribus ont pris l'initiative, se sont dispersées dans tout le pays et ont fini par en prendre le contrôle. Les principales tribus étaient les Angles et les Saxons. À cet égard, certains estiment que la légende du roi Arthur est un récit inspiré de la geste de chevaliers anglais luttant contre les envahisseurs angles et saxons. Le fait que les gens parlent anglais–une langue germanique–en Grande-Bretagne et dans le monde entier est directement lié à la pandémie... et au triomphe des Angles et des Saxons qui en a résulté. Et la même chose s'est produite dans le monde entier : des civilisations avancées, avec des villes densément peuplées et des voies commerciales bien établies, se sont effondrées. Les barbares à leurs portes ont entamé leur ascension, les ont envahies, puis ont continué leur chemin le plus souvent. Quand les envahisseurs barbares ont installé leur propre gouvernement, ils se sont généralement fait virer un siècle plus tard par les envahisseurs suivants. C'était la fin d'une ère, celle des grandes villes et des grandes civilisations. Le Moyen Âge est arrivé et a duré très longtemps, presque mille ans. Jamais dans toute l'histoire le progrès n'avait enregistré un tel revers. Pour tout dire, le Moyen Âge n'a réellement pris fin qu'après la grande épidémie suivante...

—Attends, dit Kate. Je dois bien admettre que je ne comprends pas tout. Ma spécialité, c'est la génétique. En l'occurrence, je ne vois pas en quoi une éruption et un hiver volcanique peuvent être liés à la peste de Justinien.

— En partie, le travail de l'historien consiste à remonter jusqu'à l'origine des artefacts et à mettre en évidence une forme de canevas dans l'agencement des événements. En l'espèce, le canevas schématique qui ressort de cette épidémie est qu'elle aurait commencé en Afrique du Nord, pour passer ensuite en Égypte avant d'exploser dans tout l'est du bassin méditerranéen. Dès lors que Constantinople a été frappée, les autres hauts lieux du reste du monde moderne sont tombés comme des dominos, les vaisseaux de commerce diffusant la peste partout dans le monde. La question est toujours débattue, mais bon nombre d'historiens estiment que la peste est arrivée en Europe depuis l'Afrique du Nord sur des navires transportant des céréales, et que ce sont les rats présents à bord qui étaient d'abord porteurs de la maladie.

— Ce que dit David est vrai, dit le docteur Janus. C'est en effet assez ironique, mais le véritable danger d'un changement climatique rapide n'a rien à voir avec le climat lui-même. Il découle de la déstabilisation des écosystèmes, qui contribue à mettre en contact des organismes n'entretenant d'ordinaire aucune interaction. On sait que la plupart des épidémies surviennent quand des animaux sauvages, porteurs d'agents pathogènes mortels qui ne les affectent pas, sont amenés à sortir de leur habitat naturel. Après ce second « volcan de Toba », les écosystèmes du monde entier ont été déstabilisés. Si la théorie du docteur Grey est avérée, tout cela est incroyablement intrigant. Dans le monde antique, il devait être très difficile de gérer une modification à l'échelle planétaire. Mais de ce point de vue, la peste constituait un vecteur parfait. Cela étant, un problème majeur subsiste.

— La diffusion, dit Kate.

— Exactement, confirma Janus. C'était un monde extrêmement morcelé. Visiter tous les groupements humains, toutes les cultures pour diffuser la maladie était sans doute impossible. Mais un volcan qui recouvre le monde entier de cendres constitue un parfait système de diffusion mondiale. Le volcan provoque des conditions hivernales, des sécheresses par endroits, puis des précipitations surabondantes. La croissance de la végétation s'effondre, avant de rebondir. Dans les endroits tels que l'Afrique du Nord, les populations de rongeurs devaient prospérer, avec à la clé une explosion de leur démographie, puis la conquête de nouveaux territoires, les écosystèmes existants ne permettant plus de les nourrir tous. Certains de ces rats porteurs de la peste sont donc passés dans les zones peuplées par l'homme. Si les rats sont immunisés contre la peste, en tant qu'espèce-réservoir, ce n'est pas le cas des puces qu'ils ont sur le dos. Celles-ci meurent de la peste, et ce mécanisme entraîne la propagation de la maladie. Les puces infectées meurent littéralement de faim. En effet, les bactéries se multiplient dans leur proventricule jusqu'à l'obstruer, les empêchant d'ingérer le sang dont elles se nourrissent. Elles deviennent folles, passent des rongeurs à n'importe quel hôte, dont l'homme. Bien sûr, les rongeurs et leurs puces étaient des vecteurs de transmission de la peste depuis des millénaires. Mais le « génie », si vous me permettez l'expression, de cette épidémie a consisté à modifier génétiquement la bactérie, par le biais – je crois – de l'éruption volcanique. Les cendres disséminées à la surface du globe ont transformé le bacille pathogène présent chez le rat – mais sans déclencher de pandémie humaine. En effet, une telle pandémie se serait simplement consumée, puis éteinte. Je pense que la formulation du docteur Grey – « Second Toba ? Nouveau Système Diffusion » – traduit sa propre incertitude sur ce point. En nous fondant sur les travaux que nous avons menés, le docteur Chang et moi, nous pouvons confirmer qu'il s'agissait bien d'un nouveau système de diffusion – particulièrement ingénieux, je dois dire. Ceux qui ont modifié une lignée bactérienne chez le rat s'assuraient en effet de la survenue d'une succession de flambées épidémiques, synonyme d'une transformation génétique continue. En sommeil dans l'espèce-réservoir – le rat en l'occurrence –, elle attendait son heure.

— Cela cadre avec les sources historiques, dit David. La première vague de flambées survient aux alentours de 535, mais d'autres ont suivi, parfois plus violentes encore. On a du mal à imaginer le bilan. Les épidémies se sont succédé pendant deux siècles. Près de la moitié des Européens sont morts. Puis, aux alentours de l'an 750, elles cessent, jusqu'aux alentours de l'an 1257 – soit la partie suivante de la note de Martin. En 1257, un autre volcan entre en éruption, une fois encore en Indonésie. Ce sont des découvertes récentes, mais nous sommes à peu près sûrs que le volcan Samalas, sur l'île de Lombok, en Indonésie, est entré en éruption avec une force incroyable. L'impact a été supérieur à celui de l'éruption du Tambora en 1815, pourtant à l'origine de ce qu'on a appelé l'« année sans été ». La dendrochronologie met en évidence le même phénomène en 1257 : un hiver volcanique qui a duré plus d'une année. Les rats reviennent, et avec eux la peste, en Europe. À cette époque, près de sept siècles après la peste de Justinien, les sources historiques sont plus claires. Cette épidémie est comparable à la précédente, mais mieux documentée. On l'appelle la « peste noire » ou la « mort noire » en Europe, mais il s'agit bien de la même peste…

— La peste bubonique, dit Kate.

— Exactement, confirma David. La même maladie à près d'un millénaire de distance, revenue pour semer le chaos…

— Stop ! s'exclama Kate en levant la main. L'épidémie de peste noire commence en Europe aux alentours de 1348, soit près d'un siècle après l'éruption volcanique…

— C'est vrai, dit David en écartant les bras. Voici les faits historiques : en 1257, un énorme volcan, étonnamment proche et comparable à celui du VIe siècle, a provoqué un hiver volcanique et une famine généralisée dans toute l'Europe. On peut supposer que la peste est revenue, mais il y avait une différence cette fois, une sorte d'immunité…

— La CCR5-Delta 32, murmura Kate, perdue dans ses pensées.

— Quoi ?

— C'est une mutation génétique dont m'a parlé Martin. On la trouve chez seize pour cent des Européens, à qui elle assure une immunité contre le VIH, la variole et d'autres virus. Et sans doute contre la bactérie de la peste.

— Intéressant, dit David. Les origines de la peste noire sont l'un des grands mystères de l'histoire. On est pratiquement sûr que l'épidémie du VIe siècle, la peste de Justinien, est remontée d'Afrique pour atteindre l'est du bassin méditerranéen. Mais le cas de la peste noire est différent. Même scénario – une éruption volcanique –, même peste, mais avec une origine en Asie centrale cette fois-ci. Dans le contexte de la *Pax Mongolica*, les armées mongoles d'Asie centrale se sont mises à circuler, diffusant la maladie le long de la route de la soie. Pendant le siège de Caffa en Crimée, les Mongols ont catapulté des cadavres infectés par-dessus les murs de la cité.

— Sérieusement ? s'exclama Kate.

— Hé, c'était plutôt ingénieux pour l'époque. Appelons ça la guerre bactériologique du Moyen Âge. Après Caffa, la peste s'est rapidement propagée dans toute l'Europe. Les historiens ont supposé que cette migration depuis l'Asie pourrait expliquer le décalage d'un siècle, mais cela pourrait être…

— La mutation, dit Kate.

— C'est possible, répondit David, qui préférait revenir à ce qu'il savait, plutôt que de se risquer à des spéculations. Au cours des années suivantes, trente à soixante pour cent de la population européenne ont été emportés par la peste noire. Un tiers de tous les Chinois sont morts eux aussi. Après cela, il a fallu cent cinquante ans à la population mondiale pour retrouver son niveau d'avant. Voilà, je crois que c'est à peu près là que s'arrêtent mes connaissances. Je ne sais pas où mène cette chronologie. Je connaissais seulement les références et les dates.

— Je crois pouvoir apporter quelques éclairages, dit le docteur Chang. Comme l'a souligné le docteur Janus, nous sommes partis du principe que le fléau d'aujourd'hui ne fait qu'activer des épisodes épidémiques antérieurs, avec l'objectif d'achever une transformation génétique restée incomplète. Nous avons tenté d'isoler ces éléments passés pour mieux comprendre en quoi le génome humain a été modifié. (Il se tourna vers David.) Monsieur Vale, vous aviez raison en établissant un lien entre les différentes épidémies de peste. Il y a quelques années, un groupe de chercheurs a découvert que la peste de Justinien était imputable au bacille *Yersinia pestis*, ou *Y. pestis*, la bactérie qui provoque la peste bubonique. Une découverte étonnante puisque les deux pires épidémies de l'histoire – la peste de Justinien et la mort noire – sont toutes deux des épidémies de peste bubonique. Selon nous, dans ces deux cas, il y a eu une mutation génétique de la bactérie *Y. pestis*. Par l'intermédiaire des Immari, qui nous ont fourni des échantillons de victimes de ces deux épidémies de peste, nous avons rassemblé des éléments probants. Nous avons séquencé ces génomes, ainsi que les échantillons de *Y. pestis* provenant de ces deux époques. Mais nous avions aussi des échantillons de la grippe espagnole de 1918. Et nous avons trouvé des séquences génétiques communes, dont nous pensons qu'elles sont liées au fléau Atlantis. Sur la base des notes du docteur Grey et de notre discussion, je crois que nos données représentent une pièce essentielle du puzzle. La clé pour la mise au point d'un remède. Malheureusement, tout a été perdu dans le naufrage de la barge.

— Docteur Chang, dit Janus en se redressant. Je vous dois des excuses.

Chang se tourna vers son confrère, l'air un peu confus.

— Je ne vous ai jamais fait totalement confiance, expliqua Janus. J'étais votre second, j'avais été affecté à ce poste. Certes, vous participiez pleinement à nos recherches, mais jusqu'à aujourd'hui, je me disais que vous pouviez très bien être un loyaliste Immari, que vous œuvriez à vous approprier le résultat de mes travaux. Je vous ai donc dissimulé une bonne part de ce que j'ai découvert. Mais…, poursuivit-il en produisant une clé USB, j'ai tout sauvegardé ici, mes recherches antérieures et celles que nous avons menées ensemble. Tout est là. Et je pense que nous y trouverons les modifications du génome que recherchait le docteur Grey – ce « Delta-2 ». La structure génétique racine du fléau Atlantis.

Chang fixait la clé USB.

— Ce qui importe, c'est que vous ayez toutes les données. À votre place, je crois que… j'aurais sans doute fait la même chose. Cela étant, il semblerait qu'il y ait une dernière pièce à ce puzzle. L'Oméga. Pour moi, il s'agit de l'aboutissement, de la concrétisation de cette évolution génétique. La mention « 1918…1978 » donne à penser que le docteur Grey estimait sans doute que cet événement s'était produit au cours de cette période. Malheureusement, les trois lettres « KBW » ne me disent absolument rien. Monsieur Vale, s'agit-il d'une autre référence historique ?

Depuis que ses yeux s'étaient posés sur cette feuille, David tournait ce « KBW » dans tous les sens dans son esprit. Sans parvenir à quoi que ce soit de concluant.

— Non. Je ne vois pas ce que ça peut être.

— Je sais ce que c'est, dit Kate. Ces trois lettres – « KBW » – sont mes initiales. Katherine Barton Warner. Je crois que je suis l'Oméga.

Chapitre 67

Quelque part au large de Ceuta
Mer Méditerranée

Par la fenêtre de l'hélicoptère, Dorian regardait défiler l'eau en dessous. Le soleil scintillait sur la surface noire, tel un phare le guidant vers son destin.

Il songeait à la porte de lumière blanche en Allemagne. Où menait-elle ? Vers un autre monde ? un autre temps ?

Il activa le micro de son casque.

— Heure prévue d'arrivée ? demanda-t-il.

— Trois heures, trois heures et demie.

Allaient-ils réussir à prendre de vitesse Kate et sa garde rapprochée ? L'arrivée allait se jouer dans un mouchoir.

— Mettez-moi en communication avec l'avant-poste.

Une minute plus tard, Dorian était en communication avec l'officier commandant l'île d'Alborán.

Sur l'île d'Alborán, le lieutenant Immari coupa la communication. Lentement, il se retourna vers les quatre autres soldats qui jouaient aux cartes en fumant des cigarettes.

— Faites du café, les gars, les interpella-t-il. Il va falloir qu'on ait les idées claires. Nous allons avoir de la compagnie.

David en était toujours à prendre la mesure des paroles que Kate venait de prononcer. « *Je crois que je suis l'Oméga.* »

Shaw fit son apparition dans le salon.

— Je fais du café…, commença-t-il, avant de s'interrompre en regardant autour de lui. Qu'est-ce qui se passe ? On dirait que vous avez vu un fantôme.

— On travaille, aboya David.

Kate s'empressa de faire retomber la tension.

— Je prendrai volontiers un café. Merci, Adam.

— De rien, dit Shaw. Docteur Chang ? Docteur Janus ?

Il n'avait pas échappé à David que Shaw l'avait volontairement omis de sa liste. Mais à dire vrai, il n'en avait pas grand-chose à faire.

— Oh oui, avec plaisir, murmura Chang, toujours absorbé dans ses pensées.

Le docteur Janus regardait par la fenêtre, une expression indéchiffrable sur le visage. Quand il prit conscience que sa réponse était attendue, il s'empressa de la donner.

— Non. Mais merci quand même.

Shaw revint avec deux tasses, puis traîna un peu aux abords de la fenêtre, dans l'angle mort derrière David. Ce dernier ne pouvait pas le voir, mais il sentait sa présence dans son dos. Et ça, David en avait quelque chose à faire.

Janus fut le premier à relancer la discussion.

— Je ne mets pas en doute ce que vous avez dit, Kate. Je tiens à ce que ce soit clair dès le départ. Néanmoins, j'aimerais passer en revue nos principales hypothèses et envisager plusieurs… possibilités.

David crut bien sentir Kate se tendre un peu, mais elle se contenta de prendre une gorgée de café, puis de donner son assentiment d'un hochement de tête.

— La première, poursuivit Janus, est que la tapisserie tibétaine est une forme de document qui représente les interactions des Atlantes avec les hommes – en particulier leur intervention pour sauver les humains il y a soixante-dix mille ans, avec l'introduction du gène Atlantis pour modifier le câblage neuronal de l'homme et changer le cours de son destin, puis leur mise en garde des hommes avant le grand Déluge. Le reste de la tapisserie représente ce que l'on suppose être des événements toujours à venir. J'ai d'ailleurs une question à ce sujet, mais je la poserai plus tard. Notre deuxième hypothèse est que la note de Martin constitue une chronologie – une tentative de décodage du passé pour identifier les grands tournants, les moments pivots de l'humanité – de façon à nous mener vers un remède au fléau. Enfin, notre troisième et dernière hypothèse est que cette chronologie identifie un delta manquant – autrement dit, un point où l'intervention atlante dans l'évolution humaine a échoué – quelque part aux alentours du grand Déluge et de la chute de l'Atlantide. La théorie de M. Vale est qu'une lutte entre des factions atlantes a conduit à un certain événement. Ces choses étant posées, j'aurais pour ma part émis l'hypothèse que l'Oméga – c'est-à-dire la concrétisation de toutes les interventions atlantes dans l'évolution humaine – aurait été l'ensemble des survivants du fléau Atlantis. Spécifiquement, ceux en évolution rapide. Ne représentent-ils pas le résultat visé par les Atlantes ? Selon moi, ils sont le choix le plus évident. En tant que scientifique, j'évalue toujours l'explication la plus simple avant d'envisager d'autres possibilités plus… exotiques.

Aux yeux de David, le point de vue de Janus était convaincant. Il allait faire part à tous de sa position, mais Kate le prit de vitesse.

— Alors pour quelle raison Martin aurait-il écrit mon nom dans la chronologie au-dessus d'Oméga ?

— Pour moi, c'est *la* question, répondit Janus. Je crois qu'un examen attentif des motivations de Martin peut permettre de dégager des éléments de réponse. Nous savons que tout ce qu'il a fait – tous ses travaux, ses arrangements, ses compromis – ne servait qu'un objectif : vous protéger. Je crois que c'est cette motivation que nous retrouvons ici. Si quelqu'un venait à mettre la main sur ses notes, il voulait que cette personne vous trouve et veille sur votre sécurité, histoire de vous avoir sous la main pour les décoder, et que vous soyez à proximité de gens susceptibles d'être engagés dans la mise au point d'un remède.

David hocha la tête sans y penser. C'était une démonstration plutôt convaincante.

— La construction a un sens, dit Chang. Mais tel que je le vois, il y a un problème dans la chronologie. Il y a soixante-dix mille ans : Adam, l'introduction du gène Atlantis. Il y a douze mille cinq cents ans : la chute de l'Atlantide, le delta manquant. Les années 535 et 1257 : le second Toba, les deux volcans et les épidémies de peste bubonique, le début du Moyen Âge, puis sa fin avec l'arrivée de la Renaissance. Puis 1918 : la Cloche, un artefact atlante qui déclenche l'épidémie de grippe espagnole. Et enfin, cette année, le fléau Atlantis, la deuxième épidémie déclenchée par la Cloche. C'est là que les dates données par Martin sont erronées : « 1918…1978 ». Au lieu de 1978, ce devrait être cette année, l'année en cours, celle où l'épidémie actuelle crée l'Oméga.

— Ce serait logique, convint Janus.

— En quelle année es-tu née ? demanda David. Euh… je demande ça uniquement à titre scientifique.

— C'est mignon, dit Kate. Je suis née en 1978. Mais… j'ai été conçue en 1918.

— Quoi ? s'exclamèrent Janus et Chang à l'unisson.

David entendit Shaw qui se déplaçait derrière lui pour venir se placer à la hauteur du groupe. De toute évidence, il commençait à s'intéresser à la conversation.

— C'est vrai, expliqua Kate. Martin était mon père adoptif. Mon père biologique était un ingénieur spécialiste des mines, officier dans l'armée américaine pendant la Première Guerre mondiale. Il avait été engagé par les Immari pour exhumer la structure atlante sous Gibraltar. Il a accepté de faire ce travail pour pouvoir demander la main de ma mère. Mais ce qu'il a mis au jour – la Cloche – a déclenché l'épidémie de grippe espagnole. Par un triste coup du sort, ma mère a été emportée. Cependant, dans la structure qu'il avait découverte, il y avait une pièce contenant quatre tubes ; il a découvert que c'étaient des stations curatives et d'hibernation. Il a placé ma mère à l'intérieur de l'une d'elles – avec moi à l'intérieur de son ventre. Nous y sommes restées jusqu'en 1978, l'année où je suis née…

Le docteur Arthur Janus se laissa aller en arrière contre le dossier du divan. *Voilà qui pourrait tout changer*, songea-t-il.

Le docteur Shen Chang avait été estomaqué par le récit de Kate – même s'il était déjà au courant pour la Cloche et les dispositifs d'hibernation.

En 1978, Shen était un jeune chercheur travaillant sur un projet financé par Immari International. Un beau matin, il avait reçu un coup de téléphone d'Howard Keegan, un homme qu'il n'avait jamais rencontré. Keegan s'était présenté à lui comme le nouveau dirigeant de l'organisation Immari, avant de lui annoncer qu'il avait besoin de son aide, qu'il serait généreusement rétribué pour cela, qu'il n'aurait plus jamais à se soucier du financement de ses travaux, et qu'il participerait à des travaux incroyables, susceptibles de sauver le monde, mais sur lesquels il ne serait jamais autorisé à s'exprimer.

Shen avait accepté. Keegan l'avait alors conduit dans une salle abritant quatre tubes. L'un d'eux contenait un jeune garçon – qui deviendrait l'homme qu'il connaissait désormais sous le nom de Dorian Sloane. Dans un autre, il y avait Patrick Pierce – le découvreur des tubes selon les explications de Keegan. Et enfin, dans un troisième, il y avait une femme enceinte.

— Nous la sortirons en dernier, et vous ferez votre possible pour la sauver. Mais le garçon est votre priorité numéro un.

Shen n'avait jamais eu si peur de toute sa vie. Ce qui s'était passé ensuite était gravé dans sa mémoire pour l'éternité. Il se souvenait d'avoir tenu l'enfant. Une petite fille. Il avait encore en tête l'image de ses yeux... Les mêmes yeux que ceux que Kate Warner tenait posés sur lui. *Incroyable.*

Adam Shaw était époustouflé par ce que Kate venait de raconter. *Cela va au-delà de ce que je pensais. Kate est bien plus que je ne l'imaginais. Je la ramènerai saine et sauve – quel qu'en soit le prix.*

Kate commençait à être fatiguée du silence qui s'éternisait.

— Est-ce que quelqu'un peut dire quelque chose ?

— Oui, intervint Janus. J'aimerais corriger mes précédentes assertions. À présent, je pense que vous êtes l'Oméga.

Et… cela change un certain nombre de choses. Pour commencer, ça change ma perception et ma compréhension des travaux de Martin. Je ne crois plus que sa note soit seulement une chronologie. Ce n'est que la moitié du tout. Le code de Martin est bien plus que cela. C'est une feuille de route pour réparer le génome humain – corriger les problèmes liés au gène Atlantis, créer un hybride humain-Atlante viable, une nouvelle espèce dont vous êtes la première représentante. La séquence de Martin commence avec l'introduction du gène Atlantis – avec Adam –, puis suit les diverses interférences – la correction manquante au moment du Déluge, les temps sombres du Moyen Âge… – et finit par vous, Kate, quelqu'un doté d'un gène Atlantis stable et fonctionnel, grâce au tube qui vous a sauvé la vie et qui a permis votre extraordinaire venue au monde. Mais dès lors… la véritable question, l'aspect pratique fondamental devient : et maintenant, que fait-on ? Nous avons nos recherches, nous comprenons les notes de Martin. Il nous faut un labo…

Kate l'interrompit.

— Il y a encore une chose que je ne vous ai pas dite. Martin était l'un des fondateurs d'un consortium baptisé « Continuité ». Il s'agit d'un groupe de chercheurs du monde entier, qui mène des expériences depuis des années pour la mise au point d'un remède. À Marbella, Martin avait un site de recherche. (Une pensée lui vint soudain.) Je travaillais dans un bâtiment sous un bardage de plomb. J'ai mené toute une série d'expériences, et Martin venait régulièrement prélever des échantillons d'ADN.

— Pour ses propres expériences, il pratiquait sur vous ou sur vos propres sujets ? demanda Chang.

Kate avait une absolue certitude à présent.

— Les deux. Martin m'a dit qu'il pensait que j'étais la clé de tout. En voyant ce code, Oméga… Oui, je sais que c'est vrai. Continuité a tous ses résultats. J'ai été en contact avec eux.

Une expression choquée parut sur le visage de David.

— Quoi ? lui demanda Kate.

— Rien, répondit-il en secouant la tête.

Elle se concentra sur Chang et Janus.

— Je pense que nous devrions transmettre à Continuité le fruit de nos travaux, et discuter de nos théories avec eux.

— Je suis d'accord, dit le docteur Janus en tirant sa clé USB de sa poche.

Chang hocha la tête.

Chapitre 68

Quelque part aux abords de l'île d'Alborán
Mer Méditerranée

L'échange téléphonique avec Continuité s'était révélé fascinant.

Kate avait le sentiment d'avoir enfin compris les expériences auxquelles elle avait pris part à Marbella.

Depuis des années, Continuité développait un algorithme baptisé « Symphonie des gènes ». Le principe en était que, chaque fois qu'une thérapie génique ou un rétrovirus introduisaient une modification génétique dans un génome donné, l'algorithme Symphonie pouvait en prédire l'expression génique. Combinées aux connaissances sur la position des rétrovirus endogènes atlantes dans le génome humain, ces prédictions permettaient de cerner à l'avance la réaction d'une personne au fléau Atlantis et à une thérapie donnée.

Les travaux de Chang et Janus, qui avaient isolé les modifications génétiques induites par les deux épidémies – au début et à la fin du Moyen Âge –, étaient pile la pièce manquante du puzzle. Du moins, c'était l'espoir qu'on nourrissait au sein du consortium Continuité.

Fascinée, Kate avait regardé le docteur Janus s'activer sur l'ordinateur pour charger le fruit de leurs recherches dans Symphonie. C'était un génie. Jamais Kate n'avait vu quelqu'un de son âge démontrer un tel degré de compétences en informatique.

Kate parlait dans son téléphone satellite, dont le haut-parleur était branché.

— Et maintenant, qu'est-ce qui se passe ?

— Maintenant, on attend, répondit le docteur Brenner. Quand les algorithmes auront mouliné, ils proposeront des thérapies envisageables. Ensuite, on les testera, en espérant que la chance sera de notre côté. Si nous trouvons une thérapie efficace, nous pourrons la déployer rapidement. Martin vous a-t-il décrit nos implants génétiques ?

— Je ne les connais pas très bien, dit Janus.

— Fondamentalement, nous procédons à l'implantation sous-cutanée d'un dispositif biotechnologique qui nous permet de délivrer une thérapie personnalisée à chaque patient. Dans chaque district Orchidée, ces implants sont reliés à un serveur par une connexion sans fil.

Cette révélation stupéfia Kate.

— Je pensais que les implants servaient au pistage. Ce n'est donc pas Orchidée qui délivre la thérapie ?

— Eh bien, oui et non, s'empressa de répondre Brenner. Les implants assurent le contrôle des stocks. C'est un instrument qui sert au suivi, ce qui est essentiel. Mais le génome humain étant ce qu'il est, extrêmement divers, nous avons estimé que chaque thérapie devait être quelque peu personnalisée. Ajustée.

Kate hocha la tête. C'était un programme extrêmement sophistiqué : un dispositif de biotechnologie implanté à chaque individu pour lui délivrer une thérapie spécifiquement adaptée à son génome. Dix ans d'avance au moins sur tout ce qui existait par ailleurs. Quel dommage qu'il ait fallu la menace des Immari et du fléau pour réaliser une telle percée.

— Mais si l'implant délivre la thérapie spécifiquement adaptée, pourquoi continuer à donner Orchidée à chacun ? demanda le docteur Janus.

— Trois raisons à cela. Lors de nos premiers essais, nous nous sommes rendu compte que les implants n'étaient pas en mesure de produire une thérapie viable pour chacun. En l'occurrence, les implants élaborent leurs antiviraux à partir des enzymes et protéines du corps de l'hôte. *Grosso modo*, ils procèdent à quelques découpages et prélèvements un peu élaborés pour créer la thérapie voulue. Mais le processus fondé uniquement sur l'implant ne fonctionne que pour quatre-vingts pour cent des hôtes environ. Du coup, nous mettons à disposition des implants une sorte de stock viral – un bon gros paquet d'argile virale dans lequel ils peuvent se servir pour façonner une thérapie. En somme, c'est ça qu'on trouve dans les pilules Orchidée : un stock viral.

— Très intéressant…, murmura Janus, perdu dans ses pensées.

— Et les autres raisons ? demanda Kate.

— Ah oui, répondit Brenner. Je me suis laissé emporter dans les sciences. La deuxième raison, c'était la vitesse. Nous savions qu'il nous faudrait faire vite pour déployer une nouvelle thérapie : fabriquer un nouveau médicament était hors de question, et bien sûr il s'agit d'une solution à géométrie variable. Pour la rendre opérationnelle à l'échelle mondiale, nous savions qu'il nous faudrait sans doute une thérapie de base, avec des milliers de petits ajustements réalisés par les implants.

— Et la dernière raison ?

— L'espoir. Les gens prennent Orchidée tous les jours… Nous avions le sentiment qu'il fallait leur donner quelque chose de tangible, quelque chose qu'ils pouvaient voir, qu'ils connaissaient et à quoi ils pouvaient s'accrocher :

un médicament pour soigner une maladie. Et maintenant, j'espère à mon tour que vous nous avez donné la pièce manquante – la formule qu'il nous faut faire passer par le biais des implants. En ce moment même, Symphonie est en train de traiter vos données. Si jamais il trouve une thérapie corrective, nous pourrons la déployer en quelques heures dans le monde entier via l'Alliance Orchidée.

Dans le salon, les scientifiques hochaient la tête. David et Shaw se mesuraient du regard.

Le docteur Brenner reprit la parole, allégeant la tension.

— Il y a une chose que je ne vous ai pas dite, docteur Warner.

— Quoi donc ? demanda Kate, sans songer à couper le haut-parleur.

— La direction d'Orchidée nous a demandé de lancer le protocole Euthanasie.

— Je ne…

— Nous avions un ordre permanent, poursuivit Brenner. Si Orchidée venait à échouer ou si les Immari devenaient une menace pérenne, nous avions ordre de transmettre une instruction d'annulation aux implants – de laisser les mourants mourir rapidement. De cette façon, nous n'aurions plus qu'un monde de survivants Orchidée, une base pour sauver l'Alliance. Jusqu'à présent, nous avons purement et simplement ignoré ces ordres. Nous sommes restés concentrés sur nos travaux de recherche, en espérant que la direction ne mettrait pas ce plan à exécution. Mais nous avons eu vent de rumeurs. Si nous n'exécutons pas le protocole Euthanasie, des troupes alliées pourraient bien prendre le contrôle de Continuité et le faire à notre place.

Kate s'affaissa dans son fauteuil.

Plus personne ne parlait.

— Pouvez-vous ralentir le protocole Euthanasie ? demanda Kate.

— Nous pouvons essayer. Mais… espérons surtout que votre thérapie fonctionnera.

De retour dans la cabine grand luxe, David en était presque à crier après Kate

— Et pendant tout ce temps-là, tu avais de quoi contacter un consortium mondial ?

— Oui. Et alors ?

— Alors tu vas les rappeler. Et voici ce que tu vas leur dire…

Kate rappela le numéro de Continuité.

— Docteur Brenner ?… Non, tout va bien, merci. Mais j'ai un service à vous demander. Il faudrait que vous contactiez les services de renseignement britanniques pour leur demander s'ils ont dans leur effectif un agent nommé Adam Shaw. De la même façon, pourriez-vous vous renseigner auprès de l'Organisation mondiale de la santé au sujet d'un certain docteur Arthur Janus ?… Oui, vous seriez très obligeant… Parfait. Rappelez-moi dès que vous avez des informations. C'est très important.

Le docteur Paul Brenner coupa la communication et regarda les noms qu'il avait notés. « Shaw et Janus ». Que se passait-il à bord de ce bateau ? Kate était-elle en danger ?

C'est qu'il avait fini par s'attacher à elle, à force de la voir pendant des semaines dans des vidéos, puis de lui parler en personne. Il espérait que tout allait bien se passer pour elle.

Il reprit son téléphone pour appeler ses contacts à l'OMS et dans les services de renseignement britanniques. Chacun de ses interlocuteurs promit de le rappeler dès qu'il aurait du nouveau.

Paul avait encore un coup de fil à passer – du moins l'espérait-il. Mais d'abord, il lui faudrait attendre que Symphonie donne son verdict.

Il sortit de son bureau et remonta le couloir de l'immeuble du CDC. L'ambiance était lugubre. Tout le monde croulait sous le travail et était épuisé. Le moral était au plus bas – et à juste titre. Aucun progrès n'avait été accompli dans la mise au point d'un remède contre le fléau, et les perspectives étaient inexistantes. Du moins… jusqu'à cet appel de Kate, une demi-heure plus tôt.

Combien de temps allait-il falloir à Symphonie ? À supposer qu'il y ait bien une thérapeutique à trouver dans toutes les données transmises par Kate et son équipe…

Les portes vitrées menant à la direction opérationnelle d'Orchidée coulissèrent devant lui pour le laisser passer. Les têtes de toutes les personnes présentes dans la salle de conférences reconvertie se tournèrent vers lui. L'endroit avait des allures de salle d'étude d'une résidence universitaire, où des étudiants seraient entassés les uns sur les autres depuis deux mois : disposées au petit bonheur, les tables étaient couvertes d'ordinateurs, de piles de papiers, de cartes, de rapports constellés de taches de café, de gobelets à moitié vides.

En voyant les mines sur les visages, Paul comprit immédiatement.

Les quatre écrans géants accrochés au mur confirmèrent l'information. Le texte clignotant disait : « Une thérapie identifiée ».

Combien de fois n'avaient-ils pas déjà vu ce texte ? Un si grand nombre qu'ils avaient peu à peu cessé de manifester la moindre joie. Mais cette fois-ci, l'atmosphère était un peu différente. Toute l'équipe vint se presser autour de Paul. Tout le monde parlait en même temps, sur un ton survolté, des nouvelles données et des prochaines initiatives. On proposait des sites de recherches, on en éliminait d'autres.

— Nous allons le tester ici, sur notre propre cohorte, annonça Paul.

— Vous êtes sûr ?

— Nous avons des gens qui ne peuvent plus attendre.

Son regard dériva vers l'horloge affichant le compte à rebours jusqu'au déclenchement du protocole Euthanasie. Plus que quatre heures. Il y avait vraiment beaucoup de monde qui ne pouvait plus attendre.

Mais il voulait avoir une certitude avant de lancer la nouvelle dans le monde entier. Il avait un coup de fil à passer…

Sur le chemin du retour vers son bureau, Paul fit un arrêt dans la petite infirmerie improvisée, au chevet de sa sœur.

Sa respiration était très faible, mais il savait qu'elle le reconnaissait. Elle tendit une main pour prendre la sienne.

Il s'avança et la saisit. Sa poigne était très faible.

— Je crois que nous avons trouvé, Elaine. Tu vas t'en tirer.

Il sentit la main de sa sœur exercer la plus légère des pressions.

Paul prit son téléphone. Quelques minutes plus tard, il était mis en relation avec la salle de crise de la Maison-Blanche.

— Monsieur le Président, nous avons une nouvelle thérapie. Nous sommes extrêmement optimistes. Je vous demande de bien vouloir retarder le protocole Euthanasie.

Chapitre 69

Quelque part aux abords de l'île d'Alborán
Mer Méditerranée

— Combien de temps ? demanda David.

— Brenner a dit qu'il reprendrait contact dès que possible. Ils sont débordés chez Continuité…

— Nous serons à l'île d'Alborán dans trois heures. Quand on arrivera là-bas, il faudra bien que je donne des armes à Shaw et Kamau, et que je fasse quelque chose avec les scientifiques. D'ici là, il faut qu'on trouve qui a tué Martin et saboté le bateau.

Kate s'assit sur le lit. Elle savait que s'ils commençaient à débattre de l'identité de l'assassin, leur conversation finirait en dispute. Or, elle n'avait aucune envie de se quereller : pas avec lui, pas en cet instant. Elle fit passer son tee-shirt par-dessus sa tête et le balança sur le fauteuil.

Les yeux de David étincelèrent. Il ôta l'arme de sa ceinture et la glissa sous l'oreiller. Puis il retira son tee-shirt et son pantalon.

Il s'approcha de Kate, qui déposa un baiser sur son ventre. Il l'allongea sur le lit et se coucha sur elle.

Pendant un moment, le monde entier s'évanouit dans le néant. Elle ne pensait plus ni au fléau, ni aux Immari, ni à la note de Martin, ni au tueur à bord. Elle ne pensait plus qu'à David. Il était tout ce qu'elle voulait. L'unique chose au monde qui comptait pour elle.

Il faisait une chaleur d'étuve dans la cabine, mais David se souciait comme d'une guigne d'aller régler la climatisation.

Il roula sur le côté et resta sur le dos, nu et pantelant, avec Kate serrée contre lui, leurs deux corps trempés de sueur. Son souffle s'apaisa un peu plus vite que celui de la jeune femme. Ni l'un ni l'autre ne songeait à rompre le silence.

Le temps semblait s'être figé, immobile. Tous deux fixaient le plafond. David n'aurait su dire combien de temps s'était écoulé quand Kate se tourna vers lui pour l'embrasser dans le cou, juste sous le menton.

La sensation le tira de sa béatitude. De retour de plain-pied dans la réalité, David posa la question qu'il avait soigneusement évitée depuis la conversation téléphonique avec le docteur Brenner.

— Tu crois que ça va marcher ? Que Continuité peut prendre les travaux de Janus et Chang et… je ne sais pas, les réunir comme la Triforce et obtenir un remède comme par magie ?

— La « Triforce » ?

— Sérieux ?

— Quoi ?

— Dans *Zelda*, répondit David. Tu sais, Link assemble la Triforce pour voler au secours de la princesse Zelda et sauver Hyrule.

— Je n'ai pas vu ce film.

— Euh… c'est un jeu vidéo.

Comment est-ce possible qu'elle ne le connaisse pas ? se demanda David, plus stupéfié par cette carence que par le code de Martin. Mais… c'était une conversation à garder pour un autre jour. D'ailleurs, dans le même ordre d'idées, elle devait être du genre à ne pas faire la différence entre *Star Wars* et *Star Trek*. Il allait avoir du pain sur la planche avec elle – à supposer qu'ils survivent aux heures qui s'annonçaient.

— Oublie Zelda… Ma question était surtout de savoir si tout cela peut aboutir. Tu y crois ?

— Il le faut. Nous faisons tout notre possible. Et on ne peut rien faire de plus.

David se rallongea sur le dos, le regard de nouveau perdu dans la contemplation du plafond. Qu'essayait-il de dire au juste ? Lui-même ne le savait pas. Tout à coup, il fut pris d'un sentiment de crainte. D'une appréhension. D'où lui venait cette impression ? Pas de la bataille à l'horizon. Non, de quelque chose de plus diffus sur quoi il n'arrivait pas à mettre le doigt.

Kate se redressa sur un coude.

— Comment connais-tu toutes ces choses sur les bateaux ? demanda-t-elle pour changer de sujet.

— J'en avais un à Jakarta.

— Je ne savais pas que les agents secrets avaient du temps pour les loisirs, dit-elle, un brin taquine.

— Ce n'était pas un bateau de plaisance, crois-moi, répliqua David avec un sourire. Mais ça aurait pu. En fait, c'était un élément intégré dans un plan de fuite – en cas de nécessité. D'ailleurs, il s'est révélé utile, si tu te souviens bien.

— Je n'ai aucun souvenir. Ce que je regrette bien, d'ailleurs, dit-elle en lissant les draps du plat de la main.

Et de fait, les Immari l'avaient droguée pendant son interrogatoire. Elle ne se souvenait pratiquement de rien de son sauvetage et de leur fuite.

— Qu'est-ce que tu en as fait ? demanda-t-elle.

— Du bateau ? Je l'ai donné à un pêcheur de Jakarta. (Un petit sourire flotta sur ses lèvres.) C'était un bon bateau.

À cet instant, il se demanda où était le bateau, si Harto avait transplanté sa famille de l'île de Java vers l'un des milliers d'îlots inhabités dans la mer de Java. Ils pouvaient s'en tirer là-bas. Harto pouvait pêcher et sa famille cueillir ce que la nature offrait. Le fléau ne les atteindrait pas là-bas. Quant aux Immari, ils n'iraient pas chercher quelques personnes sur une île déserte. À la façon dont le monde tournait, ils finiraient peut-être par être les derniers habitants de la Terre. Tout bien considéré, la planète ne s'en porterait peut-être pas plus mal si des gens simples héritaient du monde pour y vivre comme l'humanité avait vécu pendant quatre-vingt-dix-neuf pour cent de son histoire.

— Où as-tu appris à naviguer ? Sur le tas ?

— De mon père. Il m'emmenait en mer quand j'étais enfant.

— Vous êtes restés en contact ?

David se trémoussa sur le lit.

— Non, il est mort.

Kate ouvrit la bouche pour dire quelque chose, mais David la prit de vitesse.

— Ne t'en fais pas. C'était il y a longtemps. En 1983, au Liban. J'avais sept ans.

— L'attentat contre le casernement des marines à Beyrouth ?

David confirma d'un hochement de tête. Ses yeux glissèrent vers l'uniforme Immari au col orné d'une feuille de chêne argent, l'insigne du grade de lieutenant-colonel.

— Il avait trente-sept ans et était déjà lieutenant-colonel. Il aurait pu finir général de brigade, ou plus encore. C'était mon rêve quand j'étais gosse. Je me voyais en uniforme du Corps des marines, avec une étoile sur l'épaulette. C'est étonnant, j'ai encore en tête l'image que je me projetais alors. Et c'est stupéfiant de voir à quel point nos rêves sont limpides quand on est enfant, puis de mesurer ensuite à quel point la vie est compliquée. Une ambition unique devient mille désirs différents et une foule d'autres détails, sur tout ce qui fait envie et ce qu'on veut être dans la vie…

Lentement, Kate roula sur le côté. Allongée à ses côtés tout contre lui, elle avait porté son regard vers le mur.

Était-ce sa manière de lui laisser de l'espace ? David n'aurait su dire, mais il aimait sa présence contre lui, sa peau douce contre la sienne, la chaleur de son corps qu'elle communiquait au sien.

— Après l'enterrement, ma mère a posé sur la cheminée le drapeau plié par la garde d'honneur. Il y est resté les vingt années suivantes, dans sa boîte triangulaire vitrée, au bois sombre et trop verni. À côté, elle avait placé deux photos : un portrait de mon père en uniforme et une photo d'eux, ensemble, quelque part dans un pays tropical, un endroit où ils étaient heureux. La maison était pleine de gens ce jour-là. Tous me répétaient les mêmes mots. Dans la cuisine, j'ai pris le plus gros sac poubelle que j'ai trouvé et j'y ai fourré tous mes jouets – mes petits soldats, mes chars miniatures, tout ce qui évoquait l'armée de près ou de loin. Puis je suis allé dans ma chambre et j'ai passé les trois années suivantes à jouer à la Nintendo.

Kate l'embrassa doucement sur le front, là où démarrait sa chevelure.

— Zelda ?

— J'ai conquis la Triforce au moins deux millions de fois, répondit-il en lui souriant. Et puis, à un moment donné, je me suis passionné pour l'histoire. Je lisais tout ce qui me tombait sous la main. L'histoire militaire en particulier, et puis l'histoire de l'Europe et du Moyen-Orient. Je voulais comprendre comment le monde avait pu devenir tel qu'il était. Ou alors, je me disais qu'en devenant prof d'histoire j'aurais le boulot le plus sûr du monde. La position la plus éloignée qui soit d'un champ de bataille. Puis est arrivé le 11 septembre 2001 et je n'ai plus voulu qu'une seule chose : devenir soldat. Mon monde avait été mis sens dessus dessous. J'avais soif de vengeance, mais je voulais aussi et surtout me consacrer à ce pour quoi je pensais être doué. Le métier auquel j'étais depuis toujours destiné, mais que j'étais trop effrayé pour embrasser. Après tout, on n'échappe sans doute pas à son destin. Quoi qu'on fasse, on reste toujours ce que l'on est au fond de soi. C'est censé être oublié, enfoui au plus profond, mais ça reste le moteur essentiel.

Kate ne disait rien. David appréciait son silence. Son corps collé contre celui de son amant, elle avait niché son visage entre son cou et son épaule.

Plus tard, David sentit le souffle de Kate se ralentir. Il comprit qu'elle s'était endormie.

Il l'embrassa sur le front.

À l'instant où ses lèvres quittaient la peau de Kate, il prit la mesure de son immense fatigue. Il était épuisé psychiquement – de toute la conversation sur les notes de Martin –, physiquement – des instants passés avec Kate – et émotionnellement – de lui avoir livré toutes ces choses qu'il n'avait dites à personne.

Il récupéra le pistolet sous l'oreiller pour le poser près de lui, là où il était sûr de l'avoir en main en un rien de temps. Puis il jeta un regard en direction de la porte. Oui, il l'entendrait si elle s'ouvrait. Si quelqu'un tentait de les atteindre, il aurait le temps de réagir. Il allait fermer les yeux pour quelques instants seulement…

Chapitre 70

Quand David rouvrit les yeux, il sut qu'il était revenu dans la villa au bord de la Méditerranée. Kate était à ses côtés. Il y avait une porte voûtée au bout du couloir. Sur leur droite, la lumière entrait à flots par deux portes ouvertes, inondant l'étroit passage.

David connaissait ces portes et les pièces qui se trouvaient derrière. Il y avait vu Kate.

C'est son rêve. Je suis dedans, songea David.

Kate alla jusqu'au bout du couloir et tendit la main vers la poignée de la porte voûtée.

—Ne fais pas ça, dit David.

—Il le faut. Les réponses se trouvent derrière.

—Ne fais pas ça, Kate…

—Pourquoi ?

David était terrorisé. Et ici, dans le rêve, il savait pourquoi.

—Je ne veux pas que les choses changent. Je ne veux pas te perdre. Restons ici, là où nous sommes.

—Viens avec moi.

Elle ouvrit la porte – et la lumière embrasa le couloir.

Il s'élança à sa suite, courut de toutes ses forces et bondit de l'autre côté du seuil…

Assis dans le lit, le souffle haletant, David luttait pour avaler un peu d'air.

Il avait brisé le lien qui l'attachait à Kate, mais cela ne l'avait pas réveillée.

Il prit le visage de la jeune femme entre ses mains pour qu'elle le regarde.

— Kate !

Des gouttes de sueur coulaient sur sa peau, mais son pouls était faible. Elle était brûlante.

Et plongée dans l'inconscience.

Qu'est-ce que je fais ? Chercher l'un des toubibs ? Je ne peux pas leur faire confiance. Une épouvante d'une ampleur inédite s'empara de lui. Il serra Kate plus fort entre ses bras.

À la grande surprise de Kate, la porte débouchait sur l'extérieur.

Elle se retourna pour regarder le passage par lequel elle venait de sortir, mais… un gigantesque vaisseau se dressait au-dessus d'elle. Elle était sur une plage. Le vaisseau s'étendait au-dessus de la grève. Kate savait ce que c'était – *l'atterrisseur alpha*. Ce que les humains primitifs de ce monde appelleraient l'Atlantide.

Elle baissa les yeux et constata qu'elle portait une combinaison.

Le ciel au-dessus de sa tête était tout sombre, empli de cendres. Tout d'abord, elle crut que la nuit était tombée, mais à bien y regarder, elle aperçut un soleil pâle à l'aplomb au-dessus d'elle, qui avait bien du mal à percer la couche de cendres enveloppant les nuages.

C'est impossible, songea Kate. *C'est la catastrophe de Toba, il y a soixante-dix mille ans.*

Une voix résonna dans son casque.

— Les derniers signes de vie ont été relevés en contrebas de ta position, azimut entre deux et cinq degrés.

— Reçu, s'entendit-elle répondre, en se mettant en route d'un bon pas sur la plage couverte de cendres.

Derrière la crête, elle les vit : des corps noirs empilés sur le sol, du fond de la vallée jusqu'à l'ouverture d'une caverne.

Elle parcourut toute la distance et pénétra dans la grotte.

Les capteurs infrarouges de sa combinaison lui donnèrent confirmation : ils étaient tous morts.

Elle avait pratiquement renoncé quand une petite tache écarlate apparut sur son affichage. Un survivant. Elle s'approcha.

Elle perçut un bruit de pas derrière elle. En se retournant, elle se retrouva face à un homme gigantesque et massif – un spécimen au physique incroyable. Tout à coup, il brandit sa main droite dans laquelle il tenait quelque chose.

Elle attrapa son bâton étourdisseur, mais il chancelait déjà. Il s'effondra à côté d'une femme – sa compagne –, à laquelle il remit ce qu'il tenait à la main. Un morceau de viande en putréfaction dans lequel elle mordit avidement.

À cet instant, Kate s'aperçut de quelque chose. La femme portait sur elle un second signe d'activité vitale. Un enfant. Elle était enceinte. Au deux cent quarante-septième jour après la conception.

L'homme s'écroula contre la paroi de la grotte. Avait-il été le chef de cette tribu ? Sans doute. Ces deux-là allaient mourir ici, dans cette grotte. Et c'en serait fini de leur espèce.

Ils sont mon espèce aussi, songea Kate. *Ce sont les miens, les derniers d'entre eux peut-être. Avec un changement génétique, je peux les sauver. Je ne peux pas les regarder mourir. Je ne vais pas laisser faire ça.*

Avant même de réfléchir à ce qu'elle faisait, elle avait chargé les deux homininés sur ses épaules. L'exosquelette de la combinaison et la répartition automatique de la charge encaissèrent sans broncher la surcharge. Les deux sujets étaient trop faibles pour se débattre.

De retour sur le vaisseau, elle fonça au labo.

Leur espèce était trop jeune pour supporter une modification génétique intégrale. Cela les tuerait. Kate opta donc pour une option intermédiaire : leur donner un gène précurseur à même de les sauver. Mais cela allait aussi poser des problèmes. Peu importe, elle serait là pour les aider, les guider, trouver des solutions. Elle avait tout le temps du monde devant elle, tout le temps de l'univers. Elle allait les élever. Les cultiver. Les faire pousser. L'activation intégrale viendrait plus tard, quand ils seraient prêts.

— Qu'est-ce que tu fais ? demanda une voix masculine derrière elle.

C'était son partenaire. Son esprit partit en tout sens. Qu'allait-elle lui dire ?

— Je…

Il se tenait sur le seuil, éclairé par la lumière derrière lui. Kate ne distinguait pas son visage. Il fallait qu'elle sache qui c'était. Elle s'avança vers lui, mais toujours sans parvenir à voir ses traits.

Kate savait qu'il attendait sa réponse. *Il faut que je lui dise quelque chose.*

La vérité, mais un peu biaisée.

— Je mène une expérience, dit-elle en arrivant devant lui.

Elle posa la main sur son épaule. La lumière dissimulait toujours son visage.

David essuya une nouvelle fois le visage de Kate baigné de sueur. *C'est bon, il faut que j'aille chercher un toubib. Je ne vais pas la laisser mourir dans mes bras.*

Il la déposa doucement sur les draps, mais elle le retint par le bras en inspirant brutalement, avalant plusieurs goulées d'air. Ses yeux papillotèrent.

David scrutait son visage en essayant de comprendre.

— Qu'est-ce qui s'est passé ? J'ai franchi la porte, mais…

— Je l'ai fait, murmura-t-elle, le souffle court.

— Quoi ?

— Toba. Il y a soixante-dix mille ans. J'ai sauvé les humains mourants.

Elle délire, se dit David.

— Je vais chercher les médecins.

Elle lui attrapa l'avant-bras et secoua la tête.

— Je vais bien. Je ne suis pas folle. Ce ne sont pas que des rêves. Ce sont des souvenirs. (Elle parvenait enfin à reprendre sa respiration.) Mes souvenirs.

— Je ne…

— En 1978, je ne suis pas simplement née en sortant du tube. J'ai ressuscité. Il se passe tellement plus de choses que ce qu'on pensait.

— Tu…

— Je suis la scientifique qui nous a donné le gène Atlantis. Je suis une Atlante.

Troisième partie

L'expérience Atlantis

Chapitre 71

Quelque part aux abords de l'île d'Alborán
Mer Méditerranée

David tentait d'assimiler ce que Kate venait de dire.

— Tu es… ?

— Une Atlante, insista Kate.

— Écoute, je…

— Non, toi tu m'écoutes. D'accord ? répliqua Kate, qui avait repris son souffle.

Il y eut un coup frappé à la porte. David attrapa son arme.

— Qui est-ce ?

— Kamau. On sera sur zone dans une heure, David.

— Compris. Autre chose ?

Un instant de silence.

— Non, commandant.

— J'arrive tout de suite, cria David à travers la porte. (Puis il se tourna vers Kate.) Mais qu'est-ce qui se passe ?

— Je me souviens, maintenant. C'est comme un fleuve en crue, David. Comme si un barrage venait de céder. Mes souvenirs. Par où commencer ?

— Comment peux-tu avoir ces souvenirs ?

— Les tubes. Les Immari pensaient que c'étaient des stations curatives, mais ce n'est que la moitié de ce qu'ils sont. Ils guérissent, c'est vrai, mais leur principale fonction est de ressusciter les Atlantes.

— Ressusciter ?

— Quand un Atlante meurt, il revient dans un tube, avec tous ses souvenirs, exactement tel qu'il était avant de mourir. Le gène Atlantis est quelque chose de plus grand que ce que nous pensions. C'est un élément de biotechnologie absolument remarquable. Il induit une réaction sur le corps qui se met à émettre une radiation, comme une sorte de téléchargement subatomique de données. Les souvenirs, les structures cellulaires, tout est collecté et dupliqué.

Pétrifié, David ne savait que dire.

— Tu ne me crois pas.

— Si, répondit-il. Crois-moi, je te crois. Je suis sûr que tout ce que tu dis est la vérité. (Ses pensées dérivèrent vers sa propre résurrection, sa renaissance, en Antarctique une première fois, puis à Gibraltar. Il sentait que Kate avait besoin de lui. Elle traversait une épreuve dont il aurait été bien incapable de prendre la mesure.) Si quelqu'un en ce bas monde te croit, c'est bien moi. Je t'ai raconté mon histoire, ma résurrection. Mais procédons avec ordre et méthode. Tout d'abord : comment peux-tu avoir des souvenirs atlantes ?

Kate essuya la sueur qui perlait sur son visage.

— À Gibraltar, le vaisseau était endommagé, presque détruit. La dernière chose dont je me souvienne, c'est ma rentrée dans le vaisseau. Pendant les explosions, j'ai été assommée, et mon partenaire… Il m'a agrippée. Je ne sais pas ce qui s'est passé ensuite. J'ai dû mourir. Mais je n'ai pas ressuscité. Le vaisseau avait dû désactiver la résurrection – soit parce qu'elle était endommagée, soit parce qu'il n'y avait pas d'échappatoire. À moins que ce ne soit lui qui l'ait désactivée – mon partenaire. (Kate secoua la tête.) Je revois pratiquement son visage… Il m'a sauvée. Mais pour je ne sais quelle raison, je ne suis pas retournée dans le tube. En 1919, mon père a placé

Helena Barton – ma mère – dans le tube. Je suis née en 1978. Le tube est programmé pour ramener l'Atlante au moment de sa mort. Il développe un fœtus, y implante les souvenirs, puis l'amène à l'âge standard.

— L'âge standard ?

— À peu près celui que j'ai aujourd'hui…

— Les Atlantes ne vieillissent pas ?

— Si, mais on peut désactiver le vieillissement par quelques modifications génétiques assez simples. Le vieillissement n'est rien d'autre que la mort programmée des cellules. Mais pour les Atlantes, désactiver le vieillissement est un acte tabou.

— C'est tabou de ne pas vieillir ?

— C'est considéré comme… ah, c'est dur à expliquer… disons une sorte d'avidité de vivre. Non, ce n'est pas exactement cela. Disons : c'est cela, mais aussi un signe d'insécurité. Celui qui se prive de vieillir, c'est qu'il s'accroche à une jeunesse inachevée – comme s'il n'était pas prêt à avancer. Renoncer à la mort, c'est vivre une vie inachevée, une existence dont on n'est pas heureux. Cela étant, certains groupes sont autorisés à désactiver leur vieillissement et à conserver l'âge standard – les explorateurs de l'espace profond, par exemple.

— Donc, les Atlantes…, commença David, avant de marquer une hésitation. Tu… Tu es une exploratrice de l'espace ?

— Pas exactement. Je suis désolée, je n'utilise pas les bons mots. (Elle resta un instant à se tenir la tête entre les mains.) Tu veux bien aller voir dans la salle de bains s'il n'y a pas quelque chose contre la migraine ?

David revint avec une boîte d'Advil. Kate en prit quatre qu'elle avala d'un coup, sans même un verre d'eau, avant que David n'ait eu le temps de lui faire remarquer que la dose était peut-être un peu forte. *C'est elle le médecin. Qu'est-ce que j'en sais après tout ?*

— À nous deux, nous formions une équipe scientifique…

— Pourquoi étiez-vous ici ?

— Je… ne me souviens plus, répondit-elle en se massant les tempes.

— Des scientifiques. De quel genre ? Quelle était votre spécialité ?

— L'anthropologie. Comment dire cela exactement ? Des anthropologues de l'évolution. Nous étudiions l'évolution humaine.

David secoua la tête.

— En quoi est-ce que cela peut être une activité dangereuse ?

— La recherche dans les mondes primitifs est toujours un travail dangereux. En cas de décès sur le terrain, nous étions programmés pour ressusciter, de façon à pouvoir reprendre notre travail. Mais quelque chose est allé de travers avec ma résurrection. Le dispositif a bien implanté les souvenirs en moi, mais il n'a pas pu me faire avancer en âge. Mon corps pas encore né était prisonnier à l'intérieur du ventre de ma mère. Ces souvenirs sont restés dans mon subconscient pendant des décennies, jusqu'à ce que j'atteigne l'âge standard. (Elle s'affala sur le lit.) Tout ce que j'ai fait dans mon existence était orienté par ces souvenirs inconscients. Ma décision de devenir médecin, puis chercheuse. Mon choix de développer une thérapie génique pour les autistes. Tout cela n'est qu'une manifestation de mon désir de corriger le gène Atlantis.

— Le corriger ?

— Oui. Il y a soixante-dix mille ans, quand j'ai introduit le gène Atlantis, le génome humain n'était pas prêt pour le recevoir.

— Je ne comprends pas.

— Le gène Atlantis est extrêmement sophistiqué. C'est une sorte de gène de la survie et de la communication.

— La communication… Nos rêves partagés ?

— Oui. C'est de cette façon que nous avons été à même d'y accéder – de communiquer inconsciemment via des particules subatomiques, des radiations qui circulent entre nos cerveaux. Cela a commencé quand tu étais dans le nord du Maroc et moi dans le sud de l'Espagne. C'est parce que nous avons tous les deux le gène Atlantis et que nous sommes liés. Les humains ne pourront pas utiliser ce « lien » avant des milliers d'années. J'ai donné aux humains le gène Atlantis pour leur permettre de survivre. La survie était le seul et unique objectif. Mais tout est parti en vrille.

— Quoi ?

— Les humains, l'expérience. Nous devions apporter des modifications génétiques à intervalles réguliers – des changements du gène Atlantis. (Elle hocha la tête pour elle-même.) Nous avons utilisé des rétrovirus de thérapie génique pour apporter ces modifications. Oui, c'est ça ! Les rétrovirus endogènes du génome humain, voilà ce qu'ils sont : des fossiles de thérapies géniques que nous avons données aux humains dans le passé. Les mises à jour incrémentielles.

— Je ne comprends toujours pas, Kate.

— Martin avait raison. C'est incroyable. C'était un génie.

— Je…

— La chronologie de Martin des modifications du gène Atlantis… Elles ne s'arrêtent pas il y a douze mille cinq cents ans.

— D'accord…

— Son « delta manquant » et sa « chute de l'Atlantide » font référence à la destruction de notre vaisseau et la disparition de mon équipe scientifique. La fin des changements que nous apportions au génome humain.

— Ce qui signifie…

— Que les changements se sont poursuivis. Quelqu'un d'autre a interféré avec l'évolution humaine. Ta théorie était juste. Il y avait bien deux factions.

Dorian ferma les yeux. Il n'arrivait jamais à dormir avant la bataille. Il n'était qu'à quatre heures de l'île d'Alborán – et de la capture de Kate qu'il ramènerait à Ares. En libérant l'Atlante, il découvrirait enfin sa véritable identité. Cette perspective le mettait sur des charbons ardents. Qu'allait-il apprendre ?

Dorian essaya de se représenter Ares. Oui, il était là, le regard braqué sur lui – image déformée qui se reflétait sur la courbure de verre. Un tube vide.

Dorian recula. Une dizaine de tubes étaient rangés en demi-cercle. Quatre contenaient des primates ou des humains – difficile à dire.

Les portes derrière lui s'ouvrirent dans un chuintement.

— Tu n'aurais jamais dû venir ici !

Dorian connaissait cette voix, mais il ne parvenait pas à y croire. Il se retourna tout doucement.

Kate se tenait devant lui. Elle portait une combinaison semblable à la sienne, mais différente tout de même. Celle de Dorian était un uniforme, celle de Kate, bien plus proche du modèle que portent ceux qui travaillent dans une unité de recherche en environnement stérile.

Les yeux de Kate s'arrondirent quand elle vit les tubes.

— Tu n'as pas le droit de les prendre…

— Je les protège.

— Ne me mens pas.

— C'est toi qui leur as fait courir un risque. Tu leur as donné une partie de notre génome. Tu sous-estimes la haine de nos ennemis. Ils nous traqueront tous jusqu'au dernier.

— Raison pour laquelle tu n'aurais pas dû venir…

— Tu es la dernière représentante de mon peuple. Et eux aussi.

— Je n'ai traité qu'une seule sous-espèce, dit Kate.

— Oui, j'ai vu ça en prenant des échantillons. Et maintenant, cette espèce ne sera jamais en sécurité. Tu as besoin de mon aide.

Chapitre 72

Quelque part aux abords de l'île d'Alborán
Mer Méditerranée

Kate alla dans la salle de bains se passer de l'eau sur le visage, comme si ce geste pouvait l'aider à faire disparaître les toiles d'araignées dans sa tête – et l'aider à se souvenir. Elle sentait que les réponses étaient là, à portée de main, toute la vérité tapie dans les plis et les recoins de son esprit.

À son retour, David l'attendait dans la chambre, son gilet pare-balles sur le dos, avec sur le visage cette petite expression « paré pour le combat » qu'elle connaissait d'instinct désormais.

— Comment sais-tu qu'il y a deux factions atlantes ?

— Je le sais, c'est tout. Et pour les vaisseaux, Martin avait raison également. Ils appartiennent effectivement à deux groupes différents.

— Il y a des kilomètres et des kilomètres de tubes en Antarctique. Qu'est-ce qu'ils contiennent ? Des scientifiques ? Des soldats ? Une armée ?

Kate ferma les yeux pour se frotter les paupières. Tout n'était qu'un immense méli-mélo, mais les réponses étaient là.

— Je… ne me souviens pas. Je ne crois pas que ce soient des explorateurs.

— Des soldats, alors.

— Non. Enfin, peut-être. Laisse-moi un peu de temps. J'ai l'impression que mon cerveau est en feu.

David vint s'asseoir sur le lit à côté d'elle pour la serrer dans ses bras. Ils restèrent silencieux quelques minutes.

— Dans moins d'une heure, nous débarquerons, dit-il finalement. D'ici là, il faudrait qu'on ait trouvé qui est l'assassin.

Kate hocha la tête.

— Mes suspects sont Shaw et Chang, dans cet ordre, annonça-t-il.

— Procédons à rebours, dit Kate. En commençant par le mobile. Qui pouvait vouloir la mort de Martin ? Pourquoi l'un d'entre eux voulait-il le tuer ?

— Martin était sur la piste d'un remède. C'est ce que nous apprennent ses notes.

— Donc, quiconque voulait l'empêcher de trouver un remède au fléau doit être notre suspect numéro un, dit Kate. Il me paraît clair que Chang et Janus veulent aboutir à la mise au point d'un remède, ce qui les élimine de la liste. Par ailleurs, nous savons que la priorité des Immari est d'empêcher la mise au point d'une thérapie. À bord, il n'y en a qu'un qui était un Immari loyal. Kamau.

— Non, ce n'est pas lui, rétorqua David.

— Comment peux-tu en être si sûr ?

— Il m'a sauvé la vie à Ceuta.

— C'était peut-être sa mission : te sauver, puis te suivre pour que tu le mènes à moi.

David poussa un soupir.

— Poursuivons. Chang était lui aussi un loyaliste du camp Immari. (Kate voyait la colère monter en lui.) Et d'ailleurs, c'est le plus meurtrier à bord de ce bateau. Combien en a-t-il tués en Chine ? Des centaines ? Des milliers ?

— Je ne crois pas qu'il aurait été capable de briser la nuque de Martin, dit Kate.

— Peut-être pas quand Martin était vivant. Mais… si Chang avait déjà tué Martin ? Tu m'as bien dit qu'il lui avait administré quelque chose sur la barge. Or, si cette injection l'avait tué, Chang pouvait très bien lui rompre les cervicales après coup pour brouiller les pistes…

— On n'est pas en mesure de vérifier cette théorie. Impossible de pratiquer une autopsie ici. Kamau fait un meilleur suspect. C'est un tueur entraîné.

— Moi aussi. Et Shaw également.

— Tu n'as rien dit au sujet de Janus.

— Je… Je ne crois pas que ce soit lui. Je ne sais pas pourquoi.

— Shaw m'a sauvé la vie à Marbella, dit Kate.

— C'était peut-être sa mission…

— Mais c'est effectivement sa mission…

— Sa mission Immari, précisa David. Il y a un autre mobile également. Oublions la thérapie. Et si Martin connaissait l'identité des SAS et savait que Shaw ne faisait pas partie du commando ?

Les paroles de David réduisirent Kate au silence.

— C'est toi qui m'as dit que Shaw s'orientait sans difficulté dans le camp Immari.

— À ce que j'ai compris, il ne t'a jamais fallu bien longtemps pour trouver tes marques à toi aussi.

— Touché, dit David en secouant la tête.

Il y avait une chose que Kate voulait dire avant que leur discussion – ou leur dispute – n'aille plus loin.

— Écoute, je ne sais ni qui a tué Martin, ni ce que nous devons faire. Mais je sais une chose : quoi que tu décides, je serai d'accord avec toi.

— C'est tout ce que je demande, dit David en déposant un baiser sur le front brûlant de Kate.

Tous les passagers étaient réunis sur le pont supérieur du yacht. David remit un pistolet-mitrailleur et une arme de poing à Kamau. Lui-même portait un fusil d'assaut à l'épaule.

Le regard de Shaw allait ostensiblement de David à Kamau.

— Et moi, je n'ai pas d'arme ?

— La ferme, répliqua David. Nous arriverons sur l'île d'Alborán dans trente-cinq minutes. Et voici ce que nous allons faire.

Quand David eut fini d'exposer son plan, Shaw secoua la tête.

— Vous allez tous nous faire tuer. Kate…

— C'est ce que nous allons faire. Point barre, répondit-elle d'un ton catégorique.

Dans le cockpit, David fit un signe de tête à l'intention de Kamau. Le colosse activa la radio.

— Message au poste avancé de l'île d'Alborán. Nous sommes des officiers Immari, survivants de la bataille de Ceuta. Demandons autorisation de débarquer.

En réponse, Alborán demanda à Kamau son grade et son matricule. Il les communiqua immédiatement, d'une voix posée, en tournant le dos à David.

— Ils nous autorisent à débarquer, dit Kamau.

— Parfait. Allons-y.

Chapitre 73

Île d'Alborán

David régla les jumelles. Depuis le cockpit, l'île d'Alborán commençait à apparaître à la surface de l'eau. Le soleil levant illuminait la petite plate-forme rocheuse posée sur la Méditerranée, plus petite qu'un pâté de maisons dans une grande ville. À une extrémité s'élevait un bâtiment de béton de deux étages, aux allures de prison médiévale. Au centre de cette construction se dressait un phare, dont la silhouette longiligne dominait tout le bâti.

De l'autre côté de l'île, trois hélicoptères attendaient en silence sur l'héliport.

Un quai s'avançait dans la mer au pied de la falaise de six mètres de haut. David mit le cap sur celui-ci.

— Est-ce qu'ils ont toujours un contingent de trois Eurocopter X3 ?

Kamau secoua la tête.

— Non. D'ordinaire, il n'y en a qu'un seul. Ils ont reçu des renforts. Soit de la première flotte Immari, soit de la force d'invasion du sud de l'Espagne.

David observa le petit détachement d'hélicos, dont chacun pouvait transporter un peu plus d'une dizaine de passagers. En fait, un comité d'accueil d'une quarantaine de soldats armés les attendait peut-être dans le bâtiment. *Beaucoup trop…*

Mentalement, il apporta une petite modification à son plan initial.

Après avoir amarré le yacht, Kamau gravit l'escalier menant au sommet de la falaise.

Aucun soldat ne les attendait sur le quai. En haut des marches, il s'arrêta un instant pour examiner le paysage de sable et de roches nues qui s'étirait devant lui. Personne en vue. Rien d'autre que la poussière soulevée par le vent. Le phare se dressait à une cinquantaine de mètres. Dans le soleil du petit matin, sa tour jetait une ombre sinistre, semblable à un chemin de ténèbres menant vers l'inconnu.

Kamau s'avança en pleine lumière. Il voulait qu'on voie qu'il n'était pas armé. Cela pourrait lui sauver la vie. Lentement, il tendit les bras de chaque côté.

Approcher une installation dûment armée sans rien avoir sur lui le mettait mal à l'aise. Mais il n'y avait pas d'autre solution.

Il y eut un coup de feu. Un petit panache de poussière jaillit tout à coup à un mètre de lui.

Kamau s'arrêta, levant les mains bien haut.

Trois tireurs embusqués sortirent de leurs cachettes sur le toit du bâtiment.

Sept soldats sortirent en courant pour venir se placer tout autour de lui.

— Identifiez-vous ! aboya l'un d'eux.

Les mains toujours levées, Kamau répondit d'une voix posée.

— Je suppose que vous avez reçu mon message. Il faut que vous me donniez une arme. Et il faut attaquer le bateau immédiatement. Je suis dans leur collimateur.

Le soldat marqua une hésitation.

— Ils sont combien sur ce bateau ?

— Deux hommes. Bien armés, bien entraînés. Ils sont sur le pont supérieur. Ils attendent mon retour. Plus trois scientifiques, enfermés chacun dans une cabine séparée. Sans armes. La femme est celle qu'on veut. Il ne faut surtout pas qu'elle soit blessée.

Le soldat Immari dit quelques mots dans sa radio. Trois autres soldats sortirent du bâtiment pour rejoindre les sept qui cernaient déjà Kamau.

— Donnez-moi une arme…

— La ferme. Tu restes ici, dit le soldat. On verra ça plus tard.

D'un geste, il ordonna à ses hommes de le suivre. Sept lui emboîtèrent le pas. Deux restèrent pour garder Kamau. Sur le toit, il n'y avait plus que deux snipers. L'un d'eux avait dû se joindre à la section.

Kamau ne bougeait pas, les mains toujours un peu levées. Il regarda le petit détachement s'avancer à l'extrémité de la plate-forme rocheuse, puis descendre les marches en direction du quai.

Toute son attention se porta vers le bateau.

Cinq secondes, dix secondes, quinze secondes, vingt…

Une énorme explosion se fit entendre sur le quai. Une langue de feu jaillit du rebord de la falaise. Le souffle projeta au sol Kamau et ses deux gardes. L'hercule roula sur lui-même pour frapper le plus proche, l'assommant d'un seul coup. L'autre était déjà à genoux quand Kamau le saisit par sa veste. Le soldat tenta un coup en riposte, mais Kamau le tira violemment en avant, lui propulsant la face vers le sol de pierre. Contact. Son corps devint tout mou.

Sans prendre le temps de lever la tête, Kamau prit une grenade à la ceinture du garde, pour la lancer sur le toit, en croisant les doigts pour réussir à éliminer les tueurs avant qu'ils n'aient le temps de se remettre en position. Pour plus de sûreté, il en envoya immédiatement une seconde – au cas où la première n'aurait pas suffi. Les deux déflagrations déchirèrent l'air en séquence, au moment où Kamau lançait une troisième grenade par une fenêtre du rez-de-chaussée.

Dans la foulée, il fonça vers l'édifice, non sans avoir délesté au passage le soldat de son fusil automatique. Il fallait absolument qu'il parvienne à se mettre à l'abri du mur avant que la grenade ne détone pour ne pas être arrosé de débris divers et autres morceaux de verre.

David accéléra la cadence de ses battements. Propulsé par ses palmes, il filait sous l'eau. Malgré lui, il ne put que remarquer la beauté des récifs autour de l'île d'Alborán. En d'autres circonstances, il pourrait passer des jours à plonger pour explorer ces merveilles. Mais en l'état, il était un peu pressé. Il força encore l'allure. Mentalement, il essayait de visualiser la conformation de l'îlot et de ses abords, d'estimer la distance qu'il avait parcourue. S'il ressortait trop tôt, trop près du bâtiment de ce poste avancé, il ferait une cible idéale pour les snipers sur le toit.

Finalement, il jugea qu'il était assez loin, et sortit de l'eau. Rapidement, il ôta sa bouteille d'oxygène et retira sa combinaison. Il n'avait pas d'armes, hormis son couteau.

Il s'avança jusqu'à la falaise et attendit. Il brûlait d'envie de lever la tête pour voir à quelle distance il était des hélicos, mais il n'osa pas prendre le risque.

Il attendit.

Les explosions retentirent et David passa instantanément à l'action. Il se hissa sur la plate-forme poussiéreuse pour foncer vers les hélicoptères – à une bonne cinquantaine de mètres devant lui.

Le bruit de deux autres explosions lui parvint.

Kate raffermit sa prise sur la crosse. Elle se sentait tellement peu à l'aise avec cette arme à la main. Ballotté par les flots, le minuscule canot de sauvetage s'agitait furieusement.

— Pour ce que ça vaut, sachez que je suis vraiment désolée de tout cela, dit-elle.

— Moi, je comprends tout à fait ce choix, dit le docteur Janus.

— J'approuve également, dit le docteur Chang. Il n'y avait vraiment pas d'autre solution.

Shaw marmotta quelque chose dans sa barbe. Kate n'en saisit guère que quelques mots orduriers, et elle se dit que c'était sans doute aussi bien qu'elle n'entende pas le reste.

Au loin, une explosion secoua l'île minuscule. Kate observa les débris du yacht de quarante mètres retomber en pluie dans la Méditerranée.

À son grand étonnement, elle éprouva un sentiment de perte en voyant les flammes dévorer le bâtiment. En dépit des épisodes de stress et d'inquiétude qui avaient jalonné leur traversée, elle y avait aussi vécu des instants avec David qu'elle chérissait au plus profond de son cœur. Elle se demanda ce que l'avenir allait leur réserver.

David avait presque atteint les trois hélicoptères quand il vit Kamau émerger sur le toit du bâtiment.

David s'arrêta, puis attendit, le regard fixé sur son frère d'armes.

Kamau épaula un fusil à lunette, puis le pointa sur David et les hélicoptères, balayant la zone plusieurs fois, à gauche et à droite.

Il relâcha sa prise sur l'arme et, d'un geste, signala à David qu'il n'y avait rien à signaler.

David ne s'était pas attendu à cela. À ses yeux, il semblait clair qu'il y aurait au moins un soldat pour garder les hélicos. Sloane ne les aurait jamais laissés sans surveillance. *Il n'est pas là.* David en avait l'absolue certitude à présent.

Le commandant de la base avait envoyé tous ses effectifs pour prendre le bateau. *À moins que…*

David s'approcha du premier hélicoptère et y jeta un coup d'œil rapide. Puis il fonça vers les deux autres. Tous vides. Kamau avait vu juste. Il n'y avait personne.

Pourquoi ? Avaient-ils piégé les appareils ? Il fallait maintenant que David repère celui dont le réservoir contenait le plus de carburant. Il s'approcha de la porte du premier et l'examina attentivement. Aucun fil de détente apparent. Il posa la main sur la poignée et commença à la faire jouer tout doucement…

Kamau fonçait à travers tout le bâtiment, à la recherche de carburant. Il en trouva dans la salle de stockage au rez-de-chaussée. Un bidon sous chaque bras, il ressortit. David l'attendait à l'extérieur.

— Aucun signe de Sloane ?

Kamau secoua négativement la tête.

— Ce devait être une équipe avancée – des éclaireurs pour tester la portée des canons électromagnétiques. Sloane n'est pas du genre à risquer sa peau. Du coup, il faut qu'on active. Il ne doit pas être loin derrière. (David s'accorda un instant de réflexion pour examiner une idée qui lui était venue.) Par hasard, tu n'aurais pas vu des explosifs à l'intérieur ?

— Si.

— Va les chercher. On va laisser une petite surprise à Sloane.

Cinq minutes plus tard, David regardait tranquillement le sol de l'île d'Alborán s'éloigner sous le ventre de l'hélico. Puis ce fut la mer. Kamau régla le cap. Le canot de survie, avec Kate et les trois hommes à bord, avait quelque peu dérivé, mais il restait facile à repérer.

Ils suivirent à la lettre le protocole que David avait exposé à bord du yacht : Kate et le sac contenant leurs armes et le matériel informatique furent les premiers embarqués, puis ce fut le tour de Janus, puis de Chang et, enfin, de Shaw. Dans cet ordre.

Quand tout le monde fut à bord, Kamau communiqua avec David via la radio du casque.

— On va où ?

En vérité, David n'en avait pas la moindre idée. Mais… ils ne pouvaient aller ni au nord vers l'Espagne, ni au sud vers le Maroc, ni à l'ouest vers l'Atlantique.

— Plein est. Et au ras des flots.

Chapitre 74

Île d'Alborán

Dorian aperçut les deux grandes colonnes de fumée au-dessus de la mer bien avant de distinguer la minuscule île d'Alborán.

Dans l'hélicoptère de Dorian, en tête de la formation, le pilote passa en vol stationnaire à cinq cents mètres environ de l'îlot, de façon que chacun dans les trois appareils puissent scruter en détail le petit poste avancé.

Un énorme yacht était en flammes le long du quai. Sur le plateau, un bâtiment de pierre et de béton de deux étages, surmonté d'un phare, était lui aussi la proie d'un violent incendie. Dorian ne les avait pas manqués de beaucoup. Une heure sans doute.

— Monsieur, dit le pilote, on dirait bien qu'on arrive trop tard.

À l'évidence, avec son art d'enfoncer les portes ouvertes, ce dernier souffrait d'un syndrome de La Palice à un stade compulsif avancé – une tendance qui prenait des proportions épidémiques dans l'entourage de Dorian.

— Bien vu. Tu aurais dû être analyste, marmonna Dorian en se demandant ce qu'il devait faire.

— Bravo-leader, ici Bravo-trois. Notre jauge de carburant est à quarante pour cent. Demandons permission de nous poser pour nous ravitailler…

— Négatif, Bravo-trois, aboya Dorian dans le micro de son casque.

— Monsieur ? dit le pilote de son propre hélico en se tournant vers lui. Nous sommes à moins de cinquante pour cent nous aussi…

— Bravo-formation, maintenez la distance avec le poste avancé. Bravo-trois, allumez-moi le premier hélico au sol.

De l'hélicoptère à sa droite partit un missile qui vint toucher de plein fouet l'un des deux appareils posés sur l'héliport. Une fraction de seconde plus tard, une seconde déflagration encore plus forte se fit entendre, donnant l'impression que l'île entrait en éruption.

— Ils ont piégé les hélicos ? dit le pilote.

— Oui. Dégomme l'autre également, ordonna Dorian. Quel est le point de ravitaillement le plus proche ?

— Marbella ou Grenada. La force d'invasion signale que les deux zones sont sûres…

— Ils vont vers l'est.

— Comment… ?

— Parce qu'ils savent qu'on est derrière eux et qu'ils n'ont nulle part ailleurs où aller. (Dorian tourna son attention vers Kosta, son assistant, assis en face de lui.) Est-ce qu'on a une barge dans le secteur – vers l'est ?

Kosta tapota fébrilement sur son clavier.

— Oui, mais elle est presque arrivée au port de Carthagène.

— Dis-lui de faire demi-tour et d'avancer vers le sud, sur une trajectoire qu'on va couper.

— Oui, monsieur.

— Sinon, des nouvelles de lui ? demanda Dorian.

En substance, son dernier message disait : « Île d'Alborán, vite. » Était-il en danger ?

— Non monsieur, répondit Kosta en regardant par la fenêtre l'île en train de brûler. Il a peut-être été tué au combat…

— Ne répète jamais une chose pareille, Kosta.

Le docteur Paul Brenner somnolait sur le divan de son bureau quand la porte s'ouvrit brusquement pour aller cogner le mur, lui fichant une trouille bleue.

Hagard, Paul se redressa sur sa couche, cherchant ses lunettes à tâtons sur la table basse. Il était sonné, désorienté. Les heures de sommeil qu'il venait de grappiller avaient été les meilleures depuis… bien longtemps.

— Quoi ?…

— Il faut que vous veniez voir, monsieur, dit le laborantin d'une voix tremblante.

Était-ce de l'excitation ? de la peur ? Le temps que Paul chausse ses lunettes, l'homme était déjà reparti.

Paul s'élança à sa suite dans les couloirs du pôle de commandement du CDC, jusqu'à l'infirmerie. Là, des rangées de lits séparés par des bâches en plastique s'étiraient devant Paul. Derrière les parois translucides, on ne devinait que de vagues formes. Mais c'était ce qu'il ne voyait pas qui l'effrayait le plus. Aucun mouvement, aucune lumière, aucun « bip, bip, bip » rythmique.

Il s'avança dans la salle, puis écarta le rideau de plastique du lit voisin. Le moniteur cardiaque était silencieux – éteint. Dans le lit, la patiente était immobile. Du sang s'écoulait de sa bouche et tachait les draps blancs.

À pas lents, Paul alla jusqu'au lit de sa sœur. Même chose…

— Taux de survie ? demanda-t-il au technicien d'une voix éteinte.

— Zéro pour cent.

Paul ressortit d'un pas lourd et infiniment douloureux. Il se sentait vide, définitivement sans espoir, pour la première fois depuis le début de la pandémie – et même depuis le jour où, vingt ans plus tôt, Martin Grey l'avait invité à le rejoindre à Genève, en lui disant qu'il avait besoin de son aide pour un projet qui pourrait sauver l'humanité en ses heures les plus sombres.

À l'entrée de la salle de la direction opérationnelle d'Orchidée, les portes vitrées s'ouvrirent de nouveau devant lui. Sur les écrans qui, quelques heures plus tôt, avaient affiché le résultat de l'algorithme Symphonie, cette donnée porteuse d'espoir avait été remplacée par une carte du monde, où le nombre des victimes indiqué en écarlate semblait noyer le globe sous un fleuve de sang.

Sur tous les visages, on voyait l'horreur que suscitait l'instant. Des regards à la fois lourds et solennels accueillirent Paul. Les rangs s'étaient clairsemés. Certains membres de l'équipe étaient des survivants du fléau, immunisés, comme Paul l'était lui-même. Mais pour beaucoup, Orchidée était la clé de la survie. Et le remède avait échoué. Ces membres-là étaient à l'infirmerie. Ou à la morgue.

Les femmes et les hommes restants, qui d'ordinaire circulaient entre les tables, s'apostrophaient et parlaient fort, étaient tous assis, silencieux, la mine sombre, les yeux cernés. Des tasses pleines de café froid jonchaient les tables.

Le chef d'équipe se leva et s'éclaircit la voix. Il commença à parler pendant que Paul traversait la vaste pièce, mais n'entendait rien. Il fixait la carte sur l'écran, comme emporté dans une transe, comme si les chiffres l'aspiraient.

District Orchidée Boston – Décès confirmés : 22 % de la population totale
District Orchidée Chicago – Décès confirmés : 18 % de la population totale

Il regarda de plus près les statistiques.

En Méditerranée, juste au sud de l'Italie, une petite île apparaissait en vert, comme un pixel mort ou défectueux.

Paul toucha l'écran interactif pour zoomer.

Malte
District Orchidée La Valette – Décès confirmés : 0 %
District Orchidée Victoria/Rabat – Décès confirmés : 0 %

— Qu'est-ce que c'est que ça ? demanda Paul.

— Une entourloupe ! cria l'un des analystes.

— On ne sait pas, répliqua un autre.

Le chef d'équipe leva les mains en un geste d'apaisement.

— Des rapports en provenance du monde entier font état d'un nombre croissant de victimes, monsieur.

— Malte n'a pas communiqué ses données ? demanda Paul.

— Si, ils nous les ont transmises. Ils ne signalent aucune victime.

Un autre analyste intervint.

— Les chevaliers de Malte ont publié un communiqué indiquant qu'ils offraient « asile, soins et réconfort en ces heures sombres de crise et de conflit, comme ils le faisaient par le passé ».

Paul se retourna de nouveau vers la carte, ne sachant que dire au juste.

— Selon nous, reprit le chef d'équipe, ils tentent simplement de faire exister le mythe des chevaliers hospitaliers. Ou pire, ils veulent attirer les valides pour les aider à tenir l'île.

— Intéressant…, marmonna Paul.

— Ailleurs, tout le monde signale des taux de mortalité entre quinze et trente pour cent à ce stade. Pour certains endroits, nous estimons que les chiffres sont un peu erronés. Le district Orchidée du Vatican annonce douze pour cent. Le district Shanghai-alpha est à trente-quatre pour cent, alors que Shanghai-bêta n'est même pas à la moitié de ça…

Paul repartit vers la porte, l'esprit en ébullition.

— Monsieur ? Est-ce qu'il y a une autre thérapie ?

Paul se tourna vers l'analyste, subitement pris d'un doute. Se pourrait-il que la Maison-Blanche ait placé un homme à elle dans l'équipe ? Quelqu'un qui lui transmettrait les résultats des derniers traitements, un informateur qui dirait à Washington s'il y avait lieu ou non de contourner Continuité et de lancer le protocole Euthanasie ?

— Il… Il y a autre chose, répondit Paul. Quelque chose sur quoi je travaille. C'est lié à Malte. Contactez les responsables des districts de Victoria et de La Valette. Collectez toutes les données que vous pourrez.

À cet instant, l'assistante de Paul entra en courant dans la salle.

— Monsieur, vous avez le président en ligne…

Chapitre 75

Quelque part au-dessus de la Méditerranée

Le calme régnait dans l'habitacle du vaste hélicoptère. David remerciait les vibrations d'avoir aidé Kate à s'endormir si vite après le décollage. Assis le dos bien droit contre son dossier, il regardait par la fenêtre. Kamau et Shaw étaient à l'avant dans le cockpit – Kamau aux commandes. Janus et Chang étaient installés en face de lui. Tous deux avaient des mines de déterrés, mais le visage parfaitement impassible.

Kate était vautrée sur lui, la tête posée sur son épaule. David n'osait pas bouger. Son arme de poing était glissée sous sa jambe droite. La main posée sur la crosse, il se tenait prêt à l'utiliser.

Avec Kate endormie contre lui, son pistolet paré et les quatre suspects devant lui, David éprouvait un sentiment de tranquillité comme il n'en avait plus connu depuis la mort de Martin. Savoir qu'ils avaient transmis les données d'une thérapie possiblement efficace contribuait aussi à son bien-être.

Le souffle de Kate était calme et régulier, aux antipodes des rêves tortueux et angoissants qui l'avaient mise en nage sur le yacht. David se demanda où elle était. *Que voit-elle ? De quoi se souvient-elle ?*

Janus se mit à parler à voix basse, attentif à ne pas réveiller Kate.

— Je tenais à vous féliciter, monsieur Vale. Je suis rarement impressionné comme je l'ai été par votre performance sur le bateau. Votre compréhension de l'histoire est… remarquable. J'avoue que je vous avais pris pour un homme essentiellement limité à la chose militaire.

— Pas de problème. Cela m'arrive tout le temps.

David avait dans l'idée que Janus préparait quelque chose, qu'il l'amorçait comme un suspect qui sait avoir des informations intéressantes à négocier. Néanmoins, il ne voyait absolument pas où le scientifique voulait en venir avec sa stratégie.

— Pour moi, il y a un mystère qui reste à éclaircir.

David haussa un sourcil. À trop parler, il risquait de réveiller Kate.

Janus déplia la feuille avec le code de Martin.

PIE = Immaru ?

535…1257 = Second Toba ? Nouveau Système Diffusion ?

Adam	=> Déluge/Chute A$	=>	Toba 2	=> KBW
Alpha	=> Delta manquant ?	=>	Delta	=> Oméga
70KA	=> 12.5KA	=>	535…1257	=> 1918…1978

Manque Alpha = Lien Trésor Atlantide ?

— La dernière ligne : « Manque Alpha = Lien Trésor Atlantide ? » D'après vous, que signifie-t-elle ? (Janus replia la feuille.) Je m'interroge également sur ce qui a pu pousser Martin à placer en tête sa mention sur les PIE. Cela paraît un peu… inutile, si notre théorie est bien que la thérapie est à trouver dans le génome de Kate et des survivants des épidémies de peste bubonique du passé.

David devait bien l'admettre : Janus n'avait pas tort.

— C'est peut-être un camouflage. Une fausse piste pour égarer ceux qui pourraient mettre la main sur cette note.

— Peut-être. Mais j'ai une autre théorie. Serait-il concevable que nous ayons loupé un élément : un autre pivot génétique. Alpha. Adam. L'introduction du gène Atlantis.

David examina l'idée.

— C'est possible… Mais trouver les corps des victimes de la peste du VIe et du XIIIe siècle n'est déjà pas une sinécure. Il y en a des millions enterrés dans toute l'Europe. Or, là, vous parlez d'un corps unique, enterré quelque part en Afrique il y a soixante-dix mille ans… On est au-delà de l'impossible.

— C'est vrai, dit Janus en poussant un soupir. En fait, si j'évoque cette question, c'est parce que votre sagacité dans l'analyse de cette note paraît inépuisable. En l'espèce, et si étonnant que cela puisse paraître, votre connaissance de l'histoire semble plus pertinente que ma science. (Il tourna la tête pour regarder par la fenêtre.) Je me demande quand même si Martin l'a trouvé. S'il est parvenu à localiser les restes d'Adam. S'il a laissé un indice quelque part dans son message codé.

David réfléchit aux paroles du scientifique. Y avait-il autre chose ?

— Il y a un autre point qui mérite qu'on s'y intéresse, reprit Janus. C'est l'intention de Martin. De toute évidence, il savait que sa fille adoptive était une pièce du puzzle génétique, mais son objectif premier n'était-il pas d'obtenir une thérapie pour garantir la sécurité de Kate ? S'il a bien identifié toutes les pièces, alors peut-être a-t-il glissé un dernier indice à son intention exclusive – l'endroit où se trouve Adam ?

— Si ce n'est qu'il n'y a aucun indice, aucune date, aucune indication de lieu. Juste : « Manque Alpha = Lien Trésor Atlantide ? » Nous ne savons même pas de quel trésor il s'agit.

— C'est vrai. Mais j'ai une théorie. Intéressons-nous à la tapisserie tibétaine – dont nous convenons tous qu'elle est une clé du code et de la chronologie de Martin. Ne contient-elle pas dans ses représentations quelque chose qui constitue très nettement un trésor : l'arche que les primitifs ont emportée dans les hautes terres au temps du Déluge et de la chute de l'Atlantide ?

David hocha la tête, presque involontairement. Pourquoi ne l'avait-il pas vu avant ? Qu'est-ce que cela pouvait signifier ? Comment Adam pouvait-il mener à ce trésor ? Et qu'y avait-il dans l'Arche ?

— Oui… c'est intéressant…, marmonna David.

— Un dernier point, monsieur Vale. La première ligne du code : « PIE = Immaru ? » D'après vous, pourquoi Martin l'a-t-il placée à cet endroit ?

— Pour nous orienter sur la tapisserie ?

— Oui, mais Kate était déjà informée de son existence. Est-ce que cela ne pourrait pas être une piste vers quelque chose ? Cela a un petit côté… superflu. On pourrait l'enlever et la chronologie serait exactement la même. Cette phrase n'apporte aucune information pratique. Pas plus que la dernière ligne, notez bien. La référence au trésor. À moins, bien sûr, qu'elles constituent des indices menant à Adam et à ce trésor, qu'elles permettent le percer les secrets de cette « expérience Atlantis »…

Chang releva la tête, exactement comme s'il s'arrachait à un rêve.

— Vous pensez… ?

— Je pense, reprit Janus, qu'il y a encore des choses à découvrir dans cette note. Je me demande si nous ne pourrions pas réveiller Kate pour avoir son opinion. Selon toute vraisemblance, c'est sur elle que repose ce mystère.

Sans l'avoir prémédité, David serra Kate plus fort contre lui.

— Non, nous n'allons pas la réveiller.

Janus laissa son regard passer sur elle.

— Elle ne se sent pas bien ?

— Si, si, tout va bien, dit David d'une voix subitement plus sonore. Elle a besoin de se reposer, c'est tout. Et d'ailleurs, nous ferions bien de faire une pause nous aussi.

— Fort bien, dit Janus. Puis-je vous demander quelle est notre destination ?

— Je vous en informerai quand nous serons arrivés.

Chapitre 76

Kate trouvait ce rêve bien plus vivant que les autres. Non, pas un rêve… Un souvenir. Elle pénétra dans le sas de décompression et attendit. *Atterrisseur Alpha*. C'était le nom du vaisseau.

Sa combinaison se plissa légèrement sous l'effet du courant d'air qui tourbillonnait autour d'elle.

Les énormes portes s'ouvrirent, révélant la plage et la falaise rocheuse qu'elle avait déjà vues auparavant. La couche de cendres noires qui recouvrait tout avait disparu.

La voix dans son casque était vive et précise. Kate tressaillit en l'entendant.

— Je te recommande de prendre un chariot. Ça fait une sacrée trotte.

— Reçu, répondit Kate.

Sa voix était différente – mécanique et froide.

Elle marcha jusqu'au mur et tendit une main vers le panneau de commande. Une nuée de lumière bleue en jaillit. Elle bougea les doigts pour donner ses instructions. Le mur coulissa et un chariot en alliage métallique, en suspension au-dessus du sol, s'avança dans la pièce et attendit.

Kate grimpa dessus et s'activa sur le panneau de commande. Le chariot pivota sur lui-même et fila à toute allure. Kate ne ressentait pratiquement aucune sensation de mouvement. Le dispositif créait une sorte de bulle autour d'elle, qui inhibait l'inertie et faisait qu'elle n'était pas secouée.

Le chariot fonçait au-dessus de la plage. Kate leva les yeux. Le ciel était limpide, vierge de toutes cendres flottant dans l'air. Le soleil brillait. Kate aperçut de la végétation verte qui pointait au-dessus de la falaise rocheuse bordant la plage.

Le monde cicatrisait. La vie revenait.

Combien de temps s'était-il écoulé depuis qu'elle avait administré la thérapie – la technologie génétique que les humains finiraient par appeler le gène Atlantis ? Des années ? Des dizaines d'années ?

Le chariot s'éleva pour franchir la crête rocheuse.

Kate s'émerveilla à la vue du paysage vert et intact. La jungle revenait, repoussant sur un sol qui avait été couvert de cendres, semblable à un monde créé à partir de rien. Un jardin immense, un sanctuaire pour ces premiers humains.

Au loin, une colonne de fumée noire montait dans le ciel. Le chariot accéléra encore dans cette direction, et le campement du petit groupe humain apparut bien vite à l'horizon. Ils l'avaient installé au pied de la haute falaise, pour mieux se protéger des prédateurs pendant la nuit. Par sa disposition, ce semblant de village n'offrait qu'une seule entrée, lourdement gardée. Les baraques et cabanes formaient un cercle. Les plus grandes structures, édifiées directement contre la paroi rocheuse, étaient tout au fond de l'enceinte. Le feu commun, qui flambait en son cœur, contribuait lui aussi à éloigner les prédateurs.

Kate savait que les humains n'apprendraient que plus tard à faire du feu. À ce stade de leur développement, ils ne parvenaient guère qu'à entretenir des foyers déclenchés par d'autres sources, la foudre par exemple. Cette perpétuation de la flamme était vitale pour le camp – pour la protection qu'elle offrait, mais aussi pour cuisiner des aliments qui allaient contribuer au développement de leurs capacités cognitives.

Quatre hommes s'activaient autour du feu, veillaient sur lui. De gros blocs de pierre circonscrivaient le foyer carré et lui-même empierré, et formaient comme un muret pour tenir les enfants éloignés du brasier. Il faut dire que les gamins de tout âge étaient au moins une bonne centaine à courir en tout sens, à jouer et se chamailler.

— Leur démographie est galopante, dit son partenaire. Nous devons faire quelque chose pour éviter qu'elle ne devienne pléthorique.

— Non.

— Si on ne fait rien, ils vont...

— Nous ne savons pas ce qui va se passer, insista Kate.

— À cause de nous, leurs conditions ne vont qu'empirer...

— Je vais voir comment vont les alphas, dit Kate en changeant de sujet.

La question de cette augmentation rapide de la population était certes un motif d'inquiétude, mais il n'y avait pas de quoi en faire un problème. Ce monde était petit, mais suffisamment vaste pour héberger une population bien plus nombreuse. À condition qu'ils soient pacifiques. C'était sur ce point qu'elle allait se concentrer.

Le chariot s'arrêta et elle en descendit. Les enfants interrompirent leurs jeux pour la regarder. Bon nombre d'entre eux s'approchèrent, mais leurs parents se précipitèrent pour les pousser au sol. Eux-mêmes se jetèrent par terre, le visage dans la poussière, les bras tendus devant eux.

La voix de son partenaire s'était chargée de notes solennelles, presque dramatiques.

— Alors ça, ce n'est pas bon. Ils te prennent pour une déesse...

Kate l'ignora.

— J'entre dans le camp.

D'un geste, Kate invita les humains à se relever, mais ils restèrent prosternés. Elle s'avança vers le plus proche – une femme – et le releva. Puis elle fit de même avec la suivante et, bien vite, tout le monde fut debout, s'empressant autour d'elle, tandis qu'elle progressait tant bien que mal vers le centre du camp.

Elle repéra immédiatement la cahute du chef, plus grande que les autres et décorée de défenses d'ivoire. Deux hommes puissamment musclés montaient la garde à l'entrée. Ils s'écartèrent pour la laisser passer.

À l'intérieur, deux vénérables, un homme et une femme desséchés et flétris, étaient assis dans un coin. Les alphas. Ils n'avaient jamais pleinement récupéré depuis qu'ils étaient pratiquement morts de faim dans la caverne. Assis autour d'une lourde pierre de forme carrée posée au centre de la hutte, trois hommes étaient penchés sur une représentation dessinée évoquant un genre de carte. Tous se levèrent. Le plus grand d'eux s'avança vers Kate, mais le vénérable se leva lui aussi sur ses jambes flageolantes, lui intimant d'un geste de se reculer. Puis le vénérable s'inclina devant Kate, avant de se tourner pour montrer du doigt le mur du fond. Une série de dessins s'étalaient sur la paroi de pierre. Le casque de Kate en donna automatiquement une traduction verbalisée :

— Avant la déesse venue du ciel, il n'y avait que les ténèbres. La déesse venue du ciel a recréé l'homme à son image, puis façonné pour lui un monde nouveau, luxuriant et fertile. La déesse du ciel a ramené le soleil et promis qu'il brillerait tant que l'homme vivrait avec au cœur l'image de la déesse et protégerait son royaume.

C'était un mythe de la création – étonnamment précis de surcroît. Leurs esprits avaient fait un sacré bond en avant, au point d'acquérir des capacités qu'ils n'avaient pas jusqu'alors en matière de résolution des problèmes et de conscience de soi. Et ils avaient tourné leur intellect tout neuf vers la plus grande des interrogations. Comment sommes-nous arrivés là ? Que sommes-nous ? Qui nous a créés ? À quoi servons-nous ?

Pour la première fois, ils avaient pris conscience des mystères entourant leur existence, et cherché des réponses. Ce que font toutes les espèces émergentes. Faute de vérités absolues, ils avaient enregistré leurs interprétations du cours des événements, tel qu'ils le concevaient.

Son partenaire semblait gagné par la nervosité à présent.

— C'est extrêmement dangereux.

— Peut-être pas…

— Ils ne sont pas prêts, affirma son partenaire d'un ton catégorique.

Ils étaient trop « neufs » pour la mythologie, mais si leurs esprits avaient déjà parcouru tout ce chemin, la religion qui allait éclore pourrait se révéler un outil puissant.

— On peut régler ça. Et « ça »… peut les sauver.

Son partenaire ne répondit rien.

Le silence devenait pesant pour Kate. Les choses auraient été bien plus simples s'il avait fait preuve d'un esprit querelleur. En ne disant rien, il exigeait d'elle qu'elle se justifie. Ce fut néanmoins lui qui reprit la parole.

— Nous devons mettre un terme à cette expérience. Immédiatement, dit-il à voix presque basse. Avant que nous n'empirions les choses pour eux.

Kate hésita. Développer une religion à un stade si précoce n'était effectivement pas sans danger. Il y avait un risque majeur de corruption. Les membres égoïstes de la tribu pouvaient fort bien l'utiliser à leur seul profit en manipulant les autres. Elle pouvait devenir la justification, voire le fondement de toutes sortes de comportements malfaisants. En revanche, correctement utilisée, la religion pouvait devenir un incroyable facteur de civilisation. Un guide.

—Nous pouvons les aider, insista Kate. Nous pouvons arranger ça.

—Comment ?

—En leur donnant le code de l'humanité. En implantant les enseignements et l'éthique dans leurs récits.

—Ça ne peut pas les sauver.

—Cela a déjà fonctionné.

—Mais cela ne fonctionnera qu'un temps. Que se passera-t-il quand ils cesseront de croire ? Les histoires ne satisferont pas leurs esprits pour toujours.

—Nous traiterons ce problème quand il se présentera, dit Kate.

—Nous ne pourrons pas être là pour leur tenir la main. Nous ne pouvons pas nous occuper de tous leurs problèmes.

—Et pourquoi pas ? C'est nous qui les avons faits. Il y a une part de nous en eux. C'est notre responsabilité. Leur venir en aide est sans doute la chose la plus importante que nous puissions faire. En tout cas, nous ne pouvons pas repartir comme ça.

Les paroles de Kate firent tomber un lourd silence. Son partenaire avait cédé. Pour l'instant. Elle détestait la discorde, mais elle savait ce qu'elle avait à faire.

Elle leva un bras pour tapoter sur son bracelet de commande. En un rien de temps, l'ordinateur du vaisseau analysa le langage symbolique et rudimentaire des primitifs, pour produire un dictionnaire. Ensuite, bras tendu devant elle, elle exposa la paume de sa main à la paroi, projetant des symboles sur celle-ci, juste en dessous des lignes inscrites par la tribu.

Le vénérable alpha hocha la tête. Deux hommes se précipitèrent à l'extérieur pour revenir peu après avec deux grandes feuilles emplies d'un épais liquide rouge foncé.

De prime abord, Kate crut qu'il s'agissait de baies écrasées. Puis elle y regarda de plus près et comprit : c'était du sang.

Sur la pierre grise, les hommes se mirent à recopier les symboles qu'elle projetait.

Kate ouvrit les yeux. Elle était de retour dans l'hélicoptère, avec David à ses côtés. La porte était ouverte et la mer étincelait en contrebas. L'air vif lui emplit les poumons. Elle se rendit compte à quel point ils la faisaient souffrir. D'un revers de la main, elle essuya la sueur sur son front. David avait ses yeux fixés sur elle.

Du doigt, il désigna le casque à côté d'elle. Kate s'en couvrit les oreilles. David se pencha pour effectuer un réglage.

— Nous sommes sur un canal privé, annonça-t-il.

Malgré elle, Kate coula un regard du côté de Chang et Janus, assis sur la banquette opposée, impassibles et silencieux.

— Qu'est-ce qui ne va pas ? demanda David en la regardant intensément, sans tenir compte le moins du monde des deux scientifiques.

— Je ne sais pas.

— Dis-moi.

— Mais je ne sais pas, insista Kate en essuyant de nouveau son front emperlé. Des souvenirs me viennent. Je ne peux pas les arrêter. Je les revis… C'est comme… s'ils prenaient le dessus. Je crois. Je ne sais pas. J'ai peur de… d'être en train de perdre une part de moi-même.

David la dévisageait, comme s'il ne savait au juste quoi lui dire.

Kate tenta de se concentrer.

— Je suis peut-être à l'âge où la thérapie atlante, quoi que les tubes puissent faire, et en dépit de la restauration mémorielle… où cette thérapie prend le dessus et…

— Non, rien ne prend le dessus. Tu vas rester exactement telle que tu es.

— Il y a autre chose encore. Je crois que nous passons à côté d'un élément essentiel.

David jeta un regard aux deux scientifiques.

— Quoi ?

— Je ne sais pas.

Kate ferma les yeux. Aucun souvenir ne lui vint cette fois-ci. Rien d'autre que le sommeil.

Chapitre 77

Quelque part au-dessus de la Méditerranée

Kate fut réveillée par une vibration contre sa cuisse. La première chose qu'elle vit, ce fut les yeux de David posés sur elle.

Elle sortit de sa poche son téléphone en mode vibreur et regarda le numéro. Indicatif téléphonique 404. Atlanta en Géorgie. Le CDC. Continuité. Paul Brenner. La réalité balaya l'hébétude du sommeil. Elle prit l'appel. Au bord de la panique, Paul Brenner parlait à toute vitesse. Ses phrases hachées se bousculaient dans sa bouche.

— L'essai a échoué. Il n'y a plus aucune autre thérapie. Le feu vert a été donné pour le protocole Euthanasie. Est-ce que vous pouvez nous aider ?

— Un instant, répondit-elle en se redressant pour se tourner vers David, Chang et Janus. Ça n'a pas fonctionné, leur dit-elle.

— Mais il y a un nouvel élément, Kate. Une nouvelle pièce du puzzle génétique, dit Janus. Il nous faut un peu de temps.

— On a quelque chose, dit Kate dans le combiné. (Elle écouta la réponse en hochant la tête.). Oui, d'accord… Quoi ?… D'accord, non, nous…

Elle leva les yeux vers David.

— À quelle distance de Malte sommes-nous ?

— Malte ?

Kate hocha la tête.

— Deux heures, peut-être un peu moins en volant pleins gaz.

— Les districts de l'île de Malte signalent qu'ils n'enregistrent aucun décès chez eux. Il se passe quelque chose là-bas.

Sans dire un mot, David se leva pour passer sur la banquette d'en face, entre Chang et Janus, afin de parler à Shaw et Kamau dans le cockpit. *Sans doute pour demander qu'on se déroute vers Malte*, supposa Kate.

Elle se massa les tempes. Intérieurement, elle se sentait un peu différente, plus… détachée, clinique, engourdie. Presque comme un robot. Elle conservait la pleine maîtrise de son esprit, mais elle ressentait l'instant présent comme si quelqu'un d'autre le vivait à sa place. Le danger était immense – l'annihilation de quatre-vingt-dix pour cent de la race humaine était dans la balance –, mais elle avait tout au plus l'impression d'être au milieu d'une expérience scientifique, dont l'issue était certes incertaine, mais sans aucune conséquence pour elle. *Qu'est-ce qui m'arrive ?* C'était comme si ses sentiments, son être émotionnel, étaient en train de s'échapper d'elle.

David revint et se laissa tomber sur le siège à côté de Kate.

— Nous pouvons être à Malte d'ici à deux heures.

Kate porta le combiné à son oreille pour reprendre sa conversation avec Paul.

— Nous allons voir sur place… Ne pouvez-vous pas les retenir ?… Nous ne savons pas ce que nous allons trouver là-bas… Faites au mieux, Paul… Le combat n'est pas fini.

Elle coupa la communication et se concentra sur les gens autour d'elle.

Janus prit la parole avant qu'elle n'ait pu en placer une.

— C'était sous notre nez depuis le début, dit-il en montrant la feuille contenant les notes codées de Martin. « Manque Alpha = Lien Trésor Atlantide ? » MALTA. L'île de Malte.

Kate observait David qui relisait le code. Son visage se transforma. Était-ce de la culpabilité qu'elle y voyait ?

Elle sortit de son silence.

— Quoi que ce puisse être, Martin le cherchait depuis longtemps. Il pensait le trouver dans le sud de l'Espagne, mais il m'a dit qu'il s'était trompé sur son emplacement. C'est après qu'il a dû ajouter ce dernier passage sur l'île de Malte.

— Vous savez ce que c'est ? demanda Janus. Ce « trésor de l'Atlantide » ?

Kate fit « non » de la tête.

David la serra plus fort contre lui.

— Nous saurons dans quelques heures.

Mais le message dans ses yeux disait autre chose : « En as-tu un souvenir ? » Kate ferma les yeux en essayant de se concentrer.

Le bruissement que produisait la combinaison dans l'air pressurisé du sas de décompression était reconnaissable entre tous.

La voix dans le casque de Kate était nette et précise.

— Il y a deux camps à présent.

— Reçu.

— J'envoie les coordonnées du camp d'origine.

Le casque de Kate afficha une carte. Leur vaisseau, l'Atterrisseur Alpha, était toujours au large de la côte de l'Afrique, là où elle avait administré le gène Atlantis.

Un chariot flottant attendait au milieu de la salle. Les portes s'ouvrirent lentement, révélant le monde extérieur. Kate monta sur le chariot et fonça vers le dehors.

Tout était encore plus vert. Combien de temps s'était-il écoulé ?

Au camp, elle prit l'exacte mesure du temps passé. Il y avait au moins cinq fois plus de huttes que la fois précédente. Elle arrivait au bas mot une génération plus tard.

La nature du camp avait changé elle aussi. Des guerriers musclés, portant vêtements et peintures de guerre, patrouillaient sur tout le périmètre. À son arrivée sur son engin flottant dans l'air, ils se tournèrent vers elle, leurs lances pointées, l'air menaçant.

Elle prit son bâton étourdisseur.

Un vénérable vieillard s'approcha en clopinant des guerriers, et leur hurla après. Kate l'écouta, stupéfaite. Leurs progrès dans la maîtrise du langage étaient époustouflants. De fait, ils avaient développé une structure linguistique pour le moins complexe – en dépit du fait que les champs lexicaux utilisés par l'ancien n'avaient rien de très soutenu.

Les guerriers baissèrent leurs armes en s'éloignant d'elle.

Elle se posa et partit en exploration à l'intérieur du camp.

Cette fois-ci, personne ne la salua, personne ne se prosterna.

Devant elle, la hutte du chef avait sacrément gagné en prestance. La simple masure s'était métamorphosée en temple, avec des murs de pierre directement creusés dans la falaise.

Elle marcha droit dessus d'un pas résolu.

Les villageois formaient une haie le long de son chemin, se bousculant pour la voir, mais en gardant leurs distances.

Les gardes sur le seuil s'écartèrent. Elle pénétra à l'intérieur.

Sur l'autel tout au fond de la caverne, un corps était allongé. Tout autour des humains agenouillés formaient un cercle.

Kate s'approcha d'eux. Ils se retournèrent.

Tout à coup, elle vit un vieillard qui venait à sa rencontre. L'alpha. Kate était sidérée qu'il ait pu survivre si longtemps. Le traitement avait produit des résultats remarquables.

Le regard de Kate se porta vers le corps. Les symboles au-dessus de l'autel donnaient le message suivant : « Ici repose le deuxième fils de notre chef. Abattu dans la nature par la tribu de son frère, à cause du désir avide de s'approprier les fruits de notre terre. »

Kate survola rapidement le reste du texte. Il en ressortait que le fils aîné du chef avait constitué son propre clan – un groupe nomade qui errait dans la région et vivait de rapines.

Le fils cadet du chef veillait sur les territoires où la tribu chassait et cueillait. Tout le monde voyait en lui le futur successeur du vieux chef. Il avait été retrouvé mort dans une prairie, les arbres et arbustes alentour proprement nettoyés de toute nourriture. Il était la première victime des raids de son frère. Et on craignait qu'il y en ait bientôt d'autres. Beaucoup d'autres. On se préparait à la guerre.

— Nous devons arrêter tout cela, dit son partenaire.

— Nous le ferons.

— La guerre va aiguiser leurs esprits, améliorer leur technologie. C'est un cataclysme…

— Nous allons l'empêcher.

— Si nous déplaçons une des tribus, dit son partenaire, nous ne pourrons pas gérer le génome.

— Il y a une solution, affirma Kate.

Et elle leva une main pour projeter des symboles sur le mur.

« Tu ne châtieras pas celui qui est indigne. Tu quitteras cet endroit.

Ton Exode commence maintenant. »

Kate ouvrit les yeux. David la regardait.

— Quoi ?

— Rien.

Elle s'essuya le front. Les souvenirs la transformaient plus rapidement à présent. Ils prenaient le dessus. Elle devenait de plus en plus celle qu'elle avait été dans un passé lointain, et de moins en moins la femme qu'elle était devenue. Celle qui était tombée amoureuse de David. Elle se rapprocha de lui.

Qu'est-ce que je peux faire ? Je veux arrêter ce processus. J'ai ouvert la porte, mais est-ce que je peux la refermer ? C'était comme si quelqu'un l'immobilisait pour lui faire ingurgiter de force des souvenirs.

Kate était dans un autre temple, vêtue de sa combinaison. Les humains devant elle se massaient devant un autre autel.

Elle regarda à l'extérieur par la porte du temple. Le paysage était luxuriant, mais pas aussi fertile qu'en Afrique. Où étaient-ils ? *Le Levant, peut-être ?*

Kate s'approcha.

Un coffre de pierre était posé sur l'autel. Elle l'avait déjà vu auparavant – sur la tapisserie tibétaine, dans la représentation du grand Déluge, quand les eaux avaient submergé la côte, engloutissant les villes de l'ancien monde. Les Immaru avaient emporté ce coffre dans les hautes terres. Elle en était absolument certaine. Était-ce ça le trésor qui les attendait à Malte ?

Les membres de la tribu se relevèrent pour se tourner vers elle.

Dans les alcôves de part et d'autre du grand couloir du temple, Kate distinguait à présent des dizaines d'autres membres de la tribu, agenouillés, en méditation, en quête de l'immobilité en eux.

Ils allaient devenir les Immaru, les moines des montagnes qui avaient emporté l'Arche dans les montagnes, qui avaient gardé la foi et tenté de mener une vie d'observance vertueuse.

Kate remonta l'allée.

— Tu sais ce qu'il faut faire, dit son partenaire.

— Oui.

La foule s'écarta pour la laisser approcher de l'autel. Elle gravit les quelques marches et regarda dans l'arche de pierre.

L'alpha, le fondateur et chef de la tribu, y était allongé, immobile, glacé, finalement mort. Sa physionomie était étrangement similaire à celle du jour où Kate l'avait vu pour la première fois, dans la caverne, quand il avait rapporté un morceau de viande en putréfaction à sa compagne, quand il s'était effondré contre la paroi, quand il s'était préparé à mourir. Kate l'avait emporté et sauvé. Elle ne pouvait plus le sauver désormais.

Elle se tourna vers la foule massée autour de l'autel. Ceux-là, elle pouvait les sauver.

— C'est dangereux.

— Il n'y a pas d'autre choix, dit Kate.

— Nous pouvons mettre un terme à cette expérience, ici et maintenant.

Kate secoua la tête involontairement.

— Non, nous ne pouvons pas. Nous ne pouvons plus faire demi-tour.

Quand elle eut achevé la modification, elle descendit de l'autel. Aussitôt, les fidèles se précipitèrent, apportant quelque chose – un couvercle de pierre, qu'ils déposèrent sur le coffre de pierre.

Elle les regarda graver une série de symboles sur le côté de l'Arche.

Son casque traduisit.

« Ici repose le premier d'entre nous, qui a survécu aux ténèbres, qui a vu la lumière, et qui a suivi l'appel du juste. »

Kate ouvrit les yeux.

— Je sais ce qu'il y a à Malte, ce que les Immaru protégeaient.

Les yeux de David lui disaient : « Ne dis rien. »

— Est-ce utile pour la thérapie ? demanda Janus.

Chang se pencha, tout ouïe.

— Peut-être, répondit Kate. (Puis elle se tourna vers David.) Combien de temps jusqu'à Malte ?

— Plus très longtemps.

Dorian sortit le téléphone satellite de sa poche.

Volons vers l'est. Destination Malte. Où êtes-vous ?

Il traversa le pont de la barge et remonta dans l'hélico qui venait d'être ravitaillé.

— Allons-y, ordonna-t-il.

CHAPITRE 78

Kate était dans un immense centre de commandement. Des affichages holographiques comme elle n'en avait jamais vu occupaient tout le mur du fond. Les cartes recensaient les populations humaines sur chaque continent.

Dans un coin de la salle, une alarme se mit à clignoter.

Un vaisseau à l'approche.

Son partenaire se précipita vers un panneau de commande, puis plongea sa main au cœur du nuage bleu qui en avait émergé.

— C'est un des nôtres, dit-il.

— Comment est-ce possible ?

Cinquante mille années locales plus tôt, Kate et son partenaire avaient reçu une transmission leur apprenant que leur monde, le monde atlante d'où ils venaient, était tombé, assailli et submergé sous un déferlement de violence, en un jour et une nuit. Comment pouvait-il y avoir des survivants ? L'appel de détresse de leur monde d'origine n'avait-il été qu'une erreur ? Kate et son partenaire avaient écouté l'appel, dissimulé l'existence de leur expédition scientifique, en partant du principe qu'ils étaient désormais seuls dans l'univers, abandonnés, deux scientifiques qui jamais ne pourraient rentrer chez eux. Avaient-ils eu tort ?

— Le vaisseau est un « canot de sauvetage », annonça son partenaire. Un bâtiment de résurrection.

— Ils ne peuvent pas venir ici, dit Kate.

— C'est trop tard. Ils ont atterri. Manifestement, leur intention est d'enfouir leur vaisseau sous la banquise du continent au pôle sud.

Son partenaire s'activait sur le panneau de commande. Il semblait de plus en plus tendu. *Pourquoi est-il nerveux ?*

— Qui est à bord de ce vaisseau ? demanda Kate.

— Le général Ares.

Un frisson de terreur parcourut l'échine de Kate.

La scène changea. Kate était à présent sur un vaisseau, mais pas un atterrisseur, un immense bâtiment. Des tubes de verre s'y étiraient sur des kilomètres.

Des bruits de pas résonnaient dans la salle.

— Nous sommes les derniers, dit une voix quelque part dans les ombres.

— Pourquoi êtes-vous venu ici ? cria son partenaire.

— Pour la protection du Suaire. Et parce que j'ai lu vos rapports de recherche. Le gène de survie que vous avez inoculé aux primitifs. Je trouve ça… très prometteur.

Le propriétaire de la voix s'avança dans la lumière.

Dorian.

Kate faillit presque tomber en arrière. Le général Ares était Dorian. Mais comment une chose pareille pouvait-elle être possible ? Elle se concentra. Le visage n'était pas celui de Dorian, mais Kate éprouvait l'irrépressible sentiment que Dorian était à l'intérieur de cet homme. À moins que ce ne soit l'inverse. Ares était-il à l'intérieur de Dorian ? Était-ce cet élément que percevait Kate – en le voyant dans sa forme la plus pure ? Quand Kate regardait Ares, tout ce qu'elle voyait c'était Dorian.

— Les habitants de ce monde ne sont pas votre affaire, dit son partenaire.

— Au contraire. Ils sont notre avenir.

— Nous n'avons pas le droit…

— Vous n'aviez pas le droit de les modifier. Mais ce qui est fait est fait, dit Dorian. Vous les avez mis en danger à la seconde où vous leur avez donné une partie de notre génome. Notre ennemi va les traquer, comme il va nous traquer jusqu'au fin fond de l'univers, où qu'ils aillent. Je veux les sauver, les mettre en sécurité. Nous allons les développer, puis en faire notre armée.

Kate secoua la tête.

Dorian porta son attention sur elle.

— Tu aurais dû m'écouter quand il était temps.

Les interminables rangées de tubes s'estompèrent, et Kate se retrouva dans une autre salle de la même structure. Il n'y avait qu'une dizaine de tubes ici, dressés verticalement et déployés en un demi-cercle. C'était une salle qu'elle avait déjà vue, en Antarctique. Celle où David, elle et son père s'étaient rencontrés.

Chaque tube contenait un représentant d'une sous-espèce différente.

La porte s'ouvrit derrière elle.

Dorian.

— Tu… Tu mènes tes propres expériences, dit Kate.

— Oui. Mais comme je te l'ai déjà dit, je ne peux pas le faire tout seul. J'ai besoin de ton aide.

— Tu te fais des illusions.

— Ils vont mourir, sans toi, dit Dorian. Nous allons tous mourir. Leur destin sera le nôtre. La guerre finale est inévitable. Soit tu leur apportes l'équipement génétique dont ils ont besoin, soit ils périssent. Notre destinée est écrite. Je suis ici pour eux.

— Tu mens.

— Alors laisse-les mourir. Ne fais rien. Tu verras ce qui arrivera. (Il attendit un instant. Comme Kate ne disait rien, il poursuivit.) Ils ont besoin de notre aide. Leur transformation n'est qu'à moitié achevée. Tu dois finir ce que tu as commencé. Il n'y a pas d'autre solution, plus de retour en arrière. Aide-moi. Aide-les.

Kate pensa à son partenaire. À ses protestations.

— L'autre membre de notre petite expédition n'est qu'un idiot. Seuls les idiots combattent le destin.

Le silence de Kate était un signe – pour elle-même et pour Dorian aussi. Il semblait se nourrir de son indécision.

— Ils sont déjà en train de se morceler. J'ai recueilli des candidats, mené mes propres expériences. Mais je n'ai pas l'expertise. J'ai besoin de toi, de tes recherches. Ensemble, nous pouvons les transformer.

Kate cédait sous la pression. Elle sentait le charme de Dorian agir sur elle. Il était le même qu'autrefois – son autrefois à elle, à San Francisco. Elle essaya de s'en remettre à la raison, de songer à un compromis, mais son esprit dérivait vers ses expériences à Gibraltar, puis en Antarctique quand il l'avait coincée. L'histoire se répétait. Les mêmes joueurs, engagés dans une autre partie, avec la même issue, mais à une étape différente. À la nuance près que c'était longtemps auparavant, dans une autre vie, une ère différente.

— Si je t'aide, dit-elle, je veux être sûre qu'aucun mal ne sera fait à mon équipe.

— Tu as ma parole. Je me joindrai à ton expédition – en tant que conseiller à la sécurité. Il y a d'autres étapes à suivre pour tout le monde si l'on veut dissimuler notre présence ici. Et tu programmeras tes tubes de résurrection sur ma signature radioactive. Juste au cas où… un événement malheureux viendrait à m'arriver.

Dorian appuya l'arrière de son crâne contre l'appuie-tête et ferma les yeux. Ce n'était pas un rêve. Ce n'était pas un souvenir. Il y était bel et bien, dans le passé.

Et Kate avait été là, se confrontant à lui, puis lui apportant son aide. Il avait pris ses travaux, les avait utilisés, avant de la trahir quand il en avait eu fini avec elle.

À travers le temps et les époques, ils rejouaient le même scénario, luttaient pour transformer la race humaine : elle pour défendre ses droits, lui pour se constituer une armée afin d'affronter un ennemi plus puissant.

Qui avait raison ?

Il percevait autre chose encore : Kate se remémorait ces événements depuis le même instant que lui, comme s'ils étaient simultanément connectés à un même réseau, chacun recevant des signaux, des souvenirs du passé, qui les mèneraient à une destination. C'était ainsi qu'elle recevrait le code. C'était ce qu'Ares avait planifié. Mais avait-il programmé cette situation ?

Le fait de voir Kate avait revigoré Dorian. Sa peur, sa vulnérabilité. Tout était exactement comme avant. Il avait le pouvoir alors. Il l'aurait bientôt de nouveau. Elle détenait les informations dont il avait besoin. Mais bientôt, il les aurait aussi. Il suffisait simplement qu'elle se souvienne.

Néanmoins, elle ne devait pas se souvenir uniquement de ce qui s'était passé. Il y avait aussi une information – un code. Ares savait cela. Dorian était tout près de Kate, et elle était sur le point de se souvenir du reste – du code dont il avait besoin. Il avait tout planifié à la perfection. Bientôt, il la prendrait et lui arracherait son dernier secret, la chose qu'elle chérissait par-dessus tout. Alors, sa défaite serait complète.

Chapitre 79

Quelque part aux abords de l'île de Malte
Mer Méditerranée

David vit les deux grandes îles de l'archipel maltais apparaître à l'horizon.

Au cours des six derniers siècles, ce minuscule groupe d'îles de trois cent seize kilomètres carrés avait été le territoire le plus âprement disputé de la planète entière.

Durant la Seconde Guerre mondiale, aucun autre endroit sur Terre n'avait reçu autant de bombes au mètre carré. Les forces aériennes allemandes et italiennes l'avaient pratiquement arasé, mais les Britanniques avaient tenu bon.

Dans certaines villes, telles que Rabat, les habitants avaient trouvé refuge sous la terre, pour vivre dans des salles creusées dans la pierre, reliées entre elles par des kilomètres de tunnels. Utilisées depuis l'époque romaine comme sépultures, les catacombes de Rabat étaient légendaires. Elles avaient aussi permis à d'innombrables Maltais de survivre au carnage de la Seconde Guerre mondiale.

Près de quatre cents ans avant que la Luftwaffe ne déverse l'enfer sur Malte, une autre forme de démon était venue frapper à sa porte : l'armada de l'Empire ottoman. En effet, en 1565, Soliman le Magnifique y avait dépêché une flotte de près de deux cents navires, avec à leur bord pas loin de cinquante mille hommes – la plus grande force navale jamais vue.

Les mois suivants – une période restée dans les mémoires sous le nom de « Grand Siège de Malte » – ont changé le cours de l'histoire. Ce siège a été un affrontement d'une violence inimaginable. L'une des batailles les plus sanglantes jamais livrées. Selon les estimations, quelque trente mille boulets de canon ont été tirés. Un habitant de l'île sur trois a trouvé la mort. Les chevaliers hospitaliers – auxquels s'était jointe une troupe hétéroclite de deux mille soldats venus d'Espagne, d'Italie, de Grèce et de Sicile – ont tenu l'île pendant quatre mois, jusqu'à ce que l'armada ottomane, dont les pertes se chiffraient en dizaines de milliers de morts, fasse demi-tour.

Bon nombre d'historiens s'accordent à dire que si les Ottomans avaient pris Malte en 1565, leurs forces auraient facilement pu s'emparer de toute l'Europe continentale, mettant un terme à la Renaissance en train d'éclore et changeant à jamais la face du monde.

Les habitants de Malte avaient combattu jusqu'à la mort. Défendaientils plus que leur vie ?

David jeta de nouveau un regard sur la feuille. « Manque Alpha = Lien Trésor Atlantide ? »

Qu'y avait-il donc dans l'archipel ? Un trésor ancien ? Et quel lien pouvait-il avoir avec le fléau qui ravageait le monde ?

David était un historien. C'était aux faits qu'il faisait confiance, aux vérités puisées à des sources multiples, corroborées par des témoignages provenant de contextes distincts et répondant à des motivations différentes.

Les trésors ne servaient qu'à leurrer les imbéciles. Tout comme les objets mythiques. L'Arche d'alliance. Le Saint-Graal. Il n'y croyait absolument pas. L'histoire militaire était toujours bien plus fiable. Les généraux comptaient leurs morts. Et c'était quelque part entre les résultats de chaque côté que se nichait la vérité.

En la circonstance, une seule chose apparaissait comme vraie : bien des armées au fil des siècles avaient voulu s'emparer de l'île, bien rares étaient les fois où elle avait été conquise.

Les souvenirs étaient plus nets à présent. Kate avait presque l'impression qu'elle pouvait les contrôler, comme si elle avait la faculté d'avancer ou reculer dans le temps.

De nouveau, elle était revêtue de la combinaison atlante. Autour d'elle, elle découvrait l'intérieur d'une hutte primitive comptant une pièce unique. Par la porte, elle apercevait un paysage au climat différent, humide et pluvieux, avec une végétation presque tropicale. Pas du tout méditerranéenne. Peut-être se trouvait-elle en Asie du Sud.

Assises par terre, trois femmes s'adonnaient avec ardeur à un travail minutieux. Kate s'approcha pour regarder. La tapisserie tibétaine. *Elles sont en train de créer la mise en garde*, songea-t-elle. *Au cas où nous échouerions.*

Les Atlantes la leur avaient donnée. Elle – Kate – la leur avait donnée. Comme un plan de secours.

Elle le savait à présent.

Elle sortit de la cahute. Le camp alentour avait des allures d'installation nomade, comme s'il avait été dressé à la hâte, et pouvait être abandonné bientôt.

Elle s'approcha d'un temple improvisé, édifié au centre. Les gardes à l'entrée s'écartèrent devant elle. Autour de l'arche de pierre, des moines assis en cercle, les jambes croisées, se tenaient la tête baissée.

En entendant le bruit de ses pas, un homme se leva pour venir à elle.

— Les eaux vont bientôt arriver, dit Kate.

—Nous sommes prêts. Nous partirons demain pour les hautes terres.

—Avez-vous prévenu les autres villages ?

—Nous avons passé le message, répondit l'homme, les yeux toujours baissés au sol. Mais ils n'ont pas voulu entendre. Ils disent qu'ils ont dompté ce monde. Ils ne craignent pas l'eau.

Le temple primitif disparut, remplacé par des murs de verre et d'acier, presque entièrement recouverts d'affichages holographiques.

Kate se trouvait dans le centre de commandement de l'Atterrisseur Alpha, à côté de son partenaire, les yeux fixés sur la carte du monde.

Le littoral du sud de l'Asie ondoyait. Les raz-de-marée avançaient, modifiant pour toujours le continent, noyant les concentrations humaines le long des côtes, certaines à jamais.

L'hologramme bascula sur une vue satellite d'un groupe d'humains cheminant dans les montagnes, loin des crues mortelles, emportant le coffre de pierre qu'elle avait vu. L'Arche.

Kate ne distinguait toujours pas son partenaire, mais à l'extrémité de son champ de vision, elle aperçut Dorian, droit comme un piquet, qui suivait les images d'un œil distant.

—Tout ne va pas si mal, dit Dorian. Une réduction drastique de la population pourrait nous permettre de consolider le génome. Voire d'éliminer certains des problèmes.

Kate ne voulait pas répondre. Dorian n'avait pas tort, mais elle connaissait la solution – et elle en était effrayée. Les « problèmes », sur lesquels Dorian ne s'était pas étendu, s'étaient accélérés au cours des dix millénaires précédents : agressivité incontrôlable, tendance au conflit, élimination préventive de tout élément perçu comme une menace. Cette tendance intrinsèque constituait un dysfonctionnement de fond du gène de survie : l'esprit humain rationnel et logique savait que l'environnement n'offrait qu'une quantité finie de ressources, que l'habitat humain ne pouvait accueillir qu'un nombre limité d'individus, compte tenu du niveau de technologie disponible. Et pourtant, chacun voulait que ce soit son peuple, sa lignée génétique qui survive. La guerre était la solution : l'élimination des concurrents pour la conquête des ressources en quantités finies. Mais leur course vers le génocide arrivait trop vite, comme si quelqu'un intervenait en sous-main et œuvrait contre eux.

Une idée s'insinua dans l'esprit de Kate. *C'est Dorian qui est à la manœuvre, c'est lui qui fait tout ça*. L'avait-il trahie ? Avait-il pris les travaux qu'elle lui avait montrés pour les modifier ? Elle n'avait rien dit à son partenaire de sa collaboration avec Dorian-Ares. Elle savait que son partenaire s'y serait opposé, mais elle ne voyait aucune autre solution. Si les affirmations de Dorian au sujet de leur ennemi étaient avérées, alors les tribus de l'humanité auraient besoin de tous les avantages génétiques possibles, jusqu'au plus petit.

Qu'est-ce que je pourrais faire d'autre ? se demandait Kate. Elle avait opté pour la seule voie logique.

L'affichage holographique commença à se transformer. Le rouge envahissait la carte, traduisant la montée en flèche des pertes humaines.

Son partenaire se tourna vers la station de commande.

—Alerte démographique. Nous devons intervenir, dit Dorian.

—Non. Pas à ces niveaux, rétorqua son partenaire. Nous restons alignés sur notre précédent enregistré au plan local. Nous n'interviendrons qu'en cas de risque d'extinction.

Kate hocha la tête. Leur « précédent » datait de soixante-dix mille ans, quand elle avait choisi d'inoculer le gène Atlantis aux humains dans la caverne, quand leur sous-espèce était au bord de l'extinction.

À l'instant où elle ouvrait la bouche pour intervenir, le mur holographique explosa en alertes tous azimuts.

Alerte démographique – Sous-espèce 8471 : risque d'extinction : 92 %

Kate repéra l'endroit : Sibérie. Les Dénisoviens. Pourtant, les raz-de-marée ne pouvaient pas les affecter. Que se passait-il ?

Une autre alerte s'imposait sur l'écran. Ailleurs.

Alerte démographique – Sous-espèce 8473 : risque d'extinction : 84 %

Cette sous-espèce était confinée dans les îles d'Indonésie. Les Hobbits – un groupe qu'on appellerait par la suite « l'homme de Florès », *Homo floresiensis*. Qu'est-ce qui pouvait expliquer cet effondrement ? Les conséquences du raz-de-marée conjuguées à la présence d'humains agressifs récemment installés dans les îles ? Kate connaissait déjà l'histoire. Ils allaient disparaître. *En quelle année déjà ?* Elle se concentra sur l'hologramme pour convertir le système de datation atlante.

Ce souvenir remontait donc à quelque treize mille années. À cet instant, une réalité lui apparut subitement : elle allait être témoin de la chute de l'Atlantide. Elle allait voir ce qui s'était passé. Le delta manquant.

Une troisième alerte se déclencha.

Alerte démographique – Sous-espèce 8470 : risque d'extinction : 99 %

Les Néandertaliens. Gibraltar.

Son partenaire se précipita sur une station de commande. Ses doigts s'activèrent fébrilement. Il se tourna vers Dorian.

— C'est vous qui avez fait ça !

— Fait quoi ? Je vous rappelle que c'est votre expérience scientifique. Après tout, je ne suis qu'un conseiller militaire. Ô grands experts, ne me mêlez pas à vos histoires.

Son partenaire se tut. Il attendait l'avis de Kate.

— On gère par ordre de priorité. On sauve ceux qu'on peut, dit-elle.

Il s'activa sur les commandes et Kate sentit le vaisseau décoller. Sa trajectoire apparaissait sur la carte. Il survola l'Afrique, fonçant vers Gibraltar.

Aussi immobile qu'une statue, Dorian fixait Kate.

Son partenaire se dirigeait vers la porte.

— Tu viens ? demanda-t-il en s'arrêtant.

Kate était perdue dans ses pensées. Trois alertes de risque d'extinction simultanées. Qu'est-ce que cela pouvait bien signifier ?

Dorian procédait-il à l'élimination de toutes les autres sous-espèces ? Testait-il son armement pour mettre un terme à l'expérience ? Avait-il obtenu ce qu'il voulait ? L'avait-il trahie ? Ou était-ce encore autre chose ?

Était-ce l'œuvre de leur ennemi ?

Le hasard ? Une pure coïncidence ?

Toutes les options étaient concevables – toutes très hypothétiques.

Kate allait bientôt connaître la vérité.

Son partenaire lui tournait le dos.

Une autre question s'imposait dans son esprit. *Qui est-il ?*

Il fallait qu'elle voie ses traits. Qu'elle découvre l'identité de son allié.

Elle avait besoin de réponses.

Elle s'efforça de se concentrer.

— Oui, j'arrive.

Le docteur Paul Brenner fixait le *patchwork* d'écrans devant lui dans la salle de la direction opérationnelle d'Orchidée. Le nombre des victimes crevait le plafond.

District Orchidée Budapest – Décès confirmés : 37 % de la population totale
District Orchidée Miami – Décès confirmés : 34 % de la population totale

Un compte à rebours défilait dans un coin : « 01:45:08 ».

Moins de deux heures avant la quasi-extinction de la race humaine. Ou au minimum, le stade suivant de l'évolution humaine.

Après le protocole Euthanasie, il ne resterait que deux groupes d'humains : ceux qui évolueraient et ceux qui régresseraient. Il y aurait deux sous-espèces distinctes, pour la première fois depuis des millénaires. Paul savait que cette situation se terminerait bien vite, comme les fois précédentes, avec une seule sous-espèce. Et ce ne serait pas la moins évoluée.

Les survivants auraient le monde pour eux – débarrassé des éléments génétiquement inférieurs.

Chapitre 80

Vous écoutez la BBC, la voix du triomphe humain au quatre-vingt-unième jour du fléau Atlantis.

Ceci est un bulletin d'informations spécial.

Un remède, mesdames et messieurs ! Une thérapie !

Les dirigeants de toute l'Alliance Orchidée, dont les autorités britanniques, américaines, allemandes, australiennes et françaises, ont annoncé qu'elles avaient enfin trouvé un remède au fléau Atlantis.

Cette annonce n'aurait pu arriver à un meilleur moment. En effet, la BBC a pu consulter des rapports classifiés faisant état de taux de mortalité jusqu'à quarante pour cent dans certains districts Orchidée, ce que confirment des témoignages directs reçus depuis le monde entier.

C'est par le biais de communiqués pour le moins lapidaires que ces annonces ont été faites. Les chefs d'État ont repoussé toutes les demandes d'entretien, laissant experts et commentateurs dans l'expectative et l'incertitude quant à cette mystérieuse thérapie, notamment pour ce qui est de savoir comment elle a pu être produite – du jour au lendemain, semble-t-il.

Sous le couvert de l'anonymat, les directeurs de plusieurs districts Orchidée ont souligné que les sites de production d'Orchidée étaient déjà prêts pour la production du nouveau traitement, et que la distribution du remède allait commencer dans les prochaines heures.

C'était un bulletin d'informations spécial de la BBC.

Chapitre 81

Une nouvelle fois, Kate était dans la chambre de décompression, vêtue de sa combinaison. Elle pivota rapidement sur elle-même vers son partenaire. Lui aussi était déjà caparaçonné de pied en cap.

— Les drones n'ont repéré qu'un seul survivant.

Un seul survivant. Incroyable. Tellement… pratique.

— Reçu, dit Kate en se retournant.

Dorian se tenait là. Il ne portait pas de combinaison.

— Allez-y tous les deux. Je veillerai sur le vaisseau.

Kate essaya de décrypter son expression. Son partenaire achevait de se harnacher.

Dorian quitta le sas au moment même où ce qui y restait d'air était aspiré à l'extérieur.

Deux chariots flottants sortirent des murs. Chacun sur le sien, Kate et son partenaire s'éloignèrent de l'atterrisseur.

Le paysage qu'ils découvrirent était à couper le souffle : un village préhistorique entouré de mégalithes, semblable à un gigantesque amphithéâtre extérieur édifié autour d'un vaste foyer de pierre, d'où un feu d'enfer lançait ses flammes vers le ciel.

Plusieurs humains menaient le Néandertalien vers le feu commun, mais ils le relâchèrent et reculèrent en voyant arriver les chariots.

Son partenaire attrapa le Néandertalien, puis lui injecta un sédatif, avant de le placer en travers de son engin. Et sur ce, ils firent demi-tour pour foncer vers le vaisseau.

— Je n'ai aucune confiance en lui, dit son partenaire sur un canal privé.

Moi non plus, songea Kate. Mais elle tint sa langue. Si Dorian les avait trahis, s'il était à l'origine de cette situation, c'était en partie sa faute à elle. C'était elle qui avait mené les travaux de recherche voulus…

Dorian contemplait la surface étincelante de la Méditerranée qui défilait sous le ventre de l'hélico.

Il était à moitié endormi, épuisé par le manque de sommeil.

Les souvenirs l'assaillaient en continu, comme si quelqu'un le forçait à regarder un film. Une autre scène arriva – dont il ne put se détourner. Impossible de lui échapper, de fuir son propre esprit. L'hélicoptère et la section de choc de soldats Immari perdirent de leur consistance pour se dissoudre dans le vent. Une salle parut autour de lui.

Il connaissait cet endroit : la structure de Gibraltar.

Debout, immobile, dans le centre de commandement, il regardait Kate et son partenaire qui s'élançaient pour aller sauver le primitif.

Idiots.

Des chochottes avec un cœur d'artichaut.

Pourquoi ne peuvent-ils pas accepter l'inévitable ? Leur science et leur morale les aveuglent, les empêchent de voir la vérité, l'évidente réalité : dans ce monde et l'univers qui l'entoure, il n'y a de la place que pour une seule race douée de conscience. Les ressources n'existent qu'en quantités finies. Ce doit être nous – et personne d'autre. Nous sommes en guerre pour sauver nos vies. On se souviendra de ces scientifiques parce qu'ils ont cédé aux attraits de la moralité. Parce qu'ils ont donné un code aux primitifs pour préserver la paix, en perpétuant le mensonge selon lequel la coexistence est possible. Dans un environnement de ressources limitées et de croissance démographique sans limites, une espèce doit forcément l'emporter sur l'autre.

Par l'intermédiaire des commandes, il programmait les bombes.

Il ressortit du centre de commandement pour remonter un long couloir.

Les virages s'enchaînèrent dans un éclair, puis il fut dans une pièce comptant sept portes. Il activa l'affichage de son casque et attendit. Kate et son partenaire pénétrèrent dans le vaisseau.

Dorian fit sauter la première charge – celle immergée au large. La déflagration souleva une lame de fond, un raz-de-marée qui balaya le vaisseau, l'emportant vers l'intérieur des terres. Puis, pendant que le reflux l'emportait vers le large, Dorian déclencha les autres bombes. Elles allaient éventrer l'Atterrisseur Alpha.

Il franchit l'une des sept portes. Il était en Antarctique, dans son propre vaisseau. *Bientôt, je libérerai mon peuple. Et nous reconquerrons l'univers.*

Il passa devant la station de commande et prit un fusil à plasma.

Puis il revint au milieu de la salle aux sept portes.

Il n'y avait qu'une seule échappatoire pour eux, qu'une seule façon de quitter Gibraltar.

Il les attendrait.

Kate regarda son partenaire placer le Néandertalien dans un tube.

— Ares nous a trahis. Il travaille contre nous.

Kate ne dit rien.

— Où est-il ?

— Pourquoi devrions-nous… ?

Une alarme s'alluma dans son casque.

Un raz-de-marée arrivait.

— Il a déclenché une bombe sur le plancher océanique…

L'onde de choc frappa le vaisseau de plein fouet, envoyant Kate heurter la paroi.

Un éclair de douleur traversa tout son corps. Quelque chose d'autre se produisait. Quelque chose agissait sur elle.

Elle perdait le contrôle. Les souvenirs étaient devenus trop réels.

De toutes ses forces, elle tenta de se concentrer. Mais les ténèbres l'engloutirent.

David passa la tête entre Kamau et Shaw, dans le cockpit de l'hélicoptère, pour découvrir La Valette, la capitale de Malte, qu'ils survolaient. Le petit port était plein à craquer de bateaux divers. Ils occupaient le moindre centimètre carré d'eau, et s'entassaient jusqu'en dehors de la rade, vers le large. Une foule immense circulait sur les embarcations abandonnées, s'en servant comme de plates-formes flottantes formant un chemin jusqu'à la terre. Vus du dessus, tous ces gens ressemblaient à des colonnes de fourmis s'écoulant du port. Quand elles atteignaient la rive, les files de piétons fusionnaient en une horde humaine qui envahissait l'artère principale de La Valette pour filer droit vers le district Orchidée. Les premiers rayons du soleil parurent par-dessus le dôme d'un grand bâtiment. David leva une main pour se protéger les yeux.

Pourquoi fuient-ils tous ici ? Qu'y a-t-il ici qui pourrait les sauver ?

Un soubresaut agita l'hélico, envoyant David au fond de son siège.

— Ils ont des missiles antiaériens !

— Sors-nous d'ici ! s'écria David.

Il prit Kate dans ses bras pour la serrer contre lui. Elle était immobile, le regard vide.

Kate ouvrit les yeux. Un nouveau choc vint la heurter, un choc différent cette fois-ci. Ce n'était pas un raz-de-marée. Elle était de retour dans l'hélicoptère. Penché sur elle, David la regardait.

Que lui arrivait-il ? Elle se sentait différente. Toutes ces choses qu'elle avait apprises, tous ces souvenirs, tout cela l'avait changée d'une indicible façon. L'humanité n'était qu'une… expérience. *En fait-il partie lui aussi ?*

— Quoi ? lui demanda-t-il.

Kate secoua la tête.

— Tu te sens bien ?

Elle ferma les yeux, toujours secouant la tête. Elle ne voulait pas se confronter à la réalité.

David attacha Kate à son siège et la tint contre lui. L'appareil tanguait en tout sens tandis que les bombes explosaient tout autour. Malte était aussi lourdement gardée que par le passé.

L'île acceptait les réfugiés arrivés par bateau. Mais pas question de rallier ce havre par la voie des airs.

Il prit le téléphone satellite.

— Appelle Continuité, dit-il à Kate. Explique-leur que nous sommes à bord d'un hélico Immari, mais en aucun cas hostiles. Qu'ils demandent à Malte de cesser de nous canarder. Il faut qu'on se pose.

Kate ouvrit les yeux, lui jeta brièvement un regard, puis composa le numéro avec d'infinies difficultés. Quelques secondes plus tard, elle entamait une conversation avec Paul Brenner.

Paul Brenner coupa la communication. Kate et son équipe étaient à Malte.

— Mettez-moi en liaison avec le responsable du district Orchidée de La Valette, ordonna-t-il à son assistant.

Dorian observait les explosions dans le lointain. Les défenses antiaériennes de La Valette tiraient sur un appareil.

Il ouvrit le micro de son casque.

— Trouve-nous un bateau de réfugiés.

— Comment ça, monsieur ?

— Fais ce que je te dis. On ne peut pas arriver par la voie des airs.

Dix minutes plus tard, ils survolaient un chalutier.

Des cordes furent lancées et les hommes de Dorian prirent d'assaut l'embarcation. Devant leurs armes de guerre, l'équipage et les passagers se replièrent sans discuter dans la cabine.

Dorian atterrit à son tour sur le pont, puis s'approcha des otages apeurés.

— Nous ne vous ferons aucun mal. On a juste besoin d'un petit transport jusqu'à Malte.

David sentit l'hélicoptère prendre contact avec le sol.

— Tu peux marcher ? demanda-t-il à Kate en dégageant les cheveux qui lui tombaient dans les yeux.

Il sentit qu'elle était chaude sous ses doigts. Non pas brûlante, mais… Bien trop chaude. *Qu'est-ce qui lui arrive ? Je ne veux pas la perdre. Pas après tout ça.*

Elle hocha la tête et il l'aida à descendre de l'hélico. Puis il passa un bras autour de ses épaules et l'accompagna vers la sortie de l'héliport.

Un ennemi marchait derrière eux : Chang, Janus ou Shaw. David ne savait pas lequel. Mais il savait que Kamau couvrait ses arrières. En cet instant, Kate était devenue sa préoccupation majeure.

— Docteur Warner ! (Un homme, le nez chaussé de lunettes de marque et vêtu d'un costume dans lequel il avait dormi, était venu les accueillir.) Le docteur Brenner nous a informés de vos travaux. Nous sommes là pour vous aider…

— Emmenez-nous à l'hôpital, dit David.

Il ne savait pas quoi dire d'autre. Kate avait besoin d'aide.

David n'en croyait pas ses yeux. L'hôpital était un établissement ultramoderne, mais des gens mouraient partout et personne ne semblait vouloir leur venir en aide.

— Qu'est-ce qui se passe ici ? Pourquoi est-ce que vous ne vous occupez pas d'eux ? demanda David au responsable du district Orchidée.

— Ce n'est pas la peine. Les réfugiés arrivent malades et, en quelques heures, ils sont guéris.

— Sans traitement ?

— C'est leur foi qui les sauve.

David regarda Kate. Elle allait déjà mieux. La sueur n'inondait plus son front. Il l'attira à l'écart pour lui parler.

— Tu y crois ?

— Je crois ce que je vois, mais je ne sais pas comment expliquer cela. Il faut trouver la source. Trouve-moi de quoi écrire.

David prit un bloc-notes qui traînait sur une table. Kate se mit à dessiner quelque chose à grands traits.

Par-dessus son épaule, David vit le responsable du district Orchidée qui suivait chacun de leurs gestes comme un aigle surveille sa proie. Dans un coin de cette aile de l'hôpital, Janus installait l'ordinateur de Kate et le collecteur d'échantillons – l'appareil aux allures de Thermos. Kamau et Shaw les encadraient, chacun de son côté, en se jetant des coups d'œil comme deux boxeurs qui attendent le coup de gong pour se jeter l'un sur l'autre.

Kate tendit son croquis au responsable maltais.

— Voici ce qu'on cherche. Il s'agit d'un coffre de pierre…

— Je…

— Je sais qu'il est ici. Et depuis très longtemps. Un groupe de personnes qu'on appelle les Immaru l'a caché ici il y a des milliers d'années. Menez-nous à lui.

Leur interlocuteur détourna le regard, ravala le nœud qui lui obstruait la gorge, puis les attira à l'écart, loin des oreilles indiscrètes.

— Je ne l'ai jamais vu. Je ne sais pas ce que c'est…

— On a juste besoin de le trouver, dit David.

— Rabat. D'après la rumeur, les chevaliers de Malte s'y sont repliés dans les catacombes.

Dorian suivait le flux des hordes barbares qui se répandait dans toute la capitale maltaise. *Bon sang, mais qu'est-ce qu'ils puent!* Ces gens portaient leurs malades, jouant des coudes pour avancer, dans l'espoir de les mettre à l'abri.

Les traits dissimulés sous une couverture atrocement rêche, il s'efforçait de ne pas respirer l'odeur putride qui l'assaillait. Ce qu'on appelle « souffrir pour la cause »…

Au loin, derrière le bâtiment de l'hôpital, il vit un hélicoptère Immari décoller en direction de l'intérieur des terres.

Dorian se tourna vers l'agent Immari à ses côtés.

— Ils s'en vont. Trouve-nous un hélico. Il faut qu'on aille là-bas nous aussi.

Chapitre 82

Malte

Par la fenêtre de l'hélicoptère, David découvrait l'intégralité de la petite ville de Rabat – qui ne ressemblait en rien à ce à quoi il s'était attendu.

Rabat était déserte, totalement abandonnée, à croire que les habitants s'étaient enfuis avec pour tout bagage les vêtements qu'ils portaient sur le dos. Quand le fléau s'était abattu, les gens s'étaient rués vers l'un ou l'autre des deux districts Orchidée de l'archipel – celui de Victoria ou celui de La Valette.

Discrètement, il scrutait les visages de Janus et Chang assis en face de lui. Inexpressifs. Impassibles. Par l'interstice entre les sièges, il apercevait le reflet des faciès de Shaw et Kamau sur le pare-brise. Inexpressifs. Durs. Concentrés. À Rabat, ils allaient être seuls. À l'affût parmi eux six, l'assassin de Martin aurait tout le loisir de passer à l'acte et d'atteindre Kate, le remède, ou l'objectif qu'il visait, quel qu'il soit.

Le regard de David se reporta vers l'extérieur. Et son esprit dériva vers l'histoire, vers ce qu'il connaissait le mieux, vers une certaine sécurité.

Rabat est édifiée de l'autre côté de Mdina, l'ancienne capitale de Malte, une ville construite quatre mille ans avant notre ère selon les historiens.

Malte aurait d'abord été colonisée par une mystérieuse population venue de Sicile aux alentours de cinq mille deux cents ans avant notre ère.

Au XXe siècle, des archéologues ont mis au jour des temples mégalithiques sur les deux grandes îles de l'archipel : onze au total, dont sept ont depuis été inscrits sur la liste du patrimoine mondial de l'UNESCO. C'étaient de véritables merveilles du monde. Selon certains scientifiques, ce seraient les plus anciens édifices autoporteurs de la planète. Pourtant, personne ne sait qui les a construits, ni pour quelle raison. Ils datent de quelque trois mille six cents ans avant notre ère, voire plus. L'âge de ces constructions – et l'histoire de Malte elle-même – constitue une anomalie – un fait qui ne cadre pas avec notre compréhension actuelle de l'histoire humaine.

L'« âge obscur » de la Grèce antique ne remonte guère qu'au XIIIe siècle avant notre ère. Les premières civilisations, les premières villes, telles que Sumer, sont apparues aux alentours de 4500 avant Jésus-Christ. L'empire d'Akkad a vu le jour aux environs de 2400 avant Jésus-Christ, et Babylone, supposément, vers 1900 avant Jésus-Christ. Même Stonehenge, le site mégalithique le plus proche, au moins par le caractère, aurait été édifié en 2400 avant Jésus-Christ, soit un millier d'années après qu'un mystérieux groupe humain eut construit des temples sur l'île maltaise isolée. Rien n'explique ces constructions mégalithiques. Leur histoire, tout comme celle du peuple qui en est à l'origine, s'est perdue dans les brumes du temps.

Historiens et archéologues en sont toujours à débattre de l'emplacement du berceau de la civilisation. Bon nombre estiment que celui-ci serait à chercher parmi les premiers peuplements humains de la vallée de l'Indus, dans l'Inde actuelle, ou de la vallée du fleuve Jaune, dans la Chine actuelle, mais quoi qu'il en soit une position fait l'objet d'un consensus : la civilisation, au sens d'implantation humaine permanente et fonctionnelle, a vu le jour quelque quatre mille cinq cents années avant notre ère quelque part au Levant, ou dans la région du Croissant fertile – à des milliers de kilomètres de Malte.

Au demeurant, les vestiges de ces implantations humaines primitives dans le Croissant fertile sont clairsemés et en mauvais état, aux antipodes des impressionnantes constructions de pierre de Malte, techniquement plus avancées, et sans doute plus anciennes. Une civilisation isolée a prospéré en ce lieu, érigé des constructions à la gloire de quelque puissance supérieure, avant de disparaître sans laisser de traces, ne laissant derrière elle aucune histoire, hormis ces temples où elle pratiquait son culte.

Les premiers colons à laisser des traces historiques sur Malte furent les Grecs, puis les Phéniciens aux alentours de 750 avant Jésus-Christ. Trois siècles plus tard, les Carthaginois succédèrent aux Phéniciens, mais leur règne tourna court avec l'arrivée des Romains en 216 avant Jésus-Christ, qui eurent tôt fait de conquérir tout l'archipel.

Sous l'administration romaine, le gouverneur avait établi son palais à Mdina. Quasiment un millénaire plus tard, en 1091, les Normands ont conquis Malte et modifié à jamais la ville de Mdina. En effet, les envahisseurs venus du nord ont édifié des fortifications défensives, ainsi qu'un vaste fossé, séparant Mdina de sa voisine Rabat.

La légende la plus tenace au sujet de Mdina est sans doute celle du passage de saint Paul. De fait, en l'an 60 de notre ère, l'apôtre Paul y aurait résidé à la suite d'un naufrage.

Paul était alors en route pour Rome – contre sa volonté. L'homme qui serait plus tard déclaré apôtre devait y être jugé pour rébellion politique.

Pris dans une violente tempête, le navire de Paul avait sombré le long de la côte maltaise. Tous les passagers, deux cent soixante-quinze personnes au total, avaient réussi à gagner la côte à la nage.

Selon la légende, les habitants de Malte auraient bien accueilli Paul et les autres survivants. Voici ce que dit saint Luc :

« Une fois sauvés, nous apprîmes que l'île s'appelait Malte. Les indigènes nous traitèrent avec une humanité peu banale. Ils nous accueillirent tous auprès d'un grand feu qu'ils avaient allumé à cause de la pluie qui était survenue et du froid… »

Dans son évangile, Luc raconte que Paul fut mordu par une vipère en ramassant du bois pour alimenter le feu, sans souffrir aucunement du venin. Les insulaires y virent la marque d'un homme d'essence particulière.

Selon la tradition, l'apôtre se serait installé dans une grotte à Rabat, optant pour une existence souterraine pleine d'humilité, déclinant les offres d'hospitalité confortable qui lui étaient faites.

Au cours de l'hiver, Publius, le gouverneur romain de Malte, invita Paul dans son palais. Pendant son séjour, Paul guérit le père de Publius d'une grave maladie. Publius se serait alors converti au christianisme, devenant le premier évêque de Malte. En fait, Malte a été la première colonie romaine à se convertir au christianisme.

— On atterrit où ? demanda Kamau via la radio, arrachant David à ses méditations.

— Sur la place, répondit David.

— À l'église Saint-Paul ?

— Non. Les catacombes sont un peu plus loin. Pose-nous sur la place. Je vais vous montrer le chemin.

Il fallait qu'il se concentre. Un groupe mystérieux s'était installé sur Malte, puis le monde entier s'était battu pendant des millénaires sur cette île minuscule. Des légendes au sujet de guérisons miraculeuses avaient succédé à l'évocation de temples mégalithiques plus anciens que les premières civilisations du monde. Et à présent, voilà que quelque chose sur l'archipel sauvait les réfugiés du fléau Atlantis. Comment tous ces éléments pouvaient-ils bien s'agencer ?

Il se tourna vers Kate tandis que l'hélicoptère se posait.

— Tu peux marcher ?

Elle confirma d'un hochement de tête. David se dit qu'elle avait l'air… distante. Allait-elle bien ? Il brûlait d'envie de placer ses bras autour d'elle, mais elle était déjà sortie. Un peu patauds, les deux scientifiques se levaient pour la suivre.

Shaw et Kamau les rejoignirent.

— Je pensais que les catacombes seraient sous l'église Saint-Paul, dit Janus.

— Non, répondit David en criant à moitié pour couvrir le sifflement du moteur en train de s'éteindre.

Il se tourna vers le bâtiment de pierre construit au XVIIe siècle au-dessus de la grotte de Saint-Paul, où l'apôtre vivait en toute simplicité.

Pendant qu'ils s'éloignaient, David leur fournit quelques explications.

— Les catacombes sont droit devant. Pour des raisons sanitaires, les Romains n'autorisaient pas l'inhumation des morts à l'intérieur des murs de leur capitale, Mdina. Ils ont donc construit un vaste réseau souterrain de catacombes, ici à Rabat, juste de l'autre côté des murailles.

David était tout disposé à poursuivre. L'historien en lui avait bien du mal à résister à la tentation. Les catacombes de Rabat offraient une sépulture à des chrétiens, des païens et des juifs, allongés côte à côte, comme les membres d'une même communauté. C'était une manifestation de tolérance pratiquement inédite à l'époque romaine, quand les autorités persécutaient bien souvent les chefs religieux sans même y penser.

Au même moment, pendant que païens, juifs et chrétiens venaient partager un repos éternel dans les chambres funéraires souterraines de la Malte romaine, un certain Paul de Tarse, à la fois juif et citoyen romain, persécutait avec zèle les premiers disciples de Jésus. Après avoir cherché à tuer dans l'œuf l'Église chrétienne naissante, Paul s'était converti au christianisme sur le chemin de Damas, après la mort de Jésus sur la croix. Paul de Tarse allait rester dans l'histoire comme l'apôtre Paul. Et les catacombes de Rabat ont été baptisées en sa mémoire.

David se concentra sur ce qu'il leur fallait faire.

Après avoir remonté une ruelle, ils s'arrêtèrent devant un bâtiment de pierre.

Un panneau rédigé en anglais indiquait qu'ils étaient à l'entrée du musée et des catacombes.

Janus ouvrit le portillon métallique, puis la lourde porte de bois. Et le groupe pénétra dans le vestibule du musée.

Le silence régnait dans la vaste pièce au sol de marbre, à l'ambiance étrangement immobile. Les murs étaient ornés d'affiches, de photos et de peintures. Des vitrines remplies de petits objets en pierre et d'artefacts minuscules occupaient plusieurs travées rayonnant à partir de la salle principale. Tous les yeux étaient tournés vers David.

— Et maintenant ? demanda Chang.

— On s'installe ici, répondit David.

À peine David avait-il prononcé ces mots que Kamau dégageait une table pour y poser son sac-paquetage. Tranquillement, il en sortit tout leur arsenal : armes de poing, fusils d'assaut, gilets pare-balles.

Janus se précipita vers Kate, une main tendue en direction de son sac à dos.

— Puis-je ?

Kate lui remit l'objet, l'air absente. Janus entreprit d'installer un petit poste de travail et de recherche. Il brancha l'ordinateur et y raccorda l'appareil aux allures de Thermos que Martin avait donné à Kate pour extraire des échantillons d'ADN.

Janus posa le téléphone satellite sur la table.

— Est-ce qu'on ne devrait pas appeler Continuité ? Pour les prévenir de notre situation ?

— Non, répliqua David. Nous n'appellerons que lorsque nous aurons quelque chose à signaler. Ça ne sert à rien de... révéler notre position.

Son regard s'attarda sur le téléphone. Un membre de l'équipe ne venait-il pas précisément de révéler leur position ? Il prit l'appareil pour le remettre à Kate.

— Garde-le.

À deux mètres de distance à peine, Shaw regardait Kamau s'occuper des armes. David croisa son regard et ils restèrent quelques secondes à se fixer l'un l'autre.

Shaw détourna la tête. Nonchalamment, il s'éloigna vers une petite table à côté de l'escalier menant aux catacombes proprement dites. Il prit une brochure et se mit à lire.

— Et maintenant, David ? demanda Shaw d'un ton détaché. On attend qu'un chevalier remonte pour lui demander s'il n'a pas vu un vieux coffre de pierre ?

Janus prit la parole, dans l'espoir manifeste de faire redescendre la tension.

— Je souhaiterais souligner l'urgence de notre situation...

— On y va, dit David.

Kamau prit le message pour un signal. Il fixa les sangles de son gilet, avant d'en tendre un autre à David.

— Autant chercher une aiguille dans une meule de foin, dit Shaw en feignant de s'intéresser à sa lecture. Le réseau est immense et seules quelques chambres funéraires sont accessibles au public. Ce… « dispositif » pourrait se trouver n'importe où. Il y a des kilomètres de galeries.

David essayait de déchiffrer l'expression de Kate. Elle était impassible, presque glaciale. Vivait-elle un autre flash-back ?

— Je pense que nous pourrions nous séparer, dit Janus. Comme ça, on pourrait couvrir plus de terrain.

— Est-ce que ce ne serait pas un peu… dangereux ? demanda Chang, un peu penaud.

— On pourrait y aller par équipes de deux : un soldat, un scientifique, dit Janus.

David réfléchit à la proposition. L'autre option consistait à laisser quelqu'un à l'arrière, dans le musée, pour pouvoir fermer les catacombes ou aller chercher des secours. Il n'y avait pas de solution parfaite.

— D'accord, dit David. Shaw et Chang, vous ouvrez la voie. (Il voulait associer ses deux suspects et les faire partir en tête, pour mettre un peu de distance entre eux et le reste du groupe.) Kamau et Janus vous suivent. Kate et moi fermons la marche.

— On n'a pas la moindre idée de ce qu'on va trouver là-dessous ! s'exclama Shaw. Je ne descends pas là-dedans désarmé. Et tu peux me buter si tu veux, David.

David s'approcha de la table pour y prendre un poignard tactique qu'il lança à Shaw, pointe en avant. Le SAS le rattrapa par le manche. Ses yeux lançaient des éclairs.

— Maintenant, tu es armé. Tu pars en tête, sinon je te bute. Ne me cherche pas trop.

Shaw laissa filer un instant, avant de tourner les talons pour s'engager dans l'escalier, suivi de près par Chang, puis les quatre autres.

Chapitre 83

Catacombes de Saint-Paul
Rabat, Malte

En plus d'être sombres, les catacombes sentaient le renfermé. L'éclairage du musée ne fonctionnait plus, mais à la lueur des lanternes à LED, ils apercevaient les vitrines et présentoirs disséminés çà et là, avec leurs panneaux d'explications pour les visiteurs.

Au bout de dix minutes de marche, le tunnel se scinda en deux.

— Rendez-vous dans le hall d'entrée dans une heure, quoi qu'il arrive. Faites demi-tour si vous n'avez rien trouvé, dit David. Et faites en sorte d'établir un relevé des endroits où vous êtes passés.

— T'inquiète, maman. On sera là dans une heure pour faire nos devoirs, railla Shaw.

Puis il tourna les talons, entraînant Chang à sa suite dans le couloir enténébré.

Kate, David, Kamau et Janus poursuivirent leur progression en silence. Cinq minutes plus tard, un nouvel embranchement se présenta. Kamau et Janus s'engagèrent dans le nouveau couloir.

— Bonne chance, David, dit Kamau.

Janus gratifia Kate et David d'un signe de tête.

— À vous aussi, dit David.

Kate et lui cheminèrent un petit moment sans rien dire. Quand David jugea qu'ils ne pouvaient plus être entendus, il s'arrêta.

— Dis-moi que tu sais ce qui se passe. Qu'est-ce qui sauve les gens du fléau ici, à Malte ?

— Je ne sais pas. Dans mes souvenirs du passé, j'ai vu l'Arche, mais je ne sais pas ce qu'il en est advenu. J'ai vu les Immaru la transporter dans les montagnes. J'ignore ce qui s'est passé ensuite.

— Il y a des temples mégalithiques ici, à Malte, vieux de six mille ans. Ces sont les ruines connues les plus anciennes du monde. On a aussi des légendes de guérison miraculeuse datant de la période romaine, avec l'arrivée de saint Paul à Malte. Se pourrait-il que les Immaru aient apporté l'Arche ici pour la mettre en sûreté ?

— C'est possible, dit Kate, la mine toujours un peu distraite.

— Comment peut-elle guérir tous ces gens ?

— Je ne sais pas…

— Que contient-elle ?

— Le corps d'Adam, notre alpha : le premier sujet à qui nous avons inoculé le gène Atlantis. Aujourd'hui, bien sûr, il n'y a plus que ses os.

— Et comment ses os peuvent-ils guérir les gens ?

— Je… Je ne sais pas. Nous lui avons fait quelque chose dans le passé. J'y étais mais je n'ai pas vu. Je ne voyais même pas le visage de mon partenaire. Le génome humain se divisait. Nous avions du mal à conserver le contrôle de l'expérience.

— L'expérience ?…

Kate confirma d'un hochement de tête, mais sans donner plus d'explications.

— David, quelque chose est en train de se produire en moi. J'ai de plus en plus de difficultés à me concentrer. Il y a autre chose encore. Dorian était là…

— Ici ?

— Non. Il était présent dans le passé. Je crois qu'il a les souvenirs d'un autre Atlante – un soldat nommé Ares, venu sur Terre après notre expédition scientifique.

David resta figé, complètement sonné.

— Comment ?

— Il était avec l'expédition, à Gibraltar. Les tubes avaient été reprogrammés sur sa signature radioactive. Après que Dorian a été placé dans l'un d'eux au moment de l'épidémie de grippe espagnole, il a dû se réveiller avec ses souvenirs à l'état latent. Tout comme moi avec les souvenirs de la scientifique.

— Incroyable, murmura David.

Une nouvelle forme de peur commençait à s'insinuer tout doucement en lui, à s'y déposer lentement. Dorian avait des connaissances du passé, peut-être même plus que Kate, ce qui lui conférait un avantage tactique.

— Quel est ton plan, David ?

David revint au présent – au tunnel de pierre chichement éclairé.

— On trouve ce qu'il y a à trouver, on voit si on peut l'utiliser pour une thérapie, puis on s'arrache d'ici.

— Et les autres ?

— L'un d'eux est un assassin et un traître. On les laisse ici. Il faut qu'on mette la plus grande distance possible entre eux et nous. C'est le seul moyen de garantir ta sécurité.

Kate suivit David dans le tunnel.

Les catacombes n'étaient pas sans évoquer le tunnel de pierre dans lequel Martin l'avait entraînée dans les sous-sols de Marbella. Pour tout dire, la petite ville de Rabat tout entière lui rappelait furieusement Marbella.

Kate éprouvait cette sensation d'avoir une image, un souvenir, quelque part en lisière de sa conscience – hors de portée. La conclusion de son ancienne vie, le solde des événements survenus à Gibraltar. Dans le même temps, elle avait la conviction que si elle laissait cette réminiscence entrer en elle, alors les ultimes miettes de son être seraient emportées. Et elle perdrait David. Pour elle, le souvenir encore caché était leur plus grand ennemi ici. Mais David avait raison aussi : un tueur était tapi quelque part dans l'un de ces tunnels…

Chapitre 84

CDC – Centre pour le contrôle
et la prévention des maladies
Atlanta, Géorgie, États-Unis

Le docteur Paul Brenner ouvrit tout doucement la porte de la chambre individuelle qu'occupait son neveu dans le centre de soins.

Le garçon était parfaitement immobile sur son lit. Une vague de panique déferla sur Paul.

Une interminable seconde s'écoula, puis la petite poitrine de Matthew se souleva.

Une respiration.

Toujours aussi doucement, Paul referma la porte.

— Oncle Paul ! dit Matthew, avant de rouler sur le côté, déchiré par une quinte de toux.

— Salut, Matt. Je passais voir comment tu vas.

— Où est maman ?

— Ta mère… est occupée à quelque chose de très important.

— Quand est-ce que je pourrai la voir ?

Paul resta tétanisé. Que pouvait-il bien répondre ?

— Bientôt, marmonna-t-il.

Matthew s'assit dans son lit, déclenchant une nouvelle quinte de toux, projetant de fines gouttelettes rouges sur sa main.

Comme fasciné, Paul fixait la mince rigole écarlate qui coulait le long de l'avant-bras du garçon.

Matthew la vit à son tour et s'essuya la main sur son tee-shirt.

Paul lui retint le bras.

— Non, ne fais pas ça. Attends… je vais chercher une infirmière.

Paul quitta la pièce en toute hâte. Derrière lui, il entendit la petite voix de Matthew qui l'appelait. Il n'aurait pas pu rester une seconde de plus. Ce triste spectacle était au-dessus de ses forces. *Je suis en train de craquer*, songea-t-il.

Il n'avait plus qu'une envie : aller s'enfermer dans son bureau et attendre que tout s'arrête. Que le monde entier disparaisse.

Son assistante se leva en l'apercevant.

— Docteur Brenner, vous avez des messages…

— Non, pas de messages, Clara, dit-il avec un petit geste de la main, passant devant elle sans ralentir l'allure.

— Ça vient de l'Organisation mondiale de la santé, dit-elle en agitant deux feuillets. Et l'autre, des services de renseignement britanniques.

Paul lui prit les pages des mains pour y jeter un rapide coup d'œil. Puis il les relut attentivement. Ensuite, d'un pas chancelant, il gagna son bureau, les yeux toujours fixés sur les bouts de papier. *Qu'est-ce que ça veut dire ?*

La porte à peine refermée, il composa le numéro de Kate Warner. Il n'y eut aucune sonnerie. Directement la messagerie. Le téléphone était-il éteint ? hors de portée ?

— Kate, c'est Paul. Euh… Paul Brenner. (Bien entendu, Kate savait quel « Paul » l'appelait, mais le simple fait de lui laisser un message suffisait à le rendre nerveux.) Voilà, j'ai eu des échos de mes contacts à l'OMS. Apparemment, ils ne connaissent absolument aucun docteur Arthur Janus. De la même manière, j'ai eu des nouvelles des services britanniques. Ils n'ont aucun agent répondant au nom d'Adam Shaw. Ils ont même cherché dans leurs dossiers classifiés. (Il laissa filer quelques secondes.) J'espère que tout va bien pour vous, Kate…

Dorian claqua la porte de l'hélicoptère, puis regarda les hordes grouillantes s'amenuiser sous ses pieds, tandis que son équipe et lui s'élevaient au-dessus de La Valette.

— Quelle destination, monsieur ? demanda le pilote.

Dorian sortit son téléphone. Aucun message.

— Ils sont partis vers l'ouest, répondit-il en criant. On cherche leur appareil. Commence par les villes.

Dans les catacombes de Saint-Paul, sous la ville de Rabat, Kamau marchait devant Janus, son fusil d'assaut pointé devant lui. Le faisceau de la lampe-torche arrimée au canon de l'arme avec du ruban adhésif parvenait à peine à éclairer le tunnel. La vague lueur de la lanterne que portait Janus n'apportait pas grand-chose non plus.

— D'où êtes-vous originaire, monsieur Kamau ? demanda Janus d'une voix posée.

Kamau hésita un instant avant de répondre.

— D'Afrique.

— De quelle partie ?

Du temps s'écoula, comme si Kamau n'avait aucune envie de répondre.

— Du Kenya, à l'extérieur de Nairobi. Et maintenant, nous ferions mieux…

— Près du berceau de la race humaine moderne, donc. Je trouve particulièrement approprié que notre petite expédition compte dans ses rangs quelqu'un de l'est de l'Afrique. Ne sommes-nous pas sur les traces de l'Africain qui a changé le cours de l'histoire ? qui a mis l'humanité sur sa trajectoire de développement ?

Kamau se retourna, son faisceau braqué en plein sur le visage de Janus.

— Nous ferions mieux de garder le silence.

Janus leva une main pour se protéger les yeux.

— Très bien.

Dans une autre partie des catacombes, le docteur Chang marchait devant Shaw. C'était une décision tactique du soldat britannique. « Je couvre les arrières », avait-il dit.

Chang se retourna tout à coup, sa lanterne brandie vers le visage de Shaw.

— Avez-vous noté le chemin que nous avons parcouru ? demanda Chang.

— Et semé des miettes de pain ? Allez, on bouge, doc.

La maigre lueur n'éclairait qu'imparfaitement le visage de Shaw. À cet instant, Chang se dit que son équipier – qui ne devait guère compter qu'une petite trentaine d'années – avait subitement l'air beaucoup plus jeune.

Et ce visage, ces traits plus jeunes, Chang les connaissait. Où les avait-il déjà vus ?

Des années, des dizaines d'années plus tôt. Juste après qu'il avait accouché la mère de Kate, au sortir du tube.

Dans son souvenir, Howard Keegan, le directeur de Clocktower, l'un des deux membres du Conseil d'Immari, était assis derrière une vaste table de chêne dans son bureau. Chang se trémoussait nerveusement en face de lui.

— Je veux que vous procédiez à un examen approfondi du garçon que nous avons sorti du tube. Son nom est

Dieter Kane, mais nous l'appellerons Dorian Sloane désormais. Il a quelques difficultés à… s'acclimater.

— Est-il… ?

Keegan pointa un doigt sur Chang.

— C'est à vous de me dire ce qui ne va pas chez lui, docteur. Ne négligez aucune piste. Faites-lui un bilan complet et revenez me voir. Compris ?

Quand Chang eut achevé son examen, il revint dans le bureau de Keegan et prit place dans le même siège devant la table gargantuesque, son carnet ouvert devant lui.

— Physiquement en grande forme. Deux centimètres plus grand que la moyenne pour son âge. Quelques contusions récentes. Des cicatrices également, récentes elles aussi… (Chang avait relevé la tête.) Vous avez des suspicions de maltraitance ?

— Non, pour l'amour de Dieu, docteur ! Tout cela est son œuvre. Mais qu'est-ce qui ne va pas chez lui ?

— Je crains de ne pas…

— Il y a soixante ans, quand il est entré dans ce tube, c'était le gamin le plus adorable qui soit. Quand il en est ressorti, c'était un serpent. C'est un cas limite, pratiquement un sociopathe. Ce tube lui a fait quelque chose, docteur. Et je veux savoir quoi.

Chang était resté silencieux, ne sachant quoi répondre.

La porte du bureau s'était ouverte à la volée. Et Dorian était entré en trombe.

— Dehors, Dorian ! On travaille.

Arrivé sur les talons de Dorian, un autre garçon avait montré sa frimousse par-dessus l'épaule de l'odieux garnement. Ce visage…

Les deux gamins avaient battu en retraite, refermant la lourde porte sur eux.

Affalé dans son fauteuil, Keegan se pinçait l'arête du nez.

Chang détestait le silence.

— L'autre garçon…

— Hein ? avait dit Keegan en se redressant. Oui, c'est mon fils, Adam. J'élève Dorian comme si c'était son frère, dans l'espoir que cela lui apportera une certaine stabilité, un certain sens de la famille. Dorian a perdu tous les siens. Mais… je suis terrorisé à l'idée que la noirceur de Dorian, sa maladie n'infecte Adam. Ne le corrompe. Car c'est bien d'une maladie qu'il s'agit, docteur. Quelque chose ne tourne vraiment pas rond chez lui.

Chang était de retour dans le couloir de pierre. Son souvenir avait disparu et la maigre lumière était revenue. Il fixait Adam Shaw – du moins, la moitié visible de son visage. Oui, c'était bien lui. Le frère adoptif de Dorian. Le fils de Keegan.

— Quoi ? demanda Shaw.

— Rien, répondit Chang en reculant d'un pas.

Shaw s'avança.

— Vous avez entendu quelque chose ?

— Non… Je…

Chang cherchait ses mots. Une excuse. *Réfléchis. Dis quelque chose.*

Tout doucement, un sourire s'épanouit sur le visage de Shaw.

— Tu te souviens de moi, n'est-ce pas, Chang ?

Chang était tétanisé. *Pourquoi est-ce que je ne peux pas bouger ?* C'était comme si un serpent invisible l'avait mordu et qu'un venin paralysant se soit répandu dans tout son corps.

— Je me demandais si cela viendrait. Dommage… Martin s'est souvenu de moi lui aussi.

— Au secours ! glapit Chang, une fraction de seconde avant que Shaw ne tire le poignard de sa ceinture pour lui trancher la gorge et la trachée.

Un flot de sang éclaboussa le mur de pierre. Chang s'effondra au sol, les mains plaquées sur sa plaie béante. Dans un gargouillis, il cherchait à inspirer une goulée d'air qui ne viendrait jamais.

Shaw essuya la lame sur le torse de Chang, avant d'enjamber l'agonisant. Il plaça un explosif sur le sol, arma le dispositif de mise à feu, puis s'enfonça dans le tunnel.

Kamau s'arrêta. Il venait d'entendre comme un cri. Un appel à l'aide. Il se tourna vers Janus. Le scientifique tenait quelque chose à la main. Une arme ?

Kamau releva son fusil.

Une lumière aveuglante, plus vive que tout ce que Kamau avait pu voir dans sa vie, l'assaillit littéralement. Un son – non pas une vibration, un genre de diapason – explosa à l'intérieur de son crâne. Il tomba à genoux. Est-ce que c'était Janus qui lui faisait ça ? Il avait l'impression que sa tête enflait monstrueusement, comme si son cerveau allait exploser.

Janus passa devant lui sans dire un mot.

L'appel à l'aide figea David. *Qui ?* Le tueur était sorti du bois.

À l'oreille, c'était tout proche. Un tunnel adjacent ? perpendiculaire ?

— David…, murmura Kate dans un souffle à peine audible.

— Chut. Continue d'avancer.

Il poursuivit sa marche, allongeant le pas dans le tunnel. Jusqu'alors, il s'arrêtait à chaque intersection, balayant les lieux de son arme avant de s'engager.

À présent, la vitesse devenait la clé. Il voulait mettre la plus grande distance possible entre eux et le bruit. Il voulait une position sûre et défendable.

Devant lui, le tunnel débouchait dans une vaste salle funéraire, avec une table de pierre taillée directement dans la roche.

David ralentit l'allure. Les interrogations se bousculaient dans son esprit. Devaient-ils faire demi-tour ?

Il s'arrêta. Une sensation étrange remontait le long de son dos. Comme il allait pivoter sur lui-même pour regarder derrière lui, une voix éclata dans le silence.

— On ne bouge plus !

Chapitre 85

Catacombes de Saint-Paul
Rabat, Malte

David leva les mains. Il sentait sur lui le regard de Kate, épiant ses mouvements. Elle se demandait s'il allait se retourner pour faire feu. David était tenté, mais outre qu'il ignorait l'identité de l'homme derrière lui, peut-être que celui-ci n'était pas seul.

Une autre voix brisa le silence. Une voix que David connaissait.

— Baissez vos armes. Ce sont ceux que nous attendions.

David et Kate se retournèrent lentement, intégralement focalisés sur le jeune homme qui émergeait de l'ombre du tunnel.

— Milo, murmura Kate.

— Bonjour, docteur Kate, répondit celui-ci en adressant un signe de tête à David. Monsieur David. Suivez-moi, ordonna-t-il ensuite en leur ouvrant la voie, encadré par deux soldats armés.

Des chevaliers de Malte, se dit David.

Le tunnel donnait sur un vaste espace, bien plus grand que les autres salles funéraires. Une demi-douzaine de gardes étaient postés sur le pourtour, arme au poing.

Tout au fond, un coffre de pierre était posé sur un autel légèrement surélevé.

Kate se précipita dessus en enlevant son sac à dos.

— Vous pouvez soulever le couvercle ? demanda-t-elle en se tournant vers les soldats.

Milo hocha la tête à leur intention. Quatre hommes rangèrent leur pistolet pour s'approcher de l'Arche.

— Milo, comment es-tu arrivé ici ? demanda David.

— C'est une longue histoire, monsieur David. Disons que... j'aimerais autant ne pas avoir à la revivre.

— Ouais, je vois très bien ce que tu veux dire.

Penchée sur l'arche de pierre posée sur l'autel, Kate s'activait. David s'approcha pour regarder dans le coffre.

Dans la semi-pénombre, il parvint à distinguer les ossements d'un humain.

Kate manipulait un dispositif que David ne reconnut pas – un ustensile tiré de son sac. Il savait qu'elle procédait à un prélèvement en vue d'un échantillonnage génétique, mais il n'avait aucune idée de la procédure suivie.

Il se tourna vers les hommes déployés en arc de cercle devant l'autel. Milo se tenait pile au centre, immobile et silencieux. David se dit qu'il avait bien changé, ce jeune homme qu'il avait rencontré pour la première fois dans un monastère au Tibet. *La maturité, l'attitude...*

— Tu as tout ce qu'il te faut ? demanda-t-il en se tournant vers Kate.

Elle confirma d'un hochement de tête.

— Milo, poursuivit David en s'adressant au jeune homme, nous devons remonter à la surface, là où sont l'ordinateur et le matériel pour traiter l'échantillon. (Il se tut un instant.) Nous avons des raisons de croire qu'un tueur rôde dans ces catacombes.

— Il ne nous arrivera rien, monsieur David. (D'un signe de tête, Milo désigna les soldats.) Ils gardent cet endroit depuis très longtemps. Et d'ailleurs, ils vont vous escorter jusqu'à l'extérieur.

Plusieurs hommes sortirent du groupe pour aller prendre position devant l'entrée du tunnel remontant à la surface. David et Kate leur emboîtèrent le pas.

À l'extrême limite de son champ de vision, Dorian aperçut un éclat de lumière sur une carlingue au niveau du sol. C'était un hélicoptère des Immari.

— Là ! s'exclama-t-il en le pointant du doigt. Ils ne doivent pas être bien loin.

Lorsqu'il aperçut les premiers rayons de soleil qui pénétraient dans le tunnel, David se rendit compte qu'il n'entendait plus les pas des gardes derrière. Il jeta un regard : il n'y avait plus personne. Il secoua la tête. *Un mystère de plus*, songea-t-il.

À la surface, Kate se rua sur l'ordinateur. À peine avait-elle posé son sac à dos qu'elle attaquait.

David vérifia le chargeur engagé dans son fusil d'assaut – une vieille habitude quand il était nerveux –, puis se mit à faire les cent pas sans quitter l'entrée du regard.

— Et après, qu'est-ce qui se passe ? demanda-t-il à Kate par-dessus son épaule.

— Il faut que je transfère le nouveau jeu de données à Continuité, en espérant qu'ils pourront en tirer une thérapie efficace.

— Combien de temps cela va prendre ?

Elle se massa les tempes en fixant l'écran devant elle.

— Je ne sais pas...

— Pourquoi ?

Elle lui jeta un regard noir.

— Eh bien, pour commencer, j'ai le cerveau à peu près grillé, et il se trouve, sinon, que c'est Janus qui s'est occupé du dernier lot. Il est bien meilleur que moi pour cet exercice.

L'espace d'une seconde, il détacha son regard de la sortie du tunnel.

— D'accord, d'accord, dit-il. C'est juste que… la célérité me paraît devoir être le maître mot de cette journée.

À cet instant, le bruit d'un petit gazouillis s'éleva dans l'air chargé d'électricité.

— Qu'est-ce que c'est que ça ?

— La messagerie vocale, répondit Kate en sortant le téléphone satellite de sa poche.

Kate posa l'appareil sur la table pour poursuivre sa tâche.

— Écoute-le si tu veux. J'ai cru comprendre que la « célérité » était à l'ordre du jour et j'ai du travail.

David jeta un œil sur l'appareil, puis se retourna vers le tunnel, son arme en joue. Mentalement, il prit note de ne jamais mettre la pression sur Kate quand elle travaillait. Et accessoirement, d'éviter les mots et expressions susceptibles de lui revenir en boomerang.

Des profondeurs de la caverne, au-delà des dernières lueurs, arrivaient des bruits de pas – légers, prudents, comme si quelqu'un approchait de l'entrée en cherchant à ne pas être entendu.

D'un geste du bras, David attira l'attention de Kate, puis posa un index sur ses lèvres, avant de s'éloigner en crabe pour aller prendre une position qui n'était pas dans l'axe du tunnel. Il étreignit son arme, le doigt sur la détente. Il avait la conviction que c'était Shaw qui arrivait. Et il était prêt.

Penché en avant dans le cockpit, Dorian examinait l'hélicoptère Immari posé sur la place en dessous.

— Je me pose à côté ? demanda le pilote.

— Bien sûr. Autant leur envoyer un message ou tirer une fusée.

— Bien, monsieur, dit le pilote, la gorge subitement nouée.

— Pose-toi ailleurs. Ils nous attendent peut-être à côté pour nous tendre une embuscade. On va ratisser le périmètre à pied.

Dorian regarda de nouveau son téléphone. Toujours aucun message. *Pourquoi ?*

Adam était-il mort ?

Il espérait bien que non. Cette disparition marquerait la fin de sa famille. La perte de son unique parent. Son frère. La seule personne au monde qu'il jugeait capable de capturer Kate Warner. Il était là, quelque part dans Rabat. Dorian le sentait au plus profond de lui-même. Mais pourquoi ? Qu'est-ce qu'il pouvait bien y avoir ici ? Dorian avait le sentiment que l'histoire pouvait l'aider, lui révéler la signification exacte de Rabat, mais qui se souciait d'une chose pareille ? L'histoire, c'était tellement fastidieux.

— Est-ce que l'un d'entre vous connaît l'histoire de Rabat ? Est-ce qu'il y a quelque chose ici, un élément culturel un peu saillant ?

Les soldats tournèrent la tête vers lui, la mine perdue, le regard vide.

Le pilote intervint sur le réseau de communication.

— Mdina était la capitale romaine de Malte à l'époque antique. Avant ça, les Phéniciens et les Grecs ont régné ici.

Mais qui leur met ces conneries inutiles dans la tête ? se demanda Dorian.

— Très intéressant… Mais on n'est pas à Mdina ici. Qu'est-ce qu'il y a à Rabat ?

— C'est là qu'ils enterraient leurs morts.

— Quoi ?

— Les Romains étaient très à cheval sur l'hygiène publique. Et la sécurité. Ils édifiaient des murs autour de leurs cités et interdisaient qu'on enterre des morts à l'intérieur de l'enceinte. Rabat était une banlieue hors les murs…

— Mais qu'est-ce que tu racontes ? Accouche un peu !

— Il y a des salles funéraires ici. Très anciennes. Les catacombes de Saint-Paul.

Dorian considéra l'information. Oui, c'était exactement le genre de choses que David et Kate devaient être venus chercher ici : des corps, des données génétiques anciennes utiles pour la mise au point d'une thérapie. Combien de morts avaient été enterrés sous cette vieille ville ? Se pouvait-il que quelqu'un ait caché un corps des temps lointains dans ces chambres funéraires, le dissimulant en l'exposant à tous ? Au fond, peu importait. Tout ce dont il avait besoin, c'était elle, le code et les connaissances dans son cerveau.

Tout doucement, la silhouette émergea de l'obscurité. L'index de David se crispa sur la queue de détente.

Il appuya légèrement dessus, prêt à faire feu.

L'homme sortit du tunnel, les mains levées.

Janus.

Kate bondit de sa chaise.

— Dieu merci ! J'ai besoin de votre aide.

Janus la rejoignit. Instinctivement, David garda le scientifique en ligne de mire.

— Vous l'avez trouvée ? demanda Janus.

— Oui…

— L'Arche – celle de la tapisserie tibétaine ? Elle était ici ? Tout ce temps-là ? L'alpha ? Adam ? demanda Janus.

Kate hocha la tête.

— Extraordinaire…, marmonna Janus en jetant un regard sur l'écran de l'ordinateur. Puis-je ?

— Je vous en prie, répondit Kate en lui cédant la place.

— Où est Kamau ? demanda David par-dessus son épaule.

— Nous avons été séparés après le cri.

— Il est vivant ?

— J'espère bien, répondit Janus tout en tapant frénétiquement au clavier, son regard bondissant de droite et de gauche.

Une minute s'écoula. David fixait la sortie du tunnel. Kate et Janus étaient focalisés sur leur écran.

Janus hocha la tête.

— Voilà, c'est ça. Le point d'origine, le premier humain à recevoir le gène Atlantis. En combinant son génome avec celui des morts de la peste bubonique et des survivants de l'épidémie de grippe espagnole, tout devient limpide. Je pense qu'ils pourront isoler tous les rétrovirus endogènes à partir de ce jeu de données. (Il se tourna vers sa collègue.) Nous y sommes, Kate.

Kate connecta le téléphone satellite sur l'ordinateur et saisit des instructions.

— Le chargement est en cours.

D'un pas de promeneur, Janus s'éloigna de l'ordinateur pour s'approcher du tunnel.

— Vous ne pouvez pas redescendre là-dessous, dit David.

— J'ai bien peur de n'avoir d'autre choix, répondit Janus en regardant David droit dans les yeux. Pour un scientifique tel que moi, c'est une chance historique. Le premier humain d'une toute nouvelle tribu, le cataclysme génétique qui a déclenché tout ce qui est arrivé après. L'histoire, la science.

En dépit du risque, il faut que j'aille voir de mes propres yeux.

— Restez ici…

Janus se faufila dans le tunnel avant que David n'ait pu l'arrêter.

Kate débrancha le téléphone satellite de l'ordinateur, puis tapota sur le clavier du combiné. David prit position entre elle et la sortie du tunnel.

— Paul, je viens de vous envoyer un nouveau jeu de données… Oui… Quoi ?… Non, je n'ai pas vérifié le message. (Les yeux de Kate s'arrondirent.) Non… Je… Merci de m'avoir informée. Rappelez-moi quand vous aurez reçu les données. (Elle coupa la communication et se tourna vers David.) Janus et Shaw. Ils n'existent pas. Ce sont deux fausses identités.

À cet instant, David entendit un bruit de pas qui approchait. Il leva son arme, prêt à faire feu, mais la silhouette qui émergeait de l'obscurité s'arrêta dans le tunnel.

Chapitre 86

Catacombes de Saint-Paul
Rabat, Malte

Kate se concentra sur le tunnel pour voir qui allait en sortir. La silhouette s'avança, les bras en l'air.

Kamau.

Il resta sur le seuil, immobile, repoussant la lumière avec ses bras comme si le flux photonique avait essayé de le noyer.

— Tu vas bien ? demanda David.

— Je… Je ne vois plus.

David se précipita pour aider Kamau à sortir du tunnel et s'asseoir sur une chaise, à la longue table sur laquelle Kate était déjà installée. Elle lui trouva un air désorienté, affaibli.

— Que s'est-il passé ? demanda David.

— C'est Janus. Il m'a aveuglé avec une arme luminescente. Je suis resté complètement sonné pendant un moment.

David se tourna vers Kate.

— Il a pu manipuler les données.

Kate allait rétorquer quelque chose quand son téléphone se mit à vibrer sur la table. Elle prit la communication.

— Un résultat… Non… Je crois qu'il le faut… Je suis d'accord, Paul… Appelez-moi quand vous saurez.

Elle coupa la communication. Cette thérapie était leur dernière cartouche. Mais…

— Ils ont trouvé une thérapie, dit-elle. Ils vont tenter le coup avec. Il n'y a pas d'autre solution. (Elle regarda David dans les yeux.) Il faut qu'on parle à Janus.

David s'approcha de Kamau.

— Comment est ta vision ?

— Un peu floue encore, mais ça s'améliore.

Il cherche à faire bonne figure devant son supérieur, se dit Kate.

David lui tendit un fusil d'assaut pris sur la table.

— Je veux que tu tires sur tout ce qui sort de ce tunnel.

Puis il se tourna vers Kate.

— Chang est mort, j'en mettrais ma main au feu. Il n'y a plus que Shaw et Janus là-dessous. Nous savons où va Janus. Je vais aller le chercher. (Il s'adressa ensuite à Kamau.) À mon retour, quand j'arriverai à la sortie du tunnel, je dirai : « Achille va sortir. »

Kamau hocha la tête pour accuser réception.

Puis David s'enfonça dans l'obscurité.

Kate s'approcha de la table, prit un pistolet et passa l'extrémité de son index sur les mots gravés sur le côté : « SIG SAUER ».

— Vous savez vous en servir ? demanda Kamau de sa belle voix de basse.

— J'apprends très vite.

Adam Shaw glissa une autre charge dans l'orifice d'un bloc de pierre. *Et maintenant, je vais où ?* Il aurait été bien inspiré de faire un relevé afin de retrouver son chemin jusqu'au hall d'entrée du musée. Sous terre, les tunnels n'en finissaient pas. Il entendit des bruits de pas à quelque distance. Il éteignit sa lanterne et s'enfonça dans une salle funéraire donnant sur le tunnel. Le manche de caoutchouc de son poignard produisit un léger bruit entre ses doigts quand il le tira de son fourreau.

La silhouette à l'approche portait une lanterne. À chaque seconde, la lumière se faisait plus brillante.

Accroupi sur ses appuis, Shaw attendait. La salle funéraire était petite, à peine trois mètres sur deux. Ce n'était qu'une des annexes parmi tant d'autres creusées depuis le tunnel principal.

Mentalement, il s'efforçait de suivre le rythme. Il savait qu'il n'aurait qu'une fraction de seconde à peine pour placer son attaque et abattre sa proie.

Plus près.

Plus près.

La silhouette apparut.

Janus.

Shaw le laissa passer, puis relâcha lentement la respiration qu'il retenait. D'autres bruits de pas se firent entendre. Qui suivait Janus ? Kamau ?

Ils devaient être ensemble.

Shaw se figea.

David.

Sur la piste de Janus.

Puis David fut passé – et Shaw n'en était pas mécontent. Dans quelque recoin de son esprit, il devait bien admettre que dans un combat au corps à corps Vale aurait le dessus – quand bien même Adam bénéficierait de l'effet de surprise. Avant d'entamer cette mission, il avait lu le dossier Clocktower de David. Et depuis leur toute première rencontre, il cherchait un moyen de l'éliminer, depuis cet instant où David avait jailli de la Méditerranée pour le rouer de coups sur son débris flottant, imprimant littéralement en lui l'étendue de ses talents de combattant.

Mais Adam n'avait plus à se soucier de David à présent. Celui-ci s'enfonçait dans le tunnel, s'éloignait de Kate – l'être le plus cher à son cœur –, la lui livrant pratiquement sur un plateau. Il allait pouvoir achever sa mission – et se venger de David, ce qui ne gâtait rien.

Adam sortit de la petite salle funéraire et prit à gauche, remontant la piste vers Kate que David lui avait fort obligeamment révélée.

Janus courait aussi vite que possible. Loin devant, la douce lueur de plusieurs lanternes illuminait la salle de pierre.

Elle serait gardée – si on en croyait l'histoire.

Janus sortit le cube quantique de sa poche et ralentit l'allure.

Il la voyait maintenant – l'Arche –, posée sur l'autel au fond de la salle. Excellent. Elle était telle que dans le passé.

Deux gardes sortirent de leurs caches derrière des murs de pierre pour lui bloquer le passage.

Janus activa le cube, noyant le périmètre sous un déluge de lumière. Du pouce, il en augmenta encore le débit.

Les hommes s'effondrèrent – et il entendit d'autres corps encore s'effondrer sur le sol à l'intérieur de la salle.

Il franchit le seuil et examina la scène. Il y avait six soldats européens lourdement armés, plus un septième personnage : un adolescent asiatique vêtu d'une robe de cérémonie.

Janus s'avança jusqu'à l'Arche et se pencha sur ce qu'elle contenait.

Il était là. Le premier. Ils l'avaient gardé, avaient raconté son histoire. Après toutes ces années. Quelle espèce remarquable. Ils avaient dépassé toutes ses attentes.

Néanmoins, cela ne changeait rien à ce qui devait être fait. Il se dit qu'il n'avait pas d'autre choix.

Il prit le fémur de l'alpha, le souleva, puis le fracassa violemment sur la paroi du coffre de pierre.

Un petit éclat métallique en tomba, tout de suite enseveli sous une pluie de poussière grise.

Immédiatement, Janus repoussa la poussière sur le côté, à la recherche de la puce de métal.

Il lui avait fallu des mois pour la trouver. C'était la dernière pièce. Quand elle ne serait plus là…

Il la leva pour l'exposer à la lumière, examinant la technologie que sa partenaire et lui avaient implantée presque soixante-dix mille années plus tôt. Le petit implant radioactif grâce auquel ils avaient modifié le génome humain pendant des dizaines de milliers d'années. Chaque fois qu'ils programmaient un nouveau régime de radiations, le dispositif modifiait le génome dans la plage fixée par l'implant, réglant par là même le cours de l'évolution de l'humanité. Il n'était plus tout jeune à présent. Sa source énergétique était pratiquement épuisée, ce qui réduisait considérablement sa plage de fonctionnement. Janus s'était demandé s'il parviendrait à le retrouver. Mais lorsque l'actuel fléau avait fait irruption, l'implant avait fonctionné comme prévu, déclenchant son programme d'urgence, activant le gène Atlantis, sauvant tous ceux qui venaient se masser autour. Quel dommage que tant d'humains aient dû mourir pour que Janus le trouve. Sans ce dispositif, plus rien ne s'opposerait dorénavant à la transformation génétique finale que Janus avait déjà déclenchée.

À cet instant, une irrésistible curiosité le submergea. Incapable d'y résister, il activa le module mémoire de l'implant et observa le défilé du relevé télémétrique. Les enregistrements de l'implant commençaient au sein de la tribu qu'ils avaient modifiée. Ces premiers hommes avaient transporté l'Arche de leur cadre de vie tropical jusque dans les montagnes, à travers un désert et une étendue d'eau franchie en bateau. Ils avaient fait voile jusqu'en cet endroit, Malte, où ils étaient restés, avec l'espoir que l'isolement de l'île les protégerait jusqu'au retour de Janus et sa partenaire. Mais ils n'étaient jamais revenus – et la protection insulaire n'avait duré qu'un temps.

Les barbares avaient fini par trouver le chemin jusqu'à l'île, apportant avec eux quelque chose que la tribu isolée avait pratiquement oublié : la violence. Les Immaru avaient été vaincus par les envahisseurs – tout comme le propre peuple de Janus, laminé par une autre race impitoyable. L'histoire s'était répétée. Les avait-il mal dirigés ? Dans un monde trop civilisé pour se battre, les derniers barbares deviennent des rois.

Les barbares qui avaient hérité de Malte entreprirent d'explorer les temples mégalithiques laissés par les Immaru. Au plus profond de l'un d'entre eux, là où reposaient l'Arche et le corps de l'alpha, un groupe de ces humains fut transformé par les radiations de l'implant. Les Phéniciens d'abord furent touchés, puis les Grecs qui les avaient chassés de Malte. Les envahisseurs grecs rapportèrent ces atouts génétiques chez eux, où les évolutions favorables du câblage neuronal s'épanouirent pendant des siècles.

En Grèce, l'environnement cultivait les esprits dans des proportions inédites à la surface de la Terre. Quelques individus particulièrement éclairés furent même capables d'accéder à une mémoire partagée profondément enfouie dans l'inconscient. Cette mémoire collective émergea sous forme de mythe – l'histoire d'une cité avancée appelée « Atlantide », engloutie au fond de la mer au large des côtes de Gibraltar. Janus comprenait tout à présent : l'implant avait ajouté cette mémoire partagée, dans l'espoir qu'une société civilisée trouverait le vaisseau et viendrait au secours de Janus et de sa partenaire. Dans une certaine mesure, l'implant et le mythe de l'Atlantide ainsi véhiculé l'avaient sauvé. Les Grecs avaient été les premiers à prendre conscience de l'histoire de l'Atlantide, à la chroniquer et la diffuser, mais cette histoire allait résider dans les recoins de l'esprit humain pendant des siècles.

Janus vit les Grecs connaître le même sort que les Phéniciens avant eux. À force de se civiliser, ils avaient perdu la capacité de repousser l'immense armée devant leurs murs : les Romains.

Dans les années qui suivirent l'absorption de la Grèce par Rome, et l'arrivée des Romains à Malte, l'Empire connut un véritable essor et la civilisation avec lui. Les Romains construisirent des routes, établirent des lois, créèrent un calendrier – toujours utilisé aujourd'hui. L'humanité était à son summum. L'expansion de Rome semblait ne connaître aucune limite, mais chaque fois qu'elle sortait de ses frontières, celles-ci devenaient plus difficiles à défendre. Avec le temps, Rome finit par décliner elle aussi, jusqu'à sombrer face aux tribus barbares, qui avaient su se glisser à travers ses frontières mal défendues, s'installer sur ses territoires et faire le siège de ses grandes villes.

Tandis que Rome tombait, le feu et la cendre jaillissaient d'un super-volcan près de l'équateur dans l'Indonésie actuelle. En retombant, la cendre apporta avec elle la plus grande pandémie de toute l'histoire – la peste de Justinien – et une nouvelle vague de transformations génétiques. Les échanges se tarirent, tout comme les mouvements de population sur l'archipel maltais. La radiation de l'implant n'atteignait plus assez de survivants pour inverser le cours des choses. Le monde sombra de nouveau dans une existence primitive, attendant de renouer avec l'espoir et la délivrance.

Les ténèbres suivirent. Pendant presque mille ans, il n'y eut plus de grandes civilisations. Malte – et toute la race humaine alentour – cherchait une direction dans laquelle aller. C'est dans ce contexte qu'un autre volcan entra en éruption – et que vint la mort noire.

Revivifié par l'arrivée sur Malte de hordes de réfugiés, l'implant déclencha une nouvelle vague de radiations, assortie de nouveaux changements génétiques. Ces survivants repartirent ensuite chez eux, empêchant la transformation finale de l'humanité préparée par Ares, et propulsant le monde dans l'ère de la Renaissance.

Après cela, l'implant était resté en sommeil jusqu'au fléau Atlantis. Ensuite, l'échec mondial d'Orchidée l'avait finalement réactivé, révélant sa position et permettant à Janus de le trouver.

Janus avait enfin le tableau d'ensemble : la marche de l'histoire depuis la chute de l'Atlantide. Ce minuscule implant à l'intérieur de l'Arche ainsi que les humains qu'il protégeait avaient ensemble mené une guerre contre les ténèbres et les modifications génétiques qu'Ares faisait tomber en pluie dans les cendres volcaniques, mais aussi contre la peste du VIe et du XIIIe siècle, puis enfin contre le fléau Atlantis.

À travers les millénaires, les humains s'étaient accrochés à la vie. Oh ! comme ils s'étaient battus. La résilience de l'espèce 8472 était remarquable. À présent, leur histoire allait arriver à un terme, mais ils seraient en sécurité. De cela il était sûr.

Il lança la puce au fond du coffre et l'écrasa.

Derrière lui, les bruits de pas s'arrêtèrent net. Janus se retourna pour se retrouver face à David, debout sur le seuil, avec à la main une de ces armes primitives tirant des projectiles d'éléments du tableau périodique, durcis par divers procédés.

Janus sortit son cube quantique.

— Ne fais pas ça, Janus. Sinon je t'assure que je t'abats.

— Allons, allons, monsieur Vale. Est-ce une façon de traiter quelqu'un qui vous a sauvé la vie ?

CHAPITRE 87

CDC – Centre pour le contrôle
et la prévention des maladies
Atlanta, Géorgie, États-Unis

Paul Brenner arpentait la salle de pilotage de l'algorithme Symphonie. Autour de lui, l'ambiance était à la jubilation. Deux mots clignotaient sur l'écran central :

UN RÉSULTAT

Ils avaient une nouvelle thérapie génique pour guérir le fléau Atlantis. Un nouvel espoir.

— Allez-y, dit Paul. Déployez-le dans tous les districts. Transmettez les données à tous nos affiliés.

Il fonça dans les couloirs pour se précipiter dans la chambre de son neveu.

Le garçon était immobile dans son lit. Il ne se retourna même pas vers Paul. Il n'était qu'à moitié conscient.

Mais on a encore du temps, songea Paul.

Dans le hall d'entrée du musée menant aux catacombes de Saint-Paul, Kate s'écarta de la table devant laquelle elle était assise, en se demandant ce qu'elle pourrait bien faire d'autre.

La silhouette qui venait de jaillir du tunnel était floue. Kate pivota, mais l'arrivant allait trop vite. Il renversa la chaise sur laquelle Kamau était assis. Le fusil d'assaut tomba au sol dans un fracas métallique, tandis que les deux corps roulaient au sol jusque dans l'une des vitrines du musée. Kamau avait beau frapper, Kate voyait qu'il était désorienté, aveuglé, perdu. Jamais il ne parviendrait à prendre le dessus.

Kate s'avança d'un pas chancelant, son pistolet brandi.

Accrochés l'un à l'autre, ils se contorsionnaient violemment par terre. Kate faisait de son mieux pour viser l'autre silhouette. Une part d'elle-même savait que c'était Shaw, mais elle ne voulait pas que ce soit vrai. Elle avait déjà eu à souffrir de la trahison de quelqu'un en qui elle avait toute confiance. Elle s'était juré que cela n'arriverait plus. Shaw l'avait sauvée à Marbella. Mais…

La silhouette se redressa au-dessus de Kamau, un poignard à la main. Du sang inondait le sol de marbre blanc. Kamau se tordit deux ou trois fois, puis s'immobilisa.

La silhouette se tourna vers Kate.

Shaw.

Kate voulait appuyer sur la détente, mais elle était tétanisée. Jamais elle n'y parviendrait.

Shaw lui arracha l'arme des mains.

— Tu n'as pas ce qu'il faut pour ça, Kate. Et tu devrais t'en réjouir.

La grande porte s'ouvrit et Dorian Sloane fit son entrée d'un pas de flâneur. Les quatre hommes derrière lui se déployèrent dans la pièce. Deux se positionnèrent de part et d'autre de l'accès au tunnel.

— Bon sang, mais où est-ce que tu étais ? demanda Shaw.

— Tranquille, répliqua Dorian, parfaitement désinvolte. Problèmes de transport. (Il parcourut la pièce du regard.) Et Vale ?

— Dans les tunnels, répondit Shaw.

Dorian fit un signe de tête à l'intention de ses soldats placés à l'entrée.

— Non, c'est inutile, dit Shaw. Il n'y a qu'une seule sortie. (Il tira un boîtier de sa poche et appuya sur un bouton. Des déflagrations roulèrent en cascade, comme un tonnerre sous leurs pieds, venu du plus lointain pour se rapprocher.) Et maintenant, il n'y en a plus, ajouta-t-il en fixant Dorian.

— Je suis content de te voir, petit frère, dit Dorian avec un sourire.

David entendit les explosions avant de les sentir derrière lui. Le plafond s'effondrait.

Il aperçut Milo à l'extrémité de son champ de vision, couché sur le sol, immobile. Il plongea sur le garçon pour le protéger de son corps.

Des pierres et des débris lui tombaient dessus. Un fracas résonnait dans ses oreilles. Le corps de Milo était si frêle sous le sien. Allait-il survivre ?

Une pierre heurta le dos de David, lui arrachant une grimace. Puis une autre dans la jambe. La douleur était partout, mais il ne bougea pas. Immobile, il attendait la fin.

Elle vint, mais elle ne ressemblait en rien à ce à quoi il s'était attendu. Une coupole de lumière le recouvrit, comme une bulle étincelante posée au-dessus de lui, repoussant les blocs de roche. David ne bougeait toujours pas.

Kate fusilla Dorian du regard.

— Je ne t'aiderai pas. Nous avons déjà un remède.

Le sourire de Dorian se fit encore plus carnassier. Il avait la mine de celui qui connaît un secret.

— Oh, ma petite Kate, on n'est jamais déçu avec toi. Mais je n'en ai strictement rien à faire de ton remède. Ce que je veux, c'est le code que tu as dans la tête.

— Je n'ai rien…

— Ça viendra. Tu te souviendras. Et alors, nous aurons ce que nous voulons.

L'un des hommes de Dorian la prit par le bras pour la tirer à l'extérieur du musée.

Chapitre 88

Catacombes de Saint-Paul
Rabat, Malte

David sentit une main agripper son épaule pour le retourner. La salle de pierre était plongée dans le silence et l'obscurité. Il ne voyait absolument rien.

Lentement, une lueur jaune se répandit dans l'espace clos.

La silhouette semblait éclairer toute la salle à partir de la paume de sa main. Elle tenait quelque chose : un minuscule cube étincelant.

David fixa le visage. Janus. C'était lui qui avait protégé David de la chute des pierres à l'aide de son cube.

— Putain, mais vous êtes qui ? demanda David d'une voix rauque.

— Surveillez votre langage, monsieur Vale.

— Sérieusement ?

Janus se leva.

— Je suis l'un des deux scientifiques venus voici très longtemps pour étudier les homininés sur cette planète, exposa-t-il d'une voix calme.

David toussa.

— Un Atlante.

— Oui, ce que vous appelez un Atlante.

David examina le visage de Janus. Oui, il le reconnaissait. Il l'avait déjà vu. En Antarctique, quelques jours plus tôt, quand il était dans le tube, il avait vu ces traits qui l'observaient depuis le bout de la salle. Puis le visage avait disparu.

— C'était vous. En Antarctique.

— Oui, mais pas en personne. Ce que vous avez vu était mon avatar. Une représentation de moi contrôlée à distance.

David s'assit.

— Vous m'avez sauvé. Pourquoi ?

— Je crains fort de devoir y aller, monsieur Vale.

— Attendez. (David se leva. Il aperçut son fusil d'assaut par terre et envisagea un instant de s'en emparer. Non. Janus avait mis hors d'état de nuire des soldats avec son cube. Il pouvait lui faire la même chose. Et puis, Janus lui avait sauvé la vie. Deux fois.) La thérapie que vous avez envoyée à Continuité, c'est du vent, n'est-ce pas ?

— Non, elle est tout ce qu'il y a de réel…

— Elle soigne le fléau ?

— Elle soigne ce qui fait mal à l'humanité.

David n'aimait pas trop le ton de cette réplique. Ni l'attitude de Janus, qui semblait dire : « Cette conversation est finie. »

Janus se concentra sur le cube posé sur sa main. Il plongea son autre main dans la lumière qui en émanait, puis se mit à remuer les doigts. Cela donnait l'impression qu'il le programmait.

David examina la situation. Quelqu'un avait piégé les catacombes et tout fait exploser. Ce n'était pas une bombe venue du ciel. Pendant la Seconde Guerre mondiale, les Allemands et les Italiens avaient largué d'innombrables bombes sur ces catacombes sans parvenir à les détruire. *Shaw.* C'était lui qui avait fermé les catacombes. Il devait avoir Kate également. L'avait-il déjà livrée à Dorian ?

— Shaw a Kate, dit David.

— J'imagine, répondit Janus, sans lever la tête.

— Elle a les souvenirs de votre partenaire.

— Quoi ?

La surprise s'étalait sur le visage de Janus. C'était la première émotion que David le voyait manifester.

— Les souvenirs ont commencé voici plusieurs jours, d'abord sous forme de rêves dans le sommeil. Ensuite, même éveillée, elle ne pouvait plus les arrêter.

— C'est impossible.

— Elle m'a dit qu'une troisième personne avait rejoint votre expédition. Un soldat. Elle a pactisé avec lui pour changer le génome. Elle a dit qu'il s'appelait Ares.

Immobile, Janus ne disait plus rien.

— Dorian a les souvenirs d'Ares. Il a capturé Kate. C'était la mission de Shaw, j'en suis sûr. À la base Immari de Ceuta, j'ai entendu des rumeurs. Dorian serait sorti de la structure de l'Antarctique avec une mallette. Elle a créé une espèce de porte. C'est là qu'il emmène Kate. Elle est en danger.

— Si ce que vous dites est vrai, monsieur Vale, nous sommes tous en danger. S'ils atteignent le portail, si Kate est remise à Ares, alors tous les habitants de cette planète, et de bien d'autres encore, périront.

Chapitre 89

Catacombes de Saint-Paul
Rabat, Malte

David s'avança au point presque de toucher Janus. La douce lueur jaune du cube éclairait leurs visages par en dessous, donnant l'impression qu'ils étaient deux hommes autour d'un feu de camp.

— Aidez-moi à la sauver, dit David.

— Non, répondit Janus d'un ton sec et insistant. C'est vous qui allez m'aider à la sauver.

— Quoi ?...

— Vous n'avez pas la moindre idée de ce dans quoi vous êtes embarqué, monsieur Vale. C'est bien plus vaste...

— Alors racontez-moi. Vous pouvez me croire, je suis prêt à entendre des réponses à mes questions.

— Avant toute chose, j'exige que vous vous engagiez à suivre mes ordres – à faire ce que je dirai, quand je le dirai.

David tint son regard fixé sur lui.

Janus poursuivit.

— J'ai observé que, dans les situations où les enjeux et le stress sont élevés, vous préfériez être à la manœuvre – ou, plutôt, que vous vous imposiez aux autres pour occuper cette position. Vous avez du mal à accepter les ordres et à prendre des risques, en particulier quand des vies sont en jeu, et plus spécifiquement quand il s'agit de celle de Kate.

C'est un handicap. Ce n'est pas votre faute. Peut-être est-ce lié à vos antécédents…

—Épargnez-moi la psychanalyse, merci. Écoutez, si vous me promettez de tout faire pour la sauver, je ferai tout ce que vous me direz.

—Croyez-moi, je ferai tout ce qui sera en mon pouvoir. Mais je crains que nos chances ne soient pas très bonnes. C'est une question de temps–qui se mesure en secondes, monsieur Vale. Et ça commence maintenant…

Janus se leva et tendit la main. Le cube étincelant en partit pour plonger directement dans le mur de pierre. Un nuage de poussière s'éleva autour du point d'impact.

David se leva à son tour pour observer. Le cube s'enfonçait dans le tunnel, grignotant la pierre comme un laser.

David toucha la paroi. Elle était lisse, exactement comme le passage creusé pour sortir de la structure de Gibraltar, le tunnel obscur par lequel il était passé. *On n'évolue vraiment pas dans la même catégorie*, songea-t-il.

—Alors c'est comme ça que vous faites…

—Ce petit cube quantique m'a tiré de plus d'un embarras au cours de mes voyages.

David observa le nuage de poussière flottant devant le tunnel en cours de percement.

—Ouais, eh bien, hourra pour les… cubes quantiques…

Par terre, Milo remua faiblement. David vint s'agenouiller à ses côtés.

—Il va s'en tirer ?

—Oui.

David fit rouler Milo sur le côté.

—Comment te sens-tu ?

Milo ouvrit lentement les yeux.

—Réduit en purée.

Il toussa et David l'aida à s'asseoir.

—Vas-y doucement. Nous allons sortir d'ici.

— Nous ? s'étonna Janus.

— Oui. Pas question de le laisser ici. (David s'interrompit en secouant la tête. Ce nouveau paradigme au sujet de la hiérarchie allait lui demander un petit temps d'adaptation.) Disons plutôt que je soumets humblement à votre considération la possibilité que nous l'emmenions avec nous. C'est un membre des Immaru. Il a trouvé l'Arche avant nous. Ses connaissances peuvent être très utiles. Il peut nous aider.

Janus s'approcha pour examiner l'adolescent.

— Incroyable. Après toutes ces années. Combien d'entre vous reste-t-il ?

— Il n'y a que moi, répondit Milo en relevant la tête.

— Quel dommage, dit Janus. Oui, joignez-vous à nous…

— Milo.

— Enchanté, Milo. Je m'appelle Arthur Janus.

Milo exécuta sa plus belle courbette en position assise.

À l'entrée de la salle, le cube creusait de plus en plus profondément son nouveau tunnel dans les catacombes. Sa lueur jaune déclinait à mesure qu'il s'enfonçait. David se demanda combien de temps il faudrait avant que le cube n'atteigne la surface. Et plus important encore, si lui parviendrait à rejoindre Kate à temps.

Quand l'hélicoptère avait décollé, Kate avait cessé de se débattre pour échapper à Shaw et aux gardes qui l'encadraient. Où aurait-elle pu aller ? Jusqu'à l'atterrissage, elle était piégée. Ensuite ? Peut-être parviendrait-elle à tenter une percée ?

Ils l'avaient sanglée sur son siège, après lui avoir lié les mains pour faire bonne mesure.

Elle fixait Dorian, assis en face d'elle. Il semblait avoir encore perfectionné le petit sourire satisfait qu'il arborait en permanence. Il semblait dire : « Je sais quelque chose que tu ignores. Quelque chose d'atroce va t'arriver, et je sourirai pour de bon à ce moment-là. »

Elle avait une envie folle de le frapper. Assis à côté de Dorian, Shaw contemplait tranquillement le paysage par la fenêtre, tel un gamin savourant son baptême de l'air.

— Tu as tué Martin.

— Non, c'est toi qui l'as tué, marmonna-t-il.

— Tu lui as brisé la nuque…

— Il était mourant depuis l'instant où Orchidée avait cessé d'agir. Tu as prolongé son agonie, Kate.

C'était un mensonge.

— Pourquoi, Adam ?

Pour la première fois, il cessa de contempler le panorama.

— S'il reprenait conscience, je savais qu'il me reconnaîtrait et me dénoncerait. J'étais parti du principe qu'il mourrait sans mon aide, mais la thérapie de Chang l'avait sérieusement requinqué. Quand tu es partie pour… rejoindre David, j'ai saisi la première occasion qui s'offrait à moi. J'ai fait ce que j'avais à faire pour remplir ma mission. Rien de personnel.

Dorian se pencha en avant.

— Ne l'écoute pas, Kate. Nous savons tous les deux que c'est personnel. Depuis combien de temps ? Soixante-dix mille ans ? (Il sourit.) C'est ton angle mort, n'est-ce pas ? Les gens… Tu es toujours aussi incapable de voir clair dans le jeu de quelqu'un. Tu es intelligente comme ce n'est pas permis, mais tu ne vois jamais arriver la bonne grosse trahison. C'est le truc que j'aime chez toi. C'est hilarant.

Kate ferma les yeux, bandant toute sa volonté pour ne rien répondre. Elle sentait la colère monter en elle. Comment faisait-il pour toujours savoir où gratter ? Il la manipulait à sa guise. Ce monstre savait toujours trouver les ressorts en elle, les boutons sur lesquels appuyer. Et il jouait avec sans cesser de sourire un instant, avec une terrible maestria, en sachant exactement comment elle allait réagir.

Elle s'efforça de se concentrer, de le tenir à distance. Dans l'obscurité, une voix s'adressa à elle.

— Il nous a trahis.

Kate ouvrit les yeux. Elle était dans une pièce tout en acier contenant quatre tubes. Un Néandertalien flottait, immobile, dans l'un d'eux. Elle était à Gibraltar, dans la salle que son père avait trouvée en 1918. C'était le dernier souvenir, celui qu'elle n'avait jamais réussi à atteindre. Le fait de voir Dorian, d'entendre ses paroles avait tout débloqué.

— Tu m'entends ? dit la voix.

Une vidéo démarra à l'intérieur du casque de Kate. Une tête dans un casque, semblable à la sienne. Janus. C'était lui l'autre membre de l'équipe scientifique atlante. Son partenaire.

— Est-ce que tu… ?

— Je t'ai entendu, dit Kate.

Elle était appuyée contre une table au centre de la pièce. Elle se retourna pour faire face à Janus. Il fallait qu'elle lui dise.

— Je…, bégaya-t-elle. Oui, Ares nous a trahis… (Une nouvelle explosion secoua le vaisseau.) Mais je l'ai aidé. (À l'intérieur de son casque, la vidéo de Janus disparut. Elle se retrouvait à fixer le reflet de son propre casque. Apparemment, Janus ne voulait pas que Kate voie sa réaction.) Il m'a dit qu'il voulait être utile. Les protéger. Tous…

— Il s'est servi de toi – et de tes travaux. À présent, il doit avoir la thérapie génique dont il a besoin pour constituer son armée.

Kate regarda Janus se diriger vers un panneau de commande – qu'il manipula à toute vitesse.

— Qu'est-ce que tu fais ? demanda Kate.

— Ares va tenter de s'emparer du vaisseau principal. Il en a besoin pour transporter son armée. Je l'ai verrouillé.

Kate hocha la tête. Sur l'affichage de son casque, elle voyait défiler les commandes. Chaque ligne lui apportait plus de souvenirs, de compréhension. Le vaisseau à bord duquel ils étaient n'était qu'un atterrisseur local. Ils étaient venus à bord d'un vaisseau scientifique bien plus grand, capable de voyager dans l'espace profond. Le protocole qu'ils suivaient leur imposait une invisibilité maximale pour une empreinte minimale. Ils n'avaient pas besoin de ce grand vaisseau pendant leurs expériences à la surface de la planète. Mais ils ne voulaient pas non plus qu'il soit vu. Ils l'avaient dissimulé de l'autre côté de l'unique lune de la planète, en l'enfouissant profondément. Le portail intégré sur l'atterrisseur permettait un accès instantané au vaisseau en cas de besoin, mais les commandes de Janus condamnaient immédiatement l'accès au vaisseau. Il serait inaccessible à toute commande à distance depuis Gibraltar ou l'Antarctique. Ils ne pouvaient plus rallier le vaisseau – et Ares non plus –, du moins par l'intermédiaire d'un portail.

Janus poursuivit son réglage des commandes.

— Je vais mettre quelques pièges également, au cas où Ares parviendrait à atteindre le vaisseau.

Kate voyait les commandes défiler. Une déflagration encore bien plus violente agita le vaisseau.

Janus s'interrompit.

— Le bâtiment est en train de céder. Il va être éventré.

Kate ne bougeait pas, ne sachant que faire au juste.

— Ares leur a-t-il administré sa thérapie ? Les a-t-il transformés ?

Kate fit un effort pour se concentrer.

— Je ne sais pas. Je ne crois pas.

Janus programmait fiévreusement des commandes. Kate vit passer une série de séquences ADN. L'ordinateur exécutait des simulations.

— Qu'est-ce que tu fais ? demanda-t-elle.

— Le vaisseau va être détruit. Les primitifs le trouveront. Je modifie donc les dispositifs de dilatation du temps au niveau du périmètre pour qu'ils émettent une radiation qui fera revenir en arrière toutes nos thérapies. Ils seront comme ils étaient avant qu'on ne les trouve, avant la première thérapie.

C'était donc ça : la Cloche n'était que la tentative de Janus pour inverser toutes les interventions génétiques des Atlantes. À la nuance près que, dans ce souvenir, treize mille ans plus tôt, Janus ne prenait pas en compte le bon génome quand il avait programmé la Cloche. Les primitifs, comme il les appelait, n'allaient trouver le vaisseau qu'en 1918, quand le père de Kate parviendrait à l'exhumer sous la baie de Gibraltar. Janus n'avait pas pris en compte ce décalage temporel, ce délai avant la découverte de la Cloche, et toutes les évolutions génétiques survenues dans l'intervalle. Or, Kate savait que deux grandes mutations seraient intervenues – les « delta » de la chronologie de Martin, les deux épidémies de peste, au VIe et au XIIIe siècle. Oui, c'étaient sans doute des interventions d'Ares – l'administration de la thérapie que Kate l'avait aidé à créer. Mais pourquoi étaient-elles intervenues si tard ? Pourquoi Ares avait-il attendu douze mille ans ? Où était-il pendant tout ce temps-là ? Et où était Janus ? Il était vivant dans le passé, et il l'était toujours dans l'avenir.

Le vaisseau tressauta une nouvelle fois, envoyant Kate contre le mur. Sa tête cogna l'intérieur du casque – et son corps s'amollit, vidé de toutes ses forces. Elle ne voyait plus rien. Elle entendit des bruits de pas. La voix de Janus résonnait dans son casque, mais elle ne distinguait pas les mots. Elle le sentit qui la soulevait pour la porter.

Chapitre 90

Catacombes de Saint-Paul
Rabat, Malte

David alluma une lanterne et se focalisa entièrement sur Janus.

— Des réponses. Je veux savoir à quoi on a affaire.

Janus jeta un coup d'œil au tunnel voûté que le cube en suspension taillait doucement dans la pierre.

— Très bien. Nous avons un peu de temps devant nous. Soumettez-moi votre première question.

Par où commencer ? se demanda David.

— Vous m'avez sauvé. Comment et pourquoi ?

— Le « comment » excède votre compréhension scientifique…

— Alors simplifiez pour mettre votre explication à la portée de mon cerveau d'hominidé primitif, que soixante-dix mille ans d'interventions atlantes n'ont apparemment pas réussi à perfectionner.

— À l'évidence, le « comment » est d'une certaine façon associé au « pourquoi ». Je vais donc commencer par là. Il va aussi falloir que je vous donne quelques éléments de contexte. Je vous ai dit tout à l'heure que vous ne m'aviez pas réellement vu en Antarctique. Vous avez vu mon avatar. Avez-vous deviné pourquoi ?

— Parce que vous étiez à Gibraltar.

— C'est exact. Très bien, monsieur Vale. Votre docteur Grey avait compris une bonne part de l'histoire atlante sur cette planète. J'ai été choqué de découvrir sa chronologie. Elle était assez précise, en dépit de certains manques – des choses qu'il ne pouvait pas connaître.

— Telles que… ?

— Ce qu'il décrit par la mention « chute A$ », la chute de l'Atlantide, la destruction de notre vaisseau au large des côtes de Gibraltar. En fait, il s'agissait d'une attaque. Comme vous le savez, nous étions deux, des scientifiques qui voyagions dans les galaxies pour étudier l'évolution humaine sur d'innombrables mondes.

— Incroyable, marmonna David.

— Ce monde, votre espèce, c'est ça qui est incroyable. Notre espèce est très ancienne. Il y a longtemps, nous nous sommes intéressés aux autres mondes, et en particulier à ceux abritant la vie humaine. C'est devenu notre obsession. Une question en particulier motivait nos expéditions, la plus grande question qui soit : d'où venions-nous ?

— L'évolution…

— Ce n'est que le processus biologique. Car il y a bien d'autres choses encore. Un jour, votre science vous révélera tout ça. Vous savez déjà que l'univers favorise l'émergence de la vie humaine. En fait, l'univers est très exactement programmé à cette fin. Si l'une des constantes, n'importe laquelle, était légèrement différente – la gravité, la force de l'électromagnétisme, les dimensions de l'espace-temps –, alors il n'y aurait pas de vie humaine. Il n'y a que deux possibilités : soit la vie humaine a émergé parce que les lois de l'univers la favorisent en vertu d'un hasard heureux, soit l'univers a été spécifiquement créé pour promouvoir la vie humaine.

David prit le temps d'examiner l'assertion de Janus.

— Notre première hypothèse a été que le hasard seul y était pour quelque chose, que nous existions parce que nous étions simplement une possibilité biologique parmi une infinité dans un nombre infini d'univers qui existent dans le multivers. Notre théorie était que nous existons parce que nous devons exister dans un univers, sachant qu'il existe une infinité d'univers possibles et que nous sommes un résultat fini possible. Nous existons dans cet univers parce que c'est le seul dont notre cerveau peut avoir conscience.

— Ouais, dit David, incapable d'imaginer autre chose à dire.

— Puis nous avons fait une découverte qui a modifié notre compréhension et nous a amenés à revoir nos postulats de départ. Nous avons découvert une entité quantique, une substance subatomique qui imprègne l'univers. Ce fut la plus grande découverte de notre existence. Le consensus général tenait cette entité quantique simplement pour une autre constante universelle, quelque chose qui doit exister dans notre univers pour favoriser la vie humaine. Mais un groupe a commencé à plonger plus profondément dans ce mystère. Au terme de milliers d'années de pratique, nous avons appris à accéder à cette entité quantique, mais c'est là que nous nous sommes heurtés à un mur…

David leva la main.

— C'est bon, vous m'avez coincé, je le reconnais. Je n'ai pas la moindre idée de ce que peut bien être une entité quantique.

— Vous voyez ce qu'est l'intrication quantique ?

— Euh… non.

— D'accord. Pour faire simple, disons que nous avons découvert que tous les humains sont liés entre eux par le biais de l'entité quantique. Certains membres de notre société dotés d'une connexion particulièrement forte peuvent utiliser ce lien pour communiquer sur de grandes distances.

David repensa aux rêves qu'il avait partagés avec Kate.

— Cela vous semble difficile à croire, monsieur Vale ?

— Pas du tout. En fait, j'y crois volontiers. Continuez.

— Nous appelons cette entité quantique qui relie tous les humains l'« entité Origine ». Étudier sa création, notre création, est notre grand œuvre. Nous l'appelons « le Mystère de l'Origine ». Nous pensons que l'entité Origine exerce une influence sur l'univers tout entier, qu'elle est tout à la fois le point d'origine et la destination finale de la conscience humaine.

Milo hocha la tête.

— C'est l'histoire de la création que vous nous avez donnée.

— Oui, confirma Janus. Vos esprits avaient évolué si intensément et si vite. Vous vouliez des réponses, notamment sur la question de votre existence. Nous vous avons donné les seules réponses que nous avions, mais en les modifiant pour que vous puissiez les comprendre. Et nous vous avons aussi donné notre code – un schéma directeur moral : les pratiques qui nous rapprochent de l'entité Origine, les pratiques qui améliorent le lien, en unissant plus étroitement les humains les uns aux autres, et l'harmonie qu'offre l'entité Origine. Nous avons aussi mis en avant la valeur de toute vie humaine. Chaque humain est connecté à l'entité Origine et peut nous apprendre beaucoup sur ce mystère. (Janus se tut un instant.) Malheureusement, une bonne part de notre message s'est perdue au fil du temps.

— Certains y croient toujours, dit Milo.

— Oui, à l'évidence. Au bout du compte, notre mission ici est un échec, mais elle était chargée de tant de promesses au début. Au cours de toutes ces années d'investigations sur le Mystère de l'Origine, nous n'avions jamais rencontré une espèce comme la vôtre. Et nous suivions tous les mondes humains. En tant qu'historien, c'est quelque chose que vous apprécierez sûrement, monsieur Vale. Sur cette planète, un événement géologique relativement mineur survenu voici trois millions et demi d'années a causé un cataclysme directement à l'origine de l'émergence de l'humanité. En effet, il y a trois millions et demi d'années, la collision de deux plaques tectoniques a élevé le plancher océanique de ce qui forme aujourd'hui les Antilles occidentales, et donné naissance à l'isthme de Panamá. Pour la première fois, les océans Atlantique et Pacifique se sont retrouvés séparés, empêchant le brassage à grande échelle de leurs eaux. Cette situation a mis en branle une réaction en chaîne qui a conduit à l'apparition d'un âge glaciaire sur la planète – d'ailleurs toujours d'actualité. En Afrique de l'Ouest, les jungles se sont rétrécies. Un certain nombre de primates supérieurs vivaient dans les arbres à cette époque. Mais au cours des années suivantes, la savane a peu à peu remplacé la jungle, forçant ces primates à descendre de leurs arbres pour vivre dans la prairie. Les sources de leur régime végétarien avaient pour beaucoup disparu. Nombre d'entre eux périrent, mais un petit groupe prit un autre chemin : l'adaptation. Ils s'aventurèrent sur les vastes plaines et commencèrent à chasser. Pour la première fois, ils mangèrent de la viande, et leur cerveau en fut transformé. La chasse produisit le même effet. Ces primates, ces survivalistes préhistoriques devinrent plus intelligents que n'importe quel primate auparavant. Ils finirent par fabriquer des outils de pierre rudimentaires et chasser en meute. Ce modèle – de bouleversement climatique, quasi-extinction dans un environnement en évolution rapide, puis rebond et adaptation – allait devenir une marque de fabrique de votre espèce, répété d'innombrables fois au cours de sa marche vers son état présent. Nous sommes venus pour vous étudier quand vous n'en étiez encore qu'à vos balbutiements, avec l'espoir qu'une espèce ayant connu une telle ascension météorique, du point de vue de l'évolution, pourrait nous apprendre quelque chose au sujet du Mystère de l'Origine. À notre arrivée, nous avons appliqué toutes nos précautions habituelles. Nous avons déployé un Suaire qui suit l'orbite de la planète.

— Un suaire ?

— Un linceul – pour empêcher que d'autres voient votre développement et vous empêcher, vous, de voir d'autres mondes humains. Ce que vous appelez le « paradoxe de Fermi » – le fait que vous n'ayez jamais trouvé de mondes humains en dépit de leur abondance – est un effet du Suaire. Il filtre la lumière visible ici, et celle que vous émettez vers tous ceux de l'autre côté. Nous avons aussi suivi toutes les autres procédures. Nous avons enfoui notre vaisseau…

— En Antarctique ? demanda David.

— Non. Celui-là est un vaisseau différent. Je vais vous expliquer dans un instant. Traditionnellement, nous cachons notre vaisseau pour l'espace profond dans une ceinture d'astéroïdes locale ou, dans le cas présent, sur une lune. C'est une précaution supplémentaire, au cas où une sonde passerait à proximité du Suaire. L'univers est un endroit dangereux. Nous ne voulons surtout pas attirer l'attention sur nos sujets ou sur nous-mêmes. Nous avons déployé notre atterrisseur à la surface, puis sommes restés ici. Notre routine est toujours restée la même par la suite, comme sur les autres planètes. Nous recueillions des échantillons, analysions nos résultats, hibernions et nous réveillions à intervalles réguliers pour répéter le processus. Cependant, il y a cent mille ans environ, nous avons été réveillés prématurément par un appel de détresse : notre monde d'origine subissait une attaque. Peu après, un nouveau message nous apprenait que notre monde était tombé sous les coups d'un ennemi d'une inimaginable puissance. Ordre nous fut donné de rester sur un monde sous Suaire, pour notre propre sécurité. Nous estimions que notre ennemi allait traquer tous les Atlantes restants jusqu'au bout de l'univers. Notre crainte était que l'Armageddon finisse par toucher tous les habitants de tous les mondes humains. L'événement suivant, vous le connaissez : il s'agit de l'éruption d'un super-volcan dans l'actuelle Indonésie. Les cendres projetées dans le ciel ont provoqué un hiver volcanique qui a amené votre espèce au bord de l'extinction. Les alertes démographiques nous ont tirés de l'hibernation, ma partenaire et moi. C'était notre plus grande crainte. Nous pensions que nous étions les derniers représentants de notre espèce : deux scientifiques, condamnés à ne jamais pouvoir rentrer chez eux. Et nous assistions de surcroît à ce qui risquait d'être l'extinction de certains des derniers humains que notre ennemi n'avait pas encore trouvés. Et c'est là que ma partenaire a pris une décision catastrophique.

— Nous donner le gène Atlantis.

— Exactement. Elle l'a fait sans mon consentement, ni même m'en avoir averti. Elle m'a dit que c'était une expérience pour vous donner le gène de la survie, pour voir comment vous vous en sortiriez. C'était trop tard. C'était fait. Je m'en suis accommodé. Approximativement vingt mille ans plus tard, un autre vaisseau est arrivé en provenance de notre monde. Il a atterri en Antarctique, où il est resté sous la glace depuis lors. Ce vaisseau contient les derniers représentants de notre peuple.

— C'est un tombeau ?

— En quelque sorte, mais bien plus que ça aussi. C'est un vaisseau de résurrection. Sur notre monde, chacun a droit à cent années de vie. Il y a des exceptions, par exemple pour les explorateurs de l'espace profond, comme moi. Nous maîtrisons la science médicale, mais des accidents surviennent parfois, Dans ces cas-là, nos concitoyens ressuscitent dans ces vaisseaux.

—Alors c'est ce qu'ils sont ? dit David. Des Atlantes morts ?

—Oui. Massacrés quand notre monde a été attaqué. Tous, à l'exception d'un seul. De temps à autre, notre peuple vote pour désigner un citoyen à archiver. Quelqu'un ayant accompli de grandes choses. C'est un honneur. Dans ce vaisseau, la personne archivée était le général Ares. C'est une relique de notre passé, une réalité dont nous nous sommes éloignés. Il avait été sauvegardé à titre de souvenir. Il est notre soldat le plus célèbre. Au cours de l'attaque, il a réussi à partir de notre monde avec ce vaisseau. Et il l'a amené ici.

—Les autres à bord du vaisseau en Antarctique… Ils peuvent se réveiller ? sortir des tubes ?

—Ils peuvent. Cependant, nous sommes une espèce non violente désormais. Or, l'attaque contre notre monde, la brutalité, le carnage… les tubes ne soignent que les blessures physiques. Tous ceux en Antarctique peuvent se réveiller, mais ils auront gardé leurs souvenirs jusqu'à l'ultime seconde de leur agonie. Ce serait trop cruel de les tirer de leur sommeil. Le câblage neuronal de leur esprit est un peu différent du vôtre. Psychologiquement, le traumatisme enduré est trop grand. Ils ne peuvent pas échapper au souvenir de ce qui leur est arrivé. Ils ne peuvent exister que dans un état de purgatoire permanent, dans l'impossibilité à la fois de mourir à jamais ou de se relever.

David n'aurait jamais cru pareil récit, mais il l'avait vécu. La mort et la résurrection dans le tube. Dorian lui avait tiré dessus, l'avait abattu. Et il s'était réveillé dans un nouveau corps. Une réplique parfaite.

—C'est ce qui m'est arrivé. Je me suis réveillé dans un tube après que Dorian m'a tué. C'était exactement comme pour ceux de votre monde.

— C'est ça.

— Comment fonctionne la résurrection ?

— C'est scientifiquement assez complexe…

— Simplifiez, donnez-moi les grandes lignes. Je veux comprendre. (David jeta un œil du côté du cube, toujours à l'œuvre.) On a encore du temps.

— Fort bien. L'élément de technologie génétique que vous appelez le gène Atlantis assure plusieurs fonctions. Dans le cas qui nous intéresse, la plus pertinente est l'organisation de la radiation du corps en un flux de données. Chaque corps humain émet une radiation. Et le gène Atlantis transforme ces isotopes en un schéma cellulaire, un téléchargement complet du corps, y compris les cellules du cerveau qui renferment les souvenirs, et ce jusqu'à la seconde où l'on meurt.

— La seconde fois que Dorian m'a tué, je me suis réveillé dans le vaisseau de Gibraltar. Comment ?

— C'est là que nos histoires se croisent, monsieur Vale. À l'arrivée du vaisseau de résurrection, il y a quarante mille ans, nous avions déjà donné le gène Atlantis aux humains. Ares était très intéressé. Il voyait en vous, humains, une occasion de bâtir une nouvelle armée pour aller combattre notre ennemi. Il disait que le gène Atlantis vous mettait en danger, qu'il faisait de vous une cible pour notre adversaire. Il a fini par convaincre ma partenaire, qui s'est entendue avec lui dans mon dos pour modifier la thérapie, avec l'objectif d'accroître vos capacités de survie. Je voyais les changements et je nourrissais des soupçons. Je savais que votre espèce progressait bien trop rapidement, mais bien sûr, nous n'avions jamais eu l'expérience d'un tel degré de tripatouillage dans l'évolution d'une autre espèce. Je ne savais pas à quoi m'attendre. Et jamais je n'aurais pu imaginer qu'elle m'avait trahi. Mais je sais pourquoi elle a agi ainsi : la culpabilité – à cause de quelque chose qu'elle a commis sur notre monde, un acte qui a causé notre perte.

— Quoi ?...

— C'est une histoire pour une autre fois. Ici, sur Terre, Ares avait obtenu ce qu'il voulait : la thérapie génique finale pour créer son armée. Il a tenté de détruire l'atterrisseur – et nous avec. C'est ce qui s'est produit au large de Gibraltar. Le vaisseau a été fracassé en petits morceaux. Nous pensions que son initiative suivante serait de réquisitionner notre vaisseau spatial. Il en a besoin pour transporter son armée. Mais je l'ai verrouillé pour interdire à quiconque d'y accéder depuis l'atterrisseur ou le vaisseau de l'Antarctique. J'ai également prévu toute une série d'alertes et de contre-mesures. Cependant l'atterrisseur à Gibraltar tombait en miettes. Ma partenaire était inconsciente. Alors je l'ai emmenée dans le seul endroit où je pouvais aller.

— L'Antarctique.

— Oui. Mais Ares m'y attendait. Il a tiré et tué ma partenaire. Bien entendu, il avait désactivé la fonction de résurrection pour nous deux en Antarctique. C'était son plan. Il m'a tiré dessus également, en pleine poitrine. J'ai chancelé et je suis tombé en arrière, à travers le portail. Et j'ai émergé dans une autre partie de l'atterrisseur à Gibraltar.

L'esprit de David travaillait à toute allure. *Oui, dans la salle où j'ai ressuscité la seconde fois, il y avait une combinaison endommagée.*

— La combinaison par terre.

— C'était la mienne, confirma Janus. Quand je me suis échappé de cette section, ma première initiative a été de couper les ponts entre l'atterrisseur et l'Antarctique, afin de me protéger. Ensuite, j'ai réussi à atteindre le tube – l'un de ceux où vous avez ressuscité. Une fois guéri, j'ai fait le bilan. Ma situation n'était pas très brillante. Le morceau de l'atterrisseur dans lequel je me trouvais était loin de la côte et très profondément immergé. Je me serais noyé avant d'atteindre la surface et je n'avais rien à ma disposition qui puisse faire office de bouteille d'oxygène. (Janus jeta un regard entendu à David.) L'uniforme de colonel Immari que je vous ai confectionné était quand même bien plus simple.

— Comment avez-vous… ?

— Je vais y venir, dit Janus en levant une main. J'étais piégé. Et seul. Ma partenaire était morte et, à ma grande surprise, c'est vers elle que mes pensées sont d'abord allées. La résurrection est une technologie étroitement contrôlée. Une séquence de mort transmise via la radiation du gène Atlantis est impossible à contrefaire. Et c'est bien ainsi. Vous imaginez vous réveiller et découvrir que vous avez un double ? Au début, j'ai tenté de forcer sa résurrection, de tromper le système en lui donnant à penser qu'elle était morte. L'authentique séquence de mort avait été envoyée en Antarctique, et Ares l'avait supprimée. Toute ma stratégie consistait à faire croire à sa mort à l'ordinateur de ma section, puis à la faire ressusciter dans la partie la plus proche de la côte, dans l'espoir qu'elle parvienne à s'échapper et à arrêter Ares. J'ai tout essayé. En vain. Néanmoins, treize mille ans plus tard, j'y suis arrivé d'une certaine façon. En 1918, Patrick Pierce avait placé sa femme mourante dans le tube, enceinte de Kate. L'ordinateur a dû exécuter la séquence de résurrection, mais l'enfant n'a pas eu la croissance normale d'un fœtus de résurrection, confiné dans le ventre de sa mère. Pour autant, après sa mise au monde, Kate a commencé à grandir, et il semblerait à présent que ses souvenirs lui soient revenus. Ces souvenirs qui appartiennent à ma partenaire étaient depuis tout ce temps en sommeil dans l'esprit de Kate. C'est extraordinaire.

— Et comment Dorian a-t-il accès aux souvenirs d'Ares ?

Janus secoua la tête.

— Comme je vous l'ai dit, j'étais désespéré. J'ai tout essayé. J'ai dû autoriser « toutes les résurrections ». Ares avait rejoint notre expédition. Nous avions sa signature radioactive et ses souvenirs. Mais… ses souvenirs devaient s'achever des milliers d'années…

— Dorian est lui aussi mort deux fois en Antarctique. Ares a pu remplir les blancs.

— Oui… C'est possible. Ares aurait facilement pu ajouter des souvenirs, voire les montrer à Dorian pendant sa résurrection. Quant à Kate, les souvenirs dans le tréfonds de son esprit ont dû exercer une influence et orienter ses décisions, comme des déclics inconscients. (Janus se mit à faire les cent pas.) Elle est devenue généticienne, spécialiste des anomalies du câblage neuronal. Inconsciemment, elle cherchait un moyen pour stabiliser le gène Atlantis et achever sa tâche. Une sacrée histoire…

Immergé dans ses pensées, Janus semblait être complètement parti ailleurs.

— Et donc… que vous est-il arrivé à vous ? demanda David, faute de savoir quoi dire d'autre.

— Rien. Pendant treize mille ans, absolument rien. Je pensais que mes tentatives pour m'échapper et ressusciter ma partenaire avaient échoué. Ma dernière option consistait à me tuer moi-même dans la section où j'étais enfermé, en programmant ma résurrection dans un autre compartiment. Mais j'étais incapable de m'y résoudre. J'avais vu ce qu'il était advenu de mes compatriotes ayant subi une mort violente, tous ces gens dans les tubes en Antarctique, prisonniers d'un purgatoire éternel. Je me suis donc mis dans le tube, pour y rester treize mille ans à attendre, à espérer que quelque chose changerait.

David comprit instantanément ce que ce « changement » avait été. En Antarctique, David avait repoussé Dorian et ses hommes, et permis à Kate et son père de s'échapper.

Puis son père avait fait exploser deux ogives nucléaires à Gibraltar, réduisant en miettes l'atterrisseur qu'il avait mis au jour.

— Les explosions nucléaires.

— Oui. Elles ont rapproché la section où je me trouvais de l'Afrique du Nord. Du Maroc et de Ceuta pour être précis. J'ai immédiatement activé mon lien avec le vaisseau. J'ai vu ce qui était arrivé à Gibraltar, puis je me suis connecté avec l'Antarctique et j'ai regardé les images. J'ai vu que vous vous étiez sacrifié pour sauver un homme, une femme et deux garçons. L'autre homme, dont je ne savais pas encore qu'il était Dorian, s'était montré bien moins brave. Vous observiez le code humain, notre morale. Vous montriez du respect pour la vie humaine. Je connaissais Ares, je savais ce qui allait arriver. Dorian et vous étiez ennemis. Il allait vous faire combattre à mort et garder le vainqueur. J'ai décidé de télécharger votre flux de données. Pour cela, pour capturer votre signature radioactive, j'ai dû révéler mon avatar, momentanément. Le reste, vous le connaissez. Après votre mort, vous vous êtes réveillé dans la partie du vaisseau où j'avais été confiné. J'ai programmé l'autodestruction des tubes pour vous pousser à aller de l'avant, à sortir.

— Pourquoi ? Vous pensiez que je pouvais faire quoi ?

— Sauver des vies. J'avais vu le genre d'homme que vous étiez. Je savais ce que vous étiez susceptible de faire. Et vous avez quelque chose d'autre, de plus important encore : vous m'avez mené à un remède.

— Vous ne pouviez pas le savoir, dit David.

— Non. Je n'en avais pas la moindre idée. Pour la première fois depuis treize mille ans, ma partie du vaisseau s'était rapprochée de la terre. Je pouvais m'échapper. Le monde que j'ai découvert m'a horrifié, particulièrement les Immari. Mais je reste un scientifique, un pragmatique. À ce stade, j'ignorais l'existence de Continuité. De ce que j'ai pu voir, les Immari étaient les plus avancés dans leurs expériences en génétique. Je les ai rejoints, dans l'espoir de pouvoir mettre à profit leurs connaissances pour trouver une thérapie.

— Puisqu'on en parle. Votre thérapie, c'est du vent, n'est-ce pas ?

— Non, elle est bien réelle.

— Qu'est-ce qu'elle fait au juste ? demanda David.

Janus coula un regard en direction du coffre de pierre à l'orée du cercle de lumière jaune produit par le cube.

— Elle corrige une erreur. Un acte que je n'ai pas su empêcher, il y a de cela très longtemps.

— Parlez clair.

Janus ignora l'injonction de David, le regard toujours fixé sur le coffre de pierre.

— L'alpha était la dernière pièce dont j'avais besoin. Je ne parviens toujours pas à croire qu'ils ont réussi à le préserver à travers le temps.

— La dernière pièce de quoi ?

— Une thérapie qui va effacer toutes nos mises à jour génétiques. Absolument tout, y compris le gène Atlantis. Les humains restants sur cette planète vont redevenir ce qu'ils étaient quand on les a trouvés…

Chapitre 91

Quelque part au large des côtes de l'Italie

La dernière pique de Dorian – un coup bas – avait touché Kate en plein cœur. Il le savait. Il la connaissait sur le bout des doigts. Elle était si vulnérable, si facile à manipuler. Il pouvait jouer d'elle comme d'un piano.

Elle gardait les yeux fermés, mais il savait qu'elle pensait à lui.

Il laissa aller l'arrière de son crâne contre l'appuie-tête et l'hélicoptère disparut, comme si lui, Dorian, chutait dans un puits. Arrêter les souvenirs était devenu impossible.

Debout dans une pièce desservie par sept portes, il tenait un fusil.

Une porte s'ouvrit. Quelqu'un vêtu d'une combinaison la franchit en courant, une autre personne tenue entre ses bras. Dorian fit feu sur le corps amorphe que portait le coureur. L'impact le déchira de part en part, et projeta en arrière les deux arrivants contre une porte fermée.

Le vivant se tortillait, luttant pour ne pas lâcher le mort. Dorian s'avança, son fusil épaulé. La silhouette se redressa et Dorian fit feu, en plein milieu de la combinaison. Seulement, sa cible avait déjà franchi une autre porte. Elle s'était enfuie.

Dorian envisagea de la poursuivre. Il courut jusqu'au panneau de commande, sur lequel ses doigts s'activèrent. Non. Son ennemi était dans une partie du vaisseau à Gibraltar, qui n'offrait aucune échappatoire. *Une éternité dans un tombeau sous la mer, ça lui apprendra.*

Dorian continua de s'activer sur les commandes, programmant un portail pour être emmené sur le vaisseau de navigation en espace profond des deux scientifiques. Il avait la thérapie génique voulue pour achever la transformation. Dès lors qu'il aurait le vaisseau, il pourrait partir venger les siens.

Le panneau de commande se figea. Dorian resta un instant à le fixer, les yeux ronds. Les scientifiques avaient verrouillé leur vaisseau. *Très malin.* Oui, ils étaient intelligents – mais lui encore plus...

Il quitta la pièce aux sept portes et traversa le grand hall. Il connaissait cet endroit. Il l'avait déjà vu. Une porte s'ouvrit dans un sifflement.

La même salle. Trois combinaisons étaient suspendues à présent. Trois mallettes étaient posées sur le petit banc.

Il enfila une combinaison et prit deux mallettes.

Puis il gagna un laboratoire de son pas raide et lourd. Là, il programma les mallettes et prit un cylindre argenté, qui contenait la thérapie finale.

Il sortit du vaisseau.

La zone extérieure était une cathédrale de glace, tout comme par le passé.

Il posa une mallette et tapota divers emplacements sur son bras, directement sur un panneau de commande intégré dans la combinaison. Lentement, la mallette se transforma. Elle parut couler sur elle-même, puis le fluide d'un blanc argenté qui avait été un alliage tourbillonna au niveau du sol tout en s'élevant, se balançant d'avant en arrière comme un cobra qui sort d'un panier. Deux bras se détachèrent de la colonnc argentée, avant de venir se heurter l'un l'autre. Des vrilles s'étirèrent dans toutes les directions jusqu'à ce que la porte soit achevée. D'instinct, Dorian savait ce que c'était : un trou de ver. Une passerelle vers le point exact qu'il voulait atteindre.

Dorian s'engagea et la franchit.

Il était au sommet d'une montagne. Non, c'était plus qu'une montagne. Un volcan. Des tsunamis de roche liquide s'agitaient en contrebas. Un paradis tropical s'étirait sur les îles tout autour.

Il sortit le cylindre et le laissa tomber dans la soupe magmatique.

Qu'était-ce donc que tout cela ?

Son esprit parut répondre à l'interrogation. *Un plan de secours. Si j'échoue, si je me retrouve piégé sur le vaisseau des scientifiques, la transformation génétique se poursuivra quand même.* Ce n'était qu'une question de temps avant que le volcan n'entre en éruption et ne propulse la thérapie dans les airs, afin qu'elle retombe en pluie et se dissémine tout autour du monde.

Il posa l'autre mallette au sol. Elle se transforma en une autre porte qu'il franchit.

Il émergea sur la passerelle du vaisseau des scientifiques. Il était enfoui, comme de juste, mais c'était un point auquel il pouvait rapidement remédier.

Il accéda aux commandes et activa un par un tous les systèmes du bâtiment.

Il tourna la tête.

Ne venait-il pas de sentir… ?

L'air… Il était en train de s'évacuer. Oui, il le sentait à présent.

Dorian savait que c'était un risque – que les scientifiques pouvaient tenter de le piéger ou le tuer –, mais quel autre choix avait-il ? Attendre n'aurait servi à rien. Il tenta de se concentrer sur la crise aiguë dans laquelle il se trouvait.

Combien de temps avait-il ?

Il quitta la passerelle en courant. Son esprit passait en revue toutes les options.

La baie des navettes. *Non.* Il ne pourrait aller nulle part. Le vaisseau était au moins deux cents mètres sous la surface, peut-être plus. Quel était le protocole ?

Avaient-ils la moindre technologie d'activation de portails à bord ? Étaient-ils au moins autorisés à en transporter ? Au demeurant, quand bien même ils le seraient, lui ne la trouverait jamais.

Des combinaisons spatiales. Oui, une combinaison contiendrait forcément de l'oxygène.

Il sentait l'air s'amenuiser à chaque seconde. Il arrêta sa course et posa une main sur le mur, activant l'affichage d'un plan du vaisseau. Les combinaisons ? Où pouvaient-elles bien être ? Près d'un sas.

Son souffle se faisait râpeux.

Il déglutit, mais rien ne voulait descendre dans sa gorge.

Il revint au plan. Il fallait qu'il trouve une autre solution. Le poste de soins. Pas très loin…

Il traversa le hall d'un pas chancelant. Les portes s'ouvrirent devant lui. Il s'effondra à l'intérieur.

Une rangée de six tubes en verre étincelants s'étirait devant lui.

Il rampa.

Quoi de plus normal ? songea-t-il. *Une éternité dans un tube, loin sous la surface. C'est mon destin. Je ne peux pas y échapper. Jamais je n'accueillerai la mort. Jamais je n'accomplirai ma destinée. Mon armée ne se lèvera jamais. Et je ne connaîtrai jamais le repos.*

Le tube s'ouvrit.

Il se glissa à l'intérieur.

Dorian était de nouveau dans l'hélicoptère. Le vent lui balayait le visage. Le fracas des pales lui battait aux oreilles.

Pour la première fois, tout prenait un sens. Les pièces s'emboîtaient. Le tableau tout entier était limpide.

Le portail en Allemagne. Il menait au vaisseau. À Ares. *Brillant.*

Kate. N'avait-elle pas les souvenirs de la scientifique atlante ? Elle aurait certainement la capacité de déverrouiller le vaisseau et de libérer Ares. Ensemble, Ares et Dorian pourraient ensuite achever leur travail sur Terre, puis transporter leur armée vers la guerre finale. La victoire ne manquerait pas de leur échoir peu après.

Dorian fixa Kate, assise en face de lui, les yeux clos.

Les paroles d'Ares résonnèrent dans son esprit. *« Elle est la clé de tout. Très bientôt, elle va entrer en possession d'une information – un code. Et ce code est la clé pour me rendre ma liberté. Tu dois la capturer après qu'elle aura obtenu ce code, puis me l'amener. »*

Dorian s'émerveillait du génie d'Ares. La pleine compréhension du plan de l'Atlante le frappa tout à coup. Il se sentit stupéfait… béat d'admiration. Dorian avait enfin le sentiment d'avoir un égal. *Non, un supérieur.* Ares était encore autre chose. Dorian en avait conscience à présent : Ares avait conçu tout ce processus en partie pour lui – pour permettre à Dorian de déployer ses ailes. Le simulacre en Antarctique, son défi lancé pour que Dorian retrouve Kate. C'était comme si Ares guidait Dorian, comme un père spirituel. Mais il était plus encore. Bien plus. Dorian avait une partie d'Ares en lui, ses souvenirs et plus – ses désirs, ses rêves inassouvis.

Un père. Oui, c'était le terme le plus pertinent. Voilà ce qu'Ares était pour lui.

Et bientôt, ils seraient de nouveau réunis.

Dorian essaya d'imaginer leurs retrouvailles – ce qu'il lui dirait, ce qu'Ares lui répondrait. Et après… Qu'est-ce qu'Ares pouvait encore lui apprendre ? Qu'est-ce que Dorian pouvait encore apprendre sur lui-même ? Il le savait à présent. Il connaissait son véritable désir. Percer enfin le plus grand de tous les mystères : comment il était devenu ce qu'il était.

Ares et les réponses attendaient de l'autre côté du portail. Et il les atteindrait bientôt.

Chapitre 92

CDC – Centre pour le contrôle
et la prévention des maladies
Atlanta, Géorgie, États-Unis

Paul Brenner ouvrit la porte et s'avança au chevet de son neveu.

— Comment te sens-tu ?

Le garçon leva les yeux vers lui. Il ouvrit la bouche pour répondre, mais aucun mot n'en sortit. *Que lui arrive-t-il ?* se demanda Paul.

Il vérifia ses fonctions vitales monitorées. Tout était normal. Physiquement, le garçon avait récupéré de façon miraculeuse.

Paul se massa les tempes. *Qu'est-ce qui ne va pas chez moi ? Pourquoi est-ce que je n'arrive pas à penser droit ?* Son esprit était dans la brume, pris dans un nuage de confusion qui ne voulait pas se déliter.

David s'efforçait de prendre la mesure de ce que Janus venait de lui dire.

— Vous nous ramenez à l'âge de pierre ? Vous nous faites… régresser ?

— Je vous mets à l'abri. N'avez-vous rien compris de ce que je vous ai expliqué ? Un ennemi d'une puissance incommensurable traque mon peuple. Vous comptez certains d'entre nous parmi vous. La régression, c'est votre seul espoir. C'est ainsi que votre espèce sera sauvée.

— À supposer que nous soyons tous de la même espèce. Écoutez, il est hors de question qu'on reparte en arrière. Je ne l'accepte pas.

— Je respecte ça, monsieur Vale. De fait, c'est pour cette raison que je vous ai choisi : vous vous battez pour les vôtres, vous vous sacrifiez pour eux. Vous respectez le code humain. Mais il vous trahit présentement. Vous venez d'entendre l'histoire de votre monde et de votre espèce. Ces primates descendus des arbres pour chercher leur subsistance dans la savane, c'étaient des survivants. Demandez aux chimpanzés et aux gorilles ce qu'ils pensent de leur choix d'être restés dans les arbres. C'était plus confortable là-haut, mais ceux qui ont osé descendre, ceux qui ont choisi la voie difficile sont devenus plus forts, mieux adaptés, plus évolués. Ce sont eux qui ont survécu. Les membres des tribus qui ont suivi leur chemin pendant Toba, c'étaient des survivants eux aussi. Voilà le trait caractéristique de votre espèce. Et c'est ainsi que vous survivrez à cette épreuve. (D'un signe de tête, Janus désigna le tunnel.) Le cube a fini…

David attrapa une lanterne.

— Cette conversation n'est pas finie.

— Oh si, monsieur Vale. Depuis longtemps.

David avait mené Janus et Milo à l'extérieur du tunnel, vers les rayons du soleil qui parvenaient à pénétrer à l'intérieur. Le cube jaune étincelant flottait dans l'air juste devant l'entrée fraîchement taillée.

David franchit le seuil en premier, en balayant l'espace de son fusil d'assaut. Rien ne bougeait. Dans un coin, une mare de sang allait s'agrandissant. À pas de loup, David s'avança, effrayé par ce qu'il allait trouver.

Kamau. Une blessure à l'arme blanche au thorax.

David se pencha pour poser deux doigts sur le cou de son ami. Il sentit la peau glacée, avant de constater l'absence de pouls. Néanmoins, il maintint le contact, attendant, refusant d'y croire.

Janus et Milo fixaient la scène. Apparemment, aucun des deux ne savait quoi dire.

Finalement, David se releva, puis alla jusqu'à l'ordinateur de Kate. Il le referma, pour le fourrer avec le reste des équipements dans le sac à dos.

— Allons-y.

À l'extérieur, David mena le petit groupe jusqu'à la place d'où leur hélicoptère avait disparu.

— Et maintenant, c'est quoi le plan ? demanda-t-il en se tournant vers Janus. On ne peut plus arriver avant eux en Allemagne. Ils ont trop d'avance.

— Il y a une autre solution, dit Janus. Si on peut arriver à temps.

— Les chevaliers ont un avion, dit Milo. Vous sauriez le piloter, monsieur David ?

— Je sais tout piloter, dit David.

L'atterrissage était parfois un problème, mais il s'abstint de donner cette précision. Inutile de les inquiéter.

Dorian regardait la mer céder la place à la terre sous leur appareil. L'Italie. Bientôt, ils passeraient en Allemagne, puis rallieraient le portail peu après.

Le fléau avait laminé l'Europe continentale. L'OTAN s'était rapidement retirée, pour mettre ses ressources au service de l'aide humanitaire. Plus rien ne pouvait arrêter le processus désormais.

Kate ouvrit les yeux. Dorian la fixait.

Elle ne battait plus des paupières à présent. Elle n'avait plus peur de lui. Elle savait qui il était. Et elle savait aussi qui *elle* était. L'histoire ne se répéterait pas.

— Tout va bien, Kate ? demanda Dorian sur un ton sarcastique.

Elle lui répondit sur le même mode.

— Impeccable.

L'hélicoptère atterrit une demi-heure plus tard. Dorian la fit descendre sans ménagement de l'appareil.

Des véhicules lourds, des Humvee, entouraient le portail étincelant. Des volutes de lumière blanche s'en échappaient dans la nuit froide et silencieuse.

Ils passèrent devant les Humvee, et Kate vit les soldats morts sur le sol. Des victimes du fléau. Les autorités allemandes avaient dû dépêcher des troupes pour enquêter, mais les hommes étaient tombés malades. Ceux qui n'étaient pas morts avaient dû fuir.

Dorian la tira vers le portail éblouissant.

— Reste avec moi, dit-il à Shaw par-dessus son épaule. Il se fermera derrière nous.

Shaw se porta à leur hauteur et ils franchirent le seuil d'un même pas. La seconde suivante, ils étaient dans un autre endroit.

Kate éprouva la même sensation que dans les couloirs des tombeaux en Antarctique. Mais les coursives étaient plus étroites ici. Elle connaissait cet endroit. C'était son vaisseau après tout – le transport pour l'exploration en espace profond qui les avait menés jusqu'ici, Janus et elle.

Kate tenta de respirer, mais elle se rendit compte qu'elle ne parvenait pas à emplir pleinement ses poumons. Dorian la fusilla du regard, mais avant qu'il n'ait pu dire quoi que ce soit, l'air se mit à circuler dans tout l'habitacle. Le vaisseau avait-il reconnu Kate ? Se remettait-il en fonction pour elle ? Oui, c'était exactement cela.

Dorian la saisit par le bras, la tirant derrière lui tout le long du hall faiblement éclairé.

Il marqua un arrêt au croisement de deux couloirs. Apparemment, il essayait de se souvenir d'où il allait. Ou de l'endroit où il avait été ?

— Par ici, dit-il.

Les petits éclairages au sol et au plafond semblèrent gagner en luminosité. *Non.* En fait, Kate se rendit compte qu'elle s'accoutumait simplement à la pénombre.

Une autre transformation s'installait graduellement. Elle s'adaptait. Son dernier souvenir, sa mort en Antarctique sous le tir d'Ares, ou de Dorian, l'avait changée.

Kate avait toujours eu du mal à nouer des relations avec les autres. Rien ne lui aurait fait plus plaisir que d'entretenir des liens amicaux pleinement satisfaisants, mais les choses ne survenaient jamais d'elles-mêmes, tout naturellement. C'était toujours au prix d'un effort qu'elle se faisait des amis.

Elle avait supposé que cette inclination l'avait poussée vers la recherche sur l'autisme, pour venir en aide à ceux qui ne maîtrisaient pas le langage et les codes sociaux à cause d'un câblage neuronal imparfait. Désormais, elle savait que sa motivation répondait à quelque chose de bien plus profond.

Dorian avait dit vrai : elle n'était pas très douée pour ce qui était de cerner les gens. Elle se fourvoyait facilement.

Mais à présent, le jeu n'était plus que stratégie – et elle connaissait la chanson. Elle connaissait les joueurs. Elle savait comment la partie allait se dérouler. Elle était plus intelligente que lui. Elle allait l'emporter…

Chapitre 93

Quelque part aux abords de Ceuta

David avait poussé l'appareil au maximum de sa vitesse. Il n'y avait aucun risque qu'ils tombent à court d'essence.

Ceuta apparut sur l'horizon. David activa la radio et commença à converser avec le contrôle aérien. Les canons électromagnétiques pouvant sans difficulté rayer cet aéronef de la carte du ciel, mieux valait prendre les devants. Il n'avait pas vraiment le choix. Pour autant, il ne savait pas au juste quelle réponse on allait lui faire.

En l'espèce, la réponse fut prompte et directe.

— Vous êtes autorisé à vous poser, monsieur Vale.

La prise de contact avec la piste fut pour le moins cahoteuse, mais l'atterrissage de David ne suscita finalement pratiquement aucune réaction de la part de ses passagers. Ils étaient au sol – et vivants. Et Kate aussi, autant qu'il pouvait en juger. *Un pas à la fois.*

Comme David, Janus et Milo quittaient l'appareil, David aperçut un convoi à l'approche du petit aérodrome. Inconsciemment, il raffermit sa prise sur son fusil d'assaut.

Le convoi s'arrêta. La porte du Humvee de tête s'ouvrit. La cheffe berbère – celle-là même qui l'avait marqué au fer rouge quelques jours plus tôt, avant de l'aider à conquérir la base – en descendit pour s'avancer vers lui d'un pas aérien et nonchalant. Un large sourire illuminait son visage.

— Je pensais ne jamais avoir l'occasion de vous revoir.

— Pareillement.

Elle devint sérieuse tout à coup.

— Êtes-vous revenu pour reprendre votre commandement ?

— Pas du tout, je ne fais que passer. Mais j'aurais besoin d'une Jeep.

Un quart d'heure plus tard, David conduisait avec la plus grande des hardiesses en direction des collines où il avait émergé quelques jours plus tôt, au sortir du vaisseau atlante, vêtu d'un uniforme Immari.

— Je ne sais pas où se trouve l'entrée, cria David à Janus, par-dessus son épaule.

— Je vous guiderai, répondit Janus.

Ils roulèrent pendant ce qui parut à David durer une éternité. La pente était de plus en plus raide et le terrain accidenté de plus en plus traître. À chaque seconde qui passait, il avait l'impression que ses chances de sauver Kate s'envolaient.

Finalement, Janus lui tapa sur l'épaule.

— Arrêtez-vous ici.

David freina au pied d'une face rocheuse abrupte. Avant même que le véhicule ne soit à l'arrêt complet, Janus en bondit pour filer à grandes enjambées droit devant lui. David et Milo firent de leur mieux pour le rattraper.

— Quel est le plan, Janus ? cria David à l'Atlante quelques pas devant lui.

Janus avait refusé de divulguer le moindre détail de son plan pendant le vol – ce qui mettait David sur des charbons ardents.

— Nous allons y venir, répondit Janus en bifurquant d'un coup.

Quand David négocia à son tour le virage, le scientifique avait disparu. David pivota sur lui-même, cherchant partout. La paroi rocheuse à sa gauche ressemblait fort à celle dont il était sorti, mais comment être sûr ?

— Hé ! cria David en tapotant la roche.

Elle était on ne peut plus massive. Il allait et venait en tout sens, sous le regard impavide de Milo – qui donnait l'impression d'être simplement en train d'attendre son tour dans une file d'attente.

— Janus ! cria David.

Le maudit Janus qui l'avait trahi. *C'était donc cela son plan depuis le début...*

Janus émergea d'un coup du rocher massif. Et dans le même temps, la projection de la paroi rocheuse s'évanouit derrière lui.

— Il a fallu que je désactive le champ de force. Suivez-moi.

— Ah, d'accord. Vous auriez quand même pu...

David secoua la tête, puis emboîta le pas à l'Atlante, le long du tunnel creusé par le cube. Le chemin que David avait emprunté pour sortir. Ils utilisèrent également le même ascenseur.

Quand David était passé dans ce lieu, toutes les portes étaient fermées. À présent, elles s'ouvraient à l'approche des trois hommes.

Janus prit à gauche, pour mener ses compagnons dans une salle avec quatre portes.

— Et maintenant ? demanda David.

— Maintenant, on attend. Si je ne me trompe pas, Kate saura ce qu'il faut faire. Non seulement elle libérera le tube dans lequel se trouve Ares, mais elle déverrouillera aussi tout le vaisseau. Ce sera votre ouverture. Une fenêtre très, très étroite pour faire ce qui doit être fait.

Janus présenta le reste de son plan. David se contenta de hocher la tête de temps en temps. Il n'était pas dans son élément. Il n'avait d'autre choix que de faire confiance à l'Atlante.

David se tourna vers Milo et lui tendit son arme de poing. Milo la considéra d'un œil circonspect, avant de se reculer d'un pas prudent.

— Milo, si quelqu'un d'autre que nous franchit cette porte, il faut que tu l'abattes.

— Je ne peux pas, monsieur David…

— Il le faut…

— Je sais que c'est le prix de la survie, mais je n'ai pas ça en moi. Si un tel moment arrive, je sais que je ne pourrai pas tirer. Je ne peux pas prendre la vie de quelqu'un d'autre. Pendant mon voyage jusqu'à l'Arche, à Malte, j'ai appris bien des choses. Et la plus importante, cela a été de découvrir qui je suis vraiment. Je suis navré de vous décevoir, monsieur David, mais je ne peux pas vous mentir. Je ne peux pas faire semblant d'être ce que je ne suis pas.

David hocha la tête.

— Crois-moi, Milo, je ne suis pas déçu. Et j'espère de tout mon cœur que le monde ne te donnera jamais des raisons de changer.

L'espace d'un instant, il songea à celui qu'il était à l'époque de l'université, avant qu'un immeuble effondré sur lui ne le fasse bifurquer sur le chemin de sa vengeance.

Janus s'approcha du mur. Un panneau s'ouvrit. Il y prit un autre cube jaune, sur lequel ses doigts s'activèrent, dans la lumière qui en émanait tout autour.

Puis il se tourna vers Milo et le lui présenta.

— C'est un cube similaire à celui que j'ai utilisé dans les catacombes à Malte. Il ne prendra aucune vie, mais il peut mettre hors d'état de nuire quiconque s'en approche. Toi y compris, Milo. Bien entendu, il ne fonctionne pas sur les

Atlantes, mais il peut t'offrir un peu de temps – pour qu'un allié arrive par exemple.

— Vous avez d'autres armes high-tech ? demanda David.

— Rien qu'on puisse utiliser. Tenez-vous-en au plan. Et suivez mon cube.

Janus s'approcha du portail et brandit son cube, prêt à l'utiliser.

— Je veux un remède au fléau avant qu'on ne passe de l'autre côté.

— Je vous l'ai dit, monsieur Vale. Cette discussion est close. Kate et vous avez en commun la forme pure du gène Atlantis dans votre génome. Vous survivrez tous les deux tels que vous êtes.

— C'est inacceptable.

— Votre acceptation préalable n'est pas nécessaire.

Dorian retint Kate par le bras pour qu'elle s'arrête devant une double porte.

Il s'activa sur le panneau de commande et les portes s'écartèrent.

Sept tubes occupaient la pièce. Celui du milieu renfermait Ares. Ses yeux ouverts, froids et imperturbables, étaient fixés sur eux.

Dorian le regarda un long moment.

— Libère-le, ordonna-t-il sans même se tourner vers Kate.

Elle leva ses mains entravées en agitant les doigts.

— Détache-moi d'abord.

Dorian pivota d'un bloc pour la toiser.

— Tu peux y arriver.

— Non, je ne peux pas, rétorqua-t-elle en allant se placer devant le panneau de commande. C'est impossible d'activer le système avec les mains liées. Détache-moi et je le libère. (Elle laissa filer un instant de silence.) Qu'est-ce qui se passe ? Vous pensez qu'à vous deux vous ne pouvez pas me maîtriser ? Ou à vous trois ?

Dorian fit un signe de tête à l'intention de Shaw. À l'aide de son poignard, celui-ci trancha net les liens, d'un coup sec.

Kate retourna devant la console. Elle sentait sur elle le regard d'Ares qui épiait le moindre de ses mouvements.

De sa prochaine initiative allaient dépendre son sort et celui de tant d'autres…

Les souvenirs étaient beaucoup plus clairs à présent. Les plus vifs, les plus précis étaient ceux avec des gens plus que des lieux. Janus. Ensemble, ils avaient exploré une centaine de mondes au fil de milliers d'années. Il était resté le même. Quelque part en chemin, c'était elle qui avait changé. Elle était devenue plus attentive aux autres, plus compatissante, plus réfléchie, plus déterminée. Elle brûlait de vivre aux côtés de quelqu'un comme elle : quelqu'un capable de marier l'intellect et la passion. *Quelqu'un comme David…*

Au demeurant, une chose la frappait chez Janus, et s'imposait à son esprit quand elle pensait à lui : il était la personne la plus intelligente qu'elle avait jamais rencontrée. Et c'était sur ça qu'elle comptait. L'ouverture qu'elle était sur le point de créer ne leur laisserait aucune marge d'erreur.

Elle activa ses doigts au cœur de la nuée de lumière bleue sortie du panneau.

Autour d'elle, des lumières s'allumèrent. Les autres panneaux de commande s'animèrent en clignotant.

Dans un glissement feutré, le tube s'ouvrit. Et Ares en sortit.

— Bien joué, Dorian.

— Maintenant, David !

Le portail s'ouvrit et Janus s'y engouffra, David juste derrière lui.

Janus lança son cube dans le grand hall. L'objet fila droit devant, laissant dans son sillage une traînée lumineuse jaune pour marquer le chemin.

Le cube allait trouver Kate. Et David la ramènerait au portail. Janus avait promis à David qu'il s'occuperait du vaisseau. Il ne pouvait pas le laisser tomber entre les mains de Dorian ou d'Ares.

David courait derrière le cube. Du couloir adjacent lui parvenait le martèlement des bottes de Janus sur le sol.

Au moment même où Ares sortait de son tube, Kate lançait son poing vers Dorian. Son attaque fulgurante le prit par surprise. Les métacarpes de la jeune femme le percutèrent à la pointe de la mâchoire, l'envoyant dinguer d'abord contre le mur derrière lui, puis au sol. La seconde suivante, elle tombait sur lui, prête à enchaîner, mais elle sentit alors les mains de Shaw qui l'agrippaient pour la tirer en arrière. Néanmoins, sa petite diversion avait fonctionné. Avait-elle gagné suffisamment de temps ? La réponse à cette question jaillit dans la pièce sous la lueur jaune-blanc intensément aveuglante.

David accélérait sans cesse, dévalant les coursives pied au plancher. Devant lui, le cube étincelant bifurqua dans une pièce en émettant un violent éclat de lumière. David entendit un cri. Il accéléra encore.

Shaw poussa un hurlement de douleur et s'écroula au sol à côté de Kate et Dorian, en se trémoussant dans tous les sens.

Kate s'était relevée et s'apprêtait à foncer vers la porte quand des mains la saisirent. Elle se débattit, mais les mains puissantes l'obligèrent à se retourner.

David.

— Viens, dit-il en s'élançant dans la coursive.

Une stridence résonnait dans les oreilles de Dorian. Des points lumineux dansaient devant ses yeux. Quelqu'un le tirait pour tenter de le remettre debout. Le panneau de commande sur le mur d'en face explosait. Que se passait-il ?

Il sentit le vaisseau se cabrer sous ses pieds, puis frémir.

Ares assena une gifle à Dorian, puis lui maintint le visage.

— Concentre-toi, Dorian. Janus est en train d'activer le système d'autodestruction. Il faut partir.

Il remit Dorian à la verticale, puis ils s'élancèrent vers la porte.

Du coin de l'œil, Dorian vit Shaw allongé par terre, manifestement en proie à une terrible douleur. Dorian agrippa le chambranle pour ralentir.

— Adam !

Ares le tira de l'autre côté. Les doubles portes se refermèrent.

— Il faut le laisser, Dorian. Ne fais pas l'idiot.

Puis il l'entraîna dans la coursive.

Une nouvelle déflagration les projeta au sol.

Dorian se remit debout d'un bond et revint sur ses pas, vers la salle où Shaw souffrait toujours le martyre.

Saisissant Dorian par les épaules, Ares le plaqua contre le mur.

— Je ne te laisse pas. Mais si tu ne le laisses pas lui, tu vas tous nous faire tuer. Nous et tous ceux en dessous. Choisis, Dorian.

Dorian secoua la tête. Son frère, sa seule famille… Il était incapable de faire ce choix.

Les mains d'Arès lui secouaient les épaules. Son dos percutait le mur.

— Choisis !

Dorian se sentit tourner le dos à Shaw – la seule personne au monde qu'il aimait sincèrement… Ares et lui repartirent en courant. Une nouvelle explosion. Jamais ils n'allaient y arriver.

Janus acheva de saisir les dernières séquences, puis se recula pour voir les explosions en série sur l'écran. Une à une, les sections du vaisseau subissaient une déflagration, puis une décompression. D'ici peu, l'énorme bâtiment ne serait plus qu'une épave calcinée.

Mais elle serait en sûreté.

C'était tout ce qui comptait – l'unique raison pour laquelle il était venu, à bord du vaisseau ou sur l'un des innombrables mondes qu'il avait explorés.

Un nouveau tremblement traversa le vaisseau. La mort n'allait plus tarder pour lui. Il l'avait enfin fait : donner sa vie pour la sauver elle. Une chose qu'il avait souhaité accomplir chaque jour pendant treize mille années, dans cette salle sous la baie de Gibraltar. Comme c'était simple à présent, si facile. Janus savait pourquoi : jamais il ne se réveillerait. Jamais il ne ressusciterait. Pas question de se réveiller pour se souvenir de sa mort. Pas question d'affronter l'agonie infinie qu'endurait le peuple d'Ares dans le vaisseau de résurrection. Il allait mourir en sachant qu'il avait sauvé l'unique personne pour qui il avait éprouvé quelque chose. En cet instant, il comprenait l'histoire du père de Kate. Son sacrifice à Gibraltar. Et Martin. Finalement, la sous-espèce 8472 était peut-être allée plus loin qu'il ne l'avait d'abord envisagé. Mais peu importe, bientôt tout cela n'aurait plus aucune importance. Une explosion fit trembler toute la passerelle. Janus se prépara.

Combien de temps me reste-t-il?

Peut-être avait-il encore le temps de corriger une dernière erreur. Il activa le système de communication du vaisseau, dans la plage « espace profond ». Puis il s'éclaircit la voix en se redressant de toute sa taille.

— Je suis le docteur Arthur Janus, scientifique et citoyen d'une civilisation tombée depuis longtemps…

Une double porte s'ouvrit sur la salle aux trois portails. Ares fit courir ses doigts dans la nuée lumineuse du panneau de commande. Dorian se sentait tout engourdi, paralysé. Ares l'entraîna pour lui faire franchir le portail à l'instant où une explosion ravageait tout.

Dorian trébucha dans la salle qu'il avait déjà vue, celle avec les sept portes. Penché en avant, les mains sur les genoux, Ares haletait violemment.

Quand il eut repris son souffle, Ares se redressa.

— Tu comprends maintenant, Dorian. Ils te rendent faible. Ils font jouer la corde sensible et te tirent vers le bas.

Ils tentent par tous les moyens de t'empêcher de faire ce qui doit être fait pour survivre.

Puis il sortit.

Mécaniquement, Dorian le suivit. C'était comme s'il s'observait lui-même depuis l'extérieur. Il n'y avait plus aucun sentiment désormais. Aucune réaction.

Ares s'arrêta sur le seuil de la monumentale travée où s'alignaient des rangées infinies de tubes.

— Maintenant tu es prêt, Dorian. Nous allons les sauver. Voici ceux qui forment ton peuple désormais.

Chapitre 94

Quelque part aux abords de Ceuta

Kate traversa en volant littéralement le porche voûté du portail, une seconde avant que David ne s'écrase par terre à côté d'elle. Le portail se referma juste derrière eux.

Milo vint lui prêter main-forte pour se relever.

— Tout va bien, docteur Kate ?

— Ça va, Milo. Merci.

Elle se précipita sur le panneau de commande à côté des portails. Oui, la connexion avec le vaisseau était fermée. Il avait été détruit. Janus avait bien œuvré. À l'instant où elle avait vu que David était seul, elle avait compris ce qu'était leur plan. Janus était un brave.

Voir David lui avait aussi confirmé que le feu, cette petite partie d'elle-même, la petite flamme sur laquelle elle soufflait était toujours là. Mais il fallait qu'elle agisse rapidement pour la maintenir en vie.

Elle afficha un plan du vaisseau, ou plutôt de la section dans laquelle ils étaient confinés. Il y avait un poste médical – un de leurs labos. Elle pouvait y arriver. Elle attaqua la programmation de l'intervention – une thérapie génique pour inverser le processus de résurrection, qui présentement modifiait le câblage de son cerveau. Certes, elle allait perdre ses souvenirs atlantes, mais elle serait de nouveau elle-même. Ses doigts travaillaient à une vitesse vertigineuse dans la nuée bleutée au-dessus du panneau de commande.

David se releva, puis resta un long moment à fixer le portail.

— Janus devrait être là, dit-il en rejoignant Kate.

— Il ne reviendra pas.

Elle avait presque la solution. Le labo n'était pas très loin. Quelques niveaux.

— Tu sais qu'il nous a refilé un remède bidon.

Kate procéda encore à quelques modifications…

— Hé ! dit David en la prenant par un bras. (Il brandit un sac à dos.) La thérapie qu'il a communiquée à Continuité organise une régression générale. Ça va être « les Pierrafeu, le retour » dans pas très longtemps. (Il la fixa attentivement.) Je t'ai apporté ton ordinateur. Tu peux régler ce problème ?

Elle releva la tête.

— Oui. Mais si je le fais, je n'aurai pas le temps de régler mon problème.

— Ton problème…, répéta David en écho en scrutant le visage de Kate. Je ne comprends pas.

— La résurrection. Les souvenirs. Je suis en train de couler. Dans quelques minutes, les dernières étapes de la résurrection seront terminées. J'aurai cessé d'être… moi.

David laissa le sac à dos tomber à ses pieds.

— Alors qu'est-ce que tu veux que je fasse ? demanda Kate, d'une voix aux accents presque mécaniques.

Elle attendit.

— Je sais ce que, moi, je veux : toi. Mais je te connais, toi, la femme que j'aime. Et je sais quel choix tu ferais. Le sacrifice. Je sais ce que tu m'as rappelé il y a quelques jours, dans la cabine d'un yacht en Méditerranée. Tu m'as rappelé qui j'étais vraiment. Et maintenant, je te rappelle qui tu es. Je te dois bien ça – et peu importe ce que je veux.

Kate le regarda au fond des yeux. Elle revoyait le souvenir en esprit. La soif de vengeance irrationnelle de David, et elle qui le ramenait, qui lui rappelait les enjeux.

C'était la même chose à présent, à la nuance près qu'elle était trop rationnelle, trop clinique. Elle savait ce qu'elle voulait, mais elle en connaissait le prix. Si elle se sauvait elle, si elle effaçait les souvenirs, elle ressortirait dans un monde redevenu primitif, peuplé de gens à qui elle ne serait pas venue en aide. Des morts innombrables pèseraient sur sa conscience. Elle serait comme ces êtres dans les tubes en Antarctique, incapables d'éprouver de nouveau le bonheur, hantés à jamais par quelque chose du passé. Jamais plus elle ne pourrait échapper à cet instant – cette décision.

Le choix était simple : elle ou eux. Sauver les malades de la fausse thérapie soumise par Janus à Continuité – ou se sauver elle. Mais les choses n'étaient pas si simples, loin de là. Si elle se choisissait, elle ne serait jamais plus la même. Mais si elle les choisissait eux, elle risquait de perdre la dernière part d'elle-même, les ultimes éléments qui la reliaient à celle qu'elle avait été.

En cet instant, elle comprenait enfin Martin. Tous les choix terribles qu'il avait faits, les sacrifices, le fardeau qu'il avait porté toutes ces années. Et les raisons pour lesquelles il s'était si désespérément efforcé de la tenir éloignée de ce monde.

Elle se vit ramasser le sac à dos et en sortir l'ordinateur. Elle chargea le programme Continuité et se mit à taper frénétiquement. Elle vit alors ce que Janus avait fait. C'était très intelligent. Depuis le début, il avait cherché la forme pure du gène Atlantis. La section du vaisseau abritant leur base de données de recherche avait été complètement détruite. Leur vaisseau dans l'espace étant verrouillé, la base de données qui s'y trouvait était inaccessible. Trouver le corps de l'alpha avait été son unique option.

C'était stupéfiant. Dans les cartographies génomiques, elle repérait tous les rétrovirus endogènes à présent – ceux que Janus et elle avaient administrés, ainsi que les vestiges des modifications pour lesquelles elle avait apporté son concours à Ares-Dorian. C'était comme travailler sur un puzzle qu'elle n'arrivait jamais à finir enfant, en y revenant en tant qu'adulte, forte de connaissances et d'une capacité mentale lui assurant le succès. Martin avait vu juste. Les interventions au Moyen Âge avaient provoqué des modifications du génome aux conséquences radicales. Et ces changements avaient compromis la thérapie de régression que Janus avait voulu enclencher avec la Cloche.

Pour la première fois, elle pouvait appréhender tous les changements, les visualiser comme autant de petites lumières étincelantes dans un tas de gravats. Elle pouvait les isoler, les prendre, les aligner et former de nouveaux agencements produisant des résultats différents. Elle travaillait, échafaudait des scénarios.

La base de données Symphonie – une collection de milliards de génomes séquencés – constituée dans les districts Orchidée du monde entier représentait la dernière petite pierre utile à l'édifice. Quel dommage qu'il ait fallu que le monde soit au bord de l'annihilation pour qu'une prouesse si incroyable se réalise !

Le véritable défi pour Kate était la nécessité de stabiliser toutes les modifications génétiques – celles induites par Janus et elle, mais aussi toutes les interventions d'Ares. Schématiquement, elle créait une thérapie qui allait synchroniser tout le monde – les mourants, les personnes en phase de régression, celles en phase d'évolution rapide – et donner le jour à un génome stable unifié. Un génome hybride Atlante-humain.

Au bout d'une demi-heure de travail, un message se mit à clignoter sur l'écran.

Une thérapie cible identifiée

Kate l'examina. Oui, cela allait marcher.

Elle aurait dû se sentir euphorique, fière, voire soulagée. C'était le moment pour lequel elle avait travaillé sa vie durant – en tant qu'Atlante et en tant qu'humaine. Elle avait enfin créé une thérapie qui allait parachever les travaux d'une vie, une thérapie génique qui allait sauver la race humaine et réparer les erreurs du passé. Et pourtant, c'était comme si elle avait simplement mené une petite expérience, pour parvenir à une conclusion qu'elle avait subodorée, conjecturée et anticipée de tout temps. Là où il aurait dû y avoir de la joie, il n'y avait qu'un intérêt clinique et froid pour le résultat. Peut-être que les Atlantes n'éprouvaient pas la joie de la même façon. Pour eux, la joie n'était peut-être qu'un sentiment suranné vieux de quatre millions d'années.

Ce serait son prochain travail : se réparer, revenir à celle qu'elle était avant. Elle se demanda quelles étaient les chances de succès d'une telle expérience.

Elle prit le téléphone satellite.

— Il faut qu'on sorte.

Elle suivit David à l'extérieur du vaisseau. Depuis la colline, elle contempla fugacement Ceuta. Des chevaux et des hommes morts gisaient sur l'étendue de terre calcinée jusqu'à l'immense muraille. Au-delà, la terre était rouge du sang du carnage orchestré par David. Les derniers débris de la barge flottaient sur la mer à la sortie du port, dérivant doucement vers la grève.

Triste panorama… Oui, elle avait pris la bonne décision, même si cela signifiait qu'elle renonçait aux derniers fragments d'elle-même. Elle en était certaine à présent.

Kate brancha le téléphone satellite sur l'ordinateur et transmit ses résultats à Continuité.

Quand ce fut fini, elle utilisa le téléphone pour appeler Paul Brenner.

Il répondit immédiatement, mais sa voix était lointaine et distraite. Kate devait répéter plusieurs fois. Elle comprit ce qui s'était passé : Paul avait administré la fausse thérapie de Janus à sa propre cohorte. À cause de ce remède, Continuité était désormais coupée à jamais des incidences induites par les radiations. Et Paul était infecté. Kate ne pouvait rien faire pour l'aider. Elle ne pouvait qu'espérer qu'il trouverait les résultats qu'elle avait envoyés et qu'il n'oublierait pas ce qu'il devait faire.

Elle coupa la communication. *L'avenir nous le dira.*

Dorian pénétra dans l'obscurité de la caverne.

— Et maintenant ?

— Maintenant, on se bat, dit Ares sans parvenir à détacher son regard des kilomètres de tubes qui s'étiraient devant lui.

— Nous n'avons pas de vaisseau, dit Dorian.

— C'est vrai. On ne peut pas aller combattre l'ennemi. Mais on peut le faire venir ici. Il y a une très bonne raison pour laquelle j'ai enfoui ce vaisseau ici, en Antarctique, Dorian.

Chapitre 95

CDC – Centre pour le contrôle
et la prévention des maladies
Atlanta, Géorgie, États-Unis

Paul Brenner se retint au mur pour ne pas perdre l'équilibre. Il avait tellement de mal à se concentrer. Où était tout le monde ?

Les halls étaient vides. Les bureaux étaient vides. Ils se cachaient de lui. Il fallait qu'il les trouve.

Non. Il avait un autre truc à faire. Elle lui avait envoyé quelque chose. La jolie, celle qui faisait du cinéma.

Des portes vitrées coulissantes s'ouvrirent. Les écrans à l'intérieur clignotèrent.

UN RÉSULTAT

Un résultat. Un résultat de quoi ? Un essai clinique ? Il était le chef de ce truc.

Un essai de quoi ? Un remède. Pour le fléau. Il était infecté. Avec un remède.

Non, ce n'était pas possible. Comment pouvait-il être infecté avec un remède ?

Quelque chose ne tournait pas rond.

Du regard, il fit le tour de la salle. Vide. Des gobelets de café partout par terre. Des papiers tachés sur la table et les chaises.

Paul s'assit et tira un clavier à lui.
Un éclair de lucidité. *Un résultat.*
Il tapa jusqu'à en avoir mal aux doigts.
Les lettres sur l'écran changeaient tout le temps.

Transmission nouvelle thérapie à tous les districts Orchidée...

Chapitre 96

Vous écoutez la BBC, la voix du triomphe humain au premier jour après le fléau Atlantis.

De sources bien informées, la BBC a appris que les premiers cas signalés de désorientation et de confusion mentale associées avec la prise de la thérapie contre le fléau Atlantis n'étaient en fait que des effets secondaires transitoires induits par le traitement.

Les districts Orchidée du monde entier font désormais état d'un taux de guérison de cent pour cent, sans reprise nécessaire du traitement.

Les dirigeants du monde entier saluent les progrès réalisés, en faisant état de leurs investissements historiques dans la recherche médicale, et de leur engagement sans faille pour maintenir le cap en ces temps difficiles.

Sur un volet connexe, il ressort d'informations transmises par des sources au sein de la communauté du renseignement que les ressortissants de pays gérés par Immari International se sont vu ordonner d'évacuer les zones littorales. À ce titre, les populations de régions entières d'Afrique du Sud, du Chili et de l'Argentine font route vers les zones montagneuses, avec de l'eau et de la nourriture pour tout viatique.

Le docteur Phillip Morneau du groupe de réflexion Occident Demain a déclaré :

« Ils ont perdu. Ils avaient parié sur une infection au long cours par le fléau, et la ruine concomitante de l'humanité. Nous avons surmonté l'épreuve, comme nous le faisons toujours.

Il n'est pas malvenu qu'ils aillent se ressourcer par un séjour à la montagne. »

Des observateurs plus circonspects ont avancé que le mouvement des Immari pourrait s'inscrire dans un schéma plus vaste, avec possiblement le début d'une contre-offensive.

Nous vous tiendrons informés à mesure que des détails nous seront communiqués.

Chapitre 97

CDC – Centre pour le contrôle
et la prévention des maladies
Atlanta, Géorgie, États-Unis

Paul Brenner traversait d'un pas lourd le grand hall de Continuité. Il se sentait dans la peau d'un convalescent au sortir d'un très grave rhume de cerveau. Mais il pouvait penser et réfléchir à présent, et il savait ce qu'il avait à faire. Mais il avait peur de ce qui l'attendait, peur de la réponse.

En passant devant les portes vitrées menant à la grande salle, il remarqua une jeune analyste, assise à l'intérieur, seule, le regard fixé sur un écran. Les tables étaient toujours rangées au hasard, avec des gobelets plus ou moins vides et des papiers chiffonnés un peu partout.

Paul s'avança vers les portes. Lorsqu'elles s'ouvrirent, l'analyste se tourna vers lui, avec dans le regard un mélange de surprise et d'espoir. Ou du soulagement. Paul fut un peu pris au dépourvu.

— Vous pouvez rentrer chez vous, dit-il.

Elle se leva.

— Je sais… J'ai pensé qu'il était peut-être préférable que je ne reste pas… seule. (Paul hocha la tête.) Où sont les autres ?

— Ils ont dû partir. Certains sont… toujours ici.

À la morgue, compléta Paul *in petto*. Il avança jusqu'à la table et éteignit l'écran.

— Allez. Moi non plus, je n'ai personne chez moi.

Ils sortirent ensemble de la grande salle. Plus loin, Paul lui demanda d'attendre devant la chambre de son neveu. Il poussa la porte, se préparant mentalement à ce qu'il pourrait découvrir…

— Oncle Paul !

Son neveu roula sur son lit. Une lueur pétillante éclairait son regard, mais quand il tenta de se redresser, ses muscles le trahirent. Il retomba à plat dos sur le matelas.

Paul se précipita à son chevet.

— Tout doux, petit, dit-il en posant une main sur son épaule.

Le garçon lui sourit.

— C'est toi qui m'as guéri, pas vrai ?

— Non, c'est un autre médecin, une femme, bien plus intelligente que moi. Moi, j'ai juste fait le livreur.

— Où est maman ?

Paul se pencha pour prendre le petit garçon et l'emporter dans ses bras en direction de la porte.

— Repose-toi, maintenant.

— On va où ?

— On rentre à la maison.

Paul allait attendre que le bambin ait repris des forces pour lui dire.

Attendre qu'ils soient tous les deux plus solides.

Kate avait depuis longtemps refermé son ordinateur pour aller s'installer au bout de la falaise.

David était là, derrière elle. Il attendait, en silence.

Il semblait sentir qu'elle avait besoin d'espace, mais il ne la laissait toujours pas s'éloigner au point de la perdre de vue.

Ensemble, depuis leur sommet, ils regardèrent le soleil disparaître de l'autre côté de l'Atlantique. Ses derniers rayons glissaient le long des flancs de la montagne, jetant une longue ombre sur la plaine sanglante à l'entrée de Ceuta. De l'autre côté du détroit, elle savait que la même chose se produisait à Gibraltar, mais là-bas, c'était le Rocher dont l'ombre s'allongeait.

La nuit arriva. Kate rompit finalement le silence.

— Qu'est-ce qui se passe maintenant ? Pour nous ?

— Rien ne change.

— J'ai changé. Je ne suis plus la même personne…

— Ce que tu viens de faire confirme à mes yeux qui tu es. Tout va bien se passer pour nous. Je peux attendre. (Il s'avança jusqu'au rebord de la falaise pour pouvoir la regarder dans les yeux.) Je ne renonce jamais à une personne que j'aime.

Comme il prononçait ces mots, Kate comprit que la plus grande partie d'elle-même était toujours là. Elle n'était pas entièrement elle-même, mais il y avait encore un bon noyau de l'ancienne Kate. De quoi bien commencer. Elle sourit.

David tenta de déchiffrer son expression. Finalement, il haussa les épaules.

— Quoi ? C'est trop ?

Elle prit la main de David dans la sienne.

— Non, ça m'a plu. Allez viens. Allons voir ce que fabrique Milo.

À l'entrée du tunnel, elle lui parla tout doucement.

— Je crois que tu as raison. Tout va bien se passer pour nous.

Épilogue

Observatoire d'Arecibo
Arecibo, Porto Rico

Le docteur Mary Caldwell fit bouger la souris pour réveiller l'ordinateur. L'écran sortit de sa léthargie, puis afficha les données collectées au cours de la nuit. Avec son diamètre d'un peu plus de trois cents mètres, le radiotélescope, visible par la fenêtre, était le plus grand télescope à simple ouverture du monde. Fiché dans le sol, il ressemblait presque à une grande assiette grise posée sur un haut plateau dominant le vert des montagnes boisées.

Les premiers rayons du soleil pointaient le bout de leur nez par-dessus les grands arbres pour venir éclairer la parabole. C'était un spectacle que Mary ne manquait jamais, même s'il n'était plus tout à fait le même aujourd'hui, essentiellement à cause de tous les gens qu'ils avaient perdus.

Avant le fléau, une bonne dizaine de chercheurs travaillaient à l'observatoire. Depuis, ils étaient trois. Avec des coupes budgétaires permanentes, cela faisait des années que l'observatoire voyait son personnel se réduire comme peau de chagrin. Le fléau avait emporté le reste.

Pour autant, Mary revenait chaque jour prendre son poste, comme elle le faisait depuis six années. Elle n'avait nulle part ailleurs où aller. Il n'y avait aucun autre métier qu'elle avait envie de faire. Elle savait que le gouvernement américain finirait par leur supprimer très bientôt l'allocation pour la consommation électrique, mais elle avait décidé de rester jusqu'à la fin, jusqu'au jour où la dernière ampoule s'éteindrait. Ensuite, elle partirait dans le vaste monde pour voir quel genre de boulot une astronome pourrait bien dégotter.

Elle aurait pu tuer pour une tasse de café, mais il y avait une pénurie depuis des semaines.

Elle se concentra sur l'ordinateur. Il y avait… Elle cliqua sur l'un des flux de données. Et la gorge de Mary s'assécha. Elle lança une analyse, puis une seconde. Toutes deux confirmèrent que le signal était organisé. Ce n'était pas le fond diffus cosmologique qui produisait cette chose de façon aléatoire.

C'était un message.

Non, c'était plus que ça : c'était l'instant qu'elle avait attendu toute sa vie.

Son regard glissa vers le téléphone. Dans sa tête, elle rejouait cette scène depuis vingt ans, depuis qu'elle avait rêvé pour la première fois de devenir astronome. Son premier réflexe l'aurait poussée à appeler la Fondation nationale pour la science, mais elle les appelait une fois par semaine depuis l'arrivée du fléau – sans obtenir la moindre réponse. Elle avait aussi appelé SRI International – avec les mêmes résultats. Qui appeler ? La Maison-Blanche ? Mais qui la croirait ? Elle avait besoin d'aide, de quelqu'un pour analyser la transmission. L'Institut SETI de Mountain View, en Californie ? Elle ne les avait pas encore essayés. Il n'y avait aucune raison de ne pas le faire… Peut-être ?

John Bishop, un autre scientifique travaillant au projet, entra d'un pas chancelant dans le bureau. En règle générale, il ne restait pas à jeun beaucoup plus d'une heure après son lever.

— John, j'ai trouvé quelque chose…

— Je t'en prie, dis-moi que c'est du café.

— Ce n'est pas du café…

Mot de l'auteur

Merci d'avoir lu *Le Fléau Atlantis.*

Les huit mois qui se sont écoulés après la publication originale du premier tome, *Le Gène Atlantis*, ont été exaltants, irréels, épuisants – et tout ce qu'on peut imaginer encore.

J'espère que *Le Fléau Atlantis* valait la peine d'attendre. J'ai souhaité prendre le temps voulu pour écrire la meilleure histoire possible.

De très nombreux lecteurs ont eu l'amabilité d'écrire une critique pour mon premier ouvrage, et je leur en serai éternellement reconnaissant. Ces témoignages contribuent à mettre en lumière le fruit de mon travail, et je ne ménage aucun effort pour mériter de retenir l'attention. Tous les avis exprimés sont riches d'enseignements. Et les mots d'encouragement ont été une incontestable source d'inspiration dans la phase d'écriture de ce tome 2.

Si vous avez le temps de laisser un commentaire, sachez qu'il sera infiniment apprécié. J'ai hâte de découvrir vos avis et votre ressenti.

La perspective d'achever bientôt *Le Monde Atlantis*, le troisième tome qui viendra clore cette série, est extrêmement stimulante elle aussi. Pour plus d'informations, consultez le site à l'adresse suivante : AGRiddle.com. Il comporte une section « *Fact vs. Fiction* » (en anglais uniquement), qui donne une foule de détails sur les éléments factuels et les données scientifiques et historiques utilisées dans le récit.

Encore mille mercis,
Gerry A.G. Riddle

P.-S. : Et, bien sûr, vous pouvez toujours m'envoyer vos pensées, messages, avis et commentaires à l'adresse suivante : ag@agriddle.com. Un délai de plusieurs jours m'est parfois nécessaire, mais je réponds à chaque email que je reçois.

Remerciements

La liste des gens que je dois remercier est proprement ahurissante. Vertigineuse.

Si j'ai appris une chose, c'est qu'écrire est infiniment plus simple qu'être écrivain. La première de ces deux activités fait mon bonheur. Mais la seconde, purée, qu'est-ce que ça prend comme temps !

Un groupe de gens de plus en plus fourni m'a aidé à rester concentré sur l'écriture, et à donner le meilleur de moi-même pendant toutes ces heures passées à taper au clavier, tourner en rond et cogiter (oui, c'est à peu près à ça que ressemblent mes journées).

À la maison, Anna veille à ce que je passe régulièrement sous la douche et que j'entretienne un certain degré de sociabilité (toujours utile pour décrire des personnages non atlantes). Aujourd'hui, elle s'implique encore plus dans l'aventure, en s'occupant de la relecture, de la diffusion et de la commercialisation, et d'à peu près tout le reste, hormis ce qui touche à l'assemblage des phrases (il faut bien que je gagne un peu ma croûte).

Je tiens également à remercier :

Ma mère, pour ses conseils et ses encouragements.

David Gatewood, mon extraordinaire relecteur externe, pour m'avoir rendu ce manuscrit plus rapidement encore que ne l'aurait fait un cube quantique.

Carole Duebbert, ma relectrice finale, pour ses corrections et suggestions absolument géniales.

Juan Carlos Barquet, pour son extraordinaire création graphique pour les éditions originales.

Et, enfin, deux groupes de personnes que je n'ai jamais rencontrées :

Tout d'abord, vous, mes lecteurs, ceux qui restent jusqu'aux pages « Mot de l'auteur » et « Remerciements », passent sur le site, s'abonnent à la liste de distribution, écrivent et postent des critiques sur Amazon. Et, même, parfois, m'écrivent un petit message après avoir tourné la dernière page.

Recevoir de vos nouvelles au cours de ces huit derniers mois a été une expérience que je ne saurais décrire – et que je n'oublierai jamais. À l'évidence, c'est la partie la plus gratifiante de toute cette entreprise. Je ne pourrai jamais assez vous remercier du soutien que vous m'avez apporté si tôt dans ma carrière.

Et enfin, mes bêta-lecteurs. Je suis désolé de ne pas l'avoir fait plus tôt, mais je veux du fond du cœur vous exprimer toute ma gratitude. Andrea Sinclair, Annette Wilson, Christine Girtain, Dave Renison, Dr. Andrew Villamagna, Drew Allen, Jane Eileen Marconi, Joe O'Bannon, John Schmiedt, Joseph DeVous, Markel Coleman, Richard Czeck, Skip Folden, Steve Boesen, Ted Hust, Tim Rogers et Tina Weston.

Merci à vous.

Et à tant d'autres encore que je ne peux citer ici.

Achevé d'imprimer en avril 2021
Par CPI Brodard & Taupin à La Flèche
N° d'impression : 3042550
Dépôt légal : mai 2021
Imprimé en France
2811455-1